Engeleneiland

Camilla Läckberg

Engeleneiland

Vertaald uit het Zweeds door
Elina van der Heijden en
Wiveca Jongeneel

Anthos|Amsterdam

Eerste druk juni 2012
Tweede druk juni 2012
Derde druk juni 2012

ISBN 978 90 414 2013 8
© 2011 Camilla Läckberg
First published by Bokförlaget Forum, Sweden
Published by arrangement with Nordin Agency, Sweden
© 2012 Nederlandse vertaling Ambo|Anthos *uitgevers*,
Amsterdam, Elina van der Heijden en Wiveca Jongeneel
via het Scandinavisch Vertaal- en Informatiebureau Nederland
Oorspronkelijke titel *Änglamakerskan*
Oorspronkelijke uitgever Forum
Omslagontwerp Roald Triebels, Amsterdam
Omslagillustratie © Sarah Sitkin / Flickr / Getty Images
Foto auteur Bingo Rimér

Verspreiding voor België:
Veen Bosch & Keuning uitgevers n.v., Antwerpen

'Als één man zoveel haat kan laten zien,
hoeveel liefde kunnen wij dan wel niet met ons allen geven?'

❄

Ze hadden gehoopt dat het renovatieproject hen zou helpen hun verdriet achter zich te laten. Ze wisten geen van beiden of het een goed plan was, maar het was het enige dat ze hadden. Het alternatief was op bed gaan liggen en langzaam wegkwijnen.

Ebba ging met de krabber over de huismuur. De verf liet makkelijk los. Hij bladderde al behoorlijk en ze hoefde niet veel kracht te gebruiken. Door de brandende julizon plakte haar pony op haar bezwete voorhoofd en haar arm deed zeer omdat ze al drie dagen lang dezelfde eentonige beweging uitvoerde. Maar ze verwelkomde de fysieke pijn. Als die toenam, werd de pijn in haar hart tijdelijk gedempt.

Ze draaide zich om en keek naar Mårten, die op het grasveld voor het huis planken stond te zagen. Hij leek te voelen dat ze hem gadesloeg, want hij keek op en stak zijn hand op, alsof ze een kennis was die hij op straat tegenkwam. Ebba merkte dat haar eigen hand hetzelfde onbeholpen gebaar maakte.

Hoewel er al meer dan een halfjaar was verstreken sinds hun leven was verwoest, wisten ze nog steeds niet hoe ze met elkaar moesten omgaan. Elke avond gingen ze met hun rug naar elkaar toe in het tweepersoonsbed liggen, doodsbenauwd dat een onwillekeurige beweging iets zou uitlokken wat ze niet konden hanteren. Het was alsof het verdriet hen zozeer vulde dat er geen ruimte was voor andere gevoelens. Niet voor liefde, niet voor warmte, niet voor compassie.

De schuld hing zwaar en onuitgesproken tussen hen in. Het was eenvoudiger geweest als ze die konden definiëren en een plek konden geven. Maar de schuld bewoog heen en weer, veranderde van kracht en vorm en viel voortdurend van nieuwe kanten aan.

Ebba draaide zich weer om naar het huis en ging verder met krabben. Onder haar handen liet de witte verf in grote flarden los en het hout werd zichtbaar. Ze streek met haar vrije hand over de planken. Het huis had, op een manier die ze nooit eerder had ervaren, een ziel. Het kleine rijtjeshuis in Göteborg dat Mårten en zij samen hadden gekocht, was vrijwel nieuw geweest. Toen had ze het heerlijk gevonden dat alles glom en blonk, dat het onbezoedeld was. Nu was het nieuwe niet meer dan een herinnering aan wat was geweest, en dit oude huis met zijn onvolkomenheden paste beter bij haar ziel. Ze herkende zichzelf in het dak waar het naar binnen regende, in de verwarmingsketel die om de haverklap een trap nodig had om aan te slaan en in de tochtige ramen waar geen kaars op de vensterbank kon branden zonder uit te waaien. Ook in haar ziel tochtte het en regende het naar binnen. En de kaarsen die ze probeerde aan te steken, gingen onverbiddelijk uit.

Misschien zou haar ziel hier op Valö kunnen helen. Ze had geen herinneringen aan deze plek, maar toch was het alsof ze elkaar herkenden, zij en het eiland. Het lag vlak voor Fjällbacka. Als ze naar de steiger liep, zag ze het kleine kustdorp dat zich aan de andere kant van het water uitstrekte. Voor de steile bergwand lagen de witte huisjes en de rode boothuizen als een parelsnoer aaneengeregen. Het was zo mooi dat het haar bijna pijn deed.

Het zweet stroomde van haar voorhoofd en prikte in haar ogen. Ze droogde haar gezicht met haar T-shirt af en tuurde tegen de zon in. Boven haar cirkelden de meeuwen. Ze krijsten en riepen naar elkaar en het geschreeuw vermengde zich met het geluid van boten die in de zee-engte langskwamen. Ze deed haar ogen dicht en liet zich wegvoeren door de geluiden. Weg van zichzelf, weg van…

'Zullen we even stoppen en een duik nemen?'

Mårtens stem brak door de geluidscoulisse heen en ze schrok op. Ze schudde verward haar hoofd, maar knikte vervolgens.

'Ja, laten we dat doen,' zei ze en ze klom van de bouwsteiger.

Hun zwemkleren hingen aan de achterkant van het huis aan de waslijn en ze trok snel haar zweterige werkkleren uit en deed haar bikini aan.

Mårten was sneller dan zij en stond ongeduldig te wachten.

'Zullen we dan maar?' zei hij en hij liep voor haar uit naar het pad dat naar het strand leidde. Valö was behoorlijk groot en niet zo schraal als veel andere eilandjes langs de scherenkust van de provincie Bohuslän. Het pad werd omzoomd door lommerrijke bomen en hoog gras en ze stampte hard met haar voeten op de grond. Ze was heel bang voor slangen en die angst was alleen maar groter geworden toen ze een paar dagen geleden een adder hadden gezien die zich in de zon lag te warmen.

Het terrein liep schuin af naar het water en ze vroeg zich opeens af hoeveel kindervoeten er in de loop van de jaren over dit pad hadden gelopen. De plek werd nog steeds de vakantiekolonie genoemd, hoewel het al sinds de jaren dertig niet meer als zodanig dienstdeed.

'Kijk uit,' zei Mårten en hij wees naar een paar boomwortels die uit de grond omhoogstaken.

Zijn bezorgdheid, die haar zou moeten ontroeren, voelde vooral verstikkend en demonstratief stapte ze over de wortels heen. Een paar meter verder voelde ze ruw zand onder haar voeten. De golven sloegen tegen het lange strand en ze wierp de handdoek van zich af en liep het zoute water in. Slierten zeewier dreven om haar benen en de plotselinge kou deed haar naar adem happen, maar algauw genoot ze van de verkoeling. Achter zich hoorde ze Mårten naar haar roepen. Ze deed net of ze hem niet hoorde en waadde verder. Toen de bodem onder haar voeten verdween, begon ze te zwemmen en na een paar slagen had ze het kleine zwemvlot bereikt, dat een eindje uit de kust in het water was verankerd.

'Ebba!' Mårten riep vanaf het strand, maar ze bleef hem negeren en pakte de ladder van het vlot vast. Ze had even tijd voor zichzelf nodig. Als ze ging liggen en haar ogen sloot, kon ze net doen of ze een schipbreukeling op de grote, wijde zee was. Alleen. Zonder rekening te hoeven houden met iemand anders.

Ze hoorde zwemslagen naderen. Het vlot schommelde toen Mårten erop klom en ze kneep haar ogen nog harder dicht om hem nog heel even buiten te sluiten. Ze wilde écht alleen zijn. Niet zoals het tegenwoordig was, wanneer Mårten en zij samen alleen waren. Met tegenzin deed ze haar ogen open.

Erica zat aan de salontafel en het leek wel of er een speelgoedbom in de woonkamer was ontploft. Auto's, poppen, knuffelbeesten en verkleedkleren, alles lag door elkaar. Met drie kinderen, die allemaal nog onder de vier waren, zag het er meestal zo uit in huis. Maar nu ze bij wijze van uitzondering even geen kinderen om zich heen had, had ze zoals gewoonlijk het schrijven voorrang gegeven boven opruimen.

Toen ze de voordeur open hoorde gaan, keek ze op van de laptop en zag haar man binnenkomen.

'Hoi, wat doe jij hier? Je zou toch bij Kristina langsgaan?'

'Mijn moeder was niet thuis. Dat zul je altijd zien, ik had natuurlijk eerst moeten bellen,' zei Patrik, terwijl hij zijn Crocs uittrapte.

'Moet je die dingen echt aan? En er ook nog mee autorijden?' Erica wees naar de afschuwelijke schoenen, die tot overmaat van ramp fluorescerend groen waren. Haar zus Anna had ze Patrik bij wijze van grap gegeven en nu weigerde hij ander schoeisel te dragen.

Patrik kwam naar haar toe en gaf haar een zoen. 'Ze zitten zo lekker,' zei hij en hij liep naar de keuken. 'Heeft de uitgever je nog weten te bereiken? Het moet wel heel dringend zijn geweest als ze mij zelfs bellen.'

'Ze willen weten of ik dit jaar naar de boekenbeurs kan komen zoals ik had toegezegd. Ik kan niet goed beslissen wat ik moet doen.'

'Natuurlijk ga je erheen. Ik zorg dat weekend voor de kinderen, ik heb al geregeld dat ik dan niet hoef te werken.'

'Dat is lief van je,' zei Erica, maar diep vanbinnen werd ze een beetje nijdig op zichzelf omdat ze zich dankbaar voelde jegens haar man. Hoe vaak stond zij niet klaar als zijn werk als politieagent hem van de ene minuut op de andere wegriep, of wanneer weekends, feestdagen en avonden werden verpest omdat het werk niet kon wachten? Ze hield met heel haar hart van Patrik, maar soms had ze het gevoel dat hij er nauwelijks bij stilstond dat zij de grootste verantwoordelijkheid voor het huis en de kinderen droeg. Zij had per slot van rekening ook een carrière, die bovendien behoorlijk succesvol was.

Ze kreeg vaak te horen hoe fantastisch het wel niet moest zijn om als schrijver je brood te kunnen verdienen. Om in alle vrijheid je eigen tijd te kunnen indelen en je eigen baas te zijn. Dat irriteerde Erica altijd mateloos, want hoewel ze haar werk heel leuk vond en besefte dat ze geluk had gehad, zag de werkelijkheid er heel anders uit. Vrijheid was niet iets wat ze met het leven als schrijver verbond. Integendeel, een boekproject kon vierentwintig uur per dag, zeven dagen per week alle tijd en aandacht opslokken. Soms was ze jaloers op mensen die naar hun werk gingen, acht uur deden wat ze moesten doen en klaar waren als ze weer naar huis gingen. Zij kon haar werk nooit uitschakelen, en het succes bracht verplichtingen en verwachtingen met zich mee die met het leven als moeder van kleine kinderen moesten worden gecombineerd.

Ze kon ook moeilijk beweren dat haar werk belangrijker was dan dat van Patrik. Hij beschermde mensen, loste misdrijven op en zorgde ervoor dat de samenleving beter functioneerde. Zelf schreef ze boeken die ter ontspanning werden gelezen. Ze begreep en accepteerde dat ze meestal aan het kortste eind trok, hoewel ze het soms wel wilde uitschreeuwen.

Met een zucht kwam ze overeind en volgde haar man naar de keuken.

'Slapen ze?' vroeg Patrik, terwijl hij de ingrediënten voor zijn lievelingssnack tevoorschijn haalde: knäckebröd, boter, kaviaarpasta en kaas. Erica huiverde bij de gedachte dat hij dat straks in warme chocolademelk zou dopen.

'Ja, het is me voor de verandering gelukt om ze allemaal tegelijk in bed te krijgen. Ze hebben vanochtend heel lekker gespeeld, dus ze waren alle drie bekaf.'

'Dat is fijn,' zei Patrik en hij ging aan de keukentafel zitten eten.

Erica liep terug naar de woonkamer om nog even te kunnen schrijven voordat de kinderen weer wakker werden. Gestolen momenten. Dat was het enige wat ze tegenwoordig had.

In haar droom woedde een brand. Met een blik van ontzetting drukte Vincent zijn neus tegen het raam. Achter hem zag ze vlammen oplaaien, steeds hoger. Ze kwamen dichterbij, schroeiden zijn blonde lokken en hij schreeuwde geluidloos. Ze wilde zich tegen het glas werpen, het verbrijzelen en Vincent redden uit de vlammen die hem dreigden te verslinden. Maar hoe hard ze het ook probeerde, haar lichaam wilde niet gehoorzamen.

Toen hoorde ze Mårtens stem. Die klonk heel beschuldigend. Hij haatte haar omdat ze Vincent niet kon redden, omdat ze toekeek terwijl hij voor hun ogen levend verbrandde.

'Ebba! Ebba!'

Zijn stem zette haar aan tot een nieuwe poging. Ze moest naar het raam toe rennen om het glas kapot te slaan. Ze moest…

'Ebba, wakker worden!'

Iemand trok haar bij haar schouders omhoog. Langzaam loste de droom op, maar ze wilde dat die bleef, ze wilde zich in de vlammen storten en misschien heel even Vincents kleine lichaam in haar armen voelen voordat ze allebei doodgingen.

'Je moet wakker worden. Er is brand!'

Plotseling was ze klaarwakker. De rooklucht prikte in haar neusgaten en deed haar zo hevig hoesten dat het in haar keel schuurde. Toen ze opkeek, zag ze door de deuropening rook naar binnen stromen.

'We moeten naar buiten!' schreeuwde Mårten. 'Probeer onder de rook door te kruipen. Ik kom zo achter je aan. Ik wil alleen even kijken of ik het vuur eerst kan doven.'

Ebba hees zichzelf uit bed en zakte op de vloer ineen. Ze voelde de warmte van de planken tegen haar wang. Het brandde in haar longen en ze was onvoorstelbaar moe. Waar moest ze de kracht vandaan halen om weg te komen? Ze wilde zich overgeven en in slaap vallen; ze sloot haar ogen en voelde hoe een zware doezeligheid zich door haar lichaam verspreidde. Hier zou ze kunnen uitrusten. Alleen maar even slapen.

'Kom overeind! Je moet!' Mårtens stem was schel en ze ontwaakte uit haar verdoofde toestand. Hij was anders nooit bang. Nu rukte hij hardhandig aan haar arm en hielp haar half omhoog.

Met tegenzin begon ze haar handen en knieën te bewegen. De angst had nu ook in haar houvast gekregen. Elke keer dat ze inademde, voelde ze hoe de rook haar longen verder vulde, als een langzaam werkend gif. Maar ze stierf nog liever aan rook dan aan vuur. De gedachte dat haar huid zou verbranden was voldoende om vaart te maken en de kamer uit te kruipen.

Opeens raakte ze in de war. Ze zou moeten weten waar de trap was, maar het leek alsof haar hersenen niet werkten. Het enige dat ze voor zich zag was een compacte, zwartgrijze mist. In paniek kroop ze recht naar voren, om in elk geval niet in de rook vast te komen zitten.

Op het moment dat ze de trap bereikte, rende Mården met een brandblusser in zijn handen langs haar heen. Hij nam de trap in drie stappen en Ebba keek hem na. Net als in haar droom had ze het gevoel dat haar lichaam haar niet langer gehoorzaamde. Haar ledematen weigerden te bewegen en hulpeloos bleef ze op handen en voeten zitten, terwijl de rook steeds dikker werd. Ze hoestte weer en de ene hoestaanval loste de andere af. Haar ogen traanden en haar gedachten gingen naar Mården, maar ze had geen puf om zich zorgen om hem te maken.

Opnieuw voelde ze hoe verleidelijk het zou zijn om zich over te geven. Om te verdwijnen, om het verdriet kwijt te raken dat haar lichaam en ziel kapotmaakte. Het werd zwart voor haar ogen en langzaam ging ze liggen, legde haar hoofd op haar armen en sloot haar ogen. Om haar heen was het warm en zacht. De doezeligheid vulde haar weer en verwelkomde haar. Die wenste haar geen kwaad toe, wilde haar alleen ontvangen en weer heel maken.

'Ebba!' Mården trok aan haar arm en ze stribbelde tegen. Ze wilde verder reizen naar die heerlijke, rustige plek waarheen ze op weg was geweest. Toen voelde ze een tik in haar gezicht; het was een klap die haar wang deed branden. Verward kwam ze overeind en keek recht in Mårtens gezicht. Zijn blik was zowel bezorgd als boos.

'Het vuur is gedoofd,' zei hij. 'Maar we kunnen niet binnen blijven.'

Hij wilde haar optillen, maar ze verzette zich. Hij had haar de enige mogelijkheid tot rust afgenomen die ze in lange tijd had gehad en razend bonkte ze met haar vuisten tegen zijn borst. Het voelde goed om alle woede en teleurstelling te kunnen uiten en ze bleef zo hard slaan als ze maar kon tot hij haar polsen te pakken kreeg. Terwijl hij die in een vaste greep hield, trok hij haar dichter naar zijn borst. Hij drukte haar gezicht tegen zich aan, hield haar stevig vast. Ze hoorde zijn hart snel kloppen en ze moest huilen van het geluid. Toen liet ze zich optillen. Hij droeg haar naar buiten en toen de koude nachtlucht haar longen vulde, gaf ze zich over en raakte buiten bewustzijn.

Fjällbacka 1908

Ze kwamen vroeg in de ochtend. Moeder en de kleintjes waren al op, ter-
wijl Dagmar nog lag te genieten in de warmte van het bed. Dat was het
verschil tussen moeders echte kind en de hoerenjongen voor wie ze zorgde.
Dagmar was speciaal.

'Wat is er aan de hand?' riep vader vanuit de kamer. Dagmar en hij
waren allebei wakker geworden van een aanhoudend gebons op de deur.

'Doe open! Wij zijn van de politie!'

Kennelijk was het geduld toen op, want de deur werd opengegooid en
een man in politie-uniform stormde het huis binnen.

Dagmar ging angstig rechtop in bed zitten en probeerde zich met de
deken te bedekken.

'Politie?' Vader liep de keuken in en knoopte onhandig zijn broek
dicht. Zijn borstkas met spaarzame plukjes grijs haar was ingezakt. 'Als
ik eerst even mijn overhemd mag aantrekken, dan kunnen we dit vast
oplossen. Het moet een misverstand zijn. Hier woont alleen fatsoenlijk
volk.'

'Helga Svensson woont hier toch?' zei de politieman. Achter hem wa-
ren nog twee mannen te zien. Ze stonden allemaal dicht op elkaar, want
het was een kleine keuken, die vol bedden stond. Op dit moment hadden
ze vijf kleintjes in huis.

'Ik ben Albert Svensson en Helga is mijn vrouw,' zei vader. Zijn over-
hemd was inmiddels aan en hij had zijn armen over elkaar geslagen.

'Waar is uw vrouw?' De stem klonk sommerend.

Dagmar zag de bezorgde frons die zich tussen vaders ogen had ge-
vormd. Hij maakte zich snel zorgen, zei moeder altijd. Zwakke zenuwen.

'Moeder is in de tuin aan de achterkant van het huis. Met de kleintjes,' zei Dagmar en pas nu leken de agenten haar op te merken.

'Bedankt,' zei de agent die het woord had gevoerd, en hij maakte rechtsomkeert.

Vader volgde de politiemannen op de hielen. 'Jullie kunnen niet zomaar bij deugdzame mensen binnen komen stormen. Jullie jagen ons de stuipen op het lijf. Nu moeten jullie vertellen waar het over gaat.'

Dagmar wierp de deken van zich af, zette haar voeten op de koude keukenvloer en rende slechts gekleed in haar nachthemd achter hen aan. Bij de hoek van het huis bleef ze abrupt staan. Twee van de agenten hielden moeder stevig bij haar armen vast. Ze verzette zich en de mannen hijgden van inspanning. De kinderen schreeuwden en de was die moeder had staan ophangen werd in het tumult van de lijn gerukt.

'Moeder!' riep Dagmar en ze rende naar haar toe.

Ze wierp zich tegen de benen van de ene agent en beet hem zo hard ze maar kon in zijn dij. Hij begon te schreeuwen en liet moeder los, draaide zich om en gaf Dagmar een oorvijg waardoor ze op de grond viel. Onthutst bleef ze in het gras zitten en wreef over haar zere wang. In haar achtjarige leven was ze nog nooit door iemand geslagen. Ze had wel gezien dat moeder de kleintjes een pak slaag had gegeven, maar ze had haar hand nooit tegen Dagmar opgeheven. En daarom durfde vader dat ook niet te doen.

'Wat doen jullie? Slaan jullie mijn dochter?' Moeder trapte woedend naar de mannen.

'Dat is niets vergeleken met wat u hebt gedaan.' De politieman pakte Helga's arm weer stevig beet. 'U wordt verdacht van kindermoord en we hebben toestemming om uw huis te doorzoeken. En geloof me, dat zullen we heel grondig doen.'

Dagmar zag hoe haar moeder als het ware ineenzakte. Haar wang brandde nog van de pijn en haar hart ging tekeer in haar borstkas. Om haar heen schreeuwden de kinderen alsof de dag des oordeels was aangebroken. Dat was misschien ook zo. Want hoewel Dagmar niet begreep wat er gebeurde, verried moeders gezicht dat hun wereld zojuist was ingestort.

✽

'Patrik, kun je naar Valö gaan? We hebben een melding gekregen dat daar brand is geweest en ze vermoeden dat het om brandstichting gaat.'

'Wat? Sorry? Wat zei je?'

Patrik was al half uit bed. Met de telefoon tussen zijn oor en schouder geklemd trok hij zijn spijkerbroek aan. Slaapdronken keek hij op zijn horloge. Kwart over zeven. Heel even vroeg hij zich af wat Annika zo vroeg op het politiebureau deed.

'Er is brand geweest op Valö,' zei Annika geduldig. 'De brandweer is vanmorgen vroeg uitgerukt en ze vermoeden brandstichting.'

'Waar op Valö?'

Naast hem draaide Erica zich om.

'Wat is er aan de hand?' mompelde ze.

'Werk. Ik moet naar Valö,' fluisterde hij. Bij wijze van uitzondering sliep de tweeling nog, terwijl het allang halfzeven was geweest, en het was niet nodig hen wakker te maken.

'Bij de vakantiekolonie,' antwoordde Annika door de telefoon.

'Oké. Ik neem de boot en ga erheen. Ik zal Martin uit zijn bed bellen, want ik neem aan dat wij vandaag samen dienst hebben.'

'Ja, dat klopt. Dan zien we elkaar daarna op het bureau.'

Patrik beëindigde het gesprek en trok een T-shirt aan.

'Wat is er gebeurd?' vroeg Erica en ze ging rechtop in bed zitten.

'De brandweer vermoedt dat iemand brand heeft gesticht bij de oude vakantiekolonie.'

'De vakantiekolonie? Heeft iemand geprobeerd de boel daar in brand te steken?' Erica sloeg haar benen over de rand van het bed.

'Ik beloof je dat ik later meer zal vertellen,' zei Patrik en hij glim-lachte. 'Ik weet dat die plek jouw speciale belangstelling heeft.'

'Het is wel heel toevallig dat iemand net op het moment dat Ebba terug is de boel in de fik wil steken.'

Patrik schudde zijn hoofd. Hij wist uit ervaring dat zijn vrouw haar neus graag in zaken stak waar ze niets mee te maken had, zich liet meeslepen en veel te vergaande conclusies trok. Al had ze best vaak gelijk, dat moest hij toegeven, maar soms maakte ze er ook een zootje van.

'Annika zei dat ze vermoeden dat de brand is aangestoken. Dat is het enige dat we weten en dat hoeft dus niet te betekenen dat het ook echt brandstichting is.'

'Nee, maar toch,' wierp Erica tegen. 'Het is toch vreemd dat zoiets net nu gebeurt. Kan ik niet met je mee? Ik was toch al van plan om binnenkort met Ebba te gaan praten.'

'En wie moet er dan voor de kinderen zorgen? Maja is nog iets te klein om pap te maken voor de jongens.'

Hij gaf Erica een zoen op haar wang en haastte zich naar beneden. Achter zich hoorde hij dat de tweeling als op commando begon te krijsen.

Patrik en Martin zeiden niet veel tijdens de tocht naar Valö. Het idee van eventuele brandstichting was beangstigend en moeilijk te begrij-pen en toen ze het eiland naderden en de idylle aanschouwden, voel-de het nog onwerkelijker.

'Wat mooi is het hier,' zei Martin toen ze vanaf de steiger waar Pa-trik de kajuitsloep had vastgemeerd het pad op liepen.

'Jij bent hier toch al eerder geweest?' vroeg Patrik zonder zich om te draaien. 'In elk geval die ene kerst.'

Martin mompelde iets ten antwoord. Hij leek niet herinnerd te willen worden aan die fatale kerstdagen toen hij op het eiland bij een familiedrama betrokken was geraakt.

Een groot grasveld strekte zich voor hen uit en ze stopten om even rond te kijken.

'Ik heb veel mooie herinneringen aan deze plek,' zei Patrik. 'We gingen hier elk jaar met school heen en ik ben hier ook een zomer op zeilkamp geweest. Ik heb heel wat gevoetbald op het grasveld daarginds. En kastie gespeeld.'

'Ja, wie is hier niet op kamp geweest? Eigenlijk vreemd dat het altijd de vakantiekolonie werd genoemd.'

Patrik haalde zijn schouders op terwijl ze in rap tempo verder liepen naar het huis.

'Die benaming is waarschijnlijk gewoon blijven hangen. Het is maar kort een internaat geweest en kennelijk heeft men het niet willen vernoemen naar die Von Schlesinger die er vóór die tijd woonde.'

'Ja, de verhalen over die gek zijn bekend,' zei Martin en hij vloekte toen hij een tak in zijn gezicht kreeg. 'Van wie is het tegenwoordig?'

'Ik neem aan van het stel dat er nu woont. Voor zover ik weet heeft de gemeente het na de gebeurtenissen in 1974 in beheer gehad. Het is jammer dat het huis zo in verval is geraakt, maar zo te zien zijn ze het aan het renoveren.'

Martin keek naar het huis, dat aan de voorzijde helemaal in de bouwsteigers stond. 'Ja, het kan prachtig worden. Ik hoop dat de brand niet al te veel schade heeft aangericht.'

Ze liepen verder naar het stenen trapje dat naar de voordeur leidde. Er hing een rustige sfeer en een paar mannen van de vrijwillige brandweer van Fjällbacka waren bezig hun spullen te verzamelen. Ze moeten zweten als een otter in die pakken, dacht Patrik. De warmte was nu al hinderlijk, hoewel het nog vroeg in de ochtend was.

'Hoi!' Het hoofd van de brandweer, Östen Ronander, kwam op hen af en knikte ter begroeting. Zijn handen waren zwart van het roet.

'Hallo, Östen. Wat is er gebeurd? Annika zei dat jullie brandstichting vermoeden.'

'Ja, daar lijkt het wel op. Maar puur technisch gezien zijn wij niet bevoegd om dat te beoordelen, dus ik hoop dat Torbjörn onderweg is.'

'Ik heb hem op weg hierheen gebeld en ze verwachten hier over...' Patrik keek op zijn horloge, '... ongeveer een halfuur te zijn.'

'Goed. Zullen we ondertussen even rondkijken? We hebben geprobeerd geen sporen te verpesten. Toen wij kwamen had de eigenaar het vuur al met een brandblusser gedoofd, daarom hebben we alleen gecontroleerd of er niets ligt te smeulen. Verder konden we niet zoveel doen. Hier is het.'

Östen wees naar de hal. Achter de drempel was de vloer in een bijzonder, onregelmatig patroon verbrand.

'Het is zeker een brandbare vloeistof geweest?' Martin keek met een vragende blik naar Östen, die bevestigend knikte.

'Volgens mij heeft iemand vloeistof onder de deur gegoten en die vervolgens aangestoken. Naar de geur te oordelen gok ik op benzine, maar daar kunnen Torbjörn en zijn mannen zich vast met grotere zekerheid over uitlaten.'

'Waar zijn de bewoners van het huis?'

'Ze zitten aan de achterkant te wachten op het verpleegkundig personeel, dat helaas vertraging heeft vanwege een verkeersongeluk. Ze lijken behoorlijk geschokt en ik dacht dat ze wel wat rust konden gebruiken. Bovendien leek het me verstandig dat er zo min mogelijk mensen rondlopen tot jullie eventuele sporen hebben veiliggesteld.'

'Dat heb je goed ingeschat.' Patrik gaf Östen een klap op zijn schouder en draaide zich om naar Martin. 'Zullen we met ze gaan praten?'

Hij wachtte niet op antwoord en liep meteen naar de achterkant van het huis. Toen ze de hoek om gingen, zagen ze een eindje verderop een tuinzitje. De meubels waren versleten en zagen eruit alsof ze jaren aan weer en wind hadden blootgestaan. Aan de tafel zaten een man en een vrouw van een jaar of vijfendertig. Ze maakten een verloren indruk. Toen de man hen zag, stond hij op en liep hen tegemoet. Hij stak zijn hand uit. Die was hard en eeltig alsof hij veel met gereedschap werkte.

'Mårten Stark.'

Patrik en Martin stelden zich voor.

'We begrijpen er niets van. De brandweermannen hadden het over brandstichting?' Mårtens vrouw was achter haar man aan gekomen. Ze was klein en tenger en hoewel Patrik maar een gemiddelde lengte had, reikte zij slechts tot zijn schouder. Ze zag er broos en breekbaar uit en huiverde in de warmte.

'Dat hoeft niet zo te zijn. We weten nog niets zeker,' zei Patrik geruststellend.

'Dit is mijn vrouw Ebba,' verduidelijkte Mårten. Hij wreef met een vermoeid gebaar over zijn gezicht.

'Kunnen we gaan zitten?' vroeg Martin. 'We willen graag horen wat er is gebeurd.'

'Ja, natuurlijk, we kunnen daar gaan zitten,' zei Mårten en hij gebaarde naar het tuinzitje.

'Wie heeft de brand ontdekt?' Patrik keek naar Mårten, die een donkere vlek op zijn voorhoofd had en wiens handen, net als die van Östen, onder het roet zaten. Mårten zag zijn blik en keek naar zijn handen alsof hij nu pas zag dat ze vuil waren. Met langzame bewegingen veegde hij ze af aan zijn spijkerbroek voordat hij antwoordde.

'Dat was ik. Ik werd wakker en rook een vreemde lucht. Ik besefte algauw dat er beneden brand was en probeerde Ebba wakker te maken. Dat duurde even, ze was diep in slaap, maar uiteindelijk lukte het me haar uit bed te krijgen. Ik rende naar de brandblusser met maar één gedachte in mijn hoofd: ik moet het vuur doven.' Mårten sprak zo snel dat hij buiten adem raakte.

'Ik dacht dat ik dood zou gaan. Dat dacht ik echt.' Ebba plukte aan haar nagelriemen en Patrik keek vol medelijden naar haar.

'Ik pakte de schuimblusser en spoot als een gek op de vlammen beneden in de hal,' ging Mårten verder. 'Eerst leek er niets te gebeuren, maar ik bleef spuiten en toen doofde het vuur plotseling. Maar de rook bleef hangen; er was overal rook.' Hij haalde weer heftig adem.

'Waarom zou iemand, ik begrijp niet…?'

Ebba klonk afwezig en Patrik vermoedde dat Östen gelijk had: ze verkeerde in shock. Dat zou ook kunnen verklaren waarom ze huiverde alsof ze koude koorts had. Als het verpleegkundig personeel kwam, moesten ze goed naar haar kijken en controleren of Ebba en Mårten geen schade hadden opgelopen van de rook. Veel mensen wisten niet dat de rook dodelijker was dan het vuur zelf. Iemand die rook in zijn longen kreeg, merkte de gevolgen vaak later pas.

'Waarom denken jullie dat de brand is aangestoken?' vroeg Mårten en hij wreef weer in zijn gezicht. Hij heeft vast niet veel slaap gehad, dacht Patrik.

'Zoals ik net al zei, kunnen we nog niets met zekerheid zeggen,' antwoordde hij aarzelend. 'Er zijn bepaalde aanwijzingen, maar ik wil niet te veel zeggen voordat de technici het hebben kunnen bevestigen. Jullie hebben eerder vannacht geen geluiden gehoord?'

'Nee, ik werd pas wakker toen het al brandde.'

Patrik knikte naar een huis een eind verderop. 'Zijn de buren thuis? Kunnen zij hebben gezien of er hier op het terrein een onbekende heeft rondgelopen?'

'Die zijn op vakantie. Wij zijn de enigen op dit deel van het eiland.'

'Is er iemand die jullie kwaad zou willen doen?' vroeg Martin. Vaak liet hij Patrik het gesprek leiden, en hij luisterde altijd aandachtig en observeerde de reacties van de mensen met wie ze praatten. Dat was minstens zo belangrijk als het stellen van de juiste vragen.

'Nee, niemand, voor zover ik weet.' Ebba schudde langzaam haar hoofd.

'We wonen hier nog niet zo lang. Nog maar twee maanden,' zei Mårten. 'Dit is Ebba's ouderlijk huis, maar het is jarenlang verhuurd geweest en ze is nu pas teruggekeerd. We hebben besloten de boel op te knappen en er wat van te maken.'

Patrik en Martin wisselden een snelle blik. De geschiedenis van het huis, en in het verlengde daarvan die van Ebba, was in de hele streek bekend, maar dit was niet het geschikte moment om het daarover te hebben. Patrik was blij dat Erica er niet bij was. Zij had zich niet kunnen inhouden.

'Waar woonden jullie hiervoor?' vroeg Patrik, hoewel hij gezien Mårtens dialect wel kon raden wat het antwoord was.

'In Göteborg, dat kun je toch zeker wel horen,' zei Mårten in onvervalst Göteborgs.

'Geen conflicten met iemand daar?'

'We hebben geen conflict met iemand in Göteborg of ergens anders.' Mårten klonk kortaf.

'En wat was de reden dat jullie hierheen zijn verhuisd?' vroeg Patrik.

Ebba keek omlaag naar het tafelblad en plukte aan de ketting om haar hals. Die was van zilver en had een mooie engel als hanger.

'Ons zoontje is overleden,' zei ze en ze trok zo hard aan de engel dat de ketting in haar hals sneed.

'We waren aan een verandering van omgeving toe,' zei Mårten. 'Dit huis stond hier maar te vervallen zonder dat iemand zich er druk om maakte en wij beschouwden het als een kans om een nieuwe start te maken. Ik kom uit een horecafamilie, dus het voelde natuurlijk om iets voor onszelf te beginnen. We willen er eerst een bed and breakfast van maken en na verloop van tijd proberen conferentiegasten te lokken.'

'Dat klinkt als een flinke klus.' Patrik keek naar het grote huis met de witte, bladderende gevel. Hij koos er bewust voor niet verder te vragen naar het overleden zoontje. Het verdriet op hun gezichten was te groot geweest.

'We zijn niet bang om de handen uit de mouwen te steken. En wat we zelf kunnen doen, doen we ook. Als we het echt niet meer aankunnen, zullen we mensen moeten inhuren, maar we willen het liefst zo veel mogelijk geld besparen. Het zal toch moeilijk genoeg worden om quitte te spelen.'

'Er is dus niemand die jullie of jullie bedrijf hier schade zou willen berokkenen?' drong Martin aan.

'Bedrijf? Welk bedrijf?' zei Mårten met een ironische lach. 'En nee, wij kunnen zoals gezegd helemaal niemand bedenken die ons zoiets zou aandoen. Zo'n leven hebben wij gewoon nooit geleid. Wij zijn heel gewone mensen.'

Patrik dacht even aan Ebba's achtergrond. Niet veel gewone mensen hadden een dergelijk noodlottig mysterie in hun verleden. In Fjällbacka en omgeving hadden talrijke wilde verhalen en speculaties de ronde gedaan over wat er met Ebba's familie kon zijn gebeurd.

'Behalve misschien…?' Mårten keek met een vragende blik naar Ebba, die niet leek te begrijpen wat hij bedoelde. Hij ging verder terwijl hij haar recht aankeek: 'Het enige wat ik kan bedenken zijn de verjaardagskaarten.'

'De verjaardagskaarten?' zei Martin.

'Sinds haar kinderjaren krijgt Ebba elke verjaardag een kaart van iemand die alleen met "G" is ondertekend. Haar adoptieouders zijn er nooit achter gekomen wie de kaarten stuurt. Ze zijn blijven komen, ook toen Ebba uit huis ging.'

'En Ebba heeft ook geen idee van wie ze afkomstig zijn?' vroeg Patrik, die toen pas merkte dat hij over Ebba sprak alsof ze er niet bij zat. Hij wendde zich tot haar en herhaalde: 'Je hebt geen idee wie jou die kaarten heeft gestuurd?'

'Nee.'

'En je adoptieouders? Weet je zeker dat zij niets weten?'

'Ze hebben geen flauw benul.'

'Heeft deze "G" ooit op een andere manier contact gezocht? Bedreigingen geuit?'

'Nee, nooit. Toch, Ebba?' Mårten bewoog zijn hand in Ebba's richting, alsof hij haar wilde aanraken, maar liet hem toen weer op zijn schoot vallen.

Ze schudde haar hoofd.

'Daar heb je Torbjörn,' zei Martin en hij gebaarde naar het pad.

'Mooi, dan sluiten we dit gesprek af zodat jullie een beetje kunnen bijkomen. De verplegers zijn onderweg. Als zij willen dat jullie meegaan naar het ziekenhuis, dan vind ik dat jullie dat moeten doen. Dit moet je heel serieus nemen.'

'Bedankt,' zei Mårten en hij stond op. 'Laat het ons weten als jullie iets ontdekken.'

'Dat doen we.' Patrik wierp een laatste bezorgde blik op Ebba. Ze leek nog steeds opgesloten in een zeepbel. Hij vroeg zich af welke invloed de tragedie uit haar jeugd op haar had gehad, maar dwong zichzelf die gedachte los te laten. Hij moest zich nu concentreren op het werk dat voor hen lag: het vinden van een mogelijke brandstichter.

Fjällbacka 1912

Dagmar begreep nog steeds niet hoe het had kunnen gebeuren. Alles was haar afgenomen en ze was helemaal alleen. Waar ze ook kwam, overal fluisterden de mensen lelijke woorden achter haar rug. Ze haatten haar om wat moeder had gedaan.

's Nachts miste ze vader en moeder soms zo erg dat ze in het kussen moest bijten om niet luidop te huilen. Als ze dat deed, zou de heks bij wie ze woonde haar bont en blauw slaan. Maar als ze nachtmerries had en badend in het zweet wakker werd, kon ze de schreeuwen niet tegenhouden. In haar dromen zag ze de afgehakte hoofden van haar ouders. Want ze waren uiteindelijk terechtgesteld. Dagmar was er niet bij geweest, maar het beeld stond toch op haar netvlies gebrand.

Soms werd ze ook achtervolgd door beelden van de kinderen. De politie had acht zuigelingen gevonden onder de lemen vloer in de kelder. Dat had de heks gezegd. 'Acht arme kindertjes,' zei ze hoofdschuddend zodra ze een kennis op bezoek had. De kennissen richtten hun scherpe blik op Dagmar. 'Het meisje moet er natuurlijk van hebben geweten,' zeiden ze. 'Al was ze nog zo klein, ze moet toch zeker wel hebben begrepen wat er aan de hand was?'

Dagmar weigerde zich te laten beteugelen. Het maakte niet uit of het waar was of niet. Vader en moeder hadden van haar gehouden en er was toch niemand die die kleine, schreeuwerige, vieze kinderen wilde hebben. Daarom waren ze bij moeder beland. Ze had jarenlang geploeterd en voor die ongewenste kinderen gezorgd en wat was haar dank geweest? Vernedering, hoon en de dood. Hetzelfde gold voor vader. Hij had moeder geholpen de kinderen te begraven en daarom had men gemeend dat ook hij het verdiende om te sterven.

Nadat vader en moeder door de politie waren afgevoerd, was ze bij de heks in huis geplaatst. Niemand anders had haar willen hebben, familie noch vrienden. Niemand wilde met het gezin te maken hebben. De Engelenmaakster uit Fjällbacka – zo was iedereen moeder gaan noemen sinds de dag dat de kleine skeletten waren gevonden. Nu werden er zelfs liedjes over haar gezongen. Over de kindermoordenares die de kinderen in een teil had verdronken en over haar man, die hen in de kelder had begraven. Dagmar kende de liedjes uit haar hoofd; de kinderen van haar pleegmoeder zongen ze zo vaak ze maar konden voor haar.

Dat kon ze allemaal verdragen. Zij was vaders en moeders prinses en ze wist dat ze gewenst en bemind was geweest. Het enige wat haar deed beven van schrik was het geluid van voetstappen als haar pleegvader over de vloer sloop. Op die momenten wenste Dagmar dat ze haar ouders in de dood had mogen volgen.

❄

Josef wreef nerveus met zijn duim over de steen in zijn hand. Dit was een belangrijke bijeenkomst, die Sebastian niet mocht verpesten.

'Alsjeblieft.' Sebastian wees naar de tekeningen die hij op de tafel in de vergaderkamer had gelegd. 'Hier hebben jullie onze visie. *A project for peace in our time.*'

Josef zuchtte inwendig. Hij betwijfelde of holle Engelse frasen indruk zouden maken op de leden van de gemeenteraad.

'Wat mijn partner probeert te zeggen, is dat dit voor de gemeente Tanum een geweldige kans is om iets voor de vrede te doen. Een initiatief dat jullie aanzien zal geven.'

'Ja, vrede op aarde klinkt goed. En in economisch opzicht is het ook geen slecht idee. Op termijn zal het toerisme ervan groeien, het zal banen opleveren voor de inwoners en jullie weten wat dat betekent.' Sebastian stak zijn hand in de lucht en wreef zijn duim en wijsvinger tegen elkaar. 'Een rinkelende gemeentekassa.'

'Ja, maar het is vooral een belangrijk vredesproject,' zei Josef. Hij weerstond de neiging om Sebastian tegen zijn schenen te trappen. Hij had geweten dat het zo zou gaan toen hij Sebastians geld aannam, maar hij had geen keuze gehad.

Erling W. Larson knikte. Na het schandaal van de renovatie van het Badhotel in Fjällbacka had hij zich een tijdje in de luwte gehouden, maar nu was hij weer helemaal terug in de gemeentepolitiek. Een project als dit zou kunnen laten zien dat hij nog steeds iemand was met wie rekening moest worden gehouden, en Josef hoopte dat hij dat besefte.

'Het klinkt interessant,' zei Erling. 'Kunnen jullie er wat meer over vertellen?'

Sebastian haalde diep adem en wilde beginnen, maar Josef was hem voor.

'Dit is een stuk geschiedenis,' zei hij en hij hield de steen omhoog. 'Albert Speer heeft voor het Duitse Rijk graniet uit de steengroeven in Bohuslän gekocht. Samen met Hitler had hij grootse plannen om van Berlijn de wereldhoofdstad Germania te maken, en het graniet zou naar Duitsland worden verscheept om als bouwmateriaal te dienen.'

Josef stond op en begon heen en weer te lopen. In zijn hoofd hoorde hij het geluid van de laarzen van de Duitse soldaten. Het geluid waar zijn ouders zo vaak met ontzetting over hadden verteld.

'Maar toen keerde het tij,' ging hij verder. 'Germania werd nooit meer dan een model waar Hitler tijdens zijn laatste dagen over kon dromen. Een onvervulde droom, een visioen van statige monumenten en gebouwen die ten koste van de levens van miljoenen Joden gebouwd hadden moeten worden.'

'Bah, wat verschrikkelijk,' zei Erling onverschillig.

Josef keek hem berustend aan. Ze begrepen het niet, niemand begreep het. Maar hij zou niet toestaan dat ze vergaten.

'Grote partijen van het graniet uit Bohuslän zijn nooit naar Duitsland vervoerd...'

'En hier komen wij in beeld,' onderbrak Sebastian hem. 'Ons plan is om van deze partij graniet vredessymbolen te maken, die vervolgens worden verkocht. Met de juiste aanpak kan het heel wat geld opbrengen.'

'Van dat geld zouden we dan een museum kunnen bouwen, gericht op de Joodse geschiedenis en de relatie van Zweden tot het Jodendom. Zoals onze zogenaamde neutraliteit tijdens de oorlog,' voegde Josef eraan toe.

Hij ging weer zitten en Sebastian sloeg zijn arm om Josefs schouder en drukte die. Josef moest zich inhouden om de arm niet weg te slaan. In plaats daarvan glimlachte hij stijf. Hij voelde zich even vals als in de tijd op Valö. Hij had toen niets met Sebastian of zijn andere zogenaamde vrienden gemeen gehad en dat hij nog steeds niet. Hoe hij zich ook inspande, hij zou nooit toegang krijgen tot de deftige wereld waar John, Leon en Percy uit afkomstig waren, en dat wilde hij ook niet.

Maar nu had hij Sebastian nodig. Het was zijn enige kans om de droom te verwezenlijken die hij al zoveel jaren koesterde: zijn Joodse erfenis eren en de kennis over de misdaden die tegen het Joodse volk waren begaan, en nog steeds werden begaan, naar buiten brengen. Als hij daarvoor een pact met de duivel moest sluiten, deed hij dat. Hij hoopte dat hij na verloop van tijd van Sebastian af kon komen.

'Zoals mijn compagnon zegt,' ging Sebastian verder, 'wordt het een heel aardig museum dat toeristen uit de hele wereld zal trekken. En jullie zullen veel krediet krijgen voor dit project.'

'Het klinkt niet slecht,' zei Erling. 'Wat vind jij ervan?' Hij wendde zich tot Uno Brorsson, zijn tweede man in de gemeente, die ondanks het warme weer een geruit flanellen overhemd aanhad.

'Het is misschien de moeite waard er nader naar te kijken,' mompelde Uno. 'Maar het hangt er natuurlijk van af hoeveel geld de gemeente moet inbrengen. Het zijn moeilijke tijden.'

Sebastian schonk hem een brede glimlach. 'We kunnen vast tot overeenstemming komen. De hoofdzaak is dat de belangstelling en de wil aanwezig zijn. Ik investeer zelf ook een groot bedrag.'

Ja, maar je vergeet erbij te zeggen op welke voorwaarden, dacht Josef. Hij klemde zijn kaken op elkaar. Het enige wat hij kon doen was zwijgend in ontvangst nemen wat hem werd gegeven en zijn ogen op het doel gericht houden. Hij boog zich naar voren om Erlings uitgestoken hand te schudden. Nu was er geen weg terug.

Een klein litteken op haar voorhoofd, de littekens op haar lichaam en het feit dat ze enigszins mank liep waren de enige zichtbare sporen van het ongeluk van anderhalf jaar geleden. Het ongeluk waarbij ze het kind had verloren dat ze samen met Dan verwachtte en waarbij ze zelf bijna was omgekomen.

Maar vanbinnen was het heel anders. Anna voelde zich nog steeds kapot.

Ze aarzelde even toen ze voor de deur stond. Soms vond ze het best moeilijk om Erica te ontmoeten en te zien dat het voor haar allemaal goed was gekomen. Haar zus droeg geen sporen van wat er was gebeurd, ze had niets verloren. Tegelijk was het heilzaam om haar te zien. Anna's innerlijke wonden jeukten en deden pijn, maar als ze samen met Erica was, heelden ze op de een of andere manier.

Anna had geen idee gehad dat het genezingsproces zo lang zou duren, en dat was waarschijnlijk maar goed ook. Als ze had geweten dat het zoveel tijd zou kosten, had ze misschien nooit uit de apathische toestand durven ontwaken waarin ze was beland toen haar leven in duizend stukken uiteen was gevallen. Een poosje geleden had ze voor de grap tegen Erica gezegd dat ze net een van die oude vazen was die ze vaak op haar werk in het veilinghuis had gezien. Een vaas die op de grond in stukken was gevallen en vervolgens moeizaam in elkaar was gelijmd. Hoewel de vaas op afstand heel leek, werden alle barsten pijnlijk zichtbaar als je dichtbij kwam. Maar eigenlijk was het helemaal geen grapje, realiseerde Anna zich toen ze bij Erica aanbelde. Zo was het gewoon. Ze was een gebarsten vaas.

'Kom verder!' riep Erica ergens vanuit het huis.

Anna stapte naar binnen en trapte haar schoenen uit.

'Ik kom er zo aan. Ik ben de tweeling aan het verschonen.'

Anna liep naar de keuken, waar ze helemaal thuis was. Dit was het ouderlijk huis van Erica en haar en ze kende alle hoeken en gaten. Jaren geleden had het een ruzie veroorzaakt die bijna hun relatie kapot had gemaakt, maar dat was in een andere tijd, in een andere wereld. Tegenwoordig konden ze er zelfs grapjes over maken en hadden ze het over 'DTML' en 'DTNL', wat stond voor 'De tijd met Lucas' en 'De tijd na Lucas'. Anna huiverde. Ze had zichzelf plechtig beloofd om zo min mogelijk aan haar ex-man Lucas en aan wat hij had gedaan te denken. Hij was er niet meer. Het enige wat ze nog van hem had, was het enige goede dat hij haar had gegeven: Emma en Adrian.

'Heb je zin in koffie met wat lekkers?' vroeg Erica toen ze de keuken binnenkwam met op beide heupen een peuter. De jongens begonnen te stralen toen ze hun tante zagen en Erica zette hen op de vloer. Ze renden meteen naar Anna en wilden op haar schoot klimmen.

'Kalm aan, er is plaats voor jullie allebei.' Anna tilde hen een voor een op. Toen keek ze naar Erica. 'Dat ligt eraan wat je in huis hebt.'

Ze strekte haar hals om te zien wat Erica in de aanbieding had.

'Wat zeg je van oma's rabarbertaart met amandelspijs?' Erica hield een taart in een doorschijnende plastic zak naar voren.

'Je maakt zeker een grapje. Je weet dat ik daar geen nee tegen kan zeggen.'

Erica sneed een paar grote stukken van de taart en legde die op een bord, dat ze op tafel zette. Noel stortte zich er meteen bovenop, maar Anna kon het nog net opzijschuiven. Ze pakte een stuk en brak er een paar brokjes af voor Noel en Anton. Noel propte zijn portie met een gelukzalig gezicht in één keer in zijn mond, terwijl Anton voorzichtig een hoekje van zijn stuk af beet en met zijn hele gezicht lachte.

'Wat zijn ze toch verschillend,' zei Anna en ze woelde door het haar van de twee vlaskoppen.

'Vind je?' zei Erica ironisch en ze schudde haar hoofd.

Ze had de koffie ingeschonken en zette geroutineerd Anna's kopje buiten bereik van de tweeling neer.

'Lukt het of zal ik er eentje van je overnemen?' vroeg ze met een blik op Anna, die haar best deed om tegelijk kinderen, koffie en taart in evenwicht te houden.

'Het gaat goed, ik vind het gezellig om ze zo dicht bij me te hebben.' Anna snoof even aan Noels hoofd. 'Waar is Maja trouwens?'

'Die zit aan de buis gekluisterd. De nieuwe grote liefde in haar leven is Mojje. Op dit moment kijkt ze naar *Mimmi en Mojje in de Caraïben*, en ik geloof dat ik moet kotsen als ik nog één keer *Op een zonnig strand in de Caraïben* hoor.'

'Adrian is momenteel helemaal bezeten van *Pokémon*, dus ik snap precies wat je bedoelt.' Anna nam voorzichtig een slokje koffie, doodsbenauwd dat er een hete druppel op de anderhalf jaar oude peuters zou belanden die op haar schoot kronkelden. 'En Patrik?'

'Aan het werk. Een vermoedelijke brandstichting op Valö.'

'Op Valö? Welk huis?'

Erica aarzelde even voordat ze antwoordde. 'De vakantiekolonie,' zei ze toen met slecht verholen opwinding in haar stem.

'Bah, wat akelig. Ik krijg altijd koude rillingen van die plek. Dat ze zomaar verdwenen.'

'Ik snap wat je bedoelt. Zoals je weet heb ik wat onderzoek gedaan naar die zaak in de hoop er een boek over te kunnen schrijven. Maar er was niets concreets. Tot nu.'

'Hoe bedoel je?' Anna nam nog een grote hap van de rabarbertaart. Zij had het recept van oma ook, maar bakken deed ze net zo vaak als lakens mangelen. Dat wil zeggen nooit.

'Ze is teruggekeerd.'

'Wie?'

'Ebba Elvander. Al heet ze tegenwoordig Stark.'

'Het kleine meisje?' Anna staarde Erica aan.

'Precies. Ze is samen met haar man naar Valö verhuisd en ze schijnen de boel te renoveren. En nu heeft iemand geprobeerd het huis in brand te steken. Dat zet je toch aan het denken.' Erica probeerde haar enthousiasme niet eens meer te verbergen.

'Kan het geen toeval zijn?'

'Natuurlijk kan dat. Maar toch is het vreemd. Ebba keert terug en plotseling gebeuren er allerlei dingen.'

'Er is één ding gebeurd,' merkte Anna op. Ze wist hoe makkelijk Erica van alles bij elkaar fantaseerde. Dat haar zus een reeks goed onderbouwde boeken had geschreven waar ze veel research voor had verricht, was een wonder. Anna had nooit goed begrepen hoe dat mogelijk was.

'Ja, ja, één ding,' zei Erica en ze zwaaide afwerend met haar hand. 'Ik kan amper wachten tot Patrik thuiskomt. Eigenlijk had ik met hem mee willen gaan, maar er was niemand die op de kinderen kon passen.'

'Denk je niet dat het er een beetje raar had uitgezien als je met Patrik mee was gegaan?'

Anton en Noel hadden er inmiddels genoeg van gekregen om op schoot te zitten. Ze klauterden naar beneden en renden naar de woonkamer.

'Het maakt ook niet uit; ik ben toch van plan er een dezer dagen heen te gaan om met Ebba te praten.' Erica schonk hun kopjes nog een keer vol.

'Ik vraag me echt af wat er met dat gezin is gebeurd,' zei Anna nadenkend.

'Mamaaaaaa! Haal ze hier weg!' Maja schreeuwde luid en schel vanuit de woonkamer en Erica stond met een zucht op.

'Ik wist wel dat ik al veel te lang rustig had kunnen zitten. Zo gaat het elke dag. Maja wordt helemaal gek van haar broertjes. Ik moet ik weet niet hoe vaak acuut in actie komen.'

'Hm,' zei Anna en ze keek Erica na, die haastig wegliep. Ze voelde een steek in haar hart. Ze wou dat zij het zo druk had.

Fjällbacka liet zich van zijn allerbeste kant zien. Vanaf de steiger voor het boothuis waar hij met zijn vrouw en schoonouders zat, had John uitzicht over de hele havenmond. Het stralende weer had extra veel zeilers en toeristen gelokt en de boten lagen rijen dik langs de pontonsteigers. Van die kant was muziek en vrolijk gelach te horen en hij sloeg het levendige schouwspel met half dichtgeknepen ogen gade.

'Het is jammer dat je er tegenwoordig nauwelijks een afwijkende mening op na mag houden in Zweden.' John hief zijn glas en nam een slok van de goed gekoelde rosé. 'Ze hebben het over democratie en dat iedereen het recht moet hebben zijn stem te laten horen, maar wij mogen ons niet uitspreken. Ze zouden het liefst zien dat we niet bestonden. Wat iedereen vergeet, is dat het volk ons heeft gekozen. Er zijn voldoende Zweden die hebben laten zien dat ze geen vertrouwen hebben in de manier waarop de dingen worden geregeld. Ze willen verandering, en die verandering hebben wij ze beloofd.'

Hij zette zijn glas weer neer en ging verder met garnalen pellen. Er lag al een grote hoop schillen op het bord.

'Ja, het is verschrikkelijk,' zei zijn schoonvader. Hij reikte naar de schaal met garnalen en pakte een handvol. 'Als we dan toch een democratie hebben, moet er naar het volk worden geluisterd.'

'En iedereen weet dat veel immigranten hier komen vanwege de uitkeringen,' voegde zijn schoonmoeder eraan toe. 'Als alleen díé buitenlanders zouden komen die bereid zijn om te werken en een bijdrage aan de samenleving te leveren, was het nog tot daaraan toe. Maar ik wil niet dat mijn belastinggeld wordt gebruikt om die parasieten te onderhouden.' Ze begon al een beetje te lallen.

John slaakte een zucht. Stelletje idioten. Ze wisten niet waar ze het over hadden. Net als de meeste andere kiezers in de kudde vereen-

voudigden ze het probleem. Ze zagen het geheel niet. Zijn schoonouders personifieerden de onwetendheid die hij zo diep verafschuwde, en nu zat hij hier een hele week met hen opgescheept.

Liv wreef kalmerend over zijn dij. Ze wist wat hij van hen vond en
was het in grote lijnen met hem eens. Maar Barbro en Kent waren nu
eenmaal haar ouders en ze kon er niet veel aan doen.

'Het ergste is nog wel dat iedereen zich met elkaar vermengt,' zei
Barbro. 'Bij ons in de wijk is een gezin komen wonen waarvan de
moeder Zweeds is en de vader Arabisch. Ik kan me maar al te goed
voorstellen hoe ellendig die arme vrouw het moet hebben, want iedereen weet hoe die Arabieren zich tegenover hun vrouwen gedragen. En de kinderen zullen ongetwijfeld gepest worden op school.
Vervolgens belanden ze in de criminaliteit en dan krijgt ze natuurlijk
spijt dat ze niet met een Zweed is getrouwd.'

'Helemaal waar,' stemde Kent in, terwijl hij probeerde een hap te
nemen van zijn boterham met garnalen.

'Waarom gunnen jullie John niet wat rust van de politiek?' zei Liv
op mild verwijtende toon. 'In Stockholm heeft hij het al druk genoeg
met immigratiekwesties. Hier kan hij toch zeker wel even pauze nemen van zijn werk?'

John schonk haar een dankbare blik en maakte van de gelegenheid gebruik om zijn vrouw te bewonderen. Ze was perfect. Blond,
zijdezacht haar dat uit het gezicht naar achteren was gekamd. Zuive-
re trekken en heldere, blauwe ogen.

'Neem me niet kwalijk, liefje. We dachten even niet na. We zijn
gewoon heel trots op wat John allemaal doet en op de positie die hij
heeft bereikt. Maar laten we het nu over iets anders hebben. Hoe gaat
het met jouw bedrijfje?'

Liv begon levendig te vertellen over haar problemen met de doua-
ne, die het haar erg lastig maakte. De leveringen van de interieurpro-
ducten die ze uit Frankrijk importeerde en vervolgens in een winkel
op internet verkocht, werden voortdurend vertraagd. Maar John
wist dat haar belangstelling voor de winkel eigenlijk was bekoeld. Ze
wijdde zich steeds meer aan partijwerkzaamheden. Daarbij vergeleken voelde alles onbelangrijk.

De meeuwen cirkelden steeds dichter boven de steiger en John
stond op.

'Ik stel voor dat we de boel opruimen. De vogels worden behoorlijk opdringerig.' Hij pakte zijn bord, liep naar het eind van de steiger en gooide alle garnalenschillen in zee. De meeuwen maakten een duikvlucht om zo veel mogelijk op te vangen. De rest was voor de krabben.

Hij bleef even staan, haalde diep adem en keek naar de horizon. Zoals gewoonlijk bleef zijn blik op Valö rusten en zoals gewoonlijk begon de woede inwendig te gloeien. Gelukkig werden zijn gedachten afgebroken door een zoemend geluid in zijn rechter broekzak. Hij pakte snel zijn telefoon en keek voordat hij opnam op het display. Het was de premier.

'Wat vind jij van die kaarten?' Patrik hield de deur voor Martin open. Die was zo zwaar dat hij zelfs zijn schouder moest gebruiken. Het politiebureau van Tanum was in de jaren zestig gebouwd en toen Patrik de eerste keer het op een bunker lijkende gebouw binnenstapte, had hij de treurigheid op zich af voelen komen. Inmiddels was hij zo gewend aan de vuilgele en beige kleuren van het interieur dat hij zich niet langer druk maakte om het volledige gebrek aan sfeer.

'Het klinkt vreemd. Wie stuurt er nou elk jaar een anonieme verjaardagskaart?'

'Niet helemaal anoniem. Er stond "G" op.'

'Ja, dat maakt het inderdaad een stuk eenvoudiger,' zei Martin en Patrik lachte.

'Wat is er zo grappig?' vroeg Annika, die opkeek toen ze binnenkwamen.

'Niets bijzonders,' zei Martin.

Annika draaide zich met bureaustoel en al om en ging vervolgens in de deuropening van haar kleine kamer staan. 'Hoe is het gegaan?'

'We moeten Torbjörns bevindingen afwachten, maar het lijkt erop dat iemand geprobeerd heeft het huis in de fik te steken.'

'Ik ga koffiezetten, dan kunnen we verder praten.' Annika begon te lopen en duwde Martin en Patrik voor zich uit.

'Heb je Mellberg al op de hoogte gebracht?' vroeg Martin toen ze de keuken binnengingen.

'Nee, ik vond het niet nodig om Bertil nu al te informeren. Hij heeft dit weekend tenslotte vrij. Dan moeten we de baas niet storen.'

'Daar heb je een punt,' zei Patrik, terwijl hij op een stoel bij het raam ging zitten.

'Zitten jullie hier gezellig koffie te drinken zonder iets tegen mij te zeggen?' Gösta stond met een nors gezicht in de deuropening.

'Wat doe jij hier? Je hebt toch vrij? Waarom sta je niet op de golfbaan?' Patrik trok de stoel naast zich onder de tafel vandaan zodat Gösta kon gaan zitten.

'Te warm. Ik vond dat ik net zo goed naar het bureau kon gaan om een paar rapporten te schrijven. Als het dan een keer niet zo heet is dat je eieren op het asfalt kunt bakken, kan ik mooi een paar uur de baan op. Waar zijn jullie geweest? Annika zei iets over brandstichting?'

'Ja, daar lijkt het wel op. Het ziet ernaar uit dat iemand benzine of een andere vloeistof onder de deur heeft gegoten en die vervolgens heeft aangestoken.'

'Dat is niet zo best.' Gösta pakte een Ballerina-koekje en haalde zorgvuldig de twee lagen van elkaar. 'Waar was het?'

'Op Valö. De oude vakantiekolonie,' zei Martin.

Gösta verstijfde midden in een beweging. 'De vakantiekolonie?'

'Ja, best wel vreemd. Ik weet niet of je het hebt gehoord, maar de jongste dochter, die was achtergelaten toen dat gezin verdween, is teruggekomen en woont daar nu.'

'Ja, dat gerucht heeft de ronde gedaan,' zei Gösta en hij staarde naar de tafel.

Patrik keek hem nieuwsgierig aan. 'Dat is waar ook, heb jij destijds niet aan die zaak gewerkt?'

'Klopt. Zo oud ben ik al,' stelde Gösta vast. 'Ik vraag me af waarom ze is teruggekomen.'

'Ze zei dat ze een zoontje hadden verloren,' zei Martin.

'Heeft Ebba een kind verloren? Wanneer? Hoe?'

'Ze gingen er verder niet op in.' Martin stond op en pakte de melk uit de koelkast.

Patrik fronste zijn voorhoofd. Het was niets voor Gösta om zoveel betrokkenheid te tonen, al had hij het wel vaker meegemaakt. Iedere oudere politieman had een zaak met een hoofdletter Z. Een zaak om jaar in jaar uit over te prakkiseren en steeds weer naar terug te keren om zo mogelijk nog een oplossing of een antwoord te vinden voordat het te laat was.

'Die zaak was voor jou heel bijzonder, hè?'

'Ja, dat was-ie. Ik zou er ik weet niet wat voor overhebben om erachter te komen wat er die paaszaterdag is gebeurd.'

'Je bent vast niet de enige,' zei Annika.

'En nu is Ebba dus terug.' Gösta wreef over zijn kin. 'En iemand heeft geprobeerd het huis in brand te steken.'

'Niet alleen het huis,' zei Patrik. 'De dader moet hebben begrepen, en is er misschien zelfs van uitgegaan, dat Ebba en haar man binnen lagen te slapen. Ze hadden geluk dat Mårten wakker werd en de brand kon blussen.'

'Ja, het is inderdaad een wonderlijk toeval,' zei Martin en hij veerde op toen Gösta met zijn vuist op tafel sloeg.

'Natuurlijk is het geen toeval!'

Zijn collega's keken hem vragend aan en het was even stil in de keuken.

'We zouden misschien nog eens naar die oude zaak moeten kijken,' zei Patrik ten slotte. 'Gewoon voor de zekerheid.'

'Ik kan het materiaal dat we hebben wel tevoorschijn halen,' zei Gösta. Zijn magere, op een windhond lijkende gezicht was weer enthousiast. 'Ik heb er in de loop van de jaren af en toe naar gekeken, dus ik weet waar ik de meeste informatie kan vinden.'

'Doe dat. Dan lezen we het daarna met z'n allen door. Misschien ontdekken we iets nieuws als we er met een frisse blik naar kijken. En wil jij de registers raadplegen of je iets over Ebba kunt vinden, Annika?'

'Doe ik,' zei ze en ze begon de tafel af te ruimen.

'We moeten waarschijnlijk ook de financiële situatie van de Starks controleren. En nagaan of het huis op Valö is verzekerd,' zei Martin voorzichtig terwijl hij Gösta aankeek.

'Denk je dat ze het zelf hebben gedaan? Dat is het domste dat ik heb gehoord. Ze waren zelf in het huis toen de brand uitbrak en Ebba's man heeft de brand geblust.'

'Toch is het de moeite waard om het te onderzoeken. Wie weet heeft hij de boel wel in de fik gestoken, maar kreeg hij er daarna spijt van. Ik zoek het wel uit.'

Gösta opende zijn mond alsof hij iets wilde zeggen, maar deed hem weer dicht en stampte de keuken uit.

Patrik stond op. 'Ik denk dat Erica ook een boel informatie heeft.'

'Erica? Hoezo?' Martin bleef midden in een beweging staan.

'Ze is al heel lang in deze zaak geïnteresseerd. Het is tenslotte een verhaal dat iedereen in Fjällbacka kent, en gezien Erica's werk is het niet zo vreemd dat het haar speciale belangstelling heeft.'

'Praat met haar. Alle informatie is welkom.'

Patrik knikte, maar twijfelde toch een beetje. Hij had zo zijn vermoedens hoe het zou gaan als hij Erica bij het onderzoek betrok.

'Natuurlijk, ik zal met haar praten,' zei hij en hij hoopte maar dat hij daar geen spijt van zou krijgen.

Percy's hand trilde licht toen hij twee glazen van zijn duurste cognac inschonk. Hij gaf het ene aan zijn vrouw.

'Ik snap niet hoe ze denken!' Pyttan dronk snel.

'Opa zou zich in zijn graf omdraaien als hij dit wist.'

'Je moet een oplossing zien te vinden, Percy.' Ze hield haar glas naar voren en hij schonk zonder aarzelen bij. Het was weliswaar nog vroeg in de middag, maar ergens ter wereld was het wel na vijven. Dit was een dag die om sterkedrank vroeg.

'Ik? Wat moet ik doen?' Zijn stem sloeg over en hij beefde zo hevig dat de helft van de cognac naast Pyttans glas terechtkwam.

Ze trok haar hand terug. 'Wat doe je nou, idioot!'

'Sorry, sorry.' Percy zakte neer in een van de grote, versleten fauteuils in de bibliotheek. Hij hoorde een scheurend geluid en begreep dat de stof van de zitting kapot was gegaan. 'Verdomme!'

Hij vloog op en trapte onbezonnen tegen het meubelstuk. Alles om hem heen viel uiteen. Het hele kasteel raakte in verval, er was al lang niets meer over van zijn erfenis en nu beweerden die klootzakken van de fiscus dat hij een grote som geld moest neertellen die hij niet had.

'Doe eens rustig aan.' Pyttan veegde haar handen droog met een servet. 'Er moet een oplossing zijn. Ik begrijp alleen niet dat het geld op is.'

Percy keek haar aan. Hij wist dat die gedachte haar bang maakte, maar hij kon alleen verachting voor haar voelen.

'Je begrijpt niet dat het geld op is?' schreeuwde hij. 'Weet je wel hoeveel je elke maand uitgeeft? Snap je niet hoeveel alles kost, alle reizen, etentjes, kleren, tassen, schoenen, juwelen en weet ik veel wat je allemaal koopt?'

Het was niets voor hem om zo te schreeuwen en Pyttan deinsde achteruit. Ze staarde hem aan en hij kende haar goed genoeg om te weten dat ze nu de alternatieven tegen elkaar afwoog: de strijd aangaan of hem naar de mond praten. Toen haar gelaatstrekken plotseling zachter werden, wist hij dat ze voor het laatste had gekozen.

'Schat, laten we geen ruzie maken over zoiets onbenulligs als geld.' Ze trok zijn stropdas recht en stopte zijn overhemd, dat uit zijn broek was geschoten, terug. 'Zo. Nu zie je er weer uit als mijn knappe kasteelheer.'

Ze kwam dicht tegen hem aan staan en hij merkte dat hij zwichtte. Ze had vandaag haar Gucci-jurk aan en dan vond hij het altijd extra moeilijk om weerstand aan haar te bieden.

'We doen het als volgt: je belt de accountant en neemt samen met hem nog een keer de boekhouding door. Zo erg kan het niet zijn. Je zult je veel beter voelen als je hem hebt gesproken.'

'Ik moet met Sebastian praten,' mompelde Percy.

'Sebastian?' zei Pyttan met een gezicht alsof ze iets vies in haar mond had. Ze keek Percy aan. 'Je weet dat ik het niet prettig vind dat je met hem omgaat. Want dan moet ik met zijn domme vrouw praten. Ze hebben gewoon geen klasse. Hij mag dan veel geld hebben, hij is en blijft een boerenpummel. Ik heb gehoord dat de Dienst Financiële Delicten hem al een hele poos in de gaten houdt, maar dat ze geen bewijzen kunnen vinden. Dat is echter slechts een kwestie van tijd en dan moeten wij niets met hem te maken hebben.'

'Geld stinkt niet,' zei Percy.

Hij wist wat de accountant zou zeggen. Er was geen geld meer. Het was allemaal op en om zich uit deze penibele situatie te redden en Fygelsta te behouden had hij kapitaal nodig. Sebastian was zijn enige hoop.

Ze waren naar het ziekenhuis in Uddevalla gegaan, maar alles had er goed uitgezien. Geen rook in de longen. Ze waren van de eerste schrik bekomen en Ebba had het gevoel alsof ze uit een vreemde droom was ontwaakt.

Ze merkte dat ze in het donker zat te turen en deed de lamp op het bureau aan. 's Zomers kwam de duisternis langzaam aangeslopen en ze spande haar ogen altijd te lang in voordat ze besefte dat ze beter licht nodig had.

De engel waarmee ze bezig was stribbelde tegen en ze deed haar best om het oogje op de juiste plaats te krijgen. Mårten begreep niet waarom ze de sieraden met de hand maakte en ze niet in Thailand of China liet vervaardigen, vooral nu er steeds meer opdrachten via de webwinkel binnenkwamen. Maar dan zou het werk niet even zinvol voelen. Ze wilde elk sieraad met de hand maken en in alle kettingen die ze verstuurde evenveel liefde stoppen. Haar eigen verdriet en herinneringen in de engelen inweven. Bovendien was het rustgevend om hier 's avonds mee bezig te zijn na een hele dag verven, timmeren en zagen. Als ze 's ochtends opstond deden al haar spieren zeer, maar als ze met de sieraden bezig was, ontspande haar lichaam.

'Ik heb alles op slot gedaan,' zei Mårten.

Ebba veerde op van haar stoel. Ze had hem niet aan horen komen.

'Shit,' vloekte ze toen het oogje dat ze bijna op de goede plek had gekregen weer losschoot.

'Zou je vanavond niet wat anders moeten doen?' vroeg Mårten voorzichtig, terwijl hij vlak achter haar kwam staan.

Ze merkte dat hij aarzelde of hij zijn handen op haar schouders zou leggen. Vroeger, voordat dat met Vincent was gebeurd, had hij vaak haar rug gemasseerd en ze had de resolute, maar tegelijkertijd zachte aanraking heerlijk gevonden. Nu kon ze het amper verdragen dat hij haar aanraakte, en ze was steeds bang dat ze op een dag instinctief zijn handen van zich af zou schudden en hem zo zou kwetsen dat de afstand tussen hen nog groter werd.

Ebba deed een nieuwe poging met het oogje en uiteindelijk kreeg ze het op de goede plaats.

'Maakt het wat uit of we de boel op slot doen?' zei ze zonder zich om te draaien. 'Dichte deuren lijken de persoon die ons vannacht levend wilde verbranden niet te hebben tegengehouden.'

'Wat moeten we dan doen?' zei Mårten. 'Je kunt me op z'n minst toch wel aankijken als je tegen me praat? Dit is belangrijk. Iemand heeft verdomme geprobeerd het huis in brand te steken en we weten niet wie dat heeft gedaan of waarom. Vind jij dat niet eng? Ben jij niet bang?'

Langzaam draaide Ebba zich naar hem om.

'Wat is er om bang voor te zijn? Het ergste is immers al gebeurd. Op slot of niet op slot. Het maakt mij niet uit.'

'Zo kunnen we niet doorgaan.'

'Waarom niet? Ik heb gedaan wat jij voorstelde. Ik ben hier weer komen wonen, heb ingestemd met jouw grootse plan om deze bouwval te renoveren zodat we daarna lang en gelukkig in ons paradijsje zouden kunnen wonen terwijl de gasten komen en gaan. Dat heb ik allemaal gedaan. Wat verlang je nog meer?' Ze hoorde zelf hoe koud en onverzoenlijk ze klonk.

'Niks, Ebba. Ik verlang helemaal niets.' Mårtens stem was even koud als de hare. Hij draaide zich om en liep de kamer uit.

Fjällbacka 1915

Eindelijk was ze vrij. Ze had een betrekking gevonden als meid op een boerderij in Hamburgsund en nu was ze verlost van haar pleegmoeder en haar weerzinwekkende kinderen. En niet in de laatste plaats van haar pleegvader. Naarmate ze ouder werd en haar lichaam zich verder ontwikkelde waren zijn nachtelijke bezoekjes steeds frequenter geworden. Sinds ze maandelijkse bloedingen had, had ze voortdurend in angst geleefd dat er een kind in haar zou gaan groeien. Een kind was wel het laatste dat ze wilde. Ze was niet van plan zo te worden als die bange roodbehuilde meisjes die met een krijsend bundeltje in hun armen aan moeders deur hadden geklopt. Als kind had ze hen al veracht, hun zwakte en hun berusting.

Dagmar pakte haar schaarse bezittingen in. Ze bezat niets uit haar ouderlijk huis en hier had ze niets van waarde gekregen dat ze mee kon nemen. Maar ze was niet van plan om met lege handen te vertrekken. Ze sloop naar de slaapkamer van haar pleegouders. In een doosje onder het bed, helemaal bij de muur, bewaarde haar pleegmoeder de sieraden die ze van haar moeder had geërfd. Dagmar ging op de vloer liggen en trok het doosje naar zich toe. Haar pleegmoeder was in Fjällbacka en de kinderen speelden buiten op het erf, ze zou dus niet worden gestoord.

Ze opende het deksel en glimlachte tevreden. Hier waren genoeg kostbare spullen om een poosje onbezorgd vooruit te kunnen, en het deed haar deugd dat die heks verdriet zou hebben als ze zag dat ze haar geërfde sieraden kwijt was.

'Wat doe je daar?' De stem van haar pleegvader in de deuropening deed haar opschrikken.

Dagmar had gedacht dat hij in de stal was. Haar hart ging even wild tekeer, maar toen voelde ze de kalmte terugkeren. Niets zou haar plannen in de war schoppen.

'Kun je dat niet zien?' zei ze, terwijl ze alle sieraden uit het doosje pakte en in de zak van haar rok stopte.

'Ben je helemaal gek geworden, wicht? Steel je de sieraden?' Hij kwam een stap dichterbij en ze hief haar hand op.

'Inderdaad. En ik raad je aan me niet tegen te houden. Want dan stap ik naar de veldwachter en vertel hem wat je met mij hebt gedaan.'

'Waag het niet!' Hij balde zijn vuisten, maar toen klaarde zijn blik op. 'Wie zou trouwens de dochter van de Engelenmaakster geloven?'

'Ik kan heel overtuigend zijn. En de geruchten zullen zich sneller verspreiden dan jij kunt vermoeden.'

Zijn gezicht betrok weer. Hij leek te aarzelen en ze besloot hem op gang te helpen.

'Ik heb een voorstel. Als mijn lieve pleegmoeder ontdekt dat haar sieraden zijn verdwenen, moet je alles in het werk stellen om haar te kalmeren en haar ervan te overtuigen dat ze de zaak moet laten rusten. Als je me dat belooft, krijg je een extra beloning voordat ik vertrek.'

Dagmar liep naar haar pleegvader toe. Langzaam tilde ze haar hand op, legde die op zijn geslacht en begon te wrijven. De ogen van de boer begonnen algauw te glanzen en ze wist dat ze hem nu in haar macht had.

'Zijn we het eens?' vroeg ze, terwijl ze langzaam zijn broek openknoopte.

'We zijn het eens,' zei hij. Hij legde zijn hand op haar kruin en duwde haar hoofd omlaag.

❄

De springtoren op Badholmen richtte zich zoals altijd majestueus op naar de hemel. Resoluut schudde Erica het beeld van een man die zachtjes aan een touw aan de toren heen en weer bungelde van zich af. Ze wilde zelfs niet in haar herinnering terugkeren naar die verschrikkelijke gebeurtenis, en Badholmen deed ook zijn best om haar aan leukere dingen te laten denken. Het kleine eiland vlak voor de kust van Fjällbacka lag als een sieraad in het water. De populaire jeugdherberg op het eiland was 's zomers meestal volgeboekt en Erica kon goed begrijpen waarom. De ligging en de ouderwetse charme van het gebouw vormden een onweerstaanbare combinatie. Maar vandaag kon ze niet echt van het uitzicht genieten.

'Zijn we er allemaal?' Ze keek gestrest om zich heen en telde de kinderen.

Drie wilde figuren in knaloranje zwemvesten renden op de steiger allemaal een andere kant op.

'Patrik! Kun jij misschien ook even helpen?' zei ze en ze pakte Maja bij de grote kraag van haar zwemvest toen haar dochter gevaarlijk dicht bij de rand van de steiger langs stoof.

'Wie moet de boot dan starten?' Patrik spreidde zijn armen en zijn gezicht was vuurrood.

'Als we ze de boot in krijgen voordat ze in het water vallen, dan kun jij daarna starten.'

Maja kronkelde als een slang om los te komen, maar Erica had de kleine lus aan haar kraag in een stevige greep en hield haar vast. Met haar vrije hand wist ze Noel te vangen, die op zijn mollige beentjes achter Anton aan rende. Nu was er nog maar één kind op drift.

'Hier, pak aan.' Ze sleepte de tegenstribbelende kinderen naar de kajuitsloep die aan de steiger was vastgemeerd en met een geïrriteerde blik klom Patrik het houten dek op om Maja en Noel van haar over te nemen. Daarna draaide ze zich snel om om achter Anton aan te gaan, die inmiddels al een flink eind op weg was naar de stenen brug die Badholmen met het vasteland verbond.

'Anton! Staan blijven!' riep ze zonder een reactie te krijgen. Hoewel hij behoorlijk doorstapte had ze hem algauw ingehaald. Haar zoon verzette zich en begon hysterisch te krijsen, maar Erica tilde hem resoluut op.

'Mijn hemel, hoe heb ik ooit kunnen denken dat dit een goed idee was?' zei ze toen ze de snikkende Anton aan Patrik gaf. Helemaal bezweet maakte ze het touw los en sprong op de boot.

'Je zult zien dat het beter wordt als we eenmaal op zee zijn.' Patrik draaide de sleutel om om de motor te starten, die godzijdank bij de eerste poging op gang kwam. Hij boog naar voren en maakte het achterste touw los, terwijl hij met zijn hand afstand probeerde te houden tot de boot ernaast. Het was niet zo eenvoudig om weg te komen. De boten lagen dicht op elkaar en als ze geen stootkussens hadden gehad, zouden zowel hun eigen boot als de boten van de buren zijn beschadigd.

'Sorry dat ik net tegen je snauwde.' Nadat Erica tegen de kinderen had gezegd dat ze in de kuip moesten gaan zitten, nam ze zelf plaats op een van de banken.

'Ik ben het al vergeten,' riep hij terwijl hij de stuurstok langzaam van zich af bewoog zodat de achtersteven naar de haven werd gericht en de voorsteven naar Fjällbacka.

Het was een stralende zondagochtend, met een helderblauwe lucht en spiegelglad water. De meeuwen cirkelden krijsend boven de boot en toen Erica om zich heen keek, zag ze dat er op veel boten in de haven werd ontbeten. Vermoedelijk lagen ook veel mensen hun roes uit te slapen. De bezoekende jongeren gingen op zaterdagavond meestal flink aan de boemel. Gelukkig ligt die tijd achter me, dacht ze en ze keek met beduidend meer tederheid dan een paar minuten geleden naar de kinderen, die nu rustig in de kuip zaten.

Ze ging naast Patrik staan en legde haar hoofd tegen zijn schouder. Hij sloeg zijn arm om haar heen en gaf haar een zoen op haar wang.

'Hé,' zei hij plotseling. 'Als we straks hebben aangemeerd, help me er dan aan herinneren dat ik je het een en ander over Valö en de vakantiekolonie wil vragen.'

'Wat wil je weten?' Erica's nieuwsgierigheid was meteen gewekt.

'We hebben het er straks in alle rust over,' zei hij en hij gaf haar nog een zoen.

Ze wist dat hij zo deed om haar te plagen. Het verlangen om meer te horen deed haar hele lichaam jeuken, maar ze wist zich te beheersen. Zwijgend hield ze haar hand boven haar ogen en tuurde naar Valö. Toen ze langzaam voorbij tuften, ving ze een glimp op van het grote, witte huis. Zouden ze er ooit achter komen wat daar zoveel jaren geleden was gebeurd? Ze had een hekel aan boeken en films waarin aan het eind niet alle vragen waren beantwoord en vond het heel vervelend om in de krant over onopgeloste moorden te lezen. En toen ze zich in de Valö-zaak had verdiept, was ze geen spat wijzer geworden, hoezeer ze ook naar een verklaring had gezocht. De waarheid was evenzeer in duisternis gehuld als het huis dat nu achter de bomen verborgen lag.

Martin bleef even met zijn hand in de lucht voor de deur staan en drukte toen op de bel. Hij hoorde algauw stappen en onderdrukte een impuls om zich om te draaien en weer weg te gaan. De deur ging open en Annika keek hem verbaasd aan.

'Hé, ben jij het? Is er iets gebeurd?'

Hij glimlachte geforceerd. Maar Annika was niet iemand die zich om de tuin liet leiden en in zekere zin was dat ook de reden dat hij naar haar toe was gegaan. Al sinds hij op het politiebureau werkte, was zij een soort tweede moeder voor hem en nu was zij de persoon met wie hij het liefst wilde praten.

'Het is zo, ik…' kreeg hij eruit.

'Kom binnen,' onderbrak Annika hem. 'Laten we met een kopje koffie in de keuken gaan zitten, dan kun je vertellen wat er aan de hand is.'

Martin stapte naar binnen, deed naar goed Zweeds gebruik zijn schoenen uit en volgde haar.

'Ga zitten,' zei ze, terwijl ze geroutineerd koffie in het filter schepte. 'Waar zijn Pia en Tuva?'

'Die zijn thuis. Ik heb gezegd dat ik even ging wandelen, dus ik kan niet te lang blijven. We gaan straks misschien nog naar het strand.'

'Aha. Ja, Leia vindt het ook leuk in het water. Toen we laatst aan het strand waren en weer naar huis wilden, kostte het ons enorm veel moeite om haar uit het water te krijgen. Ze is een echte waterrat. Lennart en zij zijn net weg, zodat ik een beetje kon opruimen.'

Annika's gezicht straalde helemaal toen ze het over haar dochter had. Het was nu bijna een jaar geleden dat haar man Lennart en zij, na veel ellende en verdriet, hun adoptiedochter uit China hadden kunnen ophalen. Nu draaide hun hele bestaan om Leia.

Martin kon zich geen betere moeder voorstellen dan Annika. Alles aan haar was warm en zorgzaam en ze gaf hem een veilig gevoel. Hij zou het liefst zijn hoofd op haar schouder leggen en de tranen die achter zijn oogleden brandden de vrije loop laten, maar hij hield zich in. Als hij begon te huilen, zou hij niet kunnen stoppen.

'Ik doe er wat kaneelbolletjes bij.' Ze pakte een zak uit de vriezer en legde die in de magnetron. 'Ik heb ze gisteren gebakken en wilde er ook een paar meenemen voor op het bureau.'

'Je weet toch wel dat het niet tot je taken behoort om ons van koffiebroodjes te voorzien?' zei Martin.

'Ik denk niet dat Mellberg het met je eens is. Als ik mijn contract er grondig op nalees, staat er vast ergens in de kleine lettertjes dat ik het politiebureau van Tanum ook van eigengebakken koffiebrood moet voorzien.'

'Het is waar, zonder jou en de bakkerij zou Bertil geen dag kunnen overleven.'

'Nee, vooral niet sinds Rita hem op dieet heeft gezet. Volgens Paula eten Bertil en Rita tegenwoordig alleen nog maar volkorenbrood en groenten.'

'Dat zou ik weleens willen zien.' Martin begon te lachen. Het voelde goed in zijn buik om te lachen en een deel van de spanning begon al los te laten.

De magnetron piepte en Annika legde de warme bolletjes op een bord en zette twee koppen koffie op tafel.

'Zo, nu hebben we alles. Nu mag je zeggen wat je op je hart hebt. Ik merkte laatst al dat er iets was, maar ik ging ervan uit dat je het wel zou vertellen als je er klaar voor was.'

'Misschien is het helemaal niets en ik wil jou niet met mijn problemen opzadelen, maar…' Gefrustreerd merkte Martin dat hij al bijna huilde.

'Onzin, daar ben ik voor. Vertel nu maar.'

Martin haalde even diep adem. 'Pia is ziek,' zei hij uiteindelijk en hij hoorde hoe de woorden tegen de muren van de keuken weerkaatsten.

Hij zag Annika verbleken. Dit had ze waarschijnlijk niet verwacht. Hij draaide het koffiekopje tussen zijn handen rond en ging verder. Plotseling kwam het er allemaal uit: 'Ze is al heel lang moe. Eigenlijk al sinds Tuva's geboorte, maar in het begin vonden we dat niet zo raar en dachten we dat het de normale vermoeidheid na een zwangerschap was. Maar Tuva is nu bijna twee en het is niet overgegaan, sterker nog, het is alleen maar erger geworden. En daarna ontdekte Pia ook knobbels in haar hals…'

Annika's hand schoot naar haar mond, alsof ze begreep waar het gesprek heen ging.

'Een paar weken geleden ben ik met haar meegegaan voor een onderzoek en ik zag direct aan de dokter wat hij vermoedde. Ze kreeg meteen een verwijsbrief voor het ziekenhuis in Uddevalla en daar zijn we heen gegaan voor verder onderzoek. En nu heeft ze morgen een afspraak bij de oncoloog om de uitslag te horen, maar we weten al wat ze zullen zeggen.' De tranen kwamen opzetten en hij veegde ze nijdig weg.

Annika gaf hem een servet. 'Huil maar, dat lucht meestal op.'

'Het is zo onrechtvaardig. Pia is nog maar dertig en Tuva is zo klein, en ik heb gegoogeld om de statistieken te bekijken en als het is wat we denken dat het is, dan ziet het er niet gunstig uit. Pia is heel dapper, en ik ben een laffe klootzak die het niet kan opbrengen om met haar te praten. Ik kan het nauwelijks opbrengen haar samen met Tuva bezig te zien of haar blik te beantwoorden. Ik voel me zo godvergeten waardeloos!' Hij kon de tranen niet langer tegenhouden en legde zijn hoofd op zijn armen op tafel en huilde zo hevig dat hij ervan schudde.

Er werd een arm om zijn schouder geslagen en hij voelde Annika's wang tegen de zijne. Ze zei niets, maar zat gewoon naast hem en wreef hem over zijn rug. Na een poosje ging hij rechtop zitten, draaide zich naar haar om en kroop in haar armen en Annika suste hem zoals ze Leia waarschijnlijk ook suste als zij zich had bezeerd.

Ze hadden geluk gehad dat ze nog een plekje hadden kunnen vinden bij Café Bryggan. Het terras zat helemaal vol en Leon zag de ene garnalensandwich na de andere naar buiten komen. De ligging aan het Ingrid Bergmanstorg was perfect, met langs de hele steiger tafels tot aan het water.

'Ik vind dat we het huis moeten kopen,' zei Ia.

Hij draaide zich om naar zijn vrouw. 'Tien miljoen is geen kattenpis.'

'Heb ik dat beweerd?' Ze boog zich naar voren en trok de plaid over zijn benen recht.

'Blijf van die stomme plaid af. Ik zweet me kapot.'

'Je mag niet verkouden worden, dat weet je.'

Een serveerster was bij hun tafel gekomen en Ia bestelde een witte wijn voor zichzelf en een mineraalwater voor Leon. Hij keek op naar het jonge meisje.

'Een groot glas bier,' zei hij.

Ia keek hem verwijtend aan, maar hij knikte slechts naar de serveerster. Ze reageerde net zoals iedereen die hij tegenkwam en deed zichtbaar haar best om niet naar zijn brandwonden te staren. Toen ze weg was, keek hij uit over het water.

'Het ruikt hier precies zoals ik het me herinner,' zei hij. Zijn handen met het duidelijke littekenweefsel rustten op zijn schoot.

'Ik vind het nog steeds maar niks. Maar ik ga ermee akkoord dat we het huis kopen. Ik ben niet van plan in een krot te gaan wonen en ik ga hier ook niet elk jaar de hele zomer doorbrengen. Een paar weken per jaar is genoeg.'

'Vind je het niet een beetje absurd om tien miljoen voor een huis te betalen waar we maar een paar weken per jaar zullen wonen?'

'Op die voorwaarde doe ik het,' zei ze. 'Anders moet je hier in je eentje blijven. En dat zal je niet lukken.'

'Nee, ik weet dat ik me niet op m'n eentje kan redden. Als ik dat per ongeluk een keertje mocht vergeten, dan herinner jij me daar wel aan.'

'Denk jij ooit aan alle opofferingen die ik me voor jou heb getroost? Ik heb al jouw idiote streken moeten verduren, maar jij hebt er nooit bij stilgestaan hoe dat voor mij was. En nu wil je hierheen. Ben je niet te oud om met vuur te spelen?'

De serveerster kwam met hun drankjes en zette de glazen op het blauw-wit geruite kleed. Leon nam een paar slokken en streelde het koude glas met zijn duim.

'Goed, je krijgt je zin. Bel de makelaar maar en zeg dat we het huis kopen. Maar dan wil ik wel dat we er zo snel mogelijk in trekken. Ik heb een hekel aan hotels.'

'Oké,' zei Ia zonder vreugde in haar stem. 'Ik zal het wel een paar weken per jaar in dat huis kunnen uithouden.'

'Je bent heel dapper, lieveling.'

Ze keek hem met een donkere blik aan. 'Laten we hopen dat je geen spijt krijgt van dit besluit.'

'Er is sindsdien zoveel gebeurd,' zei hij rustig.

Op hetzelfde moment hoorde hij achter zich iemand naar adem happen.

'Leon?'

Hij schrok. Hij hoefde zijn hoofd niet om te draaien, hij herkende de stem. Josef. Na al die jaren stond Josef hier.

Paula keek uit over de glinsterende inham en genoot van de warmte. Ze legde een hand op haar buik en glimlachte toen ze de baby voelde trappen.

'Volgens mij is het tijd voor een ijsje,' zei Mellberg en hij kwam overeind. Hij wierp een blik op Paula en zwaaide dreigend met zijn vinger. 'Je weet toch dat het niet goed is om met je blote buik in de zon te zitten?'

Ze keek hem verbaasd na toen hij naar de kiosk liep.

'Houdt hij me voor de gek?' Paula draaide zich om naar haar moeder.

Rita lachte. 'Bertil bedoelt het goed.'

Paula mopperde even maar bedekte haar buik toen toch maar met een sjaal. Leo rende in zijn nakie langs en werd al snel door Johanna gevangen.

'Hij heeft gelijk,' zei ze. 'Je kunt pigmentvlekken krijgen van de uv-straling, dus smeer je gezicht ook maar goed in.'

'Pigmentvlekken?' zei Paula. 'Ik ben toch al bruin?'

Rita gaf haar een fles zonnebrandcrème met beschermingsfactor dertig. 'Ik kreeg een heleboel bruine vlekken in mijn gezicht toen ik van jou in verwachting was, dus doe nou maar wat we zeggen.'

Paula gehoorzaamde en ook Johanna smeerde haar lichte huid goed in.

'Jij boft wel,' zei ze. 'Je hoeft er niet veel voor te doen om bruin te worden.'

'Dat is zo, maar ik wou dat Bertil zich wat rustiger hield,' zei Paula en ze spoot een grote klodder zonnecrème in haar hand. 'Laatst betrapte ik hem erop dat hij mijn zwangerschapstijdschriften zat te lezen. En eergisteren had hij een potje omega-3 uit de reformwinkel voor me meegenomen. Hij had in een blad gelezen dat dat goed was voor de ontwikkeling van de hersenen van de baby.'

'Hij is hier zo gelukkig over. Laat hem toch,' zei Rita en ze begon Leo voor de tweede keer van top tot teen in te smeren. Hij had Johanna's roodachtige, sproeterige huid geërfd en verbrandde snel. Paula vroeg zich verstrooid af of de baby haar kleuren of die van de onbekende donor zou krijgen. Haar maakte het niets uit. Leo was Johanna's en haar kind en tegenwoordig stond ze er maar zelden bij stil dat er eigenlijk nog een derde partij bij betrokken was geweest. Met dit kind zou het hetzelfde zijn.

Haar gedachten werden onderbroken door Mellbergs opgewekte geroep. 'Hier zijn de ijsjes!'

Rita keek hem doordringend aan. 'Je hebt er toch niet eentje voor jezelf gekocht, hoop ik.'

'Alleen een piepkleine Magnum. Ik ben de hele week al braaf geweest.' Hij glimlachte en knipoogde in een poging zijn partner milder te stemmen.

'Geen sprake van,' zei Rita kalm. Ze pakte het ijsje van hem af, liep weg en gooide het in een vuilnisbak.

Mellberg mompelde iets.

'Wat zei je?'

Hij slikte. 'Niets. Helemaal niets.'

'Je weet wat de dokter heeft gezegd. Je behoort tot de risicogroep die zowel een hartaanval als diabetes kan krijgen.'

'Maar een Magnum had heus niet zoveel kwaad gedaan. Een mens moet ook een beetje mogen leven,' zei hij, terwijl hij de overige ijsjes ronddeelde.

'Nog één week vakantie,' zei Paula. Ze deed haar ogen dicht tegen de zon en likte aan haar Cornetto.

'Ik vind echt dat je niet meer aan het werk moet gaan,' zei Johanna. 'Het duurt nu niet lang meer. Als je met de vroedvrouw praat, kun je het vast zo regelen dat je ziekteverlof krijgt. Je hebt rust nodig.'

'Hé daar,' zei Mellberg. 'Ik heb je wel gehoord, hoor. Vergeet niet dat ik Paula's baas ben.' Hij krabde nadenkend in zijn spaarzame grijze haren. 'Maar ik ben het met Johanna eens. Ik vind ook niet dat Paula moet werken.'

'Hier hebben we het al uitgebreid over gehad. Ik word helemaal gek als ik thuis moet zitten wachten. Bovendien is het nu vrij rustig.'

'Hoezo rustig?' Johanna staarde haar aan. 'Dit is de meest hectische periode van het jaar, met dronkenlappen en weet ik veel wat.'

'Ik bedoelde alleen dat we niet met een groot onderzoek bezig zijn. Het gewone zomerwerk met inbraken en dergelijke kan ik slapend doen. En ik hoef niet op pad. Ik kan op het bureau papierwerk doen. Dus geen gezeur meer. Ik ben zwanger, niet ziek.'

'We zullen zien,' zei Mellberg. 'Maar in één ding heb je gelijk. Het is momenteel best rustig.'

Het was hun trouwdag en zoals elk jaar had Gösta verse bloemen meegenomen om op Maj-Britts graf te zetten. Verder onderhield hij het niet bijster goed, maar dat had niets met zijn gevoelens voor Maj-Britt te maken. Ze hadden vele mooie jaren samen gehad en hij miste haar nog steeds elke ochtend als hij opstond. Hij was inmiddels gewend aan het leven als weduwnaar en zijn dagen verliepen zozeer volgens een vast patroon dat het soms een verre droom leek dat hij samen met iemand in het kleine huis had gewoond. Maar die gewenning wilde niet zeggen dat hij het prettig vond.

Hij hurkte neer en volgde het spoor in de steen dat de naam van hun zoontje vormde. Er was niet eens een foto van hem. Ze hadden gedacht dat ze alle tijd van de wereld zouden hebben om hem te fotograferen en hadden dat niet gedaan toen hij net was geboren. En toen hij doodging werd er geen foto genomen. Dat deed je niet in die tijd. Tegenwoordig keken de mensen daar heel anders tegenaan, had hij begrepen, maar destijds moest je vergeten en verdergaan.

Neem zo gauw jullie het kunnen een nieuw kind, was het advies geweest dat ze hadden meegekregen toen ze ontdaan het ziekenhuis verlieten. Zo was het niet gegaan. Het enige kind dat ze hadden gekregen was het meisje. Het deerntje, zoals ze haar hadden genoemd. Misschien hadden ze meer moeten doen om haar te houden, maar hun verdriet was nog steeds te groot geweest en ze hadden gedacht dat ze haar niet konden bieden wat ze nodig had, in elk geval niet op de lange termijn.

Maj-Britt had uiteindelijk de beslissing genomen. Toch had hij voorzichtig voorgesteld om voor het meisje te zorgen, om haar te laten blijven. Maar met een treurig gezicht en het verdriet al in haar hart gegrift had Maj-Britt gezegd: 'Ze heeft broertjes en zusjes nodig.' En toen was de kleine verdwenen. Ze spraken daarna niet meer over haar, maar Gösta had haar nooit kunnen vergeten. Als hij elke keer dat hij sindsdien aan haar had gedacht een kroon had gekregen, was hij nu een rijk man geweest.

Gösta kwam overeind. Hij had wat onkruid verwijderd dat wortel had geschoten en het boeket stond netjes in de vaas. Hij hoorde Maj-Britts stem duidelijk in zijn hoofd: 'Maar Gösta toch, wat een onzin. Wat een verspilling om mij zulke mooie bloemen te geven.' Ze was altijd met heel weinig tevreden geweest en hij wou dat hij daar vaker lak aan had gehad, dat hij haar meer had verwend. Dat hij haar bloemen had gegeven toen ze ervan kon genieten. Nu kon hij alleen maar hopen dat ze ergens daarboven naar beneden naar de mooie bloemen keek en er blij mee was.

Fjällbacka 1919

De Sjölins gaven weer een feest. Dagmar was dankbaar voor elke keer dat ze gasten hadden. De extra inkomsten kwamen goed van pas en het was heerlijk om al die rijke en mooie mensen van dichtbij te mogen zien. Ze leefden zo'n geweldig en zorgeloos leven. Ze aten en dronken lekker en veel, ze dansten, zongen en lachten tot het ochtendgloren. Ze wenste dat haar leven er ook zo uitzag, maar vooralsnog moest ze blij zijn dat ze de gelukkigen mocht bedienen en een poosje in hun nabijheid mocht verkeren.

Dit feest leek heel bijzonder te worden. Ze was samen met het overige personeel 's ochtends al naar het eiland voor de kust van Fjällbacka gebracht, en de boot had de hele dag heen en weer gevaren om eten, wijn en gasten te vervoeren.

'Dagmar! Je moet meer wijn uit de aardkelder halen!' riep mevrouw Sjölin en Dagmar haastte zich weg.

Ze vond het belangrijk om op goede voet te staan met de vrouw des huizes, omdat ze absoluut niet door haar in de gaten gehouden wilde worden. Want dan zou het haar maar al te gauw opvallen dat haar man tijdens de feesten op een bepaalde manier naar Dagmar keek en haar intieme kneepjes gaf. Soms mocht hij verder gaan, als zijn vrouw zich had verontschuldigd en naar bed was gegaan en de overige gasten te dronken waren of zo opgingen in hun eigen pleziertjes dat ze niet zagen wat er om hen heen gebeurde. Na die gelegenheden stopte de dokter haar meestal stiekem wat extra geld toe als het loon werd uitbetaald.

Snel pakte ze vier flessen wijn en haastte zich terug. Ze hield de flessen stevig tegen haar borst gedrukt, maar toen rende ze tegen iemand aan en

53

de flessen vielen op de grond. Twee ervan gingen kapot en vertwijfeld be-
sefte Dagmar dat die vast op haar loon zouden worden ingehouden. Ze
begon te huilen en keek naar de man voor zich.

'Neem me niet kwalijk!' zei hij in het Deens, maar de woorden klon-
ken vreemd uit zijn mond.

Haar ontzetting en vertwijfeling sloegen om in woede.

'Waar bent u mee bezig? U snapt toch wel dat u niet zomaar voor de
deur kunt gaan staan?'

'Neem me niet kwalijk,' herhaalde hij. 'Ich verstehe nicht.'

Plotseling begreep Dagmar wie hij was. Ze was tegen de eregast van de
avond aangebotst: de Duitse oorlogsheld, de vliegenier die in de oorlog zo
dapper had gevochten, maar na de pijnlijke nederlaag van Duitsland
zijn brood verdiende als demonstratievlieger. Er was de hele dag over
hem gefluisterd. Hij had kennelijk in Kopenhagen gewoond en het ge-
rucht ging dat hij vanwege een schandaal naar Zweden had moeten ver-
trekken.

Dagmar staarde hem aan. Hij was de knapste man die ze ooit had ge-
zien. Hij leek helemaal niet even dronken als de andere gasten en zijn
blik was vast toen hij de hare ontmoette. Lange tijd stonden ze elkaar
aan te kijken. Dagmar rechtte haar rug. Ze wist dat ze mooi was. Dat
had ze vaak bevestigd gekregen van mannen die hun handen over haar
lichaam hadden laten glijden en woordjes in haar oor hadden gekreund.
Maar nooit eerder was ze zo blij geweest met haar schoonheid.

Zonder zijn ogen van haar af te wenden boog de vliegenier zich om-
laag en begon de scherven van de flessen op te rapen. Voorzichtig liep hij
naar een bosje en gooide ze daarin. Toen drukte hij zijn wijsvinger tegen
zijn mond, liep naar de kelder en pakte twee nieuwe flessen. Dagmar
glimlachte dankbaar en liep naar hem toe om ze aan te nemen. Haar
blik viel op zijn handen en ze zag dat zijn linker wijsvinger bloedde.

Ze maakte een gebaar om aan te geven dat ze naar zijn hand wilde
kijken en hij zette de flessen op de grond. Het was geen diepe wond, maar
hij bloedde toch rijkelijk. Terwijl ze hem recht in de ogen keek, stopte ze
zijn vinger in haar mond en zoog voorzichtig het bloed weg. Zijn pupil-
len werden wijder en ze zag het bekende glanzige vlies over zijn ogen ver-
schijnen. Ze trok zich terug en tilde de flessen op. Toen ze wegliep naar
het feestende gezelschap, voelde ze zijn blik in haar rug.

✳

Patrik had zijn collega's bij elkaar geroepen voor overleg. Met name Mellberg moest van de situatie op de hoogte worden gebracht. Hij schraapte zijn keel. 'Jij was er dit weekend niet, Bertil, maar je hebt misschien gehoord wat er is gebeurd?'

'Nee, wat dan?' Mellberg keek Patrik sommerend aan.

'Er is zaterdag brand geweest bij de vakantiekolonie op Valö. Het lijkt erop dat die is aangestoken.'

'Brandstichting?'

'Het is nog niet bevestigd. We wachten op het rapport van Torbjörn,' zei Patrik. Hij aarzelde even voordat hij verderging. 'Maar er zijn toch genoeg aanwijzingen om ermee verder te gaan.'

Patrik wees naar Gösta, die met een pen in zijn hand bij het whiteboard stond.

'Gösta is bezig het materiaal te verzamelen over het gezin dat op Valö verdween. Hij…' begon Patrik, maar hij werd onderbroken.

'Ik weet wat je bedoelt. Iedereen kent dat oude verhaal. Maar wat heeft dat hiermee te maken?' vroeg Mellberg. Hij boog zich voorover en krabde zijn hond Ernst, die onder zijn stoel lag.

'Dat weten we niet.' Patrik voelde zich nu al moe. Altijd die discussies met Mellberg, die in theorie het hoofd van het bureau was, maar in de praktijk de verantwoordelijkheid maar wat graag aan Patrik overliet. Als hij zelf na afloop maar met de eer mocht strijken. 'We onderzoeken dit voorlopig onbevooroordeeld. Maar het lijkt vreemd dat zoiets gebeurt op het moment dat de achtergelaten dochter na vijfendertig jaar terugkomt.'

'Ze hebben het huis vast zelf in de fik gestoken. Voor het verzekeringsgeld,' zei Mellberg.

'Ik ben hun financiële situatie aan het bekijken.' Martin zat naast Annika en leek ongebruikelijk mat. 'Als het goed is, kan ik morgenochtend het een en ander laten zien.'

'Mooi. Jullie zullen zien dat het mysterie dan is opgelost. Ze kwamen erachter dat het veel te duur zou worden om die bouwval te renoveren en besloten dat het meer zou opleveren als ze de boel lieten afbranden. Dat heb ik zo vaak meegemaakt toen ik nog in Göteborg werkte.'

'We beperken ons zoals gezegd niet tot één afzonderlijke verklaring,' zei Patrik. 'Nu vind ik dat Gösta mag vertellen wat hij zich van de zaak kan herinneren.'

Hij ging zitten en knikte naar Gösta dat hij kon beginnen. Wat Erica gisteren tijdens hun boottochtje langs de scherenkust had verteld was fascinerend geweest, en nu wilde hij horen wat Gösta over het oude onderzoek kon melden.

'Jullie weten er natuurlijk al het een en ander van, maar als jullie er geen bezwaar tegen hebben, wil ik bij het begin beginnen.' Gösta keek rond en iedereen aan tafel knikte.

'Op 13 april 1974, op paaszaterdag, belde iemand naar de politie in Tanum en zei dat we naar het internaat op Valö moesten komen. Die persoon zei niet wat er was gebeurd en hing weer op. Het gesprek werd aangenomen door het oude hoofd van het politiebureau en hij had niet kunnen horen of de beller een man of een vrouw was.' Gösta stopte even en leek in zijn herinnering terug te gaan naar het verleden. 'Mijn collega Henry Ljung en ik kregen de opdracht erheen te gaan om te kijken wat er aan de hand was. Een halfuur later waren we ter plaatse en we ontdekten iets heel vreemds. De tafel in de eetkamer was gedekt voor de paaslunch en het eten was half opgegeten, maar er was geen spoor te bekennen van het gezin dat er woonde. Er was alleen een meisje van één jaar, Ebba, dat in haar eentje ronddrentelde. Het was alsof de rest van het gezin in rook was opgegaan. Alsof ze tijdens de maaltijd waren opgestaan en ineens waren verdwenen.'

'Poef,' zei Mellberg en Gösta keek hem vernietigend aan.

'Waar waren alle leerlingen?' vroeg Martin.

'Omdat het paasvakantie was, waren de meeste jongens thuis bij hun ouders. Er waren er maar een paar op Valö gebleven en die zagen we niet toen we aankwamen, maar na een poosje doken er vijf jongens in een boot op. Ze zeiden dat ze een paar uur waren wezen vissen. In de weken daarna werden ze uitgebreid ondervraagd, maar ze wisten niet wat er met het gezin kon zijn gebeurd. Ik heb zelf met ze gepraat, maar ze zeiden allemaal hetzelfde: dat ze niet waren uitgenodigd voor de paaslunch en daarom waren gaan vissen. Toen ze vertrokken was alles normaal geweest.'

'Lag de boot van het gezin nog bij de steiger?' vroeg Patrik.

'Ja. En we hebben het hele eiland uitgekamd, maar ze waren als van de aardbodem verdwenen.' Gösta schudde zijn hoofd.

'Met z'n hoevelen waren ze eigenlijk?' Mellberg leek tegen zijn zin nieuwsgierig te zijn geworden en leunde naar voren om te luisteren.

'Het gezin bestond uit twee volwassenen en vier kinderen. Een van de kinderen was de kleine Ebba, dus twee volwassenen en drie kinderen waren verdwenen.' Gösta draaide zich om om op het bord te schrijven. 'De vader van het gezin, Rune Elvander, was rector van het internaat. Hij was oud-militair en wat hij voor ogen had was een school voor goed bemiddelde jongens wier ouders hoge eisen stelden aan opleiding, karaktervormende discipline en verkwikkende activiteiten in de openlucht. Als ik me niet vergis werd de school zo beschreven in een informatiebrochure.'

'Jee, dat klinkt als iets van de jaren twintig,' zei Mellberg.

'Er zijn altijd ouders die terugverlangen naar de goede oude tijd, en dat was precies wat Rune Elvander aanbood,' zei Gösta en hij ging verder met zijn verhaal. 'Ebba's moeder heette Inez. Ten tijde van de verdwijning was ze drieëntwintig, een stuk jonger dus dan Rune, die in de vijftig was. Rune had ook drie kinderen uit een eerder huwelijk: Claes, negentien, Annelie van zestien en Johan, die negen was. Hun moeder, Carla, was ruim een jaar voordat Rune hertrouwde overleden. Volgens de vijf jongens leken er problemen te zijn binnen het gezin, maar veel meer kwamen we niet van ze te weten.'

'Hoeveel jongeren waren er op het internaat als ze geen vakantie hadden?' vroeg Martin.

'Dat wisselde een beetje, maar rond de twintig. Naast Rune waren er nog twee leraren, maar die waren tijdens de vakantie vrij.'

'Ik neem aan dat ze een alibi hadden voor het tijdstip van de verdwijning?' Patrik keek Gösta aandachtig aan.

'Ja. De ene vierde Pasen bij zijn familie in Stockholm. Tegen de andere koesterden we aanvankelijk enige achterdocht omdat hij zich in allerlei bochten wrong en niet echt wilde vertellen waar hij was geweest. Maar toen bleek dat hij met zijn vriend op zonvakantie was geweest en dat dat de reden van alle geheimzinnigdoenerij was. Hij wilde niet dat bekend zou raken dat hij homoseksueel was, want dat had hij op school goed verborgen weten te houden.'

'Hoe zat het met de leerlingen die tijdens de vakantie naar huis waren gegaan? Hebben jullie die gecontroleerd?' vroeg Patrik.

'Allemaal. Alle ouders verklaarden dat hun zoon de paasdagen thuis had doorgebracht en niet in de buurt van het eiland was geweest. Ze leken trouwens zeer tevreden over de invloed die de school op hun kinderen had en vonden het uitermate vervelend dat de jongens niet terug konden naar het internaat. Ik kreeg de indruk dat de meeste ouders het zelfs lastig vonden om hun kind tijdens de vakantie thuis te moeten hebben.'

'Oké, en jullie hebben dus geen fysieke sporen gevonden die erop wezen dat er iets met het gezin was gebeurd?'

Gösta schudde zijn hoofd. 'We beschikten natuurlijk niet over de apparatuur en de kennis van tegenwoordig, en het technische onderzoek was daar ook naar. Maar iedereen deed wat hij kon en er was niets. Of liever gezegd: we vonden niets. Toch heb ik altijd het gevoel gehad dat we iets over het hoofd zagen, al kan ik niet goed zeggen wat.'

'Wat is er met het meisje gebeurd?' vroeg Annika. Haar hart bloedde altijd voor kinderen die het moeilijk hadden.

'Er was geen andere familie, dus Ebba werd bij een pleeggezin in Göteborg geplaatst. Voor zover ik weet hebben zij haar daarna geadopteerd.' Gösta viel stil en keek naar zijn handen. 'Ik durf te stellen dat we goed werk hebben verricht. We hebben alle mogelijke sporen onderzocht en geprobeerd een motief te vinden. We hebben in Runes verleden gewroet, maar geen oude familiegeheimen gevonden. We hebben in heel Fjällbacka een buurtonderzoek gehouden om te horen of iemand iets bijzonders had opgemerkt. Ja, we hebben de zaak van alle denkbare kanten bekeken, maar het leverde allemaal niets op. Zonder bewijzen was het onmogelijk om te concluderen of ze waren vermoord of ontvoerd of gewoon vrijwillig waren vertrokken.'

'Bijzonder fascinerend, dat moet ik zeggen.' Mellberg schraapte zijn keel. 'Maar ik begrijp nog steeds niet waarom we hier verder in moeten spitten. Er is toch geen reden om de dingen ingewikkelder te maken dan ze zijn? Of die Ebba en haar man hebben de brand zelf aangestoken, of een paar kinderen hebben een kwajongensstreek uitgehaald.'

'Dit lijkt me veel te geavanceerd voor een groepje verveelde tieners,' zei Patrik. 'Als die iets in de fik willen steken, doen ze dat wel in het dorp. Daarvoor gaan ze heus niet met de boot naar Valö. En zoals we al zeiden, onderzoekt Martin of er eventueel sprake is van verzekeringsfraude. Maar hoe meer ik over deze oude zaak hoor, hoe meer ik het gevoel heb dat de brand verband houdt met de verdwijning van het gezin.'

'Jij en je gevoel ook altijd,' zei Mellberg. 'We hebben niets concreets dat op een verband wijst. Ik weet dat je in het verleden een paar keer gelijk hebt gehad, maar deze keer kraam je echt onzin uit.' Mellberg stond op, zichtbaar tevreden met zijn laatste opmerking, die hij als de waarheid van de dag beschouwde.

Patrik haalde zijn schouders op en liet het commentaar van zich af glijden. Hij maakte zich al lang niet meer druk om wat Mellberg vond, als hij dat ooit al had gedaan. Hij verdeelde de taken en sloot de bijeenkomst af.

Toen hij de kamer uit liep, kwam Martin naar hem toe en nam hem apart.

'Kan ik vanmiddag vrij nemen? Ik weet dat ik er nogal laat mee kom…'

'Ja, natuurlijk kan dat als het belangrijk is. Een speciale reden?'

Martin leek te aarzelen. 'Het is privé. Ik wil er op dit moment liever niet over praten, goed?'

Iets in Martins stem deed Patrik besluiten niet door te vragen, maar het kwetste hem een beetje dat Martin hem niet in vertrouwen wilde nemen. Hij vond dat ze in de loop van de jaren zo'n hechte band hadden opgebouwd dat Martin het hem best kon vertellen als er iets mis was.

'Ik kan het even niet opbrengen,' zei Martin alsof hij Patriks gedachte kon raden. 'Maar je vindt het dus goed dat ik na de lunch ga?'

'Natuurlijk, geen probleem.'

Martin glimlachte zwak, draaide zich toen om en wilde gaan.

'Hé,' zei Patrik. 'Ik ben er voor je als je wilt praten.'

'Ik weet het.' Martin aarzelde even. Toen verdween hij de gang in.

Toen Anna de trap af liep, wist ze al wat ze in de keuken zou aantreffen. Dan in zijn versleten ochtendjas, verdiept in de krant met een kop koffie in zijn hand.

Toen hij haar over de drempel zag stappen, lichtte zijn gezicht op.

'Goedemorgen, lieverd.' Hij strekte zich uit voor een zoen.

'Goedemorgen.' Anna draaide haar hoofd weg. 'Ik ruik niet zo fris uit mijn mond,' zei ze verontschuldigend, maar het kwaad was al geschied. Dan stond zonder iets te zeggen op en zette zijn kopje in de gootsteen.

Waarom was het allemaal zo moeilijk? Ze zei en deed voortdurend de verkeerde dingen. Ze wilde dat het weer goed zou komen, dat het weer werd zoals het vroeger was geweest. Ze wilde terug naar de vanzelfsprekendheid die ze vóór het ongeluk hadden gehad.

Dan rommelde met de afwas van het ontbijt. Ze liep naar hem toe en sloeg haar armen om hem heen, legde haar wang tegen zijn rug. Maar ze voelde alleen de frustratie in zijn gespannen lijf. Die verspreidde zich naar haar en het verlangen naar intimiteit verdween weer. Of en wanneer het terug zou komen viel onmogelijk te zeggen.

Met een zucht liet ze Dan los en ging aan de keukentafel zitten.

'Ik moet weer aan het werk,' zei ze. Ze pakte een boterham en reikte naar het botermesje.

Dan draaide zich om, leunde tegen het aanrecht en sloeg zijn armen over elkaar.

'Wat zou je dan willen gaan doen?'

Anna aarzelde even voordat ze antwoordde. 'Ik zou iets voor mezelf willen beginnen,' zei ze uiteindelijk.

'Wat een superidee! Waar denk je aan? Een winkel? Ik kan rondvragen of er iets leeg staat.'

Dan lachte met zijn hele gezicht en op de een of andere manier temperde zijn enthousiasme dat van haar. Dit was haar idee en ze wilde het niet delen. Waarom dat zo was, kon ze niet eens aan zichzelf uitleggen.

'Ik wil het alleen doen,' zei ze en ze hoorde zelf hoe scherp ze klonk.

Dans vrolijke gezicht betrok meteen.

'Je gaat je gang maar,' zei hij en hij begon weer met de afwas te rammelen.

Shit, shit, shit. Anna vloekte inwendig en kneep haar handen hard dicht.

'Ik heb inderdaad aan een winkel gedacht. Maar dan zou ik ook iets met interieurstyling willen doen, antieke spullen inkopen en zo.' Ze babbelde door en probeerde Dans aandacht weer te trekken. Maar hij bleef met de glazen en borden rammelen en antwoordde niet eens. Zijn rug was hard en onverzoenlijk.

Anna legde de boterham op haar bord. Ze had geen trek meer.

'Ik ga even naar buiten,' zei ze en ze stond op om zich boven aan te kleden. Dan antwoordde nog steeds niet.

'Wat gezellig dat je kon komen lunchen,' zei Pyttan.

'Het is altijd weer leuk om te zien hoe de chic leeft.' Sebastian lachte en sloeg Percy zo hard op zijn rug dat hij begon te hoesten.

'Nou, jullie hebben het ook niet slecht.'

Percy glimlachte besmuikt. Pyttan had er nooit een geheim van gemaakt wat ze van Sebastians poenige huis met de twee zwembaden en de tennisbaan vond. Het huis was qua oppervlak weliswaar kleiner dan Fygelsta, maar er was des te meer geld aan uitgegeven. 'Smaak is niet te koop,' zei ze altijd als ze daar waren geweest, haar neus ophalend voor de blinkende gouden lijsten en de enorme kristallen kroonluchters. Hij was geneigd haar gelijk te geven.

'Ga zitten,' zei hij en hij ging Sebastian voor naar de tafel die buiten op het terras was gedekt. In deze tijd van het jaar was Fygelsta onovertrefbaar. Het mooie park strekte zich uit zo ver het oog reikte. Generaties lang was het met zorg onderhouden, maar nu was het slechts een kwestie van tijd voor het net als het kasteel in verval zou raken. Tot hij de financiën op orde had zouden ze het zonder tuinman moeten stellen.

Sebastian ging zitten en leunde achterover. Hij had zijn zonnebril op zijn voorhoofd geschoven.

'Een glas wijn?' Pyttan hield hem een fles uitstekende chardonnay voor. Hoewel ze het geen goed idee had gevonden om Sebastian om hulp te vragen, wist Percy dat ze er, nu het besluit eenmaal was genomen, alles aan zou doen om het hem zo makkelijk mogelijk te maken. Er waren ook niet veel alternatieven. Áls die er al waren.

Ze schonk Sebastians glas in en zonder te wachten tot zij als gastvrouw 'tast toe' had kunnen zeggen, begon hij van het voorgerecht te eten. Hij schoof een grote hap garnalensalade naar binnen en kauwde met halfopen mond. Percy zag dat Pyttan haar blik afwendde.

'Jullie hebben dus problemen met de belastingdienst?'

'Tja, wat zal ik zeggen?' Percy schudde zijn hoofd. 'Kennelijk is tegenwoordig niets meer heilig.'

'Je spreekt een waar woord. In dit land loont het niet om te werken.'

'Nee, in vaders tijd was het heel anders.' Percy wierp Pyttan een vragende blik toe en begon zijn boterham te snijden. 'Je zou toch verwachten dat al onze inspanningen voor het beheer van dit culturele erfgoed wat meer zouden worden gewaardeerd. Onze familie heeft de zware verantwoordelijkheid op zich genomen om een stuk Zweedse geschiedenis te bewaren, en dat hebben we altijd met glans gedaan.'

'Ja, maar tegenwoordig waait er een andere wind,' zei Sebastian en hij zwaaide met zijn vork. 'De sociaaldemocraten zijn natuurlijk lang aan de macht geweest en het lijkt niet veel uit te maken dat we nu een niet-socialistische regering hebben. Je mag niet meer hebben dan je buurman, want dan pakken ze je alles af. Ik heb het zelf ook ondervonden. Ik kreeg dit jaar een behoorlijke naheffing, maar gelukkig alleen over mijn bezittingen in Zweden. Je moet slim zijn en je activa in het buitenland onderbrengen, zodat de belastingdienst niet bij het geld kan komen waar je hard voor hebt gewerkt.'

Percy knikte. 'Ja, je hebt gelijk, maar een groot deel van mijn kapitaal zit in het kasteel.'

Hij was niet dom. Hij wist dat Sebastian in de loop van de jaren misbruik van hem had gemaakt. Zo had Sebastian het kasteel mogen gebruiken om met klanten te gaan jagen; hij had er grote feesten gegeven en zijn vele minnaressen ermee naartoe genomen. Hij vroeg zich af of Sebastians vrouw iets vermoedde, maar in feite ging het hem niet aan. Pyttan hield hem kort en zelf zou hij nooit vreemd durven gaan. Van hem mochten de mensen in hun huwelijk doen wat ze wilden.

'Je hebt toch ook flink wat van je vader geërfd?' vroeg Sebastian en hij stak Pyttan sommerend zijn inmiddels lege wijnglas toe. Zonder te laten blijken wat ze dacht, pakte ze de fles en schonk het glas tot de rand toe vol.

'Jawel, maar je moet weten…' Percy schoof ongemakkelijk heen en weer. Hij vond het verschrikkelijk om over geld te praten. 'Het onderhoud van het kasteel kost een smak geld en de kosten voor levensonderhoud stijgen voortdurend. Alles is tegenwoordig vreselijk duur.'

Sebastian grijnsde. 'Ja, het dagelijks leven kost veel.'

Hij nam Pyttan ongegeneerd op, van haar kostbare diamanten oorhangers tot aan haar hooggehakte Louboutin-schoenen. Vervolgens wendde hij zich tot Percy.

'Hoe kan ik je helpen?'

'Ja…' Percy aarzelde, maar na een blik op zijn vrouw ging hij verder. Hij moest dit oplossen, anders zou ze vermoedelijk haar toevlucht nemen tot andere mogelijkheden. 'Het zou natuurlijk niet meer dan een kortlopende lening zijn.'

Een ongemakkelijke stilte volgde, maar daar leek Sebastian zich niets van aan te trekken. Er verscheen een glimlachje om zijn mond.

'Ik heb een voorstel,' zei hij langzaam. 'Maar het lijkt me beter om dat onder vier ogen te bespreken, als oude schoolvrienden onder elkaar.'

Pyttan leek te willen protesteren, maar Percy wierp haar een ongebruikelijk harde blik toe en ze zweeg. Hij keek naar Sebastian en de woorden vlogen geluidloos door de lucht.

'Ja, dat is waarschijnlijk het beste,' zei hij gedwee.

Sebastian glimlachte nu breeduit. Hij stak zijn glas nog een keer naar voren zodat Pyttan hem kon bijschenken.

Het was te heet om met de gevel bezig te zijn als de zon op haar hoogste punt stond, daarom werkten ze midden op de dag binnenshuis.

'Zullen we met de vloer beginnen?' vroeg Mårten toen ze de eetkamer inspecteerden.

Ebba trok aan een losse reep behang en een groot stuk liet los. 'Is het niet beter om eerst de muren te doen?'

'Ik weet niet zeker of de vloer het nog lang houdt, veel planken hebben rotte plekken. Het lijkt me verstandig om daarmee te beginnen voordat we iets anders gaan doen.' Hij drukte met zijn voet op een plank, die onder zijn schoen doorboog.

'Oké, dan wordt het de vloer,' zei Ebba en ze zette haar veiligheidsbril op. 'Hoe pakken we het aan?'

Ze vond het niet erg om hard te werken en evenveel uren te zwoegen als Mårten. Maar hij was degene die ervaring had met dit soort klussen en daarom moest ze zich verlaten op zijn deskundigheid.

'Voorhamer en koevoet lijken me het meest geschikt. Zal ik de voorhamer nemen en jij de koevoet?'

'Dat is best.' Ebba pakte het stuk gereedschap aan dat Mårten haar aanreikte. Toen gingen ze aan de slag.

Ze voelde de adrenaline door haar lijf gieren en haar armen deden aangenaam pijn als ze de koevoet in de kieren tussen de planken stak en het hout loswrikte. Zolang ze haar lichaam tot het uiterste dreef, dacht ze niet aan Vincent. Als het zweet stroomde en haar spieren volliepen met melkzuur, was ze even vrij. Ze was niet langer Vincents moeder. Ze was Ebba die haar erfenis opknapte, die sloopte en weer opbouwde.

Ze dacht ook niet aan de brand. Als ze haar ogen dichtdeed, herinnerde ze zich de paniek, de rook die pijn deed in haar longen, de hitte die haar deed vermoeden hoe het zou voelen als het vuur haar huid verbrandde. En ze herinnerde zich het heerlijke gevoel van uiteindelijke overgave.

Met naar voren gerichte blik en met meer felheid dan nodig was om de roestige spijkers uit de onderliggende balklaag te trekken concentreerde ze zich op haar taak. Maar na een poosje drongen de gedachten zich toch op. Wie had hun kwaad willen doen en waarom? Ze bleef erover piekeren, maar het leidde nergens toe. Er was niemand. De enigen die hun kwaad wilden doen waren zijzelf. De gedachte dat het beter zou zijn als ze niet langer leefde, was vaak bij haar opgekomen, en ze wist dat Mårten hetzelfde over zichzelf had gedacht. De mensen in hun omgeving hadden echter alleen maar medeleven getoond. Daar was geen kwaadwilligheid, geen haat, alleen begrip voor wat ze hadden meegemaakt. Tegelijk konden ze er niet omheen dat iemand hier in het donker had rondgeslopen die hen levend had willen verbranden. De gedachten bleven malen zonder houvast te krijgen en ze stopte even om het zweet van haar voorhoofd te vegen.

'Het is hier veel te warm,' zei Mårten, terwijl hij de voorhamer zo hard in de vloer sloeg dat de stukken hout door de kamer vlogen. Hij had zijn bovenlijf ontbloot en zijn T-shirt aan zijn timmermansriem gehangen.

'Kijk uit dat er niets in je oog komt.'

Ebba bestudeerde zijn lichaam in het zonlicht dat door de smerige ramen naar binnen viel. Hij zag er nog net zo uit als toen ze verkering kregen. Een smal, pezig lijf, dat ondanks al het zware fysieke werk nooit gespierd leek te worden. Zelf was ze haar vrouwelijke vormen het afgelopen halfjaar kwijtgeraakt. Haar eetlust was helemaal verdwenen en ze was vermoedelijk wel zo'n tien kilo afgevallen. Ze wist het niet precies, ze woog zich toch niet.

Ze werkten een tijdje in stilte door. Een vlieg vloog nijdig tegen een raam en Mårten liep erheen om het wijd open te zetten. Buiten was het helemaal windstil en het open raam bood hun geen verkoeling, maar de vlieg kon naar buiten en ze waren verlost van het aanhoudende gezoem.

Tijdens het werken voelde Ebba de hele tijd de aanwezigheid van het verleden. De geschiedenis van het huis zat in de muren. Ze zag alle kinderen voor zich die 's zomers naar de vakantiekolonie waren gekomen voor frisse lucht en een goede gezondheid, zoals ze had gelezen in een oud nummer van het *Fjällbacka-Bladet* dat ze ergens had gevonden. Het huis had ook andere eigenaren gehad – haar vader om maar iemand te noemen – maar op de een of andere manier moest ze vooral aan de kinderen denken. Wat een avontuur moet het zijn geweest om bij je ouders weg te gaan en onder één dak te komen wonen met kinderen die je niet kende. Zonnige dagen en zwemmen in het zoute water, orde en regelmaat afgewisseld met spelletjes en kabaal. Ze kon het gelach horen, maar ook het geschreeuw. In het artikel had ook iets gestaan over een aangifte wegens mishandeling en het was misschien niet allemaal zo idyllisch geweest. Soms vroeg ze zich af of het geschreeuw alleen afkomstig was van de kinderen van de vakantiekolonie of dat haar gevoelens voor het huis werden vermengd met herinneringen. De geluiden hadden iets angstaanjagend bekends, al was ze natuurlijk heel klein geweest toen ze hier woonde. Als het herinneringen waren, moesten die van het huis zelf zijn en niet van haar.

'Gaat het ons lukken?' zei Mårten en hij leunde op de voorhamer.

Ebba was zo ver weg geweest met haar gedachten dat ze opschrok toen ze zijn stem hoorde. Hij pakte het T-shirt van de riem, veegde zijn gezicht droog en keek naar haar. Ze wilde zijn blik niet ontmoeten en keek hem alleen maar zijdelings aan, terwijl ze aan een plank bleef wrikken die niet wilde meegeven. Hij deed alsof hij de renovatie bedoelde, maar ze besefte dat de vraag veel meer inhield. Alleen had ze geen antwoord.

Toen ze niet antwoordde, pakte Mårten met een zucht de voorhamer weer op. Hij ramde hem in de vloer en kreunde bij elke klap tegen de planken. In de houten vloer voor hem was inmiddels een groot gat ontstaan en hij hief de voorhamer weer omhoog. Toen liet hij hem langzaam zakken.

'Krijg nou wat! Ebba, kom eens kijken!' zei hij en hij gebaarde dat ze moest komen.

Ebba was nog steeds met de koppige plank bezig, maar werd ongewild toch nieuwsgierig.

'Wat is er?' zei ze en ze liep naar hem toe.

Mårten wees naar het gat. 'Wat denk jij dat dat is?'

Ebba hurkte neer. Ze fronste haar wenkbrauwen. Op de plek waar de vloer was verwijderd was een grote donkere vlek te zien. Teer, was haar eerste gedachte. Toen realiseerde ze zich wat het kon zijn.

'Het ziet eruit als bloed,' zei ze. 'Heel veel bloed.'

Fjällbacka 1919

Dagmar wist maar al te goed dat ze niet alleen vanwege haar vaardigheden en mooie gezichtje op de feesten van de rijken mocht werken. Het gefluister was nooit bijzonder discreet. De gastvrouw en gastheer zorgden er altijd voor dat iedereen aan tafel binnen de kortste keren wist wie ze was, en inmiddels herkende ze de op sensatie beluste blikken.

'Haar moeder... De Engelenmaakster... Onthoofd...' De woorden vlogen als kleine wespen door de lucht en de steken deden pijn, maar ze had geleerd om te blijven glimlachen en net te doen alsof ze het niet hoorde.

Op dit feest was het niet anders. Wanneer ze langs de tafel kwam, werden de hoofden dicht bij elkaar gestoken en daarna volgden veelbetekenende knikjes. Een van de dames sloeg verschrikt haar hand voor haar mond en staarde haar ongegeneerd aan, terwijl ze wijn in de glazen schonk. De Duitse vliegenier sloeg de opschudding ogenschijnlijk verbluft gade en vanuit haar ooghoek zag ze dat hij zich naar zijn tafeldame toe boog. De vrouw fluisterde iets in zijn oor en met bonkend hart wachtte Dagmar zijn reactie af. De blik van de Duitser veranderde, maar toen verscheen er een glinstering in zijn ogen. Hij bestudeerde haar een poosje rustig en hief toen zijn glas naar haar. Ze glimlachte terug en voelde haar hart nog sneller slaan.

Het geluidsniveau aan de grote feesttafel nam toe naarmate het later werd. De duisternis viel en hoewel de zomeravond nog steeds aangenaam warm was, trok een deel van de gasten zich terug in de salons, waar ze verder dronken. De Sjölins waren vrijgevig en ook de vliegenier zag eruit alsof hij flink had gedronken. Dagmar had zijn glas meerdere keren met licht bevende hand bijgevuld. Ze was verbaasd over haar eigen reactie.

Ze had veel mannen ontmoet en sommige waren echt knap geweest. Ze hadden vaak precies geweten wat ze moesten zeggen en hoe ze een vrouw moesten aanraken, maar nooit had iemand dit vibrerende gevoel in haar maagstreek opgeroepen.

Toen ze weer naar hem toe ging om zijn glas bij te schenken, raakte zijn hand de hare even aan. Niemand anders leek het te merken en Dagmar deed haar best onbewogen te kijken, maar duwde wel haar borsten een beetje extra naar voren.

'Wie heißen Sie?' Zijn ogen glansden toen hij de vraag stelde.

Dagmar keek hem met een vragende blik aan. Zweeds was de enige taal die ze sprak.

'Hoe heet u?' lalde een man tegenover de vliegenier. 'Hij wil weten hoe u heet. Vertel het nu maar aan de vliegenier, dan mag u straks misschien wel even bij hem op schoot zitten. En voelen hoe een echte man...' Hij lachte om zijn eigen grapje en sloeg zich op zijn vette dijen.

Dagmar trok haar neus op en wendde haar blik weer tot de Duitser.

'Dagmar,' zei ze. 'Ik heet Dagmar.'

'Dagmar,' herhaalde de Duitser. Hij wees met een overdreven gebaar naar zijn borst. 'Hermann,' zei hij. 'Ich heiße Hermann.'

Na een korte stilte bracht hij zijn hand omhoog en raakte haar nek aan. Ze voelde hoe de haartjes op haar armen overeind kwamen. Hij zei weer iets in het Duits en ze keek naar de dikke man tegenover hem.

'Hij vraagt zich af hoe je haar eruitziet als het los hangt.' De man lachte weer luid alsof hij iets heel grappigs had gezegd.

Dagmar bracht instinctief haar hand naar de knoet in haar nek. Haar blonde haar was zo dik dat het zich nooit netjes bij elkaar liet houden en een paar lokken staken er altijd weerbarstig uit.

'Dat mag hij zich afvragen. Zeg dat maar tegen hem,' zei ze. Ze draaide zich om en wilde weglopen.

De dikke lachte en sprak een paar lange zinnen in het Duits. De Duitser lachte niet en toen ze met haar rug naar hem toe stond, voelde ze zijn hand weer in haar nek. Met een ruk trok hij de kam uit de knoet zodat haar haar op haar rug viel.

Langzaam en stijf draaide ze zich weer naar hem om. Een paar tellen namen de Duitse vliegenier en zij elkaar op, begeleid door het geschater van de dikzak. Er groeide een stilzwijgende overeenkomst en terwijl *haar haar nog steeds los hing, liep Dagmar naar het huis, waar het gepraat en geschreeuw van de gasten de rust van de zomernacht verstoorde.*

❄

Patrik zat gehurkt bij het grote gat in de vloer. De planken waren oud en vermolmd en het was duidelijk waarom de vloer eruit had gemoeten. Wat eronder zat, was echter een grote verrassing. Hij voelde een onbehaaglijke klomp in zijn maag.

'Jullie hebben er goed aan gedaan meteen te bellen,' zei hij zonder zijn blik van het gat te halen.

'Is het bloed?' Mårten slikte. 'Ik weet niet hoe oud bloed eruitziet. Het kan ook teer zijn of iets anders. Maar gezien…'

'Ja, het ziet er inderdaad uit als bloed. Bel jij de technici, Gösta? Ze moeten dit nader komen onderzoeken.' Patrik kwam overeind en vertrok zijn gezicht toen hij zijn ledematen hoorde kraken. Een waarschuwing dat hij er niet jonger op werd.

Gösta knikte en liep bij hen vandaan. Hij was al bezig een nummer op zijn mobieltje in te toetsen.

'Kan er nog meer… onder liggen?' vroeg Ebba met bevende stem.

Patrik begreep meteen wat ze bedoelde.

'Dat valt onmogelijk te zeggen. We moeten de rest van de vloer openbreken, dan zullen we het zien.'

'We kunnen best hulp gebruiken, maar dit was nou ook weer niet de bedoeling,' zei Mårten en hij lachte hol. Niemand lachte mee.

Gösta had het telefoongesprek beëindigd en kwam weer bij hen staan. 'De technici kunnen morgen pas komen. Ik hoop dat jullie het zolang uithouden. Jullie moeten alles precies zo laten als het nu is. Dus niets schoonmaken of opruimen.'

'We zullen niets aanraken. Waarom zouden we ook?' zei Mårten.

'Nee,' zei Ebba. 'Dit is mijn kans om erachter te komen wat er is gebeurd.'

'Kunnen we misschien even gaan zitten en daar wat dieper op ingaan?' Patrik liep achteruit bij het opengebroken gedeelte van de vloer weg, maar de aanblik was op zijn netvlies gegrift. Zelf was hij ervan overtuigd dat het bloed was. Een dikke laag opgedroogd bloed, niet langer rood maar donker van ouderdom. Als zijn vermoedens klopten, was het meer dan dertig jaar oud.

'We kunnen in de keuken gaan zitten, daar is het redelijk netjes,' zei Mårten en hij ging Patrik voor. Ebba bleef samen met Gösta bij het gat staan.

'Kom je?' Mårten draaide zich om en keek naar haar.

'Gaan jullie maar vast. Ebba en ik komen zo,' zei Gösta.

Patrik wilde net zeggen dat ze in eerste instantie juist met Ebba moesten praten. Maar toen hij haar bleke gezicht zag, begreep hij dat Gösta gelijk had. Ze had even tijd nodig en ze hadden geen haast.

Dat de keuken redelijk netjes was, was op zijn zachtst gezegd overdreven. Overal lag gereedschap, verfkwasten slingerden in het rond en het aanrecht stond vol vuile vaat en ontbijtresten van die ochtend.

Mårten ging aan de keukentafel zitten.

'Eigenlijk zijn Ebba en ik allebei pietjes-precies. Nee, dat wáren we,' verbeterde hij zichzelf. 'Dat kun je je moeilijk voorstellen als je de troep hier ziet, hè?'

'Een huis opknappen is een ramp,' zei Patrik en na eerst wat broodkruimels van de zitting te hebben geveegd ging hij op een stoel zitten.

'Orde en netheid voelen niet zo belangrijk meer.' Mårten keek door het keukenraam naar buiten. Het was bedekt met een laag stof, alsof er een sluier over het uitzicht was gelegd.

'Wat weet jij over Ebba's achtergrond?' vroeg Patrik.

Hij hoorde Gösta en Ebba in de eetkamer praten, maar kon niet verstaan wat ze zeiden, hoewel hij dat wel probeerde. Gösta's gedrag had hem aan het denken gezet. Ook eerder op het bureau, toen Patrik Gösta's kamer was binnengestormd om te vertellen wat er was gebeurd, had Gösta gereageerd op een manier die Patrik niet van hem gewend was. Maar vervolgens had Gösta zich als een oester gesloten en op de boot naar Valö had hij geen woord gezegd.

'Mijn ouders en Ebba's adoptieouders zijn goede vrienden en er is nooit een geheim gemaakt van haar achtergrond. Ik weet dus al heel lang dat haar familie spoorloos is verdwenen. Veel meer valt er volgens mij niet te weten.'

'Nee, misschien niet. Het onderzoek heeft destijds niets opgeleverd, al is er veel tijd en energie in gestoken om erachter te komen wat er was gebeurd. Het is echt een mysterie dat ze zomaar konden verdwijnen.'

'Misschien zijn ze de hele tijd wel hier geweest.' Ze veerden op van Ebba's stem.

'Ik denk niet dat ze daar liggen,' zei Gösta, die in de deuropening bleef staan. 'Als iemand de vloer had beschadigd, hadden we dat destijds echt wel gezien. Maar de vloer was helemaal intact en we zagen ook geen bloedsporen. Het bloed moet tussen de planken door zijn gesijpeld.'

'Ik wil in elk geval zeker weten dat ze daar niet liggen,' zei Ebba.

'Je kunt ervan op aan dat de technici morgen elke millimeter zullen onderzoeken,' zei Gösta en hij sloeg een arm om Ebba heen.

Patrik staarde hem aan. Gösta spande zich nooit onnodig in als ze op pad waren voor hun werk. En Patrik kon zich niet heugen dat hij zijn collega een ander mens had zien aanraken.

'Je hebt een kopje sterke koffie nodig.' Gösta klopte Ebba op haar schouder en liep naar het koffiezetapparaat. Toen de koffie in de kan begon te druppelen, waste hij een paar kopjes af die in de gootsteen stonden.

'Zou je willen vertellen wat je weet over wat hier is gebeurd?' Patrik trok een stoel onder de tafel vandaan zodat Ebba kon gaan zitten.

Ze nam plaats en het viel hem op hoe mager ze was. Haar T-shirt hing los om haar heen en haar sleutelbeen tekende zich duidelijk onder de stof af.

'Ik kan waarschijnlijk niets vertellen dat de mensen hier in de omgeving niet al weten. Ik was nog maar één toen ze verdwenen, dus ik kan me er niets van herinneren. Mijn adoptieouders weten ook alleen dat de politie is gebeld door iemand die zei dat hier iets was gebeurd. Toen jullie kwamen, was mijn familie weg en ik was helemaal alleen achtergelaten. Dat was op paaszaterdag. Ze verdwenen op paaszaterdag.' Ze haalde de halsketting die onder haar T-shirt had gezeten tevoorschijn en begon aan de hanger te trekken, op dezelfde manier als Patrik haar de vorige keer had zien doen. Het maakte haar nog brozer.

'Alsjeblieft.' Gösta zette een kop koffie voor Ebba en zichzelf neer en ging toen zitten. Patrik kon een glimlach niet onderdrukken. Nu herkende hij Gösta weer.

'Kon je voor ons geen kopje inschenken?'

'Ik ben geen ober.'

Mårten stond op. 'Ik doe het wel.'

'Klopt het dat je helemaal alleen was toen je familie verdween, dat er geen familieleden meer in leven waren?' vroeg Patrik.

Ebba knikte.

'Ja, mijn moeder was enig kind en mijn oma was al voor mijn eerste verjaardag overleden. Mijn vader was een stuk ouder en zijn ouders waren al heel lang dood. De enige familie die ik heb is mijn adoptiefamilie. In zekere zin heb ik geluk gehad. Berit en Sture hebben me altijd het gevoel gegeven dat ik hun eigen dochter was.'

'Een paar jongens waren tijdens de paasvakantie op het internaat gebleven. Heb je ooit contact met ze gehad?'

'Nee, waarom zou ik?' Ebba's ogen leken heel groot in haar smalle gezicht.

'We hebben nooit iets met deze plek te maken gehad tot we besloten hierheen te verhuizen,' zei Mårten. 'Ebba heeft het huis geërfd toen haar biologische ouders dood werden verklaard, maar het is jarenlang verhuurd geweest. Het heeft ook af en toe leeg gestaan. Dat zal wel de reden zijn dat we nu zoveel moeten opknappen. Niemand heeft veel aan het huis gedaan. Alleen het meest noodzakelijke is opgelapt en gerepareerd.'

'Ik denk dat het de bedoeling was dat we hier zouden komen slopen,' zei Ebba. 'Alles heeft een bedoeling.'

'Is dat zo?' zei Mårten. 'Is dat echt zo?'

Maar Ebba antwoordde niet en toen Mårten met de agenten meeliep naar buiten, bleef zij zwijgend zitten.

Toen ze Valö achter zich lieten, dacht Patrik over hetzelfde na.

Waar zou het eigenlijk toe leiden als werd bevestigd dat er bloed onder de vloer zat? Het misdrijf was verjaard, er was veel tijd verstreken en ze hadden geen garanties dat ze nu antwoorden zouden vinden. Dus wat was de bedoeling van de vondst? Met zijn hoofd vol onrustige gedachten stuurde hij de boot huiswaarts.

De arts stopte met praten en het werd helemaal stil in de kamer. Het enige geluid dat Martin hoorde was het slaan van zijn eigen hart. Hij keek de arts aan. Hoe kon hij er zo onaangedaan bij zitten na wat hij net had gezegd? Moest hij zijn patiënten misschien een paar keer per week dergelijk nieuws meedelen en was het een soort routine voor hem geworden?

Martin dwong zichzelf te ademen. Het was alsof hij was vergeten hoe dat moest. Elke ademhaling vereiste een bewuste handeling, een duidelijke instructie voor zijn hersenen.

'Hoe lang?' wist hij uit te brengen.

'Er zijn verschillende behandelingsmethoden en de medische wetenschap ontwikkelt zich steeds verder…' De arts spreidde zijn handen.

'Hoe ziet de prognose er puur statistisch uit?' vroeg Martin met geforceerde kalmte. Het liefst had hij zich over het bureau geworpen om de jas van de arts beet te pakken en een antwoord uit hem te schudden.

Pia zei helemaal niets en Martin had haar nog niet durven aankijken. Als hij dat deed, zou alles barsten. Op dit moment kon hij zich alleen op feiten concentreren. Op iets tastbaars, iets waarvan hij wist hoe hij ermee moest omgaan.

'Dat valt niet met zekerheid te zeggen, daar spelen veel factoren een rol bij.' Hetzelfde spijtige gezicht, de handen in de lucht. Martin had al een hekel aan het gebaar.

'Geef toch duidelijk antwoord!' schreeuwde hij. Hij schrok van zijn eigen stem.

'We zullen meteen beginnen met de behandeling, daarna moeten we zien hoe uw vrouw daarop reageert. Maar omdat er uitzaaiingen zijn en de kanker agressief lijkt… ja, het gaat om een halfjaar tot een jaar.'

Martin staarde hem aan. Had hij het goed gehoord? Tuva was nog geen twee. Ze kon onmogelijk haar moeder verliezen. Dat mocht niet gebeuren. Hij begon te schudden. Het was drukkend warm in de kleine kamer, maar hij had het zo koud dat zijn tanden klapperden. Pia legde een hand op zijn arm.

'Rustig, Martin. We moeten kalm blijven. De kans bestaat altijd dat het niet klopt en ik ben overal toe bereid…' Ze draaide zich om naar de arts. 'Geef me de zwaarste behandeling die jullie hebben. Ik ga hiertegen vechten.'

'We laten u meteen opnemen. Ga naar huis om wat spullen te pakken, dan regelen wij een plek voor u.'

Martin schaamde zich. Pia was sterk, terwijl hij bijna instortte. Beelden van Tuva schoten door zijn hoofd, van het ogenblik dat ze werd geboren tot het moment vanochtend dat ze in bed met haar hadden gestoeid. Haar donkere haar had rond haar hoofd gevlogen en haar ogen hadden gestraald van plezier. Zou dat nu ophouden? Zou ze haar levensvreugde kwijtraken, het geloof dat alles goed was en dat de volgende dag nog beter zou worden?

'Het gaat ons lukken.' Pia's gezicht was asgrauw, maar Martin zag ook haar resoluutheid, die voortkwam uit enorme koppigheid. Ze zou die koppigheid hard nodig hebben voor het belangrijkste gevecht in haar leven.

'We halen Tuva bij mijn moeder op en gaan ergens koffiedrinken,' zei ze en ze stond op. 'Als ze vanavond in bed ligt, gaan we hier in alle rust over praten. En ik moet pakken. Hoe lang moet ik blijven?'

Martin ging ook staan, maar zijn benen konden hem nauwelijks dragen. Echt iets voor Pia om zo praktisch te zijn.

De arts aarzelde. 'Neem genoeg mee, u zult een flinke tijd in het ziekenhuis moeten blijven.'

Hij nam afscheid en ging naar zijn volgende patiënt.

Martin en Pia bleven in de gang staan. Zonder iets te zeggen pakten ze elkaars hand.

'Geef je ze sinaasappelsap in hun flesje? Is dat niet slecht voor hun tanden?' Kristina keek misnoegd naar Anton en Noel, die met een zuigfles in hun mond op de bank zaten.

Erica haalde diep adem. Er school geen kwaad in haar schoonmoeder en ze had zich gebeterd, maar soms kreeg Erica een punthoofd van haar.

'Ik heb geprobeerd ze water te geven, maar dat weigeren ze. En ze moeten natuurlijk wel drinken in deze warmte. Maar ik heb het sap flink verdund.'

'Je doet maar zoals je wilt, maar nu heb ik het in elk geval gezegd. Patrik en Lotta kregen water en dat is altijd goed gegaan. Ze hadden nooit gaatjes; het eerste kwam pas toen ze uit huis gingen en de tandarts gaf me altijd complimentjes omdat ze zo'n gezond gebit hadden.'

Erica, die uit het zicht van Kristina in de keuken stond op te ruimen, beet op haar knokkels. Als het niet te lang duurde kon ze uitstekend met haar schoonmoeder opschieten, en Kristina was geweldig met de kinderen, maar het was een ware beproeving wanneer ze zoals vandaag de halve dag bleef.

'Ik denk dat ik maar even een was in de machine stop, Erica,' zei Kristina met luide stem. Ondertussen praatte ze door. 'Het is veel makkelijker als je regelmatig opruimt, dan krijg je niet van die grote bergen. Alle dingen hebben hun eigen plek en daar leg je ze dan ook weer terug, en Maja is inmiddels zo groot dat ze best kan leren zelf haar spullen op te ruimen. Anders wordt ze later zo'n verwende tiener die nooit het huis uit gaat en altijd verwacht dat alles voor haar wordt gedaan. Mijn vriendin Berit – je hebt haar weleens ontmoet – haar zoon is bijna veertig en toch…'

Erica stopte haar vingers in haar oren en leunde tegen een keukenkastje. Ze bonkte licht met haar hoofd tegen het koele houten oppervlak en bad om geduld. Een resoluut tikje op haar schouder deed haar opschrikken.

'Wat ben je aan het doen?' Kristina stond naast haar, met een volle wasmand aan haar voeten. 'Je antwoordde niet toen ik tegen je praatte.'

Met haar wijsvingers nog steeds in haar oren probeerde Erica een goede verklaring te bedenken.

'Ik… Ik probeer de druk te nivelleren.' Ze kneep haar neus dicht en blies hard. 'Ik heb de laatste tijd een beetje last van mijn oren.'

'Dat is niet zo mooi,' zei Kristina. 'Dat moet je serieus nemen. Heb je laten onderzoeken of het geen oorontsteking is? De kinderen zijn je reinste besmettingshaarden als ze naar de crèche gaan. Ik heb altijd al gezegd dat crèches niet goed zijn. Zelf ben ik bij Patrik en Lotta thuisgebleven tot ze naar de middelbare school gingen. Ze hoefden nooit naar de crèche of naar een oppasmoeder en ze waren nooit ziek. Ja, en onze huisarts gaf me complimentjes omdat ze zo...'

Erica onderbrak haar iets te bruusk. 'De kinderen zijn al in geen weken naar de crèche geweest, dus ik kan me niet indenken dat die de boosdoener is.'

'Nee, nee,' zei Kristina met een gekwetst gezicht. 'Maar nu heb ik het in elk geval gezegd. En wie bellen jullie als de kinderen ziek zijn en jullie allebei moeten werken? Dan mag ik komen opdraven.' Ze gooide haar hoofd in de nek en liep weg met de was.

Langzaam telde Erica tot tien. Kristina kwam inderdaad regelmatig helpen, dat kon ze niet ontkennen. Maar de prijs was vaak hoog.

Josefs ouders waren allebei al in de veertig toen zijn moeder uiterst onverwachts merkte dat ze zwanger was. Ze hadden zich al jaren eerder verzoend met het feit dat ze geen kinderen zouden krijgen en hun leven daarnaar ingericht. Ze hadden al hun tijd aan de kleine kleermakerij in Fjällbacka gewijd. Josefs komst had alles veranderd en hoewel ze heel blij waren met hun zoon, hadden ze een grote en zware verantwoordelijkheid gevoeld om via hem hun geschiedenis door te geven.

Liefdevol keek Josef naar hun foto, die in een zware zilveren lijst op zijn bureau stond. Daarachter stonden foto's van Rebecka en de kinderen. Hij was altijd het middelpunt in het leven van zijn ouders geweest en zij zouden altijd het middelpunt in het zijne zijn. Daar moest zijn gezin zich naar schikken.

'Het eten is bijna klaar.' Rebecka stapte voorzichtig zijn werkkamer binnen.

'Ik heb geen honger. Eten jullie maar zonder mij,' zei hij zonder ook maar op te kijken. Hij had belangrijker dingen te doen.

'Kun je niet komen nu de kinderen op bezoek zijn?'

Josef keek haar verbaasd aan. Het was niets voor haar om aan te dringen. Hij voelde irritatie op komen zetten, maar haalde toen een keer diep adem. Ze had gelijk. De kinderen kwamen tegenwoordig niet zo vaak meer thuis.

'Ik kom eraan,' zei hij met een zucht en hij sloeg zijn notitieboekje dicht. Dat stond vol ideeën over hoe het project vorm moest krijgen en hij had het altijd bij zich voor het geval hij een inval kreeg.

'Dank je wel,' zei Rebecka. Ze draaide zich om en liep de kamer uit.

Josef volgde haar. De tafel in de eetkamer was al gedekt en hij zag dat ze het mooie servies had gebruikt. Ze had een zekere neiging tot het frivole en eigenlijk vond hij het niet prettig dat ze zich extra moeite getroostte omdat de kinderen er waren, maar hij zei er niets van.

'Dag, papa,' zei Judith en ze kuste hem op zijn wang.

Daniël stond op en omhelsde hem. Heel even vulde Josefs hart zich met trots en hij wou dat zijn vader zijn kleinkinderen had kunnen zien opgroeien.

'Laten we gaan zitten voordat het eten koud wordt,' zei hij en hij nam aan het hoofd van de tafel plaats.

Rebecka had Judiths lievelingsgerecht gemaakt, gebraden kip met aardappelpuree. Plotseling merkte Josef hoeveel honger hij had en hij realiseerde zich dat hij niet had geluncht. Nadat hij de zegen had gemompeld, schepte Rebecka op en ze begonnen in stilte aan de maaltijd. Toen zijn ergste honger was gestild, legde Josef zijn bestek neer.

'Gaat de studie goed?'

Daniël knikte. 'Op de zomercursus had ik voor alle tentamens het hoogste cijfer. Nu moet ik dit najaar alleen nog een goede stageplek zien te vinden.'

'En ik heb het enorm naar mijn zin met mijn zomerbaantje,' viel Judith in. Haar ogen straalden van enthousiasme. 'Je zou moeten zien hoe dapper de kinderen zijn, mama. Ze moeten zware operaties en lange bestralingen en weet ik wat ondergaan, maar ze klagen niet en geven nooit op. Ze zijn echt geweldig.'

Josef haalde diep adem. Het succes van de kinderen kon de onrust die hij altijd voelde niet dempen. Hij wist dat ze altijd nog iets meer konden geven, dat ze iets meer konden bereiken. Er was zoveel wat ze moesten waarmaken en waarvoor ze revanche moesten nemen, en hij moest erop toezien dat ze hun uiterste best deden.

'En je onderzoek dan? Heb je daar wel tijd voor?' Hij boorde zijn blik in Judith en zag hoe het enthousiasme in haar ogen doofde. Ze wilde dat hij haar zou bevestigen en een paar lovende woorden zou spreken, maar als hij de kinderen de indruk gaf dat wat ze deden goed genoeg was, zouden ze zich niet langer inspannen. En dat mocht niet gebeuren.

Hij wachtte Judiths antwoord niet eens af en draaide zich om naar Daniël. 'Ik heb de cursusleider vorige week gesproken en hij zei dat je twee dagen van de laatste cursus hebt gemist. Hoe kwam dat?'

Josef zag vanuit zijn ooghoek dat Rebecka hem teleurgesteld aankeek, maar hij kon er niets aan doen. Hoe milder zij voor de kinderen was, des te groter werd zijn verantwoordelijkheid om hun de juiste weg te wijzen.

'Ik had buikgriep,' zei Daniël. 'Ik denk niet dat iemand het leuk had gevonden als ik in de collegezaal in een zakje had zitten overgeven.'

'Probeer je grappig te zijn?'

'Nee, ik gaf gewoon eerlijk antwoord.'

'Je weet dat ik er altijd achter kom als je liegt,' zei Josef. Het bestek lag nog steeds op zijn bord. Zijn eetlust was verdwenen. Hij vond het verschrikkelijk dat hij niet langer dezelfde controle over zijn kinderen had als toen ze nog thuis woonden.

'Ik had echt buikgriep,' herhaalde Daniël en hij sloeg zijn ogen neer. Ook hij leek geen trek meer te hebben.

Josef stond snel op. 'Ik moet aan het werk.'

Toen hij naar zijn werkkamer vluchtte, vermoedde hij dat ze blij waren dat hij weg was. Door de deur kon hij hun stemmen en het gerammel van porselein horen. Toen lachte Judith, luid en bevrijdend, en het geluid drong door het hout van de deur heen en was even duidelijk als wanneer ze naast hem had gezeten. Ineens realiseerde hij zich dat het gelach van de kinderen, hun vreugde, altijd werd gedempt zodra hij de kamer binnenkwam. Judith lachte opnieuw en hij had het gevoel dat er een mes in zijn hart werd omgedraaid. Zo had ze nooit met hem gelachen en hij vroeg zich af of het anders had kunnen zijn. Tegelijk wist hij niet hoe hij dat moest aanpakken. Hij hield zoveel van hen dat het pijn deed in zijn lichaam, maar hij kon niet de vader zijn die zij zich wensten. Hij kon alleen de vader zijn die het leven hem had geleerd te zijn en op zijn manier van hen houden, door zijn erfenis aan hen door te geven.

Gösta staarde naar het flikkerende licht van de tv. Op het scherm bewogen allerlei mensen en omdat *Midsomer Murders* te zien was, werd er vast iemand vermoord. Maar hij was de draad van het verhaal al een hele tijd kwijt. Zijn gedachten waren elders.

Op de tafel voor hem stond een bord met twee boterhammen. Bruin brood met boter en cervelaatworst. Dat at hij thuis vrijwel altijd. Hij vond het te veel werk en te triest om alleen voor zichzelf te koken.

De bank waarop hij zat begon oud te worden, maar hij had het hart niet hem weg te doen. Hij wist nog goed hoe trots Maj-Britt was geweest toen ze hem net hadden gekocht. Hij had haar hand vaak over de glanzende bloemetjesstof zien gaan alsof ze een jong poesje aaide. Zelf had hij het eerste jaar amper op de bank mogen zitten. Maar het deerntje had de bank als trampoline en glijbaan mogen gebruiken. Maj-Britt had glimlachend haar handen vastgehouden als ze steeds maar hoger sprong op de vering.

Nu was de stof mat en versleten en er zaten grote gaten in. Op één plek, vlak naast de rechter armleuning, stak een veer door de bekleding heen. Maar hij zat toch altijd in de linkerhoek. Dat was zijn kant, terwijl de rechter van Maj-Britt was geweest. Die zomer had het deerntje 's avonds tussen hen in gezeten. Ze had nog nooit televisie gekeken en schreeuwde verrukt zodra er iets gebeurde. Ze was helemaal gek geweest van een tekenfilmserie over een krokodil. Als ze daarnaar keek, had ze niet stil kunnen zitten, maar van pure vreugde voortdurend op en neer gestuiterd.

Er had al heel lang niemand meer op de bank gestuiterd. Toen het deerntje weg was, was het alsof ze een deel van hun levensvreugde had meegenomen, en daarna waren vele stille avonden gevolgd. Geen van beiden had kunnen vermoeden dat spijt zoveel pijn kon doen. Ze hadden gedacht dat ze er goed aan deden en toen ze beseften dat ze het volledig mis hadden gehad, was het te laat geweest.

Gösta keek met lege ogen naar hoofdinspecteur Barnaby, die net een nieuw lijk had gevonden. Hij pakte een boterham met worst en nam een hap. Het was een avond als zovele andere. En er zouden er nog vele volgen.

Fjällbacka 1919

Omdat ze niet in de slaapzaal van de bedienden konden afspreken, wachtte Dagmar op een teken van hem dat ze zich op zijn kamer zouden terugtrekken. Ze had die ochtend zelf zijn bed opgemaakt en de kamer in orde gebracht, maar toen had ze niet geweten dat ze later zo'n hevig verlangen zou voelen om tussen de mooie katoenen lakens te mogen glijden.

Het feest was nog in volle gang toen ze het teken kreeg waarop ze had gewacht. Hij stond een beetje wankel op zijn benen, zijn blonde haar zat in de war en zijn ogen glansden van de punch. Maar hij was niet zo dronken dat hij haar niet onopvallend de sleutel van zijn kamer kon toestoppen. De korte aanraking van zijn hand deed haar hart sneller kloppen en zonder hem aan te kijken verstopte ze de sleutel in de zak van haar schort. Op dit tijdstip zou niemand merken dat ze verdween. Zowel de Sjölins als de gasten waren zo aangeschoten dat het ze niet uitmaakte als iemand anders hun glazen inschonk, en er waren nog genoeg bedienden die dat konden doen.

Toch keek ze even om zich heen voordat ze de deur van de grootste logeerkamer opende, en toen ze binnen was, bleef ze even zwaar ademend met haar rug tegen de deur staan. Alleen al de aanblik van het bed met de witte lakens en de keurig opengeslagen deken bezorgde haar aangename kriebels. Hij kon nu elk moment komen, daarom haastte ze zich naar de kleine badkamer. Snel streek ze haar haar glad, trok haar werkkleren uit en waste zich onder haar armen. Vervolgens beet ze op haar lippen en kneep hard in haar wangen zodat ze een roze kleurtje kregen. Ze wist namelijk dat dat bij de meisjes uit de stad in de mode was.

Toen ze hoorde dat iemand de deurkruk beetpakte, liep ze snel de ka-

mer in en ging op het bed zitten, slechts gekleed in haar onderjurk. Ze drapeerde haar haar over haar schouders en wist maar al te goed hoe mooi het zou glanzen in het milde zomernachtlicht dat door het raam naar binnen viel.

Ze werd niet teleurgesteld. Toen hij haar zag, sperde hij zijn ogen open en deed snel de deur achter zich dicht. Hij sloeg haar een tijdje gade voordat hij naar het bed liep, zijn hand onder haar kin plaatste en haar gezicht naar zich toe trok. Toen boog hij zich voorover en hun lippen ontmoetten elkaar in een kus. Voorzichtig, bijna plagerig, bracht hij het puntje van zijn tong tussen haar halfgeopende lippen.

Dagmar beantwoordde zijn kussen vol verlangen. Iets dergelijks had ze nog nooit meegemaakt en ze had het gevoel dat deze man door een goddelijke macht was gezonden om zich met haar te verenigen en haar heel te maken. Heel even werd het zwart voor haar ogen en zag ze beelden uit het verleden voor zich. De kinderen die in een teiltje werden gelegd, met een gewicht erop tot ze niet meer bewogen. De politieagenten die binnenstormden en haar vader en moeder meenamen. De lijkjes die thuis in de kelder werden opgegraven. De heks en haar pleegvader. De mannen die boven op haar lagen te kreunen en naar drank en rook stonken. Iedereen die misbruik van haar had gemaakt en haar had bespot – nu zouden ze moeten buigen en hun verontschuldigingen moeten aanbieden. Als ze haar aan de zijde van de blonde held zagen lopen, zouden ze spijt krijgen van elk woord dat ze achter haar rug om hadden gefluisterd.

Langzaam trok hij de onderjurk over haar buik omhoog en Dagmar stak haar armen in de lucht om hem te helpen het kledingstuk uit te krijgen. Ze wilde niets liever dan zijn huid tegen de hare voelen. Knoopje voor knoopje maakte ze zijn overhemd los en hij wurmde zich eruit. Toen al zijn kleren op een hoop op de grond lagen, ging hij boven op haar liggen. Niets scheidde hen nog langer.

Toen ze één werden, deed Dagmar haar ogen dicht. Op dat moment was ze niet langer de dochter van de Engelenmaakster. Ze was een vrouw die eindelijk door het lot was gezegend.

❄

Hij had zich er weken op voorbereid. Het was moeilijk om in Stockholm een interview te krijgen met John Holm, maar nu hij op vakantie was in Fjällbacka had Kjell na enig zeuren een uur gekregen om een portret te maken voor de *Bohusläningen*.

Hij wist dat John zijn vader, Frans Ringholm, zou kennen, een van de oprichters van de Vrienden van Zweden, de partij die John nu vertegenwoordigde. Het nazistische gedachtegoed was een van de vele redenen waarom Kjell afstand had genomen van zijn vader. Hij had pas vlak voor diens dood een soort van verzoening bereikt, al zou hij zich nooit verzoenen met zijn vaders opvattingen. Net zomin als hij zich met de Vrienden van Zweden en hun recente successen kon verzoenen.

Ze hadden afgesproken in Johns botenhuis en de autorit van Uddevalla naar Fjällbacka duurde in het zomerse verkeer bijna een uur. Tien minuten te laat parkeerde hij op het grindveldje voor het botenhuis en hij hoopte maar dat de vertraging niet van zijn interviewtijd zou worden afgetrokken.

'Je kunt tijdens het gesprek al foto's maken voor het geval we na afloop geen tijd meer hebben,' zei hij tegen zijn collega toen ze uitstapten. Hij wist dat dat geen probleem was. Stefan was de meest ervaren fotograaf van de *Bohusläningen* en hij leverde altijd, ongeacht de omstandigheden.

'Welkom!' John kwam hen tegemoet gelopen.

'Bedankt,' zei Kjell. Het kostte hem moeite Johns uitgestoken hand te schudden. Niet alleen vond hij zijn opvattingen weerzinwekkend, volgens hem was John Holm ook een van de gevaarlijkste mannen van Zweden.

John ging hen via het kleine botenhuis voor naar de steiger.

'Ik heb uw vader nooit ontmoet. Maar ik heb begrepen dat hij veel respect afdwong.'

'Ja, een aantal jaren in de gevangenis kan dat effect hebben.'

'Het was vast niet makkelijk om onder die omstandigheden op te groeien,' zei John en hij ging zitten. Bij de schutting, die bescherming bood tegen de wind, was een zitje ingericht.

Kjell voelde even een steek van afgunst. Hij vond het onrechtvaardig dat een man als John Holm zo'n mooi plekje had, met uitzicht over de haven en de scherenkust. Om de weerzin te verhullen die duidelijk op zijn gezicht te zien moest zijn, ging hij tegenover John zitten en begon de cassetterecorder in orde te maken. Hij was zich er terdege van bewust dat het leven onrechtvaardig was en als zijn research klopte, was John met een zilveren lepel in de mond geboren.

De cassetterecorder begon te zoemen. Hij leek het te doen en Kjell begon.

'Hoe komt het volgens u dat jullie nu in het parlement zijn vertegenwoordigd?'

Het was altijd goed om voorzichtig te beginnen. Hij wist ook dat hij bofte dat hij John alleen te spreken had gekregen. In Stockholm zouden de perssecretaris en nog minstens twee andere personen erbij hebben gezeten. Nu waren het alleen John en hij, en hopelijk was de partijleider meer ontspannen nu hij vakantie had en zich op eigen territorium bevond.

'Ik denk dat de Zweedse bevolking volwassener is geworden. We zijn ons tegenwoordig meer bewust van de wereld om ons heen en hoe die ons beïnvloedt. We zijn heel lang te goedgelovig geweest, maar nu zijn we wakker geworden en de Vrienden van Zweden hebben het voorrecht om in dit ontwaken een stem van het verstand te zijn,' zei John met een glimlach.

Kjell kon best begrijpen waarom de mensen zich tot deze man aangetrokken voelden. Door Johns uitstraling en zelfverzekerdheid was je geneigd te geloven wat hij zei. Maar Kjell was te gelouterd om in dit soort charme te trappen en hij had een hekel aan de manier waarop John het woord 'we' gebruikte voor zichzelf en het Zweedse volk. John Holm was niet bepaald een vertegenwoordiger van alle Zweden. Die wisten wel beter.

Hij stelde nog een paar onschuldige vragen: hoe voelde het om in het parlement te komen, hoe was hij daar ontvangen, wat vond hij van het politieke werk in Stockholm? Stefan liep de hele tijd met zijn camera om hen heen en Kjell zag de foto's al voor zich. John Holm zittend op zijn eigen steiger, met de glinsterende zee op de achtergrond. Dat was iets heel anders dan de stijve foto's die meestal in de kranten verschenen, waarop hij in pak en met stropdas stond afgebeeld.

Kjell wierp een steelse blik op zijn horloge. Twintig minuten van de afgesproken interviewtijd waren verstreken en de stemming was plezierig, zij het niet hartelijk. Het was tijd voor de echte vragen. Sinds de afspraak voor het interview was bevestigd, had Kjell gigantisch veel artikelen over John Holm gelezen en talloze fragmenten uit televisiedebatten bekeken. Veel journalisten verrichtten ondermaats werk. Ze schraapten slechts aan de oppervlakte en als ze tegen alle verwachtingen in een zinnige vraag stelden, vroegen ze nooit door maar slikten ze Johns zelfverzekerde antwoorden, die vaak bol stonden van onjuiste statistieken en pure leugens. Soms schaamde hij zich dat hij journalist was, maar in tegenstelling tot veel van zijn collega's had hij zijn huiswerk gedaan.

'Jullie begroting is gebaseerd op grote bezuinigingen die de samenleving volgens jullie kan bewerkstelligen als er een halt wordt toegeroepen aan de immigratie, namelijk 78 miljard. Hoe zijn jullie tot dat bedrag gekomen?'

John verstijfde. Een frons tussen zijn wenkbrauwen verried een lichte irritatie, maar die verdween weer snel en maakte plaats voor de beleefde glimlach.

'De berekeningen zijn goed onderbouwd.'

'Weet u dat zeker? Veel wijst erop dat jullie berekeningen niet kloppen. Laat ik een voorbeeld geven: jullie beweren dat slechts tien procent van de mensen die naar Zweden immigreren een baan vindt.'

'Ja, dat is correct. Er heerst grote werkloosheid onder de mensen die wij in Zweden opnemen en dat brengt hoge kosten met zich mee voor de samenleving.'

'Maar volgens de statistieken die ik heb gezien, heeft vijfenzestig procent van alle immigranten in Zweden van tussen de twintig en vierenzestig jaar werk.'

John zweeg en Kjell zag dat de hersenen van de politicus onder hoogspanning werkten.

'Het cijfer dat ik heb gekregen is tien procent,' zei hij uiteindelijk.

'Maar u weet niet hoe jullie tot dat percentage zijn gekomen?'

'Nee.'

Kjell merkte dat hij van de situatie begon te genieten. 'Jullie berekeningen gaan er verder van uit dat de samenleving veel geld op uitkeringen kan besparen als de immigratie een halt wordt toegeroepen. Maar een onderzoek over de jaren 1980-1990 laat zien dat de bijdrage van de immigranten aan de belastinginkomsten de overheidskosten voor de immigratie ruimschoots overschrijdt.'

'Dat klinkt niet erg waarschijnlijk,' zei John met een scheve glimlach. 'Het Zweedse volk gelooft dat soort blufstudies niet langer. Het is algemeen bekend dat de immigranten misbruik maken van ons uitkeringsstelsel.'

'Ik heb hier een kopie van het onderzoek. U mag het houden zodat u het nader kunt bestuderen.' Kjell pakte een stapel papier en legde die voor John neer.

John keek er niet eens naar. 'Ik heb hier mijn mensen voor.'

'Dat zal wel, maar kennelijk hebben ze hun huiswerk niet goed gedaan,' zei Kjell. 'Dan zijn er de uitgaven. Hoeveel gaat bijvoorbeeld de algemene dienstplicht kosten die jullie weer willen invoeren? Zou u een overzicht kunnen geven van de kosten van uw voorstellen, zodat we daar duidelijkheid in krijgen?' Hij schoof een notitieblok en pen naar John, die ernaar keek alsof het iets vies was.

'Al onze cijfers staan in de begroting. Daar kunt u alles vinden.'

'Kent u ze niet uit uw hoofd? Uw begrotingscijfers vormen toch de kern van de manier waarop u uw politiek wilt bedrijven?'

'Natuurlijk ken ik alle cijfers.' John schoof het blok weg. 'Maar ik ben niet van plan om hier een circuskunstje op te voeren.'

'Dan laten we de begrotingscijfers even voor wat ze zijn. Misschien dat we daar later nog op terug kunnen komen.' Kjell zocht in zijn aktetas en pakte er een ander document uit, een lijst die hij had uitgeprint.

'Behalve een strenger immigratiebeleid wil uw partij ook dat criminelen zwaarder worden gestraft.'

John ging rechtop zitten.

'Ja, het is schandalig hoe soft we in Zweden zijn. Met ons beleid zal niemand er nog met een tik op de vingers van afkomen. Ook binnen de partij hebben we de lat hoog gelegd, vooral omdat we ons er terdege van bewust zijn dat we in het verleden geassocieerd zijn met een aantal... ja, hoe zal ik het zeggen, ongelukkige elementen.'

Ongelukkige elementen. Ja, zo zou je het kunnen noemen, dacht Kjell, maar hij zweeg bewust. Het leek hem te lukken John precies daar te krijgen waar hij hem wilde hebben.

'We hebben alle criminele elementen van onze kandidatenlijsten gehaald en we hanteren een nultolerantiebeleid. Zo heeft iedereen een verklaring van goed gedrag moeten overleggen, waarbij ook veroordelingen uit het verre verleden moeten worden verantwoord. Iemand met een strafblad mag de Vrienden van Zweden niet vertegenwoordigen.' John leunde achterover en sloeg zijn ene been over het andere.

Kjell liet hem een paar tellen in de waan dat dit een veilig onderwerp was en legde toen de lijst op tafel.

'Hoe komt het dat jullie niet dezelfde eisen stellen aan de mensen die op het partijbureau werken? Niet minder dan vijf van uw medewerkers hebben een criminele achtergrond. Het betreft veroordelingen wegens mishandeling, bedreiging, beroving en geweld tegen een ambtenaar in functie. Zo is uw perssecretaris in 2001 veroordeeld omdat hij een man uit Ethiopië op een plein in Ludvika in elkaar heeft getrapt.' Kjell schoof de lijst een beetje naar voren zodat die precies voor John kwam te liggen. De hals van de partijleider werd vlammend rood.

'Ik ga niet over de sollicitatiegesprekken of procedures op het partijbureau, dus ik kan hier niets over zeggen.'

'Aangezien u eindverantwoordelijk bent voor het personeel dat wordt aangesteld, gaat deze kwestie u toch echt wel aan, ook al laat u de praktische kant van de zaak aan anderen over.'

'Iedereen heeft recht op een tweede kans. Het betreft voornamelijk jeugdzonden.'

'Een tweede kans, zei u? Waarom verdient uw personeel wel een tweede kans en de immigranten die een misdrijf begaan niet? Volgens uw partij moeten ze na een veroordeling meteen het land uit worden gezet.'

John klemde zijn kaken op elkaar, waardoor de scherpe lijnen in zijn gezicht nog duidelijker zichtbaar werden.

'Ik heb zoals gezegd niets te maken gehad met de sollicitatieprocedure. Ik zal er nog eens naar kijken.'

Kjell overwoog heel even om John nog verder onder druk te zetten, maar de klok tikte door en John kon er elk moment genoeg van krijgen en besluiten het interview voortijdig te beëindigen.

'Ik heb ook nog een paar persoonlijke vragen,' zei Kjell daarom en hij keek even in zijn aantekeningen. Eigenlijk zat alles in zijn hoofd, maar hij wist uit ervaring dat het een afschrikwekkend effect had om dingen op papier te hebben. Dat boezemde respect in.

'U hebt in eerdere interviews verteld dat uw interesse voor immigratiekwesties is ontstaan toen u als twintigjarige werd overvallen en mishandeld door twee Afrikaanse studenten die dezelfde opleiding aan de universiteit van Göteborg volgden als u. U deed aangifte van het voorval bij de politie, maar het onderzoek werd stopgezet en u zag de daders elke dag op de universiteit. Uw hele verdere studie lang lachten ze u en daarmee de Zweedse samenleving uit. Dit laatste is een letterlijk citaat uit een interview in het *Svenska Dagbladet* van afgelopen voorjaar.' Kjell keek John aan, die ernstig knikte.

'Ja, dat is een gebeurtenis die diepe sporen heeft nagelaten en mijn kijk op de wereld heeft gevormd. Het liet duidelijk zien hoe de samenleving in elkaar zat en hoe de Zweden tot tweederangs burgers waren gedegradeerd, terwijl de individuen die wij zo naïef uit de rest van de wereld hadden binnengehaald in de watten werden gelegd.'

'Interessant.' Kjell hield zijn hoofd scheef. 'Ik heb deze gebeurtenis gecheckt en er zijn wat dingen die nogal… ja, vreemd zijn.'

'Wat bedoelt u?'

'In de eerste plaats komt een dergelijke aangifte niet in de registers van de politie voor en in de tweede plaats waren er geen Afrikaanse studenten die dezelfde opleiding volgden als u. In de periode dat u daar studeerde waren er überhaupt geen Afrikaanse studenten op de universiteit.'

Kjell zag Johns adamsappel op en neer gaan toen hij slikte.

'Ik herinner het me heel duidelijk. U moet zich vergissen.'

'Is het niet eerder zo dat u uw opvattingen van huis uit hebt meegekregen? Ik beschik over informatie die erop wijst dat uw vader sterke nazistische sympathieën koesterde.'

'Ik laat mij niet uit over de eventuele opvattingen van mijn vader.'

Een snelle blik op zijn horloge gaf aan dat er nog maar vijf minuten over waren voor het interview. Kjell voelde hoe zijn ongenoegen zich vermengde met tevredenheid. Het gesprek had geen concrete resultaten opgeleverd, maar het was leuk geweest om John uit balans te krijgen. En hij was niet van plan het hierbij te laten. Dit interview was slechts het begin. Hij zou blijven graven tot hij iets vond dat John Holms opmars zou stuiten. Misschien zou hij hem nog een keer moeten spreken en daarom kon hij het interview net zo goed afronden met een vraag die niets met de politiek te maken had. Hij glimlachte naar John.

'Ik heb begrepen dat u op het internaat op Valö zat toen dat gezin verdween. Het blijft intrigeren wat daar is gebeurd.'

John keek hem aan en stond snel op. 'Het uur is voorbij en ik heb nog veel te doen. Ik neem aan dat jullie er zelf uit komen.'

Kjell had altijd al een uitstekend journalistiek instinct gehad en Johns reactie deed zijn hersenen op volle toeren draaien. Hier zat iets waarvan John niet wilde dat hij het te weten kwam, en hij kon nauwelijks wachten tot hij weer op de redactie was en kon gaan wroeten in wat dat zou kunnen zijn.

'Waar is Martin?' Patrik keek naar de anderen, die zich in de keuken van het politiebureau hadden verzameld.

'Hij heeft zich ziek gemeld,' zei Annika ontwijkend. 'Maar ik heb zijn verslag over de financiële situatie en verzekeringen van de Starks hier.'

Patrik keek haar aan maar vroeg niet verder. Als Annika niet uit zichzelf wilde vertellen wat ze wist, zou ze gemarteld moeten worden om het eruit te krijgen.

'En ik heb hier het oude onderzoeksmateriaal,' zei Gösta en hij wees naar een paar dikke mappen op de tafel.

'Dat heb je snel gedaan,' zei Mellberg. 'Meestal duurt het een eeuwigheid om oude documenten in het archief te vinden.'

Gösta zweeg een hele tijd en zei toen: 'Ik had ze thuis liggen.'

'Bewaar jij archiefmateriaal bij jou thuis? Ben je helemaal gek geworden?' Mellberg vloog van zijn stoel en Ernst, die op de voeten van zijn baasje had gelegen, ging rechtop zitten en spitste zijn oren. Hij blafte een paar keer, maar constateerde toen dat alles rustig leek en ging weer liggen.

'Ik heb er af en toe in gelezen en het leek me niet nodig om alles steeds weer terug te leggen in het archief. En achteraf komt het best goed uit dat ik de boel thuis had liggen, anders hadden we het nu nog niet gehad.'

'Hoe dom kan een mens zijn...' ging Mellberg verder en Patrik besefte dat het de hoogste tijd was om in te grijpen.

'Ga zitten, Bertil. Het belangrijkste is dat we over het materiaal beschikken. Over disciplinaire maatregelen hebben we het later wel.'

Mellberg mopperde nog wat na, maar gehoorzaamde vervolgens onwillig. 'Zijn de technici al aan het werk op het eiland?'

Patrik knikte. 'Ze zijn druk bezig de vloer open te breken en monsters te nemen. Torbjörn heeft beloofd dat hij meteen zal bellen als hij iets weet.'

'Kan iemand mij uitleggen waarom we tijd en middelen moeten steken in een eventueel misdrijf dat al is verjaard?' vroeg Mellberg.

Gösta keek hem boos aan. 'Ben je vergeten dat iemand geprobeerd heeft de boel plat te branden?'

'Nee, dat weet ik best. Maar ik vraag me nog steeds af waarom het een met het ander te maken zou hebben.' Hij articuleerde overdreven alsof hij Gösta wilde pesten.

Patrik slaakte opnieuw een zucht. Het waren net twee kleine kinderen.

'Jij neemt de beslissingen, Bertil, maar volgens mij zou het een vergissing zijn om de vondst van de Starks niet nader te onderzoeken.'

'Ik weet hoe jij erover denkt, maar jij hoeft je niet te verantwoorden als de leiding met de vraag komt waarom we onze karige middelen verspillen aan een zaak die de houdbaarheidsdatum is gepasseerd.'

'Als de verdwijning, zoals Hedström denkt, met de brandstichting te maken heeft, dan is die wel degelijk relevant,' zei Gösta vasthoudend.

Mellberg zweeg even. 'Goed, dan steken we er een paar uur in. Vertel verder!'

Patrik ademde uit. 'Dat is dan geregeld. Laten we eerst kijken wat Martin heeft ontdekt.'

Annika zette haar bril op en keek naar het verslag. 'Martin heeft niets afwijkends gevonden. De Starks hebben de vakantiekolonie niet oververzekerd, eerder het tegendeel, in geval van brand zouden ze dus geen groot bedrag ontvangen. Wel hebben ze behoorlijk veel eigen geld op de bank staan, van de verkoop van hun huis in Göteborg. Ik neem aan dat dat geld voor de renovatie en alle dagelijkse kosten bedoeld is tot de bed and breakfast begint te draaien. En er staat een bedrijf op Ebba's naam geregistreerd. Mijn Engel heet het. Ze maakt kennelijk zilveren sieraden in de vorm van een engel die ze via internet verkoopt, maar dat levert geen noemenswaardige inkomsten op.'

'Goed. We laten dat spoor niet helemaal los, maar op dit moment wijst niets in de richting van verzekeringsfraude. Dan is er de vondst van gisteren,' zei Patrik en hij draaide zich om naar Gösta. 'Wil jij vertellen hoe het huis eruitzag toen jullie het na de verdwijning onderzochten?'

'Natuurlijk. Er zijn ook foto's die jullie kunnen bekijken,' zei Gösta, terwijl hij een map opensloeg. Hij haalde er een stapel vergeelde foto's uit, die hij liet rondgaan. Patrik was verbaasd. Hoewel ze oud waren, waren het uitstekende foto's van de plaats delict.

'In de eetkamer hebben we geen sporen aangetroffen die erop duidden dat daar iets was gebeurd,' zei Gösta. 'Ze waren aan de paaslunch begonnen, maar er was geen enkel teken dat er was gevochten.

Niets was kapot en de vloer was schoon. Kijk zelf maar als jullie me niet geloven.'

Patrik deed wat hij zei en bestudeerde de foto's grondig. Gösta had gelijk. Het leek alsof het gezin halverwege de lunch van tafel was opgestaan en vervolgens was vertrokken. Hij huiverde. De gedekte tafel, het gedeeltelijk genuttigde eten op de borden en de stoelen die netjes onder de tafel waren geschoven hadden iets spookachtigs. Midden op de tafel stond een vaas gele narcissen. Alleen de mensen ontbraken, en de ontdekking onder de vloerplanken gaf een nieuwe dimensie aan de foto's. Nu begreep hij waarom Erica zoveel uren in de raadselachtige verdwijning van de familie Elvander had zitten graven.

'Als het bloed is, is het dan mogelijk om te zeggen of het van de Elvanders is?' vroeg Annika.

Patrik schudde langzaam zijn hoofd. 'Ik ben natuurlijk geen specialist op dat terrein, maar ik geloof het niet. Ik denk dat het te oud is voor dat soort analyses. Het enige wat we hopelijk bevestigd kunnen krijgen is dat het mensenbloed is. We hebben trouwens niets waarmee we het kunnen vergelijken.'

'We hebben Ebba,' zei Gösta. 'Als het bloed van Rune of Inez afkomstig is, kunnen ze misschien een DNA-profiel maken en kijken of dat met dat van Ebba overeenkomt.'

'Ja, dat zou kunnen. Maar volgens mij wordt bloed heel snel afgebroken en we hebben het over bloedresten die mogelijk dertig jaar oud zijn. Los van het resultaat van de bloedanalyse moeten we erachter zien te komen wat er die paaszaterdag is gebeurd. We moeten teruggaan in de tijd.' Patrik legde de foto's op tafel. 'We moeten alle verhoren met mensen die met het internaat te maken hadden lezen en daarna moeten we nog een keer met ze gaan praten. Daar ergens bevindt zich de waarheid. Een heel gezin kan niet zomaar verdwijnen. En als we bevestigd krijgen dat het om menselijk bloed gaat, mogen we ervan uitgaan dat er in die kamer een misdrijf is gepleegd.'

Hij keek naar Gösta, die licht knikte.

'Ja, je hebt gelijk. We moeten teruggaan in de tijd.'

Het was misschien een beetje vreemd om zoveel foto's in een hotelkamer neer te zetten, maar als dat al zo was, had niemand dat tegen hem durven zeggen. Dat was het voordeel van de suite. Iedereen nam aan dat je lichtelijk excentriek was als je veel geld had. Bovendien gaf zijn uiterlijk hem de mogelijkheid om te doen wat hij wilde zonder zich iets aan te trekken van de mening van anderen.

De foto's waren belangrijk voor hem. Dat hij ze altijd overal mee naartoe nam was een van de weinige dingen waar Ia niets over te zeggen had. Verder was hij in haar macht, dat wist hij. Maar de man die hij vroeger was geweest en alles wat hij had bereikt, kon ze nooit van hem afpakken.

Leon rolde de rolstoel naar de ladekast waar de foto's op stonden. Hij deed zijn ogen dicht en heel even stond hij het zichzelf toe om in gedachten terug te gaan naar de plekken op de foto's. Hij stelde zich voor hoe de woestijnwind zijn wangen verbrandde, hoe zijn vingers en tenen pijn deden van de extreme kou. Hij had van de pijn gehouden. *No pain, no gain*, was altijd zijn motto geweest. Tegenwoordig leefde hij ironisch genoeg elke seconde, elke dag met pijn. Zonder er iets voor terug te krijgen.

Het gezicht dat hem vanaf de foto's tegemoet lachte was mooi, of eerder aantrekkelijk. Zeggen dat het mooi was suggereerde een soort vrouwelijkheid en dat was volstrekt misleidend. Hij straalde mannelijkheid en kracht uit. Een drieste roekeloosheid, een verlangen om de adrenaline door zijn lijf te voelen gieren.

Hij stak zijn linkerhand, die in tegenstelling tot de rechter heel was, uit en pakte zijn favoriete foto. Die was genomen op de top van de Mount Everest. Het was een zware beklimming geweest en diverse deelnemers van de expeditie waren tijdens de verschillende etappes afgehaakt. Een paar hadden het zelfs al opgegeven voordat ze waren begonnen. Dat soort zwakte vond hij onbegrijpelijk. Opgeven was voor hem geen optie. Velen hadden hun hoofd geschud toen ze hoorden dat hij wilde proberen om de top zonder extra zuurstof te bereiken. Dat zou nooit lukken, zeiden de mensen die er verstand van hadden. Zelfs de leider van de expeditie had hem dringend verzocht een zuurstoffles te gebruiken, maar Leon wist dat het mogelijk was. Reinhold Messner en Peter Habeler hadden het in 1978 gedaan.

Het werd toen ook als onmogelijk beschouwd en het was zelfs de autochtone Nepalese klimmers niet gelukt. Maar Messner en Habeler waren erin geslaagd en dat betekende dat hij het ook moest doen. En hij bereikte de top van de Mount Everest bij zijn eerste poging – zonder extra zuurstof. Op de foto glimlachte hij breed; hij had de Zweedse vlag in zijn hand en achter hem wapperden de kleurige gebedsvlaggen. Op dat moment bevond hij zich op de hoogste plek van de wereld. Hij zag er sterk uit. Gelukkig.

Leon zette de foto voorzichtig terug en pakte de volgende. Parijs-Dakar. De motorenklasse natuurlijk. Het ergerde hem nog steeds dat hij niet had gewonnen. In plaats daarvan had hij genoegen moeten nemen met een plaats in de top tien. Eigenlijk wist hij wel dat dat een fantastische prestatie was, maar voor hem telde alleen de eerste plaats, zo was het altijd geweest. De bovenste tree van het erepodium was voor hem, ongeacht waar het om ging. Hij streelde het glas van de foto met zijn duim en onderdrukte een glimlach. Als hij glimlachte, trok het onaangenaam in de ene helft van zijn gezicht en hij had een hekel aan dat gevoel.

Ia was heel bang geweest. Een van de deelnemers had zich al aan het begin van de rally doodgereden en ze had hem gesmeekt te stoppen. Maar het ongeluk had zijn motivatie alleen maar versterkt. Weten dat het gevaarlijk was, was zijn drijfveer, het besef dat het leven hem elk moment kon worden ontnomen. Door het gevaar hield hij nog intenser van alle goede dingen in het leven. De champagne smaakte beter, de vrouwen leken mooier, de zijden lakens voelden zachter aan zijn huid. Zijn rijkdom was meer waard als hij die voortdurend op het spel zette. Ia daarentegen was altijd bang om alles kwijt te raken. Ze vond het verschrikkelijk als hij om de dood lachte en hoog inzette in de casino's van Monaco, Saint-Tropez en Cannes. Ze begreep de opwinding niet die hij voelde als hij veel geld had verloren en de volgende avond alles weer terugwon. Dan kon zij 's nachts de slaap niet vatten en lag te woelen in bed, terwijl hij op het balkon rustig van een sigaar stond te genieten.

Diep vanbinnen had hij van haar onrust genoten. Hij wist dat ze dol was op het leven dat hij haar kon bieden. En ze was er niet alleen dol op, ze had het nodig en eiste het. Daarom was het soms extra leuk om haar gezicht te zien als het balletje in het verkeerde vakje viel, wanneer ze zichzelf in haar wang beet om het niet uit te schreeuwen als hij alles op rood zette en de winst op zwart viel.

Leon hoorde het geluid van een sleutel die in het slot werd gestoken. Voorzichtig zette hij de foto terug op de kast. De man op de motor glimlachte breed naar hem.

Fjällbacka 1919

Het was een prachtige dag om bij te ontwaken en Dagmar strekte zich uit als een kat. Nu zou alles anders worden. Eindelijk had ze iemand ontmoet die ervoor zou zorgen dat de praatjes verstomden en de roddelende vrouwen zich in hun gelach verslikten. De dochter van de Engelenmaakster en de vliegeniersheld – dat zou nog eens stof tot praten geven. Maar het zou haar niet langer raken, want ze zouden samen weggaan. Waarheen wist ze niet en dat was ook niet belangrijk.

Vannacht had hij haar gestreeld zoals niemand ooit eerder had gedaan. Hij had allerlei woorden in haar oor gefluisterd, woorden die ze niet begreep, maar waarvan ze in haar hart wist dat het beloften over hun gemeenschappelijke toekomst waren. Zijn hete adem had de wellust tot in haar kleinste lichaamsdeel aangewakkerd en ze had hem alles gegeven wat ze had.

Dagmar ging langzaam op de rand van het bed zitten en liep naakt naar het raam, dat ze wijd openzette. Buiten kwetterden de vogels en de zon was net opgegaan. Ze vroeg zich af waar Hermann was. Misschien was hij ontbijt voor hen aan het halen?

In de badkamer maakte ze een grondig morgentoilet. Eigenlijk wilde ze zijn geur niet van haar lichaam wassen, maar anderzijds wilde ze naar de mooiste roos ruiken als hij terugkwam. En ze zou zijn geur binnenkort toch weer ruiken. Ze zou zijn geur haar hele verdere leven in zich mogen opnemen.

Toen ze klaar was, ging ze op bed liggen wachten, maar hij kwam niet opdagen en ze begon ongeduldig te worden. De zon was verder omhooggeklommen en het vogelgekwetter werd storend luid. Waar hing Hermann uit? Begreep hij niet dat ze op hem wachtte?

Uiteindelijk stond ze op, kleedde zich aan en liep met opgeheven hoofd de kamer uit. Waarom zou ze zich druk maken of iemand haar zag? Binnenkort zou het toch duidelijk zijn wat Hermanns bedoelingen waren.

Het was heel stil in huis. Iedereen lag zijn roes uit te slapen en dat zou nog wel een paar uur zo blijven. De gasten werden meestal pas tegen elf uur wakker. Maar vanuit de keuken waren geluiden te horen. Het personeel was vroeg opgestaan om het ontbijt voor te bereiden. De feestgangers hadden meestal razende honger als ze eindelijk wakker waren en dan moesten de eieren natuurlijk gekookt zijn en de koffie moest klaarstaan. Nee, daar was Hermann niet. Een van de keukenmeiden zag haar en fronste haar wenkbrauwen, maar Dagmar wierp haar hoofd in de nek en deed de deur weer dicht.

Na het huis doorzocht te hebben liep ze naar de steiger. Zou hij zijn gaan zwemmen? Hermann was heel atletisch, hij was vast naar de steiger gegaan voor een verfrissende ochtendduik.

Ze ging sneller lopen en rende bijna naar het strand. Haar voeten leken boven het gras te zweven en toen ze de steiger had bereikt, tuurde ze glimlachend over het water. Maar ze werd algauw ernstig. Daar was hij niet. Ze keek nog een keer om zich heen, maar Hermann was niet in het water en er lagen geen kleren op de steiger. Een van de jongens die voor de dokter en zijn vrouw werkte, kwam haar tegemoet geslenterd.

'Kan ik u helpen, jongedame?' zei hij en hij kneep zijn ogen half dicht tegen de zon. Toen hij dichterbij kwam en zag wie ze was, begon hij te lachen. 'Nee maar, als dat Dagmar niet is. Wat doe jij hier zo vroeg? Ik heb gehoord dat je vannacht niet bij de bedienden hebt geslapen, maar je elders hebt vermaakt.'

'Hou je mond, Edvin,' zei ze. 'Ik ben op zoek naar de Duitse vliegenier. Heb jij hem gezien?'

Edvin stak zijn handen in zijn broekzakken. 'De vliegenier? Je was dus bij hem?' Hij lachte weer honend. 'Wist hij dat hij naar bed ging met de dochter van een moordenares? Maar dat vinden die buitenlanders misschien juist spannend?'

'Schei daarmee uit! Geef liever antwoord op mijn vraag. Heb je hem vanochtend gezien?'

Edvin zei een hele tijd niets. Hij nam haar alleen maar van top tot teen op.

'We zouden een keer met elkaar moeten afspreken, jij en ik,' zei hij ten slotte en hij deed een stap in haar richting. 'We zijn nooit echt in de gelegenheid geweest elkaar te leren kennen.'

Ze keek hem nijdig aan. O, wat had ze een hekel aan deze weerzinwekkende mannen zonder verfijning of achtergrond. Ze hadden niet het recht om haar met hun vieze handen aan te raken. Ze verdiende beter. Ze was een goed leven waard, dat hadden vader en moeder gezegd.

'Nou?' zei ze. 'Je hoorde toch zeker wel wat ik je vroeg.'

Hij spuugde op de grond, keek haar recht in de ogen en kon zijn leedvermaak niet verhullen toen hij zei: 'Hij is vertrokken.'

'Wat bedoel je? Waarheen?'

'Hij kreeg vanochtend vroeg een telegram dat hij een vliegopdracht had. Hij is twee uur geleden met de boot naar het vasteland gebracht.'

Dagmar hapte naar adem. 'Je liegt!' Ze wilde Edvin recht in zijn grijnzende gezicht stompen.

'Je hoeft me niet te geloven,' zei hij en hij draaide zich om. 'Maar hij is wel weg.'

Ze keek uit over het water, in dezelfde richting als waarin Hermann was verdwenen, en zwoer dat ze hem weer zou vinden. Hij zou de hare worden, hoe lang het ook zou duren. Want zo was het beschikt.

✳

Erica voelde zich een beetje schuldig, al had ze strikt genomen niet tegen Patrik gelogen. Ze had alleen de waarheid weggelaten. Ze had hem gisteravond over haar plannen willen vertellen, maar op de een of andere manier had de juiste gelegenheid zich niet voorgedaan en bovendien was hij in zo'n vreemd humeur geweest. Ze had gevraagd of er op zijn werk iets was gebeurd, maar hij had ontwijkend geantwoord en de avond was in stilte voor de tv verstreken. Hoe ze het uitstapje van vandaag zou verklaren was een probleem voor later.

Erica gaf meer gas en liet de kajuitsloep naar bakboord afvallen. In gedachten dankte ze haar vader Tore, die zijn dochters met alle geweld had willen leren hoe ze de boot moesten besturen. Als je aan zee woonde, zo had hij gezegd, was het je plicht om met een boot om te kunnen gaan. En als ze eerlijk was, kon ze beter aanmeren dan Patrik, hoewel ze het omwille van de lieve vrede meestal aan hem overliet. Mannen hadden zo'n broos ego.

Ze stak haar hand op naar een boot van de Reddingsbrigade die op weg was naar Fjällbacka. Het vaartuig leek van Valö te komen en ze vroeg zich af wat ze daar hadden gedaan. Maar even later liet ze die gedachte los om zich te concentreren op het aanmeren en elegant liet ze de kajuitsloep naar de steiger glijden. Tot haar verbazing was ze nerveus. Ze had veel tijd aan het onderwerp besteed en nu voelde het best vreemd om een van de hoofdpersonen in levenden lijve te ontmoeten. Ze pakte haar handtas en sprong aan land.

Ze was al heel lang niet op Valö geweest en net als de meeste inwoners van Fjällbacka associeerde ze de plek met kampen en schoolreisjes. Toen ze tussen de bomen door liep, kon ze bijna de geur van gegrilde worst en aangebrand brood ruiken.

Ze naderde het huis en bleef verbluft staan. Daar heerste een koortsachtige activiteit en op het trapje stond iemand die ze kende met zijn armen te gebaren. Ze begon weer te lopen en verhoogde haar tempo tot ze half holde.

'Hoi, Torbjörn!' Ze zwaaide en wist uiteindelijk zijn aandacht te trekken. 'Wat doen jullie hier?'

Hij keek haar verbaasd aan. 'Erica? Ik zou jou hetzelfde kunnen vragen. Weet Patrik dat je hier bent?'

'Nee, ik denk het niet. Maar vertel eens waarom jullie hier zijn.'

Torbjörn leek te overwegen wat hij moest antwoorden.

'De eigenaren hebben gisteren tijdens het renoveren een vondst gedaan in het huis,' zei hij ten slotte.

'Een vondst? Hebben ze het gezin gevonden dat destijds is verdwenen? Waar lagen ze?'

Torbjörn schudde zijn hoofd. 'Meer kan ik helaas niet zeggen.'

'Mag ik binnen gaan kijken?' Ze wilde het trapje al op lopen.

'Nee, nee, niemand mag naar binnen. We kunnen geen onbevoegden om ons heen hebben als we aan het werk zijn.' Hij glimlachte. 'Ik neem aan dat je bent gekomen voor het stel dat hier woont. Ze zitten achter het huis.'

Erica deed een pas achteruit. 'Oké,' zei ze, al kon ze haar teleurstelling niet goed verbergen.

Ze liep langs het huis en toen ze de hoek om ging, zag ze een man en een vrouw die ongeveer van haar eigen leeftijd waren. Met een grimmig gezicht zaten ze naar het huis te kijken. Ze praatten niet met elkaar.

Erica aarzelde even. In haar enthousiasme en nieuwsgierigheid had ze er helemaal niet over nagedacht hoe ze zou uitleggen waarom ze hen zomaar kwam storen. Maar de aarzeling duurde slechts een paar tellen. Nieuwsgierige vragen stellen en graven in de geheimen en tragedies van anderen was ondanks alles een deel van haar werk. Ze had haar bedenkingen al lang geleden overwonnen en wist dat veel betrokkenen haar boeken naderhand positief beoordeelden. Bovendien was het altijd makkelijker als de gebeurtenis, zoals in dit geval, ver in het verleden lag. Dan waren de wonden meestal geheeld en de tragedies geschiedenis geworden.

'Hallo!' riep ze en het stel keek in haar richting. Toen glimlachte de vrouw herkennend.

'Ik herken jou. Jij bent Erica Falck. Ik heb al je boeken gelezen en vind ze geweldig,' zei ze en ze zweeg vervolgens verschrikt alsof ze zich schaamde voor haar vrijpostigheid.

'Hoi, jij moet Ebba zijn.' Erica schudde Ebba's hand. Die voelde broos aan, maar de duidelijke eeltplekken verrieden dat ze druk bezig was met de renovatie. 'Bedankt voor het compliment.'

Nog steeds een beetje verlegen stelde Ebba haar man voor en Erica gaf ook hem een hand.

'Je hebt een goede timing, moet ik zeggen.' Ebba ging zitten en leek te wachten tot Erica hetzelfde zou doen.

'Hoe bedoel je?'

'Ik neem aan dat je over de verdwijning wilt schrijven. En dan kom je uitgerekend vandaag.'

'Ja,' zei Erica. 'Ik heb gehoord dat jullie iets hebben gevonden.'

'Ja, we ontdekten het toen we bezig waren de vloer in de eetkamer open te breken,' zei Mårten. 'We wisten natuurlijk niet wat het was, maar dachten dat het weleens bloed kon zijn. De politie is komen kijken en heeft besloten dat het onderzocht moet worden. Daarom lopen er zoveel mensen rond.'

Erica begon te begrijpen waarom Patrik gisteren zo weinig toeschietelijk was geweest toen ze had gevraagd of er iets was gebeurd. Ze vroeg zich af wat hij dacht, of hij ervan uitging dat het gezin in de eetkamer was vermoord en dat de lichamen vervolgens waren afgevoerd. In haar enthousiasme wilde ze vragen of ze behalve het bloed nog meer hadden gevonden, maar ze wist zich in te houden.

'Wat afschuwelijk voor jullie. Ik kan niet ontkennen dat ik altijd heel geïnteresseerd ben geweest in de verdwijning, maar voor jou, Ebba, is het heel persoonlijk en dichtbij.'

Ebba schudde haar hoofd. 'Ik was zo klein dat ik me mijn familie niet kan herinneren. Ik kan geen verdriet hebben om mensen die ik eigenlijk nooit heb gekend. Het is niet zoals bij…' Ze zweeg en keek weg.

'Ik geloof dat mijn man Patrik Hedström een van de agenten was die hier gisteren zijn geweest en hij was afgelopen zaterdag ook al bij jullie. Toen had zich toch een akelig incident voorgedaan?'

'Zo zou je het misschien kunnen noemen. Akelig was het zeker en ik begrijp niet waarom iemand ons kwaad zou willen doen.' Mårten spreidde zijn handen.

'Patrik denkt dat het met de gebeurtenissen van 1974 te maken kan hebben,' flapte Erica eruit. Ze vloekte inwendig. Ze wist hoe boos Patrik zou worden als ze dingen onthulde die invloed konden hebben op het onderzoek.

'Hoe zou dat daar verband mee kunnen houden? Dat is allemaal zo lang geleden.' Ebba keek naar het huis. Vanaf waar zij zaten, konden ze niet zien wat er gebeurde, maar ze hoorden het geluid van hout dat spleet terwijl de vloer werd opengebroken.

'Ik zou je graag een paar vragen willen stellen over de verdwijning,' zei Erica.

Ebba knikte. 'Prima. Zoals ik al tegen je man zei, denk ik niet dat ik je veel kan vertellen, maar ga je gang.'

'Vind je het goed als ik het gesprek opneem?' vroeg Erica, terwijl ze een cassetterecorder uit haar tas pakte.

Mårten keek vragend naar Ebba, die haar schouders ophaalde. 'Ja, dat is best.'

Toen het bandje liep, voelde Erica verwachtingsvolle kriebels in haar buik. Ze had Ebba nooit in Göteborg opgezocht, hoewel ze dat vaak van plan was geweest. Nu was Ebba hier en misschien zou Erica iets te weten komen wat nuttig was voor haar research.

'Heb je nog iets van je ouders? Iets wat hiervandaan komt?'

'Nee, niets. Mijn adoptieouders hebben verteld dat ik alleen een kleine koffer met kleren bij me had toen ik bij hen kwam. En ik geloof niet eens dat die hiervandaan kwamen. Volgens mijn moeder had een lieve mevrouw kleren voor me genaaid en mijn initialen erop geborduurd. Ik heb die kleertjes nog steeds. Mijn moeder heeft ze bewaard voor het geval ik ooit een dochter zou krijgen.'

'Geen brieven, geen foto's?' vroeg Erica.

'Nee. Die heb ik nooit gezien.'

'Hadden je ouders nog andere familie die dat soort spullen misschien heeft meegenomen?'

'Er was niemand. Dat heb ik ook tegen je man gezegd. Voor zover ik weet waren zowel mijn grootouders van moederszijde als die van vaderszijde dood, en kennelijk hadden mijn ouders ook geen broers of zussen. Als er nog ergens verre familieleden zijn, dan hebben die in elk geval nooit contact met mij opgenomen. Er was immers niemand die mij wilde hebben.'

Het klonk erg verdrietig en Erica keek haar meelevend aan, maar Ebba glimlachte.

'Ik had niets te klagen. Ik heb een vader en een moeder die van me houden en twee lieve broers. Ik ben niets tekortgekomen.'

Erica glimlachte terug. 'Dat kan niet iedereen zeggen.'

Ze merkte dat ze de tengere vrouw tegenover zich steeds aardiger begon te vinden.

'Weet je verder nog iets over je biologische ouders?'

'Nee, ik heb nooit de behoefte gehad om meer te weten te komen. Ik heb me natuurlijk weleens afgevraagd wat er is gebeurd, maar op de een of andere manier heb ik altijd het gevoel gehad dat ik het niet met mijn leven wilde vermengen. Misschien was ik bang dat ik dan mijn vader en moeder verdriet zou doen en dat ze zouden denken dat ze niet goed genoeg waren, als ik me in mijn biologische ouders ging verdiepen.'

'Denk je dat de belangstelling om je wortels te gaan zoeken zou ontwaken als jullie zelf kinderen zouden krijgen?' vroeg Erica voorzichtig. Ze wist niet veel over Ebba en Mårten en misschien was dit een gevoelig punt.

'We hadden een zoon,' zei Ebba.

Erica deinsde terug alsof ze een draai om haar oren had gehad. Dat was niet het antwoord dat ze had verwacht. Ze wilde verder vragen, maar uit Ebba's lichaamstaal bleek duidelijk dat ze niet van plan was erover te praten.

'Dat we hierheen zijn verhuisd kun je misschien zien als een manier om haar wortels te zoeken,' zei Mårten.

Hij schoof ongemakkelijk heen en weer op de bank en Erica merkte dat Ebba en Mårten ogenschijnlijk onbewust nog iets verder van elkaar gingen zitten, alsof ze het niet konden verdragen te dicht bij elkaar te zijn. De stemming was bedrukt en ze had ineens het gevoel dat ze zich opdrong en getuige was van iets heel persoonlijks.

'Ik heb onderzoek gedaan naar het verleden van je familie en het een en ander ontdekt. Laat het me maar weten als je het materiaal wilt bekijken. Ik heb alles thuis liggen,' zei ze.

'Dat is aardig van je,' zei Ebba zonder enthousiasme. Al haar energie leek weggestroomd en Erica besefte dat het geen zin had om door te gaan met het gesprek. Ze stond op.

'Fijn dat ik even met jullie heb kunnen praten. Ik neem nog wel contact op. Jullie kunnen mij ook bellen of mailen.' Ze pakte een notitieboekje, schreef haar telefoonnummer en e-mailadres op, scheurde het blaadje eruit en gaf het aan hen. Vervolgens zette ze de cassetterecorder uit en stopte die in haar handtas.

'Je weet waar je ons kunt vinden. We zijn dag in dag uit met het huis bezig,' zei Mårten.

'Ja, dat begrijp ik. Doen jullie alles zelf?'

'Dat is wel de bedoeling. In elk geval zo veel mogelijk.'

'Als je iemand weet die verstand heeft van huizen inrichten, dan houden we ons aanbevolen,' zei Ebba. 'Daar zijn Mårten en ik geen van beiden bijster goed in.'

Erica wilde net zeggen dat ze jammer genoeg niet zo iemand kende, maar opeens kreeg ze een idee.

'Ik weet iemand die daar hartstikke goed in is en die jullie zeker kan helpen. Ik bel jullie binnenkort.'

Ze nam afscheid en liep terug naar de voorkant van het huis. Torbjörn gaf twee medewerkers van zijn team instructies.

'Hoe gaat het hier?' riep Erica om het geluid van een motorzaag te overstemmen.

'Dat gaat je niets aan,' riep Torbjörn terug. 'Maar ik zal later op de dag verslag uitbrengen aan je man, dan kun je hem vanavond uithoren.'

Erica lachte en zwaaide gedag. Toen ze naar de steiger liep, werd ze ernstiger. Waar waren de bezittingen van de familie Elvander gebleven? Waarom gedroegen Ebba en Mårten zich zo vreemd tegen elkaar? Wat was er met hun zoon gebeurd? En niet in de laatste plaats: spraken ze de waarheid toen ze zeiden dat ze niet wisten wie er geprobeerd had hen levend te verbranden? Het gesprek met Ebba had niet zoveel opgeleverd als ze had gehoopt, maar toen ze de motor startte en weer koers zette naar huis, tolden er wel allerlei gedachten door haar hoofd.

Gösta mopperde in zichzelf. Eigenlijk trok hij zich Mellbergs kritiek niet erg aan, maar hij vond het gezeur over het feit dat hij het onderzoeksmateriaal mee naar huis had genomen zo onnodig. Het ging toch om het resultaat? Alles van vóór de tijd van de automatisering was moeilijk te vinden en nu hoefden ze niet uren in het archief te zoeken naar de mappen.

Hij legde pen en papier naast zich neer en sloeg de eerste map open. Hoeveel uren van zijn leven had hij niet zitten piekeren over wat er op het internaat was gebeurd? Hoe vaak had hij de foto's niet bestudeerd, de uitgetypte verhoren gelezen en de verslagen van het onderzoek van de plaats delict doorgenomen? Als ze het deze keer goed wilden doen, moest hij methodisch te werk gaan. Patrik had hem gevraagd de volgorde te bepalen waarin ze de mensen zouden verhoren die in het oorspronkelijke onderzoek voorkwamen. Omdat ze niet met iedereen tegelijk konden praten, was het belangrijk dat ze met de juiste persoon begonnen.

Gösta zakte neer op zijn stoel en begon de vrij nietszeggende verhoorverslagen door te werken. Hij had ze al heel vaak gelezen en wist zodoende dat er niets concreets in stond; het ging er nu dus om de nuances te duiden en tussen de regels door te lezen. Maar het kostte hem moeite zich te concentreren. Zijn gedachten gleden steeds weg naar het kleine meisje dat nu groot was geworden. Het was wonderlijk geweest om haar weer te zien en een reëel beeld toe te voegen aan het beeld dat hij in zijn fantasie had geschapen.

Hij draaide onrustig op zijn stoel. Het was alweer heel wat jaren geleden dat hij zijn werk met een soort geestdrift had uitgevoerd en hoewel hij enthousiasme voelde voor de taak die voor hem lag, was het alsof zijn hersenen de nieuwe instructies niet wilden opvolgen. Hij legde de verslagen opzij en begon langzaam de foto's te bekijken. Er zaten ook foto's bij van de jongens die tijdens de paasvakantie op het internaat waren gebleven. Gösta deed zijn ogen dicht en dacht terug aan die zonnige, maar enigszins frisse paaszaterdag van 1974.

Samen met zijn inmiddels overleden collega Henry Ljung was hij naar het grote witte huis gelopen. Alles was heel stil geweest, bijna eng stil, maar dat had hij er misschien later van gemaakt. Toch wist hij zich te herinneren dat hij had gehuiverd toen hij over het pad liep. Henry en hij hadden elkaar aangekeken, onzeker over wat hun te wachten stond na dat vreemde telefoontje naar het politiebureau. 'Waarschijnlijk willen die kinderen ons een geintje flikken.' Met die woorden had het toenmalige hoofd hen op pad gestuurd, vooral om ingedekt te zijn voor het geval het toch iets anders was dan een kwajongensstreek van een stelletje verveelde rijkeluiszonen. In het begin van het herfstsemester, toen de school net was geopend, waren er wat problemen geweest, maar dat was afgelopen na een telefoontje van het hoofd aan Rune Elvander. Gösta had geen idee hoe de rector een eind had gemaakt aan de problemen, maar wat hij ook had gedaan, het was effectief geweest. Tot op heden.

Henry en hij waren voor de voordeur blijven staan. Ze hoorden geen enkel geluid uit het huis komen. Toen sneed een kinderschreeuw luid en schel door de stilte en wekte hen uit hun tijdelijke verlamming. Ze klopten nog een keer op de deur en stapten vervolgens naar binnen. 'Hallo,' had Gösta geroepen, en nu hij jaren later achter zijn bureau op het politiebureau zat, vroeg hij zich af hoe het kwam dat hij zich alles tot in de kleinste details wist te herinneren. Niemand had gereageerd, maar het kindergeschreeuw was steeds luider geworden. Ze hadden zich in de richting van het geluid gehaast en waren abrupt blijven staan toen ze de eetkamer hadden bereikt. Een klein meisje waggelde helemaal in haar eentje rond en krijste hartverscheurend. Instinctief rende Gösta naar haar toe en tilde haar op.

'Waar is de rest van het gezin?' zei Henry om zich heen kijkend. 'Hallo?' riep hij en hij liep weer terug naar de hal.

Geen antwoord.

'Ik ga boven kijken,' riep hij en Gösta, die helemaal opging in zijn pogingen om het meisje te kalmeren, knikte.

Hij had nooit eerder een klein kind in zijn armen gehad en wist dus niet goed wat hij moest doen om een eind te maken aan het gehuil. Onhandig wiegde hij het meisje in zijn armen, wreef over haar rug en neuriede een onbestemd deuntje. Tot zijn verbazing werkte het. Het gehuil ging over in schoksgewijze snikjes en hij voelde haar borstkas op en neer gaan toen ze haar hoofd tegen zijn schouder legde. Gösta bleef wiegen en neuriën, terwijl hij vervuld raakte van emoties die hij niet kon benoemen.

Henry kwam de eetkamer weer binnen. 'Boven is ook niemand.'

'Waar zijn ze naartoe gegaan? Hoe kunnen ze zo'n kleintje alleen achterlaten? Het had helemaal verkeerd kunnen aflopen.'

'Ja, en wie heeft er verdomme gebeld?' Henry deed zijn pet af en krabde aan zijn hoofd.

'Zijn ze misschien gaan wandelen op het eiland?' Gösta keek kleingelovig naar de tafel met de half opgegeten paaslunch.

'Halverwege de maaltijd? Rare mensen in dat geval.'

'Ja, dat is een ding dat zeker is.' Henry zette zijn pet weer op. 'Wat doet zo'n schattig meisje hier helemaal alleen?' brabbelde hij, terwijl hij op Gösta toe liep.

Het meisje begon meteen weer te huilen en omklemde Gösta's hals zo stevig dat hij bijna geen adem kreeg.

'Laat haar met rust,' zei hij en hij deed een pas naar achteren.

Een warm gevoel van voldoening verspreidde zich in zijn borstkas en hij vroeg zich af of het zó zou zijn geweest als het zoontje van Maj-Britt en hem had mogen blijven leven. Maar hij verdrong die gedachte snel weer. Hij had besloten niet te denken aan wat had kunnen zijn.

'Lag de boot bij de steiger?' vroeg hij even later toen het meisje niet meer huilde.

Henry fronste zijn voorhoofd. 'Er lag een boot, maar ze hebben er toch twee? Volgens mij hebben ze afgelopen herfst de kajuitsloep van Sten-Ivar gekocht en nu lag alleen de plastic boot er. Maar ze zijn toch zeker geen boottochtje gaan maken zonder de kleine mee te nemen? Zo dwaas kunnen zelfs stadse lui toch niet zijn?'

'Inez komt hiervandaan,' verbeterde Gösta hem. 'Haar familie woont al generaties lang in Fjällbacka.'

Henry slaakte een zucht. 'Ja, vreemd is het hoe dan ook. We moeten het meisje maar meenemen naar het vasteland en dan zien we wel of er iemand opduikt.' Hij draaide zich om en wilde gaan.

'Er is gedekt voor zes personen,' zei Gösta.

'Ja, het is immers paasvakantie, dus waarschijnlijk is alleen het gezin hier.'

'Kunnen we de boel echt zo achterlaten?' De situatie was op zijn zachtst gezegd merkwaardig en Gösta voelde zich ongemakkelijk omdat hij niet wist wat ze hiermee aan moesten. Hij dacht even na. 'We doen zoals jij zegt en nemen het deerntje mee. Als zich morgen niemand heeft gemeld, gaan we hier weer heen. Als ze dan niet terug zijn, moeten we ervan uitgaan dat er iets is gebeurd. En in dat geval is dit een plaats delict.'

Nog steeds onzeker of ze juist handelden, gingen ze naar buiten en deden de voordeur achter zich dicht. Ze liepen naar de steiger en toen ze daar bijna waren, zagen ze op het water een boot dichterbij komen.

'Kijk, daar heb je de oude kajuitsloep van Sten-Ivar,' zei Henry wijzend.

'Er zitten mensen in de boot. Misschien wel de rest van het gezin.'

'Als dat zo is, zal ik eens een hartig woordje met ze wisselen. Het meisje op deze manier achterlaten...! Ik heb zin om ze flink op hun donder te geven.'

Henry beende weg naar de steiger. Gösta liep half rennend achter hem aan, maar durfde niet dezelfde snelheid aan te houden uit angst met het meisje in zijn armen te struikelen. De boot werd aangemeerd en een jongen van een jaar of vijftien sprong eruit. Hij had ravenzwart haar en zijn gezicht stond nijdig.

'Wat doen jullie met Ebba?' brieste hij.

'En wie mag jij wezen?' zei Henry toen de jongen met zijn handen in zijn zij voor hem ging staan.

Nog vier jongens stapten uit de boot en liepen op Henry en Gösta toe, die inmiddels ook de steiger had bereikt.

'Waar zijn Inez en Rune?' vroeg de jongen met het zwarte haar. De anderen stonden zwijgend achter hem en wachtten af. Het was duidelijk te zien wie de leider was.

'Dat willen wij ook graag weten,' zei Gösta. 'We kregen een telefoontje op het politiebureau dat hier iets was gebeurd en toen troffen we het meisje helemaal alleen in het huis aan.'

De jongen staarde hem onthutst aan. 'Was alleen Ebba er?'

Ze heet dus Ebba, dacht Gösta. Het deerntje wier hart zo snel tegen het zijne klopte.

'Zitten jullie bij Rune op school?' vroeg Henry op autoritaire toon, maar de jongen liet zich niet afschrikken. Hij keek de politieman rustig aan en antwoordde beleefd: 'Wij zijn leerlingen van de school. We brengen de paasvakantie hier door.'

'Waar zijn jullie geweest?' Gösta fronste zijn voorhoofd.

'We zijn vanochtend vroeg met de boot op pad gegaan. De familie zou gezamenlijk de paaslunch gebruiken en wij waren niet welkom. Daarom zijn we gaan vissen, om "ons karakter te vormen".'

'Hebben jullie nog wat gevangen?' Henry's toon gaf duidelijk aan dat hij de jongen niet geloofde.

'Een hele bak vol,' zei de jongen en hij wees naar de boot.

Gösta keek in dezelfde richting en zag de sleeplijn die stevig aan de achtersteven van de boot was bevestigd.

'Jullie gaan met ons mee naar het bureau tot we dit hebben uitgezocht,' zei Henry en hij liep voorop naar zijn eigen boot.

'Mogen we ons eerst even opfrissen? We zijn smerig en stinken naar vis,' zei een van de andere jongens met een angstig gezicht.

'We doen wat de agenten zeggen,' snauwde de jongen met de leidershouding. 'Natuurlijk gaan we mee. Het spijt me als we onvriendelijk waren. Maar we maakten ons zorgen toen we een paar vreemde mannen met Ebba zagen. Ik ben Leon Kreutz.' Hij stak zijn hand uit naar Gösta.

Henry stond al op hen te wachten in zijn eigen boot. Met Ebba in zijn armen klom Gösta na de jongens aan boord. Hij wierp een laatste blik op het huis. Waar hing het gezin in godsnaam uit? Wat was er gebeurd?

Gösta keerde terug naar het heden. De herinneringen waren zo levend dat hij de warmte van het meisje in zijn armen bijna meende te voelen. Hij strekte zijn rug en pakte een foto uit de stapel. Die was die bewuste paaszaterdag op het politiebureau genomen en alle vijf de jongens stonden erop: Leon Kreutz, Sebastian Månsson, John Holm, Percy von Bahrn en Josef Meyer. Hun haar zat in de war, ze hadden vieze kleren aan en hun gezicht stond somber. Behalve dat van Leon. Die glimlachte vrolijk naar de camera en zag er ouder uit dan zijn zestien jaar. Het was een knappe jongen, mooi bijna, realiseerde Gösta zich nu hij naar de oude foto zat te kijken. Destijds had hij daar niet echt bij stilgestaan. Hij bladerde in het onderzoeksmateriaal. Leon Kreutz. Ik vraag me af wat er van hem is geworden, dacht Gösta en hij maakte een aantekening in zijn notitieblok. Van de vijf jongens had Leon de duidelijkste sporen in zijn herinnering achtergelaten. Dat was misschien de juiste persoon om mee te beginnen.

Fjällbacka 1920

Het meisje krijste onafgebroken, niet alleen overdag maar ook 's nachts, en zelfs als Dagmar haar handen voor haar oren hield en luid schreeuwde, kon ze haar niet overstemmen. Ze bleef het geblèr van het kind en de buurvrouw die tegen de muur bonkte horen.

Dit was niet de bedoeling geweest. Ze kon nog steeds zijn handen op haar lichaam voelen, zijn blik zien toen ze naakt met hem in bed lag. Ze was ervan overtuigd dat haar gevoelens beantwoord waren, dus er moest iets zijn gebeurd. Anders zou hij haar niet in armoede en vernedering hebben achtergelaten. Misschien was hij gedwongen geweest terug te keren naar Duitsland? Ze hadden hem daar ongetwijfeld nodig. Hij was een held, die plichtsgetrouw was gekomen toen hij door zijn vaderland werd geroepen, al had het zijn hart gebroken dat hij haar in de steek had moeten laten.

Al voordat ze begreep dat ze zwanger was, had ze op alle mogelijke manieren naar hem gezocht. Ze had diverse brieven naar het Duitse gezantschap in Stockholm geschreven en iedereen die ze tegenkwam gevraagd of ze de oorlogsheld Hermann Göring kenden en wisten wat er met hem was gebeurd. Als hij hoorde dat ze zijn kind had gebaard, zou hij vast terugkomen. Welke belangrijke verplichtingen hij ook had in Duitsland, hij zou alles achterlaten om haar en Laura te komen redden. Hij zou haar nooit in deze ellende laten leven, tussen weerzinwekkende mensen die op haar neerkeken en haar niet geloofden als ze vertelde wie Laura's vader was. Wat zouden ze verbaasd opkijken als Hermann eenmaal voor haar deur stond, elegant in zijn vliegeniersuniform, met open armen en een mooie auto die buiten stond te wachten.

Het meisje in de wieg schreeuwde alsmaar harder en Dagmar voelde de woede komen opborrelen. Ze kreeg nog geen tel rust. Het kind deed het met opzet, dat kon je in haar blik zien. Zo klein als ze was, toonde ze dezelfde verachting voor Dagmar als alle anderen. Dagmar haatte hen allemaal. Ze mochten in de hel branden, alle roddelwijven en alle geile bokken die ondanks de schimpscheuten 's avonds bij haar kwamen en veel te weinig betaalden om hem bij haar naar binnen te mogen steken. Alleen als ze boven op haar lagen te kreunen en te steunen, vonden ze haar goed genoeg.

Dagmar wierp de deken van zich af en liep naar de kleine keuken. Er was geen leeg plekje te vinden, alles stond vol vieze vaat en van de uitgedroogde etensresten kwam een muffe geur af. Ze opende de deur van de voorraadkast. Die was leeg op een fles verdunde medische alcohol na waarmee de apotheker voor haar diensten had betaald. Ze nam de fles weer mee naar bed. Het meisje bleef krijsen en de buurvrouw bonkte nog een keer hard op de muur, maar Dagmar trok zich er niets van aan. Ze haalde de kurk uit de fles, veegde met de mouw van haar nachthemd een paar broodkruimels weg die op de hals waren blijven plakken en zette de fles aan haar mond. Als ze maar genoeg dronk, verdwenen de geluiden om haar heen.

❄

Josef opende vol verwachting de deur van Sebastians werkkamer. Op het bureau lagen de tekeningen van het terrein waar het museum hopelijk over niet al te lange tijd zou staan.

'Gefeliciteerd!' zei Sebastian en hij kwam op hem toe gelopen. 'De gemeente heeft besloten het project te steunen.' Hij sloeg Josef hard op de rug.

'Mooi,' zei Josef. Eigenlijk had hij ook niet anders verwacht. Hoe zouden ze nee kunnen zeggen tegen zo'n fantastische mogelijkheid? 'Wanneer kunnen we aan de slag?'

'Kalm aan, zeg. Volgens mij besef je niet hoe groot deze klus is. We moeten beginnen met de productie van de vredessymbolen, daarna moeten we de bouw plannen, berekeningen maken en niet te vergeten een heleboel poen zien binnen te halen.'

'Maar de weduwe Grünewald heeft ons toch de grond gegeven en we hebben diverse donaties ontvangen. En aangezien jij degene bent die gaat bouwen, neem ik toch aan dat jij bepaalt wanneer we kunnen beginnen?'

Sebastian lachte. 'Alleen omdat mijn firma de bouw doet, is het nog niet gratis. Ik moet salarissen betalen en er moet materiaal worden ingekocht. Het gaat heel wat kosten om dit te bouwen.' Hij tikte met zijn vinger op de tekeningen. 'Ik moet onderleveranciers inschakelen en die doen niets uit goedheid. Zoals ik.'

Josef slaakte een zucht en ging op een stoel zitten. Hij stond op zijn zachtst gezegd sceptisch tegenover Sebastians beweegredenen.

'We beginnen met het graniet,' zei Sebastian en hij legde zijn voeten op het bureau. 'Ik heb een paar leuke ontwerpschetsen voor de vredessymbolen gekregen. Daarna hebben we alleen nog maar mooi marketingmateriaal en een goede verpakking nodig en dan kunnen we de troep gaan verkopen.' Hij zag Josefs gezicht en grijnsde breed.

'Lach jij maar. Voor jou gaat het alleen om geld. Begrijp je de symbolische waarde van het project dan niet? Het was de bedoeling dat het graniet een deel van het Derde Rijk zou worden, maar in plaats daarvan is het een getuigenis van het verlies van de nazi's en van de overwinning van de goede krachten. En wij kunnen daar iets mee doen, en in het verlengde daarvan dit scheppen.' Josef wees naar de tekening. Hij was zo boos dat hij bijna beefde.

Sebastians grijns werd nog breder. Hij spreidde zijn handen. 'Niemand dwingt je ertoe met mij samen te werken. Ik kan onze afspraak nu verscheuren en dan ben je vrij om naar iemand anders te gaan.'

Het was een verleidelijke gedachte en heel even overwoog Josef te doen wat Sebastian zei. Toen zakte hij terug op zijn stoel. Hij moest dit volbrengen. Tot nog toe had hij zijn leven verkwist. Hij had niets om aan de buitenwereld te laten zien, niets dat de herinnering aan zijn ouders zou eren.

'Je weet heel goed dat jij de enige bent tot wie ik me kan wenden,' zei hij uiteindelijk.

'We zijn een team.' Sebastian haalde zijn voeten van het bureau en boog zich naar voren. 'We kennen elkaar al heel lang. We zijn als broers en je kent me. Ik wil een broeder altijd helpen.'

'Ja, we zijn een team,' zei Josef. Hij keek Sebastian onderzoekend aan. 'Heb je gehoord dat Leon terug is?'

'Ik heb zoiets opgevangen. Opmerkelijk dat hij is teruggekomen. En Ia. Dat had ik nooit gedacht.'

'Ze hebben kennelijk het huis bij het Brandpark gekocht. Dat stond te koop.'

'Ze hebben geld genoeg, dus waarom niet. Misschien wil Leon ook wel in het project investeren. Heb je het hem gevraagd?'

Josef schudde fel zijn hoofd. Hij zou alles doen om de bouw van het museum te bespoedigen. Alles, behalve in zee gaan met Leon.

'Ik heb trouwens Percy gisteren gesproken,' zei Sebastian laconiek.

'Hoe gaat het met hem?' Josef was blij dat ze van onderwerp veranderden. 'Heeft hij zijn kasteel nog steeds?'

'Ja, gelukkig voor hem is Fygelsta onvervreemdbaar familie-erfgoed. Als hij de erfenis met zijn broer en zijn zus had moeten delen, was hij allang failliet geweest. Maar nu lijkt de kas toch echt leeg en daarom belde hij me. Hij had tijdelijk hulp nodig, zoals hij het noemde.' Sebastian tekende aanhalingstekens in de lucht. 'De belastingdienst zit kennelijk achter hem aan en die kun je nu eenmaal niet paaien met adellijke voorvaderen en een mooie naam.'

'Ga je hem ook helpen?'

'Je hoeft niet zo bang te kijken. Ik weet het nog niet. Maar zoals ik net al zei, ben ik altijd bereid een broeder te helpen en Percy is net zo goed een broeder als jij, vind je ook niet?'

'Ja, natuurlijk,' zei Josef en hij keek uit over het water achter het raam. Ze waren inderdaad broeders, voor altijd verenigd door duisternis. Hij richtte zijn blik weer op de tekeningen. De duisternis zou worden verdreven met behulp van licht. Dat zou hij voor zijn vader doen en voor zichzelf.

'Wat is er met Martin aan de hand?' Patrik stond in de deuropening van Annika's kamer. Hij moest het gewoon vragen. Er was iets mis en dat baarde hem zorgen.

Annika keek hem aan en vouwde haar handen op haar schoot. 'Ik kan niets zeggen. Als Martin er klaar voor is, vertelt hij het je wel.'

Patrik zuchtte en terwijl er van alles door zijn hoofd ging, nam hij plaats op de bezoekersstoel bij de deur.

'Wat denk jij van deze zaak?'

'Ik denk dat je gelijk hebt.' Annika was zichtbaar opgelucht dat Patrik over iets anders begon. 'De brand en de verdwijning hebben met elkaar te maken. En gezien de vondst onder de vloer lijkt het aannemelijk dat iemand bang was voor wat Ebba en haar man zouden vinden als ze verdergingen met de renovatie.'

'Mijn dierbare echtgenote interesseert zich al langer voor de verdwijning.'

'En nu ben jij bang dat ze haar neus in jouw zaken gaat steken,' vulde Annika aan.

'Ja, dat zou je kunnen zeggen, maar misschien is ze deze keer zo verstandig zich er niet mee te bemoeien.'

Annika glimlachte en Patrik realiseerde zich dat hij het zelf ook niet geloofde.

'Ze beschikt ongetwijfeld over een heleboel interessante achtergrondinformatie, want ze kan heel goed research plegen. Als ze zich bij haar naspeuringen een beetje in toom houdt, heb je vast wat aan haar,' zei Annika.

'Jawel, maar ik ben bang dat ze zich niet in toom weet te houden.'

'Ze kan best goed voor zichzelf zorgen. Waar wil je trouwens beginnen?'

'Ik weet het niet precies.' Patrik sloeg zijn benen over elkaar en friemelde enigszins afwezig aan een schoenveter. 'We moeten iedereen spreken die destijds met het internaat te maken had. Gösta is bezig de contactgegevens van de leraren en de leerlingen te verzamelen. Het belangrijkste is natuurlijk dat we met de vijf jongens gaan praten die die paaszaterdag op het eiland waren. Ik heb Gösta gevraagd een prioriteitenlijst op te stellen en aan de hand daarvan te bepalen met wie we zullen beginnen. Verder dacht ik dat jij en ik op basis van Gösta's bevindingen achtergrondcontroles kunnen uitvoeren. Ik heb niet al te veel vertrouwen in zijn administratieve vermogens, dus eigenlijk had jij die klus ook moeten krijgen. Maar hij is wel degene die het meest van de zaak weet.'

'Hij lijkt op z'n zachtst gezegd betrokken. Voor de verandering,' zei Annika. 'En ik denk dat ik wel weet waarom. Ik heb gehoord dat Gösta en zijn vrouw het meisje Elvander een poosje in huis hebben gehad.'

'Heeft Ebba bij Gösta gewoond?'

'Dat wordt in elk geval gezegd.'

'Dat verklaart zijn vreemde gedrag toen we op het eiland waren.' Patrik zag voor zich hoe Gösta naar Ebba had gekeken. Hoe zorgzaam hij voor haar was geweest en hoe hij haar had aangeraakt.

'Dat is vast de reden dat hij de zaak nooit heeft kunnen vergeten. Ze hebben zich waarschijnlijk aan het meisje gehecht.' Annika's blik ging naar de grote ingelijste foto van Leia die op haar bureau stond.

'Ja, dat klink logisch,' zei Patrik. Er was zoveel wat hij niet wist, wat hij nog over de gebeurtenissen op Valö te weten moest komen. Plotseling voelde de taak die voor hem lag overweldigend groot. Was het echt mogelijk om zo'n oude zaak na zoveel jaren op te lossen? En hoeveel haast had het?

'Denk je dat de brandstichter het nog een keer zal proberen?' vroeg Annika, alsof ze zijn gedachten had gelezen.

Patrik dacht na over haar vraag. Toen schudde hij zijn hoofd.

'Ik weet het niet. Misschien. Maar we kunnen geen risico nemen. We moeten er zo snel mogelijk achter zien te komen wat er die paaszaterdag is gebeurd. Wie het ook was die Ebba en Mårten kwaad wilde doen, die persoon moet worden tegengehouden voordat hij of zij opnieuw toeslaat.'

Anna stond naakt voor de spiegel en de tranen brandden achter haar oogleden. Ze herkende zichzelf niet. Langzaam bracht ze haar hand omhoog en wreef over haar haar. Toen het na het ongeluk weer was gaan groeien, was het donkerder en grover geweest dan vroeger, en het was nog steeds een stuk korter dan het lange haar dat ze vroeger altijd had gehad. De kapper zou het misschien kunnen fatsoeneren, maar ze zag er het nut niet zo van in. Een nieuw kapsel zou haar lichaam niet veranderen.

Met bevende hand volgde ze de littekens die over haar lijf liepen en een willekeurige kaart vormden. Ze waren een stuk lichter geworden, maar zouden nooit helemaal verdwijnen. Lusteloos kneep ze in een vetrol in haar taille. Het had haar nooit veel moeite gekost om slank te blijven en ze had altijd eerlijk kunnen zeggen dat ze trots was op haar lichaam. Nu keek ze er met afschuw naar. Vanwege de verwondingen had ze niet veel kunnen bewegen en het had haar geen barst kunnen schelen wat ze allemaal naar binnen werkte. Anna liet haar blik op haar gezicht rusten, maar kon het nauwelijks aan om naar zichzelf te kijken. Dankzij Dan en de kinderen had ze zich teruggevochten naar het leven, was ze omhooggeklommen uit een duisternis die dieper was geweest dan ze ooit had meegemaakt, zelfs niet in de tijd met Lucas. Het was de vraag of het dat waard was geweest. Ze wist het antwoord nog steeds niet.

Ze schrok op toen ze de deurbel hoorde. Ze was alleen thuis, dus zij was de enige die open kon doen. Na een laatste blik op haar naakte lichaam schoot ze in haar huispak dat op de vloer lag en rende naar beneden. Toen ze zag dat Erica voor de deur stond, slaakte ze een zucht van verlichting.

'Hoi, wat ben jij aan het doen?' vroeg Erica.

'Niks bijzonders. Kom verder. Waar zijn de kinderen?'

'Thuis. Kristina past op, ik had het een en ander te doen. En toen bedacht ik dat ik best even bij jou langs kon gaan voordat ik haar weer moet aflossen.'

'Gezellig,' zei Anna en ze liep naar de keuken om wat te drinken te maken. Ze zag het spiegelbeeld met de witte vetrollen voor zich, maar duwde dat snel weg en pakte een paar chocoladekoekjes uit de koelkast.

'Daar zou ik eigenlijk van af moeten blijven,' zei Erica en ze vertrok haar gezicht. 'Ik zag mezelf dit weekend toevallig in bikini en dat was geen leuk gezicht.'

'Ach kom, je ziet er hartstikke goed uit,' zei Anna en ze kon er niets aan doen dat ze bitter klonk. Erica had niets te klagen.

Ze maakte een karaf limonade klaar en Erica volgde haar naar het kleine terras achter het huis.

'Wat een mooie tuinmeubelen. Zijn ze nieuw?' Ze wreef met haar hand over het witgeverfde hout.

'Ja, we zagen ze staan bij Paulssons, naast de oude levensmiddelenzaak, weet je wel?'

'Jij weet altijd precies de goede spullen te vinden,' zei Erica en ze raakte er steeds meer van overtuigd dat Anna positief op haar plan zou reageren.

'Dank je. En waar kom jij nu vandaan, zei je?'

'Van de vakantiekolonie,' zei Erica. Ze vertelde in grote lijnen wat daar was gebeurd.

'Wat spannend. Ze hebben dus bloed gevonden, maar geen lichamen? Dan moet daar in elk geval iets zijn gebeurd.'

'Ja, dat zou je wel zeggen.' Erica nam een koekje. Ze pakte een mes om het in tweeën te delen en alleen de helft te nemen, maar legde toen het mes terug en nam een grote hap.

'En nou voluit grijnzen,' zei Anna en heel even voelde ze de warmte van haar jeugd door haar lichaam stromen.

Erica wist precies wat ze bedoelde. In een brede grijns ontblootte ze haar tanden, die onder de chocoladecrème zaten.

'Moet je nu eens kijken,' zei ze en ze pakte twee rietjes van het dienblad en stopte die in haar neus. Daarbij keek ze scheel en bleef ze glimlachen zodat haar bruine tanden zichtbaar waren.

Anna begon te giechelen. Ze wist nog goed hoe leuk ze het vroeger had gevonden als haar grote zus malle dingen deed. Erica was meestal heel volwassen geweest, eerder een moedertje dan een grote zus.

'Ik durf er wat om te verwedden dat jij niet meer met je neus kunt drinken,' zei Erica.

'Natuurlijk kan ik dat wel,' zei Anna beledigd en ze stopte twee rietjes in haar neusgaten. Ze boog zich naar voren, stopte de rietjes diep in het glas en ademde in met haar neus. Toen de limonade in haar neusgaten kwam, begon ze ongecontroleerd te hoesten en te niezen en Erica schaterde het uit.

'Wat zijn jullie aan het doen?'

Dan stond plotseling op het terras en toen ze zijn gezicht zagen, kwamen ze helemaal niet meer bij. Ze wezen naar elkaar en probeerden iets te zeggen, maar ze moesten zo hard lachen dat ze geen woord konden uitbrengen.

'Ik begrijp dat ik nooit meer onaangekondigd moet thuiskomen.' Dan liep hoofdschuddend weg.

Uiteindelijk slaagden ze erin te kalmeren en Anna merkte dat de harde klomp in haar buik begon op te lossen. Erica en zij hadden in de loop van de jaren regelmatig aanvaringen gehad, maar niemand kon zo tot haar diepste wezen doordringen als haar zus. Niemand kon haar zo boos maken als Erica, maar er was ook niemand die haar zo blij kon maken. Ze waren door een onzichtbare band voor eeuwig met elkaar verbonden en terwijl ze de lachtranen wegveegde, besefte ze hoezeer ze haar zus nodig had.

'Nu hij je zo heeft gezien denk ik niet dat hij vanavond nog toenadering zal zoeken,' zei Erica.

Anna snoof. 'Ik weet niet of dat veel uitmaakt. Maar ik heb het liever over iets anders. Het voelt een beetje incestueus om over je seksleven te praten als je partner een relatie heeft gehad met je eigen zus…'

'Mijn god, dat was honderd jaar geleden. Als ik eerlijk ben, weet ik niet eens meer hoe hij er in zijn nakie uitzag.'

Anna stopte demonstratief haar vingers in haar oren en Erica schudde lachend haar hoofd.

'Oké, het is al goed. We hebben het ergens anders over.'

Anna haalde haar vingers weer uit haar oren. 'Vertel eens wat meer over Valö. Hoe is de dochter? Hoe heet ze ook alweer? Emma?'

'Ebba,' antwoordde Erica. 'Ze woont daar met haar man. Mårten. Ze willen het huis opknappen en er een bed and breakfast beginnen.'

'Denk je dat dat wat wordt? Het seizoen duurt niet echt lang.'

'Ik heb geen flauw idee, maar ik kreeg de indruk dat het ze niet om het geld te doen is. Volgens mij zit er iets anders achter.'

'Misschien kan het ook wel. De plek heeft potentieel.'

'Ik weet het. En daar kom jij in beeld.' Erica wees naar haar zus en haar stem klonk enthousiast.

'Ik?' zei Anna. 'Op welke manier ben ik erbij betrokken?'

'Op geen enkele, althans niet op dit moment, maar dat kan veranderen. Ik heb namelijk een fantastisch plan bedacht!'

'Je bent zoals gewoonlijk de bescheidenheid zelve,' snoof Anna, maar ze merkte dat haar nieuwsgierigheid was gewekt.

'Eigenlijk begonnen Ebba en Mårten erover. Ze zijn heel handig en de renovatie zelf is op zich geen probleem, maar ze hebben behoefte aan iemand die ze kan helpen een passende stijl te vinden en de juiste sfeer te creëren. En jij hebt precies wat nodig is: je hebt verstand van styling en antiek en je hebt een goede smaak. Je bent gewoon perfect.' Erica hapte naar adem en nam een slok limonade.

Anna kon haar oren nauwelijks geloven. Dit zou een manier kunnen zijn om erachter te komen of ze als freelance interieurstyliste aan de slag kon; het zou haar eerste klus kunnen worden. Ze voelde een glimlach om haar lippen verschijnen.

'Wat heb je tegen ze gezegd? Denk je dat ze iemand in de arm willen nemen? Kunnen ze dat betalen? Wat voor stijl willen ze, denk je? Het hoeven helemaal geen dure spullen te zijn, ik zou het zelfs leuk vinden om boerenveilingen af te lopen om goedkope meubelen en andere spullen op de kop te tikken. Ik kan me zo voorstellen dat een enigszins ouderwetse, romantische stijl heel geschikt zou zijn en ik weet waar je mooie stoffen kunt kopen en…'

Erica stak haar hand op.

'Hé, even kalm aan! Het antwoord is nee, ik heb het niet over jou gehad. Ik heb alleen gezegd dat ik misschien iemand wist die ze kon helpen. Ik heb geen idee hoe groot hun budget is, maar als je ze belt en ze zijn geïnteresseerd, dan kunnen we een afspraak maken en erheen gaan.'

Anna was wat rustiger geworden en keek Erica onderzoekend aan.

'Je zoekt alleen een excuus om daar weer te kunnen neuzen.'

'Misschien wel… Maar het lijkt me ook een schitterend idee als jij ze leert kennen. Volgens mij is dit echt iets voor jou.'

'Ik heb er inderdaad over gedacht iets voor mezelf te beginnen.'

'Maar dan is dit je kans! Ik geef je het nummer, dan kun je ze meteen bellen.'

Anna voelde iets in haar binnenste ontwaken. Enthousiasme. Dat was waarschijnlijk het woord dat het best beschreef wat ze voelde. Voor het eerst in heel lange tijd voelde ze echt enthousiasme.

'Oké, kom maar op voordat ik van gedachten verander,' zei ze en ze pakte haar mobieltje.

Het interview bleef aan hem knagen. Het was vreselijk frustrerend om steeds op je woorden te moeten letten en geen duidelijke taal te kunnen spreken. De journalist die hij vanochtend had gesproken was een idioot. Mensen waren over het algemeen idioten. Ze zagen de werkelijkheid niet zoals die was, wat zijn verantwoordelijkheid alleen maar groter maakte.

'Denk je dat het de partij kwaad zal doen?' John draaide zijn wijnglas tussen zijn handen rond.

Zijn vrouw haalde haar schouders op. 'Het zal vast niet zo'n vaart lopen. Het is geen landelijke krant.' Ze schoof haar haar achter haar oren en zette haar bril op om de grote stapel documenten te gaan lezen die voor haar lag.

'Een interview verspreidt zich zomaar. Ze loeren als haviken op ons en zoeken de minste of geringste aanleiding om te kunnen aanvallen.'

Liv keek hem van over de rand van haar leesbril aan. 'Je gaat me toch niet vertellen dat je verbaasd bent? Je weet toch wie in dit land de macht hebben bij de media?'

John knikte. 'Je hoeft niet voor eigen parochie te preken.'

'Bij de volgende verkiezingen zal het heel anders zijn. Dan zullen de mensen echt kunnen zien hoe de maatschappij in elkaar steekt.' Ze glimlachte triomfantelijk en bladerde verder in de papieren.

'Ik wou dat ik jouw geloof in de mensheid had. Soms vraag ik me af of de mensen het ooit zullen begrijpen. Zijn de Zweden te lui en te dom geworden? Zijn ze te gedegenereerd en hebben ze zich te veel met anderen vermengd om te begrijpen dat het ongedierte zich verspreidt? Er stroomt misschien te weinig zuiver bloed door onze aderen, waardoor we het idee hebben dat we niets hebben om voor te leven.'

Liv stopte met lezen. Haar ogen gloeiden toen ze haar man aankeek.

'Nu moet je goed luisteren, John. Zolang ik jou ken, heb je een heel duidelijk doel voor ogen gehad. Je hebt altijd geweten wat je moet doen, wat jouw taak is. Als niemand luistert – ja, dan moet je harder praten. Als iemand je standpunt in twijfel trekt – ja, dan moet je met betere argumenten komen. We zitten eindelijk in het parlement en het volk, hetzelfde volk waar je nu aan twijfelt, heeft ervoor gezorgd dat we daar zijn gekomen. Wat boeit het dat de een of andere flutjournalist de manier waarop wij tot onze begroting komen aan de kaak stelt? Wij weten dat we gelijk hebben en dat is het enige wat telt.'

John keek haar glimlachend aan. 'Je klinkt precies zo als toen ik je op de jongerenvereniging leerde kennen. Al moet ik zeggen dat je er met haar beter uitziet dan zonder.' Hij liep naar haar toe en kuste haar op haar hoofd.

Behalve haar snel oplaaiende humeur en agitatorische retoriek leek zijn beheerste vrouw, die altijd keurig netjes gekleed ging, in niets op de skinhead in militaire kleding op wie hij ooit verliefd was geworden. Maar hij hield nu nog meer van haar.

'Het is maar een artikel in een plaatselijke krant.' Liv kneep in zijn hand die hij op haar schouder had laten liggen.

'Ja, dat is ook zo,' zei John, maar de bezorgdheid bleef. Hij moest volbrengen wat hij zich had voorgenomen. Het ongedierte moest worden uitgeroeid en hij was degene die die opdracht had gekregen. Hij had alleen graag meer tijd gehad.

De tegels in de badkamer voelden heerlijk fris tegen haar voorhoofd. Ebba deed haar ogen dicht en liet de koelte haar vullen.

'Kom je zo naar bed?'

Ze hoorde Mårtens stem vanuit de slaapkamer, maar antwoordde niet. Ze wilde niet naar bed. Elke keer dat ze naast Mårten ging liggen had ze het gevoel dat ze verraad pleegde tegenover Vincent. De eerste maand had ze niet in hetzelfde huis kunnen zijn als hij. Ze kon niet eens naar Mårten kijken, en als ze haar eigen blik in de spiegel ontmoette, wendde ze haar hoofd af. Het enige wat zich om haar heen bevond was schuld.

Haar ouders hadden vierentwintig uur per dag voor haar gezorgd alsof ze een baby was. Ze hadden met haar gepraat, ze hadden smekend gezegd dat Mårten en zij elkaar nodig hadden. Uiteindelijk was ze hen gaan geloven, of had ze het gewoon opgegeven, omdat dat eenvoudiger was.

Langzaam en tegen haar zin had ze toenadering tot hem gezocht. Ze was weer naar huis gegaan. De eerste weken hadden ze in stilte geleefd, bang voor wat er zou gebeuren als ze met elkaar gingen praten en dingen zeiden die nooit teruggenomen konden worden. Vervolgens waren ze alledaagse dingen tegen elkaar gaan zeggen: 'Mag ik de boter even?' 'Heb je de was gedaan?' Ongevaarlijke, onschuldige dingen, die geen beschuldigingen konden uitlokken. Na verloop van tijd waren de zinnen langer geworden en hadden ze meer veilige gespreksonderwerpen gevonden. Ze hadden het over Valö gehad. Mårten had als eerste voorgesteld om hierheen te verhuizen. Maar ook zij had het als een mogelijkheid beschouwd om alles achter te laten wat hen aan een ander leven deed denken. Een leven dat misschien niet perfect was geweest, maar wel gelukkig.

Nu ze zo met gesloten ogen en haar hoofd tegen de tegels van de badkamer zat, twijfelde ze er voor het eerst aan of ze er goed aan hadden gedaan. Het huis was verkocht, het huis waar Vincent zijn hele korte leven had gewoond. Waar ze hem hadden verschoond, waar ze 's nachts met hem op hun arm heen en weer hadden gelopen, waar hij had leren kruipen, lopen en praten. Het was niet langer van hen en ze vroeg zich af of ze een besluit hadden genomen of dat ze gewoon waren gevlucht.

Nu waren ze hier. In een huis waar ze misschien niet eens veilig waren en waar de hele eetkamervloer was opengebroken omdat haar familie daar waarschijnlijk was uitgeroeid. Het deed haar meer dan ze wilde toegeven. In haar jeugd had ze niet zo vaak nagedacht over haar oorsprong. Maar ze kon het verleden niet langer wegduwen. Toen ze de grote, vreemde vlek onder de planken zag, had ze in een ontstellend moment van helderheid beseft dat het geen mysterie was. Het was echt. Haar vader en moeder waren waarschijnlijk precies op die plek doodgegaan en op de een of andere vreemde manier voelde dat werkelijker dan dat iemand misschien had geprobeerd Mårten en haar te vermoorden. Ze wist niet hoe ze zich tot die werkelijkheid moest verhouden en erin moest leven, maar ze kon nergens anders heen.

'Ebba?'

Ze hoorde aan zijn stem dat hij zou opstaan en naar haar toe zou komen als ze niet antwoordde. Daarom haalde ze haar hoofd van de muur en riep in de richting van de deur: 'Ik kom er zo aan!'

Zorgvuldig poetste ze haar tanden terwijl ze zichzelf in de spiegel bekeek. Deze avond wendde ze haar hoofd niet af. Ze keek naar de vrouw met de dode blik, naar de moeder zonder kind. Toen spuugde ze in de wastafel en veegde haar mond af aan de handdoek.

'Wat duurde dat lang.' Mårten had een opengeslagen boek in zijn hand, maar ze zag dat hij op dezelfde bladzij was als de vorige avond.

Ze antwoordde niet, tilde alleen het dekbed op en kroop eronder. Mårten legde het boek op het nachtkastje en deed het bedlampje uit. De rolgordijnen die ze hadden opgehangen toen ze hier kwamen wonen zorgden ervoor dat het pikzwart was in de kamer, hoewel het buiten nooit helemaal donker werd.

Ebba lag roerloos naar het plafond te staren. Ze voelde hoe Mårtens hand naar de hare tastte. Ze deed alsof ze zijn zoekende hand niet opmerkte, maar hij trok hem niet terug zoals hij anders altijd deed. In plaats daarvan ging zijn hand verder naar haar dij, kroop langzaam onder haar T-shirt en streelde haar buik. Ze voelde zich misselijk worden terwijl zijn hand doelbewust verder omhoogbewoog en voorzichtig haar borsten beroerde. Dezelfde borsten die Vincent melk hadden gegeven, dezelfde tepels waar zijn mondje hongerig aan had gezogen.

Een galsmaak vulde haar mond en ze schoot het bed uit, rende naar de badkamer en kreeg net op tijd de klep van de wc omhoog voordat haar maag zich omdraaide. Toen ze klaar was, zakte ze krachteloos neer op de vloer. Ze hoorde Mårten in de slaapkamer huilen.

Fjällbacka 1925

Dagmar keek naar de krant die op de grond lag. Laura trok aan haar mouw en bleef maar 'mama, mama' zeggen, maar Dagmar trok zich niets van haar aan. Ze had zo genoeg van die eisende, zeurderige stem en van het woord dat zo vaak werd herhaald dat ze dacht dat ze er gek van zou worden. Langzaam boog ze zich voorover en pakte de krant op. Het was laat in de middag en haar blik was troebel, maar er bestond geen twijfel. Zwart op wit stond het daar: 'Duitse oorlogsheld Göring keert terug naar Zweden.'

'Mama, mama!' Laura trok alsmaar harder aan haar en ze haalde zo heftig met haar arm uit dat het meisje van het bankje viel en begon te huilen.

'Stil jij!' siste Dagmar. Ze verafschuwde dat valse gehuil. Het kind had niets te klagen. Ze had een dak boven haar hoofd, kleren aan haar lijf en ze kwam niet om van de honger, al was het eten soms wat schraaltjes.

Dagmar richtte haar blik weer op de krant en las die aandachtig. Haar hart ging tekeer in haar borstkas. Hij was teruggekomen, hij was in Zweden en nu zou hij haar komen halen. Toen viel haar blik op een regel verder naar beneden: 'Göring verhuist met zijn Zweedse echtgenote Carin naar Zweden.' Dagmar merkte dat haar mond helemaal droog werd. Hij was met iemand anders getrouwd. Hij had haar verraden! Ze werd woedend en dat werd alleen maar erger van Laura's gekrijs, dat door haar hoofd sneed en de voorbijgangers naar hen deed staren.

'Stil nu!' Ze gaf Laura zo'n harde draai om haar oren dat haar hand ervan brandde.

Het meisje werd stil, hield haar hand tegen haar vlammende, rode wang en keek haar met opengesperde ogen aan. Toen begon ze weer te blèren, nog luider, en Dagmar voelde hoe ze verscheurd werd door wanhoop. Ze stortte zich op de krant en las de zin keer op keer. Carin Göring. De naam schoot door haar hoofd heen en weer. Er stond niet hoe lang ze getrouwd waren, maar omdat ze Zweeds was, was het aannemelijk dat ze elkaar in Zweden hadden leren kennen. Op de een of andere manier moest ze Hermann tot een huwelijk hebben verleid. Het was natuurlijk Carins schuld dat Hermann Dagmar niet was komen halen, dat hij niet bij haar en hun dochter kon zijn, bij zijn gezin.

Ze knikte, verfrommelde de krant en reikte naar de fles naast zich op het bankje. Er zat nog maar een bodempje in, wat haar verbaasde omdat de fles vanochtend nog vol was geweest. Maar ze dacht er niet lang over na, nam een slok en voelde hoe aangenaam het in haar keel brandde toen de gezegende drank omlaagstroomde.

Het kind was inmiddels gestopt met brullen. Ze zat op de grond te snikken, met opgetrokken benen en haar armen om haar knieën geslagen. Zoals gewoonlijk vond ze zichzelf natuurlijk zielig, nu al doortrapt hoewel ze nog maar vijf was. Maar Dagmar wist wat haar te doen stond. Het kon allemaal nog goed komen. In de toekomst zou Hermann bij hen kunnen zijn en het zou hem vast ook lukken om Laura in het gareel te houden. Een vader die met vaste hand kon sturen was precies wat het kind nodig had, want wat Dagmar ook probeerde om haar dochter enig gezond verstand bij te brengen, het leek niet te helpen.

Dagmar zat op een bankje in het Brandpark en glimlachte. Ze had ontdekt wat de wortel van het kwaad was en nu zou het allemaal goed komen voor Laura en haar.

✳

Gösta's auto draaide de oprit op en Erica ademde opgelucht uit. Patrik had hem op weg naar zijn werk kunnen tegenkomen.

Ze deed de deur al open voordat Gösta had aangebeld. Achter haar maakten de kinderen zoveel kabaal dat het leek alsof de geluidsbarrière werd doorbroken. 'Sorry voor het lawaai. Dit huis zal geen positieve beoordeling krijgen als geschikte werkplek.' Ze draaide zich om en zei tegen Noel dat hij zijn huilende broertje Anton met rust moest laten.

'Geen probleem. Ik ben gewend aan een scheldende en tierende Mellberg,' zei Gösta en hij ging op zijn hurken zitten. 'Hallo, stelletje druktemakers.'

Anton en Noel bleven staan en werden ineens verlegen, maar Maja stapte kordaat naar voren.

'Dag, oude meneer. Ik ben Maja.'

'Maar Maja! Dat zeg je toch niet,' zei Erica en ze keek haar dochter streng aan.

'Het geeft niet.' Gösta lachte luid en kwam weer overeind. 'Kinderen en dwazen spreken de waarheid en ik bén ook een oude man. Of niet soms, Maja?'

Maja knikte en liep weg, terwijl ze haar moeder een triomfantelijke blik toewierp. De tweeling durfde nog steeds niet dichterbij te komen. Zonder Gösta met hun ogen los te laten liepen ze langzaam achteruit naar de woonkamer.

'Die twee laten zich niet even gemakkelijk verleiden,' zei hij toen hij Erica naar de keuken volgde.

'Anton is altijd al verlegen geweest. Noel is meestal vrij direct, maar nu lijkt hij ook in een fase te zitten waarin hij vreemden heel eng vindt.'

'Geen verkeerde houding, vind ik.' Gösta ging op een keukenstoel zitten en keek onrustig om zich heen. 'Weet je zeker dat Patrik niet terugkomt?'

'Hij is een halfuur geleden naar zijn werk gegaan, dus ik neem aan dat hij inmiddels op het bureau is.'

'Ik weet niet of dit wel zo'n goed idee is.' Gösta tekende met zijn vinger op het tafelkleed.

'Het is een schitterend idee,' zei Erica. 'Er is geen enkele reden om Patrik er nu al bij te betrekken. Hij vindt het niet altijd even leuk als ik meehelp.'

'Niet zonder reden. Je hebt jezelf soms flink in de nesten gewerkt.'

'Maar uiteindelijk is het altijd goed gekomen.'

Erica weigerde zich te laten ontmoedigen. Ze vond zelf dat haar inval van gisteravond geniaal was en ze was meteen weggeslopen om Gösta te bellen. Nu zat hij hier, al had het enige overredingskracht gekost om hem zover te krijgen.

'We hebben iets gemeen, jij en ik,' zei ze en ze ging tegenover hem zitten. 'We willen allebei heel graag weten wat er dat paasweekend op Valö is gebeurd.'

'Ja, dat is wel zo, maar nu is de politie daarmee bezig.'

'En dat is heel goed. Maar je weet zelf hoe inefficiënt het soms gaat als jullie je aan allerlei regels en voorschriften moeten houden. Ik kan veel vrijer te werk gaan.'

Gösta bleef sceptisch kijken. 'Dat zal best, maar als Patrik erachter komt, zijn we nog niet jarig. Ik weet niet of ik wil dat…'

'Dat is ook precies de reden waarom Patrik er niet achter mag komen,' onderbrak Erica hem. 'Jij zorgt ervoor dat ik in het diepste geheim inzage krijg in het onderzoeksmateriaal en ik vertel jou alles wat ik ontdek. Zodra ik iets vind, geef ik het aan jou door. Jij vertelt het vervolgens aan Patrik en bent de held en ik kan al het materiaal later in een boek gebruiken. Dit is een echte win-winsituatie, niet in het minst voor Patrik. Hij wil deze zaak immers oplossen en de brandstichter grijpen. Hij zal geen lastige vragen stellen, maar het aangebodene dankbaar in ontvangst nemen. Bovendien hebben jullie een tekort aan mensen op het bureau nu Martin ziek is en Paula vakantie heeft. Dan kan het toch geen kwaad als er nog iemand aan het onderzoek werkt?'

'Misschien heb je gelijk.' Gösta's gezicht klaarde een beetje op en Erica vermoedde dat de gedachte dat hij een held zou kunnen worden hem wel aansprak. 'Maar denk je echt dat Patrik geen argwaan krijgt?'

'Nee, maak je daar maar niet druk om. Hij weet hoe belangrijk deze zaak voor jou is en daarom zal hij er niets achter zoeken.'

Het klonk alsof er in de woonkamer een strijd was ontbrand en Erica haastte zich erheen. Nadat ze Noel had vermaand dat hij Anton met rust moest laten en een Pippi Langkous-film had opgezet werd het weer rustig en kon ze terugkeren naar de keuken.

'Laten we eerst bepalen waar we zullen beginnen. Hebben jullie al iets over het bloed gehoord?'

Gösta schudde zijn hoofd. 'Nee, nog niet. Maar Torbjörn en zijn team werken verder op het eiland om te zien of ze nog meer kunnen vinden en hij hoopt in de loop van de dag te kunnen zeggen of het mensenbloed is of niet. We hebben tot nog toe alleen een voorlopig verslag over de brand. Patrik kreeg het vlak voordat ik gisteren naar huis ging.'

'Zijn jullie al begonnen met mensen verhoren?' Erica was zo ijverig dat ze amper stil kon zitten. Ze zou niet ophouden voordat ze alles had gedaan wat in haar macht lag om een bijdrage te leveren aan de oplossing van dit mysterie. Dat het daarnaast een geweldig boek kon worden beschouwde ze meer als een bonus.

'Ik heb gisteren gekeken in welke volgorde we het beste met de betrokkenen kunnen gaan praten en daarna heb ik geprobeerd contactgegevens te vinden. Maar dat is niet eenvoudig omdat het allemaal zo lang geleden is gebeurd. Enerzijds is het best lastig om de mensen te vinden, anderzijds kunnen de herinneringen behoorlijk vaag zijn. We moeten dus maar zien wat het oplevert.'

'Denk je dat de jongens er iets mee te maken hadden?' vroeg ze.

Gösta begreep meteen welke jongens ze bedoelde. 'Natuurlijk is dat bij me opgekomen, maar ik weet het niet. We hebben ze een paar keer verhoord en hun verhalen kwamen met elkaar overeen. We hebben ook geen fysieke sporen gevonden die erop wezen dat…'

'Hebben jullie überhaupt fysieke sporen gevonden?' onderbrak Erica hem.

'Nee, er was niets concreets. Nadat mijn collega Henry en ik Ebba in haar eentje in het huis hadden aangetroffen, zijn we naar de steiger gegaan. Daar kwamen we de jongens tegen, die met de boot terugkwamen, en het leek er echt op dat ze waren wezen vissen.'

'Hebben jullie de boot onderzocht? Het zou toch best kunnen dat de lichamen in zee waren gedumpt?'

'De boot is grondig onderzocht, maar er zijn geen bloedsporen of zo gevonden, wat wel het geval had moeten zijn als ze er vijf lichamen in hadden vervoerd. Ik vraag me af of ze de lichamen er überhaupt naartoe hadden kunnen dragen. Het waren tengere jongens. Bovendien komen lijken vroeg of laat bovendrijven en spoelen aan. Een van de gezinsleden had op zijn minst gevonden moeten worden, tenzij de jongens de lijken hadden verzwaard. En daar zijn stevige spullen voor nodig die je niet zomaar vindt als je haast hebt.'

'Hebben jullie ook met de andere leerlingen van de school gepraat?'

'Ja, al gaven sommige ouders amper toestemming voor een verhoor van hun zoon. Ze vonden zichzelf kennelijk te chic en wilden niet bij een eventueel schandaal betrokken raken.'

'En kregen jullie nog iets interessants te horen?'

Gösta snoof. 'Nee, alleen maar holle frasen over hoe vreselijk de ouders het vonden, maar dat hun zoon niets kon vertellen over het leven op de school. Alles was geweldig geweest. Rune was geweldig, de leraren waren geweldig en er waren geen conflicten of ruzies. En de leerlingen zelf herhaalden vooral de woorden van hun ouders.'

'En hoe zat het met de leraren?'

'Die hebben we natuurlijk allebei verhoord. De ene, Ove Linder, vonden we aanvankelijk wel verdacht. Maar hij bleek later toch een alibi te hebben.' Gösta zweeg even. 'We hebben gewoonweg niets verdachts gevonden. We konden niet eens bewijzen dat er een misdrijf was gepleegd. Maar…'

Erica legde haar armen op tafel en boog zich naar voren. 'Wat maar?'

Gösta aarzelde. 'Ach, ik weet het niet. Jouw man beroept zich vaak op zijn intuïtie en soms plagen we hem daarmee, maar ik moet bekennen dat mijn intuïtie me destijds al zei dat er meer moest zijn. We hebben echt ons best gedaan, maar kwamen gewoon niet verder.'

'Dan proberen we het opnieuw. Sinds 1974 is er veel veranderd.'

'Mijn ervaring is dat veel hetzelfde blijft. Dat soort mensen probeert altijd uit de wind te blijven.'

'We proberen het gewoon nog een keer,' zei Erica geduldig. 'Jij gaat verder met de lijst met namen van de leerlingen en leraren en als die klaar is geef je hem aan mij, zodat we op twee fronten kunnen werken.'

'Als Patrik er maar niet…'

'Nee, Patrik komt er niet achter. En jij krijgt alles te horen wat ik ontdek. Dat was toch de afspraak?'

'Jawel, maar…' Gösta's smalle gezicht zag er gekweld uit. 'Ik heb gisteren trouwens met Ebba en haar man gepraat.'

Gösta staarde haar aan. 'Hoe was het met haar? Maakt ze zich geen zorgen na wat er is gebeurd? Hoe…?'

Erica lachte. 'Kalm aan een beetje. Eén vraag tegelijk.' Toen werd ze serieus. 'Ze was bedrukt maar beheerst, zou ik zeggen. Ze beweren dat ze niet weten wie de brand heeft gesticht, maar ik kan niet bepalen of ze liegen of de waarheid spreken.'

'Ik vind dat ze van het eiland weg moeten.' Gösta's blik werd donker van bezorgdheid. 'In elk geval tot we dit hebben uitgezocht. Het is daar niet veilig en het is puur geluk dat ze niet dood zijn.'

'Ze lijken me geen types die het meteen opgeven.'

'Ze is inderdaad eigenwijs,' zei Gösta met zichtbare trots.

Erica keek hem vragend aan, maar zei niets. Ze wist zelf hoe betrokken ze soms raakte bij de mensen over wie ze schreef. Vermoedelijk gold dat ook voor politieagenten die beroepshalve het lot van zoveel mensen moesten volgen.

'Toen ik Ebba sprak, viel me iets op wat ik nogal vreemd vond…'

'O?' zei Gösta, maar een luide gil deed Erica naar de woonkamer rennen om te kijken wie zich had bezeerd. Het duurde een paar minuten voordat ze de draad weer kon oppakken.

'Waar waren we gebleven? O ja, ik vond het vreemd dat Ebba helemaal niets had van de spullen die het gezin moet hebben achtergelaten. Het huis was immers niet alleen een internaat; het gezin woonde daar en er moeten persoonlijke bezittingen zijn geweest. Ik had aangenomen dat Ebba die had gekregen, maar ze had geen idee waar ze waren gebleven.'

'Je hebt gelijk.' Gösta wreef over zijn kin. 'Ik zal kijken of dat ergens geregistreerd staat. Ik kan het me eerlijk gezegd niet herinneren.'

'Volgens mij kan het de moeite waard zijn om met nieuwe ogen naar hun spullen te kijken.'

'Geen slecht idee. Ik zal zien wat ik kan vinden.' Hij keek op zijn horloge en sprong op van zijn stoel. 'Allemachtig, de tijd is omgevlogen. Hedström vraagt zich vast af waar ik blijf.'

Erica legde een kalmerende hand op zijn arm. 'Je kunt vast een goede smoes bedenken. Zeg dat je je hebt verslapen of verzin iets anders. Hij zal niets vermoeden, geloof me.'

'Jij hebt makkelijk praten,' zei Gösta en hij liep weg om zijn schoenen aan te trekken.

'Vergeet niet wat we hebben afgesproken. Ik heb contactgegevens van alle betrokkenen nodig en daarna ga jij kijken of je iets kunt vinden over de spullen van de Elvanders.'

Erica boog zich naar voren en sloeg spontaan haar armen om Gösta heen. Hij beantwoordde de omhelzing stijfjes.

'Ja, ja, laat me nu maar gaan, dan beloof ik je dat ik er zo snel mogelijk mee aan de slag ga.'

'Je bent geweldig,' zei Erica en ze knipoogde.

'Ga jij nu maar terug naar de kleintjes. Ik bel je zodra ik iets heb gevonden.'

Erica sloot de deur achter hem en deed precies wat hij had gezegd. Ze ging op de bank zitten en terwijl de drie kinderen over haar heen klauterden om het beste plaatsje op haar schoot te bemachtigen, volgde ze ongeconcentreerd de avonturen van Pippi op het scherm.

Het was rustig en stil op het politiebureau. Mellberg had bij wijze van uitzondering zijn kamer verlaten en zat in de keuken. Ernst, die nooit meer dan een meter bij zijn baasje vandaan was, lag onder de tafel in de hoop dat het gauw koffietijd was.

'Wat een stomme idioot!' brieste Mellberg en hij wees naar de krant voor zich. De *Bohusläningen* had veel ruimte vrijgemaakt voor het interview met John Holm.

'Ja, ik begrijp niet dat mensen op zulke types kunnen stemmen. Het zal wel de keerzijde van de democratie zijn.' Patrik nam tegenover Mellberg plaats. 'We moeten trouwens met hem gaan praten. Hij was kennelijk een van de jongens die dat paasweekend op Valö was.'

'Dan kunnen we maar beter opschieten. Er staat dat hij alleen deze week nog hier is, daarna moet hij weer terug naar Stockholm.'

'Ja, ik heb het gezien, daarom wilde ik vanochtend samen met Gösta een praatje met hem gaan maken.' Hij draaide zich om en keek de gang in. 'Ik snap alleen niet waar hij is. Annika? Heb jij iets van Gösta gehoord?'

'Helemaal niets. Misschien heeft hij zich verslapen,' antwoordde Annika vanuit de receptie.

'Dan ga ík met je mee,' zei Mellberg en hij sloeg de krant dicht.

'Nee, dat is niet nodig. Ik wacht wel even op Gösta. Hij kan nu elk moment komen. Jij hebt vast belangrijker dingen te doen.' Patrik voelde de paniek komen opzetten. Als hij Mellberg meenam naar een verhoor kon dat alleen maar in een ramp eindigen.

'Onzin! Ik denk dat het heel goed voor je is om mij erbij te hebben als je met die idioot gaat praten.' Mellberg stond op en keek Patrik vastberaden aan. 'Waar wachten we op? Zullen we dan maar?'

Hij knipte een paar keer met zijn vingers en Patrik probeerde koortsachtig een argument te bedenken dat zijn baas van zijn plan zou doen afzien.

'Moeten we niet eerst bellen om een afspraak te maken?'

Mellberg snoof. 'Zo'n kerel moet je… Hoe heet het nou toch…' – hij knipte nog een keer met zijn vingers – '*en garde* verrassen.'

'*Off guard*,' zei Patrik. 'Het heet *off guard*.'

Een paar minuten later zaten ze in de auto en reden richting Fjällbacka. Mellberg zat tevreden voor zich uit te fluiten. Hij had zelf willen rijden, maar daar had Patrik een grens getrokken.

'Zulke mensen zijn zo bekrompen in hun denken. Ze zijn heel kleingeestig en hebben geen respect voor andere culturen of voor verschillen in de mensheid.' Mellberg knikte bevestigend om zijn eigen bewering.

Patriks tong jeukte gewoon om Mellberg erop te wijzen hoe bekrompen hij vroeger zelf was geweest. Een deel van de opmerkingen die hij in het verleden had uitgekraamd zou direct gehoor hebben gevonden bij de Vrienden van Zweden. Ter Mellbergs verdediging moest echter gezegd worden dat hij zich op het moment dat hij verliefd werd op Rita van zijn vooroordelen had ontdaan.

'Hier is het toch?' Patrik reed het grindveldje voor een van de rode botenhuizen aan de Hamngatan op. Ze hadden erop gegokt dat John hier zou zijn en niet in zijn huis in Mörhult.

'Volgens mij zit er iemand op de steiger.' Mellberg strekte zijn hals en gluurde over de schutting.

Het grind knarste onder hun schoenzolen toen ze naar het hek liepen. Patrik wist niet zeker of hij moest kloppen, maar omdat dat nogal belachelijk voelde, duwde hij het hek gewoon open.

Hij herkende John Holm meteen. De fotograaf van de *Bohusläningen* had het bijna clichématige Zweedse uiterlijk van de politicus goed gevangen en was er bovendien in geslaagd om de foto van de breed glimlachende man verontrustend bedreigend te laten overkomen. Ook nu glimlachte hij breed, maar zijn blauwe blik was vragend toen hij hen tegemoet kwam.

'Goedemorgen, wij zijn van de politie in Tanum,' zei Patrik en hij stelde zichzelf en Mellberg voor.

'Ja?' John Holms blik werd nu waakzamer. 'Is er iets gebeurd?'

'Dat ligt eraan hoe je het bekijkt. Eigenlijk betreft het een gebeurtenis van lang geleden, die helaas weer actueel is geworden.'

'Valö,' zei John. De uitdrukking in zijn ogen was niet langer te duiden.

'Ja, inderdaad,' zei Mellberg op agressieve toon. 'Het gaat over Valö.'

Patrik haalde een paar keer diep adem om zijn kalmte te bewaren.

'Kunnen we even gaan zitten?' vroeg hij en John knikte.

'Natuurlijk, neem plaats. De zon is hier vrij sterk. Ik hou daar wel van, maar als jullie het te warm vinden, kan ik de parasol opzetten.'

'Dank u, het is goed zo.' Patrik zwaaide afwerend met zijn hand. Hij wilde dit zo snel mogelijk achter de rug hebben zodat Mellberg er geen puinhoop van kon maken.

'Ik zie dat u de *Bohusläningen* zat te lezen.' Mellberg gebaarde naar de krant die opengeslagen op tafel lag.

John haalde zijn schouders op. 'Slechte journalistiek is altijd vervelend. Ik word verkeerd geciteerd, verkeerd geïnterpreteerd en het hele artikel staat vol insinuaties.'

Mellberg trok aan de kraag van zijn overhemd. Zijn gezicht was al rood. 'Ik vind het een goed stuk.'

'Het is duidelijk dat de krant partij heeft gekozen, maar om het spel te spelen moet je tegen kritiek kunnen.'

'De journalist trekt zaken in twijfel die jullie zelf op de agenda hebben gezet. Zoals die onzin dat immigranten die een misdrijf hebben gepleegd het land uit moeten worden gezet, zelfs als ze een verblijfsvergunning hebben. Hoe stelt u zich dat voor? Zou iemand die al jaren in Zweden woont en het hier naar zijn zin heeft naar het land van herkomst moeten worden teruggestuurd alleen omdat hij of zij een fiets heeft gejat?' Mellberg was steeds harder gaan praten. Hij spuugde er zelfs bij.

Patrik was als verlamd. Hij had het gevoel dat hij getuige was van de aanloop naar een auto-ongeluk. Hoewel hij het helemaal met Mellberg eens was, was dit het verkeerde moment om over politiek te praten.

John keek Mellberg onaangedaan aan. 'Dat is een kwestie die onze tegenstanders altijd verkeerd interpreteren. Ik zou het diepgaander kunnen uitleggen, maar ik neem aan dat jullie daar niet voor zijn gekomen.'

'Nee, zoals ik net al zei wilden we het hebben over wat er in 1974 op Valö is gebeurd. Of niet, Bertil?' zei Patrik snel. Hij priemde zijn ogen in die van Mellberg, die na een stilte van een paar tellen tegen zijn zin knikte.

'Ja, er gaan geruchten dat daar iets is gebeurd,' zei John. 'Hebben jullie het gezin gevonden?'

'Niet direct,' antwoordde Patrik ontwijkend. 'Maar iemand heeft geprobeerd het huis in brand te steken. Als het was gelukt, zouden de dochter en haar man waarschijnlijk levend zijn verbrand.'

John ging wat rechter op zijn stoel zitten.

'De dochter?'

'Ja, Ebba Elvander,' zei Patrik. 'Of Ebba Stark zoals ze tegenwoordig heet. Zij en haar man zijn in het huis komen wonen en zijn het aan het renoveren.'

'Dat is vast nodig. Ik heb gehoord dat het een behoorlijke bouwval is.' Johns blik dwaalde naar Valö aan de andere kant van het glinsterende water.

'U bent daar lang niet geweest?'

'Niet sinds het internaat dichtging.'

'Waarom niet?'

John spreidde zijn handen. 'Ik had er niets te zoeken.'

'Wat denkt u zelf dat er met het gezin kan zijn gebeurd?'

'Tja, ik kan natuurlijk van alles gaan roepen, maar eerlijk gezegd heb ik geen flauw idee.'

'Maar u hebt er toch meer kijk op dan vele anderen?' opperde Patrik. 'U woonde daar met het gezin en was op het eiland toen ze verdwenen.'

'Dat klopt niet helemaal; ik was met een paar andere leerlingen aan het vissen. We waren behoorlijk van slag toen we terugkwamen en twee politiemannen zagen. Leon werd zelfs nijdig. Hij dacht dat de agenten onbekenden waren die Ebba wilden meenemen.'

'U hebt dus geen theorieën? U hebt er in de loop van de jaren toch zeker wel over nagedacht?' Mellberg klonk sceptisch.

John trok zich niets van Mellberg aan en wendde zich tot Patrik. 'Om een en ander te verduidelijken: we woonden daar niet bij het gezin. We gingen daar naar school, maar er was een strikte grens tussen de leerlingen en de familie Elvander. Zo waren we bijvoorbeeld niet uitgenodigd voor de paaslunch. Rune hield ons op afstand en hij leidde de school alsof het een militaire basis was. Daarom hielden onze ouders net zoveel van hem als dat wij hem haatten.'

'Konden de leerlingen het goed met elkaar vinden of waren er conflicten?'

'Er was weleens ruzie. Het zou raar zijn geweest als dat niet zo was op een school met alleen maar tienerjongens. Maar er gebeurde nooit iets ernstigs.'

'Hoe zat het met de leraren? Wat vonden zij van de rector?'

'Die lafbekken waren zo bang voor hem dat ze vermoedelijk helemaal niets vonden. Ze zeiden in elk geval nooit iets wat onze oren bereikte.'

'Runes kinderen waren ongeveer even oud als jullie. Gingen jullie met ze om?'

John schudde zijn hoofd. 'Dat had Rune nooit goedgevonden. We hadden wel redelijk veel met zijn oudste zoon te maken. Hij was een soort hulpje op school. Een echte klootzak.'

'Ik begrijp dat u een vrij uitgesproken mening over sommige gezinsleden had.'

'Ik had een hekel aan ze, net als alle andere jongens op school. Maar niet genoeg om ze te vermoorden, als jullie dat mochten denken. Op die leeftijd is het heel gewoon om de gevestigde macht te wantrouwen.'

'En de andere kinderen?'

'Die bleven een beetje op zichzelf. Ze durfden waarschijnlijk niet anders. Hetzelfde gold voor Inez. Zij hield in haar eentje de boel schoon, deed de was en maakte het eten klaar. Runes dochter Annelie hielp ook een handje mee. Maar wij mochten zoals gezegd niet met ze omgaan en misschien was daar wel een reden voor. Veel jongens waren echte pummels, verwend en van jongs af aan bevoorrecht. Ik neem aan dat ze daarom op die school terechtkwamen. Hun ouders zagen op het laatste moment in dat ze luie en incompetente individuen hadden opgevoed en probeerden dat te verhelpen door ze naar Rune te sturen.'

'Uw ouders waren toch ook niet berooid?'

'Ze hádden geld,' zei John met de nadruk op 'hadden'. Toen kneep hij zijn lippen op elkaar om duidelijk te maken dat hij niet van plan was daar verder nog iets over te zeggen. Patrik liet het onderwerp rusten, maar besloot om later onderzoek te doen naar Johns familieachtergrond.

'Hoe is het met haar?' vroeg John plotseling.

Het duurde even voordat Patrik begreep wie hij bedoelde. 'Met

Ebba? Ze lijkt het goed te maken. Zoals ik net al zei, wil ze het huis opknappen.'

John keek weer naar Valö en Patrik wou dat hij gedachten kon lezen. Hij vroeg zich af wat er in Johns hoofd omging.

'Bedankt dat u even met ons wilde praten,' zei hij en hij stond op. Ze zouden op dit moment niet veel verder komen, maar het gesprek had hem nog nieuwsgieriger gemaakt naar het leven op het internaat.

'Ja, dank u wel. Ik begrijp dat u het heel druk hebt,' zei Mellberg. 'U krijgt trouwens de groeten van mijn partner. Ze komt uit Chili en is in de jaren zeventig in Zweden komen wonen.'

Patrik trok aan Mellbergs arm om hem weg te loodsen. Met een stijve glimlach deed John het hek achter hen dicht.

Gösta probeerde ongemerkt het politiebureau binnen te komen, maar dat lukte niet.

'Heb je je verslapen? Dat is niks voor jou,' zei Annika.

'De wekker ging niet af,' antwoordde hij, maar hij keek haar niet aan. Annika kon dwars door mensen heen kijken en hij vond het niet prettig om tegen haar te liegen. 'Waar is iedereen?'

Er kwamen geen geluiden uit de gang en Annika leek de enige persoon op het bureau te zijn. Alleen Ernst kwam aangelopen toen hij Gösta's stem hoorde.

'Patrik en Mellberg zijn met John Holm gaan praten en Ernst en ik bewaken samen het fort. Is het niet zo, oude jongen?' zei ze, terwijl ze de grote hond achter de oren krabde. 'Patrik vroeg zich af waar je was. Je kunt dus maar beter nog wat oefenen op dat verhaal over de wekker.'

Ze keek hem onderzoekend aan.

'Biecht nu maar op wat voor kattenkwaad je hebt uitgehaald, dan kan ik je misschien helpen zorgen dat het niet aan het licht komt.'

'Nou ja zeg,' zei Gösta, maar hij wist dat hij was verslagen. 'Ik vertel het je bij een kop koffie.'

Hij liep naar de keuken en Annika volgde hem.

'Voor de draad ermee,' zei Annika toen ze zaten.

Met tegenzin vertelde Gösta over zijn afspraak met Erica en Annika begon luid te lachen.

'Je hebt jezelf wel in een lastig parket gemanoeuvreerd. Je kent Erica toch? Als je haar een vinger geeft, neemt ze je hele hand. Patrik zal buiten zichzelf zijn van woede als hij erachter komt.'

'Ja, ik weet het,' zei hij en hij schoof onrustig heen en weer. Hij wist dat ze gelijk had, maar toch voelde het heel belangrijk. En hij wist ook dondersgoed waarom. Hij deed het voor haar, voor het meisje dat door Maj-Britt en hem in de steek was gelaten.

Annika lachte niet langer en keek hem ernstig aan.

'Dit betekent veel voor je.'

'Ja, dat klopt. En Erica kan me helpen. Ze is slim. Ik weet dat Patrik het niet goed zou vinden dat ik haar hierin betrek, maar zij kan feiten uit het verleden boven water halen en zo iemand hebben we op dit moment echt nodig.'

Annika zweeg een poosje. Toen haalde ze diep adem.

'Goed. Ik zeg niets tegen Patrik. Op één voorwaarde.'

'En die is?'

'Jij houdt mij op de hoogte van wat Erica en jij ontdekken en ik help jullie waar dat nodig is. Ik kan namelijk ook vrij goed feiten boven water halen.'

Gösta keek haar verbaasd aan. Dit had hij niet verwacht.

'Afgesproken. Maar zoals je net al zei: we hebben de poppen aan het dansen als Patrik erachter komt.'

'Wie dan leeft, die dan zorgt. Hoe ver zijn jullie gekomen? Wat kan ik doen?'

Opgelucht deed Gösta verslag van wat Erica en hij eerder die ochtend hadden besproken.

'We hebben de actuele contactgegevens van alle leerlingen en leraren van het internaat nodig. Ik heb de oude lijst, maar veel van die informatie klopt niet meer. Toch denk ik dat we daarmee de meeste mensen wel kunnen vinden. Sommigen hadden een vrij ongewone achternaam en misschien woont er iemand op het oude adres die weet waar ze heen zijn gegaan.'

Annika keek hem met gefronste wenkbrauwen aan.

'Heb je geen persoonsnummers?'

Hij staarde haar aan. Dat was wel heel stom van hem. Hij voelde zich een idioot en wist niet wat hij moest zeggen.

'Aan je gezicht te zien heb je die. Dat is mooi. Dan kan ik vanmiddag of uiterlijk morgen een actuele lijst klaar hebben. Is dat vroeg genoeg?'

Ze glimlachte naar Gösta, die het gevoel had dat hij een beetje werd uitgelachen.

'Dat is prima,' zei hij. 'Ik wilde zelf samen met Patrik een bezoekje aan Leon Kreutz brengen.'

'Waarom juist aan hem?'

'Geen specifieke reden eigenlijk, maar hij is de jongen die ik me het best herinner. Ik kreeg de indruk dat hij de leider van de groep was. Bovendien heb ik gehoord dat hij en zijn vrouw onlangs het grote witte huis op de berg hebben gekocht. In Fjällbacka.'

'Het witte huis met zeezicht? Waar tien miljoen voor werd gevraagd?' zei Annika.

De prijzen van de huizen met uitzicht op zee bleven de vaste bevolking fascineren en iedereen volgde altijd nauwgezet de vraag- en verkoopprijzen. Maar tien miljoen riep zelfs bij de meest gelouterden een reactie op.

'Ik heb begrepen dat ze het zich kunnen veroorloven.' Gösta herinnerde zich de jongen met de donkere ogen en het mooie gezicht. Hij had destijds al rijkdom uitgestraald, maar ook iets anders. Als Gösta het zou moeten beschrijven, zou hij het vermoedelijk een soort aangeboren zelfverzekerdheid noemen.

'Laten we dan maar aan de slag gaan,' zei Annika. Ze zette haar kopje in de afwasmachine en na een blik op Gösta deed hij hetzelfde. 'Ik was trouwens vergeten dat je vanochtend naar de tandarts moest.'

'Naar de tandarts? Ik had geen…' Gösta hield zijn mond en glimlachte. 'Ja, dat is waar ook. Ik heb gisteren toch gezegd dat ik een afspraak had. En kijk eens: geen gaatjes.' Hij wees naar zijn mond en knipoogde.

'Je moet een goede leugen niet met te veel details verpesten,' zei Annika, terwijl ze gekscherend met haar vinger zwaaide en richting computer verdween.

Stockholm 1925

Het had niet veel gescheeld of ze waren de trein uit gezet. De conducteur had haar haar fles afgenomen en geraaskald dat ze te dronken was om mee te mogen. Dat was ze helemaal niet. Ze had alleen af en toe een hartversterkertje nodig om het leven aan te kunnen, zoals iedereen zou moeten begrijpen. Ze moest voortdurend om aalmoezen bedelen en vernederende klusjes opknappen die de mensen haar uit barmhartigheid 'voor de kleine meid' lieten verrichten, en meestal eindigde het er desondanks mee dat ze de hijgende, schijnheilige geile bokken op haar kamer moest ontvangen.

Het was ook vanwege de kleine meid dat de conducteur medelijden kreeg en hen toch helemaal tot Stockholm liet meerijden. Gelukkig maar, want als hij hen halverwege uit de trein had gezet, had Dagmar niet geweten hoe ze weer thuis hadden moeten komen. Het had haar twee maanden gekost om het geld bij elkaar te sparen voor een enkele reis naar Stockholm en nu had ze geen rooie duit meer. Maar dat gaf niet; als ze de hoofdstad maar bereikten en ze Hermann te spreken kreeg, zouden ze zich nooit meer druk hoeven maken om geld. Hij zou voor hen zorgen. Als ze elkaar zagen en hij begreep wat ze allemaal had moeten verduren, zou hij die leugenachtige vrouw met wie hij was getrouwd meteen verlaten.

Dagmar stopte even voor een etalage en spiegelde zich in het raam. Ja, ze was wat ouder geworden sinds hun laatste ontmoeting. Haar haar was niet meer zo dik en nu ze erover nadacht, besefte ze dat ze het al een poosje niet had gewassen. En haar jurk, die ze voordat ze uit Fjällbacka waren vertrokken van een waslijn had gestolen, hing als een zak om haar magere lichaam. Als het geld op dreigde te raken, koos ze liever voor drank dan voor eten, maar daar zou nu ook verandering in komen. Binnenkort zou ze haar oude uiterlijk terug hebben en Hermann zou een teder medelijden voor haar voelen als hij begreep hoe hard het leven voor haar was geweest sinds hij haar had verlaten.

Ze pakte Laura's hand en begon weer te lopen. Het meisje stribbelde tegen en Dagmar moest haar meesleuren.

'Loop eens door!' siste ze. Waarom was dat kind altijd zo langzaam?

Ze moest een paar keer naar de weg vragen, maar uiteindelijk stonden ze voor de juiste portiek. Het was niet moeilijk geweest om erachter te komen waar Hermann woonde. Zijn adres had in de telefoongids gestaan: Odengatan 23. Het pand was net zo groot en indrukwekkend als ze het zich had voorgesteld en ze trok aan de portiekdeur. Die zat op slot en misnoegd fronste ze haar voorhoofd. Op dat moment kwam er een man aan die een sleutel pakte en de deur opende.

'Bij wie moeten jullie zijn?'

Ze strekte trots haar nek. 'Bij Göring.'

'Ach, ja, daar kunnen ze wel wat hulp gebruiken,' zei hij en hij liet hen binnen.

Heel even vroeg Dagmar zich af wat de man bedoelde, maar vervolgens haalde ze haar schouders op. Het was niet belangrijk. Ze waren er nu bijna. Ze keek op het bord in de entree, zag op welke verdieping het echtpaar Göring woonde en sleurde Laura mee de trap op. Met bevende hand drukte ze op de bel. Spoedig zouden ze weer samen zijn. Hermann, zij en Laura. Zijn dochter.

＊

Dat er maar zo weinig voor nodig was geweest, dacht Anna. Ze stond aan het roer van haar en Dans boot. Toen ze Mårten had gebeld, had hij gezegd dat ze naar Valö kon komen zodra het haar uitkwam en sindsdien had ze nergens anders aan gedacht. Ze hadden thuis allemaal gemerkt dat ze vrolijker was dan anders en gisteravond had er in huis een hoopvolle stemming geheerst.

Maar eigenlijk was het helemaal niet zo weinig. Dit was haar eerste stap op weg naar een nieuwe zelfstandigheid. Ze was haar hele leven afhankelijk geweest van anderen. Als kind had ze op Erica geleund. Daarna was ze afhankelijk geworden van Lucas, wat tot de ramp had geleid die de kinderen en zij nog steeds met zich meedroegen. En vervolgens Dan. Warme, betrouwbare Dan, die niet alleen haar maar ook haar gekwetste kinderen onder zijn vleugels had genomen. Het was heel fijn geweest om weer klein te mogen zijn en erop te kunnen vertrouwen dat iemand anders alles regelde.

Maar het ongeluk had haar geleerd dat zelfs Dan niet alles kon klaren. Als ze eerlijk was, had dat misschien wel de meeste invloed op haar gehad. Het verlies van hun eerste kind samen was een onvoorstelbaar groot verdriet geweest, maar het gevoel van eenzaamheid en kwetsbaarheid was bijna nog erger geweest.

Als Dan en zij samen verder wilden, moest ze leren op eigen benen te staan. Hoewel dat bij haar misschien wat later gebeurde dan bij de meeste andere mensen, wist ze dat ze daar diep vanbinnen de kracht voor had. Een eerste stap was deze stylingopdracht zien binnen te slepen, al moest natuurlijk nog blijken of ze echt talent had en zichzelf goed genoeg kon verkopen.

Met bonkend hart klopte ze op de voordeur. Ze hoorde voetstappen naderen en de deur ging open. Een man van haar eigen leeftijd, in timmermanskleren en met een veiligheidsbril op zijn voorhoofd, keek haar vragend aan. Hij zag er zo knap uit dat Anna even van haar stuk raakte.

'Hoi,' zei ze toen. 'Ik ben Anna. We hebben elkaar gisteren door de telefoon gesproken.'

'Anna! Ja, natuurlijk. Sorry, het was niet mijn bedoeling onbeleefd te lijken. Maar ik ga altijd zo op in waar ik mee bezig ben dat ik alles om me heen vergeet. Kom verder, welkom in de chaos.'

Hij deed een pas opzij en liet haar binnen. Anna keek om zich heen. Chaos was absoluut het juiste woord om te beschrijven hoe het er binnen uitzag. Maar ze zag ook hoeveel potentieel het huis had. Dat was een gave die ze altijd al had gehad, alsof ze een magische bril bezat die ze op elk willekeurig moment kon opzetten, waardoor ze het eindresultaat kon zien.

Mårten volgde haar blik. 'Zoals je ziet moet er nog heel wat gebeuren.'

Ze wilde net antwoorden toen een blonde, slanke vrouw de trap af kwam lopen. 'Hoi, ik ben Ebba,' zei ze, terwijl ze haar handen aan een doek afveegde. Haar handen en kleren zaten onder de witte verfvlekken en ze had ook verfspatjes in haar gezicht en blonde haar. Anna's ogen begonnen te tranen van een sterke terpentinegeur.

'Sorry dat we zo smerig zijn,' voegde Ebba eraan toe en ze liet haar handen zien. 'Ik denk dat ik je maar beter geen hand kan geven.'

'Dat geeft niet, jullie zitten midden in een renovatie. Ik maak me meer zorgen om… ja, om alle andere dingen die hier momenteel gebeuren.'

'Heeft Erica het verteld?' zei Ebba, eerder als een constatering dan als een vraag.

'Ik heb gehoord van de brand en dat andere,' zei Anna. Bloed onder de vloer van je huis vinden was zo absurd dat ze niet eens in staat was het te formuleren.

'We proberen zo veel mogelijk door te werken,' zei Mårten. 'We kunnen het ons niet permitteren de verbouwing stop te zetten.'

Vanuit het huis hoorden ze stemmen en het geluid van houten planken die werden versplinterd.

'De technici zijn nog steeds bezig,' zei Ebba. 'Ze breken de hele vloer van de eetkamer open.'

'Weten jullie zeker dat jullie hier veilig zijn?' Anna realiseerde zich dat ze vrijpostig was, maar dit stel riep om de een of andere reden haar beschermersinstinct op.

'Het is oké,' zei Mårten toonloos. Hij hief zijn arm op en wilde die om Ebba heen slaan, maar het was alsof ze voelde dat hij dat ging doen, want ze deed een stap opzij en zijn arm viel weer omlaag.

'Ik heb begrepen dat jullie wat hulp konden gebruiken,' zei Anna ter afleiding. De stemming was zo bedrukt dat het moeilijk was om te ademen.

Mårten leek dankbaar dat ze van gespreksonderwerp veranderden. 'Zoals ik door de telefoon al zei, weten we niet hoe we verder moeten als de grote klussen zijn gedaan. We hebben niet veel verstand van inrichten.'

'Ik heb echt bewondering voor jullie. Dit is niet bepaald een klein project. Maar het kan hartstikke mooi worden als het eenmaal klaar is. Ik stel me een enigszins ouderwetse, rustieke stijl voor, met geschuurde witte meubels, gebleekte kleuren, romantische rozen, mooie linnen stoffen, armeluiszilver, kleine voorwerpen die de aandacht trekken.' Ze zag het allemaal al voor zich. 'Geen duur antiek, maar een mix van koopjes van de rommelmarkt en nieuwe meubels in oude stijl die we zelf kunnen schuren. Daar hebben we alleen staalwol en kettingen voor nodig en…'

Mårten begon te lachen en zijn gezicht werd wat vrolijker. Anna merkte dat ze dat leuk vond.

'Je weet echt wat je wilt. Ga gerust verder, volgens mij vinden wij het allebei heel goed klinken.'

Ebba knikte. 'Ja, zo had ik het me precies voorgesteld. Ik weet alleen niet hoe je het praktisch moet aanpakken.' Ze fronste haar voorhoofd. 'Ons budget is maar heel beperkt en jij bent misschien gewend veel geld te kunnen uitgeven en een goed salaris te ontvangen…'

Anna onderbrak haar. 'Ik weet hoe jullie ervoor staan. Mårten heeft het uitgelegd. Maar jullie zouden mijn eerste klanten zijn en als jullie tevreden zijn over mijn werk, kan ik jullie als referentie gebruiken. We kunnen het vast eens worden over een bedrag. Het idee is dat de inrichting op een combinatie van erfstukken en koopjes van de rommelmarkt moet lijken. Het zal voor mij een uitdaging zijn om zo weinig mogelijk geld uit te geven.'

Anna keek hen hoopvol aan. Ze wilde deze opdracht ontzettend graag en wat ze tegen Ebba en Mårten had gezegd was waar. Het zou een fantastisch project zijn als ze de vrije hand kreeg om van de vakantiekolonie een parel in de scherenkust te maken. Bovendien zou het klanten voor haar nieuwe bedrijf kunnen trekken.

'Ik ben ook zelfstandig ondernemer, dus ik begrijp precies wat je bedoelt. Mond-tot-mondreclame is heel belangrijk.' Ebba keek haar bijna verlegen aan.

'Wat doe je?' vroeg Anna.

'Sieraden. Ik maak zilveren halskettingen, met engelen als motief.'

'Dat klinkt mooi. Hoe ben je daar zo op gekomen?'

Ebba's gezicht verstijfde en ze draaide zich om. Mårten keek gegeneerd en verbrak snel de stilte die was ontstaan.

'We weten niet precies wanneer we klaar zijn met de renovatie. Het onderzoek van de politie en de brandschade in de hal hebben onze planning in de war gestuurd, daarom is het lastig om te zeggen wanneer jij aan de slag kunt.'

'Dat geeft niet, ik pas me aan jullie aan,' zei Anna, die Ebba's reactie van zonet niet uit haar hoofd kon zetten. 'Als jullie dat willen, kunnen we het nu al over de kleuren voor de muren en zo hebben. En ik kan alvast wat schetsen maken en misschien naar een paar veilingen in de omgeving gaan om te zien of ik daar wat op de kop kan tikken.'

'Dat klinkt hartstikke goed,' zei Mårten. 'We wilden in principe volgend jaar rond Pasen opengaan en dan hopen we tegen de zomer helemaal vol te zitten.'

'Dan hebben jullie tijd genoeg. Mag ik nog even rondkijken en wat aantekeningen maken voordat ik weer ga?'

'Ga je gang. Voel je thuis in de troep,' zei Mårten. Toen bedacht hij zich. 'Maar je kunt waarschijnlijk niet in de eetkamer terecht.'

'Dat geeft niet. Ik kan een andere keer terugkomen om de eetkamer te bekijken.'

Ebba en Mårten gingen verder met hun eigen bezigheden en lieten Anna in alle rust door het huis lopen. Ze maakte vlijtig aantekeningen en het kriebelde in haar buik van verwachting. Dit kon heel mooi worden. Dit kon het begin van haar nieuwe leven worden.

Percy's hand trilde toen hij de papieren moest ondertekenen. Hij haalde diep adem om te kalmeren en advocaat Buhrman keek hem bezorgd aan.

'Weet je het echt zeker, Percy? Je vader zou dit niet leuk vinden.'

'Vader is dood!' brieste hij, maar hij mompelde meteen een verontschuldiging en ging verder: 'Het lijkt misschien een drastische maatregel, maar als ik het niet op deze manier doe, moet ik het kasteel verkopen.'

'En een banklening?' opperde de advocaat. Hij was ook de advocaat van Percy's vader geweest en Percy had zich dikwijls afgevraagd hoe oud Buhrman eigenlijk was. De vele uren op de golfbaan naast zijn huis op Mallorca hadden hem bijna in een mummie veranderd en hij kon zo in een museum worden tentoongesteld.

'Natuurlijk heb ik met de bank gepraat, wat dacht u?' Hij verhief zijn stem weer en moest zichzelf dwingen om rustiger te praten. De advocaat van de familie behandelde hem vaak alsof hij nog niet droog achter de oren was. Hij leek te vergeten dat Percy nu de graaf was. 'Ze hebben op alle mogelijke manieren duidelijk gemaakt dat ze me niet langer willen helpen.'

Buhrman leek verward. 'Terwijl we altijd zo'n goed contact met Svenska Banken hadden. Je vader en de oude directeur hebben samen op het Lundsberg-internaat gezeten. Weet je zeker dat je met de juiste persoon hebt gepraat? Zal ik anders nog eens bellen, dat zou misschien…'

'De oude directeur is al heel lang weg bij de bank,' onderbrak Percy hem. Hij kon het niet veel langer opbrengen om beleefd te blijven tegen de oude advocaat. 'Hij heeft dit aardse leven trouwens al zo lang geleden verlaten dat alleen zijn botten nog over zijn. De tijden zijn veranderd. Op de bank werken alleen maar economen en groentjes van de Handelshogeschool die niet eens weten hoe je je in deze wereld gedraagt. De bank wordt tegenwoordig geleid door mensen die binnenshuis hun schoenen uittrekken, begrijpt u dat niet?' Nijdig ondertekende hij het laatste document en schoof het naar de oude man, die helemaal perplex was.

'Nou, ik vind het maar vreemd,' zei hij hoofdschuddend. 'Wat komt er hierna? Dat het fideï-commis wordt afgeschaft en oude havezaten zomaar worden opgedeeld? Over havezaten gesproken: kun je er niet met je broer en zus over praten? Mary heeft een rijke man getrouwd en ik heb begrepen dat Charles veel geld verdient met zijn restaurants. Misschien kunnen zij je helpen. Jullie zijn tenslotte familie.'

Percy staarde Buhrman aan. De oude man was niet bij zijn volle verstand. Was hij alle jaren van ruzie en juridische geschillen na de dood van zijn vader vijftien jaar geleden vergeten? Percy's broer en zus hadden het gewaagd het fideï-commis te bestrijden dat hem, als oudste zoon, het recht gaf alles onverdeeld te erven. Maar gelukkig was de wet duidelijk. Fygelsta was zijn geboorterecht en dat van niemand anders. Het was bon ton om indien mogelijk met eventuele broers en zussen te delen, maar na hun koppige pogingen om hem te ontnemen wat hem volgens de wet en de traditie toebehoorde, had hij zich niet bijster vrijgevig gevoeld. Daarom hadden ze met lege handen gestaan en bovendien zijn proceskosten moeten betalen. Zoals Buhrman al zei leden ze geen gebrek en daar troostte hij zichzelf altijd mee als hij last kreeg van zijn geweten. Maar hij dacht niet dat het zin had om hun nederig om hulp te vragen.

'Dit is mijn enige mogelijkheid,' zei hij met een knikje naar de papieren. 'Ik heb geluk dat ik vrienden heb die bereid zijn me te helpen en ik zal alles terugbetalen zodra deze onzalige toestand met de belastingdienst uit de wereld is.'

'Je doet maar wat je goeddunkt, maar je zet wel heel veel op het spel.'

'Ik vertrouw Sebastian,' zei Percy. Hij wenste dat hij zich even zeker voelde als hij klonk.

Kjell smeet de telefoon zo fel op het bureau dat de klap zich voortplantte in zijn arm. De pijn maakte zijn woede alleen maar groter en hij vloekte terwijl hij zijn elleboog masseerde.

'Shit!' zei hij en hij balde zijn vuisten om te voorkomen dat hij iets tegen de muur zou gooien.

'Wat is er aan de hand?' Zijn beste vriend en collega Rolf stak zijn hoofd door de deuropening.

'Wat denk je?' Kjell haalde zijn hand door zijn donkere haar, waar sinds een paar jaar ook iets zilverkleurigs in te zien was.

'Beata?' Rolf stapte de kamer binnen.

'Wat zou het anders zijn? Ik heb je laatst toch verteld dat ik opeens de kinderen niet kreeg, hoewel ze dat weekend bij mij zouden zijn. En nu gilde ze dat ze niet mee kunnen naar Mallorca. Kennelijk kunnen ze geen hele week weg.'

'Maar zij heeft ze in juni toch twee weken meegenomen naar de Canarische Eilanden? En die reis had ze toch zonder overleg met jou geboekt? Waarom zouden ze dan niet een week met hun vader op reis kunnen?'

'Omdat het "haar" kinderen zijn. Daar komt ze altijd mee. "Mijn" kinderen. Ik mag ze kennelijk alleen maar lenen.'

Kjell probeerde rustiger te ademen. Hij vond het vreselijk dat Beata hem zo boos maakte. Dat ze niet het beste voor de kinderen voor ogen had en het hem alleen maar zo lastig mogelijk wilde maken.

'Jullie hebben toch co-ouderschap over de kinderen?' zei Rolf. 'Je zou ze zelfs veel vaker kunnen hebben dan nu het geval is.'

'Ik weet het. Tegelijk wil ik dat ze een vast punt hebben. Maar dan moet ik niet elke keer worden tegengewerkt als ik de kinderen zou hebben. Eén week vakantie met de kinderen, is dat te veel gevraagd? Ik ben hun vader, ik heb evenveel recht om met ze samen te zijn als Beata.'

'Ze worden ouder, Kjell. Ze zullen het gaan begrijpen. Probeer een beter mens te zijn dan zij, een betere ouder. Ze hebben rust nodig. Geef ze dat als ze bij jou zijn en je zult zien dat het allemaal goed komt. Maar blijf vechten om ze te mogen zien.'

'Ik ben niet van plan het op te geven,' zei Kjell grimmig.

'Dat is goed,' zei Rolf. Hij zwaaide met de krant van die dag. 'Dat was trouwens een fantastisch artikel. Je hebt hem meerdere keren in verlegenheid gebracht. Ik geloof dat dit het eerste interview is waarin hij en de partij op zo'n manier in twijfel worden getrokken.' Hij ging op een bezoekersstoel zitten.

'Ik snap niet waar het journaille mee bezig is.' Kjell schudde zijn hoofd. 'De retoriek van de Vrienden van Zweden vertoont zoveel aperte lacunes. Het zou niet zo moeilijk moeten zijn.'

'Laten we hopen dat dit zich verspreidt,' zei Rolf en hij wees naar de opengeslagen krantenpagina. 'De mensen moeten ontdekken hoe die lui werkelijk zijn.'

'Het ergste is nog wel dat iedereen hun goedkope propaganda voor zoete koek slikt. Ze trekken hun mooie pak aan, schoppen demonstratief een paar leden uit de partij die zich op een verkeerde manier hebben onderscheiden en hebben het over bezuinigingen en rationalisaties. Maar daarachter gaan nog steeds dezelfde oude nazi's schuil. Als ze de nazigroet brengen en met hakenkruisvlaggen zwaaien, doen ze dat onder bescherming van de duisternis. Vervolgens klagen ze op tv dat ze kritiek krijgen en ten onrechte worden aangevallen.'

'Je hoeft niet voor eigen parochie te preken. We staan aan dezelfde kant,' lachte Rolf en hij stak zijn handen in de lucht.

'Volgens mij is daar iets wat het daglicht niet kan verdragen,' zei Kjell, terwijl hij zijn neuswortel masseerde.

'Waar bedoel je?'

'Bij John. Hij is te glad, te gepolijst. Alles is te perfect. Hij heeft niet eens geprobeerd te verhullen dat hij vroeger lid was van de skinheadbeweging, maar juist in de ochtendprogramma's zitten blèren dat hij fout is geweest. Dat is dus geen nieuws voor de kiezers. Nee, ik moet er dieper in duiken. Hij kan zich niet van alles hebben ontdaan.'

'Ik denk dat je gelijk hebt. Maar het zal niet makkelijk zijn om iets te vinden. John Holm heeft veel moeite gedaan voor zijn huidige imago.' Rolf legde de krant weg.

'Ik zal in elk geval…' Kjell maakte zijn zin niet af omdat de telefoon ging. 'Als het Beata weer is, dan…' Hij aarzelde even en bulderde toen in de telefoon: 'Ja?'

Toen hij hoorde wie hij aan de lijn had, veranderde zijn toon met-een. Hij zag dat Rolf hem geamuseerd gadesloeg.

'Hé, hallo Erica (…) Nee, geen probleem (…) Ja, natuurlijk (…) Wát zeg je? Dat is zeker een grapje?'

Hij keek snel weer even naar Rolf en glimlachte breed. Een paar minuten later beëindigde hij het gesprek. Hij had een paar haastige aantekeningen gemaakt en nu smeet hij zijn pen weg, leunde achter-over en vouwde zijn handen achter zijn hoofd.

'Ja, er begint beweging in te komen.'

'Hoezo? Wie was dat?'

'Dat was Erica Falck. Ik ben kennelijk niet de enige die in John Holm is geïnteresseerd. Ze was vol lof over mijn artikel en vroeg of ik misschien achtergrondmateriaal had waar zij naar kon kijken.'

'Waarom heeft zij belangstelling voor hem?' vroeg Rolf. Toen sperde hij zijn ogen wijd open. 'Omdat hij erbij was op Valö? Gaat Erica over die verdwijning schrijven?'

Kjell knikte. 'Ja, als ik het goed heb begrepen wel. Maar dat was niet het enige. Het beste moet nog komen. Hou je vast, dit zul je niet geloven.'

'Verdomme, Kjell. Leg me niet op de pijnbank.'

Kjell grijnsde. Hij vond het geweldig en wist dat Rolf zijn nieuws ook geweldig zou vinden.

Stockholm 1925

De vrouw die opendeed, voldeed helemaal niet aan Dagmars verwachtingen. Ze was niet mooi of verleidelijk, maar had een moe en afgepeigerd gezicht. Bovendien leek ze ouder dan Hermann en haar hele persoon straalde een soort alledaagsheid uit.

Dagmar bleef staan zonder iets te zeggen. Misschien was dit niet de goede woning? Maar er stond GÖRING op de deur en daarom besloot ze dat de vrouw de huishoudster van het echtpaar moest zijn. Ze pakte Laura's hand stevig vast.

'Ik kom voor Hermann.'

'Hermann is niet thuis.' De vrouw nam haar van top tot teen op.

'Dan wacht ik tot hij thuiskomt.'

Laura was achter Dagmars rug gaan staan en de vrouw glimlachte vriendelijk naar het meisje voordat ze zei: 'Ik ben mevrouw Göring. Kan ik jullie ergens mee helpen?'

Dit was dus de gehate vrouw die sinds de dag dat Dagmar haar naam in de krant had gelezen niet uit haar gedachten was geweest. Dagmar keek verbijsterd naar Carin Göring: de praktische en degelijke schoenen, de rok die goed van snit was en tot haar enkels reikte, de blouse die keurig tot hoog in de hals was dichtgeknoopt en het haar dat in een knotje was opgestoken. Rond haar ogen liepen dunne lijnen en haar huid was ziekelijk bleek. Plotseling viel alles op zijn plaats. Natuurlijk was dit de vrouw die haar Hermann in de val had gelokt. Zo'n oude vrijster had een man als Hermann nooit kunnen krijgen zonder gemene kneepjes te gebruiken.

'Ja, we hebben het een en ander te bespreken, ook u en ik.' Ze trok aan Laura en stapte door de deur naar binnen.

Carin deed een pas opzij en hield Dagmar niet tegen. Ze knikte alleen maar afwachtend. 'Zal ik uw jas aannemen?'

Dagmar keek haar argwanend aan. Toen liep ze zonder dat ze daartoe was uitgenodigd de kamer naast de hal in. Het appartement was precies zo mooi als ze van Hermanns huis had verwacht – ruim, met hoge ramen, hoge plafonds en glimmende parketvloeren – maar het was bijna helemaal leeg.

'Waarom hebben ze hier geen meubels, mama?' vroeg Laura, die met grote ogen om zich heen keek.

Dagmar draaide zich om naar Carin. 'Ja, waarom hebben jullie geen meubels? Waarom woont Hermann op deze manier?'

Carin fronste even haar voorhoofd, ten teken dat ze de vraag ongepast vond, maar antwoordde toen vriendelijk: 'We hebben het de laatste tijd nogal moeilijk gehad. Maar nu moet u me vertellen wie u bent.'

Dagmar deed net of ze de vraag niet had gehoord en keek mevrouw Göring geïrriteerd aan. 'Moeilijk? Maar Hermann is rijk. Zo kan hij toch niet wonen.'

'Hoorde u wat ik zei? Als u me niet vertelt wie u bent en wat u hier doet, moet ik aanstonds de politie bellen. Maar vanwege de kleine meid doe ik dat liever niet.' Carin knikte naar Laura, die zich weer achter haar moeder verstopte.

Dagmar pakte haar dochter beet en trok haar achter haar rug vandaan zodat ze voor Carin kwam te staan.

'Dit is mijn en Hermanns dochter. Vanaf nu zal hij met ons samen zijn. U hebt hem lang genoeg gehad en hij wil u niet. Begrijpt u dat niet?'

Er vertrok iets in Carin Görings gezicht, maar ze behield haar kalmte terwijl ze Dagmar en Laura een minuut lang zwijgend opnam.

'Ik heb geen idee waar u het over hebt. Hermann is mijn man, ik ben mevrouw Göring.'

'Hij houdt van mij. Ik ben zijn grote liefde,' zei Dagmar stampvoetend. 'Laura is zijn dochter, maar u hebt hem van mij afgepakt voordat ik het hem kon vertellen. Als hij het had geweten, zou hij nooit met u zijn getrouwd, wat u ook maar hebt gedaan om hem daartoe te dwingen.' Het draaide in haar hoofd van woede. Laura was weer ineengedoken achter haar gaan staan.

'U kunt maar beter gaan voordat ik de politie bel.' Carins stem was *nog steeds kalm, maar Dagmar zag de angst in haar ogen.*

'Waar is Hermann?' drong ze aan.

Carin wees naar de voordeur. 'Eruit!' Verbeten liep ze naar de tele-foon, terwijl ze bleef wijzen. Het getik van haar hakken echode in de lege woning.

Dagmar bedaarde enigszins en dacht na. Ze besefte dat mevrouw Göring nooit zou vertellen waar haar man was, maar ze had haar eindelijk de waarheid verteld en een gevoel van voldoening stroomde door haar lichaam. Nu moest ze alleen Hermann nog zien te vinden. Ze zou wachten tot hij thuiskwam, al moest ze op de stoep blijven slapen. Daarna zouden ze tot in de eeuwigheid samen zijn. Terwijl ze Laura's kraag stevig vasthield, trok ze haar dochter mee naar de voordeur. Voordat ze die achter zich dichtdeed, wierp ze Carin Göring een laatste triomfantelijke blik toe.

❄

'Dank je, Anna, je bent een schat!' Erica gaf haar zus een zoen op de wang, zwaaide de kinderen vlug gedag en haastte zich naar haar auto. Heel even knaagde haar geweten omdat ze hen alweer alleen liet, maar te oordelen naar het vrolijke gekrijs toen tante Anna was gekomen, zouden ze niets tekortkomen.

Met haar hoofd vol gedachten reed ze naar Hamburgsund. Het ergerde haar dat ze niet verder was gekomen in haar zoektocht naar wat er met de familie Elvander was gebeurd. Ze was steeds vastgelopen en kon net zomin als de politie een verklaring voor de verdwijning vinden. Toch had ze het niet opgegeven. De familiegeschiedenis fascineerde haar en hoe dieper ze in de archieven groef, des te interessanter werd het. Het leek alsof er een vloek op de vrouwen in Ebba's familie rustte.

Erica wuifde de gedachten aan het verleden weg. Dankzij Gösta had ze eindelijk een nieuw spoor gevonden. Hij had haar een naam gegeven en verdere naspeuringen hadden ertoe geleid dat ze nu in de auto zat en op weg was naar iemand die misschien over belangrijke informatie beschikte. Research doen naar oude zaken leek vaak op het leggen van een gigantische puzzel waarvan sommige belangrijke stukjes ontbraken. Toch had Erica de ervaring dat als je je daar niet druk om maakte en begon te puzzelen met de stukjes die er wel waren, het motief meestal vrij duidelijk zichtbaar werd. Tot nog toe gold dat niet voor deze zaak, maar ze hoopte dat ze weldra meer stukjes zou vinden, zodat ze kon zien wat het voorstelde. Anders zou haar werk vergeefs zijn.

Ze stopte bij Hanssons benzinepomp om de weg te vragen. Ze wist ongeveer waar ze moest zijn, maar het was dom om onnodig verkeerd te rijden. Magnus, die samen met zijn vrouw Anna eigenaar was van het pompstation, stond achter de toonbank. Behalve zijn broer Frank en zijn schoonzus Anette, die de worstkraam op het plein runden, was er niemand die meer wist over de inwoners van Hamburgsund en omgeving.

Hij keek haar even vragend aan maar zei niets en schreef een gedetailleerde routebeschrijving op een papiertje. Ze reed verder met één oog op de weg en één op het briefje en bereikte uiteindelijk het huis waar ze moest zijn. Toen besefte ze pas dat er op zo'n mooie dag als vandaag misschien niemand thuis was. De meeste mensen die niet hoefden te werken zaten op een eiland in de scherenkust of waren naar het strand gegaan. Maar nu ze er toch was, kon ze net zo goed aanbellen en toen ze uit de auto stapte en muziek hoorde, kreeg ze hoop.

Terwijl ze stond te wachten tot er iemand kwam opendoen, neuriede ze mee met de melodie: 'Non je ne regrette rien' van Edith Piaf. Ze kende het refrein alleen in het nep-Frans, maar ging zo op in de muziek dat ze nauwelijks merkte dat de deur openging.

'Ah, volgens mij zie ik een fan van Piaf!' zei een kleine man in een donkerlila zijden kamerjas met gouden details. Zijn gezicht was kunstig opgemaakt.

Erica kon haar verbazing niet verhullen.

De man glimlachte. 'Vertel eens, liefje, wil je iets verkopen of kom je om een andere reden? Als je verkoopster bent, dan kan ik je vertellen dat ik alles al heb wat mijn hart begeert. Zo niet, dan zou ik het leuk vinden als je me een poosje gezelschap komt houden op het terras. Walter houdt niet van de zon, dus ik zit daar in mijn eenzaamheid. En niets is erger dan helemaal in je eentje lekkere rosé drinken.'

'Ja, eh… ik kom inderdaad ergens voor,' wist Erica uit te brengen.

'Goed zo!' De man sloeg tevreden zijn handen ineen en deed een paar passen naar achteren om haar binnen te laten.

Erica keek om zich heen in de hal. Overal goud, pluimen en fluweel. Overdaad in extremis.

'Deze verdieping heb ik ingericht en boven heeft Walter mogen beslissen. Als je je huwelijk zo lang in stand wilt houden als wij, moet je compromissen sluiten. We hebben al bijna vijftien jaar een geregistreerd partnerschap en voor die tijd hebben we tien jaar in zonde geleefd.' Hij draaide zich om naar de trap en riep naar boven: 'Schat, we hebben bezoek! Kom een glas met ons drinken in plaats van daarboven zitten simmen!'

Hij liep verder door de hal en maakte een gebaar naar boven.

'Je zou eens moeten zien hoe het er daar uitziet. Net een ziekenhuis. Helemaal steriel. Walter noemt het smaakvol. Hij is helemaal weg van de zogenaamde Scandinavische stijl en die is toch niet echt gezellig. Ook niet bijster moeilijk om tot stand te brengen. Je verft gewoon alles wit, zet van die vreselijke Ikea-meubels van berkenfineer neer en hupsakee, je hebt een thuis.'

Hij liep om een enorme fauteuil van rood brokaat heen en koerste naar de open terrasdeur. Er stond een fles rosé in een koelemmer op de tafel met daarnaast een halfleeg glas.

'Zal ik je wat wijn inschenken?' Hij had de fles al bijna in zijn hand. De zijden kamerjas fladderde om zijn dunne, witte benen.

'Dat klinkt verleidelijk, maar ik ben met de auto,' zei Erica, terwijl ze bedacht hoe lekker het zou zijn om op dit prachtige terras met uitzicht over het water en Hamburgö een glas wijn te drinken.

'Wat vervelend. Kan ik je echt niet tot een paar druppels verlokken?' Hij bewoog de fles die hij uit de koelemmer had gepakt uitnodigend heen en weer.

Erica moest lachen. 'Mijn man is politieagent, dus ik durf helaas niet, hoe graag ik ook zou willen.'

'Hij is vast vreselijk elegant! Ik ben altijd al gek geweest op mannen in uniform.'

'Ik ook,' zei Erica en ze ging op een tuinstoel zitten.

De man draaide zich om en zette het geluid van de cd-speler een fractie zachter. Hij schonk een glas water in, dat hij haar met een glimlach aanreikte.

'Vertel eens, wat komt een mooi meisje als jij hier doen?'

'Ik heet Erica Falck en ik ben schrijfster. Op dit moment doe ik research voor een nieuw boek. U bent toch Ove Linder? Die begin jaren zeventig leraar was op het jongensinternaat van Rune Elvander?'

De glimlach verstomde. 'Ove. Het is lang geleden dat…'

'Is dit niet het goede adres?' vroeg Erica en ze besefte dat ze misschien iets over het hoofd had gezien in Magnus' nauwgezette beschrijving.

'Nee hoor, maar het is een tijd geleden dat ik Ove Linder was.' Hij draaide zijn glas peinzend tussen zijn handen rond. 'Ik heb mijn naam niet officieel veranderd – in dat geval had je me vermoedelijk niet gevonden – maar tegenwoordig heet ik Liza. Niemand noemt me Ove, behalve Walter als hij boos op me is. Liza komt natuurlijk van Minelli, al ben ik niet meer dan een bleke kopie.' Hij hield zijn hoofd scheef en leek op een reactie van Erica te wachten.

'Je moet niet zo naar complimentjes vissen, Liza.'

Erica draaide haar hoofd om. Ze nam aan dat de figuur die zich in de deuropening aftekende Walter was, de echtgenoot.

'Daar ben je. Kom Erica eens begroeten,' zei Liza.

Walter kwam naar buiten, ging achter Liza staan en legde teder zijn handen op Liza's schouders. Liza legde zijn vrije hand op die van zijn man en kneep erin. Erica hoopte dat Patrik en zij even liefdevol tegen elkaar zouden zijn als ze vijfentwintig jaar samen waren.

'Waar gaat het over?' zei Walter en hij kwam bij hen zitten. In tegenstelling tot zijn partner zag hij er heel gewoontjes uit: van gemiddelde lengte, een normaal postuur, een wijkende haarlijn en onopvallende kleding. Bij een getuigenconfrontatie zou niemand zich hem herinneren, dacht Erica. Maar hij had intelligente en lieve ogen en op de een of andere wonderlijke manier leek dit aparte stel perfect bij elkaar te passen.

Ze schraapte haar keel. 'Ik probeer meer te weten te komen over het internaat op Valö. U was daar leraar, is het niet?'

'Ja, getsie, maar zeg alsjeblieft je tegen me,' zei Liza met een diepe zucht. 'Het was een vreselijke tijd. Ik was nog niet uit de kast gekomen en het feit dat je homo was, werd destijds niet in dezelfde mate geaccepteerd als tegenwoordig. Bovendien hield Rune Elvander er verschrikkelijke vooroordelen op na, die hij graag ventileerde. Voordat ik mijn ware ik kon uitleven, heb ik heel erg mijn best gedaan om me aan te passen. Ik ben weliswaar nooit het stoere houthakkerstype geweest, maar ik geloof dat het me wel is gelukt de schijn te wekken hetero, en dus zogenaamd normaal, te zijn. Daar had ik in mijn jeugd hard op geoefend.'

Hij keek naar de tafel en Walter streelde troostend zijn arm.

'Volgens mij ben ik erin geslaagd Rune om de tuin te leiden. Maar ik had heel wat te verduren van de leerlingen. De school zat vol lummels die het leuk vonden om de zwakke plekken van andere mensen te vinden. Ik heb er maar een halfjaar lesgegeven en waarschijnlijk had ik het ook niet langer volgehouden. Ik was eerlijk gezegd van plan om na de paasvakantie niet terug te komen, maar nu hoefde ik geen ontslag te vragen.'

'Wat was jouw reactie op het gebeurde? Heb je daar een theorie over?' vroeg Erica.

'Het was natuurlijk vreselijk, wat ik ook van het gezin vond. Ja, ik ga ervan uit dat ze iets akeligs is overkomen.'

'Maar je hebt geen idee wat?'

Liza schudde zijn hoofd. 'Nee, dat is voor mij een even groot raadsel als voor iedereen.'

'Hoe was de sfeer op school? Waren er jongens die het oneens waren met elkaar?'

'Dat is mild uitgedrukt. De hele plek was een hogedrukpan.'

'Hoe bedoel je?' Erica voelde dat haar hart sneller begon te slaan. Voor het eerst had ze de kans om te horen wat er achter de coulissen was voorgevallen. Waarom had ze hier niet eerder aan gedacht?

'Volgens mijn voorganger lagen de leerlingen al vanaf het begin met elkaar in de clinch. Ze waren het gewend om altijd hun zin te krijgen, terwijl ze tegelijk een zware druk van thuis voelden om te slagen. Dat kon alleen eindigen in hanengevechten. Toen ik op de school begon, had Rune de zweep al laten klappen en stonden ze allemaal keurig in het gelid, maar ik voelde de spanningen onder de oppervlakte.'

'Hoe was hun relatie tot Rune?'

'Ze haatten hem. Hij was een sadistische psychopaat.' Liza's stem was kil constaterend.

'Je schetst geen fraai beeld van Rune Elvander.' Erica had spijt dat ze haar cassetterecorder niet had meegenomen. Ze moest maar proberen zo veel mogelijk van het gesprek te onthouden.

Liza huiverde alsof hij het plotseling koud had. 'Rune Elvander is veruit de onaangenaamste man die ik ooit heb meegemaakt. En geloof me…' hij keek even naar zijn man, '… als je leeft zoals wij, kom je heel wat nare types tegen.'

'Wat voor relatie had hij met zijn gezin?'

'Dat ligt eraan wie je bedoelt. Inez leek het helemaal niet zo leuk te hebben en ik heb me altijd afgevraagd waarom ze überhaupt met Rune was getrouwd. Ze was jong en zag er lief uit. Ik vermoed dat haar moeder haar tot dat huwelijk had gedwongen. Het mens stierf vlak nadat ik op de school was gekomen en dat was waarschijnlijk een opluchting voor Inez, want het leek me een gemene heks.'

'En Runes kinderen?' ging Erica verder. 'Hoe keken zij tegen hun vader en stiefmoeder aan? Het was vast niet makkelijk voor Inez om tot het gezin toe te treden. Ze was toch maar een paar jaar ouder dan haar oudste stiefkind?'

'Dat was een nare jongen, die veel op zijn vader leek.'

'Wie bedoel je? De oudste zoon?'

'Ja. Claes.'

Er viel een lange stilte en Erica wachtte geduldig.

'Hem herinner ik me het duidelijkst. De koude rillingen lopen me nog steeds over de rug als ik aan hem denk. Eigenlijk kan ik niet eens zeggen waarom. Hij gedroeg zich altijd beleefd tegen mij, maar hij had iets waardoor ik hem niet graag de rug toekeerde als hij in de buurt was.'

'Konden Rune en hij het goed met elkaar vinden?'

'Dat is moeilijk te zeggen. Ze draaiden om elkaar heen als planeten. Zonder ooit elkaars baan te kruisen.' Liza lachte gegeneerd. 'Ik klink als een new-age-aanhanger of een slechte dichter…'

'Nee, ga door,' zei Erica en ze leunde naar voren. 'Ik begrijp wat je bedoelt. Er waren dus nooit conflicten tussen Rune en Claes?'

'Nee, ze hielden zich als het ware ieder aan hun eigen kant. Claes leek Rune op zijn wenken te bedienen, maar ik geloof niet dat iemand wist hoe hij eigenlijk over zijn vader dacht. Eén ding hadden ze in elk geval gemeen. Ze verafgoddden Carla – Runes overleden vrouw en Claes' moeder – en leken allebei een hekel te hebben aan Inez. In Claes' geval viel dat misschien te begrijpen, ze zou immers de plek van zijn moeder innemen, maar Rune was met haar getrouwd.'

'Dus Rune behandelde Inez slecht?'

'Tja, het was in elk geval geen liefdevolle relatie. Hij schreeuwde haar voortdurend bevelen toe, alsof ze zijn onderdaan was en niet zijn vrouw. En Claes was openlijk gemeen en brutaal tegen zijn stiefmoeder en hij leek ook niets op te hebben met Ebba. Zijn zus Annelie was niet veel beter.'

'Wat vond Rune van het gedrag van zijn kinderen? Moedigde hij ze aan?' Erica nam een slok water. Zelfs onder de parasol was het heet op het terras.

'In Runes ogen waren ze volmaakt. Hij sloeg tegen hen weliswaar ook zijn militaire toon aan, maar hij was de enige die op ze mocht schelden. Als iemand anders met een klacht kwam, had je de poppen aan het dansen. Inez heeft het een paar keer geprobeerd, maar dat liet ze daarna algauw uit haar hoofd. Nee, de enige uit het gezin die aardig tegen haar was, was Runes jongste zoon, Johan. Hij was zorgzaam en lief en zocht Inez' gezelschap graag op.' Liza's gezicht werd verdrietig. 'Ik vraag me af wat er van de kleine Ebba is geworden.'

'Ze is terug op Valö. Samen met haar man is ze bezig het huis op te knappen. En eergisteren…'

Erica beet zich op haar lip. Ze wist niet goed hoeveel ze durfde te vertellen, maar Liza was heel open tegen haar geweest. Ze haalde diep adem.

'Eergisteren hebben ze bloed gevonden toen ze de vloer in de eetkamer openbraken.'

Liza en Walter staarden haar aan. In de verte waren geluiden van boten en mensen te horen, maar op het terras was het helemaal stil. Ten slotte nam Walter het woord: 'Je hebt altijd al gezegd dat ze waarschijnlijk dood zijn.'

Liza knikte. 'Ja, dat leek het waarschijnlijkst. Bovendien…'

'Bovendien wat?'

'Laat maar, het is nogal belachelijk.' Hij zwaaide met zijn hand, waardoor de mouw van zijn zijden jas fladderde. 'Ik heb het destijds nooit verteld.'

'Niets is onbeduidend of belachelijk. Vertel nu maar.'

'Eigenlijk was het niets bijzonders, maar ik had gewoon het gevoel dat het fout dreigde te lopen. En ik hoorde…' Hij schudde zijn hoofd. 'Nee, het is te zot.'

'Ga door,' zei Erica en ze moest zich inhouden om zich niet over de tafel te buigen en de woorden uit hem te trekken.

Liza nam een grote slok rosé en keek haar toen recht aan.

'Ik hoorde 's nachts geluiden.'

'Geluiden?'

'Ja. Voetstappen, deuren die opengingen, een stem in de verte. Maar als ik opstond en ging kijken, was er nooit iemand.'

'Alsof het spoken waren?' zei Erica.

'Ik geloof niet in spoken,' zei Liza ernstig. 'Ik kan alleen maar zeggen dat ik geluiden hoorde en het gevoel had dat er iets vreselijks te gebeuren stond. Ik was dus niet verbaasd toen ik van de verdwijning hoorde.'

Walter knikte. 'Jij hebt altijd al een zesde zintuig gehad.'

'Jeetje, wat zit ik toch een onzin uit te kramen,' zei Liza. 'Het wordt me hier veel te treurig. Straks denkt Erica nog dat we echte zwartkijkers zijn.' Plotseling was de glinstering in zijn ogen terug en hij glimlachte breeduit.

'Absoluut niet. En heel veel dank dat je met me wilde praten. Je hebt me veel stof tot nadenken gegeven, maar nu moet ik echt weer gaan.' Erica stond op.

'Doe de kleine Ebba de groeten,' zei Liza.

'Dat zal ik doen.'

Ze maakten aanstalten om met haar mee te lopen naar de deur, maar Erica was hen voor.

'Blijf maar lekker zitten. Ik kom er zelf wel uit.'

Toen ze langs de zee van goud, pluimen en fluwelen kussens liep, hoorde ze achter zich Edith Piaf over haar gebroken hart zingen.

'Waar heb jij vanochtend uitgehangen?' vroeg Patrik en hij stapte Gösta's kamer binnen. 'Ik had samen met jou naar John Holm willen gaan.'

Gösta keek op. 'Heeft Annika je niet verteld dat ik naar de tandarts moest?'

'De tandarts?' Patrik ging zitten en keek Gösta onderzoekend aan. 'Geen gaatjes, hoop ik?'

'Nee. Geen gaatjes.'

'Hoe gaat het met de lijst?' Patrik keek naar de stapel papieren die voor Gösta lag.

'Hier heb je de actuele adressen van de meeste leerlingen.'

'Dat heb je snel gedaan.'

'Persoonsnummers,' zei Gösta en hij wees naar de oude leerlingenlijst. 'Als je je hersens maar gebruikt.' Hij gaf Patrik een vel papier.

'En hoe ging het bij die nazileider?'

'Hij zou vast bezwaar maken tegen die omschrijving.' Patrik nam de lijst vluchtig door.

'Ja, maar hij is het wel. Ze scheren hun kop weliswaar niet meer kaal, maar het blijven dezelfde types. Heeft Mellberg zich een beetje gedragen?'

'Wat denk je?' zei Patrik en hij legde de lijst op zijn schoot. 'Je zou kunnen zeggen dat de politie van Tanum zich niet van haar beste kant heeft laten zien.'

'Maar zijn jullie iets nieuws te weten gekomen?'

Patrik schudde zijn hoofd. 'Niet veel. John Holm weet niets van de verdwijning. Er was op school niets gebeurd dat daar een verklaring voor kon geven. Er waren wel spanningen, maar dat was te verwachten tussen een groep tienerjongens en een strenge rector. Enzovoort enzovoort.'

'Heb je al iets van Torbjörn gehoord?' vroeg Gösta.

'Nee. Hij heeft beloofd er haast achter te zetten, maar omdat we geen vers lijk kunnen laten zien, kunnen ze ons waarschijnlijk geen voorrang geven. Bovendien is de zaak verjaard, mocht nu blijken dat het gezin is vermoord.'

'Maar de uitslag van de bloedanalyse kan ons toch aanwijzingen geven die misschien relevant zijn voor het onderzoek? Ben je vergeten dat iemand laatst heeft geprobeerd Ebba en Mårten levend te verbranden? Je hebt zelf nog wel het hardst geroepen dat de brand verband moet houden met de verdwijning. En denk je wel aan Ebba? Heeft zij niet het recht om te weten wat er met haar familie is gebeurd?'

Patrik stak afwerend zijn handen omhoog. 'Ik weet het, ik weet het. Maar tot nog toe heb ik niets interessants in het oude onderzoek gevonden en het voelt nogal hopeloos.'

'Stond er niets in Torbjörns rapport over de brand waar we iets mee kunnen?'

'Nee. Het was gewone benzine, die was aangestoken met een gewone lucifer. Verder niets concreets.'

'Dan moeten we ergens anders gaan zoeken.' Gösta draaide zich om en knikte naar een foto op de muur. 'Ik denk dat het een goed idee is om die jongens een beetje onder druk te zetten. Ze weten meer dan ze destijds losslieten.'

Patrik stond op en bestudeerde de foto van de vijf jongens.

'Ik denk dat je gelijk hebt. Ik zag dat je vond dat we met Leon Kreutz moesten beginnen. Zullen we hem maar meteen een bezoekje brengen?'

'Ik weet helaas niet waar hij op dit moment is. Zijn mobiel staat niet aan en volgens het hotel hebben hij en zijn vrouw uitgecheckt. Waarschijnlijk zijn ze bezig zich in hun nieuwe huis te installeren. Zullen we tot morgen wachten? Dan zijn ze hopelijk gewoon thuis en kunnen we in alle rust met ze praten.'

'Afgesproken. Zullen we dan nu een poging wagen met Sebastian Månsson en Josef Meyer? Die wonen hier nog steeds.'

'Prima. Ik moet alleen nog even wat opruimen.'

'En we moeten niet vergeten die "G" te controleren.'

'G?'

'Ja, de persoon die Ebba op haar verjaardag kaarten heeft gestuurd.'

'Denk je echt dat dat iets is?' Gösta verzamelde zijn papieren.

'Je weet maar nooit. Zoals je zelf net zei moeten we elders gaan zoeken, dus waarom zouden we dat spoor niet volgen?'

'Als je te veel sporen tegelijk volgt, zie je straks door de bomen het bos niet meer,' morde Gösta. 'Het lijkt mij overbodig werk.'

'Ik ben het niet met je eens,' zei Patrik en hij klopte Gösta op de schouder. 'Ik stel voor om…'

Zijn mobieltje begon te zoemen en hij keek op het display.

'Ik neem nog even dit telefoontje aan,' zei hij en hij liet Gösta aan diens bureau achter.

Een paar minuten later kwam hij met een triomfantelijk gezicht terug.

'Nu hebben we misschien de aanwijzing die we nodig hebben. Dat was Torbjörn. Ze hebben niet meer bloed onder de eetkamervloer gevonden, maar iets veel beters.'

'Wat dan?'

'Er zat een kogel onder de plint. Er is met andere woorden een schot gelost in de eetkamer waar de Elvanders zich bevonden voordat ze verdwenen.'

Patrik en Gösta keken elkaar ernstig aan. Een paar minuten geleden hadden ze zich nog gelaten gevoeld, maar nu werd het onderzoek nieuw leven ingeblazen.

Ze was van plan geweest om meteen naar huis te rijden en Anna af te lossen, maar haar nieuwsgierigheid kreeg de overhand en ze reed verder door Fjällbacka, richting Mörhult. Bij de midgetgolfbaan aarzelde ze of ze links af zou slaan naar de botenhuizen, maar vervolgens besloot ze erop te gokken dat ze in het grote huis waren. Het was per slot van rekening al laat in de middag.

De deur stond open en werd op zijn plek gehouden door een gebloemde Zweedse klomp. Ze stak haar hoofd naar binnen en riep: 'Hallo?'

Ze hoorde geluiden vanuit het huis en even later verscheen John Holm met een handdoek in zijn handen.

'Neem me niet kwalijk, stoor ik u bij het eten?' vroeg ze.

Hij keek naar de handdoek. 'Nee, helemaal niet. Ik heb net mijn handen gewassen. Kan ik u ergens mee helpen?'

'Mijn naam is Erica Falck en momenteel ben ik bezig met een boek...'

'Aha, u bent de beroemde schrijfster uit Fjällbacka? Kom mee naar de keuken, dan krijgt u een kop koffie van me,' zei hij met een warme glimlach. 'Wat komt u hier doen?'

Ze gingen aan de keukentafel zitten.

'Ik wil een boek schrijven over de gebeurtenissen op Valö.' Ze meende een glimp van onrust in zijn blauwe ogen te zien, maar die verdween zo snel dat het ook verbeelding kon zijn geweest.

'Wat is iedereen opeens geïnteresseerd in Valö. Als ik de lokale roddels juist heb geïnterpreteerd, heb ik vanochtend met uw man gesproken.'

'Ja, ik ben inderdaad getrouwd met een politieagent. Patrik Hedström.'

'Hij had iemand bij zich die nogal… interessant was.'

Je hoefde geen genie te zijn om te bedenken wie hij bedoelde.

'U hebt dus de eer gehad Bertil Mellberg te ontmoeten. De man, de mythe, de legende?'

John begon te lachen en Erica merkte dat zijn charme aanstekelijk was. Dat irriteerde haar. Ze verafschuwde alles waar hij en zijn partij voor stonden, maar nu leek hij heel vriendelijk en ongevaarlijk. Aantrekkelijk.

'Ik ben wel vaker mensen zoals hij tegengekomen. Uw man daarentegen lijkt goed te weten wat hij doet.'

'Ik ben natuurlijk partijdig, maar hij is een goede politieman. Hij blijft graven tot hij heeft gevonden wat hij wil weten. Net als ik.'

'Samen moeten jullie een levensgevaarlijk duo zijn.' John glimlachte weer en er verschenen twee perfecte kuiltjes in zijn wangen.

'Ja, misschien wel. Maar soms loop je vast. Ik heb de afgelopen jaren wat research gedaan naar de verdwijning en nu heb ik het weer opgepakt.'

'En u wilt er dus een boek over schrijven?' Wederom die glimp van onrust in John Holms blik.

'Dat is de bedoeling. Vindt u het goed als ik u een paar vragen stel?' Ze pakte pen en papier.

Heel even leek John te aarzelen. 'Dat is goed,' zei hij toen. 'Maar zoals ik al tegen uw man en zijn collega zei, heb ik waarschijnlijk niets interessants te vertellen.'

'Ik heb begrepen dat er conflicten waren binnen het gezin Elvander.'

'Conflicten?'

'Ja, Runes kinderen schijnen hun stiefmoeder niet te hebben gemogen.'

'De leerlingen hadden niets te maken met het gezin.'

'Maar het was een kleine school. Het kan jullie niet zijn ontgaan wat er in het gezin speelde.'

'Daar waren we niet in geïnteresseerd. We wilden niets met ze te maken hebben. We hadden het moeilijk genoeg met Rune.' John leek te betreuren dat hij ermee had ingestemd haar vragen te beantwoorden. Hij haalde zijn schouders op en schoof onrustig op zijn stoel heen en weer, wat Erica juist meer motiveerde om door te gaan. Het was duidelijk dat John het niet prettig vond om hierover te praten.

'En Annelie? Een meisje van zestien en een grote groep tienerjongens. Hoe ging dat?'

John snoof. 'Annelie was een jongensgek, maar dat kwam maar van één kant. Er zijn meisjes met wie je je niet moet inlaten en Annelie was er zo een. Bovendien zou Rune ons hebben vermoord als we zijn dochter ook maar hadden aangeraakt.'

'Wat bedoelt u met "zo'n meisje met wie je je niet moet inlaten"?'

'Ze zat achter ons aan, ze stelde zich aan en volgens mij wilde ze maar al te graag dat we in de problemen kwamen. Zo ging ze een keer topless onder ons raam zonnen, maar de enige die durfde te kijken was Leon. Hij toonde toen al ware doodsverachting.'

'Wat gebeurde er? Werd ze niet betrapt door haar vader?' Erica merkte dat ze een andere wereld werd binnengetrokken.

'Claes beschermde haar meestal. Toen hij haar die keer zag, sleepte hij haar zo bruusk weg dat ik dacht dat hij haar arm van haar lijf zou rukken.'

'Vond ze een van jullie leuker dan de anderen?'

'Ja, wie denkt u?' zei John, maar even later leek hij te beseffen dat Erica helemaal niet begreep wie hij bedoelde. 'Leon natuurlijk. Hij was de perfecte jongen. Kwam uit een stinkend rijke familie, zag er schaamteloos goed uit en had een zelfverzekerdheid waar niemand aan kon tippen.'

'Maar hij was niet in haar geïnteresseerd?'

'Zoals ik al zei was Annelie een meisje dat voor problemen zorgde en Leon was te verstandig om zich met haar in te laten.' In de woonkamer begon een mobiele telefoon te rinkelen en hij stond met een heftige beweging op. 'Ik neem hem daar op, oké?'

Zonder op antwoord te wachten liep hij weg en even later hoorde ze hem zachtjes praten. Er leek verder niemand thuis te zijn en ze keek om zich heen. Een stapel papieren op een keukenstoel trok haar aandacht en ze wierp een blik over haar schouder voordat ze er voorzichtig in begon te bladeren. Het waren vooral parlementsverslagen en vergaderstukken, maar opeens stopte ze. Tussen de uitdraaien lag een met de hand geschreven papiertje vol krabbels, die ze niet kon duiden. Ze hoorde John in de woonkamer afscheid nemen en snel trok ze het papiertje uit de stapel en stopte het voorzichtig in haar tas. Toen hij de keuken binnenkwam, glimlachte ze onschuldig naar hem.

'Alles in orde?'

Hij knikte en ging weer zitten.

'Dat is het nadeel van dit werk. Je bent nooit vrij, zelfs niet als je vakantie hebt.'

Erica humde instemmend. Ze wilde het niet over Johns politieke werk hebben. Het zou meteen duidelijk worden waar ze stond en ze wilde hem niet tegen zich innemen met het risico dat ze niets meer te horen kreeg.

Ze pakte haar pen weer. 'Hoe was Inez tegen de leerlingen?'

'Inez?' John vermeed haar blik. 'We zagen haar niet veel. Ze was druk met het huishouden en haar dochtertje.'

'Maar jullie moeten toch een soort van contact hebben gehad? Ik ken het huis, het is geen groot paleis, dus jullie moeten elkaar regelmatig tegen het lijf zijn gelopen.'

'Natuurlijk zagen we Inez. Maar ze was stil en werd gekoeioneerd. Ze interesseerde zich niet voor ons en wij interesseerden ons niet voor haar.'

'Haar man bekommerde zich ook niet bijster veel om haar, als ik het goed heb begrepen?'

'Nee, het was onbegrijpelijk dat een man als hij vier kinderen had weten te verwekken. We speculeerden zelfs over onbevlekte ontvangenis.' John glimlachte scheef.

'Wat vond u van de twee leraren van de school?'

'Dat waren twee aparte types. Ongetwijfeld goede leraren, maar Per-Arne was een ex-militair en zo mogelijk nog meer rigide dan Rune.'

'En de andere?'

'Ove, ja… Die had iets louche over zich. Een stiekeme homo was de gangbare theorie. Ik vraag me af of hij ooit uit de kast is gekomen.'

Erica moest lachen. Ze zag Liza voor zich, met zijn valse wimpers en mooie zijden kamerjas.

'Misschien wel,' zei ze met een glimlach.

John keek haar vragend aan, maar ze maakte hem niet wijzer. Het was niet aan haar om John over Liza's leven in te lichten en bovendien wist ze hoe de Vrienden van Zweden over homoseksuelen dachten.

'Maar u kunt zich niets bijzonders over hen herinneren?'

'Nee, niets. Er waren heel duidelijke grenzen tussen leerlingen, leraren en het gezin. Je moest op je eigen plek blijven. Iedere groep voor zich.'

Dat is ook jullie beleid, dacht Erica en ze moest op haar tong bijten om niets te zeggen. Ze merkte dat John ongeduldig werd en daarom stelde ze een laatste vraag: 'Volgens iemand die ik heb gesproken, waren er 's nachts vreemde geluiden in het huis te horen. Kunt u zich daar iets van herinneren?'

John schrok. 'Wie heeft dat gezegd?'

'Dat maakt niet uit.'

'Onzin,' zei John en hij stond op.

'U weet daar dus niets van?' Ze nam hem aandachtig op.

'Absoluut niet. En nu moet ik helaas een paar telefoontjes plegen.'

Erica besefte dat ze niet verder zou komen, in elk geval niet op dit moment.

'Bedankt voor uw tijd,' zei ze en ze pakte haar spullen bij elkaar.

'Graag gedaan.' De charme was weer terug, maar hij duwde haar bijna door de deur naar buiten.

Ia trok Leons onderbroek en lange broek omhoog en hielp hem van het toilet in de rolstoel.

'Weer klaar. Je hoeft niet zo'n gezicht te trekken.'

'Ik snap niet waarom we geen verpleegster in dienst kunnen nemen,' zei Leon.

'Ik wil zelf voor je zorgen.'

'Je hart stroomt over van goedheid.' Leon snoof. 'Je rug gaat nog een keer kapot als je zo doorgaat. We hebben iemand nodig die je kan helpen.'

'Het is lief van je dat je je zorgen maakt om mijn rug, maar ik ben sterk en wil niet dat iemand anders zich hier… opdringt. Het is jij en ik. Tot de dood ons scheidt.' Ia streelde de gezonde kant van zijn gezicht, maar hij draaide zijn hoofd om en zij trok haar hand terug.

Hij rolde weg en zij ging op de bank zitten. Ze hadden het huis gemeubileerd gekocht en nadat de bank in Monaco de geldopname had goedgekeurd, hadden ze er vandaag eindelijk in gekund. Ze hadden het hele bedrag contant betaald. Achter het raam strekte Fjällbacka zich uit en ze genoot meer van het fantastische uitzicht dan ze had verwacht. Ze hoorde Leon in de keuken vloeken. Omdat het huis niet was aangepast voor gehandicapten, stootte hij zich voortdurend aan hoeken en kastjes.

'Ik kom eraan,' riep ze, maar ze stond niet meteen op. Soms was het goed om hem even te laten wachten. Zodat hij haar hulp niet als vanzelfsprekend ging beschouwen. Net zoals hij haar liefde als vanzelfsprekend had beschouwd.

Ia keek naar haar handen. Ze hadden evenveel littekens als die van Leon. Als ze onder de mensen was, droeg ze altijd handschoenen om haar handen te verbergen, maar thuis liet ze hem graag de verwondingen zien die ze had opgelopen toen ze hem uit de brandende auto had getrokken. Dankbaarheid – dat was alles wat ze verlangde. De hoop op liefde had ze opgegeven. Ze wist niet langer of Leon wel in staat was om van iemand te houden. Lang geleden had ze dat wel geloofd. Lang geleden was zijn liefde het enige geweest wat telde. Wanneer was die liefde overgegaan in haat? Ze wist het niet. Ze had jarenlang geprobeerd de fout bij zichzelf te zoeken, haar best gedaan om dingen te verbeteren waar hij kritiek op had en alles in het werk gesteld om hem te geven wat hij leek te willen hebben. Toch was hij haar blijven kwellen alsof hij haar bewust pijn wilde doen. Bergen, zeeën, woestijnen, vrouwen. Het maakte niet uit. Het waren allemaal zijn minnaressen. En het wachten tot hij weer thuiskwam was altijd ondraaglijk geweest.

Ze bracht haar hand naar haar gezicht. Dat was glad, zonder uitdrukking. Ze herinnerde zich opeens de pijn na de operaties. Hij was er nooit geweest om haar hand vast te houden als ze bijkwam uit de narcose. Hij was er nooit geweest als ze thuiskwam. Het genezingsproces was eindeloos langzaam verlopen. Tegenwoordig herkende ze zichzelf niet als ze in de spiegel keek. Ze had het gezicht van een vreemde vrouw. Maar nu hoefde ze haar best niet meer te doen. Er waren geen bergen die Leon kon beklimmen, geen woestijnen waar hij doorheen kon rijden, geen vrouwen voor wie hij haar kon verlaten. Hij was van haar, alleen van haar.

Mårten strekte zich met een pijnlijk gezicht uit. Zijn lichaam deed zeer van al het werk waar geen eind aan leek te komen en hij was bijna vergeten hoe het voelde om nergens pijn te hebben. Hij wist dat het voor Ebba net zo was. Als ze dacht dat hij niet keek, masseerde ze vaak haar schouders en gewrichten en dan vertrok ze haar gezicht net als hij.

Maar de pijn in hun hart was erger. Daar leefden ze zowel overdag als 's nachts mee en het gemis was zo groot dat ze niet konden zien waar het begon of ophield. Maar hij miste niet alleen Vincent, hij miste Ebba ook. En alles werd alleen maar erger omdat het gemis zich vermengde met de woede en de schuld waarvan hij zich niet los kon maken.

Hij zat met een mok thee in zijn hand op het trapje voor het huis en keek over het water naar Fjällbacka. In het goudgele licht van de avondzon was het uitzicht op zijn allermooist. Op de een of andere manier had hij altijd geweten dat ze hier zouden terugkomen. Hoewel hij Ebba geloofde als ze zei dat ze een goede jeugd had gehad, had hij soms het gevoel dat ze met bepaalde vragen zat die pas konden verdwijnen als ze in elk geval had geprobeerd de antwoorden te vinden. Als hij dat destijds had gezegd, voordat alles gebeurde, zou ze het waarschijnlijk hebben ontkend. Maar zelf had Mårten er nooit aan getwijfeld dat ze hier op een dag heen zouden gaan, de plek waar alles was begonnen.

Toen de omstandigheden hen uiteindelijk dwongen te vluchten, naar iets wat zowel bekend als onbekend was, naar een leven waarin Vincent nooit had bestaan, was hij vol verwachting geweest. Hij had gehoopt dat ze elkaar terug zouden vinden en de woede en de schuld achter zich konden laten. Maar Ebba sloot hem buiten en wees al zijn toenaderingspogingen af. Had ze daar eigenlijk wel het recht toe? De pijn en het verdriet waren niet alleen van haar, die waren ook van hem en hij verdiende het dat ze het op zijn minst probeerde.

Mårten omklemde de mok steeds harder terwijl hij naar de horizon keek. Hij zag Vincent voor zich. Hun zoon had als twee druppels water op hem geleken. Ze hadden er in de kraamkliniek al om gelachen. Pasgeboren en gewikkeld in een dekentje had Vincent als een kleine karikatuur van hemzelf in zijn wagen gelegen. De gelijkenis was alleen maar toegenomen en Vincent had zijn vader verafgood. Toen hij drie was, liep hij Mårten als een hondje achterna en hij riep altijd als eerste om zijn vader. Ebba had zich er soms over beklaagd; dan zei ze dat Vincent ondankbaar was omdat zij hem negen maanden had gedragen en een pijnlijke bevalling had doorstaan. Maar ze had het nooit gemeend. Het had haar plezier gedaan dat Mårten en Vincent zo close waren en ze vond het helemaal niet erg om op de tweede plaats te komen.

De tranen brandden in zijn ogen en hij veegde ze met de rug van zijn hand weg. Hij had de kracht niet meer om te huilen en het haalde toch niets uit. Hij wilde alleen dat Ebba weer bij hem terugkwam. Hij zou het nooit opgeven. Hij zou het blijven proberen tot ze begreep dat ze elkaar nodig hadden.

Mårten stond op en ging naar binnen. Hij liep naar boven en probeerde te horen waar ze was. Eigenlijk wist hij het al. Zoals altijd wanneer ze niet aan het huis klusten zat ze aan haar werktafel, ingespannen bezig met een nieuwe halsketting die een klant had besteld. Hij stapte de kamer binnen en ging achter haar staan.

'Heb je een nieuwe opdracht gekregen?'

Ze veerde op. 'Ja,' zei ze en toen ging ze weer verder met het zilver.

'Wat is het voor klant?' De woede over haar onverschilligheid borrelde op en hij moest zich beheersen om niet uit te vallen.

'Ze heet Linda. Haar zoontje is aan wiegendood overleden toen hij vier maanden oud was. Het was haar eerste kind.'

'O,' zei hij en hij keek weg. Hij snapte niet hoe ze al deze verhalen, al het verdriet van onbekende ouders tot zich kon nemen. Was haar eigen verdriet niet genoeg? Zonder te kijken wist hij dat ze haar eigen engelenketting om haar hals had. Het was de eerste die ze had gemaakt en ze droeg hem altijd. Vincents naam was aan de achterkant ingegraveerd en er waren momenten dat hij de ketting af wilde rukken, omdat hij vond dat ze het niet waard was de naam van hun zoon om haar hals te dragen. Maar er waren ook momenten waarop hij niets liever wilde dan dat ze Vincent dicht bij haar hart had. Waarom moest het zo moeilijk zijn? Wat zou er gebeuren als hij de greep op alles losliet, zich verzoende met wat er was gebeurd en erkende dat ze allebei schuld hadden?

Mårten zette de mok op een plank en deed een stap naar Ebba toe. Eerst aarzelde hij, maar toen liet hij zijn handen zakken en legde ze op haar schouders. Ze verstijfde. Hij begon haar zachtjes te masseren en merkte dat ze net zo gespannen was als hij. Ze zei niets en staarde alleen recht voor zich uit. Haar handen, die eerst zo druk bezig waren geweest met de zilveren engel, rustten op de tafel en het enige wat er te horen was, was het geluid van hun ademhaling. Hij voelde de hoop ontwaken. Hij raakte haar aan, voelde haar lichaam onder zijn handen, en misschien was er een weg vooruit.

Toen stond Ebba plotseling op. Zonder iets te zeggen liep ze weg en zijn handen bleven in de lucht hangen. Hij bleef een poosje naar haar werktafel staan kijken, die vol lag met spullen. Toen maakten zijn armen als het ware uit zichzelf een wijde boogbeweging en schoven alles met luid geraas op de vloer. In de stilte die volgde realiseerde hij zich dat er maar één weg te gaan was. Hij moest alles op alles zetten.

Stockholm 1925

'Ik heb het koud, mama.' Laura jammerde ongelukkig, maar Dagmar trok zich niets van haar aan. Ze zouden hier wachten tot Hermann thuiskwam. Vroeg of laat moest hij komen en hij zou heel blij zijn als hij haar zag. Ze verlangde ernaar het licht in zijn ogen te zien branden, zijn begeerte en liefde te zien die na alle jaren van wachten nog sterker zouden zijn.

'Mama…' Laura beefde zo erg dat haar tanden klapperden.

'Stil!' brieste Dagmar. Dat kind moest altijd alles verpesten. Wilde ze dan niet dat ze gelukkig werden? Ze kon haar woede niet inhouden en hief haar hand om het meisje te slaan.

'Dat zou ik niet doen als ik u was.' Een sterke hand pakte haar pols beet en Dagmar draaide zich verschrikt om. Achter haar stond een goed geklede heer in een donkere jas, een donkere broek en een hoed.

Ze wierp haar hoofd in de nek. 'Meneer, u moet zich niet bemoeien met de manier waarop ik mijn kind opvoed.'

'Als u haar slaat, zal ik u even hard slaan. Dan zult u zien hoe dat voelt,' sprak hij kalm met een stem die geen tegenspraak duldde.

Dagmar overwoog even om hem te vertellen hoe ze over mensen dacht die zich bemoeiden met zaken die hun niets aangingen, maar ze besefte dat ze daar niet veel aan zou hebben.

'Neemt u me niet kwalijk,' zei ze. 'Mijn dochter heeft zich de hele dag onmogelijk gedragen. Het is niet makkelijk om moeder te zijn en soms…' Ze haalde verontschuldigend haar schouders op en keek naar de grond, zodat hij de woede in haar blik niet kon zien.

Langzaam liet hij haar pols los en deed een pas naar achteren.

'Wat doen jullie hier, voor mijn portiek?'

'We wachten op mijn vader,' zei Laura met een smekende blik naar de vreemdeling. Ze maakte het niet vaak mee dat iemand tegen haar moeder opstond.

'Zo, woont je vader hier?' De man nam Dagmar onderzoekend op.

'We wachten op kapitein Göring,' zei ze en ze trok Laura naar zich toe.

'Dan kunnen jullie nog lang wachten,' zei hij, maar hij bleef hen nieuwsgierig bestuderen.

Dagmar voelde haar hart tekeergaan. Was Hermann iets overkomen? Waarom had dat vreselijke mens daarboven dat niet gezegd?

'Hoezo?' zei ze.

De man sloeg zijn armen over elkaar. 'Ze hebben hem met een ambulance opgehaald. Hij is in een dwangbuis afgevoerd.'

'Ik begrijp het niet.'

'Hij ligt in het Långbro-ziekenhuis.' De man in zijn mooie jas liep naar de portiekdeur en leek het gesprek met Dagmar nu snel te willen beëindigen. Ze pakte zijn arm beet, maar hij trok die walgend terug.

'Beste meneer, waar is het ziekenhuis? Ik moet Hermann vinden!'

De weerzin stond op zijn gezicht geschreven. Hij opende de portiekdeur en stapte zonder te antwoorden naar binnen. Toen de zware deur achter hem dichtviel, zakte Dagmar op de grond ineen. Waar moest ze nu naartoe?

Laura huilde hartverscheurend, trok aan haar en probeerde haar overeind te krijgen. Dagmar schudde haar handen weg. Kon het kind haar niet met rust laten en gewoon weggaan? Wat had ze aan haar als ze Hermann niet kreeg? Laura was niet háár kind. Ze was van hen beiden.

❄

Patrik liep snel het politiebureau in, maar stopte abrupt voor het luik bij de receptie. Annika was geconcentreerd aan het werk en keek pas na een poosje op. Toen ze zag dat het Patrik was, glimlachte ze even en ging weer verder.

'Is Martin nog steeds ziek?' vroeg Patrik.

'Ja,' antwoordde Annika met haar blik op het beeldscherm.

Patrik keek vragend naar haar en draaide zich toen om. Hij kon maar één ding doen.

'Ik moet even ergens heen,' zei hij en hij liep weer naar buiten. Hij zag nog net dat Annika haar mond opende, maar hoorde niet of ze ook wat zei.

Patrik keek op zijn horloge. Het was iets voor negenen. Misschien aan de vroege kant om bij iemand aan te bellen, maar inmiddels maakte hij zich zoveel zorgen dat het hem niet kon schelen als hij hen wakker maakte.

Het duurde maar een paar minuten om naar het appartement te rijden waar Martin met zijn gezin woonde. Toen Patrik voor de deur stond, aarzelde hij even. Misschien was er niets aan de hand, misschien lag Martin ziek in bed en maakte hij hem onnodig wakker. Misschien zou Martin zich zelfs beledigd voelen en denken dat Patrik hem kwam controleren. Maar Patriks intuïtie zei iets anders. Martin zou van zich hebben laten horen, ook als hij ziek was. Patrik drukte op de bel.

Hij wachtte een flinke tijd en overwoog nog een keer aan te bellen, maar hij wist dat het appartement niet zo groot was dat ze het geluid niet zouden horen. Uiteindelijk hoorde hij voetstappen dichterbij komen.

Toen de deur openging, schrok Patrik hevig. Martin zag er zonder meer ziek uit. Hij was ongeschoren, zijn haar zat in de war en hij rook licht naar zweet, maar wat hem vooral bijna onherkenbaar maakte, was zijn dode blik.

'O, ben jij het,' zei hij.

'Mag ik binnenkomen?'

Martin haalde zijn schouders op, draaide zich om en slofte weer naar binnen.

'Is Pia naar haar werk?' vroeg Patrik en hij keek om zich heen.

'Nee.' Martin was bij de balkondeur in de woonkamer gaan staan en gluurde door het raam naar buiten.

Patrik trok zijn wenkbrauwen op. 'Ben je ziek?'

'Ik heb me toch ziek gemeld. Heeft Annika dat niet verteld?' Martins toon was korzelig en hij draaide zich om. 'Maar misschien wil je een doktersverklaring? Kom je controleren of ik niet lieg en eigenlijk op een klip lig te zonnen?'

Normaal gesproken was Martin de kalmste en goedmoedigste persoon die Patrik kende. Hij had Martin nog nooit zo zien uitvallen en merkte dat zijn bezorgdheid toenam. Het was duidelijk dat er iets goed mis was.

'Laten we even gaan zitten,' zei hij met een knikje naar de keuken.

Martins woede zakte even snel weg als hij was opgelaaid en zijn dode blik kwam terug. Hij knikte mat en liep achter Patrik aan. Ze gingen aan de keukentafel zitten en Patrik keek Martin bezorgd aan.

'Wat is er gebeurd?'

Het was een tijdje stil.

'Pia gaat dood,' zei Martin toen en hij keek naar de tafel.

De woorden waren onbegrijpelijk en Patrik kon niet geloven dat hij het goed had gehoord.

'Wat bedoel je?'

'Ze is eergisteren opgenomen in het ziekenhuis en wordt daar behandeld. Kennelijk had ze geluk dat er zo snel plek was.'

'Behandeld? Waarvoor?' Patrik schudde zijn hoofd. Hij was Pia en Martin afgelopen weekend nog tegengekomen en toen had alles normaal geleken.

179

'Als er geen wonder gebeurt, is het volgens de artsen een kwestie van misschien zes maanden.'

'Zes maanden behandeling?'

Langzaam tilde Martin zijn hoofd op en keek Patrik recht aan. Patrik deinsde bijna terug bij het zien van het intense verdriet in Martins blik.

'Zes maanden voordat ze doodgaat. Daarna heeft Tuva geen moeder meer.'

'Wat… Hoe… Wanneer hebben jullie…?' Patrik hoorde zichzelf stotteren, maar na wat hij zojuist had gehoord kon hij gewoon niets zinnigs formuleren.

Hij kreeg ook geen antwoord. In plaats daarvan zakte Martin op de tafel in elkaar en begon zo hevig te huilen dat hij ervan beefde. Patrik stond op en sloeg zijn armen om hem heen. Hij wist niet hoeveel tijd er verstreek, maar uiteindelijk nam het huilen af en ontspande Martins lichaam zich een beetje.

'Waar is Tuva?' vroeg Patrik met zijn armen nog steeds om Martin heen.

'Bij Pia's moeder. Ik kan het… momenteel niet aan.' Hij begon weer te huilen, maar nu stroomden de tranen rustiger over zijn wangen.

Patrik wreef over Martins rug. 'Zo ja, laat je maar gaan.'

Het was een cliché en hij voelde zich nogal onnozel, maar wat zei je in een situatie als deze? Was er iets wat goed of fout was? Het was trouwens maar de vraag of het uitmaakte wat hij zei, of Martin zijn woorden zelfs maar hoorde.

'Heb je al ontbeten?'

Martin snotterde, veegde zijn neus af aan de mouw van zijn ochtendjas en schudde zijn hoofd. 'Ik heb geen honger.'

'Dat maakt niet uit. Je moet iets eten.' Patrik liep naar de koelkast om te kijken wat erin stond. Er was van alles, maar hij vermoedde dat het geen zin had om een uitgebreid ontbijt te bereiden, daarom pakte hij alleen de boter en de kaas. Vervolgens roosterde hij een paar sneetjes wit brood die hij uit de vriezer had gehaald en maakte twee boterhammen klaar. Hij dacht niet dat Martin meer naar binnen zou krijgen. Na enig beraad smeerde hij ook een boterham voor zichzelf.

Het was altijd makkelijker om te eten als je gezelschap had.

'Vertel nu eens hoe de situatie is,' zei hij toen Martin de eerste boterham op had en wat kleur in zijn gezicht begon te krijgen.

Hortend en stotend vertelde Martin alles wat hij over Pia's kanker wist en over de schok om de ene dag te denken dat alles goed was en een paar dagen later te horen dat ze in het ziekenhuis moest worden opgenomen voor een zware behandeling die haar waarschijnlijk toch niet zou helpen.

'Wanneer komt ze weer thuis?'

'Volgende week, geloof ik. Ik weet het niet precies, ik heb niet...' Martins hand beefde toen hij de boterham optilde en hij keek beschaamd.

'Heb je niet met de artsen gepraat? Ben je bij Pia geweest sinds ze in het ziekenhuis ligt?' Patrik deed zijn best om niet verwijtend te klinken. Dat was het laatste waar Martin op dit moment behoefte aan had, en op de een of andere manier kon Patrik zijn reactie ook wel begrijpen. Hij had genoeg mensen in shock gezien en herkende Martins lege blik en stijve bewegingen.

'Ik zal even theezetten,' zei hij voordat Martin kon antwoorden. 'Of heb je liever koffie?'

'Koffie,' zei Martin. Hij kauwde en kauwde maar en leek moeite te hebben met slikken.

Patrik pakte een glas en vulde dat met water. 'Spoel het hier maar mee weg. De koffie is zo klaar.'

'Ik ben niet bij haar geweest,' zei Martin en hij stopte met kauwen.

'Dat is niet zo raar. Je bent in shock,' zei Patrik, terwijl hij koffie in het filter schepte.

'Ik laat haar in de steek. Nu ze me het hardst nodig heeft, laat ik haar in de steek. En Tuva. Ik wist niet hoe snel ik haar naar Pia's moeder moest brengen. Alsof zij het nu niet moeilijk heeft. Pia is tenslotte haar dochter.' Martin leek weer te gaan huilen, maar ademde toen diep in en uit. 'Ik snap niet waar Pia de kracht vandaan haalt. Ze heeft me verschillende keren gebeld en maakt zich zorgen om mij. Dat is toch de omgekeerde wereld? Zij wordt bestraald en krijgt chemo en weet ik wat niet allemaal. Ze moet doodsbang en doodziek zijn. En toch maakt ze zich zorgen om mij!'

'Dat is ook helemaal niet zo vreemd,' zei Patrik. 'Weet je wat we doen? Jij gaat je douchen en scheren en tegen de tijd dat je klaar bent, heb ik de koffie klaar.'

'Nee, ik…' begon Martin, maar Patrik stak een hand op.

'Of je gaat nu zelf douchen, of ik sleep je naar de badkamer en schrob je schoon. Ik kan je wel vertellen dat dat een ervaring is die ik kan missen als kiespijn en ik hoop dat dat voor jou ook geldt.'

Martin moest ondanks zichzelf lachen. 'Je komt niet bij me in de buurt met een stuk zeep. Ik doe het zelf.'

'Goed zo,' zei Patrik en hij draaide zich om en begon in de kastjes naar bekers te zoeken. Hij hoorde Martin opstaan en naar de badkamer lopen.

Tien minuten later stapte er een nieuwe man de keuken binnen.

'Zo ken ik je weer,' zei Patrik en hij schonk dampend hete koffie in twee bekers.

'Ik voel me nu een beetje beter. Bedankt,' zei Martin en hij ging zitten. Zijn gezicht was nog steeds geteisterd en bleek, maar zijn groene ogen stonden levendiger. Zijn rode, natte haar stond rechtovereind. Hij leek op een overjarige Kalle Blomkvist, de meesterdetective van Astrid Lindgren.

'Ik heb een voorstel,' zei Patrik, die had nagedacht toen Martin in de badkamer was. 'Je moet al je tijd gebruiken om Pia te steunen. Bovendien zul je veel verantwoordelijkheid voor Tuva op je moeten nemen. Neem vanaf vandaag vakantie, dan zien we wel hoe het zich allemaal ontwikkelt en hoe lang je vakantie verlengd moet worden.'

'Ik heb nog maar drie weken.'

'Dat komt wel goed,' zei Patrik. 'Je hoeft je nu niet druk te maken over de praktische kant.'

Martin keek hem met een lege blik aan en knikte. Er schoot een beeld van Erica en het auto-ongeluk door Patriks hoofd. Voor hetzelfde geld had hij er zo bij gezeten. Het had geen haar gescheeld of hij was alles kwijtgeraakt.

Ze had de hele nacht liggen nadenken. Nadat Patrik naar zijn werk was gegaan, was ze op de veranda gaan zitten om in alle rust haar gedachten op een rijtje te zetten, terwijl de kinderen even lekker voor zichzelf speelden. Ze hield van het uitzicht over de scherenkust van Fjällbacka en was heel erg dankbaar dat het haar uiteindelijk was gelukt om Anna's en haar ouderlijk huis te redden, zodat de kinderen hier konden opgroeien. Wat het onderhoud betreft was het geen makkelijk huis. Het hout had veel te verduren van de wind en het zoute water en er moest altijd wel iets worden gerepareerd of verbeterd.

Tegenwoordig hadden ze geen grote financiële problemen. Ze had er jarenlang hard voor gewerkt, maar nu verdiende ze echt goed aan haar boeken. Ze had haar gewoonten niet drastisch veranderd, maar het gaf haar een rustig gevoel om te weten dat ze zich geen zorgen hoefde te maken als de verwarmingsketel kapotging of de gevel een opknapbeurt nodig had.

Veel mensen hadden die buffer niet, daar was ze zich terdege van bewust, en als er nooit genoeg geld was en er plotseling geen banen meer waren, was het makkelijk om een zondebok te zoeken. Dat verklaarde ongetwijfeld een deel van het succes van de Vrienden van Zweden. Na het gesprek met John had ze de politicus en de ideeën waar hij voor stond niet uit haar hoofd kunnen krijgen. Ze had gehoopt een onsympathieke man te treffen, die openlijk voor zijn mening uitkwam. In plaats daarvan had ze iets veel gevaarlijkers gezien. Een welsprekende persoon, die op een vertrouwenwekkende manier eenvoudige antwoorden kon geven. Die de kiezers kon helpen de zondebok te identificeren en hun vervolgens beloofde die te laten verdwijnen.

Erica huiverde. Ze was ervan overtuigd dat John Holm iets verborg. Misschien had het te maken met de gebeurtenissen op Valö, misschien ook niet. Daar moest ze achter zien te komen en ze wist wie ze daarvoor moest spreken.

'Jongens, we gaan een eindje rijden!' riep ze richting de woonkamer. Haar woorden werden met gejubel ontvangen. Alle drie de kinderen vonden het heerlijk om een tochtje met de auto te maken.

'Mama moet eerst nog wel even bellen. Trek jij ondertussen je schoenen maar vast aan, Maja, dan kom ik zo om Anton en Noel te helpen.'

'Dat kan ik wel doen,' zei Maja en ze nam haar beide broers bij de hand en trok ze mee naar de hal. Erica glimlachte. Maja ging zich elke dag een beetje meer als een moedertje gedragen.

Een kwartier later waren ze met de auto op weg naar Uddevalla. Ze had gebeld om zich ervan te vergewissen dat Kjell aanwezig was, zodat ze de kinderen niet onnodig meesleepte. Eerst had ze overwogen om alles telefonisch uit te leggen, maar vervolgens had ze beseft dat hij het briefje met eigen ogen moest zien.

Onderweg naar Uddevalla zongen ze allerlei kinderliedjes, waardoor Erica een hese stem had toen ze zich bij de receptie meldde. Even later kwam Kjell hen halen.

'Kijk eens aan, zijn jullie met z'n allen gekomen?' zei hij en hij keek de drie kinderen aan, die verlegen terugblikten.

Hij omhelsde Erica en zijn baard schuurde licht tegen haar wang. Erica glimlachte. Ze vond het fijn hem te zien. Ze hadden elkaar een paar jaar geleden tijdens een moordonderzoek leren kennen toen was gebleken dat haar overleden moeder Elsy en Kjells vader in de Tweede Wereldoorlog bevriend waren geweest. Erica en Patrik mochten Kjell allebei heel graag en ze had veel respect voor hem als journalist.

'Geen oppas vandaag.'

'Dat geeft niet. Ik vind het leuk om jullie te zien,' zei Kjell met een vriendelijke blik naar de kinderen. 'Ik geloof dat ik een mand met speelgoed heb waar jullie mee kunnen spelen terwijl ik met jullie moeder praat.'

'Speelgoed?' De verlegenheid was op slag verdwenen en Maja beende snel achter Kjell aan op jacht naar de beloofde mand.

'Hier is hij, maar ik zie dat het vooral krijtjes en papier zijn,' zei Kjell, terwijl hij alles op de vloer kieperde.

'Ik kan niet beloven dat er geen vlekken op het vloerkleed komen,' zei Erica. 'Ze gebruiken nog steeds meer dan alleen het papier.'

'Ziet het er hier uit alsof een paar vlekken meer of minder veel verschil maken?' zei Kjell en hij ging achter zijn bureau zitten.

Erica keek naar het smoezelige vloerkleed en zag dat hij gelijk had.

'Ik heb John Holm gisteren gesproken,' zei ze, terwijl ze aan de andere kant van het bureau ging zitten.

Kjell keek haar onderzoekend aan.

'Wat voor indruk kreeg je van hem?'

'Innemend. Maar levensgevaarlijk.'

'Dat heb je waarschijnlijk goed gezien. In zijn jongere jaren was John lid van een van de ergste groepen binnen de skinheadbeweging. Daar heeft hij ook zijn vrouw ontmoet.'

'Ik kan me hem niet goed met een geschoren kop voorstellen.' Erica draaide zich om om te kijken of alles goed ging met de kinderen, maar tot nog toe gedroegen ze zich voorbeeldig.

'Ja, hij heeft zijn imago behoorlijk opgepoetst. Maar het is mijn overtuiging dat die lui niet van opvatting veranderen. Ze worden in de loop van de jaren alleen slimmer en leren hoe ze zich moeten gedragen.'

'Heeft hij een strafblad?'

'Nee, hij is nooit ergens voor opgepakt, al schijnt het in zijn jeugd niet veel te hebben gescheeld. Ik denk trouwens geen moment dat Johns houding is veranderd sinds hij met de nazistische marsen meeliep. Maar ik durf wel te stellen dat het volledig zijn verdienste is dat de partij in het parlement zit.'

'Op welke manier?'

'Om te beginnen heeft hij heel slim gebruikgemaakt van de verdeeldheid die er na de schoolbrand in Uppsala onder de verschillende nationaalsocialistische groeperingen was ontstaan.'

'Toen drie nazi's voor brandstichting werden veroordeeld?' zei Erica en ze herinnerde zich de zwarte koppen van een aantal jaren geleden.

'Ja, precies. Behalve de verdeeldheid binnen en tussen de verschillende groeperingen was er plotseling ontzettend veel media-aandacht en de politie hield ze in de gaten. Toen stapte John naar voren. Hij riep de slimmere koppen van de verschillende groepen bij elkaar en stelde voor om samen te werken, wat ertoe leidde dat de Vrienden van Zweden de belangrijkste partij werd. Vervolgens heeft hij jarenlang, in elk geval voor het oog, grote schoonmaak onder de leden gehouden en voortdurend de boodschap verkondigd dat hun politiek de politiek van de gewone man is. Ze hebben zich voorgedaan als een arbeiderspartij, die de stem van de kleine man vertegenwoordigt.'

'Is het niet moeilijk om binnen zo'n partij de eensgezindheid te bewaren? Er zijn toch vrij veel extremisten?'

Kjell knikte. 'Ja, sommige mensen hebben de partij verlaten. Die vonden dat John zich te slap opstelde en de oude idealen verkwanselde. Kennelijk bestaat er een onuitgesproken regel dat er niet openlijk over het immigratiebeleid wordt gesproken. Te veel verschillende opvattingen kunnen verdeeldheid veroorzaken. De meningen lopen uiteen van "alle immigranten moeten op het eerste het beste vliegtuig naar hun vaderland worden gezet" tot "er moeten strengere eisen worden gesteld aan de mensen die hier willen komen wonen".'

'Tot welke categorie behoort John?' vroeg Erica, terwijl ze zich omdraaide om de tweeling, die inmiddels rumoerig begon te worden, tot stilte te manen.

'Officieel tot de tweede, maar officieus…? Laat ik het zo zeggen: het zou me niet verbazen als hij thuis een nazi-uniform in de kast heeft hangen.'

'Hoe is hij in die kringen terechtgekomen?'

'Na jouw telefoontje van gisteren heb ik wat diepgaander naar zijn achtergrond gekeken. Ik wist al dat John in een bijzonder vermogend gezin is opgegroeid. Zijn vader heeft in de jaren veertig een exportfirma opgericht en na de oorlog heeft hij het bedrijf verder uitgebreid. De zaken gingen uitstekend, maar in 1976…' Kjell laste een kunstmatige pauze in en Erica ging rechter op haar stoel zitten.

'Ja?' zei ze.

'Toen was er een schandaal in de chique kringen van Stockholm. Johns moeder Greta verliet zijn vader Otto voor een Libanese zakenman met wie zijn vader zaken had gedaan. Toen bleek ook dat Ibrahim Jaber, zoals de man heette, Otto het grootste deel van zijn vermogen afhandig had gemaakt. Berooid en in de steek gelaten heeft Otto zich vervolgens eind juli 1976 achter zijn bureau door het hoofd geschoten.'

'Wat gebeurde er met Greta en John?'

'De dood van Otto betekende nog niet het einde van de tragedie. Jaber bleek al een vrouw en kinderen te hebben. Hij was helemaal niet van plan om met Greta te trouwen en pikte het geld in en verliet haar. Een paar maanden later duikt Johns naam voor het eerst op in nationaalsocialistisch verband.'

'En de haat is nooit verdwenen,' zei Erica. Ze reikte naar haar handtas, pakte het papiertje en gaf het aan Kjell.

'Dit vond ik gisteren bij John thuis. Ik weet niet wat het betekent, maar misschien is het iets.'

Kjell lachte. 'Definieer "vond" eens voor me.'

'Je lijkt Patrik wel,' zei Erica en ze glimlachte. 'Het lag daar gewoon. Het is vast een kladbriefje dat niemand zal missen.'

'Laat eens kijken.' Kjell schoof de bril die op zijn voorhoofd had gezeten naar beneden. 'Gimle,' las hij hardop en hij fronste zijn wenkbrauwen.

'Ja, wat betekent dat? Ik heb het woord nooit eerder gehoord. Is het een afkorting?'

Kjell schudde zijn hoofd. 'Gimle is de wereld die in de Scandinavische mythologie op Ragnarök volgt. Een soort hemel of paradijs. Het is een bekend en veel gebruikt begrip in neonazikringen. Het is ook de naam van een cultuurvereniging. Die beweert partijpolitiek ongebonden te zijn, maar of dat klopt weet ik niet. In elk geval zijn ze populair bij zowel de Vrienden van Zweden als de Dansk Folkeparti.'

'Wat doen ze?'

'Ze ijveren, zoals ze zelf zeggen, voor het herscheppen van het nationaliteitsgevoel en de gemeenschappelijke identiteit. Ze interesseren zich voor oude Zweedse tradities, volksdansen, Oudzweedse poëzie, archeologische monumenten en dergelijke, wat goed past bij de ideeën van de Vrienden van Zweden over het in stand houden van de Zweedse tradities.'

'Zou Gimle betrekking kunnen hebben op die vereniging?' Erica wees naar het papiertje.

'Dat durf ik echt niet te zeggen. Hij kan er van alles mee bedoelen. Het is ook moeilijk om te weten wat al die cijfers betekenen. 19202118516121114. En daarna staat er 5 08 1400.'

Erica haalde haar schouders op. 'Ik heb ook geen flauw idee. Het kunnen natuurlijk ook volstrekt onbelangrijke telefoonkrabbels zijn. Het lijkt in elk geval in alle haast te zijn opgeschreven.'

'Misschien heb je gelijk,' zei Kjell. Hij zwaaide met het papiertje. 'Mag ik dit houden?'

'Ja, natuurlijk. Ik maak er nog wel even een foto van met mijn mobieltje. Je weet nooit of ik een geniale inval krijg en de code kraak.'

'Goed idee.' Hij schoof het papiertje naar haar toe en ze nam een foto. Daarna knielde ze neer op het vloerkleed om de rommel op te ruimen die de kinderen hadden gemaakt.

'Heb je enig idee wat je ermee kunt doen?'

'Nee, nog niet. Maar ik ga in elk geval in de archieven naar meer informatie zoeken.'

'Weet je dan zeker dat het geen gewone krabbels zijn?' zei ze.

'Nee, maar het lijkt me de moeite waard om er wat tijd in te steken.'

'Bel je me als je iets ontdekt? Dan doe ik dat ook.' Ze begon de kinderen richting de gang te duwen.

'Natuurlijk, we houden contact,' zei hij en hij stak zijn hand uit naar de telefoon.

Het was zo typisch. Als Gösta een keer te laat kwam had je meteen de poppen aan het dansen, maar Patrik kon de halve ochtend wegblijven zonder dat er een haan naar kraaide. Erica had de vorige avond gebeld en over haar bezoekjes aan Ove Linder en John Holm verteld en Gösta wilde graag zo snel mogelijk met Patrik naar Leon. Hij zuchtte over alle onrechtvaardigheden in het leven, en ging verder met de lijst die voor hem lag.

Een tel later ging de telefoon en hij stortte zich op de hoorn.

'Hallo, Flygare hier.'

'Gösta,' zei Annika. 'Ik heb Torbjörn aan de lijn. Hij heeft de uitslag van de eerste bloedanalyse. Hij vroeg naar Patrik, maar misschien kun jij hem te woord staan?'

'Natuurlijk.'

Gösta luisterde aandachtig en schreef alles op, hoewel hij wist dat Torbjörn ook een kopie van zijn rapport zou faxen. De rapporten stonden meestal vol ingewikkelde termen en het was makkelijker om alles te begrijpen als Torbjörn mondeling verslag deed.

Op het moment dat hij de verbinding verbrak, werd er op zijn open deur geklopt.

'Annika zei dat Torbjörn heeft gebeld. Wat wilde hij?' Patriks stem klonk enthousiast, maar zijn ogen stonden bedroefd.

'Is er iets gebeurd?' vroeg Gösta zonder antwoord te geven op Patriks vraag.

Patrik ging moeizaam zitten. 'Ik ben bij Martin geweest.'

'Hoe was het met hem?'

'Martin heeft de komende tijd vrij. Om te beginnen drie weken. Daarna moeten we zien hoe het verder gaat.'

'Wat is er aan de hand?' Gösta voelde zijn bezorgdheid groeien. Hij koeioneerde Martin Molin weliswaar soms, maar hij mocht de jongen graag. Er was niemand die Martin niet aardig vond.

Toen Patrik vertelde wat hij over Pia's toestand wist, slikte Gösta hard. Arme jongen. En dan hun dochtertje dat nog maar een paar jaar oud was en veel te vroeg haar moeder zou verliezen. Hij slikte nog een keer, wendde zich af en knipperde koortsachtig met zijn ogen. Hij kon niet op zijn werk gaan zitten janken.

'We zullen voorlopig zonder Martin verder moeten,' eindigde Patrik. 'Wat zei Torbjörn?'

Gösta veegde onopvallend zijn ogen af en schraapte zijn keel voordat hij zich met de aantekeningen in zijn hand omdraaide.

'Het Gerechtelijk Laboratorium bevestigt dat het mensenbloed is. Maar het is zo oud dat ze geen DNA-sporen hebben gevonden die met Ebba's bloed kunnen worden vergeleken, en het is onzeker of het bloed van één of meer personen afkomstig is.'

'Oké. Dit had ik ook ongeveer verwacht. En de kogel?'

'Torbjörn heeft hem gisteren naar een bevriende wapendeskundige gestuurd. Die heeft een snelle analyse gedaan, maar helaas is er geen match met een kogel van andere onopgeloste misdrijven.'

'Hopen kan een mens altijd,' zei Patrik.

'Ja, dat is waar. Hoe dan ook, de kogel heeft een diameter van negen millimeter.'

'Negen millimeter? Dat maakt het er niet bepaald eenvoudiger op.' Patrik zakte onderuit op de stoel.

'Nee, maar Torbjörn zei dat er duidelijke groeven op zitten; dus die kennis van hem gaat de kogel nader onderzoeken om te kijken of hij kan bepalen wat voor type wapen er is gebruikt. En als we het wapen hebben, kan de kogel daarmee worden vergeleken.'

'Dan zitten we alleen nog maar met het kleine detail dat we het wapen moeten vinden.' Patrik keek Gösta nadenkend aan. 'Hoe grondig hebben jullie het huis en de omgeving afgezocht?'

'Je bedoelt in 1974?'

Patrik knikte.

'We hebben ons uiterste best gedaan,' zei Gösta. 'We hadden niet veel mensen, maar we hebben het eiland uitgekamd. Als er ergens een wapen was weggegooid, hadden we het moeten vinden.'

'Vermoedelijk ligt het op de bodem van de zee,' zei Patrik.

'Ik denk dat je gelijk hebt. Ik ben trouwens begonnen de leerlingen van de school te bellen, maar dat heeft tot nog toe niets opgeleverd. Bij de meeste mensen wordt niet opgenomen, maar dat is niet zo vreemd; het is tenslotte vakantie en ze zijn waarschijnlijk op reis.'

'In elk geval mooi dat je een begin hebt gemaakt,' zei Patrik en hij haalde zijn hand door zijn haar. 'Noteer je de namen van de mensen die interessant lijken? Dan kunnen we later kijken of we ze een bezoekje moeten brengen.'

'Ze wonen verspreid over heel Zweden,' zei Gösta. 'Het wordt vreselijk veel heen en weer gereis als we ze persoonlijk willen spreken.'

'Daar hebben we het nog wel over als we weten om hoeveel mensen het gaat.' Patrik stond op en liep naar de deur. 'Zullen we na de lunch naar Leon Kreutz gaan? Die woont gelukkig dichtbij.'

'Prima. Hopelijk levert dat meer op dan de gesprekken van gisteren. Josef was nog net zo gesloten als in mijn herinnering.'

'Ja, we moesten de woorden inderdaad uit zijn mond trekken. En die Sebastian is een gladjanus,' zei Patrik en hij beende weg.

Gösta draaide zich weer om en bereidde zich er geestelijk op voor een nieuw nummer te bellen. Om de een of andere reden had hij een hekel aan telefoneren. Het was dat het om Ebba ging, anders zou hij er alles aan hebben gedaan om deze klus door iemand anders te laten opknappen. Hij was blij dat Erica een deel van de telefoontjes voor haar rekening nam.

'Gösta? Kun je even komen?' riep Patrik.

In de gang stond Mårten Stark. Zijn gezicht stond verbeten en hij had een plastic zakje in zijn hand, waar iets in zat dat op een ansichtkaart leek.

'Mårten wil ons iets laten zien,' zei Patrik.

'Ik heb het meteen in een plastic zakje gestopt,' zei Mårten. 'Maar ik had het natuurlijk al aangeraakt, dus misschien heb ik toch sporen vernietigd.'

'Heel goed van je,' zei Patrik geruststellend.

Gösta keek door het plastic naar de kaart. Het was een heel gewone kaart met een schattig poesje op de voorkant. Hij draaide hem om en las de korte regels.

'Wat krijgen we nou?' barstte hij uit.

'Het lijkt erop dat "G" zijn ware gezicht begint te tonen,' zei Patrik. 'Dit is zonder meer een doodsbedreiging.'

Het Långbro-ziekenhuis 1925

Het moest een misverstand zijn, of het was de schuld van die vreselijke vrouw. Maar Dagmar zou hem helpen. Wat er ook was gebeurd, het zou weer goed komen als ze weer bij elkaar waren.

Ze had het meisje in een theesalon in het centrum achtergelaten. Daar kon haar niets overkomen. Als iemand vroeg waarom ze alleen was, zou ze zeggen dat haar moeder naar het toilet was.

Dagmar bestudeerde het gebouw. Het was niet moeilijk geweest hier te komen. Na een paar mensen de weg te hebben gevraagd, was ze uiteindelijk een vrouw tegengekomen die precies had kunnen uitleggen hoe ze bij het Långbro-ziekenhuis moest komen. Nu was het grote probleem om binnen te geraken. Bij de hoofdingang aan de voorkant liep veel personeel rond en daar kon ze makkelijk worden ontdekt. Ze had overwogen om zich voor te doen als mevrouw Göring, maar als Carin hier al was geweest, zou haar bluf meteen worden doorzien en ze zou geen tweede kans krijgen.

Voorzichtig, om niet door een van de ramen te worden gezien, sloop ze naar de achterkant van het gebouw. Daar was een deur die een personeelsingang leek te zijn. Ze hield hem een hele tijd in de gaten en zag vrouwen van allerlei leeftijden in- en uitlopen, allemaal gekleed in gesteven uniformen. Sommigen legden wasgoed op een kar die rechts van de deur stond en ineens kreeg Dagmar een idee. Waakzaam liep ze naar de waskar terwijl ze de hele tijd haar blik op de deur gericht hield zodat ze het zou zien als er iemand naar buiten kwam. Maar de deur bleef dicht en snel doorzocht ze de spullen in de waskar. Het waren vooral doeken en beddengoed, maar toen had ze geluk. Onderop lag een uniform, precies zo een als de verpleegsters aan hadden. Ze griste het weg en sloop snel de hoek om om zich te verkleden.

Toen ze klaar was, strekte ze haar rug en stopte haar haar onder het kapje. De zomen van het uniform waren een beetje vies, maar voor de rest zag het er niet heel erg gedragen uit. Nu moest ze hopen dat niet alle verpleegsters elkaar kenden en onmiddellijk zouden reageren als ze een nieuw gezicht zagen.

Dagmar deed de deur open. Daarachter was een ruimte die een kleedkamer voor het personeel leek te zijn. Er was niemand en ze haastte zich de gang in, voortdurend steelse blikken om zich heen werpend. Ze liep vlak langs de muur en passeerde een lange rij dichte deuren. Nergens zag ze naambordjes en langzaam drong het tot haar door dat ze Hermann hier nooit zou vinden. Ze voelde de vertwijfeling opkomen en drukte haar hand voor haar mond om een kermend geluid te smoren. Ze mocht het nog niet opgeven.

Twee jonge verpleegsters kwamen haar in de gang tegemoet gelopen. Ze praatten zachtjes met elkaar, maar toen ze dichterbij kwamen kon Dagmar het gesprek beter verstaan. Ze spitste haar oren. Zeiden ze niet Göring? Ze ging langzamer lopen, probeerde hun woorden op te vangen. De ene verpleegster had een dienblad in haar hand en ze leek zich bij de ander te beklagen.

'Toen ik de vorige keer naar binnen ging, gooide hij al het eten naar me toe,' zei ze hoofdschuddend.

'Daarom heeft het hoofd van de huishouding ook gezegd dat we niet meer alleen naar Göring mogen gaan,' zei de ander. Ook haar stem trilde een beetje.

Ze bleven staan voor een deur en leken te aarzelen. Dagmar begreep dat dit haar kans was. Ze moest nu actie ondernemen. Ze schraapte haar keel en zei op autoritaire toon: 'Ik heb de taak gekregen om voor Göring te zorgen, zodat jullie niet naar binnen hoeven,' zei ze en ze wilde het dienblad overnemen.

'Is dat zo?' zei het ene meisje weifelend, maar de opluchting in haar gezicht was duidelijk te zien.

'Ik weet hoe je lieden als Göring aan moet pakken. Ga nu maar en maak je elders nuttig, dan regel ik het hier. Willen jullie nog wel even de deur voor me opendoen?'

'Dank u wel,' zeiden de meisjes en ze maakten een kniebuiging. De ene haalde een grote sleutelbos tevoorschijn en stak geroutineerd een sleutel in het slot. Ze duwde de deur open en zodra Dagmar de kamer was binnengestapt, liepen ze snel weg, blij dat ze van een vervelende klus waren verlost.

Dagmar voelde haar hart kloppen. Daar lag hij, haar Hermann, op een eenvoudige brits met zijn rug naar haar toe.

'Alles komt weer goed, Hermann,' zei ze, terwijl ze het dienblad op de vloer zette. 'Ik ben er nu.'

Hij bewoog niet. Ze keek naar zijn rug en huiverde van welbehagen omdat ze eindelijk zo dicht bij hem was.

'Hermann,' zei ze en ze legde haar hand op zijn schouder.

Hij schrok, draaide zich om en ging op de rand van het bed zitten. 'Wat wilt u?' brulde hij.

Dagmar deinsde terug. Was dit Hermann? De knappe gezagvoerder die haar hele lichaam in vuur en vlam had gezet. De man met de rechte rug en brede schouders wiens haar goudgeel had geglansd in de zon. Dit kon hem toch zeker niet zijn?

'Geef me mijn medicijnen, stom kreng. Ik eis het! Weet je niet wie ik ben? Ik ben Hermann Göring en ik heb mijn medicijnen nodig.' Hij sprak Zweeds met een sterk Duits accent en stopte vaak alsof hij naar de juiste woorden zocht.

Haar keel trok samen. De man die als een bezetene brulde, was vet en had een ziekelijk bleke huid. Zijn haar was dun en lag als het ware vastgeplakt op zijn schedel. Het zweet stroomde over zijn gezicht.

Dagmar haalde diep adem. Ze moest zich ervan verzekeren dat ze niet bij de verkeerde persoon was beland.

'Hermann. Ik ben het, Dagmar.' Ze bleef een eindje bij hem vandaan, voorbereid op een eventuele uitval. De aderen op zijn voorhoofd klopten en zijn bleke huid werd vanaf zijn hals en verder naar boven langzaam felrood.

'Dagmar? Het maakt me niet uit hoe jullie hoeren heten. Ik wil mijn medicijnen. De Joden hebben me hier opgesloten en ik moet gezond worden. Hitler heeft me nodig. Geef me mijn medicijnen!'

Hij bleef zo hard schreeuwen dat hij Dagmar in het gezicht spuugde. Ontzet deed ze een nieuwe poging: 'Weet je niet meer wie ik ben? We hebben elkaar op een feest bij dokter Sjölin ontmoet. In Fjällbacka.'

Hij viel abrupt stil. Hij fronste zijn voorhoofd en keek haar verbaasd aan.

'In Fjällbacka?'

'Ja, op een feest bij dokter Sjölin,' herhaalde ze. 'We hebben samen de nacht doorgebracht.'

Zijn blik werd lichter en ze zag dat hij zich haar herinnerde. Eindelijk. Nu zou alles goed komen. Ze zou alles regelen en Hermann zou weer haar knappe vliegenier worden.

'Jij bent het dienstmeisje,' zei hij en hij veegde het zweet van zijn voorhoofd.

'Ik heet Dagmar,' zei ze met een beginnend gevoel van onrust in haar buik. Waarom was hij niet al uit bed gevlogen om haar in zijn armen te sluiten, zoals ze het in haar dromen altijd voor zich had gezien?

Plotseling begon hij zo hard te lachen dat zijn dikke buik ervan schudde.

'Dagmar. Juist ja.' Hij lachte weer en Dagmar kneep haar handen in elkaar.

'We hebben een dochter. Laura.'

'Een dochter?' Zijn smalle ogen namen haar van top tot teen op. 'Het is niet de eerste keer dat ik zoiets hoor. Dat soort dingen kun je nooit zeker weten. En al helemaal niet bij een dienstmeisje.'

De laatste woorden sprak hij uit met verachting in zijn stem en Dagmar voelde de woede weer opkomen. In de witte, steriele kamer waar geen spatje daglicht door enig raam naar binnen kwam, vielen al haar dromen en verwachtingen in duigen. Alles wat ze had gemeend over haar leven te weten was een leugen; de jaren dat ze had verlangd en gehunkerd en het had uitgehouden met dat krijsende kind, zijn dochter, waren vergeefs geweest. Ze stortte zich op hem en kromde haar vingers tot klauwen. Gorgelende geluiden stegen uit haar keel omhoog en ze wilde hem evenveel pijn doen als hij haar had gedaan. Haar vingers groeven zich in zijn huid en krabden zijn gezicht en als vanuit de verte hoorde ze hem in het Duits schreeuwen. De deur ging open en ze voelde armen die aan haar rukten, die haar wegtrokken van de man van wie ze zo lang had gehouden.

Toen werd alles zwart.

❄

Zijn vader had hem geleerd hoe je een goede deal sloot. Lars-Åke 'Loevert' Månsson was een legende geweest en Sebastian had hem zijn hele jeugd bewonderd. Zijn vader had de bijnaam gekregen omdat hij altijd goede zaken deed en zich steeds uit de meest onmogelijke situaties wist te redden. 'Lars-Åke kan zelfs te loevert spugen zonder een drup speeksel in zijn gezicht te krijgen,' werd er gezegd.

Volgens Loevert was het eigenlijk heel eenvoudig om mensen te laten doen wat je wilde. Hij hanteerde hetzelfde basisprincipe als bij boksen: je identificeerde het zwakke punt van je tegenstander en vervolgens viel je dat voortdurend aan tot je als overwinnaar je armen in de lucht kon steken. Of, zoals in zijn geval, het grote geld kon binnenhalen. Zijn manier van zakendoen had hem populariteit noch respect gebracht, maar zoals hij zelf altijd zei: 'Respect voedt geen hongerige monden.'

Dat was ook Sebastians devies geworden. Hij wist heel goed dat veel mensen hem verafschuwden en dat nog meer mensen bang voor hem waren, maar terwijl hij zo met een koud biertje naast zijn zwembad zat, kon hem dat geen barst schelen. Vrienden interesseerden hem niet. Vrienden hebben betekende dat je compromissen moest sluiten en een deel van je macht moest afstaan.

'Pa? Ik wil met de jongens naar Strömstad, maar ik heb geen geld.' Jon kwam in zijn zwembroek aanslenteren en keek zijn vader vragend aan.

Sebastian hield een hand boven zijn ogen tegen de zon en nam zijn twintigjarige zoon op. Soms zeurde Elisabeth dat hij Jon en zijn twee

196

jaar jongere zusje Jossan te veel verwende, maar dan snoof hij slechts. Een strenge opvoeding, met regels en dergelijke, was voor de gewone man, niet voor hen. Zijn kinderen moesten leren wat het leven te bieden had en dat je moest pakken wat je wilde hebben. Over een poosje zou hij Jon de firma in loodsen en hem alles bijbrengen wat hijzelf van Loevert had geleerd, maar voorlopig mocht de jongen nog spelen.

'Pak mijn goldcard maar. Die zit in mijn portemonnee in de hal.'

'Tof. Bedankt, pa!' Jon rende snel het huis in alsof hij bang was dat Sebastian van gedachten zou veranderen.

Toen Jon tijdens de tennisweek in Båstad zijn goldcard had geleend, had de rekening zeventigduizend kronen bedragen. Maar dat was peanuts, vooral als het Jon hielp om zijn positie te behouden onder de kameraden die hij op het Lundsberg-internaat had opgedaan. Daar hadden de geruchten over het vermogen van zijn vader er al snel voor gezorgd dat hij bevriend raakte met jongens die in de toekomst invloedrijke mannen zouden worden.

Het was natuurlijk Loevert die Sebastian het belang van de juiste contacten had geleerd. Contacten waren veel en veel waardevoller dan vrienden en zodra Loevert een paar namen van jongens had gehoord die naar het internaat op Valö zouden gaan, had hij zijn zoon daarheen gestuurd. Het enige wat hem ergerde was dat dat Jodenjong, zoals hij hem noemde, daar ook op school zat. De jongen had geen geld en geen achtergrond en zijn aanwezigheid haalde de status van de school omlaag. Maar wanneer Sebastian terugdacht aan die vreemde tijd van zo lang geleden, realiseerde hij zich dat hij Josef de aardigste leerling had gevonden. Josef had een drijfkracht gehad, een bezetenheid, die hij ook in zichzelf zag.

Nu ze door Josefs dwaze idee waren herenigd, moest hij toegeven dat hij bewondering voor Josef voelde, omdat die al het mogelijke wilde doen om zijn doel te bereiken. Dat ze niet hetzelfde doel nastreefden was niet relevant. Hij wist dat het ontwaken hard zou zijn, maar vermoedde dat Josef diep vanbinnen begreep dat dit project voor hem geen gelukkig eind zou krijgen. De hoop is echter het laatste dat sterft en Josef was zich er terdege van bewust dat hij moest doen wat Sebastian zei. Dat moest iedereen.

De gebeurtenissen van de afgelopen tijd waren ontegenzeggelijk interessant. Het gerucht dat er iets was gevonden op het eiland had zich snel verspreid. Toen Ebba terugkeerde waren de praatjes natuurlijk al begonnen. Alles wat de oude geschiedenis nieuw leven kon inblazen werd met open armen ontvangen. En nu was de politie erin gaan wroeten.

Sebastian draaide peinzend zijn bierglas tussen zijn handen rond en drukte het ter verkoeling tegen zijn borst. Hij vroeg zich af wat de anderen van de huidige gebeurtenissen dachten en of zij ook bezoek hadden gehad. Hij hoorde dat de Porsche op de oprit werd gestart. De kwajongen had dus zijn autosleutels gejat die naast zijn portemonnee hadden gelegen. Hij glimlachte. De jongen had pit. Als Loevert nog had geleefd, zou hij trots zijn geweest.

Sinds ze Valö de vorige dag had verlaten, waren er allerlei ideeën voor de inrichting de revue gepasseerd en vanochtend was ze bijna uit bed gesprongen. Dan had gelachen om haar enthousiasme, maar in zijn ogen was te zien hoe ongelooflijk blij hij voor haar was.

Het zou nog een hele tijd duren voordat ze serieus aan de slag kon, maar Anna was al ongeduldig. Het huis had een bepaalde aantrekkingskracht op haar, en dat kwam misschien doordat Mårten zo open en enthousiast op haar voorstellen had gereageerd. Hij had met iets van bewondering in zijn ogen naar haar gekeken en voor het eerst sinds lange tijd had ze zich interessant en capabel gevoeld. Toen ze belde om te vragen of ze terug kon komen om maten op te nemen en foto's te maken, had hij gezegd dat ze meer dan welkom was.

Terwijl ze de afstand tussen de ramen in Ebba's en Mårtens slaapkamer opmat, merkte Anna dat ze hem miste. De sfeer in het huis was anders als hij er niet was. Ze wierp een blik op Ebba, die bezig was de deurpost te verven.

'Is het niet eenzaam hier?'

'Dat valt best mee. Ik hou wel van de rust.'

Het antwoord kwam onwillig en de stilte in de kamer was zo drukkend dat Anna zich genoodzaakt voelde om nog iets te zeggen.

'Heb je contact met iemand van je familie? Je biologische familie, bedoel ik.' Ze kon haar tong wel afbijten. De vraag kon absoluut als onbeschaamd worden opgevat en zou Ebba misschien nog gereserveerder maken.

'Er is niemand meer.'

'Maar heb je onderzoek gedaan naar de geschiedenis van je familie? Je bent vast weleens nieuwsgierig geweest naar je ouders.'

'Tot nog toe niet.' Ebba stopte met verven en hield de kwast in de lucht. 'Maar sinds ik hier woon, denk ik er natuurlijk wel over na.'

'Erica heeft een heleboel materiaal.'

'Ja, dat vertelde ze. Ik was van plan een keertje bij haar te gaan kijken, maar het is er nog niet van gekomen. Het voelt hier zo veilig. Ik zit als het ware aan het eiland vast.'

'Ik kwam Mårten onderweg tegen. Hij was op weg naar het dorp.'

Ebba knikte. 'Ja, hij reist heel wat af om boodschappen te doen, de post te halen en alle andere zaken te regelen. Ik zal proberen me te vermannen, maar...'

Anna stond op het punt om naar het kind te vragen dat Ebba en Mårten hadden verloren, maar ze kon het niet. Haar eigen verdriet was nog steeds te groot en ze was nog niet in staat om met iemand anders over zo'n verlies te praten. Maar ze vroeg zich wel af hoe het zat. Voor zover ze had kunnen zien waren er nergens in het huis sporen van een kind. Geen foto's, geen spullen die erop wezen dat ze ooit ouders waren geweest. Er was alleen iets in hun ogen wat Anna herkende. Ze zag die blik elke dag in de spiegel.

'Erica zei dat ze zou proberen uit te zoeken wat er met hun spullen is gebeurd. Misschien zitten er persoonlijke bezittingen tussen,' zei ze, terwijl ze de maat van de vloer opnam.

'Ja, ik ben het met haar eens dat het best vreemd is dat alles zomaar is verdwenen. Ze woonden hier en dan moeten ze toch allerlei spullen hebben gehad. Het lijkt me bijvoorbeeld heel leuk om spullen te vinden uit de tijd dat ik klein was. Kleren en speelgoed. Dingen die ik heb bewaard van...' Ze stopte en ging weer verder met verven en de kamer vulde zich met het suizende geluid van de kwast. Ze boog met regelmatige tussenpozen voorover en doopte de kwast in een pot met witte verf die steeds leger raakte.

Toen ze Mårtens stem van beneden hoorden, verstijfde ze.

'Ebba?'

'Ik ben boven!'

'Heb je nog iets nodig uit de kelder?'

Ebba liep naar de overloop om te antwoorden. 'Een blik witte verf. Anna is hier ook.'

'Ik zag de boot,' riep Mårten terug. 'Ik ga de verf halen, zet jij ondertussen koffie?'

'Oké.' Ebba draaide zich om naar Anna. 'Jij hebt vast ook wel zin in een kopje.'

'Lekker,' zei Anna en ze begon de duimstok op te vouwen.

'Ga gerust nog even door. Ik roep wel als de koffie klaar is.'

'Prima, dan doe ik dat.' Anna vouwde de duimstok weer uit en ging verder met meten. Ze noteerde de maten nauwkeurig op een schets. Dat zou haar werk vergemakkelijken als ze echt met het inrichten aan de slag ging.

Ze werkte een poosje geconcentreerd door en hoorde dat Ebba in de weer was in de keuken. Een kop koffie ging er nu wel in. Het liefst ergens in de schaduw. De hitte op de bovenverdieping begon zo langzamerhand ondraaglijk te worden en haar hemdje zat allang aan haar rug vastgeplakt.

Plotseling hoorde ze een luide knal gevolgd door een doordringende schreeuw. Anna schrok van het onverwachte geluid en de duimstok viel op de vloer. Ze hoorde nog een knal en zonder erbij na te denken rende ze zo snel de trap af dat ze bijna uitgleed op de versleten treden.

'Ebba?' riep ze, terwijl ze naar de keuken holde.

In de deuropening bleef ze abrupt staan. De ruit die uitkeek op de achterkant van het huis was versplinterd en onder het raam lag een grote hoop glas. Overal in de keuken lagen scherven. Ebba zat op haar hurken met haar armen over haar hoofd voor het fornuis op de vloer. Ze schreeuwde niet langer maar haalde stotend adem.

Anna rende de keuken in en voelde hoe stukjes glas onder haar schoenen werden verbrijzeld. Ze sloeg haar armen om Ebba heen en probeerde te kijken of ze gewond was, maar ze zag geen bloed. Snel keek ze in het rond om te zien wat de oorzaak was van het versplinterde raam. Toen haar blik op de achterste muur van de keuken viel, hapte ze heftig naar adem. In de muur waren duidelijk twee kogelgaten te zien.

'Ebba! Wat was dat in godsnaam?' Mårten kwam vanaf de kelder-trap naar de keuken gerend.

Zijn ogen schoten tussen Ebba en het raam heen en weer en even later stond hij bij zijn vrouw.

'Is ze gewond? Ze is toch niet gewond?' Hij pakte Ebba vast en wiegde haar in zijn armen.

'Volgens mij niet, maar het lijkt erop dat iemand heeft gepro-beerd op haar te schieten.'

Anna's hart ging tekeer en ineens realiseerde ze zich dat ze wellicht in gevaar verkeerden. Misschien bevond de schutter zich nog steeds ergens daarbuiten.

'We moeten hier weg,' zei ze en ze gebaarde naar het raam.

Mårten begreep meteen wat ze bedoelde.

'Niet overeind komen, Ebba. We moeten uit de buurt van het raam blijven.' Hij praatte duidelijk, alsof hij het tegen een kind had.

Ebba knikte en deed wat hij zei. Gebukt haastten ze zich naar de hal. Anna keek angstig naar de voordeur. Wat als de schutter via die weg binnenkwam, over de drempel stapte en op hen begon te schie-ten? Mårten zag haar blik, vloog naar voren en draaide het slot om.

'Kun je nog ergens anders binnenkomen?' vroeg ze en ze merkte dat haar hart nog steeds hard bonsde.

'Via een kelderdeur, maar die zit op slot.'

'En het keukenraam? Dat is nu helemaal kapot.'

'Dat zit veel te hoog,' zei hij, maar hij klonk kalmer dan hij eruit-zag.

'Ik bel de politie.' Anna pakte haar handtas, die op een kastje in de hal lag. Haar handen beefden toen ze haar mobieltje eruit haal-de. Terwijl ze de telefoon hoorde overgaan, keek ze naar Mårten en Ebba. Ze zaten op de onderste traptree. Mårten had zijn armen om zijn vrouw geslagen en Ebba leunde met haar hoofd tegen zijn borst.

'Hallo, waar zijn jullie geweest?'

Erica maakte van schrik een sprongetje toen ze vanuit het huis een stem hoorde.

'Kristina?' Ze staarde naar haar schoonmoeder, die met een vaat-doek in haar hand uit de keuken kwam.

'Ik heb mezelf binnengelaten. Gelukkig had ik de sleutel nog van toen jullie op Mallorca waren en ik voor de planten zorgde, anders was ik voor niets uit Tanumshede gekomen,' zei ze en ze liep weer terug naar de keuken.

Je had natuurlijk ook kunnen bellen of het schikte, dacht Erica. Ze trok de kinderen hun schoenen uit, haalde diep adem en liep de keuken in.

'Ik kwam even een paar uurtjes helpen. Ik weet immers hoe het er bij jullie uitziet. Dat had in mijn tijd nooit gekund. Je weet nooit wie er op bezoek komt en je wilt je huis toch zeker niet in deze staat aan iemand tonen?' zei Kristina, terwijl ze als een bezetene het aanrecht schoonveegde.

'Nee, je kunt nooit weten wanneer de koning langs komt wippen voor een kop koffie.'

Kristina draaide zich met een verbouwereerd gezicht om. 'De koning? Waarom zou de koning hier langskomen?'

Erica drukte haar kaken zo stevig op elkaar dat ze bijna stijf werden, maar ze hield haar mond. Dat was meestal het beste.

'Waar zijn jullie geweest?' vroeg Kristina nog een keer, terwijl ze de keukentafel met de vaatdoek onder handen nam.

'In Uddevalla.'

'Ben je echt met de kinderen heen en weer gereden naar Uddevalla? De arme stakkers. Waarom heb je me niet gebeld, dan had ik op ze kunnen passen. Ik had dan weliswaar mijn koffieafspraak met Görel moeten afzeggen, maar wat doet een mens niet voor zijn kinderen en kleinkinderen? Dat is nu eenmaal ons levenslot. Dat zul je begrijpen als je ouder bent en de kinderen wat groter zijn.'

Ze stopte even om stevig over een klodder jam te wrijven die op het tafelzeil was opgedroogd.

'Maar er komt een dag dat ik jullie misschien niet meer kan helpen, dat kan heel snel gaan. Ik ben over de zeventig en niemand weet hoe lang ik het nog aankan.'

Erica knikte en forceerde een dankbare glimlach.

'Hebben de kinderen gegeten?' vroeg Kristina, en Erica verstijfde. Ze was vergeten de kinderen eten te geven. Ze moesten uitgehongerd zijn, maar dat zou ze tegenover haar schoonmoeder nooit toegeven.

'We hebben onderweg een worstje gegeten. Maar ze willen nu vast lunchen.'

Resoluut liep ze naar de koelkast om te kijken wat ze klaar kon maken. Het snelst was yoghurt met cornflakes, zag ze, en dus zette ze de yoghurt op tafel en pakte een pak Frosties uit de kast.

Ze hoorde een bedroefde zucht van Kristina. 'In mijn tijd kregen de kinderen altijd een echte maaltijd, iets anders kwam niet bij ons op. Patrik en Lotta kregen nooit halffabricaten voorgeschoteld en kijk eens hoe gezond ze altijd zijn. De basis voor een goede gezondheid is je voeding, dat heb ik altijd al gezegd, maar ik geloof niet dat er nog iemand is die naar oude wijsheden luistert. De jongelui van tegenwoordig denken dat ze het beter weten en alles moet tegenwoordig heel snel gaan.' Ze raakte buiten adem en net op dat moment verscheen Maja in de keuken.

'Mama, ik heb vreselijke honger en Noel en Anton ook. Mijn buik is helemaal leeg.' Ze wreef over haar buik die, zoals bij de meeste kinderen van haar leeftijd, nog steeds een beetje bol was.

'Maar jullie hebben onderweg toch een worstje gegeten?' zei Kristina en ze streek Maja over haar wang.

'Nee, we hebben helemaal geen worstje gegeten. We hebben alleen ontbeten en ik heb honger. Reuzehonger!'

Erica keek haar kleine verrader boos aan en voelde Kristina's veroordelende blik in haar rug.

'Ik wil wel pannenkoeken voor ze bakken,' zei Kristina en Maja sprong op en neer van blijdschap.

'Oma's pannenkoeken! Ik wil oma's pannenkoeken.'

'Dat is aardig van je.' Erica zette de yoghurt terug. 'Dan ga ik me boven even verkleden en iets opzoeken voor mijn werk.'

Kristina had zich omgedraaid en was al bezig de ingrediënten voor het pannenkoekenbeslag te pakken. De pan stond al warm te worden op het fornuis.

'Doe dat, dan zorg ik ervoor dat die arme kinderen wat te eten krijgen.'

Terwijl ze langzaam tot tien telde, liep Erica naar boven. Eigenlijk hoefde ze helemaal niets op te zoeken, ze had alleen even een moment voor zichzelf nodig. Patriks moeder bedoelde het goed, maar ze wist precies welke knoppen ze moest indrukken om Erica tot waanzin te drijven. Patrik had er vreemd genoeg niet evenveel last van en dat ergerde Erica nog meer. Telkens als ze met hem over Kristina probeerde te praten, over iets wat ze had gezegd of gedaan, zei hij alleen: 'Ach, maak je er niet zo druk om. Mama draaft soms wat door, maar laat haar haar gang toch gaan.'

Misschien ging dat zo tussen moeders en zonen en misschien zou zij op een dag een even lastige schoonmoeder zijn voor de vrouwen van Noel en Anton. Maar diep vanbinnen dacht ze niet dat dat zou gebeuren. Ze zou de beste schoonmoeder van de hele wereld zijn, zo eentje met wie de schoondochters als een vriendin omgingen en die ze in vertrouwen namen. Ze zouden willen dat Patrik en zij altijd meegingen op vakantie en ze zou hen met de kinderen helpen, en als ze het druk hadden op hun werk, zou ze naar hun huis gaan en helpen met schoonmaken en eten koken. Waarschijnlijk zou ze een eigen sleutel hebben en… Erica stopte ineens. Misschien was het bij nader inzien toch niet zo makkelijk om de perfecte schoonmoeder te zijn.

In de slaapkamer trok ze een korte spijkerbroek en een T-shirt aan. Het witte shirt was haar favoriet. Ze verbeeldde zich dat het haar slanker maakte. Haar gewicht had in de loop van de jaren weliswaar wat geschommeld, maar vroeger had ze altijd maatje 38 gehad. Nu moest ze al een aantal jaren maat 42 kopen, ja, eigenlijk al sinds de geboorte van Maja. Hoe was het zover gekomen? Voor Patrik gold hetzelfde. Om te zeggen dat hij goedgetraind was toen ze elkaar leerden kennen was misschien overdreven, maar hij had wel een platte buik gehad. Tegenwoordig stak die behoorlijk naar voren en helaas moest ze bekennen dat ze bierbuiken een van de onaantrekkelijkste dingen vond die er bestonden. Ze vroeg zich af of hij net zo over haar dacht. Zij zag er ook anders uit dan toen ze elkaar leerden kennen.

Ze wierp een laatste blik in de passpiegel, schrok en draaide zich om. Iets was anders dan anders in de kamer. Ze keek om zich heen en probeerde zich te herinneren hoe de slaapkamer er die ochtend had uitgezien. Het was moeilijk om een specifiek beeld van vandaag te krijgen, maar ze zou zweren dat er iets was veranderd. Was Kristina hier misschien geweest? Nee, dan zou ze de boel hebben opgeruimd en het bed hebben opgemaakt en dat was niet gebeurd. Dekbedden en kussens lagen door elkaar en de sprei lag zoals gewoonlijk verfrommeld op het voeteneind. Erica keek nog een keer nadenkend rond, maar haalde toen haar schouders op. Waarschijnlijk was het maar verbeelding.

Ze liep verder naar de werkkamer, ging achter de computer zitten en wachtte tot ze haar wachtwoord kon invoeren. Verbaasd staarde ze naar het scherm. Iemand had geprobeerd om op haar computer in te loggen. Na drie mislukte pogingen verscheen nu de beveiligingsvraag: HOE HEETTE JE EERSTE HUISDIER?

Met een groeiend gevoel van onbehagen liet ze haar blik door de werkkamer glijden. Ja, er was absoluut iemand geweest. Het leek misschien één grote chaos, maar ze wist altijd precies waar alles lag en nu kon ze zien dat iemand aan haar spullen had gezeten. Maar waarom? Hadden ze ergens naar gezocht en zo ja, naar wat? Ze bleef een hele tijd zoeken of er iets ontbrak, maar alles leek er nog te zijn.

'Erica?'

Kristina riep haar van beneden en nog altijd met een onbehaaglijk gevoel in haar lijf kwam ze overeind om te horen wat haar schoonmoeder wilde.

'Ja?' Ze leunde over de trapleuning.

Kristina stond met een verwijtend gezicht beneden in de hal.

'Je moet erom denken de terrasdeur goed dicht te doen. Dit had helemaal verkeerd kunnen aflopen. Gelukkig zag ik Noel door het keukenraam. Hij was al buiten en rende naar de straat. Godzijdank had ik hem op tijd te pakken, maar met kleine kinderen in huis kun je geen deuren open laten staan. In een oogwenk zijn ze verdwenen.'

Erica werd koud. Ze wist heel zeker dat de terrasdeur dicht was geweest toen ze wegging. Na een korte aarzeling pakte ze de telefoon om Patrik te bellen. Even later hoorde ze hem in de keuken rinkelen. Hij had zijn mobieltje op het aanrecht laten liggen. Ze verbrak de verbinding.

Paula kwam steunend uit de bank omhoog. De lunch was klaar en hoewel de gedachte aan eten haar misselijk maakte, wist ze dat ze moest. Normaal gesproken was ze dol op haar moeders eten, maar door de zwangerschap was haar eetlust verdwenen en als ze zelf had mogen beslissen, zou ze op zoute crackers en ijs hebben geleefd.

'Daar heb je het nijlpaard!' zei Mellberg en hij trok een stoel voor haar bij.

Ze reageerde niet op het grapje dat ze al zo vaak had gehoord. 'Wat staat er op het menu?'

'Vleesschotel, bereid in de gietijzeren pan. Het is belangrijk dat je ijzer binnenkrijgt,' zei Rita, die een enorme portie opschepte en het bord voor Paula neerzette.

'Fijn dat ik bij jullie mag komen eten. Ik heb tegenwoordig helemaal geen zin om te koken. Vooral niet als Johanna werkt.'

'Dat spreekt toch vanzelf, meisje,' zei Rita en ze glimlachte naar haar dochter.

Paula haalde diep adem voordat ze het eerste hapje naar haar mond bracht. Ze kreeg het bijna niet weg, maar bleef koppig kauwen. Het kind had de energie nodig.

'Hoe gaat het op het werk?' vroeg ze na een poosje. 'Zit er schot in de Valö-zaak?'

Mellberg werkte zijn portie naar binnen voordat hij antwoordde.

'Zeker, we boeken vooruitgang. Ik werk me uit de naad en dat levert natuurlijk resultaat op.'

'Wat hebben jullie tot nog toe ontdekt?' zei Paula. Ze wist heel goed dat Bertil, hoewel hij hoofd van het politiebureau was, geen antwoord zou kunnen geven op die vraag.

'Tja…' Hij zag er verward uit. 'We hebben om het zo maar te zeggen nog geen duidelijk overzicht van de resultaten.'

Zijn mobieltje rinkelde en dankbaar voor de onderbreking ging hij van tafel om op te nemen.

'Met Mellberg (…) Hoi, Annika (…) Waar is Hedström dan, verdomme? En Gösta? (…) Hoezo krijg je ze niet te pakken? (…) Valö? Ja, maar daar kan ik wel heen (…) Ik ga erheen, zei ik!' Hij verbrak de verbinding en in zichzelf mopperend liep hij naar de hal.

'Waar ga je heen? Je hebt nog niet afgeruimd,' riep Rita.

'Een belangrijke politieaangelegenheid. Er is geschoten op Valö. Ik heb geen tijd voor huishoudelijke klusjes.'

Paula merkte dat haar levensgeesten werden opgewekt en stond zo snel ze maar kon op van haar stoel.

'Wacht, Bertil! Wat zei je? Is er iemand neergeschoten op Valö?'

'Ik heb nog geen details, maar ik heb Annika duidelijk gemaakt dat ik erheen ga en persoonlijk de leiding van de zaak op me neem.'

'Ik ga met je mee,' zei Paula, terwijl ze puffend op een krukje ging zitten om haar schoenen aan te trekken.

'Geen sprake van,' zei Bertil. 'Bovendien heb je vakantie.'

Hij kreeg meteen bijval van Rita, die de keuken uit kwam gestormd.

'Ben je helemaal gek geworden!' schreeuwde ze zo hard dat het een wonder was dat ze Leo niet wakker maakte, die op Rita's en Bertils slaapkamer zijn middagdutje deed in het logeerbedje. 'In jouw toestand moet je je niet in zo'n situatie begeven.'

'Goed zo, laat je dochter haar verstand gebruiken.' Mellberg legde zijn hand op de deurkruk en wilde vertrekken.

'Je gaat nergens heen zonder mij. Als je dat wel doet, lift ik naar Fjällbacka en zorg ik zelf wel dat ik op het eiland kom.'

Paula had haar besluit genomen. Ze had er genoeg van om stil te zitten en niets omhanden te hebben. Haar moeder bleef foeteren, maar ze wuifde haar bezwaren weg.

'Die dwaze vrouwen ook altijd,' zei Mellberg.

Hij wist dat hij was verslagen en liep vooruit naar de auto. Toen Paula beneden kwam, had hij de motor gestart en de airco aangezet.

'Je moet me wel beloven dat je het kalm aan doet en uit de buurt blijft als er heibel komt.'

'Ik beloof het,' zei Paula en ze nam plaats op de passagiersstoel. Voor het eerst in maanden voelde ze zich weer zichzelf en geen lopende couveuse. Terwijl Mellberg Victor Bogesjö van de Reddingsbrigade belde om te zeggen dat ze naar het eiland moesten, vroeg ze zich af wat ze daar zouden aantreffen.

Fjällbacka 1929

De school was een kwelling. Elke ochtend probeerde Laura het moment dat ze erheen moest zo lang mogelijk uit te stellen. In de pauzes regende het lelijke woorden en scheldnamen en dat was natuurlijk allemaal de schuld van haar moeder. Heel Fjällbacka wist wie Dagmar was, dat ze gek was en een drankorgel. Soms zag Laura haar op weg van school naar huis, wanneer ze rondzwierf op het plein, naar de mensen brulde en raaskalde over Göring. Laura bleef nooit staan. Ze deed net of ze niets zag en liep altijd snel door.

Moeder was niet vaak thuis. Ze bleef tot laat in de avond weg en sliep als Laura naar school ging. Vervolgens was ze weer weg als Laura thuiskwam. Het eerste dat Laura dan altijd deed was opruimen. Pas als ze alle sporen van haar moeders aanwezigheid had verwijderd voelde ze zich rustig. Ze verzamelde de kleren die op de vloer lagen en als de stapel groot genoeg was, waste ze ze. Ze maakte de keuken schoon, zette de boter weg die op tafel was blijven staan en voelde of het brood nog eetbaar was, hoewel moeder het niet had teruggelegd in de broodtrommel. Daarna stofte ze en ruimde op waar dat nodig was. Als alles op zijn plaats stond en alle oppervlakken glommen, had ze eindelijk de rust om met het poppenhuis te spelen. Dat was haar dierbaarste bezit. Ze had het van de aardige buurvrouw gekregen die op een dag aan de deur had geklopt toen moeder niet thuis was.

Soms waren de mensen goedhartig en kwamen ze haar spullen brengen: eten, kleren en speelgoed. Maar de meesten gluurden en wezen alleen maar en sinds de keer dat moeder haar in haar eentje in Stockholm had achtergelaten, had Laura geleerd om nooit om hulp te vragen. De *politie had haar opgehaald en ze was in de hemel terechtgekomen. Ze had twee dagen bij een gezin mogen wonen waar de vader en de moeder lieve ogen hadden. Hoewel ze slechts vijf was geweest, kon ze zich die dagen nog heel goed herinneren. De moeder had de grootste stapel flensjes gebakken die Laura ooit had gezien en ze had Laura aangespoord door te eten tot haar buik zo vol was dat ze had gedacht nooit meer hongerig te zullen worden. Uit een la had ze gebloemde jurkjes voor Laura gepakt die niet kapot of vuil waren; de mooiste kleren die je je maar kon voorstellen. Laura had zich net een prinses gevoeld. Twee avonden was ze met een kus op haar voorhoofd in een heerlijk bed met schone lakens ingestopt. De moeder met de lieve ogen had heel lekker geroken, niet naar drank en bedompt vuil zoals moeder. In huis was het ook mooi geweest, met porseleinen snuisterijen en wandkleden. Laura had meteen de eerste dag al gesmeekt te mogen blijven, maar de moeder had niet geantwoord en haar alleen maar stevig vastgehouden in haar zachte armen.*

Het duurde niet lang of moeder en zij waren weer thuis alsof er niets was gebeurd. En moeder was bozer geweest dan ooit. Laura had zoveel slaag gekregen dat ze nauwelijks kon zitten en toen had ze een besluit genomen: ze zou niet over de lieve moeder dromen. Niemand kon haar redden en het had geen enkele zin om zich te verzetten. Wat er ook gebeurde, ze zou altijd weer bij moeder terechtkomen, in de donkere, kleine woning. Maar als ze groot was, zou ze het mooi maken in huis, met kleine porseleinen poezen op gehaakte kleedjes en geborduurde wandkleden in alle kamers.

Ze ging op haar knieën voor het poppenhuis zitten. Het huis was schoon en opgeruimd en ze had de schone was opgevouwen en in de kast gelegd. Daarna had ze een boterham gegeten die ze zelf had gesmeerd en nu kon ze het zichzelf toestaan om een poosje een andere en betere wereld binnen te treden. Ze woog de moederpop in haar hand. Die was heel licht en mooi. Ze had een witte jurk aan, met kant en een hoge kraag, en haar haar was in een knotje opgestoken. Laura was dol op de moederpop. Met haar wijsvinger streelde ze het gezicht. Ze zag er lief uit, net als de moeder die zo lekker had geroken.

Voorzichtig zette ze de pop op de zondagse bank in de salon. Die kamer vond ze het allermooist. Alles was daar volmaakt. Er hing zelfs een piepkleine kristallen kroonluchter aan het plafond. Laura kon uren

naar de kleine prisma's kijken en zich erover verbazen dat zoiets vol-
maakts en kleins kon worden vervaardigd. Ze kneep haar ogen half dicht
en inspecteerde de kamer met een kritische blik. Was die echt perfect of
kon het nog beter? Ze schoof de eetkamertafel een beetje naar links.
Daarna verplaatste ze de stoelen. Het duurde even voordat ze allemaal
op een rechte lijn om de tafel stonden. Uiteindelijk was het goed, maar
toen moest ze de zondagse bank ook verplaatsen, anders ontstond er een
vreemde lege ruimte midden in de salon en dat kon natuurlijk niet. Met
haar ene hand tilde ze de moederpop op en met haar andere de bank. Te-
vreden zette ze de bank weer neer en zocht in het huis naar de twee kleine
kindpoppen. Als ze zich netjes gedroegen, mochten zij nu ook meedoen.
In de salon mocht je niet rondrennen en geen rommel maken. Je mocht
alleen braaf zijn en stilzitten. Dat wist ze volstrekt zeker.

De kindpoppen kregen een plekje aan weerszijden van de moederpop.
Als Laura haar hoofd schuin hield, leek het bijna alsof de moederpop
glimlachte. Ze was zo perfect en mooi. Als Laura groot was, zou ze ook zo
worden.

※

Patrik kwam puffend bij de voordeur aan. Het huis lag fraai op een heuvel aan zee en hij had de auto op de parkeerplaats bij het Brandpark neergezet, zodat ze naar boven konden lopen. Het ergerde hem dat hij na de slingerende weg hijgde als een postpaard terwijl Gösta ogenschijnlijk nergens last van had.

'Hallo?' riep hij door de open deur. Je zag dat 's zomers veel. De mensen hadden hun deuren en ramen openstaan, en in plaats van te kloppen of aan te bellen, riep je.

Er kwam een vrouw aan die een zonnehoed, een bril en een soort tuniek in allerlei kleuren droeg. Ondanks de warmte had ze dunne handschoenen aan.

'Ja?' Het leek alsof ze het liefst meteen weer was weggelopen.

'We zijn van de politie in Tanum. We zijn op zoek naar Leon Kreutz.'

'Dat is mijn man. Ik ben Ia Kreutz.' Ze stak haar hand uit en begroette hen zonder haar handschoenen uit te trekken. 'We zitten net te eten.'

Ze liet duidelijk merken dat de agenten stoorden en Patrik en Gösta wisselden een veelbetekenende blik. Als Leon net zo gereserveerd was als zijn vrouw, kon dit weleens een uitdaging worden. Ze liepen achter haar aan naar het terras, waar een man in een rolstoel aan tafel zat.

'We hebben bezoek. De politie.'

De man knikte en keek hen zonder verbazing in zijn ogen aan.

'Ga zitten. We eten alleen maar een salade. Mijn vrouw geeft de voorkeur aan dit soort eten.' Leon glimlachte scheef.

'Mijn man had de lunch het liefst overgeslagen en een sigaret opgestoken,' zei Ia. Ze ging op haar plek zitten en legde een servet op haar schoot. 'Hebben jullie er bezwaar tegen als ik gewoon dooreet?'

Patrik gebaarde dat ze rustig met haar salade verder kon gaan terwijl zij met Leon praatten.

'Ik neem aan dat jullie hier zijn omdat jullie het over Valö willen hebben.' Leon had zijn lunch onderbroken en liet zijn handen op zijn schoot rusten. Een wesp die op een stukje kip landde, mocht daar ongestoord van eten.

'Dat klopt.'

'Wat is daar eigenlijk aan de hand? Er doen allerlei wilde geruchten de ronde.'

'We hebben bepaalde vondsten gedaan,' zei Patrik ontwijkend. 'Zijn jullie onlangs naar Fjällbacka teruggekomen?'

Hij bestudeerde Leons gezicht. De ene helft was glad en onbeschadigd, maar op de andere zaten littekens. Aan die kant krulde zijn mondhoek omhoog en was in die positie verstijfd, waardoor je zijn tanden kon zien.

'We hebben het huis een paar dagen geleden gekocht en zijn er gisteren in getrokken,' zei Leon.

'Waarom bent u na al die tijd teruggekomen?' vroeg Gösta.

'Het verlangen om terug te keren komt misschien met de jaren.' Leon draaide zijn hoofd opzij en keek uit over het water. Patrik zag nu alleen de gezonde kant van zijn gezicht en het was pijnlijk duidelijk hoe knap Leon moest zijn geweest.

'Ik was liever in ons huis aan de Rivièra gebleven,' zei Ia. Haar man en zij wisselden een ondoorgrondelijke blik.

'Anders krijgt mijn vrouw altijd haar zin.' Leon glimlachte weer op zijn merkwaardige manier. 'Maar deze keer heb ik voet bij stuk gehouden. Ik verlangde naar Fjällbacka.'

'Uw familie had hier toch een zomerhuisje?' vroeg Gösta.

'Ja, dat klopt. Op Kalvö. Helaas heeft mijn vader het verkocht. Vraag me niet waarom. Op latere leeftijd had hij af en toe van die invallen en werd een beetje excentriek.'

'Ik heb gehoord dat u een auto-ongeluk hebt gehad,' zei Patrik.

'Ja. Als Ia me niet had gered, had ik nu niet geleefd. Nietwaar, lieverd?'

Haar bestek rammelde zo luid dat Patrik opveerde. Ze staarde Leon zonder iets te zeggen aan. Toen werd haar blik zachter.

'Dat is waar, lieverd. Zonder mij had je nu niet geleefd.'

'Nee, en dat laat je me ook niet vergeten.'

'Hoe lang zijn jullie al getrouwd?' vroeg Patrik.

'Bijna dertig jaar.' Leon draaide zijn hoofd hun kant op. 'Ik heb Ia op een feest in Monaco ontmoet. Ze was het mooiste meisje dat daar was. Maar lastig te veroveren. Ik moest erg mijn best doen.'

'Het was niet zo gek dat ik sceptisch was, gezien je reputatie.'

Hun gekibbel kwam over als een goed ingestudeerde dans, maar ze leken zich er alle twee door te ontspannen en Patrik meende zelfs een glimlach op Ia's lippen te zien. Hij vroeg zich af hoe ze er zonder haar enorme zonnebril uitzag. Haar huid spande over haar kaken en haar lippen waren zo onnatuurlijk vol dat hij vermoedde dat haar ogen alleen maar het beeld zouden completeren van iemand die veel geld had neergeteld om haar uiterlijk te verfraaien.

Patrik wendde zich weer tot Leon. 'Zoals gezegd willen we met u praten omdat er wat vondsten op Valö zijn gedaan. Die wijzen erop dat de Elvanders zijn vermoord.'

'Dat verbaast me niet,' zei Leon na een korte stilte. 'Ik heb nooit begrepen hoe een heel gezin zomaar kon verdwijnen.'

Ia begon te hoesten. Haar gezicht was bleek.

'Excuseer me. Ik vermoed dat ik weinig aan dit onderwerp kan bijdragen. Ik denk dat ik maar binnen ga zitten, dan kunnen jullie het in alle rust bespreken.'

'Doe maar. We zijn hier vooral om met uw man te praten.' Patrik trok zijn benen in om Ia te laten passeren. Ze zwierde met haar bord in haar hand in een wolk van zoet parfum langs.

Leon keek Gösta met samengeknepen ogen aan. 'Ik heb het gevoel dat ik u ergens van ken. Was u niet degene die naar Valö kwam? En ons meenam naar het bureau?'

Gösta knikte. 'Dat klopt.'

'Ik herinner me dat u aardig was. Uw collega was wat lomper. Werkt hij hier ook nog?'

'Henry heeft in het begin van de jaren tachtig een baan gekregen in Göteborg. Ik ben hem uit het oog verloren, maar ik heb gehoord dat hij een paar jaar geleden is overleden,' antwoordde Gösta, waarna hij zich naar voren boog. 'Ik herinner me u als een leiderstype.'

'Dat is voor mij moeilijk te beoordelen. Maar het is waar dat mensen altijd luisteren als ik praat.'

'De andere jongens leken naar u op te zien.'

Leon knikte langzaam. 'Dat klopt inderdaad. Wat een bonte verzameling als je erover nadenkt.' Hij lachte. 'Zo'n vreemde combinatie vind je waarschijnlijk alleen op een jongensinternaat.'

'Maar jullie hadden toch best veel gemeen? Kwamen jullie niet allemaal uit welgestelde gezinnen?' vroeg Gösta.

'Josef niet. Hij was er alleen omdat zijn ouders zulke grote ambities hadden. Ze leken hem te hebben gehersenspoeld. De Joodse erfenis schiep verplichtingen en het was alsof ze grootse prestaties van hem verwachtten om alles te compenseren wat ze in de oorlog waren kwijtgeraakt.'

'Geen makkelijke opgave voor een kind,' zei Patrik.

'Nee, maar hij vatte die serieus op. En hij schijnt alles te doen wat binnen zijn vermogen ligt om aan de verwachtingen te voldoen. Jullie hebben toch wel van het Joodse museum gehoord?'

'Ik geloof dat ik er in de krant iets over heb gelezen,' zei Gösta.

'Waarom wil hij hier zo'n museum bouwen?' vroeg Patrik.

'Deze streek heeft veel koppelingen met de oorlog. En behalve de Joodse geschiedenis zal het museum de rol van Zweden tijdens de Tweede Wereldoorlog belichten.'

Patrik dacht aan een onderzoek dat een paar jaar eerder had plaatsgevonden en besefte dat Leon gelijk had. De provincie Bohuslän lag vlak bij Noorwegen en de voormalige gevangenen uit de concentratiekampen waren met witte bussen naar Uddevalla gebracht. De sympathieën van de mensen die hier woonden liepen uiteen. De neutraliteit was iets wat achteraf was bedacht.

'Hoe komt het dat u van Josefs plannen weet?' vroeg Patrik.

'We kwamen hem onlangs bij Café Bryggan tegen.' Leon reikte naar zijn glas water.

'Jullie waren destijds met z'n vijven op het eiland. Hebben jullie contact met elkaar gehouden?'

Nadat hij een paar grote slokken had genomen, zette Leon het glas weer neer. Er liep een beetje water over zijn kin en hij veegde het met de rug van zijn hand weg.

'Nee, waarom zouden we? We werden van elkaar gescheiden toen de familie Elvander verdween. Mijn vader stuurde me naar een school in Frankrijk – hij was overdreven beschermend – en ik neem aan dat de anderen ook ergens anders zijn geplaatst. We hadden zoals gezegd niet veel gemeen en we hebben daarna geen contact met elkaar gehad. Maar ik kan natuurlijk alleen voor mezelf praten. Volgens Josef doet Sebastian zaken met hem en met Percy.'

'Maar niet met u?'

'Nee, godzijdank niet. Ik ging nog liever tussen witte haaien duiken. Wat ik trouwens ook heb gedaan.'

'Waarom zou u nooit zakendoen met Sebastian?' vroeg Patrik, al dacht hij het antwoord op die vraag wel te weten. Sebastian Månsson was in deze streek berucht en bij hun ontmoeting gisteren had Patrik niet bepaald een ander beeld van hem gekregen.

'Als hij net zo is als vroeger, zou hij zijn eigen moeder nog verkopen als dat nodig was.'

'Weten de anderen dat niet? Waarom doen zij dan wel zaken met hem?'

'Ik heb geen idee. Dat moeten jullie hun maar vragen.'

'Hebt u een theorie over wat er met de familie Elvander gebeurd kan zijn?' vroeg Gösta.

Patrik keek met een schuin oog in de richting van de woonkamer. Ia was klaar met eten en had haar bord op tafel laten staan. Zelf was ze nergens te bekennen.

'Nee.' Leon schudde zijn hoofd. 'Ik heb daar uiteraard vaak over nagedacht, maar ik heb geen flauw idee wie hen zou hebben willen vermoorden. Het moeten inbrekers zijn geweest of idioten. Zoals Charles Manson en zijn volgelingen.'

'Het kwam dan wel goed voor ze uit dat jullie net op dat moment aan het vissen waren,' zei Gösta droog.

Patrik probeerde zijn aandacht te trekken. Dit was een inleidend gesprek, geen verhoor. Ze hadden er niets aan als ze Leon tegen zich in het harnas joegen.

'Ik heb geen betere verklaring.' Leon spreidde zijn handen. 'Misschien werd Rune ingehaald door iets uit zijn verleden. Mogelijk hielden een of meerdere mensen het huis in de gaten en zagen ze hun kans schoon toen ze ons zagen vertrekken. Het was paasvakantie, dus er waren maar vijf leerlingen die weg hoefden te gaan. Tijdens andere weken waren dat er aanzienlijk meer, dus als het iemand was die het specifiek op het gezin had gemunt, was het tijdstip goed gekozen.'

'Er was niet iemand op school die ze kwaad wilde doen? U hebt in de periode voor hun verdwijning niets gemerkt? Vreemde geluiden 's nachts, bijvoorbeeld?' zei Gösta en Patrik keek hem vragend aan.

'Nee, daar herinner ik me niets van.' Leon fronste zijn wenkbrauwen. 'Alles was net als anders.'

'Kunt u nog wat meer over het gezin vertellen?' Patrik wuifde een wesp weg die volhardend voor zijn gezicht bleef zoemen.

'Rune leidde het internaat met ijzeren hand. Dat was in elk geval wat hij zelf dacht. Tegelijk was hij op de een of andere vreemde manier blind voor de tekortkomingen van zijn kinderen. Vooral van de twee oudsten. Claes en Annelie.'

'En wat wilde Rune dan niet zien? Het klinkt alsof u aan iets speciaals denkt.'

Leons blik werd leeg. 'Nee, ze waren net als de meeste tieners onuitstaanbaar. Als Rune het niet merkte, pestte Claes de zwakkere leerlingen. En Annelie…' Hij leek over zijn woordkeuze na te denken. 'Als ze ouder was geweest, zou ze waarschijnlijk een mannengek zijn genoemd.'

'En Runes vrouw, Inez, hoe was het voor haar?'

'Vast niet makkelijk. Zij werd geacht de hele huishouding voor haar rekening te nemen en voor Ebba te zorgen. En Claes en Annelie waren altijd aan het klieren. Wasgoed waarmee Inez de hele dag druk in de weer was geweest, belandde zomaar buiten op de grond; een stoofschotel waarmee ze uren bezig was geweest, brandde aan omdat iemand de plaat per ongeluk hoger had gezet. Er gebeurden aldoor van dat soort dingen, maar Inez klaagde nooit. Ze wist dat ze met dit soort dingen niet bij Rune aan hoefde te komen.'

'Hadden jullie haar niet kunnen helpen?' vroeg Gösta.

'Die dingen gebeurden helaas altijd als niemand het zag. Dat je op je vingers na kon tellen wie de schuldige was, is niet hetzelfde als bewijzen hebben die je aan Rune kon laten zien.' Hij keek hen vragend aan. 'Wat hebben jullie eraan om te weten hoe de verhoudingen in dat gezin waren?'

Patrik dacht even na voor hij antwoord gaf. De waarheid was dat hij het niet echt wist. Iets zei hem echter dat hij in de relaties tussen de mensen van die school de sleutel tot het gebeurde kon vinden. Hij geloofde geen moment in een bloeddorstige roversbende. Wat hadden ze daar nou kunnen stelen?

'Hoe komt het dat jullie vijven daar met Pasen waren?' vroeg hij zonder Leons vraag te beantwoorden.

'Percy, John en ik waren gebleven omdat onze ouders op reis waren. Sebastian mocht niet naar huis omdat hij weer eens iets had uitgehaald. En de arme Josef zou bijles krijgen. Zijn ouders vonden dat er geen reden was om hem onnodig vakantie te laten vieren en daarom hadden ze met Rune afgesproken dat Josef tegen betaling privéles kreeg.'

'Zo te horen hadden er tussen jullie ook conflicten kunnen ontstaan.'

'Hoe dat zo?' Leon keek Patrik recht aan.

Gösta gaf echter antwoord: 'Vier van jullie waren rijkeluiskinderen die alles konden krijgen wat hun hartje begeerde. Ik stel me zo voor dat dat tot enige concurrentie leidde. Josef daarentegen had een heel andere achtergrond en hij was bovendien een Jood.' Gösta pauzeerde even. 'En waar John tegenwoordig staat, weten we ook.'

'John was toen niet zo,' zei Leon. 'Ik weet dat Johns vader het maar niets vond dat zijn zoon naar dezelfde school ging als een Joodse jongen, maar ironisch genoeg konden zij tweeën het het best met elkaar vinden.'

Patrik knikte. Hij vroeg zich even af waarom Johns opvattingen waren veranderd. Had hij toen hij ouder werd uiteindelijk toch de ideeën van zijn vader overgenomen? Of was er een andere verklaring?

'En de anderen? Hoe zou u hen beschrijven?'

Leon leek over de vraag na te denken. Vervolgens rekte hij zich uit en riep in de richting van de woonkamer: 'Ia? Ben je daar? Kun je een kopje koffie voor ons maken?' Hij zakte weer terug in zijn rolstoel.

'Percy is op en top van adel. Hij was verwend en arrogant, maar eigenlijk school er geen greintje kwaad in hem. Hij had alleen altijd te horen gekregen dat hij beter was dan anderen en hij vertelde graag over elke strijd die zijn voorouders hadden gevoerd. Zelf was hij nog bang voor zijn eigen schaduw. Sebastian was zoals gezegd altijd op jacht naar een goede deal. En hij dreef een behoorlijk lucratief handeltje op het eiland. Niemand wist precies hoe hij het voor elkaar kreeg, maar volgens mij betaalde hij een visser om allerlei spullen te leveren, die hij daarna tegen woekerprijzen verkocht. Chocola, sigaretten, frisdrank, pornoblaadjes en soms zelfs alcohol. Maar daar stopte hij mee nadat Rune hem een keer bijna had betrapt.'

Ia kwam naar buiten met een dienblad en zette de koffiekopjes op tafel. Ze leek zich niet thuis te voelen in haar rol als verzorgende echtgenote.

'Ik hoop dat de koffie te drinken is. Ik snap niets van die apparaten.'

'Het is vast lekker,' zei Leon. 'Ia is het niet gewend zo spartaans te leven. Thuis in Monaco hebben we personeel dat koffie voor ons zet, dus dit is even wennen voor haar.'

Patrik wist niet of hij het zich verbeeldde, maar even meende hij iets van kwaadaardigheid in Leons stem te horen. Toen was die klank weer verdwenen en was Leon opnieuw de beminnelijke gastheer.

'Zelf heb ik tijdens de zomers op Kalvö geleerd om eenvoudig te leven. In de stad waren we van alle gemakken voorzien. Maar op het eiland…' – hij keek over het water – '… hing mijn vader zijn nette pak in de kast en liep rond in een T-shirt en een korte broek. We visten, plukten bosaardbeien en zwommen. Eenvoudige luxe.'

Hij stopte toen Ia met de koffie naar buiten kwam en inschonk.

'U hebt daarna niet bepaald een eenvoudig leven geleid,' zei Gösta, terwijl hij van de koffie nipte.

'Touché,' zei Leon. 'Dat is inderdaad zo. Het avontuur trok me meer dan de rust.'

'Ging het om de kick?' vroeg Patrik.

'Dat is een heel simpele manier om het te beschrijven, maar misschien zou je het wel zo kunnen zeggen. Ik kan me zo voorstellen dat het een beetje op drugs lijkt, al heb ik mijn lichaam nooit met dat spul vervuild, en je raakt er ook verslaafd aan. Als je er eenmaal mee bent begonnen, kun je er niet meer mee stoppen. Je ligt 's nachts wakker en vraagt je af of je nog hoger kunt klimmen. Hoe diep je kunt duiken. Hoe snel je kunt rijden. Allemaal vragen waarop uiteindelijk een antwoord moet komen.'

'Maar dat is nu afgelopen,' stelde Gösta vast.

Patrik vroeg zich af waarom hij Gösta en Mellberg nooit naar een cursus in verhoortechnieken had gestuurd, maar Leon leek het goed op te nemen.

'Ja, nu is dat afgelopen.'

'Wat voor ongeluk hebt u gehad?'

'Het was een gewoon auto-ongeluk. Ia reed en zoals jullie ongetwijfeld weten, zijn de wegen in Monaco smal, kronkelig en hier en daar steil. Er kwam een tegenligger, Ia week te abrupt uit en we raakten van de weg. De auto vloog in brand.' Zijn toon was niet zo nonchalant meer en hij staarde voor zich uit alsof hij het zag gebeuren. 'Weten jullie hoe ongebruikelijk het is dat een auto in brand vliegt? Het is niet zoals in de film dat alle auto's ontploffen zodra ze ergens tegenaan botsen. We hadden pech. Ia is er relatief goed van afgekomen, maar mijn benen zaten bekneld en ik kon niet wegkomen. Ik voelde dat eerst mijn handen, benen en kleren begonnen te branden. En toen mijn gezicht. Daarna ben ik buiten westen geraakt, maar Ia heeft me uit de auto getrokken. Daarbij heeft ze haar handen verbrand. Verder had ze wonder boven wonder alleen maar wat schaafwonden en twee gebroken ribben. Ze heeft mijn leven gered.'

'Hoe lang is dat geleden?' vroeg Patrik.

'Negen jaar.'

'Er is geen kans op...' Gösta knikte naar de rolstoel.

'Nee. Ik ben vanaf mijn middel verlamd en mag blij zijn dat ik zelf kan ademen.' Hij zuchtte licht. 'Een neveneffect is dat ik gauw moe word en meestal ga ik op dit tijdstip even rusten. Kan ik jullie verder nog ergens mee van dienst zijn? Anders zou ik zo vrij willen zijn om jullie te vragen te vertrekken.'

Patrik en Gösta keken elkaar aan. Toen stond Patrik op.

'Volgens mij was dit het voor dit moment, maar het zou kunnen dat we nog eens terug moeten komen.'

'Jullie zijn welkom.' Leon rolde achter hen aan naar binnen.

Ia kwam de trap af lopen en stak elegant een hand uit om afscheid te nemen.

Net toen ze naar buiten wilden stappen, bleef Gösta staan en wendde zich tot Ia, die heel graag de deur achter hen leek te willen sluiten.

'Het zou goed zijn als we het adres en telefoonnummer van jullie huis aan de Rivièra kregen.'

'Voor het geval we ervandoor gaan?' Ze glimlachte vaag.

Gösta haalde zijn schouders op en Ia draaide zich om naar het tafeltje in de hal om het adres en telefoonnummer op een notitieblok te schrijven. Met een felle beweging scheurde ze het velletje eraf en gaf het aan Gösta, die het zonder iets te zeggen in zijn zak stopte.

Toen ze in de auto zaten, wilde Gösta het gesprek dat ze met Leon hadden gehad evalueren, maar Patrik hoorde amper wat hij zei. Hij was naarstig op zoek naar zijn mobieltje.

'Ik heb mijn telefoon zeker thuis laten liggen,' zei hij ten slotte. 'Mag ik de jouwe even?'

'Sorry. Jij hebt je telefoon altijd bij je, dus ik heb de mijne niet meegenomen.'

Patrik overwoog of hij een paar minuten moest uittrekken om Gösta uit te leggen waarom het zo belangrijk was dat een politieagent altijd zijn telefoon bij zich had, maar hij besefte dat dit niet bepaald het juiste moment was. Hij draaide het contactsleuteltje om.

'We gaan even bij mijn huis langs. Ik moet mijn telefoon ophalen.'

Het kostte maar een paar minuten om naar Sälvik te rijden en ze zwegen beiden. Patrik kon het gevoel niet van zich afzetten dat hem tijdens het gesprek met Leon iets essentieels was ontgaan. Hij wist niet of dat iets was wat was gezegd of juist niet, maar er was gewoon iets wat niet klopte.

Kjell verheugde zich op de lunch. Carina moest vanavond werken en ze had gebeld om te vragen of ze niet samen thuis een hapje konden eten. Het was lastig om tijd voor elkaar te vinden als de een wisseldiensten draaide en de ander tijdens kantooruren werkte. Als zij een paar late diensten achter elkaar had, gingen er soms dagen voorbij zonder dat ze elkaar zagen. Maar Kjell was trots op haar. Ze was een vechter en werkte hard. In de periode dat ze uit elkaar waren geweest, had ze zonder morren zichzelf en haar zoon onderhouden. Achteraf had hij begrepen dat ze een drankprobleem had gehad, maar dat had ze zelf aangepakt. Vreemd genoeg was Frans, zijn vader, degene geweest die haar zover had gekregen. Een van de weinige goede dingen die hij had gedaan, dacht Kjell met een mengeling van bitterheid en onwillige liefde.

Maar dan Beata. Zij werkte het liefst helemaal niet. Toen hij met haar samenwoonde, had ze altijd en eeuwig over geld gezeurd. Ze had zich erover beklaagd dat hij nooit promotie maakte en dus niet het salaris van een leidinggevende had, maar zelf had ze weinig bijgedragen. 'Ik zorg toch voor het huishouden?' had ze gezegd.

Hij parkeerde thuis op de oprit en probeerde diep adem te halen. Nog altijd vervulde de gedachte aan zijn ex-vrouw hem met afschuw en dat kwam voor een groot deel door de diepe verachting die hij voor zichzelf voelde. Hoe had hij meerdere jaren van zijn leven aan haar kunnen verspillen? Natuurlijk had hij geen spijt van de kinderen, maar hij had er wel spijt van dat hij zich had laten verleiden. Zij was lief en jong geweest. Hij een oude man die zich gevleid had gevoeld.

Hij stapte uit de auto en schudde de gedachten aan Beata van zich af. Die mochten de lunch met Carina niet verpesten.

'Hoi, lieverd,' zei ze toen hij binnenkwam. 'Ga zitten. Het eten is net klaar. Ik heb aardappelkoekjes gebakken.'

Ze zette een bord voor hem neer op de keukentafel en hij snoof de geur op. Hij was dol op aardappelkoekjes.

'Hoe gaat het op je werk?' vroeg ze, terwijl ze tegenover hem ging zitten.

Hij keek haar teder aan. Carina was mooi ouder geworden. De fijne lachrimpels rond haar ogen stonden haar goed en door haar favoriete vrijetijdsbesteding – in de tuin rommelen – had ze een gezonde bruine kleur.

'Er zit niet veel schot in. Ik ben iets aan het onderzoeken wat ik over John Holm te weten ben gekomen, maar ik weet niet hoe ik verder moet.'

Hij nam een hap van het aardappelkoekje. Het was net zo lekker als het eruitzag.

'Kun je niemand om hulp vragen?'

Kjell wilde dat idee net wegwuiven, toen hij besefte dat ze een punt had. Dit was zo belangrijk dat hij bereid was zijn trots opzij te zetten. Alles wat hij over John Holm had ontdekt zei hem dat er iets groots was dat aan het licht moest worden gebracht en eigenlijk kon het hem niet schelen of hij het verhaal zelf kreeg. Voor het eerst in zijn carrière als journalist bevond hij zich in een situatie die hij alleen van horen zeggen kende. Hij had een verhaal op de korrel dat groter was dan hijzelf.

Hij stond snel op. 'Sorry, ik moet iets doen.'

'Nu?' vroeg Carina, terwijl ze naar zijn halfvolle bord keek.

'Ja, sorry. Ik weet dat je hebt gekookt en zo, en ik had me er ook op verheugd even met je samen te zijn, maar ik…'

Toen hij de teleurstelling in haar blik zag, ging hij bijna weer zitten. Hij had haar al vaak genoeg teleurgesteld en deed dat liever niet weer. Maar op dat moment lichtte haar gezicht op en ze glimlachte.

'Ga maar doen wat je moet doen. Ik weet dat je een half aardappelkoekje niet zou laten liggen als de nationale veiligheid niet op het spel stond.'

Kjell lachte. 'Ja, zoiets is het.' Hij boog zich voorover en zoende haar op haar mond.

Toen hij weer op de redactie was, dacht hij na over wat hij zou zeggen. Waarschijnlijk was er meer nodig dan wat duistere vermoedens en een paar krabbels om de belangstelling van een van de belangrijkste politiek journalisten van Zweden te wekken. Hij krabde in zijn baard en opeens wist hij het. Het bloed waarover Erica had verteld. Geen enkele krant had nog over de vondst op Valö geschreven. Hij was bijna klaar met het artikel en had uiteraard gedacht dat de *Bohusläningen* het nieuws als eerste zou brengen, maar ondertussen was het vermoedelijk al als een lopend vuurtje door de streek gegaan. Het was slechts een kwestie van tijd voor de andere kranten er lucht van kregen, dus was het niet erg als hij het nieuws weggaf, hield hij zichzelf voor. De *Bohusläningen* met zijn plaatselijke kennis zou bovendien aanzienlijk betere vervolgartikelen kunnen maken dan de grote dagbladen, ook als de krant de scoop zelf misliep.

Hij bleef een paar tellen met de telefoon voor zich zitten, zette zijn gedachten op een rijtje en schreef een paar steekwoorden op een notitieblok. Hij moest goed voorbereid zijn als hij Sven Niklasson belde, de politiek verslaggever van de *Expressen*, om hem om hulp te vragen bij zijn onderzoek naar John Holm. En naar Gimle.

Paula stapte voorzichtig uit de boot. Mellberg had de hele weg naar Valö op haar gemopperd, eerst in de auto en toen op de MinLouis, een van de boten van de Reddingsbrigade. Maar het had niet echt overtuigend geklonken. Hij kende haar ondertussen goed genoeg om te weten dat hij haar niet op andere gedachten zou kunnen brengen.

'Pas goed op. Je moeder vermoordt me als je erin valt.' Hij hield haar ene hand vast, terwijl Victor de andere beethield.

'Bel me als jullie een lift terug willen,' zei Victor, en Mellberg knikte.

'Ik snap niet waarom je per se hierheen wilt,' zei Mellberg, terwijl ze naar het huis liepen. 'Misschien is de schutter er nog wel. Het kan gevaarlijk worden en je zet niet alleen je eigen leven op het spel.'

'Er is al bijna een uur verstreken sinds Annika belde. De schutter is ongetwijfeld al ver weg. En ik neem aan dat Annika Patrik en Gösta te pakken probeert te krijgen, dus die zullen ook wel gauw komen.'

'Ja, maar…' begon Mellberg, maar hij sloot zijn mond weer. Ze waren ondertussen bij de voordeur aanbeland en hij riep naar binnen: 'Hallo! Politie hier.'

Een blonde man met een gejaagde blik kwam hen tegemoet en Paula gokte dat het Mårten Stark was. Op de boot was ze er ondanks alles in geslaagd Mellberg het een en ander over de zaak te laten vertellen.

'We zijn boven in de slaapkamer gaan zitten. We dachten dat dat het… veiligst was.' Hij wierp een blik over zijn schouder in de richting van de trap, waar twee mensen verschenen.

Paula deinsde terug toen ze een van beiden herkende. 'Anna? Wat doe jij hier?'

'Ik ben hier om de maten op te nemen voor een opdracht.' Ze zag bleek, maar ze leek beheerst.

'Is iedereen ongedeerd?'

'Godzijdank wel, ja,' zei Anna en de beide anderen knikten.

'Is het rustig geweest sinds jullie het bureau belden?' vroeg Paula. Ze keek rond. Hoewel ze vermoedde dat de schutter al lang en breed weg was, kon ze niet het risico nemen daarvan uit te gaan. Ze luisterde gespannen of ze iets hoorde.

'Ja, we hebben niets meer gehoord. Willen jullie zien waar de schoten naar binnen zijn gekomen?' Anna leek de leiding te hebben genomen, terwijl Mårten en Ebba afwachtend schuin achter haar stonden. Mårten had zijn arm om Ebba heen geslagen, die met gekruiste armen recht voor zich uit staarde.

'Uiteraard,' zei Mellberg.

'Het is hier in de keuken.' Anna ging hen voor. Ze bleef op de drempel staan en wees. 'De schoten kwamen door de ruit naar binnen, zoals jullie kunnen zien.'

Paula keek naar de ravage. Overal op de vloer, maar vooral onder het verbrijzelde raam, lagen glassplinters.

'Was hier iemand toen er werd geschoten? Weten jullie trouwens zeker dat het meerdere schoten waren en niet één?'

'Ebba was in de keuken,' zei Anna en ze gaf Ebba een duwtje. Zij keek langzaam op en liet haar blik door de keuken glijden alsof ze die voor het eerst zag.

'Opeens hoorde ik een verschrikkelijke knal,' zei ze. 'Heel hard. Ik begreep niet wat het was. Toen kwam er nog zo'n knal.'

'Twee schoten dus,' zei Mellberg en hij stapte de keuken in.

'We kunnen hier beter niet rondlopen, Bertil,' zei Paula. Ze wenste innig dat Patrik hier was geweest. Het was maar de vraag of ze zelf Mellbergs verwoestende optreden zou kunnen tegenhouden.

'Maak je geen zorgen. Ik ben vaker op een plaats delict geweest dan jij tijdens je hele carrière zult zijn en ik weet wat je wel en niet mag doen.' Hij stapte op een grote scherf, die onder zijn gewicht in stukken barstte.

Paula haalde diep adem. 'Ik vind toch dat we ervoor moeten zorgen dat Torbjörn en zijn mannen een onaangeroerde plaats delict aantreffen.'

Mellberg deed alsof hij haar niet hoorde en liep naar de kogelgaten in de achterste muur van de keuken.

'Aha! Daar hebben we de boosdoeners! Waar liggen de plastic zakjes?'

'In de derde la van boven,' zei Ebba afwezig.

Mellberg trok de la open en pakte een rol diepvrieszakjes. Hij scheurde er een af en trok de afwashandschoenen aan die boven de kraan hingen. Daarna liep hij weer naar de muur.

'Eens kijken. Ze zitten niet diep, dus ik kan ze er zó uithalen. Dit wordt een makkelijke klus voor Torbjörn,' zei hij en hij peuterde de beide kogels uit de muur.

'Maar alles moet gefotografeerd worden en...' wierp Paula tegen.

Mellberg hoorde kennelijk geen woord van wat ze zei. Voldaan hield hij het zakje voor hen op en stopte het toen in zijn broekzak. Met een klap trok hij de afwashandschoenen uit en smeet ze in de gootsteen.

'Je moet altijd aan de vingerafdrukken denken,' zei hij en hij fronste zijn voorhoofd. 'Dat is heel belangrijk voor de bewijsvoering, dat weet ik na alle jaren in het vak als geen ander.'

Paula beet zo hard op haar lip dat ze bloed proefde. Kom nou, Hedström, herhaalde ze in gedachten. Maar niemand beantwoordde haar gebed en voor haar ogen stapte Mellberg onbekommerd rond tussen de glasscherven.

Fjällbacka 1931

Ze kon hun blikken in haar rug voelen. Iedereen dacht dat Dagmar niets doorhad, maar zij liet zich niet voor de mal houden, al helemaal niet door Laura. Haar dochter speelde goed toneel en had ieders sympathie. De mensen zeiden meewarig dat ze net een huisvrouwtje was en dat het zielig voor haar was dat ze zo'n moeder had als Dagmar. Niemand zag hoe Laura echt was, maar Dagmar doorzag haar schijnheiligheid. Ze wist wat er onder het keurige oppervlak schuilging. Laura droeg dezelfde vloek als zij. Ze was gebrandmerkt, al zat het schandteken onder haar huid en was het niet zichtbaar. Ze deelden hetzelfde lot en Laura moest zich niet verbeelden dat het anders was.

Dagmar zat op de keukenstoel en beefde licht. Bij haar ochtendborrel had ze een stukje knäckebröd zonder beleg gegeten en opstandig zo veel mogelijk gekruimeld. Laura vond het verschrikkelijk als er kruimels op de vloer lagen en zou geen rust kennen zolang ze die niet had opgeruimd. Er waren wat kruimels op tafel beland en Dagmar veegde die ook op de vloer. Nu had het meisje iets te doen als ze uit school kwam.

Rusteloos trommelde Dagmar met haar vingers op het gebloemde tafelkleed. De onrust die ze met zich meedroeg wilde voortdurend naar buiten en ze kon al heel lang niet meer stilzitten. Er waren twaalf jaren verstreken sinds Hermann haar had verlaten. Toch kon ze zijn handen nog altijd op haar lichaam voelen, een lichaam dat zo was veranderd dat ze niet langer op het meisje leek dat ze toen was geweest.

De woede die ze in het steriele kamertje in het ziekenhuis voor hem had gevoeld, was verdwenen. Zij hield van hem en hij hield van haar. Niets was geworden zoals ze had gedacht, maar het was prettig om te weten wiens schuld het was. Elk wakker moment en ook in haar dromen zag ze het gezicht van Carin Göring voor zich, altijd met een superieure, honende blik. Ze had er zichtbaar van genoten dat Laura en zij werden vernederd. Dagmars vingers trommelden harder op het tafelkleed. Ze was helemaal vervuld van haar gedachten aan Carin en daardoor, en door de drank, kon ze zich dag na dag staande houden.

Ze reikte naar de krant die op tafel lag. Omdat ze er zelf geen geld voor had, stal ze vaak een exemplaar van de stapel restanten die achter de winkel lag te wachten tot hij werd opgehaald. Ze nam elke pagina altijd grondig door, want een paar keer had ze een artikel over Hermann gevonden. Hij was teruggekeerd naar Duitsland en de naam Hitler, die hij in het ziekenhuis had geschreeuwd, was genoemd. Ze had over hem gelezen en haar opwinding voelen toenemen. Dát was haar Hermann, de man in de kranten, niet die dikke, schreeuwende kerel in ziekenhuiskleren. Hij droeg weer een uniform en hoewel hij niet zo slank en elegant was als destijds, was hij wel weer een man met macht.

Haar handen beefden nog altijd toen ze de krant opensloeg. Het leek steeds langer te duren voordat de ochtendborrel effect had. Misschien was het beter als ze er meteen nog een nam. Dagmar stond op en schonk een flink glas in. Ze sloeg het in één keer achterover en merkte dat de warmte zich onmiddellijk verspreidde en dat haar trillen verminderde. Daarna ging ze weer aan tafel zitten en begon de krant door te bladeren.

Ze was bijna bij de laatste pagina toen ze het artikel ontdekte. De letters vervloeiden voor haar ogen en ze moest zich inspannen om zich op de kop te concentreren. 'Echtgenote Göring begraven. Krans van Hitler.'

Dagmar bestudeerde de twee foto's. Er verscheen een glimlach op haar lippen. Carin Göring was dood. Het was waar en ze lachte luid. Nu stond niets Hermann nog in de weg. Nu zou hij eindelijk naar haar terugkeren. Haar voeten trommelden snel op de vloer.

※

Deze keer was hij in zijn eentje naar de granietgroeve gegaan. Als Josef heel eerlijk was, was hij niet echt op het gezelschap van anderen gesteld. Wat hij zocht, zou hij alleen vinden als hij naar binnen keek. Niemand anders kon hem dat geven. Soms wilde hij dat hij anders was, of liever gezegd, meer zoals alle anderen. Dat hij het gevoel kon hebben ergens bij te horen, ergens deel van uit te maken, maar zelfs zijn eigen familie hield hij op afstand. De knoop in zijn borst was te hard en hij voelde zich net een kind dat met zijn neus tegen de etalageruit gedrukt naar alle prachtige dingen in de speelgoedwinkel stond te kijken, maar de deur niet open durfde te doen. Iets belette hem naar binnen te stappen, zijn hand uit te steken.

Hij ging op een rotsblok zitten en zijn gedachten gingen weer naar vader en moeder. Ze waren al tien jaar dood, maar hij voelde zich nog steeds verloren zonder hen. En hij schaamde zich dat hij zijn geheim voor hen verborgen had gehouden. Zijn vader had altijd benadrukt hoe belangrijk het was om vertrouwen te hebben, eerlijk te zijn en de waarheid te zeggen. Hij had Josef ook laten merken dat hij wist dat zijn zoon iets voor hem verborgen hield. Maar hoe had hij het moeten vertellen? Sommige geheimen zijn te groot, en zijn ouders hadden zoveel voor hem opgeofferd.

In de oorlog waren ze alles kwijtgeraakt: familie, vrienden, bezittingen, geborgenheid, hun vaderland. Alles behalve hun geloof en de hoop op een beter leven. Terwijl zij leden, had Albert Speer hier rondgelopen en wijzend en tierend de stenen besteld waarmee de voornaamste stad van het met bloed veroverde rijk moest worden gebouwd. Eigenlijk wist Josef niet of Speer hier zelf was geweest, maar een van zijn handlangers had de steengroeve bij Fjällbacka ongetwijfeld bezocht.

De oorlog voelde niet als een gebeurtenis in een ver verleden. Als kind had Josef elke dag te horen gekregen hoe de Joden werden vervolgd, hoe ze werden verraden, hoe de rook uit de schoorstenen in de kampen had gestonken, hoe het verval was weerspiegeld in de afschuw op de gezichten van de bevrijders. Hoe Zweden hen met open armen had ontvangen maar tegelijk koppig zijn eigen aandeel in de oorlog bleef ontkennen. Elke dag had zijn vader het erover gehad en gezegd dat zijn nieuwe land zich moest verheffen en de wandaden die waren begaan moest erkennen. Josef had het net zo ingeprent gekregen als de cijfers die in de armen van zijn ouders waren getatoeëerd.

Met zijn handen in gebed gevouwen keek hij naar de hemel. Hij bad om de kracht om zijn erfenis op de juiste manier te beheren, om de confrontatie aan te gaan met Sebastian en het verleden dat nu zijn plannen dreigde te verstoren. De jaren waren voorbijgevlogen en hij was er goed in geworden te vergeten. Een man kon zijn eigen geschiedenis scheppen. Zelf had hij dat deel van zijn leven willen wissen en hij wou dat Sebastian hetzelfde had gedaan.

Josef stond op en veegde het steenstof van zijn broek. Hij hoopte dat God zijn gebeden had gehoord, op deze plek die zo symbolisch was, zowel voor hoe het had kunnen zijn als voor hoe het nu zou worden. Uit het steen hier zou hij kennis scheppen, en kennis bracht begrip en vrede. Hij zou de schuld aan zijn ouders, aan de Joden die gekweld en verdrukt waren, afbetalen. Daarna, als zijn daad was voltooid, zou de schaamte ook voorgoed zijn gewist.

Haar mobiel ging en Erica drukte het gesprek weg. Het was haar uitgever en waar die ook over belde, het zou ongetwijfeld tijd kosten die ze niet had.

Voor de honderdste keer keek ze om zich heen. Ze had het gevoel dat er iemand in haar werkkamer was geweest en tussen spullen had geneusd die ze als heel privé beschouwde en dat vond ze verschrikkelijk. Wie kon het zijn en waar kon hij of zij naar op zoek zijn geweest? Ze was diep in gedachten verzonken en veerde op toen ze beneden de voordeur open en dicht hoorde gaan.

Snel liep ze de trap af. Patrik en Gösta stonden in de hal.

'Hallo. Jullie hier?'

Gösta's ogen schoten heen en weer. Hij leek op zijn minst verontrust. Hij kon kennelijk niet gelijkmoedig met hun geheime afspraak omgaan en ze kon het niet nalaten hem een beetje te plagen.

'Tijd niet gezien, Gösta. Hoe gaat het?' Het kostte haar moeite een glimlach te onderdrukken toen ze zag dat hij tot achter zijn oren kleurde.

'Hm… Het gaat wel,' mompelde hij, terwijl hij naar zijn voeten keek.

'Alles goed hier?' vroeg Patrik.

Erica werd opeens weer serieus. Even had ze weten te verdringen dat er iemand in hun huis moest zijn geweest. Ze besefte dat ze het aan Patrik moest vertellen, maar ze had nog geen bewijs en in zekere zin was het maar goed dat hij daarstraks niet had opgenomen. Ze wist hoe ongerust hij werd als er iets gebeurde wat met zijn gezin te maken had. Het was niet ondenkbaar dat hij haar en de kinderen ergens naartoe zou sturen als hij dacht dat er thuis iemand had ingebroken. Bij nader inzien besloot ze af te wachten, maar haar eigen bezorgdheid kon ze niet wegjagen. Dat gevoel knaagde aan haar en haar blik ging naar de deur van de veranda, alsof er elk moment iemand binnen kon komen.

Ze wilde net antwoord geven, toen Kristina met de kinderen in haar kielzog uit het washok kwam.

'Ben jij thuis, Patrik? Weet je wat er net is gebeurd? Ik dacht dat ik een hartverzakking kreeg. Ik stond in de keuken pannenkoeken voor de kinderen te bakken toen ik opeens kleine Noel zag, die zo snel als zijn beentjes hem konden dragen naar de straat hobbelde. Ik was nog net op tijd bij hem. Joost mag weten wat er anders zou zijn gebeurd. Jullie moeten er echt aan denken de deuren goed dicht te doen; die ukken zijn zo vlug als water. Zoiets kan helemaal verkeerd aflopen en dan heb je de rest van je leven spijt…'

Erica keek haar schoonmoeder gefascineerd aan. Zou ze binnenkort niet een keer moeten ademhalen?

'Ik was vergeten de verandadeur dicht te doen,' zei ze tegen Patrik zonder hem recht aan te kijken.

'Goede redding, mama. We moeten maar extra opletten nu ze zo beweeglijk beginnen te worden.' Hij ving de tweeling op, die kwam aanstuiven en zich in zijn armen wierp.

'Hallo, oom Gösta,' zei Maja.

Gösta werd weer bloedrood en wierp Erica een vertwijfelde blik toe. Maar Patrik leek niets te merken en was druk aan het dollen met de jongens.

Na een poosje keek hij Erica aan. 'We zijn hier eigenlijk alleen om mijn telefoon op te halen. Heb jij hem ergens gezien?'

Erica wees naar de keuken. 'Je hebt hem vanochtend op het aanrecht laten liggen.'

Patrik ging zijn mobieltje halen. 'Je hebt een tijdje terug gebeld. Was er iets speciaals?'

'Nee, ik wilde alleen zeggen dat ik van je hou,' zei ze, hopend dat hij haar niet doorzag.

'Ik ook van jou, liefje,' zei Patrik verstrooid, terwijl hij strak naar het display bleef kijken. 'Ik heb ook vijf gemiste oproepen van Annika. Ik kan haar maar beter meteen bellen om te vragen wat er is.'

Erica probeerde stiekem mee te luisteren, maar Kristina kwebbelde aan één stuk door met Gösta, dus ze ving alleen af en toe een woord op. Toen Patrik het gesprek had beëindigd, zei zijn blik echter des te meer.

'Er is geschoten op Valö. Iemand heeft schoten op het huis afgevuurd. Anna is daar ook. Zij had het bureau gebeld, zei Annika.'

Erica's hand schoot voor haar mond. 'Anna? Is alles goed met haar? Is ze gewond? Wie?' Ze hoorde zelf hoe onsamenhangend ze klonk, maar het enige waar ze aan kon denken was dat er misschien iets met Anna was gebeurd.

'Als ik het goed heb begrepen, is er niemand gewond geraakt. Dat is het goede nieuws.' Hij wendde zich tot Gösta. 'Het slechte is dat Annika Mellberg moest bellen toen ze ons niet te pakken kreeg.'

'Mellberg?' zei Gösta met twijfel op zijn gezicht.

'Ja, we moeten er zo snel mogelijk naartoe.'

'Jullie kunnen daar toch niet heen als er iemand loopt te schieten?' zei Kristina en ze zette haar handen in haar zij.

'Natuurlijk wel. Dat is mijn werk,' zei Patrik geïrriteerd.

Kristina keek hem verongelijkt aan, wierp haar hoofd in haar nek en liep naar de woonkamer.

'Ik ga mee,' zei Erica.

'Niks daarvan.'

'Echt wel. Als Anna daar is, ga ik mee.'

Patrik keek haar boos aan. 'Er loopt daar een idioot rond die op mensen schiet. Je gaat niet mee.'

'Er zijn daar allemaal agenten, dus wat kan er nou gebeuren? Ik zal helemaal veilig zijn.' Ze strikte de veters van haar witte sneakers.

'En wie moet er dan voor de kinderen zorgen?'

'Kristina wil ongetwijfeld nog wel even blijven om op ze te passen.' Ze kwam overeind. Haar blik gaf aan dat het geen zin had om verder nog te protesteren.

Onderweg naar de boot merkte Erica dat haar bezorgdheid om haar zus met elke hartslag groter werd. Patrik kon mokken wat hij wilde. Anna was haar verantwoordelijkheid.

'Pyttan? Waar ben je?' Percy liep onthutst door het appartement. Ze had niet gezegd dat ze weg zou gaan.

Ze waren een paar dagen in Stockholm vanwege het verjaardagsfeest van iemand die zestig werd. Een gelegenheid die ze niet mochten missen. Waarschijnlijk zou een groot deel van de Zweedse adel aanwezig zijn om op de jubilaris te toosten, samen met enkele vips uit het bedrijfsleven, al waren die bij dergelijke gelegenheden geen vips. De pikorde was duidelijk, en als je niet de juiste achtergrond en naam had en naar de juiste scholen was gegaan, maakte het niet uit of je directeur van een van de grootste bedrijven in Zweden was.

Zelf voldeed hij aan alle criteria. Normaal gesproken stond hij daar nooit bij stil. Het was al zijn hele leven zo en voor hem was het net zo vanzelfsprekend als ademhalen. Het probleem was alleen dat hij nu het risico liep een graaf zonder kasteel te worden, en dat kon zijn positie in hoge mate beïnvloeden. Hij zou niet zo laag in de hiërarchie belanden als de nieuwe rijken, maar hij zou wel naar beneden worden gedrukt.

In de woonkamer bleef hij bij de serveerboy staan en schonk een glas whisky in. Een Mackmyra Preludium, zo'n vijfduizend kronen per fles. Het zou niet in hem opkomen met minder genoegen te nemen. De dag dat hij Jim Beam moest drinken, kon hij net zo goed de oude Luger van zijn vader uit de kast halen en zich een kogel door het hoofd jagen.

Wat het meest op hem drukte, was het besef dat hij vader had teleurgesteld. Hij was de oudste zoon en had altijd een speciale behandeling gekregen. Daar was binnen het gezin nooit geheimzinnig over gedaan. Zakelijk en zonder emotie had vader tegen zijn twee jongste kinderen gezegd dat Percy bijzonder was omdat hij het op een goede dag zou overnemen. Stiekem had Percy het leuk gevonden als zijn broer en zijn zus op hun plek werden gezet. Maar hij had zijn ogen gesloten voor de teleurstelling die soms in vaders blik te zien was geweest als hij naar hem keek. Hij wist dat vader hem slap, bangelijk en verwend had gevonden en misschien was het waar dat moeder hem veel te veel had beschermd, maar ze had hem vaak verteld hoe dicht hij bij de dood was geweest. Hij was bijna twee maanden te vroeg geboren, klein als een vogeljong. De artsen hadden tegen vader en moeder gezegd dat ze er niet op moesten rekenen dat hij bleef leven, maar voor het eerst – en het laatst – in zijn leven was hij sterk geweest. Tegen alle verwachtingen in was hij niet gestorven, al had hij altijd een zwakke gezondheid gehouden.

Hij keek uit over het Karlaplan. Het appartement had een mooie erker met uitzicht op het open plein met de fontein, en met het whiskyglas in zijn hand keek hij naar het gewemel beneden. 's Winters was het er verlaten en leeg, maar nu zaten de bankjes vol mensen en de kinderen speelden, aten ijsjes en genoten van de zon.

Hij hoorde voetstappen in het trappenhuis en spitste zijn oren. Was dat Pyttan? Vermoedelijk was ze even gaan shoppen. Hij hoopte dat de bank de kaart nog niet had geblokkeerd. De vernedering verspreidde zich door zijn lichaam. Hoe zat deze maatschappij eigenlijk in elkaar? Hoe konden ze zo'n enorm bedrag aan belasting van hem eisen? Bespottelijke communistische toestanden. Percy's hand omklemde het glas. Mary en Charles zouden smullen als ze wisten hoe groot zijn financiële problemen waren. Ze verkondigden nog altijd de leugen dat hij hen uit hun huis had gezet en hun iets had afgepakt.

Plotseling moest hij aan Valö denken. Was hij daar maar nooit terechtgekomen. Dan was dat allemaal niet gebeurd, dat waar hij nooit meer aan wilde denken maar wat zich soms toch opdrong.

Aanvankelijk had hij het een prima idee gevonden om naar een andere school te gaan. De stemming op Lundsberg was ondraaglijk geworden toen bekend was dat hij had staan toekijken terwijl enkele van de meest beruchte leerlingen het pispaaltje van de school vlak voor de feestelijke afsluiting van het schooljaar in de aula een grote hoeveelheid laxeermiddel hadden laten opdrinken. Zijn witte zomerkleren waren tot op zijn rug bruin geworden.

Na het incident had de rector vader naar Lundsberg laten komen voor een gesprek. De rector had een schandaal willen vermijden en was daarom niet zover gegaan dat hij hem van school had gestuurd, maar hij had er bij vader sterk op aangedrongen een andere school voor Percy te vinden. Vader was uit zijn vel gesprongen. Percy had alleen maar toegekeken, dat was toch zeker niet strafbaar? Uiteindelijk had vader zich toch gewonnen moeten geven en na voorzichtig in de juiste kringen te hebben rondgevraagd, had hij besloten dat het internaat van Rune Elvander op Valö het beste alternatief was. Het liefst had vader Percy naar een school in het buitenland gestuurd, maar toen was moeder voor de verandering op haar strepen gaan staan. En zo was het de school van Rune geworden en daarmee was er een hele reeks verdrongen duistere herinneringen ontstaan.

Percy nam een grote slok whisky. De schaamte leek minder erg wanneer die werd verdund met een goede whisky, dat had het leven hem geleerd. Hij keek rond. Pyttan had bij het inrichten de vrije hand gehad. Al het minimalistische en witte was misschien niet zijn smaak, maar zolang ze van de kamers in het kasteel afbleef, mocht ze met het appartement doen wat ze wilde. Het kasteel moest precies zo zijn als in de tijd van zijn vader, zijn grootvader en zijn overgrootvader. Dat was een erezaak.

Een vaag gevoel van onrust in zijn buik deed hem naar de slaapkamer gaan. Pyttan zou nu thuis moeten zijn. Ze zouden vanavond naar een cocktailparty bij goede vrienden gaan en ze begon meestal al vroeg in de middag aan haar toilet.

Alles zag er net zo uit als anders, maar het gevoel wilde niet wijken.

Hij zette het glas op Pyttans nachtkastje en liep aarzelend naar haar deel van de klerenkast. Hij deed de deur open en een paar hangers bewogen even heen en weer. De kast was leeg.

Onvoorstelbaar dat hier nog maar een uur geleden is geschoten, dacht Patrik toen hij bij de steiger aanlegde. Het was er bijna onwerkelijk rustig en stil.

Nog voordat hij had kunnen afmeren sprong Erica uit de boot en begon in de richting van het huis te rennen. Met Gösta in zijn kielzog snelde hij achter haar aan. Ze holde zo hard dat hij er niet in slaagde haar in te halen, en toen hij binnenkwam had ze Anna al omarmd. Mårten en Ebba zaten ineengezakt op een bank en naast hen stond niet alleen Mellberg, maar ook Paula.

Patrik had geen idee waarom zij er was, maar hij was blij dat hij nu een zinnig verslag zou krijgen van wat er was gebeurd.

'Is alles goed met iedereen?' vroeg hij en hij liep naar Paula toe.

'Ja, hoor. Ze lijken alleen wat geschrokken, vooral Ebba. Er heeft iemand door het raam van de keuken naar binnen geschoten toen zij daar in haar eentje was. We hebben niets gezien wat erop wijst dat de schutter nog in de buurt is.'

'Hebben jullie Torbjörn gebeld?'

'Ja, het team is onderweg. Maar je zou kunnen zeggen dat Mellberg al met het technisch onderzoek is begonnen.'

'Ja, ik heb de kogels gevonden,' zei Mellberg en hij hield een plastic zakje met twee kogels omhoog. 'Ze zaten niet zo diep en ik kon ze zo uit de muur halen. De schutter moet behoorlijk ver weg hebben gestaan, want ze hadden veel snelheid verloren.'

Patrik voelde zich boos worden, maar als hij nu een scène schopte zou de situatie er niet beter op worden, dus hij balde zijn vuisten in zijn zakken en haalde een paar keer diep adem. Binnenkort zou hij met Mellberg een ernstig gesprek voeren over de regels die bij het onderzoek van een plaats delict moesten worden nageleefd.

Hij draaide zich om naar Anna, die zich uit Erica's omarming probeerde los te wurmen. 'Waar was jij toen het gebeurde?'

'Ik was boven.' Ze wees naar de trap. 'Ebba was naar beneden gegaan om koffie te zetten.'

'En jij?' vroeg hij aan Mårten.

'Ik was in de kelder om verf te halen. Ik was naar het vasteland geweest en was net beneden toen ik de knallen hoorde.' Hij leek bleek onder zijn gebruinde huid.

'Lag er een onbekende boot bij de steiger toen je aankwam?' vroeg Gösta.

Mårten schudde zijn hoofd. 'Nee, alleen die van Anna.'

'En jullie hebben hier ook geen vreemden gezien?'

'Nee, niemand.' Ebba staarde met een glazige blik voor zich uit.

'Wie doet nu zoiets?' Mårten keek Patrik wanhopig aan. 'Wie wil ons in vredesnaam kwaad doen? Heeft het te maken met de kaart die ik jullie heb gegeven?'

'Dat weten we helaas niet.'

'Welke kaart?' vroeg Erica.

Patrick negeerde de vraag, maar uit Erica's blik bleek duidelijk dat hij haar later tekst en uitleg zou moeten geven.

'Vanaf nu blijft iedereen uit de keuken. Die geldt nu als afgezet terrein. We moeten natuurlijk ook het eiland afzoeken, dus het is het beste als jullie, Ebba en Mårten, naar het vasteland gaan en daar een plek zoeken waar jullie kunnen logeren tot we hier klaar zijn.'

'Maar…' zei Mårten, 'dat willen we niet.'

'Jawel, dat doen we.' Ebba klonk opeens gedecideerd.

'En waar vinden we midden in het hoogseizoen een kamer?'

'Jullie kunnen wel bij ons slapen. We hebben een logeerkamer,' zei Erica.

Patrik schrok. Was ze niet goed bij haar hoofd? Bood ze Ebba en Mårten aan bij hen te komen logeren terwijl het onderzoek nog liep?

'Kan dat? Weet je het zeker?' vroeg Ebba, terwijl ze Erica aankeek.

'Natuurlijk kan dat. Dan kun je ook het materiaal bekijken dat ik over je familie heb verzameld. Ik heb het gisteren nog eens doorgenomen en het is echt interessant.'

'Ik vind toch niet…' begon Mårten. Toen liet hij zijn schouders zakken. 'We doen het zo. Jij gaat mee en ik blijf hier.'

'Ik heb liever dat jullie geen van tweeën hier zijn,' zei Patrik.

'Ik blijf.' Mårten wierp een blik op Ebba, die niet protesteerde.

'Oké, dan stel ik voor dat Ebba, Erica en Anna vertrekken, dan gaan wij vast aan de slag terwijl we op Torbjörn wachten. Gösta, kijk jij bij het pad naar het strand of er via die route iemand kan zijn gekomen? Paula, kun jij het gebied om het huis doorzoeken? Zelf maak ik dan een wat grotere cirkel. Het zal makkelijker worden zodra we een metaaldetector hebben, maar we moeten ons voorlopig zonder zien te redden. Met een beetje geluk heeft de schutter het wapen in de bosjes gegooid.'

'En met een beetje pech ligt ook dat wapen op de bodem van de zee,' zei Gösta, terwijl hij op zijn voeten heen en weer wiebelde.

'Dat zou kunnen, maar we gaan toch zoeken en zien wel wat het oplevert.' Patrik wendde zich tot Mårten. 'Probeer zo veel mogelijk bij ons uit de buurt te blijven. Ik vind het zoals gezegd niet zo'n goed plan dat je hier blijft, vooral niet dat je vannacht alleen bent als wij weer weg zijn.'

'Ik kan boven aan de slag gaan. Ik zal jullie niet voor de voeten lopen,' zei Mårten met vlakke stem.

Patrik keek hem even aan, maar liet het toen rusten. Als Mårten het eiland niet wilde verlaten, kon Patrik hem er niet toe dwingen. Hij ging naar Erica, die in de deuropening stond, klaar om te vertrekken.

'Ik zie je thuis,' zei hij en hij kuste haar op haar wang.

'Zeker weten. Anna, we nemen jouw boot terug, hè?' vroeg ze. Als een herdershond verzamelde ze het groepje dat met haar mee zou gaan.

Patrik kon een glimlach niet onderdrukken. Hij zwaaide hen na en keek vervolgens naar de bonte verzameling agenten die voor hem stond. Het zou een wonder zijn als ze ook maar iets vonden.

De deur ging langzaam open. John zette zijn leesbril af en legde zijn boek neer.

'Wat ben je aan het lezen?' vroeg Liv, terwijl ze op de rand van het bed kwam zitten.

Hij hield het boek weer omhoog zodat ze de voorkant kon zien. '*Race, Evolution and Behaviour* van Philippe Rushton.'

'O, dat is een goed boek. Ik heb het een paar jaar geleden gelezen.'

Hij pakte haar hand en glimlachte naar haar. 'Het is jammer dat de vakantie bijna voorbij is.'

'Ja, voor zover we deze week vakantie kunnen noemen. Hoeveel uur hebben we per dag gewerkt?'

'Dat is waar.' Hij fronste zijn voorhoofd.

'Denk je weer aan het artikel in de *Bohusläningen*?'

'Nee, je hebt ongetwijfeld gelijk. Het is niet erg. Over een week is het oud nieuws.'

'Gaat het om Gimle?'

John keek haar ernstig aan. Ze wist dat ze daar niet hardop over moest spreken. Alleen de mensen die tot de echte kern behoorden waren op de hoogte van het project. Hij had spijt als haren op zijn hoofd dat hij het briefje met de notitie niet meteen had verbrand. Dat was een onvergeeflijke vergissing, al kon hij er natuurlijk niet zeker van zijn dat die schrijfster het had meegenomen. Misschien was het weggewaaid of in huis zoekgeraakt, maar eigenlijk wist hij dat de verklaring niet zo simpel was. Het briefje had voor de komst van Erica Falck in de stapel papieren gelegen en toen hij het na haar vertrek wilde pakken, was het verdwenen.

'Alles zal volgens plan verlopen.' Liv streelde zijn wang. 'Ik geloof erin. We zijn al heel ver, maar als we niet iets drastisch ondernemen lopen we het risico dat we niet verder komen. We moeten de ruimte scheppen om te kunnen handelen. Dat is voor iedereen het beste.'

'Ik hou van je.' Hij kon het eerlijk zeggen. Niemand begreep hem zo goed als Liv. Ze hadden samen veel gedeeld: gedachten en ervaringen, voor- en tegenspoed. Zij was de enige die hij in vertrouwen had genomen over wat er met zijn familie was gebeurd. Natuurlijk kenden veel mensen zijn geschiedenis – er was jarenlang over geroddeld – maar hij had de gedachten die hij in die periode had gehad, nooit aan iemand anders verteld dan aan Liv.

'Mag ik vannacht blijven slapen?' vroeg Liv plotseling.

Ze keek hem onzeker aan en John had tegenstrijdige gevoelens. Diep vanbinnen wilde hij niets liever dan haar warme lichaam tegen het zijne voelen, met zijn arm om haar heen in slaap vallen en de geur van haar haar opsnuiven. Tegelijk wist hij dat het niet kon. Door de nabijheid ontstonden er allerlei verwachtingen en kwamen alle teleurstellingen en onvervulde beloften weer naar boven.

'We zouden het misschien weer kunnen proberen,' zei ze en ze streelde de rug van zijn hand. 'Het is alweer een tijdje geleden en misschien is het… veranderd?'

Hij wendde zich met een heftige beweging af en trok zijn hand terug. De herinnering aan zijn onvermogen verstikte hem bijna. Hij kon dat niet nog een keer aan. Afspraken met artsen, blauwe pilletjes, vreemde pompen, de blik in Livs ogen telkens als hij niet kon presteren. Nee, het ging niet.

'Ga alsjeblieft weg.' Hij tilde het boek op en hield het als een schild voor zich.

Nietsziend staarde hij naar de pagina's terwijl hij haar over de vloer hoorde lopen en de deur hoorde sluiten. Zijn leesbril lag nog op het nachtkastje.

Patrik kwam pas laat thuis. Erica zat in haar eentje op de bank voor de tv. Toen de kinderen eindelijk sliepen, had ze geen puf meer gehad om op te ruimen, dus Patrik moest tussen het speelgoed door laveren dat over de hele vloer verspreid lag.

'Slaapt Ebba?' vroeg hij, terwijl hij naast haar kwam zitten.

'Ja, ze is al om acht uur naar bed gegaan. Ze leek helemaal kapot.'

'Niet zo gek.' Patrik legde zijn voeten op de salontafel. 'Waar kijken we naar?'

'Letterman.'

'Wie is zijn gast?'

'Megan Fox.'

'O…' zei Patrik en hij zakte dieper weg in de kussens van de bank.

'Ga je jezelf nu opwinden met fantasieën over Megan Fox die je daarna op je arme vrouw gaat uitleven?'

'Inderdaad,' zei hij en hij boorde zijn hoofd in haar hals.

Erica duwde hem weg. 'Hoe is het op Valö gegaan?'

Patrik zuchtte. 'Slecht. We hebben het eiland zo veel mogelijk afgezocht voor het te donker werd en een halfuurtje nadat jullie waren vertrokken, kregen we versterking van Torbjörn en zijn mannen. Maar we hebben niets gevonden.'

'Niets?' Erica pakte de afstandsbediening en zette het geluid zachter.

'Nee, geen enkel spoor van de schutter. Naar alle waarschijnlijkheid heeft hij of zij het wapen in zee gedumpt. Maar misschien dat de kogels iets opleveren. Torbjörn kon ze nog net op tijd ter analyse opsturen.'

'Wat was dat voor kaart waar Mårten het over had?'

Patrik antwoordde niet meteen. Het was altijd lastig een evenwicht te vinden. Hij kon tegen zijn vrouw niet te veel onthullen over een lopend onderzoek, maar tegelijk had haar vermogen om dingen boven water te halen hun al vaak geholpen. Hij nam een besluit.

'Ebba krijgt al haar hele leven verjaardagskaarten van iemand die ze ondertekent met "G". Ze zijn nooit bedreigend geweest. Tot nu. Mårten kwam vandaag naar het politiebureau om een kaart te laten zien die ze per post hadden ontvangen. Er stond een totaal andere boodschap op dan anders.'

'Vermoeden jullie dat degene die die kaarten stuurt ook achter de gebeurtenissen op Valö zit?'

'Op dit moment vermoeden we nog niets, maar het is zeker iets waar we nader naar moeten kijken. Ik wil morgen met Paula naar Göteborg gaan om met Ebba's adoptieouders te praten. Gösta is soms een beetje onhandig in de omgang, zoals je weet. En Paula smeekte me iets te mogen doen. Thuis komen de muren kennelijk op haar af.'

'Zorg ervoor dat ze niet te veel hooi op haar vork neemt. Het is heel makkelijk je eigen energie te overschatten.'

'Wat ben je toch een moederkloek,' glimlachte Patrik. 'Ik heb twee zwangerschappen meegemaakt. Ik weet er wel íéts van.'

'Laat één ding duidelijk zijn. Jíj hebt niet twee zwangerschappen meegemaakt. Ik kan me niet herinneren dat je bekkeninstabiliteit, gezwollen enkels, rusteloze benen, zure oprispingen, een bevalling van tweeëntwintig uur en een keizersnee hebt gehad.'

'Oké, oké, ik hoor je.' Patrik stak afwerend zijn handen omhoog. 'Maar ik beloof dat ik Paula goed in de gaten houd. Mellberg zou het me nooit vergeven als haar iets overkwam. Je kunt van hem zeggen wat je wilt, maar voor zijn familie gaat hij door het vuur.'

De aftiteling van Letterman was begonnen en Erica zapte verder. 'Wat doet Mårten trouwens op het eiland? Waarom wilde hij per se blijven?'

'Ik weet het niet. Ik vond het heel vervelend om hem daar achter te laten. Het is net alsof hij elk moment kan instorten. Hij lijkt rustig en neemt alles wonderlijk gelijkmoedig op, maar ik moet steeds denken aan die tekening van die eend die kalmpjes over het water glijdt terwijl zijn pootjes als een razende trappelen. Begrijp je wat ik bedoel, of bazel ik maar wat?'

'Nee, ik begrijp je precies.'

Erica bleef op de afstandsbediening drukken. Uiteindelijk koos ze *Deadliest Catch* op Discovery Channel en keek ongeïnteresseerd naar de beelden van mannen in pvc-pakken, die tijdens een verschrikkelijk noodweer kooi na kooi met grote, spinachtige krabben aan boord hesen.

'Nemen jullie Ebba morgen niet mee?'

'Nee, ik denk dat het beter is als we met haar ouders praten wanneer zij er niet bij is. Paula komt morgen om negen uur en dan gaan we met de Volvo naar Göteborg.'

'Goed, dan kan ik Ebba het achtergrondmateriaal laten zien dat ik heb verzameld.'

'Dat heb ik ook nog niet gezien. Heb je iets wat relevant is voor het onderzoek?'

Erica dacht even na, maar schudde vervolgens haar hoofd. 'Nee, wat relevant zou kunnen zijn, heb ik je al verteld. Wat ik over Ebba's familie te weten ben gekomen, ligt verder terug in de tijd en is vooral voor haarzelf interessant, denk ik.'

'Laat het me toch maar zien. Alleen niet vanavond. Nu wil ik gezellig bij jou zitten.' Patrik schoof dichter naar Erica toe, sloeg zijn arm om haar heen en liet zijn hoofd op haar schouder rusten. 'Mijn god, wat een baan. Het ziet er levensgevaarlijk uit. Wat een geluk dat ik geen krabvisser ben.'

'Ja, lieverd. Daar ben ik ook elke dag dankbaar voor. Godzijdank ben je geen krabvisser.' Ze lachte en kuste hem op zijn hoofd.

Sinds zijn ongeluk kon Leon het bij tijd en wijle als het ware horen gieren in zijn gewrichten. Ze deden zeer en hij had last van pijnscheuten, alsof er iets te gebeuren stond. Hij voelde het nu ook; het was als de drukkende warmte voor een flinke onweersbui.

Meestal zag Ia meteen in wat voor bui hij was. Normaal gesproken begon ze op hem te vitten als hij aldoor zat te piekeren en zich zorgen maakte. Deze keer was het anders. Ze deden hun uiterste best bij elkaar uit de buurt te blijven. Bewogen zich door het huis zonder elkaar tegen te komen.

In zekere zin prikkelde hem dat. Verveling was altijd al zijn grootste vijand geweest. Toen hij klein was, had zijn vader erom moeten lachen dat hij geen minuut stil kon zitten, maar voortdurend op zoek ging naar nieuwe uitdagingen en steeds zijn grenzen wilde verleggen. Zijn moeder had gejammerd over alle breuken en schaafwonden die daar het gevolg van waren, maar zijn vader was trots geweest.

Na die bewuste paasdagen had hij zijn vader niet meer gezien. Leon was naar het buitenland vertrokken en er was geen tijd geweest om afscheid te nemen. Daarna waren de jaren verstreken en hij had zich op de geneugten des levens gestort. Zijn vader was desondanks gul geweest en had zijn bankrekening aangevuld zodra die weer leeg was. Hij had Leon nooit verwijten gemaakt of geprobeerd hem in te tomen, maar hem altijd vrijelijk laten vliegen.

Uiteindelijk had Leon te dicht bij de zon gevlogen. Hij had altijd geweten dat dat moment ooit zou komen. Zijn ouders waren ondertussen al overleden. Ze hoefden niet meer mee te maken hoe het ongeluk op de slingerende bergweg Leon van zijn lichaam en zijn avontuurlijke instelling beroofde. Zijn vader hoefde hem niet geketend te zien.

Ia en hij hadden samen een lange weg afgelegd, maar nu naderde het beslissende moment. Het enige wat nodig was, was een kleine vonk die alles aanstak. Niet dat hij die vonk ooit door iemand anders zou laten aansteken. Dat was zíjn taak.

Leon luisterde of hij in huis iets hoorde. Het was doodstil. Ia was waarschijnlijk al naar bed gegaan. Hij pakte zijn mobieltje van tafel en legde het op zijn schoot. Daarna rolde hij naar het terras en begon hen gedecideerd te bellen, een voor een.

Toen hij klaar was, liet hij zijn handen op zijn benen rusten en keek uit over Fjällbacka. In het duister van de avond werd het hele dorp verlicht door een veelheid aan lampen, als een enorme glinsterende taveerne. Vervolgens richtte hij zijn blik op het water en Valö. Er brandde geen licht in de oude vakantiekolonie.

Het kerkhof van Lovö 1933

Het was twee jaar geleden dat Carin was overleden, maar Hermann was haar nog steeds niet komen halen. Dagmar had trouw als een hond op hem gewacht terwijl de dagen weken, maanden en jaren werden.

Ze was de kranten grondig blijven lezen. Hermann was minister geworden in Duitsland. Op de foto's zag hij er heel stijlvol uit in zijn uniform. Een machtig man, die belangrijk was voor die Hitler. Zolang hij in Duitsland zat en daar carrière maakte, kon Dagmar begrijpen dat hij haar liet wachten, maar de kranten schreven dat hij weer in Zweden was en ze had besloten hem het leven wat makkelijker te maken. Hij was een drukbezet man en als hij niet naar haar toe kon komen, moest ze maar naar hem toe gaan. Als echtgenote van een vooraanstaand politicus zou ze zich moeten aanpassen en ze zou ongetwijfeld ook naar Duitsland moeten verhuizen. Ze besefte nu dat het meisje niet mee zou kunnen gaan. Een man in Hermanns positie kon geen buitenechtelijke dochter hebben. Maar Laura was al dertien en zou zich wel redden.

In de krant stond niet waar Hermann woonde, dus Dagmar wist niet waar ze naar hem moest zoeken. Ze ging naar het oude adres aan de Odengatan, maar daar werd opengedaan door een volslagen vreemde, die vertelde dat het echtpaar Göring er al jaren niet meer woonde. Besluiteloos stond ze voor de portiek toen ze opeens aan het kerkhof moest denken waar Carin lag. Misschien was Hermann daar, bij zijn overleden vrouw. Ze had gelezen dat ze op het kerkhof van Lovö was begraven. Dat lag ergens buiten Stockholm en na enig zoeken vond ze een bus die er niet ver vandaan stopte.

Nu zat ze gehurkt voor de grafsteen en staarde naar Carins naam en het hakenkruis dat eronder was uitgehouwen. Goudgele herfstbladeren dansten in de koude oktoberwind om haar heen, maar ze merkte er weinig van. Ze had gedacht dat haar haat na Carins dood zou afnemen, maar terwijl ze daar zo in haar versleten mantel zat, kon ze aan niets anders denken dan aan alle jaren van ontberingen en ze voelde dat haar oude woede weer kwam opzetten.

Snel stond ze op en deed een paar passen naar achteren. Toen nam ze een aanloopje en wierp zich met volle kracht tegen de steen. Ze voelde een hevige pijn van haar schouder naar haar vingertoppen stralen, maar de steen bewoog niet. Gefrustreerd stortte ze zich op de bloemen die het graf sierden en rukte de planten er met wortel en al uit. Ze deed weer een paar passen naar achteren en probeerde vervolgens beweging te krijgen in het groene ijzeren hakenkruis naast de steen. Dat gaf wel mee en viel op het gras, waarna ze het zo ver mogelijk bij de grafsteen vandaan zeulde. Ze stond net tevreden naar de verwoesting te kijken toen iemand haar bij haar arm pakte.

'Wat bent u in vredesnaam aan het doen?' Er stond een grote, stevige man naast haar.

Ze glimlachte gelukzalig. 'Ik ben de aanstaande mevrouw Göring. Ik weet dat Hermann vindt dat Carin niet zo'n mooi graf verdient en dat heb ik voor hem geregeld, dus nu moet ik naar hem toe.'

Dagmar bleef glimlachen, maar de man keek haar grimmig aan. Hij mompelde wat voor zich uit en schudde zijn hoofd. Met haar arm in een ijzeren greep sleepte hij haar mee naar de kerk.

Toen de politie een uur later arriveerde, glimlachte Dagmar nog steeds.

❄

Het rijtjeshuis in Falkeliden voelde soms veel te klein. Dan zou het weekend met de kinderen naar zijn zus in Göteborg gaan en tijdens de inpakhysterie die ochtend had Anna aldoor het gevoel gehad dat ze in de weg stond. Bovendien had ze een paar keer naar de benzine-pomp gemoeten om snoep, drinken, fruit en stripalbums voor on-derweg te kopen.

'Hebben jullie nu alles?' Anna keek naar de berg tassen en spullen in de hal.

Dan liep heen en weer naar de auto om alles erin te proppen. Ze zag nu al dat het niet zou passen, maar dat was zijn probleem. Hij had zelf tegen de kinderen gezegd dat ze hun eigen tas moesten pakken en dat ze mee mochten nemen wat ze maar wilden.

'Weet je zeker dat je niet meegaat? Het voelt niet goed om je na gisteren in je eentje achter te laten.'

'Dat is lief, maar ik vind het niet erg. Het zal fijn zijn om een paar dagen alleen te zijn.' Ze keek Dan smekend aan en hoopte dat hij het begreep en zich niet gekwetst zou voelen.

Hij knikte en sloeg zijn armen om haar heen.

'Ik snap je helemaal, lieverd. Je hoeft het niet uit te leggen. Ik hoop dat je ervan geniet en alleen aan jezelf denkt. Eet goed, ga lekker zwemmen want dat doe je altijd zo graag, en ga ook maar fijn winke-len. Doe gewoon waar je zin in hebt, zolang het huis er nog maar staat als ik terugkom.' Hij omhelsde haar een laatste keer, liet haar los en pakte weer wat tassen op.

Anna had het gevoel dat haar keel werd dichtgeknepen. Ze stond op het punt te zeggen dat ze van gedachten was veranderd, maar slikte de woorden toen in. Wat ze op dit moment nodig had, was tijd om na te denken en dat was niet alleen om de schrik van gisteren te verwerken. Ze had haar hele leven nog voor zich en toch kon ze het niet nalaten aldoor in de achteruitkijkspiegel te kijken. Het was tijd dat ze een beslissing nam. Wat moest ze doen om het verleden van zich af te schudden en vooruit te gaan kijken?

'Waarom ga jij niet mee, mama?' Emma trok aan haar arm.

Anna ging op haar hurken zitten en zag opeens hoe lang haar dochter was geworden. Ze was in het voorjaar en de zomer een flink eind omhooggeschoten en een grote meid geworden.

'Ik heb je toch verteld dat ik thuis van alles moet doen?'

'Jawel, maar we gaan naar Liseberg!' Emma keek Anna aan alsof ze niet goed bij haar hoofd was. En in de wereld van een achtjarige was je dat waarschijnlijk ook niet als je jezelf vrijwillig een bezoek aan het pretpark ontzegde.

'De volgende keer ga ik mee. Je weet trouwens hoe laf ik ben. Ik zou nergens in durven. Jij bent veel moediger dan ik.'

'Ja, dat is zo!' Emma rekte zich trots uit. 'Ik ga in achtbanen waar zelfs papa niet in durft.'

Het maakte niet uit hoe vaak ze Emma en Adrian papa hoorde zeggen als ze het over Dan hadden. Anna was elke keer weer ontroerd. En dat was nóg een reden waarom ze deze twee dagen voor zichzelf nodig had. Ze moest een manier vinden om weer heel te worden. Voor haar gezin.

Ze gaf Emma een kus op haar wang. 'Tot zondagavond.'

Emma holde naar de auto en Anna leunde met gekruiste armen tegen de deurpost om van het spektakel op de oprit te genieten. Dan begon bezweet te raken en het leek nu tot hem door te dringen hoe onmogelijk het project was.

'Mijn god, wat hebben ze veel spullen bij zich,' zei hij, terwijl hij zijn voorhoofd afveegde.

De kofferbak leek al propvol te zitten en toch lag er nog een grote stapel bagage in de hal.

'Waag het niet iets te zeggen!' Hij stak zijn vinger dreigend naar Anna op.

Ze spreidde haar handen. 'Mij zul je er niet over horen. Met geen woord.'

'Adrian! Moet Dino echt mee?' Dan tilde Adrians favoriete speelgoeddier op, een dinosaurus van wel een meter lang die hij met Kerstmis van Erica en Patrik had gekregen.

'Als Dino niet mee mag, blijf ik ook thuis,' schreeuwde Adrian en hij rukte de dinosaurus naar zich toe.

'Lisen?' riep Dan toen. 'Moeten al je barbiepoppen mee? Kun je niet alleen de mooiste twee kiezen?'

Lisen begon meteen te huilen en Anna schudde haar hoofd. Ze wierp haar levensgezel een kushandje toe.

'Ik ben niet van plan me in deze strijd te mengen. We kunnen niet alle twee sneuvelen. Veel plezier.'

Daarna ging ze naar de slaapkamer. Ze ging boven op de sprei liggen en zette met de afstandsbediening de kleine tv aan. Na rijp beraad werd het *Oprah* op TV3.

Geërgerd tikte Sebastian met de pen op het notitieblok. Zijn gebruikelijke goede humeur wilde vandaag niet komen, al liep alles zoals gepland.

Hij vond het heerlijk om Percy en Josef te kunnen sturen en hun gemeenschappelijke zaken brachten ondertussen al heel wat op. Soms snapte hij niets van andere mensen. Zelf zou hij het niet in zijn hoofd halen om zich met iemand als hijzelf in te laten, maar ze waren beiden wanhopig, ieder op zijn eigen manier: Percy omdat hij bang was dat hij zijn vaderlijk erfdeel kwijt zou raken en Josef omdat hij eerherstel en de bevestiging van zijn ouders zocht. Hij begreep Percy's redenen beter dan die van Josef. Percy stond op het punt iets belangrijks te verliezen: geld en status. De motieven van Josef waren voor Sebastian één groot raadsel. Wat maakte het uit wat Josef nu deed? Het idee om een museum over de Holocaust te openen was bovendien gestoord. Het was niet haalbaar en als Josef niet zo'n idioot was, zou hij dat zelf ook inzien.

Sebastian kwam overeind en ging bij het raam staan. De hele haven lag vol boten met een Noorse vlag en als je door de straten liep, hoorde je overal Noors. Niet dat hij er wat op tegen had. Hij had een paar lucratieve huizendeals met Noren gesloten. Ze gaven het geld dat ze met hun olie hadden verdiend graag uit en voor hun Zweedse villa's met uitzicht op zee hadden ze veel meer moeten betalen dan de marktwaarde.

Langzaam wendde hij zijn hoofd in de richting van Valö. Waarom moest Leon nu zo nodig terugkomen en alles oprakelen? Even dacht hij over Leon en John na. Eigenlijk waren zij ook in zijn macht, maar hij was altijd zo verstandig geweest daar geen gebruik van te maken. In plaats daarvan had hij als een roofdier bepaald wie de zwakkere elementen in de kudde waren en hen van de anderen gescheiden. Nu wilde Leon de kudde weer verzamelen. Sebastian had het gevoel dat het hem niets zou opleveren, maar alles was al in beweging gezet. Het was niet anders. Het lag niet in zijn aard om zich zorgen te maken over dingen waar hij toch geen invloed op had.

Erica bleef door het raam kijken tot ze Patriks auto zag verdwijnen. Daarna maakte ze haast. Vlug kleedde ze de kinderen aan en zette hen in de auto. Ze maakte een briefje voor Ebba, die nog lag te slapen, en schreef dat er ontbijt in de koelkast stond en dat ze even een boodschap was gaan doen. Ze had toen ze wakker was meteen een sms naar Gösta gestuurd en wist dat hij hen verwachtte.

'Waar gaan we naartoe?' Maja zat op de achterbank en hield de pop op haar schoot stevig vast.

'Naar oom Gösta,' zei Erica. Op hetzelfde moment besefte ze dat Maja het onherroepelijk tegen Patrik zou zeggen. Nou ja, hij zou er vroeg of laat toch achter komen dat Gösta en zij een afspraak hadden. Ze maakte zich er eigenlijk meer zorgen over dat ze niets had gezegd over de mogelijke inbraak.

Ze sloeg af richting Anrås en wuifde alle gedachten aan iemand die haar werkkamer had doorzocht weg. Eigenlijk wist ze wel wie het was geweest. Of liever gezegd: er waren maar twee mogelijkheden. Of het was iemand die dacht dat ze gevoelige informatie over de gebeurtenissen in de vakantiekolonie had gevonden, of het had te maken met haar bezoekje aan John Holm en het briefje dat ze had meegenomen. Gezien het tijdstip leek dit laatste haar het meest aannemelijk.

'Heb je de hele kinderschare bij je?' vroeg Gösta toen hij opendeed. Maar de glinstering in zijn ogen maakte zijn ontevreden toon weer goed.

'Als je erfstukken hebt waar je erg aan gehecht bent, kun je die nu beter wegzetten,' zei ze en ze trok de kinderen hun schoenen uit.

De tweeling werd verlegen en klemde zich aan haar benen vast, maar Maja stak haar armen uit en riep blij: 'Oom Gösta!'

Hij verstijfde even en leek zich geen raad te weten met haar uitbundige blijk van genegenheid. Toen werd zijn gezicht zachter en hij tilde haar op.

'Je bent een lieve meid.' Hij droeg haar naar binnen en zei zonder zich om te draaien: 'Ik heb in de tuin gedekt.'

Erica tilde de tweeling op en liep achter hem aan. Nieuwsgierig bekeek ze Gösta's kleine huis, dat heel toepasselijk in de buurt van de golfbaan lag. Ze wist niet goed wat ze van het interieur had verwacht, maar het was geen treurige vrijgezellenwoning. Integendeel, het was er mooi en gezellig en de planten op de vensterbanken stonden er florissant bij. De tuin achter het huis was ook verrassend goed onderhouden, al was die zo klein dat dat waarschijnlijk niet veel werk was.

'Mogen ze limonade en kaneelbolletjes hebben of zijn jullie van die ouders van wie alles gezond en ecologisch moet zijn?' Gösta zette Maja op een stoel.

Erica kon een heimelijke glimlach niet onderdrukken en vroeg zich af of hij in zijn vrije tijd stiekem de *Mama* las.

'Kaneelbolletjes en limonade zijn zeer welkom,' zei ze en ze zette de jongens neer, die langzaam bij haar weg kropen.

Maja's oog viel op een paar frambozenstruiken en met een kreet van vreugde sprong ze van haar stoel en holde erheen.

'Mag ze je frambozen plukken?' Erica kende haar dochter goed genoeg om te weten dat er in een mum van tijd zelfs geen onrijpe vruchten meer aan de struik zouden hangen.

'Ze mag ze gerust eten,' zei Gösta en hij schonk koffie voor hen beiden in. 'Anders hebben alleen de vogels er plezier van. Maj-Britt plukte ze altijd en maakte er jam en limonade van, maar dat is niets voor mij. Ebba…' Hij viel stil en kneep zijn mond dicht, terwijl hij een suikerklontje in zijn kopje deed en begon te roeren.

'Ja? Wat is er met Ebba?' Erica dacht aan de uitdrukking op Ebba's gezicht toen ze van Valö naar de wal voeren. Opluchting en bezorgdheid hadden zich met elkaar vermengd en ze scheen heen en weer te worden geslingerd tussen de wens om op het eiland te blijven en naar het vasteland te gaan.

'Ebba heeft daar ook gestaan en alle frambozen opgegeten die ze maar kon vinden,' zei Gösta met tegenzin. 'De zomer dat ze bij ons woonde, heeft Maj-Britt ook geen jam of limonade kunnen maken. Maar ze was toch blij. Het was zo mooi om Ebba daar in haar luier te zien staan, terwijl ze haar mond zo vol frambozen stopte dat het sap over haar bolle buik liep.'

'Heeft Ebba bij jullie gewoond?'

'Ja, maar alleen die zomer, voordat ze naar het gezin in Göteborg verhuisde.'

Erica bleef een hele tijd stil en probeerde te verwerken wat Gösta had gezegd. Het was vreemd. Toen ze research naar de zaak deed, had ze niets gevonden wat erop wees dat Ebba bij Gösta en Maj-Britt had gewoond. Nu begreep ze opeens waarom hij zo betrokken was bij de zaak.

'Hebben jullie nooit overwogen haar te houden?' vroeg ze uiteindelijk.

Gösta staarde naar zijn koffie terwijl hij alsmaar met zijn lepel bleef roeren. Even had Erica er spijt van dat ze het had gevraagd. Hoewel hij haar niet aankeek, vermoedde ze dat zijn ogen vochtig waren geworden. Toen schraapte hij zijn keel en slikte.

'En of. We hebben er vaak over gedacht en gesproken. Maar Maj-Britt was bang dat we niet goed genoeg waren. En ik liet me overhalen. We hadden het gevoel dat we haar niet zoveel te bieden hadden.'

'Hebben jullie nog contact met haar gehad nadat ze naar Göteborg was verhuisd?'

Gösta leek te aarzelen. Daarna schudde hij zijn hoofd. 'Nee, het leek ons het makkelijkst als we het contact helemaal verbraken. De dag dat ze wegging…' Zijn stem brak en hij kon zijn zin niet afmaken, maar Erica begreep hem ook zonder dat hij het uitlegde.

'Hoe is het voor je om haar nu weer te zien?'

'Het voelt een beetje raar. Ze is een volwassen vrouw en ik ken haar niet. Tegelijk kan ik op de een of andere manier dat kleine hummeltje in haar zien, dat deerntje bij de frambozenstruik dat begon te glimlachen zodra je naar haar keek.'

'Tegenwoordig glimlacht ze niet veel meer.'

'Nee, dat klopt.' Hij fronste zijn voorhoofd. 'Weet jij wat er met hun zoontje is gebeurd?'

'Nee, ik wilde er niet naar vragen. Maar Patrik en Paula zijn op weg naar Göteborg om met Ebba's adoptieouders te praten. Van hen horen ze ongetwijfeld meer.'

'Ik mag haar man niet.' Gösta reikte naar een kaneelbolletje.

'Mårten? Volgens mij is er niets mis met hem. Ze lijken alleen relatieproblemen te hebben. Ze moeten natuurlijk het verlies van hun kind verwerken en ik zie bij mijn zus hoeveel invloed zoiets op je relatie kan hebben. Gedeelde smart brengt mensen niet altijd dichter bij elkaar.'

'Je hebt gelijk.' Gösta knikte en Erica besefte dat hij heel goed wist waar ze het over had. Maj-Britt en hij hadden hun eerste en enige kind een paar dagen na de geboorte verloren. En daarna waren ze Ebba kwijtgeraakt.

'Kijk eens, oom Gösta! Er zijn een heleboel frambozen!' riep Maja, die bij de struik stond.

'Eet maar lekker,' riep hij terug en zijn ogen straalden weer.

'Wil je misschien een keertje oppassen?' zei Erica, half voor de grap, half serieus.

'Drie is misschien een beetje te veel voor me, maar Maja wil ik wel onder mijn hoede nemen als jullie een keer hulp nodig hebben.'

'Dat zal ik onthouden.' Erica besloot ervoor te zorgen dat Gösta binnenkort op Maja kon passen. Hoewel haar dochter zelden verlegen was, had ze met Patriks knorrige collega een speciale band en het was duidelijk dat er in Gösta's hart een gat zat dat zij kon helpen vullen.

'Wat vind je van wat er gisteren is gebeurd?'

Gösta schudde zijn hoofd. 'Ik snap er niets van. Het gezin is in 1974 verdwenen en waarschijnlijk zijn ze vermoord. Daarna gebeurt er jarenlang niets, tot Ebba naar Valö terugkeert. Dan breekt de hel los. Waarom?'

'Het kan niet zijn omdat ze ergens getuige van is geweest. Ebba was zo klein dat ze zich met geen mogelijkheid kan herinneren wat er is gebeurd.'

'Nee, dan denk ik eerder dat iemand wilde voorkomen dat Ebba en Mårten het bloed vonden. Maar dat past weer niet bij de schoten van gisteren. Toen hadden ze dat al ontdekt.'

'De kaart waar Mårten het over had, wijst erop dat iemand haar kwaad wil doen. En omdat de kaarten al sinds 1974 komen, kun je concluderen dat alles wat Ebba de afgelopen week is overkomen verband houdt met de verdwijning. Hoewel de boodschap op de kaarten nu pas bedreigend is geworden.'

'Ja, ik...'

'Maja. Je mag Noel niet duwen!' Erica vloog op en rende naar de kinderen, die luidkeels stonden te ruziën bij de frambozenstruik.

'Joel pakte mijn framboos. Hij... Hij heeft hem opgegeten,' piepte Maja, terwijl ze in Noels richting schopte.

Erica pakte haar dochter bij haar arm en keek haar streng aan. 'Hou daarmee op! Je mag je broertje niet schoppen. En er zijn nog veel meer frambozen.' Ze wees naar de struik, waarvan de takken onder de rode, rijpe vruchten doorbogen.

'Maar ik wilde die!' Maja's gezicht gaf duidelijk aan dat ze het allemaal maar heel oneerlijk vond en toen Erica haar arm losliet om Noel op te tillen en te troosten, stoof Maja gauw weg.

'Oom Gösta! Noel heeft mijn framboos gepakt,' snikte ze.

Hij keek het besmeurde meisje aan en nam haar toen glimlachend op schoot, waar ze zich oprolde tot een zielig bolletje.

'Meisje toch,' zei Gösta en hij streek over haar haar alsof hij nooit anders had gedaan dan vertwijfelde driejarigen troosten. 'Weet je, de framboos die je wilde hebben, dat was helemaal niet de lekkerste.'

'O nee?' Maja hield abrupt op met huilen en keek Gösta aan.

'Nee. Ik weet precies waar de allerbeste frambozen groeien. Maar dat moet ons geheimpje blijven. Je mag het niet tegen je broertjes zeggen en zelfs niet tegen je moeder.'

'Dat beloof ik.'

'Ik vertrouw je,' zei Gösta en hij boog zich voorover om iets in haar oor te fluisteren.

Maja luisterde aandachtig, gleed vervolgens van zijn schoot en liep terug naar de struik. Noel was ondertussen gekalmeerd en Erica kwam weer aan tafel zitten.

'Wat heb je tegen haar gezegd? Waar groeien de beste frambozen?'

'Dat kan ik je wel vertellen, maar dan moet ik je daarna helaas doden,' zei Gösta glimlachend.

Erica draaide haar hoofd om en keek naar de struik. Maja stond op haar tenen en reikte naar de frambozen die zo hoog zaten dat de tweeling er niet bij kon.

'O, wat slim van je,' zei ze lachend. 'Waar waren we gebleven? O ja, de poging gisteren om Ebba te vermoorden. We moeten een manier vinden om verder te komen. Is het jou gelukt te achterhalen wat er met de spullen van het gezin is gebeurd? Het zou van onschatbare waarde zijn als we die konden bekijken. Zouden ze zijn weggegooid? Heeft er achteraf niet iemand opgeruimd? Deden ze alles zelf, schoonmaken en de tuin onderhouden?'

Gösta ging plotseling rechtop zitten. 'Mijn god, wat ben ik dom. Soms denk ik echt dat ik seniel word.'

'Hoezo?'

'Ik had eraan moeten denken... Maar hij hoorde als het ware bij de inventaris. Al is dat nóg een reden waarom ik eraan had moeten denken.'

Erica keek hem strak aan. 'Over wie heb je het?'

'Schroot-Olle.'

'Schroot-Olle? Bedoel je die oude man van de schroothoop in Bräcke? Wat heeft hij met Valö te maken?'

'Hij kwam er heel vaak en hielp ze met van alles en nog wat.'

'En jij denkt dat Schroot-Olle de spullen heeft meegenomen?'

Gösta spreidde zijn handen. 'Dat zou een verklaring kunnen zijn. Die oude man verzamelt werkelijk alles, en als er niemand aanspraak op die spullen heeft gemaakt, zou het me niets verbazen als hij zo veel mogelijk heeft meegenomen.'

'De vraag is dan of hij ze nog heeft.'

'Denk je dat Schroot-Olle voorjaarsschoonmaak heeft gehouden en iets heeft weggegooid?'

Erica lachte. 'Nee, als hij de spullen heeft meegenomen, heeft hij

ze vast nog wel. Misschien moeten we het hem meteen gaan vragen?'
Ze kwam al overeind, maar Gösta gebaarde dat ze weer moest gaan
zitten.

'Rustig nou. Als die spullen op de schroothoop liggen, dan liggen
ze daar al ruim dertig jaar en verdwijnen ze heus niet vandaag. Het is
geen plek om de kinderen mee naartoe te nemen. Ik bel hem straks
wel op en als alles daar nog ligt, gaan we erheen op een moment dat jij
een oppas hebt.'

Erica wist dat hij gelijk had, maar ze raakte het rusteloze gevoel in
haar lichaam niet kwijt.

'Hoe gaat het met haar?' vroeg Gösta en het duurde even voordat
Erica begreep wie hij bedoelde.

'Ebba? Ze lijkt kapot. Ik heb het gevoel dat ze het ondanks alles
wel prettig vindt om het eiland even te kunnen verlaten.'

'En Mårten.'

'Ik denk dat je hem verkeerd inschat, maar je hebt ongetwijfeld
gelijk. Ze zitten elkaar aldoor in de weg. Ebba is ondertussen ook
nieuwsgierig geworden naar haar familie, dus zodra we thuis zijn en
de tweeling slaapt, wil ik haar alles laten zien wat ik heb gevonden.'

'Dat zal ze leuk vinden. Ze heeft een bonte familiegeschiedenis.'

'Dat kun je wel zeggen.' Erica dronk haar laatste slokje koffie op.
Dat was koud geworden en ze vertrok haar gezicht. 'Ik ben trouwens
ook bij Kjell van de *Bohusläningen* geweest. Hij heeft me aardig wat
achtergrondinformatie over John gegeven.' In het kort vertelde ze
over de tragedie in Johns familie die hem een pad vol haat op had gestuurd. Ze vertelde ook over het briefje dat ze had gevonden, iets
waar ze eerder niet echt tegen Gösta over had durven beginnen.

'Gimle? Ik heb geen idee wat dat betekent. Maar het hoeft natuurlijk niet met Valö te maken te hebben.'

'Nee, maar misschien is John er wel zo zenuwachtig door geworden dat hij iemand bij ons heeft laten inbreken,' ontglipte het haar.

'Is er bij jullie ingebroken? Wat zegt Patrik erover?'

Erica zweeg en Gösta staarde haar aan.

'Heb je het niet tegen hem gezegd?' Zijn stem sloeg over. 'Hoe zeker weet je dat John en zijn aanhang erachter zitten?'

'Dat is maar een vermoeden en eigenlijk is er ook niet zoveel gebeurd. Iemand is door de verandadeur naar binnen gekomen, heeft mijn werkkamer doorzocht en geprobeerd op mijn computer in te loggen zonder dat dat is gelukt. Ik mag blij zijn dat de persoon in kwestie mijn harddisk niet heeft gestolen.'

'Patrik gaat compleet over de rooie als hij dit te horen krijgt. Als hij er bovendien achter komt dat ik ervan op de hoogte was en het hem niet heb verteld, wordt hij ook kwaad op mij.'

Erica zuchtte. 'Ik zal het hem vertellen. Maar het interessante is dat er iets in mijn werkkamer ligt wat kennelijk zo belangrijk is dat iemand het risico neemt om bij ons in te breken. En volgens mij is het dat briefje.'

'Zou John Holm echt zoiets doen? De Vrienden van Zweden hebben veel te verliezen als zou blijken dat hij bij een politieagent heeft ingebroken.'

'Misschien als het dringend genoeg is. Maar ik heb het briefje nu aan Kjell gegeven, dus hij mag uitzoeken wat het kan betekenen.'

'Mooi zo,' zei Gösta. 'En je vertelt dit aan Patrik wanneer hij vanavond thuiskomt. Anders ben ik ook de klos.'

'Ja, ja,' zei ze moe. Ze keek er niet naar uit, maar het moest wel gebeuren.

Gösta schudde lichtjes met zijn hoofd. 'Ik ben benieuwd of Patrik en Paula in Göteborg iets meer te weten komen. Ik word zo langzamerhand een beetje mismoedig.'

'Laten we ook hopen dat Schroot-Olle iets heeft,' zei Erica, blij dat ze van gespreksonderwerp waren veranderd.

'Ja, een mens kan altijd hopen,' zei Gösta.

Het St. Jörgen-gesticht 1936

'Wij achten het onwaarschijnlijk dat uw moeder hier binnen afzienbare tijd wordt ontslagen,' zei dokter Jansson, een wat oudere man met wit haar, die door zijn grote baard net de Kerstman leek.

Laura slaakte een zucht van verlichting. Ze had haar leven nu op orde: goed werk en nieuwe woonruimte. De kamer die ze bij mevrouw Bergström aan de Galärbacken huurde, was weliswaar klein, maar hij was van haarzelf en hij was net zo mooi als het poppenhuis dat een ereplaats op de hoge ladekast naast het bed had gekregen. Het leven zonder Dagmar was aanzienlijk beter. Dagmar was nu drie jaar opgenomen in het St. Jörgen-gesticht in Göteborg en Laura ervoer het als een bevrijding dat ze zich er geen zorgen over hoefde te maken wat haar moeder zich in haar hoofd kon halen.

'Aan welke kwaal lijdt moeder eigenlijk?' vroeg ze en ze probeerde net te doen alsof ze zich om haar bekommerde.

Ze was, net als anders, keurig gekleed en zat met haar benen elegant schuin naar één kant, haar handtas op schoot. Hoewel ze pas zestien was, voelde ze zich veel ouder.

'We hebben geen specifieke diagnose kunnen stellen, maar vermoedelijk lijdt ze aan wat we zwakke zenuwen noemen. Helaas heeft de behandeling niet veel resultaat gehad. Ze houdt vast aan haar waanideeën over Hermann Göring. Het is niet ongebruikelijk dat mensen met zwakke zenuwen opgaan in fantasieën over mensen die ze uit de krant kennen.'

'Moeder praat al zolang ik me kan herinneren over hem,' zei Laura.

De arts keek haar medelijdend aan.

'Ik heb begrepen dat u geen makkelijke jeugd hebt gehad. Maar u lijkt het er goed van af te hebben gebracht en kennelijk hebt u niet alleen een lief gezichtje maar bent u ook verstandig.'

'Ik doe mijn best,' zei ze verlegen, maar bij de herinneringen aan haar jeugd drong de smaak van bittere gal zich op.

Ze verafschuwde het als ze die gedachten niet kon tegenhouden. Meestal slaagde ze erin ze diep weg te stoppen en ze dacht zelden aan moeder of aan de kleine donkere woning die naar drank stonk. Een lucht die ze nooit weg had gekregen, hoe hard ze ook had gepoetst en geboend. De schimpscheuten had ze ook verdrongen. Niets deed haar nog aan moeder denken en tegenwoordig werd ze gerespecteerd om hoe ze was: fatsoenlijk, keurig, zorgvuldig in alles wat ze deed. Niemand riep haar nog scheldwoorden na.

Maar de angst was er nog steeds. De angst dat moeder het gesticht mocht verlaten en alles zou verpesten.

'Wilt u uw moeder zien? Ik raad het u af, maar...' Dokter Jansson spreidde zijn armen.

'Nee, ik denk dat het beter is als ik niet naar haar toe ga. Moeder raakt altijd zo... van slag.' Laura herinnerde zich alles wat moeder haar bij haar eerste bezoek voor de voeten had geworpen. Ze had haar voor zulke weerzinwekkende dingen uitgemaakt dat Laura de woorden zelfs niet kon herhalen. Ook dokter Jansson leek zich het moment nog voor de geest te kunnen halen.

'Ik denk dat dat de juiste beslissing is. We proberen Dagmar rustig te houden.'

'Ik hoop dat moeder nog steeds geen kranten mag lezen.'

'Nee, na wat er is gebeurd, krijgt ze geen kranten te zien.' Hij schudde gedecideerd zijn hoofd.

Laura knikte. Twee jaar geleden was ze door het gesticht gebeld. Moeder had in een krant gelezen dat Göring niet alleen de stoffelijke resten van Carin naar zijn landgoed Carinhall in Duitsland had overgebracht, maar dat hij ter nagedachtenis aan zijn vrouw ook een grafkamer zou laten bouwen. Moeder had haar hele kamer vernield en bovendien een van de verzorgers zo erg toegetakeld dat hij moest worden gehecht.

'Ik hoor van u als er nieuwe ontwikkelingen zijn,' zei ze en ze stond op. Ze nam haar handschoenen in haar linkerhand en stak de rechter uit om afscheid te nemen.

Toen ze zich omdraaide en de kamer van dokter Jansson verliet, speelde er een glimlach om haar lippen. Ze zou nog een poos vrij zijn.

✳

Ze waren vlak bij Torp ten noorden van Uddevalla toen ze in een file terechtkwamen. Patrik minderde vaart en Paula schoof op haar stoel heen en weer om een comfortabele houding te vinden.

Hij keek haar bezorgd aan. 'Lukt het echt wel, zo'n rit heen en weer naar Göteborg?'

'Ja, hoor. Maak je geen zorgen. Ik heb al genoeg mensen om me heen die dat doen.'

'Laten we hopen dat het de moeite waard is. Wat een verkeer vandaag.'

'Het duurt zolang als het duurt,' zei Paula. 'Hoe gaat het trouwens met Ebba?'

'Dat weet ik niet. Toen ik gisteravond thuiskwam, sliep ze al en toen ik vanochtend wegging sliep ze ook. Maar Erica zei dat ze helemaal uitgeput was.'

'Niet zo gek. Dit moet een nachtmerrie voor haar zijn.'

'Toe, rijden!' Patrik claxonneerde toen de bestuurder van de auto voor hem niet snel genoeg merkte dat er een gat in de rij was ontstaan.

Paula schudde haar hoofd, maar zei niets. Ze had vaak genoeg bij Patrik in de auto gezeten om te weten dat zijn humeur veranderde zodra hij achter het stuur zat.

Het kostte hun ruim een uur extra om in de zomerse drukte Göteborg te bereiken en Patrik smoorde bijna van de hitte toen ze in de rustige straat met vrijstaande huizen in Partille uitstapten. Hij trok een paar keer aan zijn overhemd om wat af te koelen.

'Mijn god, wat is het warm vandaag. Ga jij niet bijna dood bij deze temperaturen?'

Paula keek toegeeflijk naar zijn glimmende voorhoofd.

'Iek ben buitenlander, iek niet zweten,' zei ze en ze hief haar armen op om hem te laten zien dat ze helemaal droog was.

'Dan transpireer ik voor ons beiden. Ik had een extra overhemd mee moeten nemen. We zien er niet uit. Ik ben helemaal bezweet en jij lijkt net een gestrande walvis. Wat moeten ze wel niet denken van de politie van Tanum?' zei Patrik en hij drukte op de bel.

'Noem jij jezelf maar een gestrande walvis. Ik ben zwanger. Wat heb jij voor excuus?' Paula prikte Patrik in zijn middel.

'Dat is gewoon een teken van gezag. Dat is in no time verdwenen als ik weer ga trainen.'

'Ik heb gehoord dat de sportschool een opsporingsbericht naar je heeft doen uitgaan.'

De deur ging open, waardoor Patrik haar geen lik op stuk meer kon geven.

'Hallo, welkom! Jullie zijn vast van de politie uit Tanumshede,' zei een zestiger met een vriendelijk uiterlijk.

'Dat klopt,' zei Patrik en hij stelde zichzelf en Paula voor.

Een vrouw van dezelfde leeftijd kwam hen ook begroeten.

'Kom binnen. Ik ben Berit. Sture en ik hadden bedacht dat we wel in het aquarium konden gaan zitten.'

'Het aquarium?' siste Paula vragend naar Patrik.

'De serre,' siste hij terug en hij zag dat ze moest glimlachen.

In de zonnige serre trok Berit een grote rotanfauteuil bij de tafel en knikte naar Paula. 'Ga hier maar zitten. Deze is het comfortabelst.'

'Bedankt. Waarschijnlijk is er wel een hijskraan nodig om me hier straks weer uit te krijgen,' zei Paula, terwijl ze zich dankbaar op het dikke kussen liet zakken.

'Leg je voeten maar op dit krukje. Het is vast niet makkelijk om met deze hittegolf zwanger te zijn.'

'Nee, het wordt steeds zwaarder,' bekende Paula. Na de lange autorit waren haar kuiten net voetballen.

'Ik herinner me de zomer dat Ebba in verwachting was van Vincent. Toen was het ook zo warm en zij…' Berit stopte midden in haar zin en haar glimlach verdween. Sture sloeg een arm om zijn vrouw heen en klopte haar teder op haar schouder.

'Ik stel voor dat we nu allemaal gaan zitten en onze gasten koffie en cake serveren. Berit heeft haar eigen marmercake gebakken. Het recept is zo geheim dat zelfs ik niet weet hoe ze hem maakt.' Hij zei het op luchtige toon in een poging de stemming te verbeteren, maar zijn blik was net zo verdrietig als die van zijn vrouw.

Patrik deed wat hem was gevraagd en nam plaats, maar hij besefte dat hij vroeg of laat toch weer over het onderwerp zou moeten beginnen dat Ebba's ouders zo'n verdriet deed.

'Tast toe.' Berit schoof de schaal naar voren. 'Weten je man en jij of het een jongen of een meisje wordt?'

Paula's hand met de snee cake bleef halverwege haar mond hangen. Daarna keek ze de vrouw voor zich recht aan en zei vriendelijk: 'Nee, mijn partner Johanna en ik willen het niet van tevoren weten. Maar we hebben al een zoon, dus het zou leuk zijn als het nu een meisje was. Tegelijk is het waar wat iedereen zegt, het belangrijkste is dat de baby gezond is.' Ze streek over haar buik en hardde zich tegen de reactie van het echtpaar.

Berits gezicht lichtte op. 'Wat leuk dat er al een grote broer is! Hij zal wel heel trots zijn.'

'Met zo'n mooie moeder wordt het hoe dan ook een mooi kindje,' zei Sture met een warme glimlach.

Ze leken er helemaal niet op te reageren dat het kind twee moeders zou hebben en Paula glimlachte blij terug.

'Nu moeten jullie ons vertellen wat er aan de hand is,' zei Sture en hij boog zich naar voren. 'Als we Ebba en Mårten bellen, krijgen we heel karige antwoorden en ze willen ook niet dat we naar hen toe komen.'

'Nee, het is inderdaad beter dat jullie dat niet doen,' zei Patrik. Het laatste wat ze nu konden gebruiken waren nog meer mensen die op Valö in gevaar verkeerden.

'Hoe dat zo?' Berits blik schoot onrustig van Patrik naar Paula en weer terug. 'Ebba vertelde dat ze bloed hadden gevonden toen ze een vloer openbraken. Is dat van…?'

'Dat is wel het meest aannemelijk,' zei Patrik. 'Maar het bloed is zo oud dat we niet met zekerheid kunnen vaststellen of het van Ebba's familie is en van hoeveel mensen het afkomstig is.'

'Het is echt verschrikkelijk,' zei Berit. 'We hebben het met Ebba niet vaak gehad over wat er toen is gebeurd. Wij wisten ook niet meer dan wat Maatschappelijk Werk ons had verteld en wat we in de kranten hadden gelezen. Daarom waren we best verbaasd toen zij en Mårten het huis wilden overnemen.'

'Ik geloof niet dat ze zo graag naar Valö wilden,' zei Sture. 'Volgens mij wilden ze vooral hier weg.'

'Zouden jullie willen vertellen wat er met hun zoontje is gebeurd?' vroeg Paula voorzichtig.

Berit en Sture keken elkaar een tijdje aan voordat Sture het woord nam. Langzaam vertelde hij over de dag dat Vincent stierf en Patrik voelde dat hij een brok in zijn keel kreeg. Dat het leven zo wreed en zinloos kon zijn.

'Hoe snel daarna zijn Ebba en Mårten verhuisd?' vroeg hij toen Sture was uitgesproken.

'Een halfjaar later ongeveer,' zei Berit.

Sture knikte. 'Dat klopt. Ze hebben hun huis verkocht; ze woonden hier vlakbij.' Hij wees in een onbestemde richting. 'En Mårten zegde alle opdrachten die hij als timmerman had af. Ebba was al sinds Vincents dood met ziekteverlof. Ze werkte als econoom bij de belastingdienst, maar ze is daar nooit meer naartoe gegaan. We maken ons er een beetje zorgen over hoe ze zich financieel moeten redden, maar ze hebben in elk geval een startkapitaal omdat ze hun huis hier hebben verkocht.'

'We moeten ze maar zo goed mogelijk helpen,' zei Berit. 'We hebben nog twee kinderen, die om het maar zo te zeggen van onszelf zijn, al beschouwen we Ebba ook als onze eigen dochter. Ebba is altijd hun oogappeltje geweest en ze helpen graag als ze kunnen, dus het komt vast wel goed.'

Patrik knikte. 'Het wordt een hartstikke mooie plek als ze eenmaal klaar zijn. En Mårten lijkt me een goede timmerman.'

'Hij is echt heel goed,' zei Sture. 'Toen ze hier woonden, was hij bijna altijd aan het werk. Soms misschien wel iets te vaak, maar liever dat dan een schoonzoon die alleen wat rondlummelt.'

'Nog een kopje koffie?' vroeg Berit en ze stond zonder het antwoord af te wachten op om de kan te halen.

Sture keek haar na. 'Dit vreet aan haar, maar dat wil ze niet laten blijken. Ebba kwam als een engeltje naar ons gezin. Onze oudere kinderen waren zes en acht en we dachten erover er nog een te nemen. Het was Berits idee om in plaats daarvan te kijken of er niet een kindje was dat we in ons gezin konden opnemen.'

'Hebben jullie vóór Ebba andere pleegkinderen gehad?' vroeg Paula.

'Nee, Ebba was ons eerste en enige. Ze bleef bij ons en toen besloten we haar te adopteren. Berit kon de nachten voordat de adoptie definitief was bijna niet slapen. Ze was doodsbenauwd dat iemand haar bij ons weg zou halen.'

'Hoe was ze als kind?' vroeg Patrik, vooral uit nieuwsgierigheid. Iets zei hem dat de Ebba die hij had ontmoet een bleke kopie van haar ware ik was.

'O, ze was net een wervelwind.'

'Ebba, zeker weten!' Berit kwam met de koffiekan de serre binnen. 'Als kind haalde ze heel wat kattenkwaad uit. Maar ze was altijd vrolijk en je kon nooit echt boos op haar worden.'

'Daardoor is het allemaal nog zwaarder om te dragen,' zei Sture. 'We verloren niet alleen Vincent, we verloren ook Ebba. Het is net alsof een groot deel van haar samen met Vincent is gestorven. Voor Mårten geldt hetzelfde. Hij had altijd al wel last van stemmingswisselingen en periodiek was hij zelfs depressief, maar voordat Vincent overleed, hadden ze het goed samen. Nu... Nu weet ik het niet meer. Aanvankelijk konden ze niet eens in dezelfde kamer zijn en nu zitten ze samen op een eiland aan de scherenkust. Ja, zoals gezegd, we maken ons best zorgen.'

'Hebben jullie een theorie over wie de brand kan hebben gesticht of wie er gisteren op Ebba heeft geschoten?' vroeg Patrik.

Berit en Sture keken hem als verstijfd aan.

'Heeft Ebba het jullie niet verteld?' vroeg Patrik en hij keek Paula aan. Het was zelfs niet in hem opgekomen dat Ebba's ouders niet op de hoogte zouden zijn van wat hun dochter was overkomen. In dat geval zou hij geprobeerd hebben de vraag diplomatieker te stellen.

'Nee, ze heeft alleen verteld dat ze bloed hadden gevonden,' zei Sture.

Patrik zocht naar de juiste woorden om de gebeurtenissen op Valö te beschrijven, maar Paula was hem voor en deed rustig en zakelijk verslag van de brand en de afgevuurde schoten.

Berit greep het tafelblad zo stevig vast dat haar knokkels wit werden. 'Ik begrijp niet waarom ze ons niets heeft verteld.'

'Vermoedelijk wilde ze ons niet ongerust maken,' zei Sture, maar hij leek net zozeer van slag als zijn vrouw.

'Maar waarom blijven ze daar? Dat is pure waanzin! Ze moeten er meteen weg. We moeten met ze gaan praten, Sture.'

'Ze lijken vast van plan te blijven,' zei Patrik. 'Maar op dit moment is Ebba bij ons. Ze is met mijn vrouw mee naar huis gegaan en heeft vannacht in onze logeerkamer geslapen. Mårten wilde het eiland echter niet verlaten, dus hij is nog daar.'

'Is hij niet goed bij zijn hoofd?' zei Berit. 'We gaan erheen. Nu meteen.' Ze ging staan, maar met zachte hand duwde Sture haar weer op haar stoel.

'Laten we niets overhaasts doen. We bellen Ebba om te horen wat ze er zelf over te zeggen heeft. Je weet hoe koppig ze kan zijn. Het heeft geen zin om ruzie te maken.'

Berit schudde haar hoofd, maar ze bleef wel zitten.

'Hebben jullie enig idee waarom iemand zou proberen hun kwaad te doen?' Paula draaide heen en weer op haar stoel. Zelfs in dit fantastische meubel begonnen haar gewrichten na een tijdje zeer te doen.

'Nee, geen enkel,' zei Berit met nadruk. 'Ze leiden een doodnormaal leven. En waarom zou iemand hun nog meer kwaad willen doen? Ze hebben al genoeg verdriet en ellende gehad.'

'Het moet haast wel te maken hebben met wat er met Ebba's familie is gebeurd,' zei Sture. 'Misschien is iemand bang dat er iets wordt ontdekt?'

'Dat is ook onze theorie, maar we weten op dit moment niet veel en daarom willen we ook niet te veel zeggen,' zei Patrik. 'Een van de dingen waarover we vragen hebben zijn de kaarten die Ebba van iemand heeft gehad en die met "G" zijn ondertekend.'

'Ja, dat was inderdaad nogal vreemd,' zei Sture. 'Ze kreeg elk jaar met haar verjaardag zo'n kaart. We gingen ervan uit dat ze van een ver familielid kwamen. Het leek onschuldig, dus we hebben er verder niets mee gedaan.'

'Gisteren heeft Ebba weer een kaart ontvangen, maar die was niet zo onschuldig.'

Ebba's ouders keken hem verbaasd aan.

'Wat stond erop?' Sture kwam overeind en trok de gordijnen een beetje dicht. Het zonlicht begon zich een weg naar binnen te zoeken en scheen fel op de tafel.

'Je zou kunnen stellen dat het bedreigend was.'

'Dat is dan voor het eerst. Denken jullie dat de afzender dezelfde persoon is die heeft geprobeerd om Ebba en Mårten kwaad te doen?'

'Dat weten we niet. Maar het zou helpen als jullie ons zo'n kaart konden laten zien.'

Sture schudde spijtig zijn hoofd. 'Nee, die hebben we helaas niet bewaard. We lieten ze aan Ebba zien en daarna gooiden we ze weg. Ze waren niet erg persoonlijk. Er stond alleen "Gefeliciteerd met je verjaardag" en dan "G". Verder niets. Dus ze waren niet de moeite van het bewaren waard.'

'Dat snap ik,' zei Patrik. 'Stond er verder niets op wat onthulde wie de afzender was? Was bijvoorbeeld het poststempel te lezen?'

'Ze kwamen uit Göteborg, dus dat bood geen hulp.' Sture viel stil, maar veerde toen op en keek zijn vrouw aan. 'Het geld,' zei hij.

Berit sperde haar ogen open. 'Dat we daar niet aan hebben gedacht!' Ze wendde zich tot Patrik en Paula: 'Vanaf het moment dat Ebba bij ons kwam tot ze achttien werd, is er elke maand anoniem geld voor haar gestort. We kregen alleen een brief waarin stond dat er op Ebba's naam een rekening was geopend. We hebben dat geld gespaard en ze heeft het gekregen toen Mårten en zij hun huis kochten.'

'En jullie hebben geen idee van wie dat geld kwam? Hebben jullie geprobeerd daarachter te komen?'

Sture knikte. 'Ja, we hebben een paar pogingen ondernomen. We waren uiteraard nieuwsgierig. Maar de bank zei dat de gever anoniem wilde blijven en daar moesten we genoegen mee nemen. Uiteindelijk kwamen we tot de slotsom dat het vast dezelfde persoon was die de verjaardagskaarten stuurde: een ver familielid dat het beste met haar voor had.'

'Van welke bank was de brief afkomstig?'

'De Handelsbank. Een kantoor aan het Norrmalmstorg in Stockholm.'

'Daar zullen we verder onderzoek naar doen. Goed dat jullie daaraan hebben gedacht.'

Patrik keek vragend naar Paula, die knikte. Hij stond op en stak zijn hand uit.

'Heel erg bedankt dat jullie tijd hebben vrijgemaakt om met ons te spreken. Als jullie nog iets te binnen schiet, bel dan gerust.'

'Dat zullen we zeker doen. Uiteraard doen we wat we kunnen om jullie te helpen.' Sture glimlachte flauw en Patrik begreep dat ze zich op de telefoon zouden storten om hun dochter te bellen zodra Paula en hij waren vertrokken.

Het tochtje naar Göteborg had hun meer opgeleverd dan hij had durven hopen. *Follow the money*, zoals ze in Amerikaanse films altijd zeiden. Als ze het geld konden traceren, zouden ze wellicht de leidraad vinden die nodig was om verder te komen.

Toen ze in de auto zaten, zette hij zijn telefoon aan. Vijfentwintig gemiste oproepen. Patrik zuchtte en draaide zich om naar Paula.

'Iets zegt me dat de pers er inmiddels lucht van heeft gekregen.' Hij startte en reed naar Tanumshede. Het zou een zware dag worden.

De *Expressen* had het nieuws over Valö gepubliceerd en toen Kjells chef via de tamtam op de redactie had vernomen dat zijn krant het verhaal als eerste had kunnen brengen, was hij op z'n zachtst gezegd chagrijnig geworden. Nadat hij klaar was met schelden, had hij Kjell op pad gestuurd om de landelijke krant te overtroeven en de artikelen van de *Bohusläningen* over de oude zaak aan te scherpen. 'Dat wij kleiner en plaatselijk zijn betekent niet dat we slechter moeten zijn,' zoals hij altijd zei.

Kjell bladerde zijn aantekeningen door. Het was zonder meer tegen zijn journalistieke principes ingegaan om dergelijk nieuws weg te geven, maar hij vond het belangrijker dat de organisaties die vreemdelingenhaat propageerden aan de kaak werden gesteld. Als hij een scoop weg moest geven om de waarheid over de Vrienden van Zweden en John Holm boven tafel te krijgen, was hij daartoe bereid.

Hij moest zich inhouden om Sven Niklasson niet te bellen om te vragen hoe het ging. Waarschijnlijk werd hij pas wijzer als er iets over in de krant verscheen, maar hij bleef toch piekeren over de betekenis van Gimle. Hij was ervan overtuigd dat Sven Niklassons toon was veranderd toen hij hem over het briefje had verteld dat Erica bij John thuis had gevonden. Het was alsof hij al eerder van Gimle had gehoord en er meer over wist.

Kjell sloeg de *Expressen* open en las wat de krant over de vondst op Valö had geschreven. Vier pagina's hadden ze aan het nieuws gewijd en er zouden de komende dagen ongetwijfeld nog meer artikelen volgen. De politie van Tanum hield vanmiddag een persconferentie en hopelijk leverde dat iets op waarmee ze verder konden. Maar dat was pas over een paar uur en het was geen uitdaging voor hem om dezelfde informatie te krijgen als alle anderen; hij wilde juist iets vinden wat niemand anders had. Kjell leunde in zijn bureaustoel achterover en dacht na. Hij wist dat de mensen in deze streek altijd gefascineerd waren geweest door de jongens die tijdens de paasvakantie op het eiland waren achtergebleven. In de loop van de jaren was er wild gespeculeerd over wat ze wel en niet wisten en of ze iets met de verdwijning van het gezin te maken hadden gehad. Als hij zo veel mogelijk materiaal over de vijf jongens boven water haalde, kon hij hopelijk een artikel schrijven dat geen enkele andere krant wist te overtreffen.

Hij rechtte zijn rug en begon in zijn computer te zoeken. In openbare registers was behoorlijk wat informatie te vinden over de mannen die de jongens tegenwoordig waren en dat was altijd een goed uitgangspunt. Bovendien had hij zijn eigen aantekeningen van het interview met John. Hij moest zien dat hij de andere vier in de loop van de dag te spreken kreeg. Het was veel werk en hij had weinig tijd, maar als het hem lukte, kon het een goed verhaal worden.

Hij realiseerde zich nog iets en schreef het snel op zijn notitieblok. Hij moest proberen Gösta Flygare te spreken te krijgen, want die was er destijds bij geweest. Met een beetje geluk kon Gösta vertellen welke indruk hij van de jongens had gehad toen hij ze verhoorde, en dat zou het artikel meer gewicht geven.

De gedachte aan Gimle drong zich voortdurend op, maar Kjell duwde die gedecideerd weg. Het was niet langer zijn verantwoordelijkheid en misschien betekende het wel niets. Hij pakte zijn mobieltje en begon te bellen. Hij had geen tijd om te piekeren.

Langzaam pakte Percy zijn koffer. Hij zou niet naar het grote verjaardagsfeest gaan. Er waren maar een paar telefoontjes nodig geweest om te achterhalen dat Pyttan niet alleen hem had verlaten, maar bovendien bij de jubilaris was ingetrokken.

Morgenvroeg zou Percy in zijn Jaguar stappen en naar Fjällbacka gaan. Hij wist niet zeker of het een goed idee was. Maar Leons telefoontje had alleen maar bevestigd dat zijn leven op het punt stond ineen te storten, en wat had hij te verliezen?

Zoals altijd gehoorzaamde je als Leon sprak. Hij was destijds al de leider geweest en het was vreemd en ook een beetje beangstigend om je voor te stellen dat hij als zestienjarige dezelfde autoriteit had gehad als nu. Misschien zou zijn leven er anders hebben uitgezien als hij Leons bevelen niet had opgevolgd, maar daar wilde hij nu niet over nadenken. Jarenlang was hij erin geslaagd om alles wat er op Valö was gebeurd te verdringen en hij was nooit teruggekeerd. Toen ze op paaszaterdag in de boot waren gestapt, had hij zich zelfs niet omgedraaid.

Nu zou hij de herinneringen weer boven moeten laten komen. Hij wist dat het beter was als hij in Stockholm bleef, zich laveloos zoop en het leven op de Karlavägen voorbij zag trekken in afwachting van het moment waarop de schuldeisers zouden aanbellen. Maar Leons stem door de telefoon had hem net zo willoos gemaakt als toen.

Hij schrok op toen de deurbel ging. Hij verwachtte geen bezoek en Pyttan had alles van waarde al meegenomen. Hij had niet de illusie dat ze spijt kreeg en terugkwam. Ze was niet dom. Ze begreep dat hij alles zou verliezen en had op tijd de benen genomen. In zekere zin begreep hij haar wel. Hij was opgegroeid in een wereld waarin je met iemand trouwde die iets te bieden had, als een soort aristocratische ruilhandel.

Hij deed open. Advocaat Buhrman stond voor de deur.

'Hebben we een afspraak?' Percy probeerde het zich te herinneren.

'Nee, we hebben geen afspraak.' De advocaat deed een pas naar voren, waardoor Percy genoodzaakt was naar achteren te stappen en hem binnen te laten. 'Ik had wat dingen in de stad te doen en zou eigenlijk vanmiddag weer naar huis zijn gegaan. Maar dit heeft haast.'

Buhrman vermeed het hem aan te kijken en Percy voelde dat zijn knieën begonnen te knikken. Dit was niet goed.

'Komt u verder,' zei hij. Hij moest zijn best doen met vaste stem te spreken.

In zijn hoofd hoorde hij zijn vader: 'Wat er ook gebeurt, toon jezelf nooit zwak.' Plotseling drongen zich herinneringen op aan momenten waarop hij dat advies niet had kunnen opvolgen en huilend en smekend op de vloer was gevallen. Hij slikte en sloot zijn ogen. Dit was niet het juiste moment om het verleden boven te laten komen. Er zou morgen meer dan genoeg worden opgerakeld. Nu moest hij te weten zien te komen wat Buhrman wilde.

'Kan ik u een whisky aanbieden?' vroeg hij en hij liep naar de serveerboy en schonk zichzelf een glas in.

De advocaat liet zich langzaam en moeizaam op de bank zakken. 'Nee, dank je.'

'Koffie?'

'Nee, dank je. Ga even zitten.' Buhrman bonsde met zijn stok op de vloer en Percy deed wat hem werd opgedragen. Hij zweeg terwijl de advocaat praatte en knikte alleen tussendoor om te laten zien dat hij het begreep. Op geen enkele manier liet hij blijken wat hij dacht. De stem van vader echode steeds luider tussen zijn slapen: 'Toon jezelf nooit zwak.'

Nadat Buhrman was vertrokken, ging Percy verder met pakken. Hij kon maar één ding doen. Hij was die keer lang geleden zwak geweest. Hij had zich door het kwaad laten overwinnen. Percy trok de rits van zijn koffer dicht en ging op bed zitten. Hij staarde voor zich uit. Zijn leven was verwoest. Niets had nog enige betekenis. Maar hij zou zich nooit meer zwak tonen.

Fjällbacka 1939

Laura keek naar haar man terwijl ze aan tafel zaten. Ze waren één jaar getrouwd. Op de dag dat Laura achttien werd, had ze ja gezegd op het aanzoek van Sigvard en ongeveer een maand later waren ze tijdens een rustige ceremonie in de tuin getrouwd. Sigvard was op dat moment drieënvijftig geweest en hij had haar vader kunnen zijn. Maar hij was rijk en ze besefte dat ze zich nooit meer zorgen hoefde te maken over haar toekomst. Zakelijk had ze een lijstje met de voors en tegens gemaakt en er waren meer positieve dan negatieve argumenten geweest. Liefde was voor dwazen en een luxe die een vrouw in haar situatie zich niet kon veroorloven.

'De Duitsers zijn Polen binnengetrokken,' zei Sigvard opgewonden. 'Dit is nog maar het begin, let op mijn woorden.'

'Ik kan me niet druk maken over politiek.'

Laura smeerde een halve boterham. Meer durfde ze niet te eten. Voortdurend honger hebben was de prijs die ze moest betalen om volmaakt te kunnen zijn en soms drong het tot haar door hoe absurd het was. Ze was met Sigvard getrouwd omwille van de zekerheid, omdat ze wist dat er dan altijd brood op de plank zou zijn. Toch had ze nu net zo vaak honger als toen ze klein was en Dagmar het geld aan drank uitgaf in plaats van eten.

Sigvard lachte. 'Je vader wordt ook genoemd.'

Ze keek hem kil aan. Ze kon veel hebben, maar ze had hem al herhaaldelijk gevraagd het niet over dingen te hebben die met haar gestoorde moeder te maken hadden. Ze hoefde niet aan haar verleden te worden herinnerd. Dagmar zat veilig opgeborgen in het St. Jörgen-gesticht en met een beetje geluk bleef ze daar de rest van haar treurige leven.

'Daar hebben we het niet over,' zei ze.

'Het spijt me, lieverd. Maar het is niets om je voor te schamen. Integendeel. Die Göring is Hitlers gunsteling en staat aan het hoofd van de Luftwaffe. Dat is niet mis.' Hij knikte nadenkend en verdiepte zich weer in de krant.

Laura zuchtte. Het interesseerde haar niet en ze wilde zolang ze leefde niets meer over Göring horen. Jarenlang had ze de zieke fantasieën van moeder moeten verdragen en nu zou ze te pas en te onpas over hem moeten horen en lezen, alleen omdat hij een van Hitlers naaste medewerkers was. Mijn god, wat kon het hun in Zweden schelen als de Duitsers Polen binnenvielen?

'Ik zou de salon een beetje willen veranderen. Mag dat?' vroeg ze met haar zachtste stem. Ze had de kamer nog niet zo lang geleden helemaal opnieuw laten inrichten. Hij was mooi geworden, maar nog niet volmaakt. Niet zoals de salon in het poppenhuis was geweest. De zondagse bank die ze had gekocht, paste niet goed en de hangers van de kristallen kroonluchter glommen en straalden niet zo mooi als ze had verwacht toen ze hem had laten ophangen.

'Je brengt me nog aan de bedelstaf,' zei Sigvard, maar hij keek haar verliefd aan. 'Doe zoals je wilt, hartje. Als jij maar gelukkig bent.'

✳

'Anna komt ook als je dat oké vindt.' Erica keek Ebba voorzichtig aan. Op hetzelfde moment dat ze haar zus had uitgenodigd, had ze beseft dat het misschien niet zo'n goed idee was, maar Anna leek wel wat gezelschap te kunnen gebruiken.

'Ik vind het prima.' Ebba glimlachte, maar ze zag er nog altijd moe uit.

'Wat zeiden je ouders? Patrik vond het nogal gênant dat ze op deze manier over de brand en de schoten moesten horen, maar hij dacht dat je ze had verteld wat er was gebeurd.'

'Dat had ik ook moeten doen, maar ik schoof het aldoor voor me uit. Ik weet hoe ongerust ze altijd worden. Ze zouden hebben gewild dat we alles opgaven en weer in Göteborg kwamen wonen.'

'Hebben jullie dat niet overwogen?' vroeg Erica, terwijl ze een dvd opzette van *Lotta uit de Kabaalstraat*. De tweeling lag te slapen, helemaal uitgeput na het bezoekje aan Gösta, en Maja zat op de bank te wachten tot de film begon.

Ebba dacht even na en schudde toen haar hoofd. 'Nee, we kunnen niet terug naar huis. Ik heb geen idee wat we moeten als dit niet werkt. Ik besef best dat het idioot is om te blijven en ik ben ook bang, maar tegelijk... het ergste wat ons kan overkomen is al gebeurd.'

'Wat...' begon Erica. Ze had eindelijk voldoende moed verzameld om te vragen wat er met Ebba en Mårtens zoontje was gebeurd, maar net op dat moment ging de voordeur open en kwam Anna binnen.

'Hallo!' riep ze.

'Kom verder, ik stop net voor de honderdste keer *Lotta* in de dvd-speler.'

'Hallo,' zei Anna met een knikje naar Ebba. Ze glimlachte voorzichtig, alsof ze zich geen houding wist te geven na alles wat ze gisteren samen hadden meegemaakt.

'Hallo, Anna,' zei Ebba net zo voorzichtig. Bij haar leek de behoedzaamheid deel uit te maken van haar persoonlijkheid, en Erica vroeg zich af of ze voor de dood van haar zoontje opener was geweest.

De intro van de film begon en Erica stond op. 'Laten we in de keuken gaan zitten.'

Anna en Ebba liepen voor haar uit en namen aan de keukentafel plaats.

'Heb je vannacht een beetje kunnen slapen?' vroeg Anna.

'Ja, ik ben ruim twaalf uur onder zeil geweest, maar ik heb het gevoel dat ik nog wel twaalf uur zou kunnen slapen.'

'Dat komt vast door de schok.'

Erica kwam met een stapel papieren onder haar arm de keuken binnen.

'Dit is bij lange na niet compleet en ik vermoed dat je ook al het een en ander hebt gezien,' zei ze, terwijl ze de stapel op tafel legde.

'Ik heb nog niets gezien.' Ebba schudde haar hoofd. 'Het klinkt misschien vreemd, maar voor we het huis overnamen en hier kwamen wonen, heb ik nooit echt stilgestaan bij mijn achtergrond. Ik had het goed, dacht ik, en alles voelde ook een beetje… absurd.' Ze staarde naar de stapel papieren alsof ze ze op die manier alle kennis tot zich zou kunnen nemen.

'Oké.' Erica sloeg een notitieblok open en schraapte haar keel. 'Je moeder, Inez, is zoals je weet in 1951 geboren en ze was nog maar drieëntwintig toen ze verdween. Ik heb eigenlijk niet veel over haar kunnen vinden van voordat ze met Rune trouwde. Ze is geboren en getogen in Fjällbacka, haalde redelijke cijfers op school en dat is bijna het enige wat er over Inez in de archieven staat. Ze trouwde in 1970 met je vader, Rune Elvander en jij bent in januari 1973 geboren.'

'Op 3 januari,' vulde Ebba met een knikje aan.

'Rune was een stuk ouder dan Inez, zoals je waarschijnlijk ook weet. Hij is in 1919 geboren en had drie kinderen uit een eerder huwelijk: Johan van negen, Annelie van zestien en Claes die negentien was toen ze verdwenen. Hun moeder Carla, Runes eerste echtgenote, was ongeveer een jaar voordat Rune en Inez in het huwelijk traden overleden en volgens de mensen met wie ik heb gesproken was het niet makkelijk voor je moeder om echt deel uit te gaan maken van dat gezin.'

'Ik vraag me af waarom ze met iemand is getrouwd die zoveel ouder was dan zij,' zei Ebba. 'Mijn vader moet…' ze rekende het in gedachten uit, '… op dat moment eenenvijftig zijn geweest.'

'Het schijnt dat Inez' moeder er iets mee te maken had. Zij was kennelijk, hoe zal ik het zeggen…'

'Ik heb geen relatie met mijn oma, dus houd je om mij niet in. De mensen in Göteborg zijn mijn familie. Dit deel van mijn leven beschouw ik meer als een curiositeit.'

'Dan neem je het me vast niet kwalijk als ik zeg dat je oma bekendstond als een loeder.'

'Erica toch!' zei Anna en ze keek haar zus verwijtend aan.

Voor het eerst sinds ze Ebba kenden, zagen ze haar hartelijk lachen.

'Het geeft niet.' Ebba wendde zich tot Anna. 'Het doet me niets. Ik wil de waarheid horen, of in elk geval wat daarvan te achterhalen valt.'

'Ja, ja,' zei Anna, maar ze keek nog steeds sceptisch.

Erica ging verder: 'Je oma heette Laura en ze is in 1920 geboren.'

'Dus mijn oma was even oud als mijn vader,' constateerde Ebba. 'Nu ben ik er nog nieuwsgieriger naar hoe dat huwelijk tot stand is gekomen.'

'Zoals gezegd schijnt Laura een vinger in de pap te hebben gehad. Door haar toedoen trouwde je moeder met Rune. Maar ik weet dat niet honderd procent zeker, dus je moet het maar met een korreltje zout nemen.'

Erica begon in de stapel te graven en legde een kopie van een foto voor Ebba neer.

'Zo zagen je oma Laura en je opa Sigvard eruit.'

Ebba boog zich naar voren. 'Ze lijkt me niet bepaald monter,' zei ze, terwijl ze naar de stijve vrouw keek. De man naast haar keek al niet veel vrolijker.

'Sigvard is in 1954 overleden, vlak nadat deze foto is genomen.'

'Ze zien er vermogend uit,' zei Anna en zij boog zich ook naar voren om het stel te bestuderen.

'Dat waren ze ook,' zei Erica met een knikje. 'In elk geval tot Sigvard overleed. Toen bleek dat hij een aantal onfortuinlijke transacties had gesloten. Er was niet veel geld over en omdat Laura niet werkte, begon het kapitaal langzaam maar zeker te slinken. Laura was vermoedelijk op zwart zaad komen te zitten als Inez niet met Rune was getrouwd.'

'Was mijn vader rijk?' vroeg Ebba. Ze had de kopie opgetild en hield die vlak voor haar ogen om geen enkel detail te missen.

'Ik zou niet zeggen dat hij rijk was, maar hij was wel in goeden doen. Hij had voldoende geld om voor Laura een woning op stand op het vasteland te kunnen bekostigen.'

'Maar zij leefde toch niet meer toen mijn ouders verdwenen?'

Erica bladerde het notitieblok door dat voor haar lag.

'Nee, dat klopt. Laura is in 1973 aan een hartinfarct overleden. Dat was trouwens op Valö. Claes, Runes oudste zoon, vond haar achter het huis. Toen was ze al dood.'

Erica maakte haar duim nat en zocht de stapel door. Algauw had ze een kopie van een krantenartikel gevonden. 'Kijk, er heeft iets over in de *Bohusläningen* gestaan.'

Ebba pakte het papier aan en las de tekst.

'Oma schijnt hier een beroemdheid te zijn geweest.'

'Ja, iedereen wist wie Laura Blitz was. Sigvard had zijn geld verdiend met een vrachtrederij en er werd gefluisterd dat hij tijdens de Tweede Wereldoorlog zaken had gedaan met de Duitsers.'

'Waren ze nazi's?' vroeg Ebba ontzet en ze keek Erica aan.

'Ik weet niet in welke mate ze er echt bij betrokken waren,' zei ze aarzelend. 'Maar het was algemeen bekend dat jouw opa en oma bepaalde sympathieën hadden.'

'Mijn moeder ook?' vroeg Ebba met opengesperde ogen en Anna keek Erica strak aan.

'Daar heb ik niets over gehoord.' Erica schudde haar hoofd. 'Lief, maar een beetje naïef. Zo beschrijven de meeste mensen Inez. En ze zat erg onder de plak van je oma.'

'Dat zou het huwelijk met mijn vader kunnen verklaren.' Ebba beet op haar lip. 'Was hij ook niet erg autoritair? Of heb ik dat zelf verzonnen omdat hij rector van een internaat was?'

'Nee, dat lijkt wel te kloppen. Er wordt gezegd dat hij behoorlijk streng en hard was.'

'Kwam mijn oma oorspronkelijk uit Fjällbacka?' Ebba pakte de foto van de grimmige vrouw weer op.

'Ja, haar familie woonde al generaties lang in Fjällbacka. Haar moeder heette Dagmar en zij werd in 1900 in Fjällbacka geboren.'

'Dus zij was... twintig toen ze oma kreeg? Maar in die tijd was het toch niet ongewoon dat je zo jong moeder werd? Wie was de vader van mijn oma?'

'In het geboorteregister staat "Vader onbekend". En die Dagmar was me er eentje.' Erica maakte haar vinger weer nat en bladerde verder tot ze een papier had gevonden dat bijna helemaal onder op de stapel lag. 'Dit is een uittreksel uit het vonnisboek uit die tijd.'

'Veroordeeld wegens landloperij? Was de oma van mijn moeder een hoer?' Ebba keek Erica vragend aan.

'Ze was alleen en had een buitenechtelijk kind; ik denk dat ze deed wat nodig was om te overleven. Het zal geen makkelijk leven zijn geweest. Ze is ook een paar keer veroordeeld voor diefstal. Dagmar werd doorgaans als lichtelijk gestoord beschouwd en ze dronk te veel. Er zijn documenten waaruit blijkt dat ze lange perioden in een psychiatrisch ziekenhuis opgenomen is geweest.'

'Wat een verschrikkelijke jeugd moet mijn oma hebben gehad,' zei Ebba. 'Niet gek dat ze gemeen werd.'

'Nee, het was vast niet makkelijk om bij Dagmar op te groeien. Tegenwoordig zou het een schandaal zijn dat Laura bij haar mocht wonen. Maar destijds was de kennis nog niet zo groot en de verachting voor ongehuwde moeders was ook enorm.' Erica kon moeder en dochter voor zich zien. Ze had zoveel uren aan de geschiedenis van deze vrouwen besteed dat die volledig werkelijk voor haar waren geworden. Eigenlijk wist ze niet waarom ze in haar pogingen om het mysterie van de verdwijning van de Elvanders te ontrafelen zo ver was teruggegaan in de tijd. Maar het lot van de vrouwen had haar gefascineerd en ze had van geen ophouden geweten.

'Wat is er van Dagmar geworden?' vroeg Ebba.

Erica gaf haar nog een papier aan: een kopie van een zwart-witfoto die tijdens een rechtszaak leek te zijn genomen.

'Mijn god, is ze dat?'

'Mag ik eens zien?' vroeg Anna en Ebba hield het papier voor haar op.

'Wanneer is die foto genomen? Ze ziet er heel oud en afgeleefd uit.'

Erica keek in haar aantekeningen. 'Deze foto is van 1945, dus Dagmar was vijfenveertig. Hij is gemaakt toen ze was opgenomen in het St. Jörgen-gesticht in Göteborg.'

Er viel een dramatische pauze toen Erica even haar mond hield.

'Dat was overigens vier jaar voordat Dagmar verdween.'

'Verdween?' zei Ebba.

'Dat is kennelijk een familietrekje. De laatste aantekening over Dagmar dateert uit 1949. Daarna lijkt ze in rook te zijn opgegaan.'

'Wist Laura niets?'

'Ik heb begrepen dat Laura het contact met Dagmar al ver voor die tijd had verbroken. Ze was op dat moment getrouwd met Sigvard en leidde een totaal ander leven dan ze met Dagmar had gehad.'

'Was er geen theorie over haar verdwijning?' vroeg Anna.

'Jawel. De belangrijkste lijkt te zijn dat Dagmar zich heeft bedronken en de zee in is gelopen. Maar haar lichaam is nooit gevonden.'

'Help,' zei Ebba en ze pakte opnieuw de foto van Dagmar. 'Een overgrootmoeder die een dievegge en een hoer was en vervolgens verdween. Ik weet niet hoe ik dit allemaal moet verwerken.'

'Het wordt nog erger.' Erica keek de tafel rond en genoot ervan de volledige aandacht van haar toehoorders te hebben. 'De moeder van Dagmar...'

'Ja?' zei Anna ongeduldig.

'Laten we eerst gaan lunchen, dan vertel ik de rest straks,' zei Erica, zonder ook maar een moment echt van plan te zijn zo lang met haar onthulling te wachten.

'Hou op!' Anna en Ebba schreeuwden het zowat in koor.

'Zegt de naam Helga Svensson jullie iets?'

Ebba leek even na te denken, maar schudde toen aarzelend haar hoofd. Anna had een diepe frons in haar voorhoofd. Toen keek ze Erica aan en er verscheen een fonkeling in haar ogen.

'De Engelenmaakster,' zei ze.

'De wat?' zei Ebba.

'Fjällbacka is niet alleen bekend van de Koningskloof en Ingrid Bergman,' legde Anna uit. 'We hebben ook de twijfelachtige eer de geboorteplaats te zijn van de Engelenmaakster Helga Svensson. Ik geloof dat ze in 1909 werd onthoofd.'

'In 1908,' zei Erica.

'Waarom werd ze onthoofd?' Ebba zag er nog steeds verward uit.

'Ze had kleine kinderen die aan haar zorg waren toevertrouwd vermoord door ze in een teil te verdrinken. Het werd pas ontdekt toen de moeder van een van die kinderen spijt kreeg en terugkwam om haar zoontje op te halen. Ze vond het verdacht dat hij er niet was, hoewel Helga een jaar lang brieven over hem had geschreven, en ze ging naar de politie. Die geloofde haar en op een vroege ochtend stormden ze naar binnen bij Helga, haar man en de kinderen die op dat moment bij hen waren, zowel haar eigen dochter als een aantal kleintjes die aan Helga's zorg waren toevertrouwd en die het geluk hadden nog in leven te zijn.'

'En toen ze in de lemen vloer van de kelder gingen graven, werden er acht kinderlijkjes gevonden,' voegde Anna eraan toe.

'Bah, wat gruwelijk,' zei Ebba. Het leek alsof ze moest kokhalzen. 'Maar ik begrijp niet wat dat met mijn familie te maken heeft.' Ze wees met haar hand naar de stapel op tafel.

'Helga was Dagmars moeder,' zei Erica. 'Engelenmaakster Helga Svensson was de moeder van Dagmar en de oma van je oma.'

'Neem je me in de maling?' Ebba keek Erica ongelovig aan.

'Nee, het is waar. Je snapt misschien wel dat ik het een opvallend toeval vond toen ik van Anna hoorde dat je sieraden maakt die engelen voorstellen.'

'Misschien had ik het verleden met rust moeten laten,' zei Ebba, maar ze leek het niet echt te menen.

'Maar het is toch spannend…' zei Anna. Ze leek meteen spijt van haar woordkeuze te hebben. Ze wendde zich verontschuldigend tot Ebba: 'Sorry, ik wilde je niet…'

'Ik vind het ook spannend,' zei Ebba. 'En ik zie de ironie van mijn sieraden eveneens. Vreemd. Je zou haast denken dat dit mijn lot is.'

Er trok iets donkers over haar ogen en Erica vermoedde dat ze aan haar zoontje dacht.

'Acht kinderen,' zei ze toen langzaam. 'Acht kleine kinderen, begraven onder een keldervloer.'

'Wie doet zoiets?' zei Anna.

'Wat gebeurde er met Dagmar toen ze Helga hadden terechtgesteld?' Ebba sloeg haar armen over elkaar en leek nog brozer dan anders.

'Helga's man, de vader van Dagmar, werd ook onthoofd,' vertelde Erica. 'Hij had de lijkjes begraven en werd medeplichtig bevonden, al had Helga de kinderen verdronken. Dus Dagmar werd wees en woonde een aantal jaren bij een boer even buiten Fjällbacka. Ik weet niet wat voor leven ze daar had. Maar ik kan me zo voorstellen dat het moeilijk voor haar was, als dochter van een kindermoordenares. De mensen in deze streek vergaven een dergelijke zonde niet zo snel.'

Ebba knikte. Ze zag er uitgeput uit en Erica besloot dat het genoeg was voor vandaag. Het was tijd voor de lunch en bovendien wilde ze op haar mobieltje kijken of Gösta al had gebeld. Ze duimde dat hij iets van Schroot-Olle had gehoord. Hopelijk hadden ze eindelijk een beetje geluk.

Een vlieg vloog zoemend tegen het raam. Keer op keer stortte hij zich in een hopeloze strijd met de ruit. Hij zou wel denken. Er was geen zichtbare barrière en toch kon hij er niet langs. Mårten begreep precies hoe hij zich voelde. Hij keek een tijdje naar de vlieg voordat hij langzaam zijn hand naar het raam bewoog en zijn duim en wijsvinger als een pincet bij elkaar bracht om hem te vangen. Terwijl hij zijn vingers tegen elkaar duwde, keek hij gefascineerd naar het diertje. Hij bleef drukken tot hij de vlieg had geplet en veegde toen zijn hand af aan het kozijn.

Zonder het gezoem was het volkomen stil in de kamer. Mårten zat op Ebba's bureaustoel en het materiaal waar ze haar sieraden van maakte, lag voor hem op tafel. Hij zag een half voltooide zilveren engel en vroeg zich af welk verdriet die moest lenigen. Op zich hoefde dat niet het geval te zijn. Niet alle kettingen werden besteld ter herinnering aan iemand die was gestorven, veel mensen kochten ze gewoon omdat ze mooi waren. Maar hij vermoedde dat deze ketting voor iemand was die rouwde. Na de dood van Vincent kon hij het verdriet van anderen voelen, zelfs als ze niet aanwezig waren. Hij pakte de engel in wording op en wist dat die voor iemand was die dezelfde leegte, dezelfde zinloosheid voelde als Ebba en hij.

Zijn hand omklemde de halsband steviger. Ebba begreep niet dat ze samen een deel van die leegte konden vullen. Het enige wat ze hoefde te doen was hem weer dichtbij laten komen. En ze moest haar schuld erkennen. Hij was lange tijd verblind geweest door zijn eigen schuldgevoelens, maar ondertussen begreep hij steeds beter dat het Ebba's fout was. Als zij dat kon toegeven, zou hij haar vergeven en haar nog een kans geven. Maar ze zei niets en keek hem alleen verwijtend aan, zocht de schuld in zijn blik.

Ebba wees hem af en dat begreep hij niet. Na alles wat er was gebeurd, moest ze zich laten verzorgen en op hem steunen. Vroeger had zij altijd alles bepaald. Waar ze gingen wonen, waar ze in hun vakantie naartoe zouden gaan, wanneer ze kinderen namen, ja, ook die ochtend had zij besloten wat er ging gebeuren. De mensen lieten zich altijd door Ebba's blauwe ogen en tere figuurtje om de tuin leiden. Ze dachten dat ze verlegen en inschikkelijk was, maar dat was niet zo. Zij had die ochtend de beslissingen genomen, maar van nu af aan was het zijn beurt.

Hij stond op en wierp de engel weg. Rood en plakkerig belandde die tussen de rommel op het bureau en verbaasd keek hij naar zijn handpalm, die onder de wondjes zat. Aarzelend veegde hij zijn hand af aan zijn broekspijp. Ebba moest nu naar huis komen. Er waren dingen die hij haar moest uitleggen.

Met opgewonden bewegingen nam Liv de tuinmeubels af. Dat moest elke dag gebeuren wilde je de stoelen schoon houden, en ze ging door met poetsen tot het plastic glom. In de sterke zon vormden zich zweetpareltjes op haar rug. Door alle uren die ze bij het boothuis hadden doorgebracht, was ze mooi goudbruin geworden, maar onder haar ogen zaten donkere kringen.

'Ik vind niet dat je moet gaan,' zei ze. 'Waarom hebben jullie nu een soort reünie? Je weet hoe precair de situatie voor de partij is. We moeten ons gedeisd houden tot...' Ze hield abrupt haar mond.

'Dat weet ik allemaal best, maar sommige dingen heb je niet zelf in de hand,' zei John en hij duwde zijn leesbril omhoog.

Hij zat aan tafel en nam de dagbladen door. Elke dag las hij de grote landelijke kranten en een selectie plaatselijke bladen. Tot nu toe was het hem nog nooit gelukt de stapel door te nemen zonder afkeer te voelen voor de onnozelheid waar de pagina's bol van stonden. Al die liberale journalisten, columnisten en betweters die dachten te weten hoe de wereld in elkaar stak. Samen droegen ze ertoe bij dat het Zweedse volk langzaam maar zeker zijn ondergang tegemoet ging. Het was zijn verantwoordelijkheid ieders ogen te openen. De prijs was hoog, maar je kon geen oorlog voeren zonder verliezen te lijden. En dit was een oorlog.

'Komt die Jood ook?' Liv had besloten dat de stoelen schoon genoeg waren en begon nu de tafel af te nemen.

John knikte. 'Ja, Josef zal er wel zijn.'

'Wat als iemand je toevallig ziet en je samen met hem op de foto zet? Wat denk je dat er gebeurt als die foto in de krant terechtkomt? Stel je eens voor wat je aanhangers zullen zeggen. Het zou allerlei vragen oproepen en misschien moet je dan wel opstappen. Dat mag niet gebeuren nu we zo dichtbij zijn.'

John keek uit over de haven en vermeed het Liv recht aan te kijken. Ze wist niets. Hoe zou hij over de duisternis, de kou en de angst kunnen vertellen die tijdelijk alle rassengrenzen uitwisten? Destijds was overleven het belangrijkste geweest en Josef en hij waren voor altijd met elkaar verbonden, met alle voor- en nadelen van dien. Hij zou het nooit aan Liv kunnen uitleggen.

'Ik moet erheen,' zei hij op een toon die duidelijk te kennen gaf dat de discussie was gesloten. Liv wist dat het geen zin had hem tegen te spreken, maar ze bleef voor zich uit mompelen. John glimlachte en keek naar zijn vrouw, naar haar mooie gezicht, waaraan je kon zien dat ze een ijzeren wil had. Hij hield van haar en ze hadden veel gedeeld, maar de duisternis kon hij alleen delen met de mensen die erbij waren geweest.

Voor het eerst in jaren zouden ze weer bij elkaar komen. Het zou de laatste keer zijn. De taak die voor hem lag, was te belangrijk en hij zou definitief een punt achter het verleden moeten zetten. Wat er in 1974 was gebeurd, was tijdelijk weer boven gekomen, maar het kon even snel weer verdwijnen, als ze het maar met elkaar eens waren. Oude geheimen konden maar beter in de duisternis blijven waar ze waren ontstaan.

De enige om wie hij zich zorgen maakte, was Sebastian. Destijds had Sebastian er al van genoten de overhand te hebben en hij kon problemen veroorzaken. Maar als er niet met hem te praten viel, waren er andere uitwegen.

Patrik haalde diep adem. Annika was druk bezig de laatste voorbereidingen voor de persconferentie te treffen en er waren zelfs journalisten uit Göteborg gekomen. Een paar van hen zouden ook aan de landelijke dagbladen verslag doen, dus morgen zou de zaak in alle grote kranten aandacht krijgen. Vanaf nu zou het onderzoek een circus worden, dat wist hij uit ervaring, en midden in de piste zou Mellberg directeurtje spelen. Ook daar had Patrik ervaring mee. Mellberg was buiten zichzelf van vreugde geweest toen hij hoorde dat ze op korte termijn een persconferentie moesten beleggen. Naar alle waarschijnlijkheid stond hij nu op het toilet zijn kale schedel te kammen.

Zelf was Patrik net zo zenuwachtig als anders voor een persconferentie. Hij moest niet alleen zonder te veel te onthullen iets over het onderzoek zeggen, maar ook de schade beperken die Mellberg zou aanrichten. Toch mocht hij dankbaar zijn dat dit niet al een paar dagen eerder tot een uitbarsting in de media had geleid. Alles wat er in het dorp gebeurde, verspreidde zich meestal met de snelheid van de wind en alle inwoners van Fjällbacka zouden ondertussen van de gebeurtenissen op Valö op de hoogte moeten zijn. Het was puur geluk dat de kranten niet eerder over het gebeurde waren getipt. Maar nu was het geluk gekeerd en de persen konden niet worden gestopt.

Een voorzichtig klopje wekte hem uit zijn duistere gedachten. De deur ging open en Gösta kwam zijn kamer binnen. Hij ging ongevraagd op de bezoekersstoel voor het bureau zitten.

'De hyena's hebben zich verzameld,' zei Gösta. Hij keek naar zijn handen, die duimendraaiend op zijn schoot lagen.

'Ze doen gewoon hun werk,' zei Patrik, hoewel hij zonet nog iets van gelijke strekking had gedacht. Het had geen zin om de journalisten als hun tegenstanders te beschouwen. Soms kon de pers hun zelfs van nut zijn.

'Hoe ging het in Göteborg?' vroeg Gösta, nog altijd zonder Patrik aan te kijken.

'Wel goed. Het bleek dat Ebba niets tegen haar ouders had gezegd over de brand en de schoten.'

Gösta keek op. 'Waarom niet?'

'Ik denk dat ze ze niet ongerust wilde maken. Vermoedelijk hebben haar ouders zich zodra wij weg waren op de telefoon gestort; het leek of haar moeder het liefst linea recta naar Valö was gegaan.'

'Dat zou misschien geen slecht idee zijn. Het zou nog beter zijn als Ebba en Mårten het eiland verlieten tot we deze zaak hebben opgelost.'

Patrik knikte. 'Ja, ik zou geen minuut langer dan nodig op een plek blijven waar iemand me niet één maar zelfs twee keer had geprobeerd te vermoorden.'

'Mensen zijn vreemd.'

'Ja, maar de ouders van Ebba waren in elk geval aardig.'

'Dus het leken vriendelijke mensen?'

'Ja, volgens mij heeft ze het goed gehad bij ze. Ze schijnt een uitstekende relatie met de andere kinderen in het gezin te hebben. Het was ook een leuke wijk. Oude huizen met veel rozenstruiken eromheen.'

'Ja, dat klinkt inderdaad als een fijne plek om op te groeien.'

'Maar we hebben geen nadere aanwijzingen gekregen over wie die kaarten kan hebben gestuurd.'

'O, hadden ze die niet bewaard?'

'Nee, ze hadden ze allemaal weggegooid. Maar het waren alleen verjaarswensen geweest, niets dreigends zoals nu. En kennelijk hadden ze een poststempel uit Göteborg gehad.'

'Vreemd.' Gösta bestudeerde zijn duimen weer.

'Nog vreemder is het dat iemand tot Ebba's achttiende verjaardag elke maand geld voor haar op een rekening heeft gezet.'

'Hè? Anoniem?'

'Ja, inderdaad. Als we kunnen achterhalen van wie dat geld komt, levert ons dat misschien iets op. Dat hoop ik in elk geval. Het is niet zo vergezocht om te denken dat het dezelfde persoon is als degene die de kaarten heeft gestuurd. Maar nu moet ik gaan.' Patrik stond op.

'Was er verder nog iets?'

Het was even stil voordat Gösta uiteindelijk zijn keel schraapte en Patrik recht aankeek.

'Nee, dat was alles. Verder is er niets.'

'Mooi.' Patrik deed de deur open en was net de gang in gestapt toen Gösta hem riep.

'Patrik?'

'Ja, wat is er? De persconferentie begint over een minuut.'

Het was even stil.

'Nee, niets. Laat maar,' zei Gösta.

'Oké.'

Patrik liep naar de vergaderruimte achter in de gang en had het knagende gevoel dat hij misschien even had moeten blijven om Gösta te ontfutselen wat hij eigenlijk had willen zeggen.

Vervolgens stapte hij de kamer in en algauw was hij alles vergeten en concentreerde hij zich op de taak die nu voor hem lag. Alle blikken werden op hem gericht. Mellberg stond al met een brede glimlach vooraan. Er was in elk geval één agent van het bureau klaar voor de ontmoeting met de pers.

Josef beëindigde het gesprek. Zijn knieën begonnen te knikken en hij liet zich met zijn rug tegen de muur naar beneden zakken. Hij staarde naar het gebloemde behang in de hal, dat er al zat sinds ze het huis hadden gekocht. Rebecka had een tijdlang gezegd dat ze het wilde vervangen, maar Josef had nooit gesnapt waarom ze daar geld aan zouden uitgeven. Het behang verkeerde toch in goede staat? Dingen waar niets aan mankeerde verving je niet. Je moest dankbaar zijn dat je een dak boven je hoofd had en dat er brood op de plank was. Er waren veel belangrijker dingen in het leven dan behang.

Nu had hij het allerbelangrijkste verloren. Tot zijn verbazing merkte Josef dat hij zijn ogen niet van het behang kon afhouden. Het was afschuwelijk en hij vroeg zich af of hij naar Rebecka had moeten luisteren en het door haar had moeten laten vervangen. Had hij sowieso meer naar haar moeten luisteren?

Het was alsof hij zichzelf opeens van buitenaf zag. Een kleine, stoutmoedige man. Een man die had gedacht dat dromen in vervulling konden gaan en dat hij grootse dingen zou bewerkstelligen. In plaats daarvan zat hij nu hier, ontmaskerd als een naïeve dwaas, en dat kon hij alleen zichzelf verwijten. Al sinds hij was omringd door de duisternis, al sinds zijn hart door de vernedering ongevoelig was geworden, had hij zichzelf wijsgemaakt dat hij ooit eerherstel zou krijgen. Natuurlijk was dat niet het geval. Het kwaad was machtiger. Het was in het leven van zijn ouders aanwezig geweest en hoewel ze er nooit over hadden gesproken, wist hij dat het hen tot goddeloze daden had gedreven. Hijzelf was ook met het kwaad besmet, maar in zijn overmoed had hij gedacht dat God hem een mogelijkheid had geschonken om rein te worden.

Josef bonsde met zijn achterhoofd tegen de muur. Eerst zachtjes, daarna harder en harder. Het voelde prettig en opeens herinnerde hij zich hoe hij destijds een manier had gevonden om door de pijn heen te gaan. Voor zijn ouders was het geen troost geweest dat ze hun lijden met anderen hadden gedeeld, en dat gold ook voor hem. De schaamte was er eerder groter door geworden. Onnozel als hij was, had hij ook gedacht van dat gevoel bevrijd te worden als de boetedoening maar groot genoeg was.

Hij vroeg zich af wat Rebecka en de kinderen zouden zeggen als ze het wisten, als alles bekend werd. Leon wilde dat ze bij elkaar kwamen; hij wilde het lijden dat vergeten had moeten zijn tot leven wekken. Toen hij gisteravond belde, was Josef bijna lamgeslagen geweest van angst. De dreiging zou werkelijkheid worden en hij kon er niets tegen doen. Vandaag maakte het niet meer uit. Alles was toch al te laat. Hij was nu even machteloos als toen en had niet meer de kracht om te vechten. Dat zou ook geen nut hebben. De droom had van meet af aan uitsluitend in zijn hoofd bestaan en hij nam het zichzelf vooral kwalijk dat hij dat niet had beseft.

Carinhall 1949

Dagmar huilde en verdriet vermengde zich met een gevoel van geluk. Eindelijk was ze bij Hermann. Ze had een tijdje getwijfeld. Het geld dat Laura haar had gegeven, was maar voor een deel van de reis genoeg geweest. Veel te veel was opgegaan wanneer de dorst haar overviel, en sommige dagen kon ze zich nauwelijks herinneren, maar ze was telkens weer overeind gekrabbeld en verdergegaan. Want haar Hermann wachtte op haar.

Ze wist dat hij niet in Carinhall was begraven, zoals een vervelend mens haar tijdens een van de vele treinreizen vol leedvermaak had verteld toen ze had gezegd waar ze naartoe ging. Maar het maakte niet uit waar zijn lichaam lag. Ze had de artikelen gelezen en de foto's gezien. Dit was de plek waar hij had thuisgehoord. Hier was zijn ziel.

Carin Göring was hier ook. Zelfs na haar dood had dat weerzinwekkende kreng Hermann in haar greep weten te houden. Dagmar balde haar vuisten in de zakken van haar mantel en ademde zwaar terwijl ze over het landgoed uitkeek. Dit was zijn rijk geweest, maar er was weinig van over. Ze voelde haar ogen weer nat worden. Hoe had het zover kunnen komen? Het landhuis was een ruïne en de tuin, die ooit heel mooi moest zijn geweest, was verwilderd en verwoest. Het lommerrijke bos dat het landgoed had omringd, drong zich steeds verder op.

Ze had urenlang moeten lopen om hier te komen. Ze had vanaf Berlijn met iemand mee kunnen rijden en was daarna naar het bos ten noorden van de stad gewandeld, want ze had gelezen dat Carinhall daar lag. Het was niet makkelijk geweest om iemand te vinden die haar mee wilde nemen. De mensen hadden wantrouwend naar haar sjofele verschijning gekeken en ze sprak ook geen woord Duits, maar ze was 'Carinhall' blijven herhalen tot een oudere heer haar uiteindelijk onwillig in zijn auto had gelaten. Toen de weg zich splitste en hij gebaarde dat hij de ene kant op moest en zij de andere, had ze moeten uitstappen. Het laatste eind had ze steeds meer last van haar voeten gehad, maar ze was door blijven lopen. Het enige wat ze wilde, was dicht bij Hermann zijn.

Zoekend liep ze tussen de ruïnes door. Aan de beide wachtershuisjes bij de oprit was te zien hoe groots de gebouwen ooit moesten zijn geweest en hier en daar stonden restanten van muren en decoratieve stenen, waardoor Dagmar zich makkelijk kon voorstellen hoe prachtig het landgoed ooit was geweest. Zonder Carin zou het naar haar zijn genoemd.

Ze werd overmand door gevoelens van haat en verdriet en viel snikkend op haar knieën. Ze herinnerde zich de zoele zomernacht toen ze Hermanns adem op haar huid had gevoeld en zijn kussen haar hele lichaam hadden bedekt. Het was de nacht dat ze tegelijkertijd alles had gekregen en alles had verloren. Hermanns leven zou zoveel beter zijn geweest als hij haar had gekozen. Zij zou voor hem hebben gezorgd en hem niet, zoals Carin, het wrak hebben laten worden dat ze in het ziekenhuis had gezien. Ze zou sterk genoeg zijn geweest voor hen beiden.

Dagmar pakte een handvol aarde en liet die tussen haar vingers wegstromen. De zon brandde in haar nek en in de verte hoorde ze het gejank van wilde honden. Iets verderop lagen de brokstukken van een omgevallen standbeeld. De neus en een arm ontbraken, en de stenen ogen keken nietsziend omhoog. Plotseling voelde ze hoe moe ze was. De zon deed haar huid gloeien en ze wilde in de schaduw uitrusten. De reis was lang geweest en haar verlangen sterk. Nu moest ze even gaan liggen en haar ogen sluiten. Ze keek rond, op zoek naar verkoeling. Naast een trap die nergens meer heen voerde, had een dikke pilaar gestaan, die tegen de bovenste tree was gevallen. Daaronder zag ze een heerlijke schaduw.

Ze was te moe om op te staan, dus ze kroop over de oneffen grond naar de trap en maakte zich zo klein als ze kon. Met een zucht van verlichting ging ze in de krappe ruimte liggen en sloot haar ogen. Al sinds die juninacht was ze naar hem op weg geweest. Naar Hermann. Nu moest ze rusten.

❄

De persconferentie was al een paar uur voorbij en ze zaten met z'n allen in de keuken. Ernst, die eerst braaf in Mellbergs kamer had moeten blijven, had naar buiten gemogen en lag zoals gebruikelijk boven op de voeten van zijn baasje.

'Nou, dat is toch goed verlopen?' zei Mellberg met een tevreden glimlach. 'Moet je niet naar huis om te rusten, Paula?' bulderde hij vervolgens zo luid dat Patrik opveerde.

Paula keek hem kwaad aan. 'Ik bepaal zelf wel wanneer ik moet rusten.'

'Hier rondlopen terwijl je vrij bent. En dan met de auto op en neer naar Göteborg. Ik heb het je gezegd, als er iets misgaat…'

'Ja, we hadden alles helemaal onder controle, volgens mij,' zei Patrik om een hoogoplopende ruzie te voorkomen. 'Die jongens zullen nu wel peentjes zweten.'

Eigenlijk was het absurd om de mannen, die ondertussen de vijftig waren gepasseerd, jongens te noemen. Maar als hij aan hen dacht, zag hij in gedachten de vijf jongens op de foto, de jongens in jarenzeventigkleren, die iets waakzaams in hun blik hadden.

'Net goed voor ze. Vooral voor die John,' zei Mellberg en hij krabde Ernst achter zijn oor.

'Patrik?' Annika stak haar hoofd om de deur en gebaarde dat hij moest komen. Hij stond op en liep achter haar aan de gang in, waar ze hem de draadloze telefoon gaf. 'Het is Torbjörn. Ze hebben kennelijk iets gevonden.'

Patrik voelde zijn hart sneller kloppen. Hij nam de telefoon aan, liep naar zijn kamer en sloot de deur. Hij luisterde ruim een kwartier naar Torbjörn, terwijl hij af en toe een vraag stelde. Toen hij het gesprek had beëindigd, haastte hij zich weer naar de keuken, waar behalve Paula, Mellberg en Gösta nu ook Annika zat. Hoewel het al laat was, maakte niemand aanstalten om naar huis te gaan.

'Wat zei hij?' vroeg Annika.

'Momentje. Ik pak eerst even een kopje koffie.' Met overdreven langzame bewegingen liep Patrik naar het koffiezetapparaat en reikte naar de kan, maar voordat hij het oor kon beetpakken stond Annika op. Ze rukte de kan naar zich toe, schonk zo heftig in dat de koffie over de rand gutste en zette het kopje bij Patriks lege plek op tafel.

'Alsjeblieft. Ga nu zitten en vertel wat Torbjörn heeft gezegd.'

Patrik grijnsde, maar deed wat ze zei. Hij schraapte zijn keel.

'Torbjörn heeft een duidelijke vingerafdruk gevonden op de achterkant van de postzegel die op de kaart van "G" zat. Daardoor is er een kans dat we een match vinden met de afdruk van een eventuele verdachte.'

'Hartstikke goed,' zei Paula en ze legde haar gezwollen benen op een stoel. 'Maar je ziet eruit als een kat die een kanarie heeft doorgeslikt, dus er is vast nog iets groters gaande.'

'Helemaal juist.' Patrik nam een slok van de gloeiend hete koffie. 'Dat betreft de kogel.'

'Welke?' vroeg Gösta en hij boog zich naar voren.

'Dat is het 'm nou juist. De kogel die onder de plint zat en de kogels die tegen alle regels in uit de keukenmuur zijn gehaald na de poging om Ebba te vermoorden…'

'Ja, ja.' Mellberg wuifde met zijn hand. 'De boodschap is overgekomen.'

'… die zijn vermoedelijk met hetzelfde wapen afgevuurd.'

Vier paar ogen staarden hem aan. Patrik knikte.

'Het klinkt onwaarschijnlijk, maar het is waar. Toen in 1974 een onbekend aantal leden van de familie Elvander werd vermoord, is blijkbaar hetzelfde wapen gebruikt als toen er gisteren op Ebba Stark werd geschoten.'

'Kan het echt na al die jaren om dezelfde dader gaan?' Paula schudde haar hoofd. 'Dat klinkt volslagen absurd.'

'Ik heb altijd al gedacht dat de moordaanslagen op Ebba en haar man te maken moeten hebben met de verdwijning van dat gezin. En dit bewijst dat.'

Patrik spreidde zijn handen. In zijn hoofd weerklonken soortgelijke vragen als er tijdens de persconferentie waren gesteld. Hij had alleen kunnen antwoorden dat het een theorie was. Pas nu hadden ze bewijs dat het onderzoek gewicht gaf en de verdenkingen versterkte die ze van meet af aan hadden gehad.

'De man van het Gerechtelijk Laboratorium heeft op grond van de sporen van de velden op de kogel kunnen vaststellen welk type wapen er is gebruikt,' voegde hij eraan toe. 'We moeten controleren of iemand hier in de regio een revolver heeft of heeft gehad van het merk Smith & Wesson met kaliber .38.'

'Als je het van de positieve kant bekijkt, dan betekent dit dat het wapen waarmee de familie Elvander is vermoord niet op de bodem van de zee ligt,' zei Mellberg.

'Niet op het moment dat er op Ebba werd geschoten, maar daarna kan het er wel terecht zijn gekomen,' wees Patrik hem terecht.

'Dat denk ik niet,' zei Paula. 'Als iemand het wapen zo lang heeft bewaard, lijkt het me stug dat hij het nu ergens dumpt.'

'Daar zou je inderdaad gelijk in kunnen hebben. Misschien ziet de persoon in kwestie het zelfs wel als een trofee en bewaart hij het als een soort herinnering aan wat er is gebeurd. Hoe dan ook blijkt uit deze nieuwe informatie dat we nog beter ons best moeten doen om te achterhalen wat er in 1974 is gebeurd. We moeten de vier mensen die we al hebben gesproken nog een keer verhoren en ons richten op wat er die dag precies heeft plaatsgevonden. En we moeten zo snel mogelijk bij Percy von Bahrn langsgaan. Dat had natuurlijk al gebeurd moeten zijn, maar dat ligt aan mij. Hetzelfde geldt voor die leraar die nog in leven is. Hoe heet hij ook al weer? De man die met Pasen op vakantie was, je weet wel…' Patrik knipte met zijn vingers.

'Ove Linder,' vulde Gösta aan. Hij zag er opeens bedrukt uit.

'O ja, Ove Linder. Die woont nu toch in Hamburgsund? We moeten morgenvroeg meteen met hem gaan praten. Wellicht heeft hij waardevolle informatie over wat er op de school speelde. Jij en ik kunnen samen naar hem toe gaan.' Hij reikte naar de pen en het papier die zoals altijd op tafel lagen en begon een overzicht te maken van de taken die meteen moesten worden aangepakt.

'Eh…' zei Gösta en hij streek over zijn kin.

Patrik ging door met schrijven.

'Morgen moeten we met de vijf jongens praten. We moeten ze maar verdelen. Paula, misschien kun jij verdergaan met het geld dat Ebba kreeg?'

Paula's gezicht lichtte op. 'Zeker. Ik heb al contact opgenomen met het filiaal van de bank en ze om hulp gevraagd.'

'Eh, Patrik…' begon Gösta weer, maar Patrik bleef zonder te luisteren bevelen uitdelen. 'Patrik!'

Alle blikken richtten zich op Gösta. Het was niets voor hem om zijn stem zo te verheffen.

'Ja, wat is er? Wat wilde je zeggen?' Patrik keek Gösta onderzoekend aan en besefte opeens dat hij het niet leuk zou vinden wat zijn collega zo aarzelend naar voren probeerde te brengen.

'Die leraar, Ove Linder…'

'Ja?'

'Iemand heeft al met hem gesproken.'

'Iemand?' vroeg Patrik en hij wachtte op het vervolg.

'Het leek me niet verkeerd als er meer mensen aan deze zaak zouden werken. En je moet toegeven dat ze er heel goed in is informatie boven water te halen. Veel middelen hebben we ook niet. Dus dacht ik dat het geen kwaad kon als we hulp kregen. Zoals je zelf net zei, er zijn dingen die al gedaan hadden moeten zijn, en dat zijn ze op deze manier ook. Dus eigenlijk is het alleen maar goed.' Gösta hapte naar adem.

Patrik keek hem onderzoekend aan. Was hij niet goed bij zijn hoofd? Probeerde hij nu te vergoelijken dat hij achter de rug van zijn collega's om had gehandeld en wilde hij daar een positieve draai aan geven? Toen drong zich een vermoeden aan hem op waarvan hij hoopte dat het niet waar was.

'Zij – is dat mijn geliefde echtgenote? Is zij degene die met die leraar heeft gesproken?'

'Eh… ja,' zei Gösta en hij keek omlaag.

'Gösta toch.' Paula klonk alsof ze tegen een klein kind sprak dat stiekem een koekje had gepakt.

'Is er verder nog iets wat ik moet weten?' vroeg Patrik. 'Je kunt nu beter alles vertellen. Wat heeft Erica uitgespookt? En jij zelf trouwens?'

Met een diepe zucht stak Gösta van wal. Hij vertelde over Erica's bezoeken aan Liza en John, over wat ze van Kjell te weten was gekomen over Johns achtergrond en over het briefje dat ze had gevonden. Hij leek even te aarzelen, maar vertelde uiteindelijk ook over de inbraak bij Erica en Patrik thuis.

Patrik voelde zich ijskoud worden. 'Wat zeg je me nou?!'

Gösta keek beschaamd naar de vloer.

'Nu is het genoeg.' Patrik stond met een ruk op, stoof het politiebureau uit en ging in zijn auto zitten. Hij kookte van woede. Nadat hij het sleuteltje had omgedraaid en de motor was gestart, dwong hij zichzelf een paar keer diep adem te halen. Daarna gaf hij plankgas.

Ebba kon haar blik niet van de foto's afhouden. Ze had gezegd dat ze even alleen wilde zijn en was met het materiaal over haar familie naar Erica's werkkamer gegaan. Na een blik op het overvolle bureau te hebben geworpen, was ze maar op de vloer gaan zitten en had de kopieën in een waaiervorm uitgespreid. Dit was haar familie, dit was haar oorsprong. Hoewel ze het goed had gehad in haar adoptiegezin, was ze soms wel jaloers geweest dat zij een familie hadden waar ze bij hoorden. Het enige waar zijzelf bij hoorde was een mysterie. Ze herinnerde zich alle keren dat ze naar de ingelijste foto's boven de grote ladekast in de woonkamer had gekeken: grootouders, tantes, neven en nichten; ja, mensen die je het gevoel gaven dat je een schakel in een lange keten was. Nu keek ze naar foto's van haar eigen familie en dat was een fantastisch en vreemd gevoel tegelijk.

Ebba pakte de foto van de Engelenmaakster op. Wat een mooie benaming voor zoiets verschrikkelijks. Ze bracht de afbeelding dichterbij en probeerde te zien of Helga's blik op enigerlei wijze het kwaad onthulde dat ze had aangericht. Ebba wist niet of de foto voor of na de periode was genomen waarin de kinderen waren vermoord, maar het kind, dat Dagmar moest zijn, was zo klein dat de foto uit 1902 moest stammen. Dagmar droeg een lichte jurk met ruches en was geheel onwetend van het lot dat haar te wachten stond. Waar was ze naartoe gegaan? Was ze de zee in gelopen, zoals zoveel mensen dachten? Was haar verdwijning een natuurlijk einde geweest van een leven dat al aan gruzelementen was geslagen op het moment dat de misdaad van haar ouders werd ontdekt? Had Helga spijt gehad of begrepen welke invloed haar ontmaskering op het leven van haar dochter zou hebben, of was ze er vast van overtuigd geweest dat niemand de kleine, ongewenste kinderen zou missen? In Ebba's hoofd stapelden de vragen zich op en ze wist dat ze nooit beantwoord zouden worden. Toch voelde ze een grote verwantschap met deze vrouwen.

Ze bekeek de foto van Dagmar nauwkeurig. Het gezicht droeg duidelijke sporen van een hard leven, maar je kon zien dat ze ooit mooi was geweest. Wat was er met oma Laura gebeurd toen Dagmar door de politie was opgepakt en naar het gesticht was gebracht? Laura had verder geen familie, zo had Ebba begrepen. Waren er vrienden geweest die voor haar zorgden of was ze in een kindertehuis of een pleeggezin terechtgekomen?

Plotseling herinnerde Ebba zich dat ze vaak over haar oorsprong had nagedacht toen ze in verwachting was geweest van Vincent. Het was immers ook zijn geschiedenis. Vreemd genoeg waren al die overpeinzingen na zijn geboorte verdwenen. Enerzijds had ze überhaupt geen tijd gehad om over wat dan ook na te denken, anderzijds had hij met zijn geur, het donshaar in zijn nek en de kuiltjes bij zijn knokkels haar hele bestaan overgenomen. Al het andere leek totaal onbelangrijk. Zelfs zij was onbelangrijk geworden. Mårten en zij waren gereduceerd, of misschien eerder verheven, tot figuranten in de film over Vincent. Ze had haar nieuwe rol heerlijk gevonden, maar daardoor was de leegte toen hij verdween des te groter geweest. Nu was ze een moeder zonder kind, een nutteloze figurant in een film die opeens geen hoofdrolspeler meer had. Maar de foto's die voor haar lagen, gaven haar opnieuw een context.

Beneden hoorde ze Erica in de keuken rommelen terwijl de kinderen kabaal maakten en schreeuwden. En hier zat zij, omringd door haar familieleden. Ze waren allemaal dood, maar het bood toch veel troost om te weten dat ze hadden bestaan.

Ebba trok haar knieën op tot aan haar kin en sloeg beschermend haar armen om zich heen. Ze vroeg zich af hoe het met Mårten ging.

Ze had bijna niet aan hem gedacht sinds ze hier was en als ze heel eerlijk was, liet hij haar al sinds Vincents dood koud. Iets anders had ook niet gekund; ze had meer dan genoeg aan haar eigen verdriet. Maar het was alsof de nieuwe context haar voor het eerst deed beseffen dat Mårten deel van haar uitmaakte. Door Vincent waren ze voor altijd met elkaar verbonden. Met wie anders dan Mårten kon ze de herinneringen delen? Hij had zich aan haar zijde bevonden en haar buik gestreeld terwijl die steeds dikker werd, hij had bij de echoscopie Vincents hart op de monitor zien kloppen. Hij had tijdens de bevalling het zweet van haar voorhoofd geveegd, haar rug gemasseerd en haar water gegeven – die lange, verschrikkelijke en tegelijk prachtige dag dat ze zo had gevochten om Vincent op de wereld te zetten. Hij had tegengestribbeld, maar toen hij er uiteindelijk was en hen met half dichtgeknepen ogen scheel had aangekeken, had Mårten haar hand beetgepakt en die stevig vastgehouden. Hij had niet geprobeerd zijn tranen te verbergen, maar zijn wangen met zijn mouw afgeveegd. Daarna hadden ze samen Vincents huilnachten, zijn eerste glimlach en zijn eerste tandjes meegemaakt. Ze hadden Vincent aangemoedigd terwijl hij schommelend leerde kruipen, en Mårten had zijn eerste wankelende stapjes gefilmd. Zijn eerste woordjes, zijn eerste zin en zijn eerste dagen op de crèche, gelach en tranen, goede dagen en slechte dagen. Mårten was de enige die het echt zou begrijpen als ze erover vertelde. Iemand anders was er niet.

Terwijl ze daar zo op de vloer zat, voelde ze haar hart warmer worden. Het stukje dat koud en hard was geweest, begon langzaam te ontdooien. Ze zou hier vannacht nog blijven. Daarna zou ze naar huis gaan. Naar Mårten. Het was tijd het schuldgevoel los te laten en te gaan leven.

Anna stuurde de boot de haven uit en wendde haar gezicht naar de zon. Dat ze even zonder man en kinderen was, gaf haar een onverwacht gevoel van vrijheid. Ze had de boot van Erica en Patrik mogen lenen omdat de benzine van de Buster op was, en ze genoot ervan de vertrouwde kajuitsloep te sturen. Het avondlicht gaf de berg die de haven van Fjällbacka omsloot een gouden glans. Ze hoorde gelach vanuit Café Bryggan en te oordelen naar de muziek werd er vanavond gedanst. Niemand leek zich nog op de dansvloer te hebben gewaagd, maar na nog een paar biertjes zou het er stampvol zijn.

Ze wierp een blik op de tas met de stalen. Die stond op de bodem van de boot en ze controleerde of de rits goed dichtzat. Ebba had de stoffen al gezien en er meteen een paar aangewezen die Mårten ook moest bekijken. Haar woorden hadden bij Anna de gedachte opgeroepen nog dezelfde avond naar Valö te gaan. Eerst had ze geaarzeld. Het eiland was geen veilige plek, dat had ze de dag tevoren zelf ervaren, en een impulsief tochtje daarheen leek eerder op iets wat ze in haar oude leven zou hebben gedaan, toen ze bijna nooit over de consequenties van haar daden nadacht. Maar voor de verandering wilde ze doen wat spontaan in haar opkwam. Wat kon er nou helemaal gebeuren? Ze zou erheen, de stalen laten zien en weer naar huis gaan. Het was gewoon een manier om de tijd te verdrijven, hield ze zichzelf voor. Misschien vond Mårten het wel fijn als hij even gezelschap kreeg. Ebba had besloten nog een nacht bij Erica te blijven zodat ze al het materiaal over haar familie wat grondiger kon doorlezen. Anna vermoedde dat het een smoesje was. Ebba stond logischerwijs niet te springen om terug te keren naar het eiland.

Toen ze de steiger naderde, zag ze dat Mårten op haar stond te wachten. Ze had gebeld om te zeggen dat ze wilde komen en hij had kennelijk op de uitkijk gestaan.

'Dus jij durft terug te keren naar het Wilde Westen,' zei hij lachend terwijl hij de voorsteven beetpakte.

'Ik daag het lot graag uit.' Anna wierp Mårten het touw toe en hij meerde de boot met geoefende hand af. 'Je bent al een echte zeerot geworden,' zei ze en ze wees naar de dubbele halve steek die hij om een van de buitenste palen van de steiger legde.

'Ja, als je aan de scherenkust woont, moet je wel.' Hij stak een hand uit om haar aan land te helpen. Om de andere zat een verband.

'Dank je. Wat heb je met je hand gedaan?'

Mårten keek naar het verband alsof hij het voor het eerst zag. 'Ach, dat soort dingen gebeurt als je aan het renoveren bent. Verwondingen zijn onderdeel van het werk.'

'Heel macho, hoor,' zei Anna. Ze betrapte zich erop dat ze schaapachtig glimlachte. Even had ze last van een slecht geweten omdat ze min of meer met Ebba's echtgenoot stond te flirten, maar het was onschuldig en niet serieus, al kon ze niet ontkennen dat hij waanzinnig aantrekkelijk was.

'Geef deze maar aan mij.' Mårten nam de zware tas met de stalen van haar schouder en Anna volgde hem dankbaar naar het huis.

'Normaal gesproken zou ik hebben voorgesteld om in de keuken te gaan zitten, maar daar tocht het momenteel een beetje,' zei Mårten toen ze binnenkwamen.

Anna lachte. Haar hart voelde licht. Het was een bevrijding om met iemand praten die niet aldoor aan haar ongeluk dacht.

'De eetkamer wordt ook een beetje lastig. Daar zit geen vloer in,' ging hij met een knipoog verder.

De sombere Mårten die ze eerder had ontmoet, leek volledig te zijn verdwenen, maar misschien was dat niet zo gek. Ook Ebba had minder zwaarmoedig geleken toen Anna haar bij Erica had gezien.

'Als je het niet erg vindt om op de vloer te zitten, kunnen we het beste naar de slaapkamer gaan.' Hij liep zonder haar antwoord af te wachten naar boven.

'Het voelt eigenlijk een beetje gek om nu met dit soort dingen bezig te zijn, na alles wat er gisteren is gebeurd,' zei ze verontschuldigend tegen zijn rug.

'Het geeft niet. Het leven gaat door. Wat dat betreft lijken we op elkaar, Ebba en ik. We zijn allebei praktisch ingesteld.'

'Maar dat jullie durven te blijven!'

Mårten haalde zijn schouders op. 'Soms moet je wel,' zei hij en hij zette de tas midden in de kamer.

Anna hurkte neer, pakte de stoffen en legde ze naast elkaar op de vloer. Ze vertelde enthousiast welke stoffen ze voor meubels, gordijnen en kussens konden gebruiken en welke goed bij elkaar pasten. Na een poosje hield ze stil en ze keek Mårten aan. Zijn ogen waren niet op de stoffen gericht, maar op haar gezicht.

'Je bent wel heel erg geïnteresseerd,' zei ze ironisch, maar ze voelde dat ze bloosde. Zenuwachtig streek ze haar haar achter haar oren. Mårten bleef haar aankijken.

'Heb je honger?' vroeg hij.

Ze knikte langzaam. 'Ja, best wel.'

'Mooi zo.' Mårten stond snel op. 'Misschien kun jij ondertussen de boel opruimen? Ik ben zo terug.'

Hij verdween naar de keuken en Anna bleef achter tussen de stoffen, die om haar heen op de mooie, pas geschuurde houten vloer lagen. De zon viel schuin door het raam naar binnen en ze besefte dat het later was dan ze had gedacht. Even had ze het gevoel dat ze naar de kinderen moest, maar toen wist ze weer dat er niemand op haar wachtte. Het huis was leeg. Het enige wat lonkte was een eenzame maaltijd voor de tv, dus ze kon net zo goed blijven. Mårten was tenslotte ook alleen en het was gezelliger om samen te eten. Bovendien was hij al iets aan het klaarmaken en het zou onbeleefd zijn om weg te gaan nu ze al ja had gezegd.

Zenuwachtig begon ze de stoffen op te vouwen. Toen ze daarmee klaar was en ze op een stapel op de ladekast bij de muur had gelegd, hoorde ze Mårtens voetstappen op de trap en het gerinkel van glazen. Even later stapte hij met een dienblad in zijn handen de kamer in.

'Ik heb even gekeken wat er nog was. Wat koud vlees en een paar stukjes kaas, en ik heb brood geroosterd. Maar met een lekker rood wijntje erbij is het vast wel te doen.'

'Zeker weten. Maar ik houd het bij één glas. Het zou een schandaal worden als ik onderweg naar huis werd opgepakt wegens varen onder invloed.'

'Nee, aan een schandaal wil ik niet meewerken.' Mårten zette het dienblad neer.

Anna voelde haar hart harder kloppen. Eigenlijk zou ze niet moeten blijven om kaas te eten en wijn te drinken met iemand van wie haar handpalmen vochtig werden. Toch was dat precies wat ze wilde. Ze reikte naar een sneetje brood.

Twee uur later wist ze dat ze langer zou blijven. Het was geen bewuste keuze en ze hadden het er niet over gehad, maar het hoefde ook niet te worden uitgesproken. Toen de schemering viel, stak Mårten kaarsen aan en in het schijnsel van de flakkerende vlammen besloot Anna in het nu te leven. Heel even wilde ze het verleden het verleden laten. Door Mårten voelde ze zich weer levend.

Ze was dol op het avondlicht. Het was zoveel flatteuzer en vergevingsgezinder dan het onbarmhartige zonlicht overdag. Ia keek in de spiegel naar haar gezicht en haalde langzaam haar hand over de vlakke trekken. Wanneer was ze zich druk gaan maken om haar uiterlijk? Ze herinnerde zich dat ze toen ze jong was andere dingen een stuk belangrijker had gevonden. Daarna was de liefde het enige van betekenis geweest, en Leon was het gewend dat alles om hem heen mooi was. Sinds het moment waarop hun beider lot verbonden raakte, had Leon steeds grotere en gevaarlijker uitdagingen opgezocht. Zelf had ze sterker en met meer overgave liefgehad. Leons wensen hadden haar leven gestuurd en daarna was er geen weg terug geweest.

Ia boog zich dichter naar de spiegel toe, maar kon geen spijt in haar blik ontdekken. Zolang Leon net zozeer aan haar gebonden was als zij aan hem, had ze alles opgeofferd, maar op een gegeven moment had hij zich steeds meer teruggetrokken en leek hij het lot dat hen verenigde te zijn vergeten. Door het ongeluk had hij ingezien dat alleen de dood hen kon scheiden. De pijn die ze had ervaren toen ze hem uit de auto trok was niets vergeleken met wat ze zou hebben gevoeld als hij haar had verlaten. Dat zou ze niet hebben overleefd, niet na alles wat ze voor hem had opgegeven.

Maar nu kon ze hier niet langer blijven. Ze begreep niet waarom Leon per se terug had willen komen en ze had het niet moeten toestaan. Waarom zou je het verleden bezoeken als dat zoveel verdriet met zich meebracht? Toch had ze opnieuw zijn wens vervuld, maar nu was het genoeg. Ze kon niet blijven toekijken terwijl hij zichzelf in het verderf stortte. Het enige wat ze kon doen was naar huis gaan en wachten tot hij haar achternakwam, zodat ze verder konden gaan met het leven dat ze samen hadden opgebouwd. Hij kon zich in zijn eentje niet redden en nu zou hij genoodzaakt zijn dat in te zien.

Ia rekte zich uit en wierp een aarzelende blik op Leon, die met zijn rug naar haar toe op het terras zat. Daarna begon ze haar spullen in te pakken.

Erica stond in de keuken toen ze de voordeur open hoorde gaan. Het volgende moment kwam Patrik naar binnen gestoven.

'Wat heb jij verdomme uitgespookt?' schreeuwde hij. 'Hoe haal je het in je hoofd om te verzwijgen dat er hier is ingebroken?'

'Nou, ik ben er niet helemaal zeker van...' probeerde ze, hoewel ze wist dat het zinloos was. Patrik was precies zo boos als Gösta had voorspeld.

'Gösta zei dat je vermoedde dat John Holm erachter zat en toch heb je niets gezegd. Die mensen zijn gevaarlijk!'

'Praat alsjeblieft iets zachter. De kinderen slapen net.' Eigenlijk vroeg ze het net zozeer voor zichzelf. Ze verafschuwde conflicten en haar hele lichaam ging op slot zitten als iemand tegen haar schreeuwde. Vooral wanneer Patrik dat deed, misschien wel juist omdat hij zo zelden zijn stem tegen haar verhief. En het was nu nog erger omdat ze hem ergens wel gelijk moest geven.

'Ga zitten, dan praten we erover. Ebba zit boven in mijn werkkamer naar het materiaal te kijken.'

Ze zag Patrik worstelen om zijn boosheid onder controle te krijgen. Hij haalde een paar keer diep adem en ademde door zijn neus uit. Hij leek te kalmeren, maar was nog steeds een beetje bleek toen hij knikte en aan tafel plaatsnam.

'Ik hoop dat je een heel goede verklaring hebt, zowel hiervoor als voor het feit dat Gösta en jij achter mijn rug om zijn gegaan.'

Erica ging tegenover Patrik zitten en staarde een tijdje naar het tafelblad. Ze overwoog hoe ze haar woorden zo kon kiezen dat ze volledig eerlijk tegenover haar man was en toch zelf in een zo gunstig mogelijk daglicht kwam te staan. Toen haalde ze diep adem en vertelde dat ze contact had opgenomen met Gösta, omdat ze van Patrik had begrepen dat Gösta zich persoonlijk bij de verdwijning van de familie Elvander betrokken voelde. Ze gaf toe dat ze het niet tegen Patrik had willen zeggen, omdat ze wist dat hij er bezwaar tegen zou hebben en dat ze daarom Gösta ertoe had overgehaald elkaar een tijdlang te helpen. Patrik keek niet blij, maar hij leek in elk geval naar haar verhaal te willen luisteren. Toen ze vertelde dat ze bij John was geweest en daarna had ontdekt dat iemand had geprobeerd in haar computer te komen, werd hij bleek.

'Je mag blij zijn dat ze niet het hele apparaat hebben meegenomen. Ik neem aan dat het te laat is om iemand te laten komen die vingerafdrukken kan veiligstellen?'

'Ja, dat heeft nu niet veel zin meer. Ik heb er na die tijd achter gezeten en de kinderen komen ook overal met hun plakvingers.'

Patrik schudde gelaten zijn hoofd.

'Ik weet ook niet of John er daadwerkelijk iets mee te maken heeft,' zei Erica. 'Ik ben daar alleen maar van uitgegaan omdat het gebeurde nadat ik toevallig dat briefje had meegenomen.'

'Toevallig,' snoof Patrik.

'Maar dat heb ik inmiddels aan Kjell gegeven, dus er is niets aan de hand.'

'Dat weten zij toch niet?' Patrik keek haar aan alsof ze niet goed wijs was.

'Nee, dat is zo. Maar daarna is er niets meer gebeurd.'

'Is Kjell al verder gekomen? Je had me dat trouwens meteen moeten vertellen, het kan met de zaak te maken hebben.'

'Geen idee. Dat moet je hem maar vragen,' zei ze ontwijkend.

'Het zou goed zijn geweest als ik dit eerder had geweten. Gösta heeft in elk geval het een en ander verteld over wat jullie aan de weet zijn gekomen.'

'Ja, en morgen gaan we naar Schroot-Olle en dan krijgen we de spullen van het gezin.'

'Schroot-Olle?'

'Heeft Gösta dat niet verteld? We hebben bedacht wat er met de persoonlijke bezittingen van de Elvanders moet zijn gebeurd. Schroot-Olle was tijdens de internaatperiode kennelijk een soort manusje-van-alles bij de vakantiekolonie en toen Gösta hem ernaar vroeg, was zijn reactie: "Nou nou, het heeft wel heel lang geduurd voordat jullie over die spullen belden!"' Erica lachte luid.

'Dus die hebben al die tijd bij Schroot-Olle gelegen?'

'Ja, en morgen om tien uur gaan Gösta en ik erheen om alles door te nemen.'

'Niets daarvan,' zei Patrik. 'Ik ga met Gösta mee.'

'Maar ik…' begon ze. Toen besefte ze dat ze het maar beter kon opgeven. 'Oké, jij je zin.'

'Nu bemoei je je niet meer met deze zaak,' zei hij waarschuwend, maar tot haar opluchting zag ze dat zijn boosheid was weggeëbd.

Ze hoorden voetstappen op de trap. Ebba kwam naar beneden

en Erica stond op om verder te gaan met de afwas.

'Vrede?' vroeg ze.

'Vrede,' zei Patrik.

Hij zat in het donker naar haar te kijken. Het was haar schuld. Anna had zijn zwakte gebruikt en hem ertoe verleid zijn beloften aan Ebba te verbreken. Hij had beloofd Ebba in goede en slechte tijden lief te hebben, tot de dood hen scheidde. Dat hij nu had begrepen dat zij de schuld droeg van wat er was gebeurd, veranderde daar niets aan. Hij hield van haar en wilde haar vergeven. In zijn nette pak had hij voor haar gestaan en gezegd dat hij haar trouw zou zijn. Ze was heel mooi geweest in haar simpele witte jurk en ze had hem recht aangekeken, zijn woorden gehoord en ze in haar hart bewaard. Nu had Anna alles kapotgemaakt.

Ze maakte een knorrend geluidje en boorde haar hoofd in het kussen. Ebba's kussen. Mårten wilde het wegrukken, zodat Anna's geur het niet zou bezoedelen. Ebba gebruikte altijd dezelfde shampoo en de kussensloop rook vaak net als haar haar. Hij zat op het bed en balde zijn vuisten. Ebba had daar moeten liggen, met haar mooie gezicht in het maanlicht, zodat er schaduwen om haar neus en ogen ontstonden. Het hadden Ebba's borsten moeten zijn die daar op- en neergingen, naakt boven de rand van het dekbed. Hij staarde naar Anna's borsten. Die waren heel anders dan die van Ebba – dat waren slechts kleine knopjes – en daaronder liepen de littekens slingerend naar haar buik. Eerder die nacht hadden ze ruw gevoeld en nu walgde hij van de aanblik. Voorzichtig stak hij zijn hand uit, pakte het dekbed beet en trok het over haar lichaam. Haar weerzinwekkende lichaam, dat zich tegen het zijne had gedrukt en de herinnering aan Ebba's huid had gewist.

Bij die gedachte kreeg hij braakneigingen. Hij moest dit ongedaan maken zodat Ebba terug kon komen. Hij bleef een poosje stil zitten. Toen pakte hij zijn eigen kussen en liet dat langzaam boven Anna's gezicht zakken.

Fjällbacka 1951

Het gebeurde hoogst onverwacht. Ze had niet afwijzend tegenover kinderen gestaan, maar toen de jaren verstreken zonder dat er wat gebeurde, had ze rustig geconstateerd dat ze kinderloos zou blijven. Sigvard had al een paar volwassen zonen, dus hij leek het ook niet erg te vinden dat ze onvruchtbaar was.

Een jaar geleden was ze echter om onverklaarbare redenen verschrikkelijk moe geworden. Sigvard vreesde het ergste en stuurde haar naar de huisarts voor een grondig onderzoek. Zelf dacht ze ook dat het kanker of een andere dodelijke ziekte kon zijn, maar toen bleek dat ze op dertigjarige leeftijd plotseling in verwachting was. De arts had geen verklaring en het duurde een paar weken voordat Laura het nieuws had verwerkt. Er gebeurde niet veel in haar leven en dat vond ze prettig. Ze was het liefst thuis, in de woning waar zij het voor het zeggen had en waar alles weloverwogen en nauwkeurig uitgezocht was. Nu zou iemand de volmaakte orde verstoren die ze met zoveel zorg had gecreëerd.

De zwangerschap had merkwaardige krampen en onwelkome lichamelijke veranderingen met zich meegebracht en bij het inzicht dat er iets in haar lichaam zat waarover ze geen controle had, was ze zowat in paniek geraakt. De bevalling was een verschrikking geweest en ze had besloten dat ze zichzelf nooit meer aan iets dergelijks wilde blootstellen. Nooit meer wilde ze de pijn, de machteloosheid en het dierlijke ervaren dat het baren van een kind met zich meebracht, dus Sigvard moest voorgoed naar de logeerkamer verhuizen. Hij leek er niets op tegen te hebben en was tevreden met zijn bestaan.

De eerste tijd met Inez was één grote schok geweest. Toen had ze Nanna gevonden, gezegende, geweldige Nanna, die de verantwoordelijkheid voor de baby van haar schouders nam en het haar mogelijk maakte haar gewone leven voort te zetten. Nanna kwam meteen bij hen wonen en haar kamer grensde aan die van Inez, zodat ze 's nachts of wanneer het maar nodig was snel naar het kind toe kon gaan. Ze nam alle taken voor haar rekening en Laura kon komen en gaan wanneer ze maar wilde. Ze nam slechts af en toe een kijkje in de kinderkamer en dan was ze meestal blij met het meisje. Inez was ondertussen bijna zes maanden en ze was ontzettend schattig wanneer ze niet krijste omdat ze honger had of verschoond moest worden. Maar dat was allemaal Nanna's zorg en Laura vond dat alles op zijn pootjes terecht was gekomen, ondanks de onverwachte wending die haar leven had genomen. Ze hield niet van veranderingen, en hoe minder invloed de geboorte van het meisje op haar leven had, des te makkelijker kon zij om haar geven.

Laura zette de fotolijstjes op de ladekast goed. Het waren foto's van Sigvard en haar en van Sigvards beide zonen met hun gezin. Ze waren er nog niet toe gekomen een foto van Inez in te lijsten en van moeder zou ze er nooit een neerzetten. Wie haar moeder en oma waren, mocht gerust in de vergetelheid raken.

Tot Laura's opluchting leek moeder nu voorgoed te zijn verdwenen. Het was twee jaar geleden dat ze voor het laatst iets van zich had laten horen en ze was hier in de omgeving door niemand gezien. Hun laatste ontmoeting lag Laura nog vers in het geheugen. Moeder was al een jaar eerder uit het gesticht ontslagen, maar ze had niet bij Sigvard en haar durven langsgaan. Er werd gezegd dat ze door het dorp zwalkte, net als toen Laura klein was. Toen ze uiteindelijk bij hen op de stoep had gestaan – tandeloos, smerig en in kleren die aan vodden hingen – was ze nog net zo gestoord geweest als voorheen. Het was Laura een raadsel hoe de artsen haar hadden kunnen laten gaan. In het gesticht had ze in elk geval medicijnen gekregen en geen alcohol mogen drinken. Hoewel Laura haar moeder het liefst had gevraagd te vertrekken, had ze haar vlug in de hal gelaten voordat de buren haar zagen.

'Wat ben je chic geworden,' zei Dagmar. 'Het is belangrijk dat je omhoogkomt in deze wereld.'

Achter haar rug balde Laura haar vuisten. Alles wat ze had verjaagd en wat zich alleen in haar dromen liet zien, had haar nu ingehaald.

'Wat wilt u?'

'Ik heb hulp nodig.' Dagmars stem klonk huilerig. Ze bewoog vreemd en stijf en had een zenuwtrekje in haar gezicht.

'Hebt u geld nodig?' Laura reikte naar haar tas.

'Niet voor mezelf,' zei Dagmar zonder haar ogen van de tas af te halen. 'Ik wil geld hebben om naar Duitsland te gaan.'

Laura staarde haar aan. 'Naar Duitsland? Wat moet u daar?'

'Ik heb nooit afscheid mogen nemen van je vader. Ik heb nooit afscheid mogen nemen van mijn Hermann.'

Dagmar begon te huilen en Laura keek nerveus om zich heen. Ze wilde niet dat Sigvard iets hoorde en kwam kijken wat er gaande was. Hij mocht haar moeder hier niet zien.

'Sst! Ik zal u geld geven. Maar wees in godsnaam stil!' Laura stak een stapeltje bankbiljetten naar voren. 'Hier! Dit moet voldoende zijn voor een kaartje naar Duitsland!'

'O, dank je wel!' Dagmar wierp zich naar voren en pakte zowel het geld als Laura's hand. Ze kuste haar dochters handen; Laura trok ze walgend terug en veegde ze af aan haar rok.

'Ga nu,' zei ze. Ze wilde maar één ding: dat moeder uit haar huis en uit haar leven verdween, zodat dat weer volmaakt was. Toen Dagmar het geld aannam en vertrok, zeeg Laura opgelucht op een stoel in de hal neer.

Nu waren er een paar jaar verstreken en vermoedelijk leefde moeder niet meer. Laura betwijfelde of ze ver was gekomen met het geld dat ze had gekregen, vooral gezien de chaos na de oorlog. Als Dagmar bovendien had lopen malen dat ze afscheid wilde nemen van Hermann Göring, hadden de mensen haar ongetwijfeld aangezien voor de gestoorde vrouw die ze was en haar ergens onderweg tegengehouden. Göring was niet iemand over wie je hardop zei dat je hem had gekend. Dat hij een jaar na de oorlog in de gevangenis zelfmoord had gepleegd, had zijn misdaden er niet minder erg op gemaakt. Laura huiverde bij de gedachte dat moeder was blijven verkondigen dat hij de vader van haar kind was. Dat was niet langer iets om over op te scheppen. Dat ze in Stockholm bij zijn echtgenote waren langsgegaan wist ze alleen nog vaaglijk. Haar gevoel van schaamte en de manier waarop Carin Göring haar had aangekeken, herinnerde ze zich echter maar al te goed. Die blik was vol mede-

leven en warmte geweest en waarschijnlijk had ze omwille van Laura niet om hulp gebeld, hoewel ze doodsbenauwd moest zijn geweest.

Maar goed, dat was allemaal verleden tijd. Moeder was weg en niemand sprak nog over haar idiote fantasieën. En dankzij Nanna kon Laura haar leven zo blijven leiden als ze gewend was. De orde was hersteld en alles was volmaakt. Precies zoals het hoorde.

❄

Gösta keek naar Patrik, die met zijn handen op het stuur trommelde en verbeten naar de auto's voor zich keek. Het was zomer en dus druk. De smalle landwegen waren niet gemaakt voor de vele tegenliggers, waardoor hij over de berm moest rijden.

'Je bent hopelijk niet te streng tegen haar geweest.' Gösta wendde zijn hoofd af en keek door het raam aan zijn kant naar buiten.

'Ik vind dat jullie je idioot hebben gedragen en daar blijf ik bij,' zei Patrik, maar hij klonk aanzienlijk rustiger dan de dag tevoren.

Gösta zweeg. Hij was te moe om het er verder nog over te hebben. Hij was vrijwel de hele nacht opgebleven om het materiaal nog een keer door te nemen. Maar dat wilde hij niet tegen Patrik zeggen, die nog meer eigen initiatieven op dit moment waarschijnlijk niet zou waarderen. Hij verborg een geeuw achter zijn hand. Hij kon zijn teleurstelling over het troosteloze nachtelijke werk niet loslaten. Hij had niets nieuws gevonden, niets wat zijn belangstelling had gewekt, alleen maar dezelfde oude informatie die al zo lang met hem spotte. Toch kon hij het gevoel niet van zich afzetten dat het antwoord daar te vinden was, dat het vlak voor zijn neus lag, verborgen in een van de stapels papier. Vroeger had het hem geïrriteerd als hij het antwoord niet had gevonden en had hij uit nieuwsgierigheid of mogelijk beroepstrots willen achterhalen wat er was gebeurd. Nu was bezorgdheid zijn drijfveer. Ebba was niet langer veilig en haar leven hing ervan af of ze de persoon wisten op te pakken die verantwoordelijk was voor wat haar was overkomen.

'Daar linksaf.' Hij wees naar een afslag iets verderop.

'Ik weet waar het ligt,' zei Patrik en hij nam de bocht met doodsverachting.

'Ik merk dat je je rijbewijs nog niet hebt,' mopperde Gösta, terwijl hij zich vasthield aan de handgreep boven het portier.

'Er is niets mis met mijn rijvaardigheid.'

Gösta snoof. Ze naderden het erf van Schroot-Olle en Gösta zei met een hoofdknikje: 'Het zal niet leuk voor zijn kinderen zijn om dit op een dag te moeten opruimen.'

De plek leek meer op een schroothoop dan op een huis. Iedereen in de omgeving wist dat je Olle moest bellen als je ergens van af wilde. Hij was altijd bereid te helpen en kwam alles halen wat je kwijt wilde, dus stonden er auto's, koelkasten, aanhangers, wasmachines en de duivel en zijn ouwe moer rond een paar verspreid liggende gebouwen en opslagruimten. Er stond zelfs een droogkap van een kapsalon, zag Gösta, toen Patrik tussen een vrieskist en een oude Volvo Amazon parkeerde.

Een kleine rimpelige man in een tuinbroek kwam hen tegemoet.

'Het was mooi geweest als jullie iets eerder hadden kunnen komen. Nu is de halve dag al voorbij.'

Gösta keek op zijn horloge. Het was vijf over tien.

'Hallo, Olle. Je had wat spullen voor ons.'

'Het heeft wel verdomd lang geduurd. Ik snap niet wat jullie daar bij de politie allemaal uitspoken. Er heeft zelfs niemand naar die dingen gevraagd, dus ik heb er verder niets mee gedaan. Ze staan daar, bij de eigendommen van die gekke graaf.'

Ze liepen achter Schroot-Olle een donkere schuur binnen.

'Die gekke graaf?' vroeg Patrik.

'Ik weet eigenlijk niet of hij echt een graaf was, maar hij had in elk geval een adellijke naam.'

'Je bedoelt Von Schlesinger?'

'Ja, die. Iedereen wist dat hij met Hitler sympathiseerde. Zijn zoon heeft aan de kant van de Duitsers gevochten. Dat arme joch was nog maar net aan het front toen hij een kogel door zijn hoofd kreeg.' Olle begon in de rommel te graven. 'En als die ouwe voor die tijd nog niet gek was, dan werd hij dat toen wel. Hij dacht dat de geallieerden hem op het eiland zouden aanvallen en jullie zouden me niet geloven als ik jullie vertelde wat voor vreemde dingen hij daar allemaal uit-vrat. Uiteindelijk kreeg hij een beroerte en stierf.' Schroot-Olle stop-te en keek hen met half dichtgeknepen ogen in het duistere licht aan terwijl hij op zijn hoofd krabde. 'Als ik het me goed herinner, was dat in 1953. Daarna waren er diverse andere eigenaren, tot die Elvander de boel kocht. Mijn god, het idee alleen al. Daar een internaat begin-nen voor van die poepchique jongelui. Zelfs een kind kon nog be-grijpen dat dat niets zou worden.'

Hij zocht verder terwijl hij voor zich uit mompelde. Er kwam een stofwolk omhoog en Gösta en Patrik begonnen te hoesten.

'Hier is het. Vier dozen met van alles en nog wat. De meubels ble-ven daar staan toen het huis werd verhuurd, maar ik heb wat los spul weten te redden. Je kunt alles niet zomaar weggooien en bovendien wist niemand of ze misschien terug zouden komen. Al dachten de meeste mensen dat ze dood waren, net als ik.'

'Heb je niet overwogen om zelf de politie te bellen om te zeggen dat jij dit had meegenomen?' vroeg Patrik.

Schroot-Olle rechtte zijn rug en sloeg zijn armen over elkaar. 'Ik heb het tegen Henry gezegd.'

'Hè? Bedoel je dat Henry wist dat alles hier lag?' vroeg Gösta. Op zich was het niet de enige steek die Henry had laten vallen, maar het had geen zin om boos te worden op iemand die niet meer leefde en zich niet kon verdedigen.

Patrik keek naar de dozen. 'Die zouden wel in de auto moeten pas-sen. Wat denk jij?'

Gösta knikte. 'Ja, dat denk ik ook. We kunnen desnoods ook de achterbank neerklappen.'

'Het is toch wat,' zei Olle lachend. 'Dat het jullie ruim dertig jaar heeft gekost om dit te komen ophalen.'

Gösta en Patrik keken hem strak aan, maar hielden wijselijk hun mond. Soms was zwijgen de beste reactie.

'Wat doe je met al die spullen, Olle?' Gösta kon het niet nalaten ernaar te vragen. Zelf raakte hij bijna in paniek bij de aanblik van de overweldigende hoeveelheid voorwerpen. Zijn kleine huis was mis-schien niet modern, maar hij was er trots op dat het er mooi en schoon was en dat hij niet was veranderd in een oude man die in de troep leefde.

'Je weet nooit wanneer iets nog van pas komt. Als iedereen even spaarzaam was als ik, zou de wereld er heel anders uitzien. Geloof me maar.'

Patrik boog zich voorover en probeerde een van de dozen op te tillen, maar moest dat kreunend opgeven.

'Je moet me helpen, Gösta. Hij is te zwaar.'

Gösta wierp hem een verschrikte blik toe. Eén verrekte spier en hij kon de rest van het golfseizoen misschien wel vergeten.

'Ik mag eigenlijk niet te zwaar tillen. Ik moet aan mijn rug denken.'

'Pak nou maar beet.'

Gösta begreep dat hij was doorzien en boog zich met tegenzin voorover om de doos aan de lange kant beet te pakken. Het stof prikkelde in zijn neus en hij moest een paar keer achter elkaar niezen.

'Gezondheid,' zei Schroot-Olle en hij glimlachte zo breed dat je zag dat er in zijn bovenkaak drie tanden ontbraken.

'Dank je,' zei Gösta. Licht mopperend hielp hij Patrik alle dozen in de achterbak te zetten. Tegelijk werd zijn gevoel van verwachting steeds groter. Misschien zat er iets in wat hun een zeer welkome aanwijzing kon geven. Hij was vooral blij dat hij Ebba kon vertellen dat de spullen van haar familie waren teruggevonden. Als hij door zijn rug ging, dan was het dat waard.

Voor de verandering hadden Carina en hij uitgeslapen. Hij had gisteravond tot laat gewerkt en vond dat hij het had verdiend.

'Mijn god,' zei Carina en ze legde een hand op zijn schouder. 'Ik ben nog steeds slaperig.'

'Ik ook, maar wie zegt dat we nu moeten opstaan?' Kjell kroop dichter naar haar toe en trok haar tegen zich aan.

'Hm... ik ben te moe.'

'Ik wil alleen maar een beetje knuffelen.'

'En dat moet ik geloven,' zei ze, maar ze rekte genietend haar hals uit.

In de broek die over het voeteneind van het bed hing, begon Kjells mobieltje schel te rinkelen.

'Niet opnemen.' Carina drukte zich tegen hem aan.

Maar de telefoon bleef maar gaan en uiteindelijk hield hij het niet langer uit. Hij ging zitten, rukte zijn broek naar zich toe en pakte de telefoon. Er stond SVEN NIKLASSON op het display en hij drukte onhandig op de toetsen om op te nemen.

'Hallo Sven? Ja, nee, ik lag niet te slapen.' Kjell keek op zijn horloge. Het was na tienen. Hij schraapte zijn keel. 'Ben je iets te weten gekomen?'

Sven Niklasson was een hele tijd aan het woord en Kjell luisterde met stijgende verbazing. Hij reageerde alleen met gehum en gebrom en hij zag dat Carina hem met haar hoofd op haar arm bestudeerde.

'Ik kan naar Malöga komen,' zei hij ten slotte. 'Ik waardeer het dat je me er aan de zijlijn bij laat zijn. Niet alle collega's zouden zo reageren. Is de politie van Tanum op de hoogte? (…) Göteborg? Ja, dat is gezien de situatie misschien beter. Gisteren was er een persconferentie en zij hebben genoeg aan hun hoofd. Je hebt het meeste vast al wel gehoord van je collega die erbij was. We praten verder als ik je zie. Tot straks.'

Kjell was bijna buiten adem toen hij de verbinding verbrak. Carina keek hem glimlachend aan.

'Ik vermoed dat er iets groots staat te gebeuren als Sven Niklasson hierheen komt.'

'Je moest eens weten.' Kjell stapte het bed uit en begon zich aan te kleden. Zijn vermoeidheid was op slag verdwenen. 'Je moest eens weten,' herhaalde hij. Deze keer vooral bij zichzelf.

Snel ruimde ze het beddengoed in de logeerkamer op. Ebba was vertrokken. Ze had het materiaal over haar familie mee willen nemen, maar Erica had gezegd dat ze kopieën voor haar zou maken, iets waar ze natuurlijk meteen aan had moeten denken.

'Noel! Je mag Anton niet slaan!' riep ze richting de woonkamer zonder ook maar te hoeven kijken wie het tumult had veroorzaakt. Niemand leek te luisteren en het gebrul werd luider.

'Mama! Mamaaa! Noel slaat,' riep Maja.

Met een diepe zucht legde Erica het beddengoed weg. Het verlangen om een klus af te kunnen maken zonder dat er een kind begon te blèren en om aandacht vroeg was bijna fysiek voelbaar. Ze had tijd voor zichzelf nodig. Ze moest volwassene kunnen zijn. De kinderen waren het belangrijkste in haar leven, maar soms had ze het gevoel dat ze alles moest opgeven wat ze zelf wilde doen. Hoewel Patrik een paar maanden vaderschapsverlof had gehad, was zij de projectleider die erop toezag dat alles op rolletjes liep. Patrik hielp veel mee, maar dat was het dan ook precies: meehelpen. En wanneer een van de kinderen ziek werd, was zij degene die een deadline moest verplaatsen of een interview moest afzeggen zodat Patrik naar zijn werk kon gaan. Hoewel ze ertegen vocht, stemde het haar bitter dat haar behoeften en haar werk altijd op de laatste plaats kwamen.

'Ophouden, Noel,' zei ze en ze trok hem weg bij zijn tweelingbroer, die op de vloer lag te snikken. Noel begon ook te huilen en Erica's geweten speelde op omdat ze hem te stevig bij zijn arm had gepakt.

'Mama stom,' zei Maja en ze keek Erica boos aan.

'Ja, mama is stom.' Erica ging op de grond zitten en nam de snikkende tweeling in haar armen.

'Hallo?' weerklonk het vanuit de hal.

Erica veerde op, maar besefte vrijwel meteen wie het was. Er was maar één persoon die bij hen binnenstapte zonder aan te bellen.

'Hallo, Kristina,' zei ze en ze stond moeizaam op. De tweeling was abrupt opgehouden met huilen en rende naar hun oma.

'Bevel van de chef. Ik kom het hier overnemen,' zei Kristina en ze veegde de wangen van Anton en Noel af, die nat waren van de tranen.

'Je komt het hier overnemen?'

'Kennelijk moet je naar het bureau.' Kristina keek haar aan alsof dat heel vanzelfsprekend was. 'Meer weet ik niet. Ik ben maar een bejaarde van wie wordt verwacht dat ze à la minute kan inspringen. Patrik belde om te vragen of ik direct naar je toe kon gaan en het was een geluk dat ik thuis was, want ik had net zo goed met iets belangrijks bezig kunnen zijn, ja, wie weet, ik had zelfs wel een date kunnen hebben of hoe je dat tegenwoordig ook noemt, en ik heb Patrik gezegd dat het deze keer oké was, maar dat ik in het vervolg wel iets eerder geïnformeerd wil worden. Ik heb ook een eigen leven, al denken jullie natuurlijk dat ik daar te oud voor ben.' Ze haalde even adem en keek Erica aan. 'Waar wacht je nog op? Je moet naar het bureau, zei Patrik.'

Erica begreep er nog steeds niets van, maar besloot verder geen vragen te stellen. Wat het ook was, ze zou even respijt hebben, en dat was het enige wat ze op dit moment wilde.

'Zoals ik al tegen Patrik zei, kan ik alleen overdag blijven, want vanavond is er iets op tv wat ik absoluut niet wil missen. En voor die tijd wil ik nog een wasje draaien en boodschappen doen, dus ik moet uiterlijk om vijf uur weg, anders kom ik niet aan mijn eigen dingen toe en ik moet thuis ook nog het een en ander op orde brengen. Ik kan niet aldoor voor jullie in de weer zijn, al is hier genoeg te doen.'

Erica deed de deur achter zich dicht en glimlachte breed. Vrijheid.

Toen ze in de auto ging zitten, begon ze weer te peinzen. Wat kon er zo'n haast hebben? Het enige wat ze kon bedenken was dat het te maken moest hebben met het bezoekje dat Patrik en Gösta aan Schroot-Olle hadden gebracht. Ze moesten de spullen van het gezin hebben gevonden. Fluitend reed ze in de richting van Tanumshede. Opeens had ze spijt van haar gedachten over Patrik, in elk geval ten dele. Als hij het goed vond dat ze erbij was terwijl ze de spullen bekeken, zou ze zonder morren een maand lang alles doen wat er thuis moest gebeuren.

Ze draaide de parkeerplaats bij het politiebureau op en liep op een drafje naar het lelijke lage gebouw. De receptie was verlaten.

'Patrik?' riep ze de gang in.

'We zitten hier. In de vergaderruimte.'

Ze volgde zijn stem, maar bleef in de deuropening abrupt staan. De tafel en de vloer waren bezaaid met spullen.

'Het was niet mijn idee,' zei Patrik met zijn rug naar haar toe. 'Gösta vond dat je het verdiende om erbij te zijn.'

Ze wierp Gösta een kushandje toe, waarop die zich blozend afwendde.

'Hebben jullie al iets interessants gevonden?' vroeg ze, terwijl ze om zich heen keek.

'Nee, we zijn de dozen aan het uitpakken en veel verder dan dat zijn we nog niet.' Patrik blies het stof van een paar fotoalbums die hij voor zich op tafel had gelegd.

'Zal ik jullie helpen, of zal ik dingen gaan doornemen?'

'De dozen zijn bijna leeg, dus begin maar te kijken.' Hij draaide zich om en keek haar aan. 'Is mama gekomen?'

'Nee, de kinderen zijn nu zo groot dat ze zich zonder mij wel redden.' Ze lachte. 'Natuurlijk is Kristina er, anders had ik toch niet geweten dat ik hierheen moest komen?'

'Ik heb eerst Anna geprobeerd te bellen, maar ze nam thuis niet op en op haar mobieltje ook niet.'

'Niet? Wat vreemd.' Erica fronste haar voorhoofd. Anna was zelden meer dan een meter bij haar telefoon vandaan.

'Dan en de kinderen zijn weg, dus waarschijnlijk ligt ze lekker in een zonnestoel te dommelen.'

'Je hebt gelijk.' Ze schudde de onrust van zich af en begon met de spullen die voor haar lagen.

Ze waren een tijdlang in stilte bezig. In de dozen hadden vooral gewone dingen gezeten die iedereen had: boeken, pennen, haarborstels, schoenen en kleren die nu muf en schimmelig roken.

'Wat is er met alle meubels en snuisterijen gebeurd?' vroeg Erica.

'Die zijn in het huis achtergebleven. Ik vermoed dat het merendeel in de loop van de jaren met al de verschillende huurders is verdwenen. We moeten het Ebba en Mårten maar vragen. Er zal nog wel iets in het huis hebben gestaan toen ze er van het voorjaar introkken.'

'Anna zou trouwens gisteren naar Mårten toe gaan. Ze heeft onze sloep geleend. Ik vraag me af of ze veilig is thuisgekomen.'

'Er is vast niets aan de hand, maar bel Mårten als je je zorgen maakt en vraag wanneer ze naar huis is gegaan.'

'Ik geloof dat ik dat inderdaad even doe.'

Ze pakte haar mobiel uit haar tas en zocht het nummer van Mårten op. Het werd een kort gesprek en toen ze het had beëindigd, keek ze Patrik aan.

'Anna is er gisteravond maar een uurtje geweest en de zee was helemaal rustig toen ze weer naar huis ging.'

Patrik veegde zijn stoffige handen af aan zijn broek. 'Mooi zo.'

'Ja, dat is fijn om te weten.' Erica knikte, maar diep vanbinnen knaagde de twijfel. Iets voelde er niet goed. Tegelijk wist ze dat ze overdreven beschermend was en vaak te sterk reageerde, dus zette ze die gedachte opzij en ging verder met de spullen.

'Wat gek eigenlijk,' zei ze en ze hield een boodschappenlijstje omhoog. 'Dit moet Inez hebben geschreven. Het voelt onwerkelijk dat ze een gewoon leven heeft geleid en boodschappenlijstjes maakte: melk, eieren, suiker, jam, koffie…' Erica gaf het papiertje aan Patrik.

Hij keek ernaar, zuchtte en gaf het weer aan Erica. 'Voor dit soort dingen hebben we nu geen tijd. We moeten ons richten op dingen die relevant zijn voor de zaak.'

'Oké,' zei Erica en ze legde het lijstje weer op tafel.

Methodisch namen ze alles door.

'Ordelijke vent, die Rune.' Gösta liet een notitieboek zien waarin alle uitgaven leken te zijn bijgehouden. Het handschrift was zo keurig dat het er bijna uitzag alsof de tekst was getypt.

'Zelfs de kleinste uitgave werd kennelijk geboekt,' zei Gösta bladerend.

'Dat verbaast me niets na alles wat ik over Rune heb gehoord,' zei Erica.

'Moet je dit zien. Het lijkt alsof er iemand smoorverliefd was op Leon.' Patrik hield een volgekliederd vel van een notitieboek omhoog.

'A hartje L,' las Erica hardop. 'Ze heeft haar toekomstige handtekening ook geoefend, Annelie Kreutz. Dus Annelie was verliefd op Leon. Dat klopt ook met wat ik heb gehoord.'

'Ik vraag me af wat vader Rune daarvan vond,' zei Gösta.

'Gezien zijn behoefte om overal controle over te hebben, kan het een ramp hebben veroorzaakt als ze verkering hadden,' zei Patrik.

'Het is maar de vraag of die liefde werd beantwoord.' Erica ging op de rand van de tafel zitten. 'Annelie had een oogje op Leon, maar was dat wederzijds? Volgens John niet, maar Leon kan het natuurlijk voor de anderen verborgen hebben gehouden.'

'De nachtelijke geluiden,' zei Gösta. 'Je zei dat Ove Linder vertelde dat hij 's nachts geluiden hoorde. Kunnen dat Leon en Annelie zijn geweest die stiekem rondslopen?'

'Misschien waren het spoken?' zei Patrik.

'Ach,' zei Gösta. Hij trok een stapel rekeningen naar zich toe en begon die door te nemen. 'Is Ebba weer naar het eiland?'

'Ja, ze kon met de postboot mee,' zei Erica afwezig. Ze had een fotoalbum van tafel gepakt en bestudeerde de foto's nauwkeurig. Er was een foto van een jonge vrouw met lang steil haar en een klein kind op haar arm. 'Ze ziet er niet bepaald gelukkig uit.'

Patrik keek over haar schouder mee. 'Inez en Ebba.'

'Ja, en dit moeten de andere kinderen van Rune zijn.' Ze wees naar drie kinderen van variërende leeftijd en lengte die blijkbaar met weerzin naast elkaar voor een muur stonden.

'Ebba zal hier dolgelukkig mee zijn,' zei Erica, terwijl ze de bladzijde omsloeg. 'Dit zal heel veel voor haar betekenen. Kijk, dit moet haar oma zijn, Laura.'

'Die vrouw ziet er levensgevaarlijk uit,' zei Gösta, die aan Erica's andere kant was komen staan om ook mee te kijken.

'Hoe oud was ze toen ze stierf?' vroeg Patrik.

Erica dacht na. 'Ze moet drieënvijftig zijn geweest. Ze hebben haar op een ochtend dood achter het huis gevonden.'

'Er was niets verdachts aan het sterfgeval?' vroeg Patrik.

'Niet dat ik weet. Heb jij daar iets over gehoord, Gösta?'

Hij schudde zijn hoofd. 'De dokter is erheen gegaan en heeft geconstateerd dat ze om de een of andere reden 's nachts naar buiten was gegaan, een hartinfarct had gekregen en was gestorven. Er was geen vermoeden dat het geen natuurlijke dood zou zijn.'

'Was haar moeder degene die verdwenen is?' vroeg Patrik.

'Ja, Dagmar is in 1949 verdwenen.'

'Een oud drankorgel,' zei Gösta. 'Dat is in elk geval wat ik heb gehoord.'

'Met zo'n familie is het een wonder dat Ebba zo normaal is geworden.'

'Misschien komt dat doordat ze aan de Rosenstigen is opgegroeid en niet op Valö,' zei Gösta.

'Ja, vast,' zei Patrik en hij begon weer tussen de spullen te zoeken.

Twee uur later hadden ze alles doorgenomen en ze keken elkaar teleurgesteld aan. Hoewel Ebba het op prijs zou stellen meer foto's en persoonlijke bezittingen van haar familie te krijgen, hadden ze niets gevonden wat hen bij het onderzoek kon helpen. Het huilen stond Erica nader dan het lachen. Haar verwachtingen waren hooggespannen geweest, maar nu stonden ze in een vergaderruimte vol spullen waar ze absoluut niets aan hadden.

Erica keek naar haar man. Er was iets wat hem zorgen baarde, maar waar hij niet de vinger op kon leggen. Ze had die blik eerder gezien.

'Waar denk je aan?'

'Ik weet het niet. Het is iets… Ach, laat ook maar. Ik kom er nog wel op,' zei hij geïrriteerd.

'Laten we dan alles maar weer inpakken,' zei Gösta en hij begon met de doos die het dichtst bij hem stond.

'Ja, er zit niets anders op.'

Ook Patrik begon op te ruimen en Erica keek toe, zonder aanstalten te maken hen te helpen. Ze liet haar blik door de kamer gaan in een laatste poging iets interessants te ontdekken, en ze wilde het net opgeven toen haar ogen op een paar kleine zwarte boekjes vielen, die ze meteen herkende. Het waren de paspoorten die Gösta keurig op een stapeltje op tafel had gelegd. Ze kneep haar ogen samen, stapte naar voren om ze beter te kunnen zien en telde ze in stilte. Daarna tilde ze het stapeltje op en legde de paspoorten naast elkaar neer.

Patrik hield op met inpakken en keek haar aan. 'Wat doe je?'

'Zie je het niet?' Ze wees naar de paspoorten.

'Nee, wat bedoel je?'

'Tel ze eens.'

Stilletjes deed hij wat ze hem had gevraagd en ze zag dat hij zijn ogen wijd opensperde.

'Er zijn vier paspoorten,' zei ze. 'Zouden het er geen vijf moeten zijn?'

'Ja, als we ervan uitgaan dat Ebba er nog geen had.'

Patrik liep erheen en pakte de paspoorten op. Hij sloeg ze een voor een open en controleerde namen en foto's. Daarna wendde hij zich tot zijn vrouw.

'En? Wie ontbreekt er?' vroeg ze.

'Annelie. Het paspoort van Annelie ontbreekt.'

Fjällbacka 1961

Mama wist het het beste. Dat was een waarheid waarmee Inez was opge-
groeid en die vanzelfsprekend voor haar was. Papa herinnerde ze zich
niet eens. Ze was nog maar drie geweest toen hij een beroerte had gekre-
gen en na een paar weken in het ziekenhuis was overleden. Daarna wa-
ren het alleen mama, Nanna en zij geweest.

Soms vroeg ze zich af of ze van mama hield. Ze was er niet helemaal
zeker van. Ze hield van Nanna en van de beer die al sinds ze klein was bij
haar in bed lag, maar hoe zat het met mama? Ze wist dat ze van haar zou
moeten houden, net zoals de andere kinderen op school van hun moeder
hielden. De weinige keren dat ze bij een ander meisje thuis had mogen
spelen, had ze gezien dat moeder en dochter elkaar met blijdschap in hun
blik hadden begroet en dat het meisje zich in de armen van de vrouw had
geworpen. Inez had een harde klomp in haar buik gevoeld wanneer ze
klasgenootjes met hun moeders zag. Vervolgens had ze bij thuiskomst het-
zelfde gedaan. Ze was op Nanna af gerend, die er altijd voor haar was.

Mama was niet gemeen en ze had voor zover Inez zich kon herinneren
nooit haar stem verheven. Nanna was degene die op haar mopperde als
ze ongehoorzaam was geweest. Maar mama was heel duidelijk over hoe
de dingen moesten zijn en Inez mocht haar absoluut niet tegenspreken.

Het belangrijkste was dat ze alles goed deed. Dat zei mama altijd: 'Al-
les wat de moeite waard is om te worden gedaan, is het waard om grondig
te worden gedaan.' Inez mocht nooit ergens mee sjoemelen. Haar huis-
werk moest keurig op de lijntjes worden geschreven en in haar reken-
schrift moest ze de juiste getallen invullen. Een zwakke afdruk van foute
cijfers op papier was verboden, ook al had ze ze uitgegumd. Als ze twijfel-

de, moest ze het antwoord eerst op een kladpapiertje schrijven voordat ze het juiste getal in het schrift invulde.

Het was ook belangrijk om geen rommel te maken, want als het thuis rommelig was, kon er iets verschrikkelijks gebeuren. Wát precies wist Inez niet, maar haar kamer moest altijd op orde zijn. Je kon nooit weten wanneer Laura een kijkje kwam nemen en als alles niet netjes opgeruimd was, keek ze heel teleurgesteld en zei dat ze met haar wilde praten. Inez vond dat soort gesprekken vreselijk. Ze wilde mama niet verdrietig maken en meestal gingen die gesprekken daar wel over: dat Inez mama had teleurgesteld.

Ze mocht ook geen rommel maken in Nanna's kamer of in de keuken. In de overige kamers van het huis – mama's slaapkamer, de woonkamer, de logeerkamer en de salon – mocht ze niet komen. Dan kon er iets stukgaan, zei mama. Kinderen hoorden daar niet te komen. Inez gehoorzaamde omdat het leven dan het makkelijkst was. Ze hield niet van ruzie en ze hield ook niet van de gesprekken met mama. Als ze deed wat mama zei, ontkwam ze aan alle twee.

Op school was ze op zichzelf en deed ze nauwkeurig wat ze moest doen. Het was duidelijk dat de juffrouw dat prettig vond. Volwassenen leken het prettig te vinden als je hun gehoorzaamde.

De andere kinderen lieten haar links liggen, alsof ze het zelf niet de moeite waard vonden om ruzie met haar te maken. Ze hadden haar een paar keer geplaagd en iets over haar oma gezegd. Dat vond Inez vreemd, want ze had geen oma. Ze had er mama naar gevraagd, maar in plaats van te antwoorden had mama besloten dat ze zo'n gesprek zouden hebben. Inez had er zelfs Nanna naar gevraagd, maar die had onverwacht een zuinig gezicht getrokken en gezegd dat het niet aan haar was om daar iets over te zeggen. Dus vroeg Inez er niets meer over. Het was niet belangrijk genoeg om nog een gesprek te riskeren en mama wist het immers toch het beste.

✼

Ebba sprong de steiger bij Valö op en bedankte uitbundig voor de lift. Voor het eerst sinds ze hier woonden, voelde ze verwachting en blijdschap terwijl ze het pad naar het huis volgde. Ze had Mårten zoveel te vertellen.

Toen ze dichterbij kwam, viel het haar op hoe mooi het huis was. Natuurlijk moest er nog heel wat gebeuren voor het klaar was – ondanks al hun harde werk waren ze nog maar net begonnen – maar het had potentieel. Als een wit sieraad lag het te midden van al het groen en hoewel je het water niet zag, voelde je het om je heen.

Het zou tijd kosten voordat Mårten en zij elkaar weer hadden gevonden, en hun leven zou anders worden. Maar dat hoefde niet te betekenen dat het slechter werd. Misschien kon hun relatie juist wel sterker worden. Ze had het eerder nog niet durven denken, maar misschien zou er in hun leven ook weer plek zijn voor een kind. Niet zolang alles nieuw en broos was en ze nog zoveel werk te verrichten hadden, zowel aan het huis als aan zichzelf, maar op een gegeven moment zou Vincent misschien een broertje of een zusje kunnen krijgen. Zo zag ze het. Een broertje of een zusje voor hun engelenkind.

Ze had haar ouders ook kunnen geruststellen. Ze had zich ervoor verontschuldigd dat ze niet alles had verteld en hen ervan weerhouden halsoverkop naar Fjällbacka te komen. Bovendien had ze hun 's avonds nog een keer gebeld om te vertellen wat ze over haar familie te weten was gekomen, en ze wist dat ze blij voor haar waren en begrepen hoeveel het voor haar betekende. Ze wilden alleen niet dat ze terugging naar het eiland voordat duidelijk was wat er aan de hand was. Dus had ze een leugentje om bestwil verteld en gezegd dat ze nog een nachtje bij Erica en Patrik zou blijven. Daar hadden ze genoegen mee genomen.

Ook zij vond het een enge gedachte dat iemand hun kwaad wilde doen, maar Mårten had ervoor gekozen te blijven en nu had zij ervoor gekozen bij hem te zijn. Voor de tweede keer in haar leven koos ze voor Mårten. De angst hem te verliezen was groter dan haar angst voor het onbekende dat hen bedreigde. Je kon niet alles in het leven sturen, dat had Vincents dood haar wel geleerd, en het was haar lot om hier bij Mårten te blijven, wat er ook gebeurde.

'Hallo?' Ebba gooide in de hal haar tas op de grond. 'Mårten, waar ben je?'

Het was doodstil in huis en ze luisterde of ze iets hoorde terwijl ze de trap op liep. Zou hij naar Fjällbacka zijn gegaan om iets te regelen? Nee, ze had de boot bij de steiger zien liggen. Er had ook een andere boot gelegen. Misschien hadden ze bezoek.

'Hallo?' riep ze weer, maar ze hoorde alleen haar eigen stem tussen de kale muren weerkaatsen. De zon scheen fel door de ramen naar binnen en verlichtte het stof dat opstoof als ze bewoog. Ze liep naar de slaapkamer.

'Mårten?' Ze keek onthutst naar haar man, die met zijn rug tegen de muur op de vloer zat en strak voor zich uit keek. Hij reageerde niet.

Haar bezorgdheid kreeg de overhand en ze ging op haar hurken zitten en streek hem over zijn hoofd. Hij zag er moe en getekend uit. 'Hoe gaat het?' vroeg ze.

Hij keek haar aan.

'Ben je weer thuis?' vroeg hij effen en ze knikte enthousiast.

'Ja, ik moet je van alles vertellen. En ik heb ook een beetje kunnen nadenken terwijl ik bij Erica was. Ik heb me gerealiseerd wat jij volgens mij al hebt begrepen: dat we alleen elkaar nog maar hebben, dat we het moeten proberen. Ik hou van je, Mårten. We zullen Vincent altijd hier met ons meedragen…' ze legde een hand op haar hart, '… maar we kunnen niet leven alsof wij ook dood zijn.'

Ze zweeg en wachtte op een reactie, maar hij zei niets.

'Er vielen een heleboel stukjes op hun plek toen Erica me over mijn familie vertelde.' Ze ging naast hem zitten en begon enthousiast het verhaal over Laura, Dagmar en de Engelenmaakster te vertellen.

Toen ze klaar was, knikte Mårten. 'De schuld is overgeërfd.'

'Wat bedoel je?'

'De schuld is overgeërfd,' herhaalde hij en zijn stem sloeg over.

Met schokkerige bewegingen haalde hij een hand door zijn haar, waardoor het rechtop ging staan. Ze rekte zich uit om het weer glad te strijken, maar hij sloeg haar hand weg.

'Jij hebt je schuld nooit willen erkennen.'

'Welke schuld?' Een onbehaaglijk gevoel diende zich aan, maar ze probeerde het van zich af te zetten. Dit was Mårten, haar man.

'Aan Vincents dood. Hoe moeten we verder als jij dat nooit erkent? Maar nu begrijp ik waarom. Het zit in je. De oma van je oma was een kindermoordernares en jij hebt ons kind vermoord.'

Ebba deinsde terug alsof hij haar had geslagen. En dat had hij net zo goed echt kunnen doen, zo afgrijselijk waren zijn woorden. Zou zij Vincent hebben vermoord? Ze voelde vertwijfeling in haar borst en ze wilde tegen hem schreeuwen, maar ze begreep dat er iets mis was met hem. Hij wist niet wat hij zei, dat was de enige verklaring. Anders zou hij niet zoiets vreselijks tegen haar zeggen.

'Mårten,' zei ze zo rustig als ze maar kon, maar hij wees naar haar en ging verder: 'Jij hebt hem vermoord. Jij draagt de schuld. Dat is altijd al zo geweest.'

'Lieverd, waar heb je het over? Je weet dat het zo niet is gegaan. Ik heb Vincent niet vermoord. Het was niemands fout dat hij stierf en dat weet je!' Ze greep Mårten bij zijn schouder en schudde hem heen en weer in de hoop dat hij weer bij zijn verstand kwam.

Ze keek rond en ontdekte opeens dat het bed rommelig was en niet opgemaakt. Op een dienblad op de vloer stonden borden met etensresten en twee glazen waar rode wijn in gezeten leek te hebben.

'Wie is hier geweest?' vroeg ze, maar ze kreeg geen antwoord. Hij keek haar alleen met ijskoude ogen aan.

Langzaam schoof ze naar achteren. Ze wist instinctief dat ze hier moest zien weg te komen. Dit was Mårten niet, dit was iemand anders, en heel even vroeg ze zich af hoe lang hij al de man was die ze nu voor zich zag. Hoe lang zat die kou al in zijn ogen zonder dat ze het had gemerkt?

Ze probeerde verder naar achteren te schuiven en hij stond met stijve bewegingen en zonder haar met zijn ogen los te laten op. Geschrokken begon ze sneller te bewegen en probeerde overeind te komen, maar hij stak zijn hand uit en duwde haar weer omlaag.

'Mårten?' herhaalde ze.

Hij had nooit zijn hand naar haar opgeheven, helemaal nooit. Hij was degene die protesteerde als ze een spin wilde doodslaan en er altijd op stond dat het diertje voorzichtig naar buiten werd gebracht. Langzaam drong het tot haar door dat die Mårten niet meer bestond. Misschien was hij al veranderd op het moment dat Vincent stierf. Zij was alleen te veel in haar eigen verdriet opgegaan om het te merken, en nu was het te laat.

Mårten hield zijn hoofd schuin en bestudeerde haar alsof ze een vlieg was die in zijn web was beland. Haar hart bonkte in haar borst, maar ze bracht het niet op zich te verzetten. Waar kon ze trouwens naartoe? Het was het makkelijkst om het op te geven. Ze zou naar Vincent gaan en de dood had niets engs. Op dit moment voelde ze alleen verdriet. Verdriet over wat er in Mårten kapot was gegaan, over de hoop op een toekomst die zo snel was vervlogen.

Toen Mårten zich vooroverboog en zijn handen om haar nek legde, keek ze hem rustig aan. Zijn handen waren warm en ze herkende de aanraking; ze hadden haar huid zo vaak gestreeld. Hij drukte steeds harder en ze voelde haar hart sneller gaan. Ze zag lichtflitsen achter haar oogleden en haar lichaam bood verzet, vocht om zuurstof te krijgen, maar dankzij haar wilskracht slaagde ze erin zich te ontspannen. Terwijl de duisternis over haar heen viel, verzoende ze zich met haar lot. Vincent wachtte op haar.

Gösta was in de vergaderruimte blijven zitten. De opwinding die hij had gevoeld toen ze beseften dat er een paspoort ontbrak, was weer gezakt. Misschien was hij gewoon een oude scepticus, maar hij besefte dat er allerlei verklaringen voor een verloren paspoort konden zijn. Wellicht was dat van Annelie kapotgegaan of kwijtgeraakt, of het was ergens anders bewaard dan de andere en verdwenen toen het huis werd leeggehaald. Tegelijk was het niet onwaarschijnlijk dat het iets betekende, maar dat moest Patrik maar uitzoeken. Zelf voelde Gösta een innerlijke dwang om alles nog eens minutieus door te nemen. Hij was het aan Ebba verplicht nauwkeurig te zijn. Er kon iets zijn wat ze wel hadden gezien maar waarvan ze niet hadden beseft dat het belangrijk was, iets wat ze nog niet grondig genoeg hadden onderzocht.

Maj-Britt zou het hem nooit hebben vergeven als hij niet alles deed wat binnen zijn vermogen lag om het deerntje te helpen. Ebba was teruggegaan naar Valö. Daar wachtte haar iets donkers en dreigends en hij moest doen wat hij kon om te voorkomen dat haar iets overkwam.

Sinds die keer dat ze zich aan hem had vastgeklemd toen ze bij hen weg moest, had ze al een speciaal plekje in zijn hart. Dat was een van de ergste dagen van zijn leven geweest. De ochtend dat de maatschappelijk werkster haar kwam halen om haar naar haar nieuwe familie te brengen, stond voor altijd in zijn geheugen gegrift. Maj-Britt had haar in bad gedaan en haar mooi gemaakt. Zorgvuldig haar haar gekamd en er een grote strik in gedaan. Ze had haar de prachtige witte jurk met een ceintuur aangetrokken, waar ze avondenlang aan had zitten naaien. Hij had Ebba die ochtend nauwelijks aan kunnen kijken, zo hartverscheurend schattig was ze geweest.

Uit angst dat zijn hart zou breken, had hij niet eens afscheid willen nemen, maar Maj-Britt had gezegd dat ze dat juist wel moesten doen. Dus was hij neergehurkt en had zijn armen uitgespreid. Ebba was aan komen rennen, met een fladderende strik en een jurk die als een wit zeil achter haar opbolde. Ze had haar armen om zijn nek geslagen en hem stevig vastgehouden, alsof ze voelde dat het de laatste keer was dat ze hem zag.

Gösta slikte terwijl hij zorgvuldig Ebba's babykleertjes uit een doos haalde die Patrik net had volgepakt.

'Gösta.' Patrik stond in de deuropening.

Hij schrok op en draaide zich om. Hij had nog steeds een wit babytruitje in zijn hand.

'Hoe komt het dat je het adres van Ebba's ouders in Göteborg wist?' vroeg Patrik.

Gösta zweeg. Er schoten allerlei gedachten door zijn hoofd en hij probeerde een verklaring te verzinnen, dat hij het adres ergens had gezien en het had onthouden. Dat zou hij Patrik vast wel kunnen wijsmaken, maar in plaats daarvan zuchtte hij en zei: 'Ik ben degene die die kaarten heeft gestuurd.'

'G,' zei Patrik. 'Ik ben kennelijk erg traag van begrip, want ik heb er niet eens aan gedacht dat jij dat zou kunnen zijn.'

'Ik had het moeten zeggen en dat heb ik ook een paar keer geprobeerd.' Hij boog beschaamd zijn hoofd. 'Maar ik heb alleen de verjaardagskaarten gestuurd. De laatste kaart die Mårten ons liet zien, kwam niet van mij.'

'Nee, dat snap ik. Eerlijk gezegd moet ik aldoor aan die kaart denken. Die was zo anders dan de andere.'

'Het was ook geen geweldige imitatie van mijn handschrift.' Gösta legde het kindertruitje weg en sloeg zijn armen over elkaar.

'Nee, jouw hanenpoten zijn inderdaad lastig na te doen.'

Gösta glimlachte, opgelucht dat Patrik ervoor had gekozen zo begripvol te zijn. Hij wist niet zeker of hij zelf even grootmoedig zou zijn geweest.

'Ik weet dat dit een bijzondere zaak voor je is,' zei Patrik, alsof hij Gösta's gedachten had gelezen.

'Er mag haar niets overkomen.' Gösta draaide zich om en pakte opnieuw wat uit de doos.

Patrik bleef staan en Gösta wendde zich weer tot hem. 'Als Annelie nog leeft, zou dat alles veranderen. Of als ze in elk geval destijds nog leefde. Heb je Leon gebeld om te zeggen dat we hem nog een keer willen spreken?'

'Ik verras hem liever. Als hij uit zijn evenwicht raakt, is de kans groter dat we hem aan het praten krijgen.' Patrik viel stil en leek te twijfelen of hij verder zou gaan of niet. Toen zei hij: 'Ik denk dat ik wel weet wie die laatste kaart heeft gestuurd.'

'Wie dan?'

Patrik schudde zijn hoofd. 'Ik moest opeens ergens aan denken en heb Torbjörn gevraagd iets na te gaan. Ik weet meer als ik zijn antwoord heb. Voor die tijd zeg ik liever niets, maar ik beloof dat ik het jou als eerste zal vertellen.'

324

'Dat hoop ik echt.' Gösta draaide hem weer zijn rug toe. Hij moest nog heel veel doornemen. Iets wat hij al had gezien, bleef om zijn aandacht vragen en hij zou het pas opgeven als hij wist wat dat was.

Rebecka zou het waarschijnlijk niet begrijpen, maar Josef had toch een brief voor haar achtergelaten, zodat ze in elk geval zou weten dat hij dankbaar was voor hun leven samen en dat hij van haar hield. Omwille van zijn droom had hij zich zowel haar als de kinderen ontzegd, dat besefte hij nu. Door zijn schaamte en zijn pijn had hij niet kunnen zien hoeveel ze voor hem betekenden. Toch hadden ze altijd trouw aan zijn zijde gestaan.

Hij had de kinderen ook ieder een briefje gestuurd. Daar stond evenmin een verklaring in; het waren alleen een paar afscheidswoorden en instructies voor wat hij van hen verwachtte. Het was belangrijk dat ze niet vergaten dat ze een verantwoordelijkheid hadden en een taak moesten volbrengen, ook al kon hij er niet bij zijn om hen eraan te helpen herinneren.

Langzaam at hij zijn lunch: een eitje dat precies acht minuten was gekookt. In het begin van hun huwelijk was Rebecka daar slordig in geweest. Soms waren het zeven minuten geweest, soms negen. De laatste keer dat er een ei was mislukt, was ondertussen alweer jaren geleden. Ze was een goede, plichtsgetrouwe echtgenote geweest en zijn ouders hadden haar graag gemogen.

Ze was alleen soms te toegeeflijk naar de kinderen en dat baarde hem zorgen. Hoewel ze volwassen waren, moesten ze nog altijd met vaste hand worden geleid en hij was er niet van overtuigd dat Rebecka dat kon. Hij twijfelde er ook aan of zij de Joodse erfenis voor hen levend zou weten te houden. Maar wat had hij voor keuze? Zijn schaamte zou aan hen blijven kleven en hun de mogelijkheid ontnemen om met opgeheven hoofd door het leven te gaan. Hij moest zichzelf opofferen voor hun toekomst.

Op een moment van zwakte was de gedachte aan wraak bij hem opgekomen, maar die had hij vrijwel onmiddellijk van de hand gewezen. Hij wist uit ervaring dat wraak niets goeds met zich meebracht, alleen maar nog meer duisternis.

Nadat hij de laatste hap van het ei had opgegeten, veegde hij zorgvuldig zijn mond af en stond op. Toen hij voor de laatste keer zijn huis uit stapte, keek hij niet om.

Ze werd wakker van het geluid van een zware deur die werd opengeduwd. Verward kneep Anna haar ogen samen en keek naar de streep licht die ontstond. Waar was ze in vredesnaam? De hoofdpijn bonkte in haar slapen en moeizaam ging ze rechtop zitten. Het was koud en ze had alleen een dun laken om. Bibberend sloeg ze haar armen om zich heen terwijl ze de paniek voelde opkomen.

Mårten. Hij was het laatste wat ze zich herinnerde. Ze hadden in zijn en Ebba's bed gelegen. Ze hadden wijn gedronken en ze had een sterk verlangen gevoeld. De herinnering was nu duidelijk en ze probeerde die weg te duwen, maar de beelden van haar naakte lichaam tegen het zijne bleven door haar hoofd fladderen. In het bed hadden ze zich tegen elkaar aan bewogen en het maanlicht had op hen geschenen. Daarna was alles zwart. Meer herinnerde ze zich niet.

'Hallo?' riep ze naar de deur, maar er kwam geen reactie. Alles was onwerkelijk, alsof ze in een andere wereld was beland, zoals *Alice in Wonderland*, die in een konijnenhol viel. 'Hallo?' Ze riep nog een keer en probeerde te gaan staan, maar haar benen klapten dubbel en ze viel op de grond.

Er werd iets groots door de deur naar binnen gegooid, die daarna met een klap werd dichtgedaan. Anna bleef doodstil zitten. Het was weer pikdonker geworden. Er kwam nergens licht naar binnen, maar ze besefte dat ze moest zien te achterhalen wat daar lag, dus kroop ze langzaam op de tast naar voren. De vloer was zo koud dat haar vingers gevoelloos werden en ze haalde haar knieën open aan het ruwe oppervlak. Uiteindelijk voelde ze iets wat stof leek. Ze zocht verder met haar handen en deinsde terug toen ze huid onder haar vingertoppen voelde. Het was een mens. De ogen waren gesloten en in eerste instantie hoorde ze geen ademhaling, maar het lichaam was warm. Tastend liet ze haar vingers naar de hals gaan, waar ze een zwakke polsslag voelde. Zonder erover na te denken greep ze de neus van de vrouw beet en trok in één beweging het hoofd omhoog en naar achteren. Ze boog zich voorover en plaatste haar mond op de hare. Want het was een vrouw. Dat kon ze ruiken en aan het haar voelen, en toen ze stootsgewijs in de mond van de vrouw ademde, meende ze dat ze haar geur vaaglijk herkende.

Anna wist niet hoe lang ze doorging met haar reanimatiepoging. Af en toe plaatste haar ene hand op de andere en drukte op de borst van de vrouw. Ze wist niet zeker of ze het goed deed. Ze had het alleen in ziekenhuisseries op tv gezien en hoopte dat die de werkelijkheid hadden weergegeven en niet een verzonnen vorm van reanimatie.

Na wat een eeuwigheid leek begon de vrouw te hoesten. Het klonk alsof ze moest overgeven en Anna draaide haar op haar zij en streek haar over haar rug. Het hoesten nam af en de vrouw haalde met lange, piepende teugen adem.

'Waar ben ik?' vroeg ze krakerig.

Anna streelde haar kalmerend over haar haar. De stem klonk zo geforceerd dat niet goed te horen was wie het was, maar ze kon het wel raden.

'Ebba, ben jij het? Het is hier zo donker dat je geen hand voor ogen ziet.'

'Anna? Ik dacht dat ik blind was geworden.'

'Nee, je bent niet blind. Het is donker en ik weet niet waar we zijn.'

Ebba wilde iets zeggen, maar werd onderbroken door een hoestaanval die haar hele lichaam deed schudden. Anna bleef over haar haar strijken tot Ebba bewoog alsof ze wilde gaan zitten. Terwijl Anna haar arm vasthield, hielp ze haar omhoog en na een tijdje stopte het hoesten.

'Ik weet ook niet waar we zijn,' zei ze.

'Hoe zijn we hier beland?'

In eerste instantie zei Ebba niets, toen antwoordde ze stilletjes: 'Mårten.'

'Mårten?' Anna zag opnieuw het beeld van hun naakte lichamen voor zich. Ze voelde zich zo schuldig dat ze misselijk werd en ze moest haar best doen om niet over te geven.

'Hij…' Ebba hoestte weer. 'Hij heeft geprobeerd me te wurgen.'

'Hij heeft geprobeerd je te wurgen?' herhaalde Anna ongelovig, maar die woorden zetten haar wel aan het denken. Ze had vaag het vermoeden gehad dat er iets mis was met hem, net zoals een dier kan ruiken dat een van de andere dieren in de kudde ziek is. Maar dat had zijn aantrekkingskracht alleen maar groter gemaakt. Ze was gewend aan gevaar en herkende het maar al te goed. Gisteren had ze Lucas in Mårten herkend.

De misselijkheid kwam weer opzetten en de kou van de vloer verspreidde zich door haar lichaam. Ze begon steeds heviger te beven.

'Mijn god, wat is het hier koud. Waar zou hij ons hebben opgesloten?' zei Ebba.

'Hij zal ons toch wel weer laten gaan?' vroeg Anna, maar ze hoorde zelf de twijfel in haar stem.

'Ik herkende hem niet. Hij was net een ander mens. Ik zag het in zijn ogen. Hij…' Ebba hield even op en barstte toen in huilen uit. 'Hij zei dat ik Vincent had vermoord. Onze zoon.'

Zonder iets te zeggen sloeg Anna haar armen om Ebba heen en legde Ebba's hoofd tegen haar schouder.

'Wat is er gebeurd?' vroeg ze na een poosje.

Ebba huilde zo hard dat ze niet meteen kon antwoorden. Daarna werd haar ademhaling rustiger en ze haalde snuivend haar neus op.

'Het was begin december. We hadden het ontzettend druk. Mårten was met drie bouwprojecten tegelijk bezig en ik maakte ook lange dagen. Vincent voelde dat waarschijnlijk aan, want hij was erg dwars en zocht aldoor de grenzen op. We waren doodop.' Ze snoof nog een keer en Anna hoorde dat ze haar neus aan haar trui afveegde. 'De ochtend dat het gebeurde, zouden we alle twee naar ons werk gaan. Het was de bedoeling dat Mårten Vincent naar de crèche zou brengen, maar toen werd er vanaf een van de bouwlocaties gebeld dat hij onmiddellijk moest komen. Zoals altijd was er de een of andere crisis. Mårten vroeg of ik Vincent wilde wegbrengen, zodat hij meteen kon gaan, maar ik had die ochtend een belangrijke afspraak en werd kwaad omdat hij zijn werk belangrijker vond dan het mijne. We kregen ruzie en uiteindelijk ging Mårten weg en liet mij alleen met Vincent achter. Ik besefte dat ik voor de zoveelste keer te laat zou komen voor een afspraak en toen Vincent een uitbarsting kreeg, kon ik er niet meer tegen. Ik sloot me op in de wc en ging daar zitten grienen. Vincent bonsde huilend op de deur, maar even later werd het stil en ik ging ervan uit dat hij het had opgegeven en naar zijn kamer was gegaan. Dus ik bleef een paar minuten op de wc en ondertussen waste ik mijn gezicht en kalmeerde weer.'

Ebba praatte zo snel dat ze bijna over haar woorden struikelde. Anna wilde haar handen voor haar oren houden om de rest niet te hoeven horen, maar ze was het aan Ebba verplicht te luisteren.

'Ik kwam net de wc uit toen ik een klap op de oprit hoorde. Even later hoorde ik Mårten schreeuwen. Ik heb nog nooit zo'n kreet gehoord. Die klonk niet menselijk. Eerder als van een aangeschoten dier.' Ebba's stem brak, maar ze ging verder: 'Ik begreep meteen wat er was gebeurd. Ik wist dat Vincent dood was, ik voelde het in mijn hele lichaam. Toch stoof ik naar buiten en daar lag hij, achter onze auto. Hij droeg geen buitenkleren en hoewel ik zag dat hij dood was, kon ik alleen maar denken dat hij zonder zijn overall in de sneeuw lag. Dat hij verkouden zou worden. Daar dacht ik aan toen ik hem daar zo zag liggen, dat hij verkouden zou worden.'

'Het was een ongeluk,' zei Anna stilletjes. 'Het was niet jouw schuld.'

'Jawel, Mårten heeft gelijk. Ik heb Vincent gedood. Als ik niet naar de wc was gegaan, als ik er lak aan had gehad dat ik te laat zou zijn voor die afspraak, als ik maar niet…' Haar gehuil ging over in gejank en Anna trok Ebba nog dichter naar zich toe, liet haar huilen terwijl ze zachtjes over haar haar streek en troostende woordjes mompelde. Ze voelde Ebba's verdriet in haar hele lichaam en even verdrong dat de angst voor wat er met hen zou gebeuren. Een kort moment waren ze alleen twee moeders die allebei hun kind hadden verloren.

Toen het gehuil was verstomd, deed Anna een nieuwe poging om te gaan staan. Nu waren haar benen stabieler. Langzaam kwam ze overeind, niet wetend of ze haar hoofd zou stoten. Maar ze kon rechtop staan en voorzichtig deed ze een pas naar voren. Ze voelde iets in haar gezicht en slaakte een kreet.

'Wat is er?' Ebba klemde zich vast aan Anna's been.

'Ik voelde iets in mijn gezicht, maar het was waarschijnlijk gewoon een spinnenweb.' Trillend stak ze een hand voor zich uit. Er hing iets, en ze moest een paar keer proberen voordat ze het te pakken kreeg. Een touwtje. Ze probeerde eraan te trekken. Het plotselinge licht verblindde haar en ze moest haar ogen sluiten.

Toen deed ze ze voorzichtig weer open en keek verbaasd rond. Vanaf de vloer hoorde ze Ebba naar adem happen.

Hij had vele jaren van de macht genoten, ook de keren dat hij had verkozen er niets mee te doen. Iets van John eisen zou te gevaarlijk zijn geweest. John was niet meer dezelfde persoon die Sebastian op Valö had gekend. Tegenwoordig leek hij zo vervuld van haat, al verborg hij dat goed, dat het onbezonnen zou zijn geweest om gebruik te maken van de mogelijkheid die het lot hem had gegeven.

Hij had ook niets geëist van Leon, domweg omdat Leon naast Loevert de enige was voor wie hij ooit respect had gevoeld. Na het gebeurde was hij snel verdwenen, maar Sebastian had hem in de kranten en via de geruchten die Fjällbacka hadden bereikt gevolgd. Nu had Leon zich gemengd in het spel dat Sebastian tot op heden had geleid, maar Sebastian had er alles uit gehaald wat erin zat. Josefs dwaze project was niet meer dan een herinnering. Alleen de grond en het graniet hadden enige waarde, en die had hij al omgezet in geld, volgens het contract dat Josef had getekend zonder er ook maar een blik op te werpen.

En Percy. Sebastian grinnikte bij zichzelf terwijl hij de gele Porsche door de smalle straten van Fjällbacka stuurde en regelmatig iemand groette. Percy had zo lang met de mythe over zichzelf geleefd dat hij niet snapte dat hij alles kon verliezen. Natuurlijk had hij zich zorgen gemaakt voordat Sebastian als een reddende engel was verschenen, maar hij had vast nooit serieus gedacht dat hij alles wat zijn geboorterecht hem had gegeven kwijt kon raken. Nu was het kasteel eigendom van zijn jongere broer en zus, en dat was zijn eigen fout. Hij had zijn erfenis niet goed beheerd. Sebastian had er alleen maar voor gezorgd dat de catastrofe iets eerder had plaatsgevonden dan anders het geval zou zijn geweest.

Ook aan die deal had hij goed verdiend, maar dat was meer een bonus. Wat hem de meeste voldoening schonk, was de macht. Het grappige was dat zowel Josef als Percy dat pas te laat had ingezien. Zij leken ondanks alles hun hoop op zijn goede wil te hebben gevestigd, in de veronderstelling dat hij hen daadwerkelijk wilde helpen. Wat een idioten. Maar goed, Leon zou nu een eind aan het spel maken. Waarschijnlijk wilde hij daarom dat ze bij elkaar kwamen. De vraag was hoe ver hij wilde gaan. Eigenlijk maakte Sebastian zich geen zorgen. Hij had al zo'n reputatie dat de mensen niet echt verbaasd zouden zijn. Maar hij was wel nieuwsgierig hoe de anderen zouden reageren. Vooral John, die het meest te verliezen had.

Sebastian parkeerde en bleef even zitten. Toen stapte hij uit, controleerde of de sleutel in zijn broekzak zat, liep naar de deur en belde aan. Showtime!

Erica nipte al lezend van haar koffie. Die smaakte naar niets en had veel te lang gestaan, maar ze had niet de puf gehad een nieuwe kan te zetten.

'Ben jij hier nog steeds?' Gösta kwam de keuken binnen en schonk een kopje koffie in.

Ze sloeg de map dicht waar ze in had zitten bladeren.

'Ja, ik mocht zowaar blijven om het oude onderzoek door te lezen. En ik zit te prakkiseren wat het betekent dat het paspoort van Anne-lie ontbreekt.'

'Hoe oud was ze? Zestien?' vroeg Gösta en hij ging aan tafel zitten.

Erica knikte. 'Ja, ze was zestien en blijkbaar smoorverliefd op Leon. Misschien hadden ze ruzie gekregen, waardoor ze wegging. Het zou niet voor het eerst zijn dat een tienerliefde op een tragedie uitloopt. Toch kan ik het maar moeilijk geloven dat een meisje van zestien in haar eentje haar hele familie vermoordt.'

'Nee, dat klinkt niet aannemelijk. In dat geval moet ze hulp hebben gehad. Misschien van Leon, als ze verkering hadden? Haar vader zei nee, ze werden laaiend…'

'Zo kan het zijn gegaan, maar hier staat dat Leon met de anderen was gaan vissen. Waarom zouden zij hem dan een alibi hebben verstrekt? Wat leverde het hun op?'

'Ze kunnen toch niet allemaal wat met Annelie hebben gehad,' zei Gösta nadenkend.

'Nee, zo geavanceerd waren hun spelletjes vast niet.'

'Maar zelfs als je ervan uitgaat dat het om Annelie draait, en eventueel om Leon, dan is er toch geen logisch motief voor de moord op het hele gezin? Het zou genoeg zijn geweest om Rune om te brengen.'

'Ik heb precies hetzelfde gedacht.' Erica zuchtte. 'Dus nu zit ik de oude verhoren te lezen. Er moet iets in de verhalen van de jongens zijn wat niet klopt, maar ze zeiden allemaal hetzelfde. Ze waren op makreel aan het vissen en toen ze terugkwamen was het gezin weg.'

Gösta verstijfde met het koffiekopje halverwege zijn mond.

'Zei je makreel?'

'Ja, dat staat in de verhoren.'

'Hoe kan ik zoiets vanzelfsprekends nou over het hoofd zien?'

'Wat bedoel je?'

Gösta zette zijn kopje neer en haalde een hand over zijn gezicht. 'Kennelijk kun je een proces-verbaal honderd keer lezen zonder te zien wat er echt staat.'

Hij hield even op, maar glimlachte vervolgens triomfantelijk naar Erica.

'Zal ik je eens wat zeggen? Volgens mij hebben we zojuist het alibi van de jongens doorgeprikt.'

Fjällbacka 1970

Inez wilde het mama naar de zin maken. Ze wist dat mama het beste met haar voor had en Inez' toekomst wilde veiligstellen. Toch kon ze niet ontkennen dat ze zich onbehaaglijk voelde toen ze op de zondagse bank in de salon zaten. Hij was al zo oud.

'Jullie zullen elkaar na verloop van tijd leren kennen.' Laura keek haar dochter vastberaden aan. 'Rune is een goede en betrouwbare man en hij zal goed voor je zorgen. Je weet dat mijn gezondheid te wensen overlaat en als ik er niet meer ben, heb je niemand meer. Ik wil niet dat je net zo eenzaam wordt als ik ben geweest.'

Mama legde haar droge hand op de hare. De aanraking voelde onwennig. Inez kon zich maar een paar keer herinneren dat mama haar op die manier had aangeraakt.

'Ik begrijp dat het onverwacht komt,' zei de man tegenover haar en hij nam haar op alsof ze een bekroond paard was.

Dat was misschien een gemene gedachte, maar Inez voelde het wel zo. En ja, het was allemaal heel onverwacht gebeurd. Mama had drie dagen in het ziekenhuis gelegen vanwege haar hart en toen ze thuiskwam, had ze haar voorstel naar voren gebracht: dat Inez zou trouwen met Rune Elvander, die een jaar eerder weduwnaar was geworden. Nu Nanna niet langer leefde, had Inez immers alleen mama nog maar.

'Mijn lieve vrouw zei dat ik iemand moest vinden die me kan helpen de kinderen op te voeden. En jouw moeder zegt dat je een flinke meid bent,' ging de man verder.

Inez had vaaglijk het gevoel dat het niet zo hoorde te gaan. De jaren zeventig waren net begonnen en vrouwen hadden geheel nieuwe moge-

lijkheden om hun eigen leven te leiden. Maar ze had nooit deel uitgemaakt van de echte wereld, alleen van de volmaakte wereld die mama had geschapen. Daar was mama's wil wet en als zij zei dat het voor Inez het beste was om met een vijftigjarige weduwnaar met drie kinderen te trouwen, dan was zij niet in staat daar vraagtekens bij te plaatsen.

'Ik ben van plan de oude vakantiekolonie op Valö te kopen en er een jongensinternaat te beginnen. Ik heb iemand naast me nodig die ook daarbij kan helpen. Ik heb gehoord dat je goed kunt koken.'

Inez knikte. Ze had vele uren met Nanna in de keuken gestaan en zij had haar alles geleerd wat ze wist.

'Dat is dan afgesproken,' zei Laura. 'We moeten natuurlijk een gepaste verlovingstijd in acht nemen, dus wat dachten jullie van een rustige bruiloft rond midzomer?'

'Dat klinkt uitstekend,' zei Rune.

Inez zweeg. Ze bestudeerde haar aanstaande man en zag de rimpels die zich om zijn ogen hadden gevormd en de smalle, gedecideerde mond. Hij werd al een beetje grijs en zijn haargrens begon al aardig te wijken. Dit was dus de man met wie ze zou trouwen. Met de kinderen had ze nog niet kennisgemaakt; ze wist alleen dat ze vijftien, twaalf en vijf waren. Ze had in haar leven niet veel kinderen ontmoet, maar het kwam vast goed. Dat zei mama in elk geval.

✳

Percy bleef even in de auto zitten en keek uit over het zeegat bij Fjäll-backa, maar hij zag de golven of de boten nauwelijks. Het enige wat hij zag, was zijn eigen lot, hoe verleden en heden met elkaar versmolten. Zijn broer en zijn zus waren afgemeten en beleefd geweest toen ze belden. Het behoorde tot de bon ton dat je je keurig gedroeg, ook tegenover degene die jij had verslagen. Percy wist maar al te goed wat er onder hun meelevende zinnen schuilging. Het leedvermaak was hetzelfde, of je nu arm was of rijk.

Ze hadden het kasteel gekocht, vertelden ze, maar dat was voor hem geen nieuws. Hij had al van advocaat Buhrman gehoord dat Sebastian achter zijn rug om was gegaan. Met dezelfde woorden en zinnen als Sebastian legden ze uit dat het kasteel een exclusief confe-rentieoord zou worden. Het was spijtig dat het zo was gegaan, maar ze wilden dat hij uiterlijk aan het eind van de maand verhuisde. Dat moest natuurlijk wel onder toezicht van hun advocaat gebeuren, zo-dat Percy niet per ongeluk iets meenam dat onderdeel was van de koop.

Het verbaasde hem dat Sebastian vandaag was gekomen. Percy had hem langs zien komen en de heuvel naar Leons huis op zien rij-den. Gebruind, de bovenste knoopjes van zijn overhemd los, een du-re zonnebril en achterovergekamd haar. Hij zag er net zo uit als an-ders. En voor hem was alles ongetwijfeld ook net als anders. Het was gewoon business, zoals hij waarschijnlijk zou zeggen.

Percy wierp een laatste blik op zichzelf in het spiegeltje in de zon-neklep. Hij zag er belabberd uit. Hij had rood doorlopen ogen na te weinig slaap en te veel whisky. Zijn huid was grauw en sponsachtig. Maar zijn das was perfect gestrikt. Dat was een erezaak. Hij deed de zonneklep omhoog en stapte uit. Er was geen reden om het onvermijdelijke uit te stellen.

Ia leunde met haar hoofd tegen de koele zijruit. De taxirit naar Landvetter zou een kleine twee uur duren, misschien iets langer als het verkeer tegenzat, en ze zou proberen even te slapen.

Ze had hem een zoen gegeven voordat ze vertrok. Het zou zwaar voor hem zijn om zich alleen te redden, maar ze was niet van plan erbij te zijn wanneer de boel ontplofte. Leon had haar verzekerd dat alles goed zou komen. Hij moest dit doen, zei hij. Anders zou hij nooit rust vinden.

Ze dacht opnieuw aan die autorit over de steile wegen in Monaco. Hij had op het punt gestaan haar te verlaten. De woorden waren uit zijn mond gerold. Hij had zitten zwetsen dat de dingen veranderd waren en dat hij niet langer dezelfde behoeften had, dat ze veel mooie jaren samen gehad hadden, maar dat hij iemand had ontmoet op wie hij verliefd geworden was en dat zij ook iemand zou vinden met wie ze gelukkig zou worden. Ze had haar ogen van de slingerende weg gehaald om hem recht aan te kunnen kijken en terwijl hij platitudes bleef bazelen, had zij aan alles gedacht wat ze uit liefde voor hem had opgegeven.

Toen de auto begon te slingeren, zag ze dat hij zijn ogen opensperde. De stroom zinloze woorden stopte.

'Je moet naar de weg kijken als je rijdt,' had hij gezegd. Zijn knappe gezicht weerspiegelde bezorgdheid en ze kon het amper geloven. Voor het eerst in alle jaren dat ze samen waren, was Leon bang. Het gevoel van macht bedwelmde haar en ze trapte het gaspedaal in, voelde hoe haar lichaam door het accelereren tegen de stoel werd gedrukt.

'Zachter, Ia,' smeekte Leon. 'Je gaat te snel!'

Ze had geen antwoord gegeven, alleen de druk op het gaspedaal opgevoerd. De kleine sportauto bleef nauwelijks op de weg liggen. Ze had het gevoel dat ze zweefden en precies op dat moment was ze volledig vrij.

Leon had geprobeerd het stuur te grijpen, maar daardoor begon de auto alleen nog maar meer te trekken en hij liet weer los. Keer op keer verzocht hij haar om gas in te houden en de angst in zijn stem maakte haar gelukkiger dan ze in lange tijd was geweest. Nu vloog de auto bijna.

Verderop zag ze de boom en het was alsof een externe kracht bezit van haar nam. Rustig draaide ze het stuur iets naar rechts en reed eropaf. In de verte hoorde ze Leons stem, maar het gebruis in haar oren overstemde alles. Daarna was alles stil om haar heen. Vredig. Ze zouden niet worden gescheiden. Ze zouden altijd samen blijven.

Toen ze ontdekte dat ze leefde, reageerde ze verbaasd. Leon zat met gesloten ogen naast haar. Zijn gezicht zat onder het bloed. Het vuur verspreidde zich snel. De vlammen begonnen aan hun stoelen te likken en reikten naar hen. De lucht prikte in haar neus. Ze moest snel beslissen wat ze zou doen: of ze gaf het op en liet hen door het vuur verslinden, of ze zou hen redden. Ze keek naar Leons knappe gezicht. Het vuur had zijn ene wang bereikt en ze zag gefascineerd hoe het grip kreeg op zijn huid. Toen nam ze een besluit. Hij was nu van haar. En zo was het geweest sinds de dag dat ze hem uit de brandende auto had getrokken.

Ia sloot haar ogen en voelde de kilte van de ruit tegen haar voorhoofd. Ze wilde geen deel uitmaken van wat Leon op het punt stond te doen, maar ze verlangde naar het moment dat ze zouden worden herenigd.

Anna keek rond in de kale kamer die werd verlicht door een kaal peertje. Het rook er naar aarde en naar iets wat lastiger te definiëren was. Ebba en zij hadden alle twee tevergeefs aan de deur gerukt. Die zat op slot en er was geen beweging in te krijgen.

Langs de ene muur stonden vier grote kisten met ijzerbeslag en daarboven hing de vlag. Die hadden ze als eerste gezien toen ze het licht aan hadden gedaan. De vlag was donker van vocht en schimmel, maar de swastika was nog altijd duidelijk op de rood met witte achtergrond te zien.

'Misschien zit daar iets in wat je aan kunt trekken,' zei Ebba, terwijl ze haar aankeek. 'Je beeft helemaal.'

'Ja, het maakt niet uit wat. Ik vries zowat dood.' Anna schaamde zich voor haar naaktheid. Het laken liet niet veel te raden over. Ze was iemand die het zelfs vervelend vond om bloot in een kleedkamer te zijn en tegenwoordig, na het ongeluk, had ze daar door alle littekens op haar lichaam nog meer last van. En hoewel gêne op dit moment de minste van haar zorgen was, was het gevoel zo sterk dat het door haar angst en de kou heen drong.

'Die drie zitten op slot, maar deze is open.' Ebba wees naar de kist bij de deur. Ze tilde het deksel op en bovenin lag een dikke, grijze wollen deken. 'Hier!' zei ze en ze gooide hem naar Anna, die de deken over het laken om zich heen sloeg. Hij rook weerzinwekkend, maar ze was blij met de warmte en de bescherming die hij bood.

'Er zijn ook conserven,' zei Ebba en ze pakte een paar stoffige blikken uit de kist. 'In het ergste geval houden we het hier nog wel even uit.'

Anna keek haar onderzoekend aan. Ebba's haast blijde toon paste niet bepaald bij de situatie en bij hoe ze er eerder aan toe was geweest, en Anna besefte dat het waarschijnlijk een soort verdedigingsmechanisme was.

'We hebben geen water,' zei ze. De zin bleef in de lucht hangen. Zonder water zouden ze zich niet lang kunnen redden, maar Ebba bleef in de kist graven en leek niet te luisteren.

'Kijk eens!' zei ze en ze hield een kledingstuk omhoog.

'Een naziuniform? Waar komen deze dingen vandaan?'

'Als ik me niet vergis woonde hier tijdens de oorlog de een of andere gestoorde kerel. Dit moet van hem zijn geweest.'

'Wat ziek,' zei Anna. Ze beefde nog steeds. De warmte van de deken drong langzaam in haar lichaam door, maar ze was tot op het bot verkleumd en het zou wel even duren voor ze het weer warm had.

'Hoe komt het dat je hier bent?' vroeg Ebba plotseling en ze draaide zich naar Anna om. Het was alsof ze nu pas besefte hoe vreemd het was dat ze zich hier samen bevonden.

'Mårten moet mij ook hebben aangevallen.' Anna trok de deken dichter om zich heen.

Ebba fronste haar wenkbrauwen.

'Waarom? Was dat zonder reden of was er iets gebeurd wat…?' Ze sloeg haar hand voor haar mond en haar blik werd hard. 'Ik heb het dienblad in de slaapkamer gezien. Waarom ben je hier gisteren eigenlijk heen gegaan? Ben je blijven eten? Wat is er gebeurd?'

De woorden ketsten als kogels tegen de harde muren en bij elke vraag deinsde Anna terug alsof ze een oorvijg had gekregen. Ze hoefde niets te zeggen. Ze wist dat het antwoord op haar gezicht geschreven stond.

Ebba's ogen vulden zich met tranen. 'Hoe kón je? Je weet wat we hebben meegemaakt, hoe het voor ons is.'

Anna slikte en slikte, maar haar mond was kurkdroog en ze wist niet hoe ze moest uitleggen wat ze had gedaan en hoe ze om vergeving moest vragen. Met betraande ogen bleef Ebba haar een hele tijd aankijken. Daarna ademde ze diep in en liet de lucht langzaam naar buiten komen. Rustig en beheerst zei ze: 'We hebben het er nu niet over. We moeten samenwerken om hieruit te komen. Misschien kunnen we in de kisten iets vinden om de deur mee open te breken.' Ze draaide zich om en haar hele lichaam was stijf van ingehouden woede.

Anna nam het aanbod van een tijdelijke vrede dankbaar aan. Als ze hier niet uit kwamen, was er hoe dan ook geen reden om iets op te helderen. Voorlopig zou niemand hen missen. Dan en de kinderen waren weg en Ebba's ouders zouden zich pas over een paar dagen zorgen gaan maken. De enige die overbleef was Erica. Meestal wond ze zich op als ze Anna niet te pakken kreeg en meestal ergerde Anna zich daaraan, maar nu wilde ze heel graag dat Erica zich zorgen zou maken en vragen ging stellen en zo halsstarrig volhield als ze soms deed wanneer ze niet het juiste antwoord kreeg. Lieve, lieve Erica, wees even lastig, nieuwsgierig en angstig als anders, bad Anna in stilte in het licht van het kale peertje.

Ebba was tegen het hangslot van de volgende kist gaan schoppen. Het leek geen millimeter te willen wijken, maar ze bleef trappen en ten slotte kwam er beweging in het beslag.

'Kom eens helpen,' zei ze, en met vereende krachten trokken ze het slot eraf. Ze bogen zich voorover en pakten ieder een uiteinde van het deksel om het omhoog te dwingen. Te oordelen naar het stof en het vuil had de kist jaren dicht gezeten en ze moesten al hun kracht gebruiken. Uiteindelijk schoot het deksel met een ruk open.

Ze keken in de kist en staarden elkaar toen aan. Anna zag haar eigen ontzetting weerspiegeld in Ebba's gezicht. Een gil weerkaatste tussen de muren van de kale kamer. Ze wist niet of die van haarzelf afkomstig was of van Ebba.

'Hallo, ben jij Kjell?' Sven Niklasson kwam hem met uitgestoken hand tegemoet en stelde zich voor.

'Heb je geen fotograaf bij je?' Kjell keek rond in de kleine ruimte bij de bagageband.

'Er komt iemand uit Göteborg. Hij is met zijn eigen auto en we zien hem daar.'

Sven trok een kleine trolley achter zich aan naar de parkeerplaats. Kjell vermoedde dat hij het gewend was om vlug te pakken en licht te reizen.

'Zullen we toch niet de politie in Tanum waarschuwen?' vroeg Sven toen hij op de passagiersstoel in Kjells grote combi plaatsnam.

Kjell dacht na terwijl hij de parkeerplaats af reed en na het rechte stuk rechts afsloeg.

'Ja, laten we dat maar doen. Je moet alleen wel met Patrik Hedström praten. Niemand anders.' Hij keek Sven met een schuin oog aan. 'Meestal kan het jullie toch niet schelen welk politiedistrict op de hoogte is?'

Sven glimlachte en keek door de zijruit naar het landschap om hen heen. Hij bofte. De Trollhättebrug was in de zomerzon op zijn mooist.

'Je weet nooit wanneer je een gunst van ze nodig hebt. Ik heb al met de politie van Göteborg afgesproken dat we erbij mogen zijn als ze in actie komen, omdat wij ze hebben getipt. Zie het puur als beleefdheid dat de politie van Tanum ook mag weten wat er gaande is.'

'De politie van Göteborg is vast niet van plan even beleefd te zijn, dus ik mag Hedström er bij gelegenheid wel op wijzen hoe genereus je bent.' Kjell grijnsde. Zelf was hij buitengewoon dankbaar dat Sven Niklasson hem erbij liet zijn. Dit was niet alleen een scoop, maar ook een gebeurtenis die de Zweedse politiek volledig op zijn kop zou zetten en de hele bevolking zou schokken. 'Bedankt dat je mij erbij laat zijn,' mompelde hij en hij voelde zich plotseling gegeneerd.

Sven haalde zijn schouders op. 'We hadden dit niet kunnen afsluiten als ik die gegevens niet van jou had gekregen.'

'Dus jullie zijn erin geslaagd de cijfers te interpreteren?' Kjell barstte van nieuwsgierigheid. Sven had tijdens hun telefoongesprek niet alle details kunnen vertellen.

'Het was een belachelijk simpele code.' Sven lachte. 'Mijn kids hadden hem binnen een kwartier kunnen kraken.'

'Hoe dan?'

'Eén komt overeen met A, twee met B. Enzovoort.'

'Je maakt een grapje.' Kjell keek naar Sven en reed bijna van de weg af.

'Nee, was dat maar waar. Het zegt wel iets over hoe gestoord zij denken dat wij zijn.'

'Wat kwam eruit?' Kjell probeerde in gedachten de combinatie te zien, maar zijn geheugen voor cijfers was op school al slecht geweest. Tegenwoordig kon hij nog maar amper zijn eigen telefoonnummer onthouden.

'Stureplan. Dat plein in Stockholm. Gevolgd door een datum en een tijdstip.'

'Jezusmina,' zei Kjell en hij sloeg op de rotonde bij Torp rechts af. 'Het had een complete ramp kunnen worden.'

'Ja, maar de politie heeft vanochtend vroeg de mensen opgepakt die de aanslag zouden plegen. Nu kunnen ze niemand vertellen dat de politie en wij op de hoogte zijn. Daarom had het opeens zo'n haast. Het duurt niet lang meer voordat de verantwoordelijke partijleden merken dat die lui niets van zich laten horen en dat ze ze ook niet te pakken kunnen krijgen, en dan zullen ze wel heel gauw op hun tellen gaan passen. Deze types hebben overal in de wereld contacten en het is geen enkel probleem voor ze om te verdwijnen. En dan zijn onze kansen verkeken.'

'Het plan was in zekere zin geniaal,' zei Kjell. Hij kon de gedachte aan wat er had kunnen gebeuren niet loslaten. De beelden in zijn hoofd waren scherp. Het zou een tragedie zijn geweest.

'Ja, we mogen ondanks alles dankbaar zijn dat ze nu hun ware gezicht laten zien. Veel mensen die in John Holm geloven zullen verdomd hard wakker worden geschud. Godzijdank. Het is te hopen dat het een hele tijd duurt voor we weer zoiets meemaken. Al vrees ik dat wij mensen soms een veel te kort geheugen hebben.' Hij zuchtte en wendde zich vragend tot Kjell. 'Wil jij die Hedman bellen?'

'Hedström. Patrik Hedström. Ja, dat wil ik wel doen.' Met één oog op de weg toetste hij het nummer in van het politiebureau van Tanum.

'Wat maken jullie een kabaal!' zei Patrik grijnzend toen hij de keuken binnenstapte. Erica had hem luidkeels geroepen en hij was onmiddellijk toegesneld.

'Ga even zitten,' zei Gösta. 'Je weet hoe vaak ik het oude onderzoeksmateriaal heb doorgeploegd. De jongens vertelden dan wel allemaal precies hetzelfde, maar ik heb altijd het gevoel gehad dat er iets niet klopte.'

'En nu hebben we ontdekt wat dat is.' Erica sloeg met een tevreden gezicht haar armen over elkaar.

'En dat is?'

'De makreel.'

'De makreel?' Patrik keek haar met kleine ogen aan. 'Sorry, maar kunnen jullie dat misschien toelichten?'

'Ik heb de vis niet gezien die de jongens hadden gevangen,' zei Gösta. 'En om de een of andere onverklaarbare reden heb ik er tijdens de verhoren nooit bij stilgestaan.'

'Waarbij?' vroeg Patrik ongeduldig.

'Dat je pas na midzomer op makreel kunt vissen,' zei Erica duidelijk, alsof ze tegen een kind sprak.

Langzaam drong het tot Patrik door wat dit betekende. 'Tijdens de verhoren zeiden alle jongens dat ze op makreel hadden gevist.'

'Inderdaad. Een van hen had het verkeerd kunnen zeggen, maar dat ze allemaal hetzelfde vertelden, wijst erop dat ze er samen over hadden overlegd. En omdat ze er niet genoeg verstand van hadden, kozen ze de verkeerde vis.'

'Dankzij Erica realiseerde ik me dat opeens,' zei Gösta. Hij keek lichtelijk beschaamd.

Patrik wierp haar een kushandje toe. 'Je bent geweldig!' zei hij en hij meende het.

Op hetzelfde moment ging de telefoon en hij zag op het display dat het Torbjörn was.

'Ik moet opnemen, maar hartstikke goed gedaan alle twee!' Hij stak zijn duim omhoog, liep naar zijn kamer en deed de deur achter zich dicht.

Aandachtig luisterde hij naar wat Torbjörn te vertellen had en kladde wat notities op het eerste het beste papiertje dat hij op zijn bureau vond. Hoe vreemd zijn vermoeden ook was geweest, hij had het nu bevestigd gekregen. Terwijl hij naar Torbjörn luisterde, overwoog hij wat dit betekende. Toen ze het gesprek beëindigden wist hij weliswaar meer, maar tegelijk was zijn verwarring veel groter dan eerst.

Het geluid van zware voetstappen drong door de deur heen en hij deed open om de gang in te kunnen kijken. Paula kwam met haar grote buik voor zich uit naar hem toe gelopen.

'Ik kan er niet tegen om aldoor thuis te zitten wachten. De vrouw van de bank met wie ik heb gesproken heeft beloofd vandaag terug te bellen, maar dat heeft ze nog niet gedaan…' Ze moest even stoppen om op adem te komen.

Patrik legde kalmerend een hand op haar schouder. 'Doe in vredesnaam rustig aan,' zei hij, terwijl hij wachtte tot haar ademhaling weer normaal was. 'Heb je puf voor een overleg?'

'Zeker weten.'

'Waar ging jij zo opeens naartoe?' Plotseling dook Mellberg achter Paula op. 'Rita was heel ongerust toen jij zomaar vertrok en ik moest van haar achter je aan.' Hij veegde het zweet van zijn voorhoofd.

Paula sloeg haar ogen ten hemel. 'Er is niets met me aan de hand.'

'Het komt goed uit dat je er bent. We moeten het een en ander doornemen.'

Patrik ging naar de vergaderruimte en vroeg onderweg of Gösta ook kwam. Na een korte aarzeling draaide hij zich om en liep terug naar de keuken.

'Kom er ook maar bij zitten,' zei hij met een knikje naar Erica. Zoals verwacht vloog ze uit haar stoel omhoog.

Het was krap in de kamer, maar Patrik had er een speciale bedoeling mee de zaak hier te bespreken, te midden van de spullen van de Elvanders. Die herinnerden hen er als het ware aan waarom het zo belangrijk was alle losse eindjes met elkaar te verbinden.

In het kort vertelde hij aan Paula en Mellberg dat ze de dozen bij Schroot-Olle hadden opgehaald en een hele tijd bezig waren geweest om alles door te nemen.

'Een paar stukjes zijn op hun plek gevallen en we moeten samen verder zien te komen. Allereerst kan ik vertellen dat de mysterieuze "G" die de kaarten aan Ebba heeft gestuurd onze eigen Gösta Flygare is.' Hij wees naar Gösta, die kleurde.

'Gösta toch…' zei Paula.

Mellbergs gezicht werd knalrood en het leek alsof hij zou ontploffen.

'Ja, ik weet dat ik het had moeten zeggen, maar dat heb ik al met Hedström besproken.' Gösta keek Mellberg strak aan.

'Gösta weet niets van de laatste kaart en die is ook duidelijk anders dan de eerdere,' zei Patrik, terwijl hij tegen de tafel leunde. 'Ik had een mogelijke verklaring bedacht en toen ik Torbjörn zojuist sprak, kon hij mijn vermoeden bevestigen. De vingerafdruk die Torbjörn op de achterkant van de postzegel heeft veiliggesteld, en die logischerwijs van degene is die hem erop heeft geplakt en de kaart heeft gestuurd, kwam overeen met een vingerafdruk op het zakje waarin Mårten de kaart kwam brengen.'

'Maar alleen jullie en Mårten hebben dat zakje toch vastgehouden? Dan is het dus…' Erica werd bleek en Patrik zag dat er van alles door haar heen schoot.

Koortsachtig begon ze in haar tas naar haar mobieltje te zoeken en terwijl alle blikken op haar waren gericht drukte ze op een snelkeuzenummer. Terwijl de telefoon overging was het stil in de kamer, daarna hoorden ze een stem die duidelijk als een voicemail klonk.

'Shit,' riep Erica uit en ze toetste een ander nummer in. 'Nu bel ik Ebba.'

De telefoon bleef maar overgaan zonder dat er iemand opnam.

'Verdomme,' vloekte ze en ze toetste een derde nummer in.

Patrik maakte geen aanstalten verder te gaan voordat ze klaar was. Hij vond het ook best zorgwekkend dat Anna de hele dag haar telefoon niet had opgenomen.

'Wanneer is ze daarheen gegaan?' vroeg Paula.

Erica hield de telefoon nog altijd tegen haar oor. 'Gisteravond, en sindsdien kan ik haar niet te pakken krijgen. Maar ik bel nu met de postboot. Zij hebben Ebba vanochtend een lift gegeven en misschien weten zij iets. (...) Hallo? Ja, met Erica Falck (...) Inderdaad. Jullie hebben Ebba meegenomen. (...) Hebben jullie haar op Valö afgezet? Hebben jullie daar ook een andere boot zien liggen? (...) Een kajuitsloep? (...) Die lag aangemeerd bij de steiger van de vakantiekolonie. (...) Oké. Bedankt.'

Erica beëindigde het gesprek en Patrik zag dat haar hand licht trilde.

'Onze boot, waar Anna gister mee naar Valö is gegaan, ligt daar nog steeds. Dus Ebba en zij zijn samen met Mårten op het eiland en niemand neemt op.'

'Er is vast niets aan de hand. En misschien is Anna later vandaag vertrokken,' zei Patrik. Hij probeerde rustiger te klinken dan hij zich voelde.

'Maar Mårten zei dat ze maar een uurtje was gebleven. Waarom heeft hij daarover gelogen?'

'Daar is vast een goede verklaring voor. Als we hier klaar zijn, gaan we er meteen heen om het uit te zoeken.'

'Waarom zou Mårten zijn eigen vrouw een dreigbrief sturen?' vroeg Paula. 'Betekent dat dat hij ook achter de moordpogingen zit?'

Patrik schudde zijn hoofd. 'Daar kunnen we op dit moment niets over zeggen. Daarom moeten we alles wat we te weten zijn gekomen doornemen om te zien of er hiaten zijn die we kunnen invullen. Gösta, vertel wat je over de getuigenissen van de jongens hebt ontdekt.'

'Graag,' zei Gösta. Hij vertelde over de makreel en waarom de verklaringen van de jongens niet klopten.

'Het bewijst dat ze hebben gelogen,' zei Patrik. 'En als ze hierover hebben gelogen, hebben ze ongetwijfeld over alles gelogen. Waarom zouden ze er anders onderling over hebben overlegd en zoiets hebben verzonnen? Ik denk dat we ervan uit mogen gaan dat ze bij de verdwijning van het gezin betrokken waren en nu hebben we nog meer informatie om ze onder druk te zetten.'

'Maar wat heeft dat met Mårten te maken?' vroeg Mellberg. 'Hij was er destijds niet bij, maar volgens Torbjörn is in 1974 hetzelfde wapen gebruikt als bij de schoten die onlangs zijn afgevuurd.'

'Dat weet ik niet, Bertil,' zei Patrik. 'Eén ding tegelijk.'

'Dan is er nog het ontbrekende paspoort,' zei Gösta en hij ging rechterop zitten. 'Ja, de pas van Annelie ontbreekt. Misschien betekent dat dat ze er op de een of andere manier bij betrokken was en later naar het buitenland is gevlucht.'

Patrik wierp een blik op Erica. Ze zag bleek. Hij begreep dat ze aldoor aan Anna moest denken.

'Annelie? De zestienjarige dochter?' vroeg Paula. Op hetzelfde moment ging haar mobiel. Ze nam op en luisterde met zowel verbazing als vastberadenheid in haar blik. Na een tijdje rondde ze het gesprek af en keek de anderen aan.

'Ebba's adoptieouders hebben Patrik en mij toch verteld dat iemand tot Ebba's achttiende elke maand geld voor haar op een rekening zette? Het was ze nooit gelukt te achterhalen van wie het kwam, maar we dachten dat het te maken kon hebben met wat er op Valö is gebeurd. Daarom heb ik geprobeerd het uit te zoeken...' Ze hapte naar adem en Patrik herinnerde zich dat Erica dat tijdens haar zwangerschap ook vaak had gedaan.

'Kom ter zake!' Gösta zat nu nog rechter op zijn stoel. 'Ebba had geen familieleden die voor haar wilden zorgen en die zullen waarschijnlijk ook geen geld hebben gestuurd. Dus het enige wat ik kan bedenken is dat iemand een slecht geweten had en daarom geld naar het deerntje overmaakte.'

'Ik heb geen idee wat het motief was,' zei Paula. Ze leek het leuk te vinden om over informatie te beschikken die verder nog niemand had. 'Maar het geld kwam van Aron Kreutz.'

Het werd zo stil in de kamer dat je de auto's op straat kon horen. Gösta was de eerste die de stilte verbrak.

'Het geld was afkomstig van de vader van Leon? Maar waarom...?'

'Dat moeten we uitzoeken,' zei Patrik. Om het raadsel van het verdwenen gezin op te lossen leek die vraag plotseling belangrijker dan alle andere.

In zijn jaszak begon iets te zoemen en Patrik keek op het display om te zien wie er belde. Kjell Ringholm van de *Bohusläningen*. Vermoedelijk had hij nog wat vragen naar aanleiding van de persconferentie. Dat moest maar even wachten. Patrik drukte het gesprek weg en richtte zijn aandacht weer op zijn collega's.

'Gösta. Jij en ik gaan naar Valö. Voordat we de vijf jongens gaan verhoren, moeten we uitzoeken of Anna en Ebba niets mankeert en Mårten een paar vragen stellen. Paula, wil jij kijken of je iets meer over Leons vader kunt vinden?' Hij was even stil toen zijn blik op Mellberg viel. Waar zou hij zo min mogelijk schade kunnen aanrichten? Op zich deed Mellberg bij voorkeur zo weinig mogelijk, maar hij moest zich niet aan de kant gezet voelen. 'Bertil, zoals gebruikelijk ben jij de meest aangewezen persoon om de druk van de media te hanteren. Vind je het erg om op het bureau te blijven voor het geval de pers contact zoekt?'

Mellbergs gezicht lichtte op. 'Natuurlijk niet. Ik heb jarenlange ervaring met journalisten. Dus dat is een fluitje van een cent.'

Patrik zuchtte inwendig. De prijs om alles soepeltjes te laten verlopen was hoog.

'Mag ik niet mee naar Valö?' vroeg Erica. Ze had haar mobieltje nog altijd krampachtig vast.

Patrik schudde zijn hoofd. 'Geen denken aan.'

'Maar ik zou echt mee moeten gaan. Stel dat er iets is gebeurd…'

'Dit is niet bespreekbaar,' zei Patrik en hij hoorde zelf dat hij onnodig scherp klonk. 'Sorry, maar het is echt beter als wij dit afhandelen,' voegde hij eraan toe, en hij omhelsde haar.

Erica knikte onwillig en liep toen de kamer uit om naar huis te gaan. Hij volgde haar met zijn blik, pakte zijn telefoon en belde Victor. Nadat de telefoon acht keer was overgegaan, sloeg de voicemail aan.

'Er wordt niet opgenomen bij de Reddingsbrigade. Dat zul je altijd zien. Net nu onze boot kennelijk bij Valö ligt.'

Bij de deur was een kuchje te horen.

'Ik kan helaas nergens naartoe. Ik krijg de auto niet aan de praat.'

Patrik keek zijn echtgenote twijfelend aan. 'Wat gek. Misschien kun jij haar even brengen, Gösta. Dan kan ik hier wat dingen afronden. We moeten hoe dan ook op een boot wachten.'

'Dat is best,' zei Gösta, zonder Erica aan te kijken.

'Goed, dan zie ik je straks in de haven. Probeer jij Victor te berei-ken?'

'Natuurlijk,' zei Gösta.

Opnieuw zoemde er iets in zijn zak en Patrik keek in een reflex op het display. Kjell Ringholm. Hij kon net zo goed opnemen.

'Oké, dan doet iedereen wat hij of zij moet doen,' zei hij en hij drukte op 'Opnemen' terwijl de anderen de kamer uit liepen. 'Met Hedström,' zei hij zuchtend. Hij mocht Kjell graag, maar op dit moment had hij geen tijd voor journalisten.

Valö 1972

Annelie had haar van meet af aan gehaat. Claes ook. In hun ogen deug-
de ze nergens voor, niet in vergelijking met hun moeder, die een heilige
leek te zijn geweest. In elk geval klonken Rune en zijn kinderen zo.

Zelf had ze veel over het leven geleerd. De belangrijkste les was dat
moeder niet altijd gelijk had. Het huwelijk met Rune was de grootste ver-
gissing van haar leven, maar Inez zag geen uitweg. Niet op dit moment,
nu ze zwanger was van zijn kind.

Ze veegde het zweet van haar voorhoofd en ging verder met het schrob-
ben van de keukenvloer. Rune stelde hoge eisen en alles moest blinkend
schoon zijn als de school opening. Niets mocht aan het toeval worden
overgelaten. 'Mijn goede naam staat op het spel,' zei hij, terwijl hij nieu-
we bevelen aan haar uitdeelde. Ze zwoegde van 's ochtends vroeg tot
's avonds laat en was zo moe dat ze nauwelijks op haar benen kon staan.

Opeens stond hij daar. Zijn schaduw viel over haar heen en ze veerde
op.

'Sorry, liet ik je schrikken?' zei hij met die stem die haar altijd de ril-
lingen bezorgde.

De haat kwam haar tegemoet gestroomd en zoals gewoonlijk werd ze
zenuwachtig en kreeg ze moeite met ademhalen. Er was nooit bewijs,
niets dat ze tegen Rune kon zeggen, en hij zou haar hoe dan ook niet gelo-
ven. Het was haar woord tegen dat van Claes en ze had niet de illusie dat
Rune ooit haar kant zou kiezen.

'Je hebt een vlek laten zitten,' zei Claes en hij wees naar een punt ach-
ter haar. Inez verbeet zich, maar draaide zich om om de plek die hij aan-
wees schoon te maken. Ze hoorde een klap en voelde haar benen nat wor-
den.

'Sorry, ik heb per ongeluk de emmer omgestoten,' zei Claes op een spijtige toon die niet bij zijn blik paste.

Inez keek hem alleen maar aan. Haar woede werd met de dag groter, met elke onbeschaamdheid en elke gemene streek.

'Ik zal je wel helpen.'

Johan, Runes jongste zoon. Nog maar zeven jaar, maar met verstandige, warme ogen. Hij had haar vanaf het allereerste begin gemogen. De eerste keer dat ze hem ontmoette, had hij al stiekem zijn hand in de hare gestoken.

Met een angstige blik op zijn grote broer ging hij op zijn hurken naast Inez zitten. Hij pakte de dweil van haar af en begon het water op te nemen, dat over de hele vloer was gestroomd.

'Nu word jij ook nat,' zei ze ontroerd bij de aanblik van zijn voorovergebogen hoofd en de lok die voor zijn ogen viel.

'Dat geeft niet,' zei hij, terwijl hij bleef dweilen.

Claes stond nog altijd achter hen, met zijn armen over elkaar. Zijn ogen fonkelden, maar hij durfde niets tegen zijn broertje te doen.

'Sukkel,' zei hij en hij liep weg.

Inez ademde uit. Eigenlijk was het belachelijk. Claes was slechts zeventien. Hoewel ze niet veel ouder was, was ze wel zijn stiefmoeder en ze was in verwachting van een kind dat zijn broertje of zusje zou worden. Ze zou niet bang moeten zijn voor zo'n snotjoch, maar toch gingen de haren op haar armen rechtovereind staan als hij te dichtbij kwam. Ze had er geen verklaring voor. Instinctief begreep ze dat ze uit zijn buurt moest blijven en hem niet moest provoceren.

Ze vroeg zich af hoe het zou zijn als de leerlingen gearriveerd waren. Zou de stemming minder bedrukt zijn als het huis vol jongens was? Zouden hun stemmen helpen de leegten te vullen? Ze hoopte het van ganser harte. Anders zou ze verstikken.

'Je bent lief, Johan,' zei ze en ze streek hem over zijn blonde koppie. Hij antwoordde niet, maar ze zag dat hij glimlachte.

❄

Voordat ze kwamen had hij een hele tijd voor het raam gezeten. Hij had naar het water en Valö gekeken, naar de boten die langsvoeren en de vakantiegangers die ervan genoten een paar weken vrij te zijn. Hoewel hij zelf nooit zo had kunnen leven, was hij toch jaloers op hen. In al zijn eenvoud was het een prachtig bestaan, al beseften die mensen dat zelf misschien niet. Toen er werd aangebeld, was hij bij het raam weggerold, na nog een laatste, lange blik op Valö te hebben geworpen. Daar was alles begonnen.

'Het is tijd dat we dit afsluiten.' Leon keek hen aan. Al sinds ze een voor een waren gearriveerd, was de stemming bedrukt. Het viel hem op dat Percy en Josef geen van tweeën naar Sebastian keken, die zelf alles nogal rustig leek op te nemen.

'Wat ellendig om in een rolstoel te belanden. En je gezicht helemaal naar de kloten. Je was nog wel zo knap,' zei Sebastian. Hij zat op de bank en leunde achterover.

Leon trok het zich niet aan. Hij wist dat de woorden niet bedoeld waren om hem te kwetsen. Sebastian was altijd al recht voor zijn raap geweest, behalve wanneer hij iemand een loer wilde draaien. Dan loog hij alsof het gedrukt stond. Dat mensen maar zo weinig veranderden. Ook de anderen waren nog precies hetzelfde. Percy zag er ziekelijk uit en in Josefs ogen stond dezelfde ernst als destijds. John was ook nog even charmant.

Voordat Ia en hij naar Fjällbacka waren gekomen, had hij onderzoek naar hen laten doen. Een privédetective had voor veel geld uitstekend werk verricht en Leon wist precies wat er in hun leven was voorgevallen. Maar het was alsof niets van wat er na Valö was gebeurd nog enige betekenis had nu ze allemaal weer bij elkaar waren.

Hij reageerde niet op Sebastians opmerking, maar herhaalde wat hij eerder had gezegd. 'Het is tijd om het te vertellen.'

'Wat heeft dat voor zin?' vroeg John. 'Het hoort bij het verleden.'

'Ik weet dat het mijn idee was, maar hoe ouder ik word, des te meer besef ik dat het verkeerd was,' zei Leon, terwijl hij John aankeek. Hij had al vermoed dat het lastig zou worden om John over te halen, maar hij was niet van plan zich te laten tegenhouden. Hij had besloten alles te vertellen, of hij de anderen nu meekreeg of niet, maar hij vond het wel zo fair om hen ervan op de hoogte te stellen voordat hij iets deed wat hen allemaal zou raken.

'Ik ben het met John eens,' zei Josef toonloos. 'Er is geen enkele reden om iets op te rakelen wat iedereen allang is vergeten.'

'Jij was anders wel degene die het altijd over het belang van het verleden had. En over je verantwoordelijkheid nemen. Weet je dat niet meer?' vroeg Leon.

Josef werd bleek en wendde zijn gezicht af. 'Dat is niet hetzelfde.'

'Dat is het wel degelijk. Wat er is gebeurd, leeft nog altijd. Ik heb het altijd met me meegedragen, en ik weet dat dat voor jullie net zo geldt.'

'Het is niet hetzelfde,' hield Josef vol.

'Je zei dat iedereen die schuld had aan het lijden van je voorouders ter verantwoording moest worden geroepen. Zouden wij niet ook ter verantwoording moeten worden geroepen en onze schuld moeten erkennen?' Leons stem was zacht, maar hij zag hoe onaangenaam Josef door zijn woorden was getroffen.

'Ik sta het niet toe.' John, die naast Sebastian op de bank zat, vouwde zijn handen op zijn schoot.

'Dat is niet aan jou,' zei Leon, zich er volledig van bewust dat hij zo liet merken dat hij zijn besluit al had genomen.

'Doe verdomme wat je wilt, Leon,' zei Sebastian plotseling. Hij stak zijn hand in zijn broekzak en even later hield hij een sleutel op. Hij kwam overeind en gaf hem aan Leon, die hem aarzelend aanpakte. Er waren zoveel jaren verstreken sinds hij hem voor het laatst vast had gehad, zoveel jaren sinds die hun lot had bezegeld.

Je kon in de kamer een speld horen vallen. In gedachten zag iedereen de beelden die in hun geheugen gegrift stonden.

'We moeten de deur openen.' Leons hand sloot zich om de sleutel. 'Ik doe het het liefst samen met jullie, maar als jullie dat niet willen, doe ik het zelf.'

'En Ia...' begon John, maar Leon onderbrak hem.

'Ia is onderweg naar Monaco. Ik kon haar niet overhalen te blijven.'

'Ja, jullie kunnen vluchten,' zei Josef. 'Naar het buitenland gaan terwijl wij hier met de gebakken peren blijven zitten.'

'Ik vertrek pas als alles is opgehelderd,' zei Leon. 'En we komen terug.'

'Niemand gaat ergens heen,' zei Percy. Tot nu toe had hij niets gezegd en alleen maar op zijn stoel gezeten, een eindje bij de anderen vandaan.

'Hoe bedoel je?' Sebastian leunde weer sloom achterover op de bank.

'Niemand gaat ergens heen,' herhaalde Percy. Langzaam boog hij zich naar voren en stak zijn hand in zijn aktetas, die tegen zijn stoelpoot stond.

'Je maakt een grapje,' zei Sebastian ongelovig. Hij staarde naar het pistool dat Percy op zijn schoot had gelegd.

Percy tilde het op en richtte het op hem. 'Nee, waar zou ik een grapje over moeten maken? Jij hebt me alles ontnomen.'

'Maar dat was gewoon business. En je moet mij niet de schuld geven. Je hebt alles wat je hebt gekregen zelf verkwanseld.'

Er klonk een schot en iedereen schreeuwde. Sebastian greep verbaasd naar zijn wang en er sijpelde een beetje bloed tussen zijn vingers door. De kogel had zijn linkerwang geschampt en was vervolgens naar buiten gevlogen door het grote panoramaraam, dat uitkeek op zee. De klap echode in hun oren en Leon besefte dat hij de armleuningen van zijn rolstoel zo stevig had beetgegrepen dat zijn vingers dreigden te verkrampen.

'Wat doe jij nou, verdomme?' schreeuwde John. 'Ben je niet goed bij je hoofd? Leg dat pistool neer voordat er iemand gewond raakt.'

'Het is te laat. Alles is te laat.' Percy legde het pistool weer op zijn schoot. 'Maar voordat ik jullie allemaal dood, wil ik dat jullie je verantwoordelijkheid nemen voor wat jullie hebben gedaan. Op dat punt zijn Leon en ik het eens.'

'Wat bedoel je? Behalve Sebastian zijn wij net zozeer slachtoffer als jij.' John keek Percy nijdig aan, maar aan zijn stem was duidelijk te horen dat hij bang was.

'We hebben er allemaal een aandeel in. Het heeft mijn leven verwoest. Al draag jij de grootste verantwoordelijkheid en zul jij als eerste sterven.' Hij richtte het pistool weer op Sebastian.

Het was helemaal stil. Het enige wat ze hoorden was hun eigen ademhaling.

'Dit moeten ze zijn.' Ebba keek in de kist. Daarna draaide ze zich om en gaf over. Ook Anna moest kokhalzen, maar ze zette zich ertoe te blijven kijken.

In de kist lag een skelet. Een schedel waar alle tanden nog in zaten staarde haar met holle oogkassen aan. Korte plukjes haar bovenop deden haar vermoeden dat het het skelet van een man was.

'Ik denk dat je gelijk hebt,' zei ze en ze streek Ebba over haar rug.

Ebba snifte een paar keer voordat ze neerhurkte en haar hoofd tussen haar benen stak alsof ze elk moment kon flauwvallen.

'Hier zijn ze dus aldoor geweest.'

'Ja, ik gok dat de anderen daar liggen.' Anna knikte naar de twee kisten die nog dicht zaten.

'We moeten ze openmaken,' zei Ebba en ze ging staan.

Anna keek haar sceptisch aan. 'Kunnen we daar niet beter mee wachten tot we weten dat we hieruit komen?'

'Ik moet het weten.' Ebba's ogen gloeiden.

'Maar Mårten…' zei Anna.

Ebba schudde haar hoofd. 'Hij zal ons niet laten gaan. Dat heb ik in zijn ogen gezien. Bovendien denkt hij waarschijnlijk dat ik al dood ben.'

De woorden maakten Anna bang. Ze wist dat Ebba gelijk had. Mårten zou de deur niet openen. Ze moesten hier zelf uit zien te komen, anders zouden ze hier sterven. Als ze toch niet konden worden gevonden, zou het zelfs niet helpen wanneer Erica zich zorgen begon te maken en vragen ging stellen. Deze kamer kon overal op het eiland liggen en waarom zouden ze die nu wel vinden als dat niet was gelukt toen ze op zoek waren naar de familie Elvander?

'Oké. Laten we een poging wagen. Misschien zit er wel iets in waarmee we de deur open krijgen.'

Ebba antwoordde niet, maar begon meteen tegen het hangslot van de kist te trappen die rechts van de kist stond die ze zopas hadden opengemaakt. Maar dit beslag leek steviger te zijn bevestigd dan het vorige.

'Wacht eens,' zei Anna. 'Mag ik je engeltje gebruiken? Misschien kan ik daar de schroeven mee los krijgen.'

Ebba deed haar ketting af en gaf haar met enige aarzeling het sieraad aan. Anna begon aan de kleine schroeven van het beslag te peuteren. Toen ze de sloten van de twee resterende kisten hadden verwijderd, keek Anna Ebba aan en na een stil knikje tilden ze ieder een deksel op.

'Hier zijn ze. Allemaal,' zei Ebba. Nu bleef ze wel naar de restanten van haar familieleden kijken, die als rommel leken te zijn weggegooid.

Ondertussen telde Anna de schedels in de drie kisten. Toen telde ze ze voor de zekerheid nog een keer.

'Er ontbreekt iemand,' zei ze rustig.

Ebba veerde op. 'Wat bedoel je?'

De deken dreigde van Anna's schouders te glijden en ze trok hem steviger om zich heen.

'Er waren toch vijf personen verdwenen?'

'Ja?'

'Er liggen hier maar vier schedels. Dat wil zeggen vier lichamen, tenzij bij een het hoofd ontbreekt,' zei Anna.

Ebba vertrok haar gezicht. Ze boog zich voorover om zelf te tellen en hapte toen naar adem. 'Je hebt gelijk. Er ontbreekt iemand.'

'De vraag is wie.'

Anna keek naar de skeletten. Zo zouden Ebba en zij eindigen als ze hier niet uit kwamen. Ze sloot haar ogen en zag Dan en de kinderen voor zich. Toen deed ze ze weer open. Dat mocht niet gebeuren. Op de een of andere manier zouden ze hieruit komen. Naast haar begon Ebba hartverscheurend te snikken.

'Paula!' Patrik gebaarde dat ze mee moest komen naar zijn kamer. Gösta en Erica waren naar Fjällbacka vertrokken en Mellberg had zich op zijn kamer opgesloten om zich, zoals hij zei, met de media bezig te houden.

'Wat is er gebeurd?' Ze ging onhandig op Patriks ongemakkelijke bezoekersstoel zitten.

'We zullen vandaag niet met John kunnen praten,' zei hij, terwijl hij een hand door zijn haar haalde. 'De politie van Göteborg doet op dit moment een inval bij hem. Kjell Ringholm belde net. Hij en Sven Niklasson van de *Expressen* zijn kennelijk ter plaatse.'

'Een inval? Waarom? En waarom zijn wij niet op de hoogte gesteld?' Ze schudde haar hoofd.

'Kjell heeft me geen details verteld. Hij had het met name over de nationale veiligheid en dat het iets groots was… Ach, je weet hoe Kjell is.'

'Moeten we erheen?' vroeg Paula.

'Nee, en jij in jouw toestand al helemaal niet. Als de politie van Göteborg daar is, kunnen wij voorlopig beter uit de buurt blijven, maar ik wilde ze wel even bellen om te horen wat er precies gaande is. Hoe dan ook lijkt het erop dat wij voorlopig niet over John kunnen beschikken.'

'Ik vraag me af wat er aan de hand is.' Paula schoof op haar stoel heen en weer.

'Dat horen we vroeg genoeg. Als zowel Kjell als Sven Niklasson erbij is, kun je het binnenkort in de krant lezen.'

'Dan moeten we maar met de anderen beginnen.'

'Zoals gezegd moet dat helaas even wachten,' zei Patrik en hij stond op. 'Ik ga naar Gösta, zodat we samen naar Valö kunnen om te zien wat daar gebeurt.'

'De vader van Leon,' zei Paula nadenkend. 'Opmerkelijk dat het geld van hem komt.'

'Zodra Gösta en ik terug zijn, zullen we met Leon gaan praten,' zei Patrik. Er schoot van alles door zijn hoofd. 'Leon en Annelie. Misschien heeft het ondanks alles toch met hen te maken.'

Hij stak een hand uit om Paula omhoog te helpen en ze greep die dankbaar vast.

'Dan ga ik kijken wat ik over Aron kan vinden,' zei ze en ze waggelde door de gang weg.

Patrik pakte zijn zomerjack en liep zijn kamer uit. Hij hoopte dat het Gösta was gelukt Erica naar huis te brengen. Hij vermoedde dat ze de hele rit naar Fjällbacka had zitten zeuren of ze toch mee mocht naar Valö, maar hij zou voet bij stuk houden. Hoewel hij zich niet zoveel zorgen maakte als Erica, had hij wel het gevoel dat er daarginds iets niet klopte. Hij wilde zijn vrouw niet mee hebben voor het geval er wat gebeurde.

Hij was nog maar net bij de parkeerplaats toen Paula hem vanuit de deuropening riep. Hij draaide zich om.

'Wat is er?'

Ze gebaarde dat hij terug moest komen en toen hij haar ernstige blik zag, liep hij snel naar haar toe.

'Er is geschoten. Bij Leon Kreutz,' wist ze hijgend uit te brengen.

Patrik schudde zijn hoofd. Waarom moest alles tegelijk gebeuren?

'Ik bel Gösta en spreek daar met hem af. Kun jij Mellberg wakker maken? We hebben nu alle hulp nodig die we kunnen krijgen.'

Sälvik spreidde zich voor hen uit en de huizen glinsterden in het zonlicht. Een paar honderd meter verderop was een strand waar je kon zwemmen en daarvandaan kwam het geluid van spelende kinderen en blij gelach. Gezinnen met kinderen kwamen hier graag en deze zomer was Erica er toen Patrik werkte vrijwel elke dag geweest.

'Ik vraag me af waar Victor uithangt,' zei ze.

'Ja,' zei Gösta. Hij had de Reddingsbrigade niet te pakken gekregen, dus Erica had hem overgehaald bij hen thuis te wachten en ondertussen met Kristina en haar een kopje koffie te drinken.

'Ik probeer het nog een keer,' zei hij, terwijl hij het nummer voor de vierde keer intoetste.

Erica keek hem aan. Ze moest zien dat ze hem zover kreeg dat ze mee mocht. Ze zou helemaal gek worden als ze thuis moest blijven wachten.

'Er neemt niemand op. Ik ga even naar de wc.' Gösta stond op en liep weg.

De telefoon lag nog op tafel. Gösta was nog maar net weg toen hij ging. Erica boog zich voorover en keek op het display. HEDSTRÖM stond er met grote letters. Ze overwoog wat ze moest doen. Kristina holde in de woonkamer achter de kinderen aan en Gösta was op de wc. Ze aarzelde even en nam toen op.

'Met de telefoon van Gösta, met Erica. (…) Hij is op de wc. Moet ik hem iets zeggen? (…) Er is geschoten? (…) Oké, dat zal ik doorgeven (…) Ja, ja, hang nou maar op, dan kan ik Gösta die kant op sturen. Ga er maar van uit dat hij over vijf minuten in de auto zit.'

Ze verbrak de verbinding en in haar hoofd dienden zich verschillende mogelijkheden aan. Aan de ene kant had Patrik versterking nodig, aan de andere kant moesten ze zo snel mogelijk naar Valö. Ze luisterde of ze Gösta's voetstappen hoorde. Hij kon elk moment terugkomen en voor die tijd moest ze een beslissing nemen. Ze greep haar eigen telefoon en toetste na enig aarzelen een nummer in. De telefoon ging twee keer over voordat Martin opnam. Zachtjes legde ze uit wat er aan de hand was en wat er moest worden gedaan en hij ging meteen akkoord. Dat deel was klaar. Nu hoefde ze alleen nog maar een acteerprestatie neer te zetten die een Oscar waard was.

'Wie was dat?' vroeg Gösta.

'Patrik. Hij heeft Ebba te pakken gekregen en op Valö is alles rustig. Ze vertelde dat Anna vandaag boerenveilingen zou aflopen en daarom waarschijnlijk geen tijd had gehad om terug te bellen. Maar Patrik vond wel dat we even met Ebba en Mårten moesten gaan praten.'

'We?'

'Ja, volgens Patrik was het er nu veilig.'

'Weet je dat zeker…?' Gösta werd onderbroken doordat zijn telefoon ging. 'Hallo Victor. (…) Ja, ik heb geprobeerd je te pakken te krijgen. We hebben een lift naar Valö nodig. Het liefst meteen. (…) Oké, we zijn er over vijf minuten.'

Hij beëindigde het gesprek en keek Erica wantrouwend aan.

'Bel Patrik gerust als je me niet gelooft,' zei ze glimlachend.

'Nee, dat is niet nodig. Laten we maar gaan.'

'Ga je er alweer vandoor?' Kristina keek naar de veranda terwijl ze Noel stevig vasthield. Hij probeerde zich los te rukken en vanuit de woonkamer weerklonk zowel Antons schelle geschreeuw als Maja's geroep: 'Oma! Ooomaaa!'

'Ik moet nog even weg, maar daarna kom ik je aflossen,' zei Erica. Ze nam zich voor vriendelijker over haar schoonmoeder te denken, als ze maar naar Valö kon.

'Dit is echt de laatste keer dat ik jullie op deze manier help. Jullie kunnen er niet van uitgaan dat ik zomaar een hele dag kan blijven en je moet er rekening mee houden dat ik dit tempo niet langer aankan en het lawaai ook niet, en hoewel de kinderen lief zijn vind ik ze behoorlijk onopgevoed. Dat kan niet mijn verantwoordelijkheid zijn; in het dagelijkse leven leren ze hun gewoonten...'

Erica deed net alsof ze Kristina niet hoorde en bedankte haar uitbundig terwijl ze naar de hal liep.

Tien minuten later waren ze met de MinLouis onderweg naar Valö. Erica probeerde zich te ontspannen en hield zich voor dat er niets aan de hand was, precies zoals ze Gösta had voorgelogen. Maar haar gevoel zei iets anders. Instinctief wist ze dat Anna in gevaar was.

'Zal ik op jullie wachten?' vroeg Victor, terwijl hij behendig en elegant bij de steiger aanlegde.

Gösta schudde zijn hoofd. 'Nee, dat is niet nodig, maar misschien hebben we straks een lift terug nodig. Kunnen we je bellen wanneer we opgehaald willen worden?'

'Tuurlijk, je weet mijn nummer. Ik maak ondertussen een inspectierondje.'

Erica zag hem vertrekken en vroeg zich af of het een verstandig besluit was geweest. Maar nu was het te laat om er spijt van te hebben.

'Zeg, is dat jullie boot niet?' vroeg Gösta.

'Ja, wat gek.' Erica deed alsof ze verbaasd was. 'Misschien is Anna teruggekomen. Zullen we naar het huis gaan?' zei ze, terwijl ze alvast begon te lopen.

Gösta kwam achter haar aan en ze hoorde hem mopperen.

Voor hen lag het mooie, aftandse gebouw. Er hing een onheilspellende rust en Erica's zintuigen stonden op scherp.

'Hallo?' riep ze toen ze bij de brede stenen trap waren aangekomen. De voordeur stond open. Niemand reageerde.

Gösta bleef staan. 'Wat gek. Er lijkt niemand thuis te zijn. Zei Patrik niet dat Ebba hier was?'

'Ja, zo heb ik het begrepen.'

'Misschien zijn ze gaan zwemmen?' Gösta liep naar de zijkant van het huis en keek om de hoek.

'Misschien,' zei Erica en ze stapte naar binnen.

'We kunnen toch niet zomaar naar binnen gaan?'

'Natuurlijk wel. Hallo!' riep ze. 'Mårten? Is er iemand thuis?'

Aarzelend liep Gösta achter haar aan de hal in. Ook binnen was het doodstil, maar plotseling stond Mårten in de deuropening van de keuken.

Het afzetlint was stukgetrokken en hing langs de deurpost naar beneden.

'Hoi,' zei hij mat.

Erica deinsde terug toen ze hem zag. Zijn haar hing in slierten om zijn hoofd, alsof hij overmatig had getranspireerd, en hij had donkere kringen onder zijn ogen. Hij keek hen met een lege blik aan.

'Is Ebba hier?' vroeg Gösta. Er was een diepe frons tussen zijn wenkbrauwen verschenen.

'Nee, ze is naar haar ouders gegaan.'

Gösta keek Erica verbaasd aan. 'Maar Patrik had haar toch gesproken? Ze zou hier zijn.'

Erica spreidde haar handen en even later betrok Gösta's gezicht, maar hij zei niets.

'Ze is niet thuisgekomen. Ze belde om te zeggen dat ze rechtstreeks met de auto naar Göteborg zou gaan.'

Erica knikte, maar wist dat het een leugen moest zijn. Maria van de postboot had gezegd dat ze Ebba op het eiland had afgezet. Ze keek zo onopvallend mogelijk rond en haar blik bleef rusten op iets wat tussen de muur en de buitendeur stond. Ebba's tas. De tas die ze bij zich had gehad toen ze bij Erica en Patrik overnachtte. Ze kon onmogelijk rechtstreeks naar Göteborg zijn gegaan.

'Waar is Anna?'

Mårten bleef hen met zijn dode blik aankijken. Hij haalde zijn schouders op.

Dat gaf de doorslag. Zonder erbij na te denken schoot Erica naar voren, liet haar handtas op de grond vallen en holde al roepend de trap op. 'Anna! Ebba!'

Geen reactie. Ze hoorde snelle voetstappen achter zich en besefte dat Mårten achter haar aan kwam. Ze rende verder, stoof de slaapkamer in en bleef daar abrupt staan. Naast een dienblad met etensresten en lege wijnglazen lag Anna's handtas.

Eerst de boot en nu de tas. Met tegenzin accepteerde ze de logische conclusie. Anna was nog op het eiland, net als Ebba.

Met een heftige beweging draaide ze zich om om de confrontatie met Mårten aan te gaan, maar haar schreeuw bleef in haar keel steken. Hij stond achter haar en hield een revolver op haar gericht. Vanuit haar ooghoek zag ze dat Gösta abrupt bleef staan.

'Staan blijven,' snauwde Mårten en hij deed een pas naar voren. De loop van de revolver was nog maar een centimeter van Erica's voorhoofd verwijderd en zijn hand was vast. 'En jij gaat daarheen!' Hij knikte rechts van Erica.

Gösta gehoorzaamde meteen. Met opgestoken handen en zijn blik strak op Mårten gericht liep hij verder de slaapkamer in en ging naast Erica staan.

'Ga zitten!' zei Mårten.

Ze gingen alle twee op de pas geschuurde houten vloer zitten. Erica keek naar de revolver. Hoe was Mårten daaraan gekomen?

'Leg dat ding weg, dan lossen we dit samen op,' probeerde ze.

Mårten staarde haar hatelijk aan. 'O ja? Hoe dan? Het is de schuld van dat stomme wijf dat mijn zoon dood is. Hoe wil jij dat oplossen?'

Voor het eerst was er leven in zijn lege ogen te zien en Erica merkte dat ze terugdeinsde bij de aanblik van de waanzin die daarin werd weerspiegeld. Was die daar altijd al geweest, ook achter Mårtens beheerste uiterlijk? Of had deze plek de waanzin opgeroepen?

'Mijn zus…' Haar bezorgdheid was nu zo groot dat ze nauwelijks kon ademhalen. Ze hoefde alleen maar te weten dat Anna nog leefde.

'Jullie zullen ze nooit vinden. Net zoals de anderen nooit zijn gevonden.'

'De anderen? Bedoel je Ebba's familie?' vroeg Gösta.

Mårten zweeg. Hij hield de revolver op hen gericht en hurkte neer.

'Leeft Anna?' vroeg Erica, zonder een antwoord te verwachten.

Mårten glimlachte en keek haar recht aan. Erica besefte dat haar beslissing om tegen Gösta te liegen onbezonnener was geweest dan ze ooit had kunnen bevroeden.

'Wat ben je van plan?' vroeg Gösta alsof hij haar gedachten had gelezen.

Mårten haalde nogmaals zijn schouders op. Hij zei niets. In plaats daarvan ging hij op de grond zitten, sloeg zijn benen over elkaar en bleef hen aankijken. Het was alsof hij ergens op wachtte, zonder te weten waarop. Hij zag er merkwaardig vredig uit. Alleen de revolver en de koude gloed in zijn ogen verstoorden dat beeld. En ergens op het eiland waren Anna en Ebba. Levend of dood.

Valö 1973

Laura lag op de ongemakkelijke matras te woelen. Je zou denken dat Inez en Rune wel een beter bed voor haar hadden kunnen kopen zo vaak als ze bij hen logeerde. Ze moesten er toch rekening mee houden dat ze niet meer de jongste was. Nu moest ze ook nog eens naar de wc.

Ze zette haar voeten op de vloer en huiverde. De novemberkou had echt ingezet en het was onbegonnen werk om dit oude huis goed te verwarmen. Ze vermoedde dat Rune zo min mogelijk stookte om de kosten laag te houden. Hij was nooit echt gul geweest, haar schoonzoon. Kleine Ebba was in elk geval schattig, dat moest ze toegeven, maar het was alleen maar leuk om haar af en toe vast te houden. Laura was nooit dol geweest op baby's en ze had veel te weinig energie om zich echt met haar kleinkind bezig te houden.

Voorzichtig schuifelde Laura over de houten planken, die kraakten onder haar gewicht. De laatste jaren was ze onrustbarend snel aangekomen en haar fraaie figuur, waar ze ooit zo trots op was geweest, was nu niet meer dan een herinnering. Maar waarom zou ze haar best doen? Ze zat meestal alleen in haar appartement en haar bitterheid werd met de dag groter.

Rune had niet aan haar verwachtingen voldaan. Hij had weliswaar een appartement voor haar gekocht, maar het speet haar zeer dat ze niet op een betere partij voor Inez had gewacht. Zij was zo mooi dat ze iedereen had kunnen krijgen. Rune Elvander was een vreselijke pietlut en hij liet Inez veel te hard zwoegen. Ze was zo mager als een lat en ze was voortdurend in de weer. Als ze niet schoonmaakte, eten kookte of Rune hielp zijn leerlingen in toom te houden, eiste hij dat ze zijn brutale kin-

deren bediende. De jongste was wel lief, maar de twee oudsten waren gewoonweg onaangenaam.

De trap kraakte terwijl ze naar beneden sloop. Het was vervelend dat haar blaas het niet langer een hele nacht volhield. Vooral in deze kou was het geen doen om naar de wc te moeten. Ze stopte. Ze hoorde beneden iemand lopen en bleef even staan luisteren. De buitendeur ging open. Haar nieuwsgierigheid was gewekt. Wie sloop er 's nachts rond? Er was geen enkele reden om buiten rond te dolen als je geen kwaad in de zin had. Het was ongetwijfeld zo'n verwend kind dat kattenkwaad wilde uithalen, maar daar zou zij wel een stokje voor steken.

Toen ze de deur van de hal had horen dichtvallen, liep ze snel de laatste treden af en trok haar laarzen aan. Ze sloeg een warme sjaal om, deed de voordeur open en keek naar buiten. Het was moeilijk om in het donker iets te onderscheiden, maar toen ze op het trapje stapte, zag ze links een schaduw om de hoek verdwijnen. Nu moest ze slim zijn. Ze liep voorzichtig het trapje af, omdat de stenen door de vorst misschien glad waren geworden. Onderaan ging ze naar rechts in plaats van naar links. Ze zou die persoon vanaf de andere kant de pas afsnijden zodat ze hem op heterdaad kon betrappen, wat hij ook maar van plan was.

Langzaam sloop ze de hoek om, terwijl ze dicht bij de muur bleef lopen. Bij de volgende hoek bleef ze staan om voorzichtig te kijken wat er aan de achterzijde van het huis gebeurde. Daar was geen kip te bekennen. Laura fronste haar voorhoofd en keek teleurgesteld om zich heen. Waar was degene die ze had gezien naartoe gegaan? Ze deed aarzelend een paar passen naar voren terwijl ze om zich heen keek. Misschien was hij naar het strand gegaan? Dat durfde ze zelf niet; het risico dat ze uitgleed en niet meer overeind kwam was te groot. De dokter had haar gewaarschuwd dat ze zich niet moest inspannen. Haar hart was zwak en ze mocht het niet belasten. Huiverend trok ze haar sjaal dichter om zich heen. De kou begon door haar kleren heen te dringen en haar tanden klapperden licht.

Plotseling stond er een donkere figuur voor haar en ze maakte een sprongetje van schrik. Toen zag ze wie het was.

'O, ben jij het. Wat doe je buiten?'

Bij de aanblik van de kille ogen kreeg ze het nog kouder. Ze waren even donker als de nacht om hen heen. Langzaam liep ze naar achteren.

Zonder dat het gezegd hoefde te worden, besefte ze dat ze een vergissing had begaan. Nog een paar passen. Nog maar een paar passen en dan was ze de hoek om en zou ze snel naar de deur aan de voorkant kunnen lopen. Het was niet ver, maar het had net zo goed een paar kilometer kunnen zijn. Ze keek angstig in de pikzwarte ogen en wist dat ze nooit meer een voet in het huis zou zetten. Opeens moest ze aan Dagmar denken. Het gevoel was hetzelfde. Ze was machteloos gevangen en kon nergens heen. In haar borst voelde ze iets breken.

❄

Patrik keek op zijn horloge. 'Waar blijft Gösta toch, verdorie? Hij had hier eerder moeten zijn dan wij.' Mellberg en hij zaten in de auto te wachten en keken naar Leons huis.

Op hetzelfde moment parkeerde er een bekende auto naast hen en Patrik zag verbaasd dat Martin achter het stuur zat.

'Wat doe jij hier?' vroeg hij, terwijl hij uitstapte.

'Je vrouw belde en zei dat er een crisis was en dat jullie hulp nodig hadden.'

'Hoe…?' begon Patrik, maar toen stopte hij en perste zijn lippen op elkaar. Erica ook altijd. Op de een of andere manier had ze Gösta natuurlijk zover gekregen dat hij met haar naar Valö was gegaan. Boosheid vermengde zich met bezorgdheid. Dit was wel het laatste wat hij op dit moment kon gebruiken. Ze hadden geen idee wat er zich binnen bij Leon afspeelde en hij moest zich op zijn taak concentreren. Hij was wel blij dat Martin er was. Zijn collega zag er moe en afgepeigerd uit, maar in een crisissituatie was een vermoeide Martin nog altijd beter dan een Gösta Flygare.

'Wat is er gebeurd?' Martin hield zijn hand boven zijn ogen en keek naar het huis.

'Er is geschoten. Meer weten we niet.'

'Wie zijn er binnen?'

'Dat weten we ook niet.' Patrik voelde zijn hartslag stijgen. Dit was het soort situatie dat hij als agent het vervelendst vond. Ze hadden te weinig informatie om een goede inschatting te kunnen maken en dan kon het vaak echt gevaarlijk worden.

'Moeten we geen versterking vragen?' vroeg Mellberg vanuit de auto.

'Daar hebben we geen tijd voor. We moeten maar aanbellen.'

Mellberg leek te willen protesteren, maar Patrik was hem voor.

'Blijf jij maar hier, Bertil, en bewaak het fort, dan handelen Martin en ik dit af.' Hij keek naar Martin, die stilletjes knikte en zijn dienstwapen uit zijn heupholster haalde.

'Ik ben langs het bureau gereden om het op te halen. Ik dacht dat ik het misschien nodig zou hebben.'

'Mooi zo.' Patrik volgde zijn voorbeeld en ze liepen voorzichtig naar de voordeur. Hij drukte op de bel. Het geluid weerklonk luid in het huis en even later hoorden ze een stem roepen: 'Kom verder, de deur is open.'

Patrik en Martin wisselden een verwonderde blik. Vervolgens stapten ze naar binnen. Toen ze zagen wie er in de woonkamer verzameld waren, nam hun verbazing nog verder toe. Daar zaten Leon, Sebastian, Josef en John. En een grijzende man, van wie Patrik aannam dat het Percy von Bahrn was. Hij had een pistool in zijn hand en zijn ogen schoten onrustig heen en weer.

'Wat is hier gaande?' vroeg Patrik. Hij hield zijn dienstwapen langs zijn lichaam en zag vanuit zijn ooghoek dat Martin hetzelfde deed.

'Vraag Percy maar,' zei Sebastian.

'Leon heeft ons gevraagd hier te komen omdat hij alles wil afsluiten. Ik wilde dat letterlijk opvatten.' Percy's stem trilde. Toen Sebastian even bewoog, veerde hij op en richtte het wapen op hem.

'Rustig man!' Sebastian stak afwerend zijn handen omhoog.

'Wat wilde Leon afsluiten?' vroeg Patrik.

'Alles. Wat er is gebeurd. Wat niet had moeten gebeuren. Wat we hebben gedaan,' zei Percy. Hij liet het pistool zakken.

'Wat hebben jullie gedaan?'

Niemand antwoordde en Patrik besloot ze een eindje op weg te helpen.

'Jullie hebben tijdens de verhoren verteld dat jullie die dag waren vissen. Maar je kunt met Pasen niet op makreel vissen.'

Het was stil. Uiteindelijk snoof Sebastian. 'Echt iets voor stadskinderen om zo'n fout te maken.'

'Je hebt er destijds niets van gezegd,' zei Leon. Hij klonk bijna geamuseerd.

Sebastian haalde zijn schouders op.

'Waarom heeft jouw vader Ebba's hele jeugd lang geld naar haar overgemaakt?' vroeg Patrik en hij keek Leon aan. 'Hebben jullie hem die dag gebeld? Een rijk en machtig man met een groot netwerk. Heeft hij jullie geholpen nadat jullie het gezin hadden vermoord? Is het zo gelopen? Was Rune te ver gegaan? Moesten jullie de anderen doden omdat ze getuigen waren?' Hij hoorde zelf hoe opgewonden hij klonk, maar hij wilde ze zover krijgen dat ze vertelden wat er was gebeurd.

'Nu ben jij zeker wel blij, Leon,' zei Percy spottend. 'Dit is je kans om je kaarten op tafel te leggen.'

John vloog overeind. 'Dit is waanzin. Ik ben niet van plan hierbij betrokken te raken. Ik ga.' Hij deed een pas naar voren, maar Percy richtte op iets vlak naast hem en drukte af.

'Wat doe jij nou?' John schreeuwde en ging weer zitten. Patrik en Martin richtten hun wapen op Percy, maar lieten het weer zakken toen Percy met het zijne naar John bleef wijzen. Het risico was te groot.

'De volgende keer schiet ik er niet naast. Dit is in elk geval iets wat ik net zo goed kan als mijn vader. Eindelijk heb ik iets aan alle uren scherpschieten waar hij me toe heeft gedwongen. Als ik wil, schiet ik die schattige pony van je er zo af.' Percy hield zijn hoofd schuin en keek John aan, die doodsbleek was.

Het drong nu pas tot Patrik door dat de politie van Göteborg had gedacht John thuis aan te treffen en waarschijnlijk niet wist dat hij hier was.

'Rustig aan, Percy,' zei Martin langzaam. 'Zodat er niemand gewond raakt. Niemand gaat ergens naartoe zolang we dit niet hebben opgelost.'

'Ging het om Annelie?' Patrik wendde zich weer tot Leon. Waarom aarzelde hij, als hij wilde onthullen wat er die paaszaterdag in 1974 was gebeurd? Had hij koudwatervrees gekregen? 'We denken dat ze haar paspoort heeft meegenomen en na de moorden naar het buitenland is gevlucht. Want de Elvanders zijn toch vermoord?'

Sebastian begon te lachen.

'Wat is er zo leuk?' vroeg Martin.

'Niets. Absoluut niets.'

'Heeft je vader haar geholpen te verdwijnen? Waren Annelie en jij misschien een stel en liep de boel uit de hand toen Rune erachter kwam? Hoe heb je de anderen zover gekregen dat ze je hielpen en al die jaren hun mond hielden?' Patrik gebaarde naar het groepje dat tegenwoordig uit mannen van middelbare leeftijd bestond. In gedachten zag hij de foto's die na de verdwijning waren gemaakt. Hun uitdagende blikken. Leons natuurlijke autoriteit. Ondanks hun grijzende haar en oudere gezichten waren ze niet veel veranderd. En ze bleven elkaar trouw.

'Ja, vertel eens over Annelie.' Sebastian grijnsde. 'Jij hecht toch zoveel waarde aan de waarheid? Vertel nu over Annelie.'

Er ging Patrik een licht op.

'Ik heb Annelie al ontmoet, hè? Het is Ia.'

Niemand vertrok een spier. Iedereen keek met een merkwaardige mengeling van angst en opluchting naar Leon.

Leon rechtte langzaam zijn rug. Daarna draaide hij zijn hoofd naar Patrik toe, zodat de kant met littekens door de zon werd verlicht, en zei: 'Ik zal over Annelie vertellen. En over Rune, Inez, Claes en Johan.'

'Weet wat je doet, Leon,' zei John.

'Ik heb hier al lang over nagedacht. Het moment is daar.'

Hij haalde diep adem, maar kwam er niet aan toe iets te zeggen omdat de voordeur werd geopend. Daar stond Ia. Ze liet haar blik van de een naar de ander glijden en haar ogen werden groot toen ze het pistool in Percy's hand ontdekte. Heel even leek het alsof ze twijfelde. Toen liep ze naar haar echtgenoot, legde haar hand op zijn schouder en zei mild: 'Je had gelijk. Vluchten kan niet meer.'

Leon knikte. Vervolgens begon hij te vertellen.

Anna maakte zich meer zorgen om Ebba dan om zichzelf. Ebba's gezicht was bleek en in haar hals zag Anna rode vlammen en iets wat op de afdrukken van handen leek. De handen van Mårten. Haar eigen hals was niet gevoelig. Misschien had hij haar gedrogeerd. Ze had geen idee, en dat was misschien nog wel het meest beangstigend. Ze was in zijn armen in slaap gevallen, dronken van bevestiging en nabijheid, en daarna was ze op deze koude stenen vloer wakker geworden.

'Hier ligt mijn moeder,' zei Ebba en ze keek in een van de kisten.

'Dat kun je niet zeker weten.'

'Slechts een van de schedels heeft lang haar. Dat moet mijn moeder zijn.'

'Het kan ook je zus zijn,' zei Anna. Ze overwoog of ze de deksels zou sluiten. Maar Ebba had heel lang niets over het lot van haar familie geweten en wat ze nu zag, was een soort antwoord.

'Wat is dit voor plek?' vroeg Ebba, terwijl ze nog altijd naar de skeletten keek.

'Ik denk een soort schuilkelder. En gezien de vlag en de uniformen is die misschien rond de Tweede Wereldoorlog gebouwd.'

'Dat ze aldoor hier hebben gelegen. Waarom heeft niemand ze gevonden?'

Ebba klonk steeds afweziger en Anna besefte dat als ze hier uit wilden komen, zijzelf het initiatief moest nemen.

'We moeten proberen iets te vinden waarmee we het beslag van de deuren kunnen forceren,' zei Anna en ze gaf Ebba een duwtje. 'Als jij tussen die rommel daar in de hoek zoekt, kijk ik…' ze aarzelde, '… in de kisten.'

Ebba keek haar ontzet aan. 'Maar wat als… Wat als ze kapotgaan?'

'Als we de deur niet open krijgen, zullen we hier doodgaan,' zei Anna rustig en duidelijk. 'Misschien ligt er gereedschap in de kisten. Of jij doorzoekt ze, of ik. Kies maar.'

Ebba stond een poosje stil en leek na te denken over wat Anna had gezegd. Toen draaide ze zich om en begon in de stapel rommel te graven. Eigenlijk dacht Anna niet dat daar iets zou liggen, maar het was goed als Ebba iets omhanden had.

Ze haalde diep adem en stak haar handen in een van de kisten. Toen ze de botten aanraakte, voelde ze zich meteen misselijk worden. Droog, broos haar kietelde haar huid en ze kon een kreet niet onderdrukken.

'Wat is er?' Ebba draaide zich om.

'Niets,' zei Anna. Ze vermande zich en bracht haar hand langzaam verder naar beneden. Nu voelde ze de houten bodem van de kist en ze boog zich voorover om te zien of er iets lag. Opeens voelde ze iets hards en ze pakte het met haar duim en wijsvinger op. Het voorwerp was te klein om bruikbaar te kunnen zijn, maar ze tilde het toch op om te kijken wat het was. Een tand. Vol afschuw liet ze hem weer in de kist vallen en veegde haar hand af aan de deken.

'Heb jij al iets gevonden?' vroeg Ebba.

'Nee, nog niet.'

Het vergde veel krachtsinspanning om de tweede kist te doorzoeken en toen Anna daarmee klaar was, liet ze zich op haar hurken zakken. Ze had niets gevonden. Ze zouden hier nooit wegkomen. Ze zouden hier sterven.

Vervolgens zette ze zich ertoe weer overeind te komen. Er was een derde kist en ze mocht het niet opgeven, al walgde ze bij de gedachte nóg een poging te moeten doen. Gedecideerd liep ze naar de laatste kist. Ebba had het zoeken opgegeven en zat ineengedoken tegen de muur te huilen. Anna keek even naar haar voordat ze haar hand in de laatste kist stak. Ze slikte en probeerde de bodem te voelen. Toen ze opnieuw hout tegen haar vingertoppen voelde, bewoog ze haar hand voorzichtig heen en weer. Er lag iets. Het leek een stapel papier, maar dan wat gladder aan de bovenkant. Ze haalde haar hand weer omhoog en hield de stapel in het licht.

'Ebba,' zei ze.

Toen ze geen reactie kreeg, ging ze naast Ebba op de vloer zitten. Ze gaf haar de stapel aan, die uit foto's bleek te bestaan.

'Kijk.' Haar vingers jeukten om zelf de stapel door te bladeren, maar ze vermoedde dat ze onderdeel van Ebba's geschiedenis waren. Zij had dus het recht om ze als eerste te bekijken en te proberen ze te begrijpen.

Met bevende handen keek Ebba naar de polaroids.

'Wat is dit?' vroeg ze en ze schudde langzaam haar hoofd.

Zowel zij als Anna staarde naar de foto's, al hadden ze alle twee het liefst hun hoofd afgewend. Ze beseften dat ze de verklaring hadden voor wat er destijds op die paaszaterdag was gebeurd.

Mårten werd steeds afweziger. Zijn oogleden waren zwaar, zijn hoofd hing loom naar voren en Erica besefte dat hij elk moment in slaap kon vallen. Ze durfde Gösta niet eens aan te kijken. Mårten had de revolver nog altijd stevig beet en het zou levensgevaarlijk zijn een onverhoedse beweging te maken.

Uiteindelijk vielen zijn ogen helemaal dicht. Langzaam draaide Erica haar hoofd om naar Gösta. Ze hield haar wijsvinger tegen haar lippen en hij knikte. Vragend keek ze in de richting van de deuropening achter Mårten, maar Gösta schudde zijn hoofd. Nee, ze dacht zelf ook niet dat dat zou lukken. Als Mårten wakker werd terwijl zij naar buiten slopen, was de kans groot dat hij wild om zich heen zou gaan schieten.

Ze dacht na. Ze moesten hulp zien te krijgen. Opnieuw keek ze naar Gösta en ze bracht haar hand als een hoorn naar haar oor. Gösta begreep haar meteen en begon in zijn jaszakken te graaien, maar algauw keek hij haar ontmoedigd aan. Hij had zijn mobiel niet bij zich. Erica keek de kamer rond. Anna's handtas stond een eindje verderop en langzaam schoof ze erheen. Mårten schokte in zijn slaap en Erica hield midden in een beweging stil, maar hij werd niet wakker en zijn hoofd bleef zwaar naar voren hangen. Even later kon ze de tas met haar vingertoppen voelen en ze schoof nog een paar centimeter opzij tot ze het hengsel vast kon pakken. Ze hield haar adem in, tilde de tas een eindje op en trok die geluidloos naar zich toe. Voorzichtig begon ze erin te zoeken terwijl ze Gösta's ogen op zich gericht voelde. Hij onderdrukte een kuchje en ze fronste haar wenkbrauwen terwijl ze hem kort aankeek. Mårten mocht nu niet wakker worden.

Eindelijk voelde ze Anna's mobiel in haar hand. Ze controleerde of die op stil was gezet en besefte plotseling dat ze de viercijferige code niet had. Ze moest dus gokken. Ze toetste Anna's geboortedatum in. ONJUISTE CODE verscheen er op het display en ze vloekte inwendig. Misschien had Anna de oorspronkelijke code van de telefoon niet veranderd en dan zou Erica er nooit achter komen. Nee, zo mocht ze niet denken. Ze had nog twee pogingen over. Erica dacht even na en probeerde Adrians verjaardag. ONJUISTE CODE verscheen er weer. Toen moest ze opeens ergens aan denken. Er was nóg een datum die van grote betekenis was in Anna's leven: de noodlottige dag waarop Lucas stierf. Erica toetste de vier cijfers in en een groen licht-je heette haar welkom in de geweldige wereld van de telefoon.

Ze wierp een blik op Gösta, die opgelucht uitademde. Nu moest ze snel zijn. Mårten kon elk moment wakker worden. Godzijdank hadden Anna en zij hetzelfde type telefoon en wist ze de weg in de menu's. Ze begon een sms te schrijven, kort, maar toch zo duidelijk dat Patrik de ernst van de situatie zou inzien. Mårten bewoog onrus-tig en net toen ze de sms wilde verzenden, bedacht ze dat het slim was om hem naar meerdere mensen te sturen. Als Patrik hem niet meteen zag, zou iemand anders reageren. Ze drukte op VERSTUREN en duw-de de tas weer weg. De telefoon verstopte ze onder haar rechterdij. Zo kon ze erbij wanneer ze hem nodig had, maar Mårten zou hem niet zien als hij wakker werd. Nu konden ze alleen maar wachten.

Kjell leunde tegen de auto en keek in de richting waarin een van de politieauto's was verdwenen. De inval was mislukt; ze hadden alleen de vrouw van John Holm op de achterbank meegenomen.

'Waar is John, verdomme?'

Rond het huis was het nog altijd een drukte van belang. Elke mil-limeter van de woning zou worden doorzocht en de fotograaf van de *Expressen* was druk bezig alles op beeld vast te leggen. Hij mocht niet te dichtbij komen, maar met de lenzen die hij tot zijn beschikking had, was dat geen punt.

'Kan hij naar het buitenland zijn gegaan?' vroeg Sven Niklasson. Terwijl hij in Kjells auto zat, had hij al een eerste concept van zijn ar-tikel geschreven en dat naar de redactie gestuurd.

Kjell wist dat hij net zo gretig moest zijn en naar de redactie van de *Bohusläningen* toe moest, waar hij ongetwijfeld als de held van de dag zou worden binnengehaald. Toen hij belde om verslag te doen van de gebeurtenis, had de hoofdredacteur zo hard gejubeld dat Kjells trommelvlies bijna was geknapt. Maar hij wilde pas teruggaan als hij wist waar John was gebleven.

'Nee, ik denk niet dat hij zonder Liv zou zijn vertrokken. Zij leek totaal niet voorbereid op de komst van de politie, en als zij niets wist, was John ook niet op de hoogte. Ze schijnen een heel hecht team te zijn.'

'Maar in een dorp als dit verspreiden geruchten zich als een lopend vuurtje, dus als hij er nog niet vandoor is, is de kans groot dat hij alsnog vertrekt.' Sven Niklasson tuurde naar het huis en kneep zijn lippen samen.

'Hm,' zei Kjell verstrooid. In gedachten nam hij alles door wat hij over John wist. Waar zou hij zich kunnen bevinden? Het botenhuis had de politie al zonder resultaat doorzocht.

'Heb jij nog gehoord hoe het in Stockholm is gegaan?' vroeg hij toen.

'Voor de verandering lijkt het erop dat de binnenlandse veiligheidsdienst Säpo en de politie goed hebben samengewerkt. Het is perfect verlopen. Alle verantwoordelijken van de partij zijn zonder problemen in hechtenis genomen. Dergelijke lui zijn niet zo stoer als puntje bij paaltje komt.'

'Nee, vast niet.' Kjell dacht aan de oorlogskoppen waar de kranten de komende dagen mee gevuld zouden zijn. Het zou niet alleen een nationale aangelegenheid worden; ook elders zou men zich erover verbazen dat zoiets in het onbeduidende Zweden kon gebeuren, het land dat zoveel mensen in de rest van de wereld bijna tot in het belachelijke georganiseerd vonden.

Zijn telefoon ging.

'Hoi Rolf. (…) Ja, er heerst hier enige verwarring. Ze weten niet waar John is. (…) Wat zeg je me nou? Is er geschoten? (…) Oké, we gaan er meteen heen.' Hij beëindigde het gesprek en knikte naar Sven. 'Stap in. Er is geschoten bij Leon Kreutz. We gaan daarheen.'

'Leon Kreutz?'

'Een van de jongens die samen met John op Valö op school heeft gezeten. Daar klopt iets niet, dat denken meer mensen.'

'Ik weet het niet. John kan elk moment opduiken.'

Kjell legde zijn arm op het dak van de auto en keek Sven aan.

'Vraag me niet waarom, maar volgens mij is John daar. Je moet nu beslissen. Ga je mee of blijf je hier? De politie van Tanum is al ter plaatse.'

Sven opende het portier aan de passagierskant en stapte in. Kjell ging achter het stuur zitten, sloot zijn portier met een klap en reed weg. Hij wist dat hij gelijk had gehad. De jongens van Valö hadden iets verborgen gehouden en nu zou het bekend worden. Hij wilde erbij zijn als dat nieuws explodeerde, dat was een ding dat zeker was.

Valö 1974

Het was alsof iemand haar voortdurend in de gaten hield. Beter kon Inez het niet omschrijven. Ze had het gevoel al sinds die ochtend dat haar moeder dood achter het huis was gevonden. Waarom ze midden in de novembernacht naar buiten was gegaan, wist niemand. De dokter die was gekomen en haar had onderzocht, had geconstateerd dat haar hart het gewoon had begeven. Hij had haar gewaarschuwd, zei hij.

Toch twijfelde Inez. Er was na Laura's dood iets veranderd in het huis. Ze voelde het overal. Rune was nog stiller en strenger geworden, en Annelie en Claes daagden haar nog openlijker uit. Het was alsof Rune het niet zag, en dat maakte hen steeds onverschrokkener.

's Nachts kon ze iemand in de slaapzaal van de jongens horen huilen. Het was zacht, nauwelijks hoorbaar. Gehuil dat iemand zo goed mogelijk probeerde te smoren.

Ze was bang. Het had maanden geduurd voordat ze besefte dat dat het gevoel was dat ze had geprobeerd onder woorden te brengen. Er klopte iets niet. Iedereen hield zijn mond en ze wist dat wanneer ze haar bezorgdheid met Rune zou bespreken, hij zijn schouders zou ophalen en het gevoel zou wegwuiven. Maar ze kon aan hem zien dat hij ook wist dat er wat aan de hand was.

Haar vermoeidheid speelde haar ook parten. Het werk voor de school en de verantwoordelijkheid voor Ebba vraten aan haar, net als de inspanning om te zwijgen over wat geheim moest blijven.

'Mamamamamama,' jammerde Ebba in haar box. Ze hield zich stevig aan de rand vast, haar ogen strak op Inez gericht.

Inez negeerde haar. Ze kon het niet opbrengen. Het meisje vroeg zo-

veel dat ze haar niet kon geven en bovendien was ze van Rune. Haar neus en haar mond waren kopieën van die van Rune, waardoor het nog moeilijker was haar in haar hart te sluiten. Inez zorgde voor haar, verschoonde haar, voerde haar, nam haar in haar armen als ze was gevallen, maar meer dan dat kon ze haar niet geven. Haar angst nam te veel ruimte in.

Gelukkig was er het andere. Dat waardoor ze het nog een tijdje volhield en niet simpelweg de benen nam, met de boot naar het vasteland ging en alles achter zich liet. Op de duistere momenten dat ze met die gedachte had gespeeld, had ze zich niet durven afvragen of ze Ebba dan zou meenemen. Ze wist niet zeker of ze het antwoord wel wilde weten.

'Mag ik haar oppakken?' Ze veerde op toen ze Johans stem hoorde. Ze had hem niet het washok horen binnenkomen, waar ze lakens stond te vouwen.

'Ja, hoor. Pak haar maar,' zei ze. Johan was ook een van de redenen waarom ze bleef. Hij hield van haar en hij hield van zijn kleine zusje. Die liefde was wederzijds. Als Ebba hem zag, lichtte haar hele gezicht op en nu stak ze vanuit de box haar armpjes naar hem omhoog.

'Kom maar, Ebba,' zei Johan. Zijn zusje sloeg haar armpjes om zijn nek en liet zich optillen, waarna ze meteen haar gezicht tegen het zijne drukte.

Inez hield op met vouwen en keek naar de twee kinderen. Tot haar verbazing voelde ze een steek van afgunst. Ebba keek haar nooit met dezelfde onvoorwaardelijke liefde aan. In plaats daarvan was er altijd een mengeling van verdriet en verlangen in haar blik te zien.

'Zullen we naar de vogeltjes gaan kijken?' vroeg Johan, terwijl hij zijn neus tegen die van Ebba wreef. Ze schaterde het uit. 'Mag ik met haar naar buiten?'

Inez knikte. Ze vertrouwde Johan en wist dat hij ervoor zou zorgen dat Ebba niets overkwam.

'Natuurlijk, dat is prima.' Ze boog zich voorover en ging verder met het vouwen van de was. De kinderen vertrokken en ze kon Ebba's onophoudelijke gelach en blije geluidjes horen.

Even later hoorde ze hen niet meer. De stilte weergalmde tussen de muren en ze ging op haar hurken op de vloer zitten en liet haar hoofd tussen haar knieën hangen. Het huis hield haar zo stevig in zijn greep dat ze nauwelijks kon ademhalen en het gevoel dat ze een gevangene was *werd met de dag sterker. Ze waren op weg naar een afgrond en er was niets, helemaal niets, wat ze kon doen om dat te voorkomen.*

✳

Eerst had Patrik het gepiep van zijn telefoon willen negeren. Percy leek elk moment te kunnen instorten, en omdat hij een wapen in zijn hand had, kon dat tot een ramp leiden. Tegelijk was iedereen als gehypnotiseerd door Leons stem. Hij vertelde over Valö, over hoe ze vrienden waren geworden, over de familie Elvander en Rune en over hoe alles langzaam maar zeker was misgelopen. Ia stond de hele tijd achter hem en streek over zijn hand. Nadat hij langzaam de achtergrond had beschreven leek hij te aarzelen en Patrik begreep dat hij het moment naderde dat het eind van hun vriendschap had betekend.

Ze zouden de waarheid gauw te weten komen, maar omdat hij zich zorgen maakte om Erica, pakte hij toch zijn telefoon en keek erop. Een bericht van Anna. Hij klikte het snel open en las het. Zijn hand begon onbeheerst te trillen.

'We moeten meteen naar Valö!' riep hij uit, Leon midden in een zin onderbrekend.

'Wat is er gebeurd?' vroeg Ia.

Martin knikte. 'Ja, rustig maar. Vertel wat er aan de hand is.'

'Volgens mij heeft Mårten de brand gesticht en onlangs op Ebba geschoten. En nu zitten Gösta en Erica daar vast. Anna en Ebba zijn verdwenen, niemand heeft sinds gisteren nog iets van ze vernomen en…'

Patrik hoorde zichzelf ratelen en deed zijn best te kalmeren. Als hij Erica wilde helpen moest hij het hoofd koel houden.

'Mårten heeft een wapen waarvan we denken dat het die paaszaterdag ook is gebruikt. Zegt jullie dat iets?'

De mannen keken elkaar aan. Toen hield Leon een sleutel op.

'Waarschijnlijk heeft hij de schuilkelder gevonden. Daar lag de revolver. Nietwaar, Sebastian?'

'Ja, ik ben daar niet geweest sinds we de deur op slot hebben gedaan. Ik snap alleen niet hoe hij naar binnen is gekomen. Voor zover ik weet is dit de enige sleutel.'

'Dat jullie er maar een hebben gevonden, betekent niet dat er niet meer zijn.' Patrik deed een paar passen naar voren en greep de sleutel. 'Waar is die schuilkelder?'

'In de kelder. Achter een geheime deur. Hij is met geen mogelijkheid te vinden als je niet weet dat hij er zit,' zei Leon.

'Zou Ebba daar...?' Ia was krijtwit geworden.

'Dat lijkt me een logische gok,' zei Patrik en hij liep naar de voordeur.

Martin wees naar Percy. 'Wat doen we met hem?'

Patrik draaide zich om, stapte op Percy af en pakte voor hij kon reageren het pistool van hem af. 'Nu is het afgelopen met die onzin. We moeten alles later maar afhandelen. Martin, bel jij onderweg om versterking, dan bel ik de Reddingsbrigade voor een lift. Wie gaat er mee om ons te laten zien waar de schuilkelder ligt?'

'Ik,' zei Josef en hij ging staan.

'Ik ga ook mee,' zei Ia.

'Josef is voldoende.'

Ia schudde haar hoofd. 'Ik ga mee en denk maar niet dat je me op andere gedachten kunt brengen.'

'Vooruit dan maar.' Patrik gebaarde dat ze mee moesten komen.

Onderweg naar de auto's botste hij bijna tegen Mellberg op.

'Is John Holm daar?'

Patrik knikte. 'Ja, maar we moeten naar Valö. Erica en Gösta zijn daar in de problemen geraakt.'

'O?' Mellberg wist zich geen raad. 'Maar ik heb net met Kjell en Sven hier gesproken en kennelijk wordt John gezocht. De collega's uit Göteborg weten nog niet dat hij hier is, dus ik dacht...'

'Regel jij dat maar,' zei Patrik.

'Waar gaan jullie heen?' Kjell Ringholm kwam aangelopen met

een blonde man die Patrik vaag bekend voorkwam.

'Een andere politiezaak. Als jullie John Holm zoeken, dan kun je hem daarbinnen vinden. Mellberg helpt jullie verder.'

Patrik liep op een drafje naar zijn auto. Martin kon hem bijbenen, maar Josef en Ia raakten achterop en Patrik hield ongeduldig het portier voor hen open. Het ging tegen alle regels in om burgers mee te nemen naar een potentieel gevaarlijke plek, maar hij had hun hulp nodig.

Tijdens de overtocht naar Valö stond hij trappelend van ongeduld op de voorplecht alsof hij de boot wilde aansporen nog sneller te gaan. Achter hem stond Martin zachtjes met Josef en Ia te praten. Patrik hoorde dat hij hen instrueerde zo veel mogelijk uit de buurt te blijven en hun aanwijzingen op te volgen. Hij kon een glimlach niet onderdrukken. Martin had zich in de loop van de jaren van een zenuwachtige, rusteloze agent ontwikkeld tot een stabiele en betrouwbare collega.

Toen ze Valö naderden greep hij de reling stevig beet. Hij had minstens één keer per minuut op zijn mobieltje gekeken, maar er waren geen berichten meer gekomen. Hij had overwogen terug te sms'en dat ze onderweg waren, maar hij durfde het niet omdat hij bang was dat het zou verraden dat Erica een telefoon had.

Hij merkte dat Ia naar hem keek. Er was zoveel dat hij haar wilde vragen. Waarom was ze gevlucht en nu pas teruggekomen? Welke rol had ze in de dood van haar vader en de rest van het gezin gespeeld? Maar dat moest allemaal wachten. Te zijner tijd zouden ze alles tot op de bodem uitzoeken. Het enige waar hij zich op dit moment op kon concentreren was dat Erica in gevaar was. Niets anders had enige betekenis. Het had maar een haar gescheeld of hij was haar anderhalf jaar geleden door dat auto-ongeluk kwijtgeraakt en hij had toen al beseft hoe afhankelijk hij van haar was, hoe groot de plek was die ze in zijn leven en zijn toekomst innam.

Toen ze aan land sprongen, grepen Martin en hij als op commando hun dienstwapen. Ze instrueerden Josef en Ia achter hen te blijven. Daarna liepen ze voorzichtig in de richting van het huis.

Percy staarde naar een onbestemd punt op de muur. 'Zo,' zei hij.

'Wat is er in vredesnaam met jou aan de hand?' John haalde zijn hand door zijn blonde pony. 'Had je ons allemaal willen doodschieten?'

'Nee. Ik had eigenlijk alleen mezelf willen doodschieten. Ik wilde alleen eerst even wat lol hebben. Jullie een beetje bang maken.'

'Waarom wilde je jezelf van het leven beroven?' Leon keek zijn oude vriend met genegenheid aan. In al zijn superioriteit was Percy heel broos. Al op Valö had Leon het gevoel gehad dat Percy elk moment kon breken. Het was een wonder dat dat niet was gebeurd. Dat het voor hem moeilijk zou zijn met de herinneringen te leven was te voorspellen geweest, maar misschien had hij ook het vermogen geërfd om alles simpelweg te ontkennen.

'Sebastian heeft me alles ontnomen. En Pyttan heeft me verlaten. Ik word de risee van de hele stad!'

Sebastian spreidde zijn handen. 'Wie zegt dat tegenwoordig nog zo, de risee?'

Het waren net kinderen. Leon zag het nu duidelijk. Ze waren allemaal in hun ontwikkeling stil blijven staan. Ze bevonden zich nog altijd daar, in hun herinneringen. Hij wist dat hij in vergelijking met hen had geboft. Hij keek naar de mannen in de kamer en zag hen als de jongens die ze ooit waren geweest. En hoe vreemd het ook mocht lijken, hij voelde liefde voor hen. Ze hadden een ervaring gedeeld die hen wezenlijk had veranderd en die bepalend was geweest voor hun leven. Hun onderlinge band was zo sterk dat die nooit verbroken kon worden. Hij had altijd geweten dat hij zou terugkeren, dat deze dag zou komen, maar hij had niet gedacht dat Ia aan zijn zijde zou staan. Haar moed verraste hem. Misschien had hij er bewust voor gekozen haar te onderschatten om geen schuld te hoeven voelen over het offer dat ze had gebracht, dat groter was dan dat van wie ook.

En waarom was Josef degene die was opgestaan en mee had durven gaan? Leon dacht het antwoord op die vraag te weten. Al toen Josef binnen was gekomen, had Leon in zijn ogen gezien dat hij bereid was om vandaag te sterven. Het was een blik die hij maar al te goed kende. Hij had die op de Mount Everest gezien toen de storm over hun hoofden trok, en op het reddingsvlot nadat de boot op de Indische Oceaan was gezonken. Het was de blik van een mens die zijn grip op het leven had verloren.

'Ik ben niet van plan hieraan mee te werken.' John stond op en trok aan zijn broekspijpen om de vouw recht te trekken. 'Deze idiotie heeft nu lang genoeg geduurd. Ik zal alles ontkennen, er is geen bewijs en alles wat jij zegt, is jouw verantwoordelijkheid.'

'John Holm?' zei een stem in de deuropening.

John draaide zijn hoofd om.

'Bertil Mellberg. Dat ontbrak er nog maar aan. Wat nou weer? Als het op dezelfde toon gaat als de vorige keer, bel dan mijn advocaat maar.'

'Daar heb ik geen commentaar op.'

'Mooi zo. Dan ga ik naar huis. Leuk jullie gezien te hebben.' John liep in de richting van de voordeur, maar Mellberg versperde hem de weg. Achter hem stonden nu drie mannen. Een van hen hield een grote camera vast en nam de ene foto na de andere.

'U gaat met mij mee,' zei Mellberg.

John zuchtte. 'Wat is dit nou weer voor onzin? Dit is pesterij, anders niet, en ik kan u wel zeggen dat dit consequenties voor u gaat hebben.'

'U bent hierbij gearresteerd op verdenking van samenzwering tot moord en u moet onmiddellijk met mij meekomen,' zei Mellberg met een brede glimlach.

Leon volgde het spektakel vanuit zijn rolstoel en ook Percy en Sebastian keken gespannen naar wat er gebeurde. Johns gezicht was vuurrood geworden en hij wilde zich langs Mellberg heen dringen, maar die duwde hem tegen de muur en dwong met bombastische bewegingen Johns handen bij elkaar en deed hem handboeien om. De fotograaf bleef fotograferen en nu kwamen de twee andere mannen dichterbij.

'Wat de Vrienden van Zweden Project Gimle hebben genoemd, is door de politie ontmaskerd. Wat is daarop uw commentaar?' zei de ene.

John zakte door zijn benen en Leon volgde alles belangstellend. Vroeg of laat moest iedereen verantwoording afleggen voor zijn daden. Opeens begon hij zich zorgen te maken over Ia, maar hij verdrong het gevoel. Wat er ook gebeurde, het was voorbestemd. Ze moest dit doen om de gevoelens van schuld en gemis kwijt te raken die haar ertoe hadden gedreven alleen voor hem te leven. Haar liefde voor hem had aan het bezetene gegrensd, maar in haar had hetzelfde vuur gebrand dat hem ertoe had gedreven elke uitdaging aan te nemen, dat wist hij. Uiteindelijk waren ze samen verbrand, daar in de auto, op de steile helling in Monaco. Ze hadden geen andere keuze dan dit samen te voltooien. Hij was trots op haar, hij hield van haar en nu zou ze eindelijk thuiskomen. Vandaag zou alles tot een einde komen en hij hoopte dat dat gelukkig zou zijn.

Mårten deed langzaam zijn ogen open en keek hen aan.

'Ik werd opeens heel moe.'

Erica en Gösta gaven geen van beiden antwoord. Erica voelde zich plotseling ook mateloos moe. De adrenaline was uit haar lichaam weggestroomd en het besef dat haar zusje misschien dood was, werkte verlammend. Het enige wat ze wilde, was op de houten vloer gaan liggen en zich oprollen tot een klein balletje. Haar ogen sluiten, in slaap vallen en pas wakker worden als alles voorbij was. Op de een of andere manier.

Ze had het display zien oplichten. Dan. Mijn god, hij moest doodongerust zijn na haar berichtje. Maar ze had geen antwoord van Patrik gehad. Misschien was hij druk bezig en had hij haar sms niet gezien?

Mårten bleef hen aankijken. Zijn hele lichaam was ontspannen en zijn gezicht stond onverschillig. Het speet Erica dat ze Ebba niet uitgebreider had gevraagd wat er met hun zoontje was gebeurd. Er moest toen iets in beweging zijn gezet, iets wat Mårten uiteindelijk tot waanzin had gedreven. Als ze wist hoe het was gegaan, kon ze misschien met hem praten. Ze konden niet domweg blijven wachten tot Mårten hen zou vermoorden. Ze twijfelde er namelijk niet aan dat dat zijn bedoeling was. Dat had ze begrepen op het moment ze de koude gloed in zijn blik zag. Zachtjes zei ze: 'Vertel over Vincent.'

In eerste instantie antwoordde hij niet. Het enige wat ze hoorden, was Gösta's ademhaling en het geluid van motorboten in de verte. Ze wachtte en ten slotte zei hij eentonig: 'Hij is dood.'

'Hoe is het gebeurd?'

'Het was Ebba's fout.'

'Hoezo was het Ebba's fout?'

'Ik begrijp dat eigenlijk nu pas.'

Erica merkte dat ze ongeduldig werd.

'Heeft zij hem gedood?' vroeg ze en ze hield haar adem in. Vanuit haar ooghoek zag ze dat Gösta het gesprek aandachtig volgde. 'Heb je Ebba daarom geprobeerd te vermoorden?'

Mårten speelde met de revolver. Woog die in zijn handen.

'Het was niet de bedoeling dat de brand zo hevig zou worden,' zei hij en hij legde het wapen weer op zijn schoot. 'Ik wilde alleen dat ze snapte dat ze me nodig had. Dat ik degene was die haar kon beschermen.'

'Heb je daarom ook op haar geschoten?'

'Ze moest begrijpen dat wij elkaar moeten steunen. Maar het haalde niets uit. Dat begrijp ik nu. Ze heeft me gemanipuleerd, waardoor ik niet zag wat zo duidelijk is. Dat zij hem heeft gedood.' Hij knikte als om zijn woorden kracht bij te zetten en zijn blik joeg Erica zo'n angst aan dat ze haar uiterste best moest doen om kalm te blijven.

'Dat zij Vincent heeft gedood?'

'Inderdaad. En later begreep ik alles. Nadat ze bij jou was geweest. Ze heeft de schuld geërfd. Zoveel kwaad kan niet zomaar verdwijnen.'

'Je bedoelt haar betovergrootmoeder? De Engelenmaakster?' vroeg Erica verbaasd.

'Ja. Ebba zei dat ze de kinderen in een teil verdronk en ze in de kelder begroef omdat ze dacht dat niemand ze wilde hebben, dat niemand naar ze op zoek zou gaan. Maar ik wilde Vincent wel hebben. Ik heb hem gezocht, maar hij was al weg. Zij had hem verdronken. Hij was bij de andere kinderen begraven en kon niet naar boven komen.' Mårten spuugde de woorden naar buiten en er stroomde wat speeksel uit zijn mondhoek.

Erica besefte dat er niet met hem te praten viel. Verschillende realiteiten waren samengevloeid tot een merkwaardig schaduwland, waar hij onbereikbaar was. Ze raakte in paniek en keek even naar

Gösta. Zijn gelaten blik zei haar dat hij tot dezelfde slotsom was gekomen. Ze konden niet anders doen dan hopen en bidden dat ze dit op de een of andere manier overleefden.

'Sst,' zei Mårten plotseling en hij ging rechtop zitten.

Zowel Erica als Gösta veerde op door de onverwachte beweging.

'Er komt iemand aan.' Mårten greep de revolver beet en schoot overeind. 'Sst,' zei hij nogmaals en hij hield zijn wijsvinger voor zijn mond.

Hij rende naar het raam en keek naar buiten. Heel even bleef hij staan om de alternatieven te overwegen. Toen wees hij naar Gösta en Erica.

'Jullie blijven hier. Ik ga nu. Ik moet ze bewaken. Ze mogen ze niet vinden.'

'Wat ga je doen?' Erica kon zich niet inhouden. De hoop dat iemand hen kwam helpen vermengde zich met de angst dat dat Anna's leven in gevaar bracht, als het niet al te laat was. 'Waar is mijn zus? Je moet me vertellen waar Anna is.' Haar stem sloeg over.

Gösta legde kalmerend een hand op haar arm.

'We wachten hier, Mårten. We gaan nergens naartoe. We blijven hier zitten tot je terugkomt.' Hij keek Mårten recht aan.

Ten slotte knikte Mårten. Hij draaide zich subiet om en stoof de trap af. Erica wilde meteen opstaan en achter hem aan rennen, maar Gösta greep haar stevig bij haar arm en siste: 'Rustig. Laten we eerst uit het raam kijken, misschien kunnen we zien waar hij heen gaat.'

'Maar Anna…' zei ze vertwijfeld en ze probeerde zich los te rukken.

Gösta liet haar echter niet gaan. 'Denk nou na en doe geen overhaaste dingen. We kijken naar buiten en gaan daarna naar beneden, naar de mensen die eraan komen. Het zijn vast Patrik en de anderen en dan hebben we hulp.'

'Oké,' zei Erica en ze ging staan. Haar benen waren wiebelig en gevoelloos.

Voorzichtig keken Gösta en zij of ze Mårten ergens zagen.

'Zie jij iemand?'

'Nee,' zei Gösta. 'Jij dan?'

'Nee, maar ik denk ook niet dat hij naar de steiger is gegaan. Dan rent hij zo in de armen van de mensen die eraan komen.'

'Hij moet naar de achterkant van het huis zijn gegaan. Waar kan hij anders naartoe zijn?'

'Ik zie hem in elk geval niet. Nu ga ik naar beneden.'

Behoedzaam liep Erica via de trap naar de hal. Het was stil en ze hoorde geen stemmen, maar ze wist dat ze zouden proberen het huis zo geluidloos mogelijk te naderen. Ze keek door de open voordeur en voelde een brok in haar keel. Buiten was niemand te zien.

Op hetzelfde moment zag ze iets tussen de bomen bewegen. Ze kneep haar ogen samen om beter te kunnen zien en constateerde opgelucht dat het Patrik was. Vlak achter hem liepen Martin en nog twee mensen. Het duurde even voordat ze Josef Meyer herkende. Naast hem liep een vrouw in prachtige kleren. Kon dat Ia Kreutz zijn? Ze wuifde zodat Patrik haar zou zien en liep toen weer de hal in.

'We blijven hier,' zei ze tegen Gösta, die van boven kwam.

Ze gingen tegen de muur staan, zodat ze niet door de deuropening te zien waren. Mårten kon overal zijn en ze liep liever niet het risico daar als een levende schietschijf te staan.

'Waar kan hij naartoe zijn?' Gösta draaide zich naar haar om. 'Misschien is hij nog binnen.'

Erica besefte dat hij gelijk had en keek in paniek rond, alsof Mårten elk moment kon opduiken om hen neer te schieten. Maar hij was nergens te bekennen.

Toen Patrik en Martin er eindelijk waren, keek ze Patrik recht aan. In zijn blik zag ze zowel opluchting als bezorgdheid.

'Mårten?' fluisterde hij en Erica vertelde vlug wat er was gebeurd nadat Mårten had gemerkt dat er iemand aan kwam.

Patrik knikte en maakte met geheven wapen samen met Martin een snel rondje over de benedenverdieping. Toen ze weer in de hal waren, schudden ze hun hoofd. Ia en Josef stonden doodstil. Erica vroeg zich af wat zij hier deden.

'Ik weet niet waar Anna en Ebba zijn. Mårten ijlde dat hij ze moest bewaken. Kan hij ze ergens hebben opgesloten?' Ze kon een snik niet onderdrukken.

'Dat is de deur naar de kelder,' zei Josef en hij wees naar een deur een eindje verderop in de hal.

'Wat is daar?' vroeg Gösta.

'Dat leggen we straks wel uit, daar is nu geen tijd voor,' zei Patrik.

'Blijf achter ons. En jullie blijven hier,' zei hij tegen Erica en Ia.

Erica wilde protesteren, maar zag toen Patriks gezicht. Het had geen zin om met tegenwerpingen te komen.

'Wij gaan naar beneden,' zei Patrik met een laatste blik op Erica. Ze zag dat hij net zo bang was als zij voor wat hij daar zou aantreffen.

Valö paaszaterdag 1974

Alles moest net als anders zijn. Dat verwachtte Rune. De meeste leerlingen waren in de vakantie naar huis gegaan en ze had bescheiden gevraagd of de achterblijvers niet samen met hen de paaslunch konden nuttigen, maar Rune had zich zelfs niet verwaardigd haar te antwoorden. Een paaslunch was uiteraard alleen voor de familie.

Ze had twee dagen staan koken: gebraden lam, gevulde eieren, gepocheerde zalm... Er kwam geen eind aan Runes wensen. Wensen was trouwens niet het juiste woord. Het waren eerder eisen.

'Carla maakte dit altijd klaar. Elk jaar,' had hij gezegd toen hij haar voor hun eerste Pasen samen een lijst had gegeven.

Inez wist dat het geen zin had te protesteren. Als Carla dat had gemaakt, dan moest dat nu ook gebeuren. God verhoede dat ze iets anders deed.

'Wil jij Ebba in de kinderstoel zetten, Johan?' vroeg ze, terwijl ze het grote lamsgebraad op tafel zette. Ze deed een schietgebedje dat ze het goed had bereid.

'Moet de kleine erbij zijn? Ze is alleen maar lastig.' Annelie kwam naar binnen geslenterd en ging zitten.

'Wat stel je voor dat ik met haar doe?' vroeg Inez. Na al het gezwoeg in de keuken was ze niet in de stemming voor de hatelijke opmerkingen van haar stiefdochter.

'Dat weet ik niet, maar het is zo goor als ze bij ons aan tafel zit. Ik word er misselijk van.'

Inez voelde iets knappen. 'Als het zo'n opgave voor je is, eet je misschien liever niet met ons mee,' snauwde ze.

'Inez!'

Ze veerde op. Rune was de eetkamer binnengekomen en zijn gezicht was donkerrood.

'Wat zeg je me daar! Zou mijn dochter niet welkom aan tafel zijn?' Zijn stem was ijzig en hij keek Inez strak aan. 'In dit gezin is iedereen welkom aan tafel.'

Annelie zei niets, maar Inez zag dat ze heel tevreden was over de terechtwijzing.

'Sorry, ik dacht niet na.' Inez draaide zich om en verplaatste de dekschaal met aardappelen. Inwendig kookte ze van woede. Het liefst had ze het gewoon uitgeschreeuwd, haar hart gevolgd en het eiland verlaten. Ze wilde niet in deze hel blijven vastzitten.

'Ebba heeft een beetje overgegeven,' zei Johan bezorgd en hij veegde de kin van zijn zusje af met een servet. 'Ze is toch niet ziek?'

'Nee, waarschijnlijk heeft ze gewoon een beetje te veel pap gehad,' zei Inez.

'Dan is het goed,' zei hij, maar hij klonk niet overtuigd. Johan werd met de dag beschermender, dacht Inez en ze vroeg zich voor de zoveelste keer af hoe het kon dat hij zo anders was dan zijn broer en zijn zus.

'Gebraden lam. Vast niet zo lekker als dat van mama.' Claes kwam binnen en ging naast Annelie zitten. Zij giechelde en knipoogde naar hem, maar hij deed alsof hij haar niet zag. Eigenlijk hadden die twee de beste maatjes moeten zijn, maar het leek alsof iedereen Claes koud liet. Behalve zijn moeder, over wie hij het altijd had.

'Ik heb mijn best gedaan,' zei Inez. Claes snoof.

'Waar ben je geweest?' vroeg Rune, terwijl hij naar de aardappelen reikte. 'Ik heb je gezocht. Olle heeft de planken waar ik hem om had gevraagd bij de steiger uitgeladen. Ik heb je hulp nodig om ze hierheen te krijgen.'

Claes haalde zijn schouders op. 'Ik heb wat over het eiland gewandeld. Ik kan die planken later wel halen.'

'Je doet het meteen na het eten,' zei Rune, maar daar liet hij het bij.

'Hij moet meer rosé zijn,' zei Annelie en ze haalde haar neus op voor de plak lamsvlees die ze op haar bord had gelegd.

Inez verbeet zich. 'We hebben hier niet zo'n goede oven. De temperatuur is ongelijkmatig. Ik heb zoals gezegd mijn best gedaan.'

'Goor,' zei Annelie en ze schoof het vlees opzij. 'Mag ik de saus even?' vroeg ze toen aan Claes. De kom stond links naast hem.

'Natuurlijk,' zei hij en hij stak zijn hand uit.

'Oeps...' Hij keek Inez de hele tijd aan. De sauskom was met een klap op de grond gevallen en de bruine saus stroomde over de houten vloer en sijpelde door de spleten tussen de planken weg. Inez keek hem recht aan. Ze wist dat hij het opzettelijk had gedaan. En hij wist dat zij het wist.

'Wat onhandig van je,' zei Rune en hij keek naar de vloer. 'Dat moet je even opzwabberen, Inez.'

'Uiteraard,' zei ze en ze glimlachte geforceerd. Het kwam natuurlijk niet in hem op dat Claes de troep zelf kon opruimen.

'Haal je ook meer saus?' vroeg Rune, terwijl ze naar de keuken liep.

Ze draaide zich om. 'Er is niet meer.'

'Carla had altijd extra saus in de keuken voor het geval die opraakte.'

'Ja, maar nu heb ik het anders gedaan. Ik heb alles in één keer in de kom gegoten.'

Toen ze alle saus had opgeruimd, op handen en voeten naast de stoel van Claes, ging ze weer op haar plek zitten. Haar eten was ondertussen koud geworden, maar ze had toch geen trek meer.

'Het was erg lekker, Inez,' zei Johan en hij stak zijn bord uit voor een nieuwe portie. 'Ik vind dat je erg lekker kookt.'

Zijn ogen waren heel blauw, vol onschuld, en ze moest er bijna van huilen. Terwijl ze nog wat eten op zijn leeggeschraapte bord schepte, voerde hij Ebba met haar kleine zilveren lepel.

'Hier komt nog een stukje aardappel. Mmm, wat lekker,' zei hij. Zijn gezicht begon te stralen zodra ze haar mond opende en een hap doorslikte.

Claes lachte rauw. 'Wat ben je toch een doetje.'

'Zo spreek je niet tegen je broer,' snauwde Rune. 'Hij heeft voor alle vakken uitstekende cijfers en is slimmer dan jij en je zus samen. Jij hebt op school niet bepaald laten zien wat je kunt, dus ik vind dat je netjes tegen je broer kunt spreken totdat je zelf hebt laten zien dat je ergens voor deugt. Je moeder had zich geschaamd als ze had gezien wat voor eindcijfers je hebt gehaald en wat voor een nietsnut je bent gebleken.'

Claes deinsde terug en Inez zag zenuwtrekjes in zijn gezicht verschijnen. Zijn ogen waren bodemloos donker.

Het was een poosje doodstil rond de eettafel. Zelfs Ebba maakte geen enkel geluidje. Claes keek Rune recht in de ogen en Inez balde haar handen op haar schoot. Ze was getuige van een machtsstrijd en ze wist niet zeker of ze wel wilde weten hoe die afliep.

Ze staarden elkaar minutenlang aan. Uiteindelijk keek Claes weg.

'Sorry, Johan,' zei hij.

Inez huiverde. Claes' stem klonk vol haat en ze had het gevoel dat ze haar instinct moest volgen. Ze had nog steeds de mogelijkheid om op te staan en te vluchten. Die mogelijkheid zou ze moeten grijpen, wat de consequenties ook zouden zijn.

'Het spijt me dat ik tijdens het eten stoor. Maar ik zou graag een paar woorden met u willen wisselen, meneer Elvander. Het is dringend.' Leon stond met beleefd gebogen hoofd in de deuropening.

'Kan het niet wachten? We zitten te eten,' zei Rune met een diepe frons tussen zijn wenkbrauwen. Tijdens de maaltijd wenste hij niet te worden gestoord, zelfs niet op gewone dagen.

'Daar heb ik alle begrip voor en ik zou het niet vragen als het niet belangrijk was.'

'Waar gaat het om?' vroeg Rune en hij veegde zijn mond af met een servet.

Leon aarzelde. Inez keek naar Annelie. Zij kon haar ogen niet van Leon afhouden.

'Het gaat om een acute situatie thuis. Mijn vader heeft me gevraagd met u te praten.'

'O, je vader. Waarom zei je dat niet meteen?'

Rune stond op van tafel. Voor de rijke ouders van de kinderen had hij altijd tijd.

'Gaan jullie rustig door met eten; dit duurt vast niet lang,' zei hij, terwijl hij naar de deuropening beende, waar Leon stond te wachten.

Inez volgde Rune met haar blik. In haar maag balde zich iets samen. Alles wat ze de afgelopen maanden had gevoeld, vormde zich tot een harde klomp. Er stond iets te gebeuren.

✳

Buiten gleed het landschap voorbij en voorin zat die onaangename Mellberg opgewonden te telefoneren. Hij leek John niet te willen overdragen aan de politie die in Fjällbacka ter plaatse was en stond erop zelf helemaal naar Göteborg te rijden. Tja, hem maakte het niet uit.

John vroeg zich af hoe het met Liv was. Ook zij had alles op één kaart gezet. Misschien hadden ze tevreden moeten zijn met wat ze al hadden bereikt, maar de verleiding om alles in één klap te veranderen en iets te bewerkstelligen wat nog geen enkele nationalistische partij in Zweden was gelukt, namelijk een dominante politieke positie bereiken, was te groot geweest. In Denemarken had de Dansk Folkeparti veel ideeën doorgevoerd waar de Vrienden van Zweden van droomden. Was het zo verkeerd geweest om de ontwikkeling in eigen land te bespoedigen?

Project Gimle zou het Zweedse volk hebben verenigd, waardoor ze het land eindelijk samen in ere hadden kunnen herstellen. Het was een eenvoudig plan geweest en hoewel hij zich af en toe zorgen had gemaakt, was hij ervan overtuigd geweest dat ze zouden slagen. Nu was alles naar de kloten. Alles wat ze hadden opgebouwd, zou worden afgebroken en in de naweeën van Gimle in de vergetelheid raken. Niemand zou begrijpen dat ze een nieuwe toekomst voor het Zweedse volk hadden willen scheppen.

Het was allemaal begonnen met een voorstel dat schertsend in de binnenste kern naar voren was gebracht. Liv had meteen het potentieel gezien. Ze had de anderen en hem uitgelegd hoe een verandering die anders wel een hele generatie kon duren, nu een stuk sneller kon worden bewerkstelligd. Binnen één etmaal zouden ze een revolutie kunnen ontketenen en alle Zweden kunnen mobiliseren in een strijd tegen de geïnfiltreerde vijanden die bezig waren de maatschappij af te breken. Het was een logische redenatie geweest en de prijs had redelijk geleken.

Slechts één bom. In de Sturegallerian, de winkelpassage bij het Stureplan, geplaatst op het drukste moment van de dag. Alle sporen die de politie naderhand volgde, zouden op moslimterroristen wijzen. Ze waren ruim een jaar bezig geweest met de voorbereiding. Ze hadden alle details besproken en zich ervan verzekerd dat niemand tot een andere conclusie kon komen dan dat islamieten in het hart van Stockholm, het hart van Zweden, een aanslag hadden gepleegd. De mensen zouden bang worden. En als ze bang waren, dan werden ze boos. Op dat moment zouden de Vrienden van Zweden naar voren treden, hen voorzichtig bij de hand nemen, hun angsten bevestigen en vertellen wat ze moesten doen om veilig verder te kunnen leven. Om als Zweden te kunnen leven.

Niets daarvan zou werkelijkheid worden. Zijn zorgen om wat Leon wilde onthullen leken belachelijk en absurd in vergelijking met het schandaal dat hem nu te wachten stond. Hij zou in het middelpunt staan, maar niet zoals hij had gedacht. Project Gimle was zijn val geworden, niet zijn triomf.

Ebba keek naar de foto's, die ze op de grond had gelegd. De naakte jongens keken met lege blik in de camera.

'Ze zien er zo hulpeloos uit.' Ze wendde haar hoofd af.

'Het heeft niets met jou te maken,' zei Anna en ze streek Ebba over haar arm.

'Het was beter geweest als ik nooit iets over mijn familie te weten was gekomen. Het enige beeld dat ik straks van hen heb als wij…'

Ze maakte haar zin niet af en Anna wist dat ze de gedachte niet hardop wilde uitspreken: als wij hier wegkomen.

Ebba keek weer naar de foto's. 'Dit moeten leerlingen van mijn vader zijn. Als hij ze dit heeft aangedaan, kan ik begrijpen dat ze hem hebben gedood.'

Anna knikte. Je kon zien dat de jongens zich met hun handen wilden bedekken, maar dat van de fotograaf niet mochten. De kwelling stond duidelijk op hun gezichten te lezen en ze kon zich goed voorstellen tot welke razernij deze vernedering moest hebben geleid.

'Ik begrijp alleen niet waarom ze allemaal moesten sterven,' zei Ebba.

Plotseling hoorden ze voetstappen aan de andere kant van de deur. Ze gingen staan en keken gespannen in die richting. Iemand was met het slot bezig.

'Het moet Mårten zijn,' zei Ebba verschrikt.

Instinctief keken ze om zich heen of er een vluchtweg was, maar ze zaten als ratten in de val. Langzaam ging de deur open en Mårten stapte met een revolver in zijn hand naar binnen.

'Goh, leef je nog?' zei hij tegen Ebba. Anna vond het beangstigend dat het hem zo duidelijk niets kon schelen of zijn vrouw dood was of niet.

'Waarom doe je zo?' Ebba liep huilend naar hem toe.

'Blijf staan.' Hij hief de revolver en richtte op haar, waardoor ze midden in een pas bevroor.

'Laat ons gaan.' Anna probeerde zijn aandacht te trekken. 'We beloven je dat we niets zullen zeggen.'

'En dat moet ik geloven? Het maakt hoe dan ook niet uit. Ik heb niet de wens...' Hij onderbrak zichzelf en keek naar de kisten, waar de beenderen uit omhoogstaken. 'Wat is dat?'

'Dat is Ebba's familie,' zei Anna.

Mårten kon zijn ogen niet van de skeletten afhouden. 'Hebben die daar aldoor gelegen?'

'Ja, dat kan haast niet anders.'

Anna hoopte dat Mårten zo van slag zou zijn dat ze dicht bij hem kon komen. Ze boog zich voorover. Hij maakte een onverhoedse beweging en richtte de revolver op haar.

'Ik wil je alleen iets laten zien.' Anna pakte de foto's en stak ze Mårten toe, die ze met een sceptisch gezicht aanpakte.

'Wie zijn dat?' vroeg hij en voor het eerst klonk zijn stem bijna normaal.

Anna voelde haar hart bonzen. Ergens daarbinnen zat nog altijd de redelijke, stabiele Mårten. Hij bracht de foto's dichter bij zijn gezicht en bestudeerde ze.

'Mijn vader moet dit op zijn geweten hebben,' zei Ebba. Haar haar hing voor haar gezicht en je kon aan haar hele houding zien dat ze het had opgegeven.

'Rune?' vroeg Mårten, maar hij schrok op toen ze een geluid vanuit het huis hoorden. Snel sloot hij de deur.

'Wie is dat?' vroeg Anna.

'Ze willen alles verpesten,' zei Mårten. De aanwezigheid in zijn blik was verdwenen en Anna besefte dat alle hoop was vervlogen. 'Maar hier komen ze niet naar binnen. Ik heb de sleutel. Die lag boven op het deurkozijn in de kelder, vergeten en verroest. Ik heb hem op alle sloten geprobeerd, maar hij paste nergens. Ongeveer een week geleden heb ik toevallig deze ingang gevonden. Die was geniaal geconstrueerd, bijna niet te zien.'

'Waarom heb je me dat niet verteld?' vroeg Ebba.

'Ik begon toen al te begrijpen hoe alles in elkaar stak. Dat het jouw schuld is dat Vincent dood is, maar dat je het niet wilt erkennen. Dat jij het mij in de schoenen probeert te schuiven. En in de open kist vond ik dit ding.' Hij wuifde met de revolver. 'Ik wist dat hij van pas zou komen.'

'Ze zullen hier naar binnen komen. Dat weet je,' zei Anna. 'Je kunt beter de deur opendoen.'

'Dat kan niet. Er lijkt een draaiknop aan de binnenkant te hebben gezeten, maar die heeft iemand weggehaald. De deur valt vanzelf in het slot en zij hebben geen sleutel, dus als ze onverhoopt toch de verborgen ingang vinden, dan kunnen ze er niet in. De deur is gemaakt door iemand die paranoïde was en kan een heleboel hebben.' Mårten glimlachte. 'Als het gereedschap om de deur te forceren eenmaal hier is, zal het te laat zijn.'

'Lieve Mårten,' zei Ebba, maar Anna wist dat het geen zin had om te proberen met hem te praten. Mårten zou hier met hen sterven als zij niets deed.

Op hetzelfde moment werd er een sleutel in het slot gestoken en Mårten draaide verbaasd zijn hoofd om. Dat was het moment waarop Anna had gewacht. In één beweging raapte ze de engel van de grond en wierp zich op Mårten. Met het sieraad maakte ze een lange snee op zijn wang en met haar andere hand probeerde ze het wapen te pakken. Net toen ze het koude staal voelde, weerklonk er een schot.

Eigenlijk had hij besloten vandaag te sterven. Dat had een logisch gevolg van zijn falen geleken, en de beslissing luchtte hem alleen maar op. Op het moment dat hij van huis vertrok, wist hij nog niet hoe het zou gebeuren, maar toen Percy met zijn pistool begon te zwaaien, had hij gedacht als een held te kunnen sterven.

Nu leek die beslissing merkwaardig overhaast. Terwijl hij de donkere trap af liep, voelde Josef sterker dan ooit dat hij wilde leven. Hij wilde niet sterven en al helemaal niet op de plek waar zijn nachtmerries zich jarenlang hadden afgespeeld. Hij zag de agenten voor zich en voelde zich akelig naakt zonder wapen. Of hij wel of niet mee zou gaan naar de kelder was geen onderwerp van discussie geweest. Hij was de enige die de weg kon wijzen. De enige die wist waar de hel was.

De agenten stonden onder aan de trap op hem te wachten. Patrik Hedström trok vragend een wenkbrauw op en Josef wees naar de wand achter in de kelder. Het leek een gewone muur, met scheve planken vol plakkerige verfblikken. Hij zag Patriks sceptische blik en ging hem voor om het hem te laten zien. Hij herinnerde zich alles maar al te goed: de geuren, het gevoel van beton onder zijn voeten, de muffe lucht die hij inademde.

Na een blik op Patrik drukte Josef op de rechterkant van de middelste plank. De muur gaf mee, draaide naar binnen en onthulde een gang naar een stevige deur. Hij deed een pas opzij. De agenten keken hem verbaasd aan, voordat ze zich herpakten en de gang in stapten. Eenmaal bij de deur aangekomen bleven ze staan luisteren. Het klonk alsof er aan de andere kant werd gemompeld. Josef wist precies hoe het er daar uitzag. Hij hoefde alleen zijn ogen maar te sluiten om het zo duidelijk voor zich te zien alsof hij er gisteren nog was geweest. De kale muren, het peertje aan het plafond. En de vier kisten. In een daarvan hadden ze de revolver gelegd. Daar moest Ebba's echtgenoot hem hebben gevonden. Josef vroeg zich af of hij de andere kisten ook had geopend, of hij wist wat daarin zat. Hoe dan ook zou iedereen het nu te weten komen. Er was geen weg terug.

Patrik pakte de sleutel uit zijn zak, stak hem in het slot en draaide hem om. Uit de blik die hij op Josef en zijn collega's wierp, bleek duidelijk dat hij een ramp vreesde.

Voorzichtig opende Patrik de deur. Er viel een schot en Josef zag de agenten met getrokken wapens naar binnen stuiven. Zelf bleef hij in de gang staan. Door het tumult was het lastig te zien wat er precies gebeurde, maar hij kon Patrik wel horen schreeuwen: 'Laat het wapen los!' De woorden werden gevolgd door een lichtflits en een knal die zo hard echode dat het pijn deed aan hun oren. Vervolgens was het geluid te horen van een lichaam dat op de vloer viel.

De stilte erna weergalmde in Josefs oren en hij hoorde zichzelf ademen, kort en oppervlakkig. Hij leefde, hij voelde dat hij leefde en daar was hij dankbaar voor. Rebecka zou zich zorgen maken als ze zijn brief vond en hij moest maar proberen het haar uit te leggen. Want hij zou vandaag niet sterven.

Er kwam iemand de keldertrap af rennen en toen hij zich omdraaide, zag hij Ia op zich af komen. Haar gezicht stond angstig.

'Ebba,' zei ze. 'Waar is Ebba?'

Het bloed was op de kisten en de muur gespoten. Achter zich hoorde ze Ebba gillen, maar het weergalmde in de verte.

'Anna.' Patrik greep haar bij haar schouders en schudde haar door elkaar. Ze wees naar haar oor.

'Ik geloof dat mijn trommelvlies is gescheurd. Ik hoor heel slecht.'

Haar stem klonk dof en vreemd. Alles was zo snel gegaan. Ze keek naar haar handen. Die zaten onder het bloed en ze keek naar haar lichaam om te zien of ze ergens gewond was geraakt, maar daar leek het niet op. Ze had Ebba's engel nog altijd stevig vast en besefte dat het bloed afkomstig moest zijn van de wond op Mårtens gezicht. Nu lag hij met open ogen op de vloer. Een kogel had een groot gat in zijn hoofd gemaakt.

Anna keek weg. Ebba gilde nog altijd en plotseling kwam er een vrouw binnengestormd, die haar armen om haar heen sloeg. Ze wiegde haar heen en weer en langzaam verstomde Ebba's gekrijs en ging over in gepiep. Stom wees Anna op de kisten, en Patrik, Martin en Gösta staarden naar de skeletten, die ook onder het bloed zaten.

'Jullie moeten hier weg.' Patrik schoof Anna en Ebba behoedzaam naar de deur. Ia kwam vlak achter hen aan.

Ze kwamen in de kelder en plotseling zag Anna een eindje verderop Erica van een steile keldertrap af komen. Ze nam de trap met twee treden tegelijk en Anna versnelde haar pas. Pas op het moment dat ze haar gezicht in de hals van haar grote zus boorde, voelde ze de tranen komen.

Toen ze weer in de hal stonden, knepen ze hun ogen dicht tegen het felle licht. Anna beefde nog steeds alsof ze het heel koud had. Erica las haar gedachten en ging naar boven om Anna's kleren halen. Ze zei er niets over dat die in de slaapkamer van Mårten en Ebba lagen, maar Anna wist dat ze het een en ander uit te leggen had, ook aan Dan. Haar hart schrijnde toen ze zich realiseerde hoe erg ze hem zou kwetsen, maar ze kon het niet opbrengen daar nu over na te denken. Dat moest ze later maar oplossen.

'Ik heb om assistentie verzocht en er zijn mensen onderweg,' zei Patrik. Hij hielp Anna en Ebba op de buitentrap te gaan zitten.

Ia nam naast Ebba plaats en sloeg haar armen stevig om haar heen. Gösta ging aan de andere kant zitten en keek aandachtig naar de twee vrouwen. Patrik boog zich naar hem toe en fluisterde: 'Dat is Annelie. Ik vertel het je straks allemaal.'

Gösta keek hem vragend aan. Daarna werd hij als door de bliksem door het inzicht getroffen en hij schudde zijn hoofd.

'Het handschrift. Het was zo duidelijk dat het met elkaar te maken had.'

Hij wist dat hem iets was ontgaan toen ze alle dozen doornamen. Iets wat hij had gezien en had moeten begrijpen. Hij wendde zich tot Ia.

'Ze had bij ons terecht kunnen komen, maar ze heeft het ook goed gehad bij de mensen bij wie ze nu is opgegroeid.' Gösta zag dat de anderen luisterden maar niet begrepen waar hij het over had.

'Ik kon het niet opbrengen om erover na te denken waar ze terecht was gekomen. Ik kon het überhaupt niet opbrengen om aan haar te denken. Het was makkelijker om dat niet te doen,' zei Ia.

'Ze was heel lief. We hebben die zomer erg van haar genoten en we hadden haar graag gehouden. Maar we hadden een kind verloren en de gedachte aan een kleintje was niet…' Hij keek weg.

'Ja, ze was lief. Een echt engeltje,' zei Ia met een droevige glimlach. Ebba keek hen onthutst aan.

'Hoe heb je het ontdekt?' vroeg Ia.

'Door het boodschappenlijstje. Er zat een handgeschreven briefje tussen de spullen die jullie hadden achtergelaten. En vervolgens kreeg ik het papiertje met jullie adres. Het was hetzelfde handschrift.'

'Zou iemand zo vriendelijk willen zijn me uit te leggen wat dit allemaal betekent?' vroeg Patrik. 'Wat dacht je ervan, Gösta?'

'Het was Leons idee om het paspoort van Annelie te gebruiken in plaats van mijn eigen,' zei Ia. 'We scheelden weliswaar een paar jaar, maar de gelijkenis was groot genoeg. Het moest kunnen.'

'Ik begrijp het niet.' Ebba schudde haar hoofd.

Gösta keek haar recht aan. Hij zag het deerntje dat bij Maj-Britt en hem door de tuin had gehold en zo'n diepe afdruk in hun hart had achtergelaten. Het was hoog tijd dat ze de antwoorden kreeg waar ze zo lang op had gewacht.

'Ebba. Dit is je moeder. Dit is Inez.'

Het werd muisstil. Ze hoorden alleen de wind in de berken om hen heen.

'Maar… Maar…' stamelde Ebba. Ze wees achter zich, naar de kelder. 'Wie is dat dan met dat lange haar?'

'Annelie,' zei Ia. 'We hadden alle twee lang bruin haar,' zei ze en ze streek teder over Ebba's wang.

'Waarom heb je nooit…?' Ebba's stem was onvast door alle gevoelens.

'Ik heb geen pasklare antwoorden. Er zijn veel dingen die ik niet kan uitleggen, omdat ik ze zelf niet eens begrijp. Ik kon het me niet veroorloven aan je te denken. Anders had ik je nooit kunnen achterlaten.'

'Leon heeft zijn verhaal niet kunnen afmaken,' zei Patrik. 'Volgens mij is het daar nu tijd voor.'

'Ja, dat denk ik ook,' zei Inez.

Op zee waren boten te zien die onderweg waren naar Valö. Gösta was blij dat ze weldra werden afgelost, maar eerst zou hij eindelijk te horen krijgen wat er die paaszaterdag in 1974 was gebeurd. Hij nam Ebba's ene hand in de zijne. Inez pakte de andere.

Valö paaszaterdag 1974

'Wat is dit?' Runes gezicht was wit. Hij stond in de deuropening van de eetkamer. Achter hem waren Leon en de andere jongens te zien: John, Percy, Sebastian en Josef.

Inez keek hen vragend aan. Ze had Rune nog nooit zijn zelfbeheersing zien verliezen, maar nu was hij zo van slag dat zijn hele lichaam beefde. Hij ging voor Claes staan. In zijn handen had hij een stapel foto's en een revolver.

'Wat is dit?' herhaalde hij.

Claes bleef met een uitdrukkingsloos gezicht zwijgen. De jongens deden een paar voorzichtige passen de kamer in. Inez zocht Leons blik, maar hij vermeed het haar aan te kijken. In plaats daarvan richtte hij zijn ogen op Claes en Rune. Een hele tijd was het volkomen stil. De lucht voelde dik en het ademen ging zwaar. Inez greep het tafelblad stevig vast. Er stond iets verschrikkelijks te gebeuren, en wat het ook was, het zou niet goed aflopen.

Langzaam verscheen er een glimlach om Claes' lippen. Voordat zijn vader kon reageren stond hij op, trok de revolver naar zich toe en zette die tegen zijn vaders voorhoofd. Toen drukte hij af. Levenloos stortte Rune op de vloer in elkaar. Uit een pikzwart gat midden in zijn voorhoofd vloeide rijkelijk bloed en Inez hoorde zichzelf gillen. Het klonk alsof het iemand anders was, maar ze wist dat ze haar eigen stem in een macaber duet met die van Annelie tussen de muren hoorde weerkaatsen.

'Bek houden!' schreeuwde Claes. Hij had de revolver nog altijd op Rune gericht. 'Bek houden!'

Maar ze kon het geschreeuw niet stoppen. De angst dwong het geluid naar buiten, terwijl ze onafgebroken naar het lichaam van haar dode echtgenoot bleef kijken. Ebba huilde hartverscheurend.

'Bek houden, zei ik!' Claes schoot nog een keer op zijn vader en het lichaam schokte. Het witte overhemd kleurde langzaam rood.

Door de schok hield Inez abrupt stil. Ook Annelie hield van het ene op het andere moment op met gillen, maar Ebba bleef huilen.

Claes wreef met zijn ene hand over zijn gezicht. Met de andere hield hij de revolver omhoog. Het is net een jongetje dat cowboytje speelt, dacht Inez, maar ze wuifde die absurde gedachte meteen weer weg. De aanblik van Claes had niets jongensachtigs. Zelfs niets menselijks. Zijn blik was leeg en hij glimlachte nog altijd op die enge manier, alsof zijn gezicht was verstijfd. Hij ademde snel en schokkerig.

Met een heftige beweging draaide hij zich om naar Ebba en richtte op haar. Het meisje bleef krijsen, met een hoogrood gezicht. Inez zat als vastgevroren op haar stoel. Ze zag dat Claes' vinger zich om de trekker kromde en dat Johan zich naar voren wierp, maar opeens verstijfde. Verbaasd keek hij naar zijn overhemd, waarop een rode vlek steeds groter werd. Vervolgens zakte hij op de vloer in elkaar.

Het werd weer stil in de kamer. Onnatuurlijk stil. Zelfs Ebba hield op met krijsen en stak haar duim in haar mond. Naast haar kinderstoel lag Johan op zijn rug. Zijn blonde pony was opzij gevallen en zijn blauwe ogen keken nietsziend naar het plafond. Inez smoorde een snik.

Claes deed een pas naar achteren zodat hij met zijn rug tegen de muur kwam te staan. 'Doe nu wat ik zeg. En wees stil. Dat is het allerbelangrijkste.' Zijn stem was ijzingwekkend rustig, alsof hij van de situatie genoot.

Vanuit haar ooghoek meende Inez een beweging bij de deur te zien en Claes leek die ook te hebben opgemerkt. Bliksemsnel richtte hij de revolver op de jongens.

'Niemand gaat hier weg. Niemand mag vertrekken.'

'Wat ga je met ons doen?' vroeg Leon.

'Dat weet ik niet. Dat heb ik nog niet besloten.'

'Mijn vader heeft veel geld,' zei Percy. 'Hij kan je betalen als je ons laat gaan.'

Claes lachte hol. 'Ik wil helemaal geen geld. Dat zou jij toch moeten weten.'

'We beloven dat we niets zullen zeggen,' zei John smekend, maar hij sprak voor dovemansoren.

Inez wist dat het zinloos was. Ze had gelijk gehad wat Claes betreft. Ze had aldoor al het gevoel gehad dat hij iets miste. Wat hij de jongens ook had aangedaan, hij wilde het tot elke prijs verborgen houden. Hij had al twee mensen gedood en zou ervoor zorgen dat niemand hier levend vandaan kwam. Ze zouden hier allemaal sterven.

Opeens zocht Leon haar blik en ze begreep dat hij zich dit ook realiseerde. Ze zouden nooit meer krijgen dan de momenten die ze stiekem hadden gestolen. Ze hadden plannen gemaakt en veel over hun leven samen gefantaseerd. Als ze maar wachtten en geduld hadden, dan zouden ze een toekomst hebben. Maar het mocht niet zo zijn.

'Ik wist wel dat die hoer iets in haar schild voerde,' zei Claes plotseling. 'Die blik spreekt boekdelen. Hoe lang neuk je mijn stiefmoeder al, Leon?'

Inez zweeg. Annelie keek van haar naar Leon.

'Is dat waar?' Annelie leek haar angst even te vergeten. 'Vuile sloerie! Had je niet iemand van je eigen leef…'

Het woord werd halverwege afgebroken. Claes had rustig de revolver geheven en Annelie door haar slaap geschoten.

'Ik zei toch dat jullie je bek moesten houden,' zei hij toonloos.

Inez voelde de tranen achter haar oogleden branden. Hoe lang hadden ze nog te leven? Ze waren machteloos en konden niet anders doen dan wachten tot ze werden afgeslacht, een voor een.

Ebba begon weer te krijsen en Claes schrok even. Ze gilde steeds scheller en Inez merkte dat haar hele lichaam zich spande. Ze wilde opstaan, maar kon zich nog altijd niet bewegen.

'Zorg dat dat kind stil is.' Claes keek haar aan. 'Zorg dat dat hoerenjong stil is, zei ik!'

Ze opende haar mond, maar er kwamen geen woorden en Claes haalde zijn schouders op.

'Goed, dan zal ik ervoor zorgen dat ze stil wordt,' zei hij en hij richtte weer op Ebba.

Precies op het moment dat hij afdrukte, wierp Inez zich naar voren om haar dochter met haar lichaam te beschermen.

Maar er gebeurde niets. Claes haalde de trekker nog een keer over. Er kwam geen schot en hij keek verbaasd naar de revolver. Op hetzelfde moment stoof Leon naar voren en stortte zich boven op hem.

Inez tilde Ebba op en drukte haar tegen haar borst, waar haar hart wild klopte. Claes lag gevangen onder Leons gewicht, maar probeerde zich uit alle macht los te wringen.

'Help me!' riep Leon en hij slaakte een kreet toen een harde vuistslag hem in zijn buik trof.

Claes lag woest te worstelen en het leek alsof Leon los dreigde te laten. Maar een goed gerichte trap van John trof Claes' hoofd en ze hoorden een akelig krakend geluid. Zijn lichaam werd slap en de strijd hield op.

Leon rolde vlug opzij en belandde op handen en voeten op de houten vloer. Percy trapte naar Claes' buik, terwijl John tegen zijn hoofd bleef schoppen. In eerste instantie stond Josef alleen toe te kijken. Daarna liep hij verbeten naar de gedekte tafel, stapte over Runes lichaam heen en reikte naar het mes waarmee het lamsvlees was gesneden. Hij viel naast Claes op zijn knieën en keek op naar John en Percy, die buiten adem ophielden met schoppen. Er kwam een gorgelend geluid uit Claes' mond en hij rolde met zijn ogen. Langzaam, bijna genietend, hief Josef het grote mes op en hield het snijvlak tegen Claes' hals. Toen maakte hij een snelle snit van links naar rechts en algauw gutste het bloed naar buiten.

Ebba krijste nog steeds en Inez drukte haar nog dichter tegen zich aan. Nog nooit was een gevoel zo sterk geweest als het instinct om haar kind te beschermen. Ze beefde over haar hele lichaam, maar Ebba kroop als een diertje in haar armen in elkaar. Ze klemde zich zo stevig aan haar hals vast dat Inez amper kon ademhalen. Op de vloer voor hen zaten Percy, Josef en John op hun hurken bij Claes' gehavende lichaam, als een kudde leeuwen om een prooi.

Leon liep naar haar en Ebba toe. Hij haalde een paar keer diep adem.

'We moeten de boel opruimen,' zei hij zachtjes. 'Maak je geen zorgen. Ik regel dit.' Hij kuste haar zacht op haar wang.

Als vanaf een afstandje hoorde ze dat hij de andere jongens taken gaf. Losse woorden bereikten haar, over wat Claes had gedaan, over bewijzen die moesten worden vernietigd en over de schaamte, maar het klonk alsof ze van heel ver kwamen. Met gesloten ogen wiegde ze Ebba. Binnenkort zou alles voorbij zijn. Leon zou alles regelen.

❄

Ze voelden zich merkwaardig leeg. Het was maandagavond en de gebeurtenissen van de afgelopen dagen begonnen langzaam te bezinken. Erica bleef herkauwen wat er met Anna was gebeurd – en wat er had kunnen gebeuren. Gisteren had Patrik haar de hele dag vertroeteld alsof ze een klein kind was. Eerst had ze het lief gevonden, maar nu was ze het beu.

'Wil je een deken?' vroeg Patrik en hij gaf haar een kus op haar voorhoofd.

'Het is hier zo'n dertig graden. Dus nee, dank je, geen deken. En ik zweer het je: als je me nog één keer op mijn voorhoofd kust, hebben we een maand lang geen seks.'

'Het spijt me dat ik me om mijn vrouw bekommer.' Patrik ging naar de keuken.

'Heb je de krant van vandaag gezien?' riep ze achter hem aan, maar ze hoorde alleen wat gemompel als antwoord. Ze kwam van de bank en liep achter hem aan. De warmte leek niet af te nemen hoewel het al na achten was, en ze had zin in ijs.

'Helaas wel. Ik vond vooral de voorpagina erg mooi, waarop Mellberg met John bij de politieauto poseert onder de kop DE HELD VAN FJÄLLBACKA.'

Erica snoof. Ze deed de vriezer open en pakte een doos chocoladeijs. 'Wil je ook?'

'Graag.' Patrik ging aan de keukentafel zitten. De kinderen sliepen en het huis was in rust gehuld. Ze konden er maar beter van genieten zolang het duurde.

'Ik neem aan dat hij tevreden is.'

'Ja, dat kun je wel zeggen. En de politie van Göteborg is chagrijnig omdat hij met de eer is gaan strijken. Maar de hoofdzaak is natuurlijk dat de plannen zijn onthuld, waardoor de aanslag kon worden verijdeld. Het duurt vast wel even voordat de Vrienden van Zweden zich hiervan hebben hersteld.'

Erica hoopte dat dat waar was. Ze keek Patrik ernstig aan.

'Vertel me nu maar hoe het bij Leon en Inez ging.'

Hij zuchtte. 'Ik weet het niet. Ik heb wel antwoord op mijn vragen gekregen, maar ik weet niet zeker of ik het begrijp.'

'Hoe bedoel je?'

'Leon heeft verteld wat er is gebeurd, maar het is niet altijd even duidelijk hoe hij precies dacht. Het begon ermee dat hij vermoedde dat er iets mis was op school. Uiteindelijk brak Josef en hij vertelde wat Claes hem, John en Percy had aangedaan.'

'Was het Leons idee om alles aan Rune te vertellen?'

Patrik knikte. 'Dat wilden de anderen eerst niet, maar hij heeft ze overgehaald. Ik kreeg de indruk dat hij zich vaak heeft afgevraagd wat er zou zijn gebeurd en hoe zijn leven eruit zou hebben gezien als hij dat niet had gedaan.'

'Het was het enige juiste. Hij kon toch niet weten hoe gestoord Claes eigenlijk was? Hij kon met geen mogelijkheid voorzien wat er ging gebeuren.' Zonder Patrik met haar ogen los te laten schraapte Erica het laatste ijs uit haar schaaltje. Het liefst was ze meegegaan naar Leon en Inez, maar daar had Patrik een grens getrokken. Ze moest er genoegen mee nemen het verhaal uit de tweede hand te horen.

'Dat heb ik ook tegen hem gezegd.'

'En daarna dan? Waarom hebben ze niet meteen de politie gebeld?'

'Ze waren bang dat niemand ze zou geloven. En ik denk dat de schok een rol heeft gespeeld. Ze konden niet helder denken. Verder moet je hun schaamte niet onderschatten. Waarschijnlijk was alleen al de gedachte dat bekend zou worden wat ze hadden meegemaakt, genoeg om akkoord te gaan met Leons plan.'

'Maar Leon had toch niets te verliezen als de politie erbij werd gehaald? Hij was niet eens een slachtoffer van Claes en hij was ook niet verantwoordelijk voor zijn dood.'

'Hij liep het risico Inez te verliezen,' zei Patrik. Hij legde zijn lepel neer. Hij had nauwelijks van het ijs gegeten. 'Als alles bekend zou worden, was dat vermoedelijk zo'n groot schandaal geworden dat ze niet samen verder hadden gekund.'

'En Ebba? Hoe hebben ze haar achter kunnen laten?'

'Ik kreeg de indruk dat dat door de jaren heen het meest aan zijn geweten heeft geknaagd. Hij zei het niet direct, maar volgens mij is hij zichzelf altijd blijven verwijten dat Inez door zijn toedoen Ebba heeft achtergelaten. Maar ik heb de vraag niet gesteld. Volgens mij hebben ze beiden genoeg geleden door die beslissing.'

'Ik begrijp alleen niet hoe hij haar zover heeft gekregen.'

'Ze waren waanzinnig verliefd op elkaar. Ze hadden een gepassioneerde liefdesrelatie en waren doodsbenauwd dat Rune erachter kwam. Verboden liefde is sterk spul. En de vader van Leon, Aron, draagt waarschijnlijk ook een deel van de schuld. Leon had hem om hulp gevraagd en Aron zei dat Inez het land wel zou kunnen verlaten, maar niet samen met een klein kind.'

'Ik kan begrijpen dat Leon dat accepteerde. Maar Inez? Ze kan dan wel smoorverliefd zijn geweest, maar hoe kon ze in vredesnaam haar eigen kind in de steek laten?' Erica's stem brak bijna bij de gedachte haar eigen kinderen ergens te moeten achterlaten zonder ook maar enige hoop op een weerzien.

'Ik vermoed dat zij ook niet helemaal helder dacht. En Leon heeft haar vast voorgehouden dat het voor Ebba het beste was. Ik stel me zo voor dat hij haar bang maakte en zei dat ze in de gevangenis zouden belanden als ze bleven, en dan was ze Ebba ook kwijt geweest.'

Erica schudde haar hoofd. Het maakte niet uit. Zij zou nooit begrijpen hoe een ouder vrijwillig zijn kind in de steek kon laten.

'Dus ze hebben de lichamen verborgen en toen dat visverhaal verzonnen?'

'Volgens Leon stelde zijn vader voor dat ze de lichamen op zee zouden dumpen, maar Leon was bang dat ze boven zouden komen drijven en toen hebben ze bedacht dat ze de lijken in de schuilkelder konden verbergen. Ze hebben ze er met z'n allen naartoe gebracht en ze samen met de foto's in de kisten gelegd. De revolver legden ze daar waar ze dachten dat Claes die had gevonden. Vervolgens deden ze de deur op slot. Ze gingen ervan uit dat de plek zo goed verborgen was dat de politie hem niet zo vinden.'

'En dat gebeurde ook niet,' zei Erica.

'Nee, dat onderdeel van het plan werkte uitstekend. Alleen heeft Sebastian beslag gelegd op de sleutel en die kennelijk al die jaren als een zwaard van Damocles boven hun hoofden gehouden.'

'Maar waarom heeft de politie destijds geen sporen gevonden toen ze het huis doorzochten?'

'De jongens hebben de vloer van de eetkamer goed geschrobd en het bloed dat voor het blote oog zichtbaar was zullen ze wel weg hebben gekregen. Je moet niet vergeten dat het 1974 was en dat het technisch onderzoek door de provinciale politie werd gedaan. Het was niet bepaald van csi-klasse. Daarna hebben ze andere kleren aangetrokken en zijn met de vissersboot weggegaan nadat ze anoniem de politie hadden gebeld.'

'En Inez?'

'Zij heeft zich verstopt. Dat was ook Arons idee, zei Leon. Ze hebben op een eiland in de omgeving ingebroken in een leeg zomerhuisje, waar ze kon blijven tot alles weer zo rustig was dat zij en Leon het land konden verlaten.'

'Dus terwijl de politie naar het gezin zocht, zat zij aldoor in een zomerhuisje ergens in de buurt?' zei Erica ongelovig.

'Ja. Toen de eigenaren die zomer kwamen, is er ongetwijfeld aangifte van inbraak gedaan, maar die is niet in verband gebracht met de verdwijning op Valö.'

Erica knikte en constateerde tevreden dat de puzzelstukjes op hun plek begonnen te vallen. Na alle uren die ze aan het lot van de familie Elvander had besteed, was het grootste deel haar eindelijk duidelijk geworden.

'Ik vraag me af hoe het nu verder gaat met Inez en Ebba,' zei ze en ze reikte naar Patriks schaaltje om zijn ijs op te eten voordat het helemaal was gesmolten. 'Ik heb Ebba niet willen storen, maar ik ga ervan uit dat ze naar haar ouders in Göteborg is gegaan.'

'O, heb je het niet gehoord?' vroeg hij en voor het eerst sinds ze over de zaak zaten te praten, lichtte zijn gezicht op.

'Nee, wat?' Erica keek hem nieuwsgierig aan.

'Ze logeert een paar dagen bij Gösta om bij te komen. Inez zou vanavond bij ze komen eten, zei hij. Dus ik ga ervan uit dat ze in elk geval een poging willen doen elkaar beter te leren kennen.'

'Dat klinkt goed. Ze zal het nodig hebben. Wat er met Mårten is gebeurd, moet een hele schok zijn geweest. Alleen al de gedachte dat je hebt samengeleefd met iemand van wie je houdt en die je ondanks alles vertrouwt, en dat dan blijkt dat hij tot zoiets in staat is.' Ze schudde haar hoofd. 'Maar Gösta zal wel blij zijn dat ze bij hem is, vermoed ik. Wat als…'

'Ja, ik weet het. En Gösta heeft dat vast vaker gedacht dan wij ons kunnen voorstellen. Maar Ebba heeft het hoe dan ook goed gehad en op de een of andere manier denk ik dat dat voor hem het belangrijkste is.' Patrik veranderde abrupt van onderwerp, alsof het pijnlijk was om stil te staan bij wat Gösta had gemist. 'Hoe gaat het met Anna?'

Erica fronste bezorgd haar voorhoofd.

'Ik heb nog niets van haar gehoord. Dan is linea recta naar huis gegaan toen hij mijn sms'je kreeg en ik weet dat ze hem alles zou vertellen.'

'Alles?'

Ze knikte.

'Hoe denk je dat Dan zal reageren?'

'Dat weet ik niet.' Erica nam nog een paar lepels ijs en bleef erin roeren tot het vloeibaar werd. Dat deed ze als kind ook al. Anna deed hetzelfde. 'Ik hoop dat ze eruit komen.'

'Hm,' zei Patrik, maar ze zag zijn sceptische blik en nu was het haar beurt om van gespreksonderwerp te veranderen.

Ze wilde het niet echt toegeven, niet aan zichzelf en ook niet tegenover Patrik, maar de afgelopen dagen had ze zich zoveel zorgen om Anna gemaakt dat ze nauwelijks aan iets anders had kunnen denken. Ze had zichzelf er echter van weerhouden haar te bellen. Dan en Anna konden wel wat rust gebruiken als ze alles moesten uitpraten. Anna zou na verloop van tijd ongetwijfeld zelf contact met haar opnemen.

'Zijn er juridische consequenties voor Leon en de anderen?'

'Nee, het misdrijf is verjaard. De enige die ergens voor aange-klaagd had kunnen worden, is Mårten. We moeten maar zien wat er met Percy gebeurt.'

'Ik hoop niet dat Martin er slapeloze nachten van heeft dat hij Mårten heeft doodgeschoten. Dat is wel het laatste wat hij nu kan ge-bruiken,' zei Erica. 'Ik heb het gevoel dat het mijn schuld is dat hij er-bij betrokken is geraakt.'

'Zo moet je niet denken. Het gaat naar omstandigheden goed met hem en hij lijkt zo snel mogelijk weer aan het werk te willen. Pia's behandeling zal een hele tijd in beslag nemen en zowel zijn als haar ouders springen bij, dus Pia en hij hebben het er al over gehad dat hij in elk geval weer parttime aan de slag gaat.'

'Dat klinkt verstandig,' zei Erica, maar ze bleef last houden van een slecht geweten.

Patrik keek haar onderzoekend aan. Hij rekte zich uit, streek haar over haar wang, en ze keek hem recht aan. Alsof ze het stilzwijgend hadden afgesproken, hadden ze het er niet over gehad dat hij haar weer bijna kwijt was geweest. Ze was nu hier. En ze hielden van el-kaar. Dat was het enige wat telde.

Stockholm 1991

TWEEMAAL CARIN GÖRING?

Het stoffelijk overschot dat enige tijd geleden in een zinken kist in de buurt van het voormalige landgoed van Hermann Göring, Carinhall, werd aangetroffen, is door de Rijksdienst voor Gerechtelijke Geneeskunde in Linköping geanalyseerd. Naar verluidt zou het gaan om de overblijfselen van Carin Göring, geboren Fock, die in 1931 overleed. Het vreemde is echter dat een boswachter al in 1951 verspreid liggende skeletdelen heeft gevonden, waarvan destijds werd aangenomen dat die van Carin Göring waren. Deze skeletdelen zijn met veel geheimzinnigdoenerij gecremeerd en de as

is door een Zweedse predikant naar Zweden gebracht, waar de urn is bijgezet.

Dat was de derde keer dat Carin Göring werd begraven. De eerste keer was in het familiegraf van de familie Fock op het kerkhof van Lovö, daarna op Carinhall en vervolgens weer in Zweden.

Nu wordt opnieuw een hoofdstuk in deze wonderlijke geschiedenis geschreven. Uit DNA-onderzoek blijkt namelijk dat de meest recente vondst inderdaad Carin Göring betreft. De vraag is dan van wie de as is die op het kerkhof van Lovö bij Stockholm is bijgezet.

Nawoord

Op het moment dat ik dit schrijf, is er een week verstreken sinds de bomaanslag in Oslo en de schietpartij op Utøya. Ik heb met dezelfde klomp in mijn maag naar de nieuwsuitzendingen zitten kijken als ieder ander en tevergeefs geprobeerd te begrijpen hoe iemand tot zoveel kwaad in staat kan zijn. De beelden van de verwoesting in Oslo hebben me doen beseffen dat gebeurtenissen in dit boek dat kwaad aanstippen. Maar helaas klopt het dat de werkelijkheid de fantasie overtreft. Het is puur toeval dat mijn verhaal over mensen die politieke motieven als excuus voor hun wandaden gebruiken vóór de gebeurtenissen in Noorwegen is ontstaan, maar wellicht zegt het iets over het soort maatschappij waarin we leven.

Er zijn echter ook dingen in *Engeleneiland* die bewust zijn gebaseerd op werkelijke gebeurtenissen. Ik wil Lasse Lundberg bedanken, die tijdens zijn rondleiding door Fjällbacka mijn fantasie prikkelde met zijn verhalen over het graniet dat Albert Speer in Bohuslän voor Germania zou hebben geselecteerd en over het bezoek dat Hermann Göring naar verluidt aan een van de eilanden voor de kust van Fjällbacka heeft gebracht. Ik heb mijzelf de vrijheid veroorloofd om op grond daarvan zelf een verhaal te weven.

Om dat verhaal te kunnen schrijven heb ik veel research moeten doen naar Hermann Göring. Björn Fontanders boek *Carin Göring skriver hem* (Carin Göring schrijft naar huis) is een fantastische bron geweest, vooral voor alle gegevens over de periode dat Hermann Göring in Zweden was. In dit boek vond ik ook een rasecht mysterie, dat ik op die magische manier in mijn plot kon verweven die je als schrijver soms meemaakt. En dat is telkens weer even geweldig. Dank je wel, Björn, voor alle inspiratie die ik uit je boek heb opgedaan.

Er is geen beruchte Engelenmaakster uit Fjällbacka, maar natuurlijk zijn er overeenkomsten tussen de Helga Svensson in mijn boek en Hilda Nilsson uit Helsingborg, die zich in 1917 in haar cel ophing voordat haar doodvonnis kon worden voltrokken.

De vakantiekolonie op Valö bestaat in het echt en heeft een vaste plek in de geschiedenis van Fjällbacka. Ik heb daar vele zomerweken op kamp gezeten, en waarschijnlijk is er in heel Fjällbacka geen inwoner te vinden die geen relatie met het grote witte huis heeft. Tegenwoordig zijn er een jeugdherberg en een restaurant gevestigd, die zonder meer een bezoekje waard zijn. Ik heb het mezelf veroorloofd jaartallen en eigenaren te wijzigen zodat die bij mijn eigen verhaal passen. Bij alle overige details over Fjällbacka heb ik zoals altijd onmisbare hulp gehad van Anders Torevi.

De journalist Niklas Svensson heeft me op uiterst kundige en gulle manier geholpen met de politieke aspecten van het boek. Hiervoor mijn grote dank.

Samenvattend kun je zeggen dat ik net als anders details uit de werkelijke geschiedenis heb vermengd met mijn eigen vrije fantasie. Alle eventuele fouten zijn helemaal van mij. Ik heb het verhaal ook geplaatst in een tijd dat de verjaringstermijn voor moord vijfentwintig jaar was. Die wet is inmiddels veranderd.

Er zijn ook veel anderen die ik wil bedanken. Mijn uitgever Karin Linge Nordh en mijn redacteur Matilda Lund, die een herculesarbeid met het manuscript hebben verricht.

Mijn man Martin Melin, die altijd een enorme steun is tijdens mijn werk. Omdat hij nu voor het eerst met een eigen manuscript bezig was, hebben we elkaar kunnen aanmoedigen wanneer we urenlang samen zaten te schrijven. Natuurlijk is het ook een geweldig voordeel als je je eigen politieagent hebt, die je van alles en nog wat over het vak kunt vragen.

Mijn kinderen Wille, Meja en Charlie, die me de energie geven helemaal in de boeken te duiken. En het hele netwerk om hen heen:

oma Gunnel Läckberg en Rolf 'Sassar' Svensson, Sandra Wirström, de vader van mijn grote kinderen, Mikael Eriksson, en Christina Melin, die op uitzonderlijke wijze klaarstonden als de boel in het honderd dreigde te lopen. Dank jullie wel allemaal.

Nordin Agency – Joakim Hansson en de rest – jullie weten dat ik heel dankbaar ben voor wat jullie voor mij in Zweden en de wereld doen. Christina Saliba en Anna Österholm van Weber Shandwick hebben veel tijd gestoken in alles wat bij een succesvol schrijverschap hoort. Jullie doen fantastisch werk.

De collega-auteurs. Niemand genoemd, niemand vergeten. Ik kan helaas niet zo vaak met jullie afspreken als ik zou willen, maar als we elkaar zien laad ik me helemaal op met positieve energie en auteursvreugde. En ik weet dat jullie er zijn. Een speciale plek in mijn hart heeft Denise Rudberg, al jarenlang mijn vriendin, collega en wapendrager. Wat zou ik zonder jou moeten?

Ik zou deze boeken ook niet kunnen schrijven als de inwoners van Fjällbacka me niet altijd zo gewillig en vrolijk alle mogelijke gruwelijkheden lieten verzinnen die zich in het dorp voltrekken. Soms maak ik me er een beetje zorgen over wat ik aanricht, maar jullie lijken het zelfs te accepteren dat een filmploeg het dorp binnenvalt. Deze herfst gaat dat weer gebeuren en ik hoop dat jullie trots zijn op het resultaat als Fjällbacka opnieuw de kans krijgt zijn unieke omgeving te laten zien, nu ook buiten de grenzen van Zweden.

Tot slot wil ik mijn lezers bedanken. Jullie wachten altijd geduldig op het volgende boek. Jullie steunen me bij tegenwind. Jullie geven me een schouderklopje als ik dat nodig heb en jullie zijn er nu al jaren. Ik waardeer jullie. Heel erg. Dank jullie wel.

Camilla Läckberg
Måsholmen, 29 juli 2011